Ein Paradies in Cornwall

Die Wärme eines Sommers

Die Autorin

Marcia Willett, in Somerset geboren, studierte und unterrichtete klassischen Tanz, bevor sie ihr Talent für das Schreiben entdeckte und sich zu einer außergewöhnlichen Erzählerin entwickelte, die *The Times* als »eine authentische Stimme ihrer Zeit« feiert. Ihre Bücher erscheinen in achtzehn Ländern. Die Autorin lebt mit ihrem Ehemann in Devon, Südengland, dem Schauplatz vieler ihrer Romane.

Marcia Willett

Ein Paradies in Cornwall

Die Wärme eines Sommers

ZWEI ROMANE
IN EINEM BAND

Weltbild

Die englische Originalausgabe von *Ein Paradies in Cornwall* erschien 2005
unter dem Titel *The Golden Cup* bei Marcia Willett, Bantam Press,
a division of Transworld Publishers, London.

Die englische Originalausgabe von *Die Wärme eines Sommers* erschien 2002
unter dem Titel *Forgotten Laughter* bei Marcia Willett, published by
Headline Book Publishing, a division of Hodder Headline, London.

Besuchen Sie uns im Internet:
www.weltbild.de

Genehmigte Lizenzausgabe für Verlagsgruppe Weltbild GmbH,
Steinerne Furt, 86167 Augsburg
Ein Paradies in Cornwall

Übersetzung: Rita Seuß und Sonja Schuhmacher
Die Wärme eines Sommers

Übersetzung: Rita Seuß und Sonja Schuhmacher
Umschlaggestaltung: Atelier Seidel – Verlagsgrafik, Teising
Umschlagmotiv: © mauritius images/Alamy und istockphoto/Lee Rogers
Gesamtherstellung: CPI Moravia Books s.r.o., Pohorelice
Printed in the EU
ISBN 978-3-86365-108-4

2015 2014 2013 2012
Die letzte Jahreszahl gibt die aktuelle Lizenzausgabe an.

Marcia Willett

Ein Paradies in Cornwall

ROMAN

Ins Deutsche übertragen
von Rita Seuß und Sonja Schuhmacher

Weltbild

Für Clare Foss

ST MERIADOC – DICHTUNG UND WAHRHEIT

Zuerst die Wahrheit:

Meriadoc war ein reicher Waliser, der im 5. oder 6. Jahrhundert lebte. Irgendwann entschloss er sich, sein Geld an mittellose Geistliche und sein Land an die Armen zu verteilen. Er verzichtete auf ein Leben in Luxus und auf die purpurfarbenen Seidengewänder, die er so gern trug, kleidete sich in Lumpen, aß schlichte Speisen und lebte in völliger Entsagung. Er kam nach Cornwall, wo er mehrere Kirchen gründete; schließlich setzte er seine Mission in der Bretagne fort. Das Amt des Bischofs von Vannes nahm er nur widerstrebend an und führte weiterhin ein asketisches Leben. Bis heute wird er in Cornwall und in der Bretagne verehrt – die Gemeindekirche in Camborne ist dem heiligen Martin und dem heiligen Meriadoc geweiht, ein Mirakelspiel in kornischer Sprache erinnert noch heute an seine legendären Taten. Außerdem ist ein Kindergarten nach ihm benannt. Sein Namenstag wird am 7. Juni gefeiert.

> »Armut behebt alle Sorgen und ist die Mutter der Heiligkeit.«
> *Der heilige Meriadoc*

Und nun zur Dichtung:

Die St-Meriadoc-Bucht, die Quelle und das »Paradies« sind frei erfunden, ebenso die Osteopathie-Praxen in Bodmin und Wadebridge. Die fiktive Bucht liegt an der Nordküste Cornwalls zwischen Com Head und Carnweather Point oberhalb der Port Quin Bay und nördlich von Polzeath. Zwei Wege führen zur Bucht hinunter; der östliche wird kaum noch benutzt und führt direkt zum Haus, dem »Paradies«. Der westliche fällt steil zum einen Ende der Bucht ab, führt an der alten Bootswerft und den Cottages vorbei, gabelt sich dann und führt linker Hand zum »Krähennest« und rechter Hand zum »Paradies«.

PROLOG

Die beiden Tiere, die sich unter den kahlen Zweigen einer alten Buche aneinanderdrängten, waren im schwindenden Winterlicht kaum zu erkennen. Sie standen reglos da, dunkelgraue Silhouetten vor der hohen Granitmauer, die den Garten von der sanft abfallenden, reifbedeckten Wiese trennte. Er hörte, wie sich das geschwungene schmiedeeiserne Tor quietschend öffnete, und sah eine junge Frau herauskommen, die es sorgfältig hinter sich schloss. Er erkannte sie wieder, denn er hatte sie bei einem früheren Besuch in dem Haus schon einmal flüchtig gesehen. Sie trug ein Plaid um die Schultern, einen langen Rock aus grobem Stoff und grüne Gummistiefel.

Die Esel trotteten auf sie zu, und sie redete leise auf sie ein und neigte sich zu ihnen herab, als würde sie ihnen einen Kuss auf die weichen Mäuler drücken. Er zögerte. Gern hätte er sie angesprochen, doch er brachte nicht den Mut dazu auf. Stattdessen rief er sich ins Gedächtnis, wie er sie zum ersten Mal gesehen hatte, als sie durch eine Tür hinten im dunklen Korridor getreten war: mit klarem, entschlossenem Blick, symmetrischen dunklen Brauen, die Arme über der Brust verschränkt, als trage sie ein Buch oder eine Schachtel. Argwöhnisch war sie stehen geblieben, hatte sich umgesehen und war dann durch eine andere Tür wieder verschwunden, sodass er mit der älteren Frau allein zurückgeblieben war, die ihn freundlich und voller Mitgefühl anlächelte.

»Es tut mir wirklich leid. Aber heute können Sie Mrs Trevannion auf keinen Fall besuchen. Sie hat eine schwere Lungenentzündung. Hätten wir doch nur vorher gewusst, dass Sie kommen.«

»Ich habe Mrs Trevannion geschrieben«, entgegnete er rasch. Er konnte seine Enttäuschung nicht verbergen. »Und ich habe auch ein Foto mitgeschickt. Ich glaube – das heißt, ich hoffe –, dass sie damals im Krieg die Schwester meiner Großmutter gekannt hat. Meine Großmutter ist 1946 in die Staaten ausgewandert, danach haben sie sich aus den Augen verloren. Wir fanden es so aufregend, als meine Mutter das Hochzeitsfoto gefunden hat, auf dem alle vier zu sehen sind. Die Namen auf der Rückseite waren ganz deutlich zu lesen. Hubert und Honor Trevannion –«

»Ich fürchte, sie war nicht in der Lage, Ihren Brief zu beantworten. Zuerst hat sie sich den Knöchel gebrochen, und dann kam diese Lungenentzündung.« Die ältere Dame hatte ihm höflich, aber bestimmt eine Absage erteilt. »Vielleicht in ein, zwei Wochen.«

»Ich bin aber nur noch diese Woche hier«, hatte er bestürzt erwidert. »Ich wohne drüben in Port Isaac. Zurzeit arbeite ich in London und nutze die Gelegenheit, um den Spuren zu folgen, die ich hier finden kann. Ich interessiere mich schon so lange dafür, und das Foto hat mich ein ganzes Stück weitergebracht …«

Wieder glaubte er zu spüren, dass sie bei der Erwähnung des Fotos ein wenig reservierter wurde.

»Ich wüsste wirklich nicht, wie wir Ihnen im Moment helfen könnten.«

Er unternahm noch einen Anlauf. »Was für ein bezauberndes kleines Tal das doch ist, so verschwiegen und so fruchtbar! Und welch ein wunderschöner Name für ein Haus, ›Paradies‹. Hier in Cornwall haben Sie wirklich merkwürdige Namen, finden Sie nicht? ›Indian Queens‹, ›Lazarus‹, ›Jamaica Inn‹.« Er schüttelte staunend den Kopf. »Und dann auch noch die vielen Heiligen. Aber ›Paradies‹ gefällt mir. Und der Name passt.«

»Das finden wir auch.«

Ihre Höflichkeit war jetzt abweisend wie eine Wand. Er gab ihr seine Visitenkarte, und sie versprach, sich zu melden, verabschiedete ihn mit einem Lächeln und schloss leise die Tür. Seine Enttäuschung war groß, und als er die Zufahrt hinunterging, die zu der schmalen Straße führte, fühlte er sich gekränkt – sie hätte ihm ja wenigstens eine Tasse Tee anbieten können. Als er nun am Gatter stand und die Esel beobachtete, versuchte er, die Sache vernünftig zu betrachten. Zweifellos war Honor Trevannion schwer krank; und die beiden Frauen, die ältere und die junge, waren so besorgt um ihr Wohlergehen, dass sie einfach keine Zeit für einen Fremden auf der Suche nach Angehörigen hatten. Fröstelnd zog er die Schultern hoch und lehnte sich auf das Gatter. Die Gruppe am anderen Ende der Wiese war jetzt kaum noch zu erkennen, denn die Sonne war hinter dem Horizont versunken, und die Dämmerung brach herein. Stirnrunzelnd dachte er noch einmal an das Gespräch zurück. Hatte er sich diese leichte Nervosität nur eingebildet? Dieses Widerstreben, auf seinen Brief und das Foto einzugehen? Er zuckte die Achseln. Wahrscheinlich hatte die ältere Dame gar keine Ahnung, wovon er gesprochen hatte. Sie war wohl zu sehr mit ihren Sorgen beschäftigt, um sich für sein Anliegen zu interessieren.

Wieder hörte er das Quietschen, als sich das Eisentor schloss. Die junge Frau war fort, die Esel waren verschwunden. Ernüchtert, aber nach wie vor neugierig und fest entschlossen, diese Spur weiter zu verfolgen, kehrte er zu dem stillgelegten Steinbruch zurück, in dem er seinen Wagen abgestellt hatte, und fuhr davon.

ERSTER TEIL

1

Baumhohe Rhododendren mit tief verwurzelten, knorrigen Stämmen säumten den Weg von der Wiese herauf. Die zähen lanzenförmigen Blätter zitterten in der frostigen Brise. Am Ende des Wegs leuchteten Schneeglöckchen zart aus dem Halbdunkel. Aus einem Fenster im ersten Stock drang Licht. Eine Gestalt mit weit ausgebreiteten Armen spähte hinaus und zog energisch die Vorhänge zu.

Die junge Frau war nun wieder im Haus, schlüpfte aus den Stiefeln und ging ins Wohnzimmer, wo Mousie Holz in den offenen Kamin schichtete.

»Da bist du ja, Joss.« Die Stimme klang irgendwie erleichtert. »Ich habe mich schon gefragt, wohin du verschwunden bist. Hast du die Esel zu Bett gebracht?«

»Ja, mit ein paar Äpfeln.« Joss hockte sich auf den Kaminvorsetzer, die Füße in mollig warmen Socken, und genoss die Hitze der Flammen, die mit gelb und orangerot lodernden Zungen an den groben Scheiten leckten. »Wie geht's Mutt?«

»Sie schlummert friedlich. Nachher bringe ich ihr ein Tablett hoch und setze mich eine Weile zu ihr. Kommst du mit?«

Joss schüttelte den Kopf. »Ich geh später rauf und lese ihr vor. Nach dem Abendessen ist sie immer unruhig, und das

Zuhören lenkt sie ab. Was war das für ein Mann, der gerade hier war? Was wollte er?«

Mousie zögerte, als falle es ihr schwer, die Frage korrekt zu beantworten. »Ein Amerikaner, der nach einer Verwandten sucht. Anscheinend glaubt er, dass deine Großmutter während des Kriegs seine Großtante gekannt haben könnte. Er hat sich nicht gerade den günstigsten Zeitpunkt ausgesucht, fürchte ich.«

»Und kennt Mutt sie?«

»Ich habe sie nicht gefragt«, gab Mousie zurück. »Möchtest du Tee?«

»Ich nehme mir gleich eine Tasse. Lass die Kanne einfach stehen!« Joss schenkte Mousie ein Lächeln. Die ältere Dame war klein und hielt sich kerzengerade. Um den Hals trug sie mehrere Brillen an langen Ketten. »Ich komme sehr gut allein zurecht, falls du nach Hause gehen möchtest, Mousie.«

»Das weiß ich, mein Schatz.« Mousie entspannte sich sichtlich, und ihre Sorgenfalten verschwanden. Aus ihren graublauen Augen unter dem schwer zu bändigenden weißen Haar sprach Zuneigung. »Aber vielleicht sollte ich doch noch mal nach ihr sehen. Dieses neue Antibiotikum ...«

Joss gluckste in sich hinein. »Du bist ein hoffnungsloser Fall. Das liegt vermutlich daran, dass du so viele Jahre Verantwortung als Krankenschwester tragen musstest. Die Macht der Gewohnheit. Glaub nur nicht, dass ich keine Ahnung habe. Ich bin zwar keine Krankenschwester, aber ich kann Mutt schon heben. Und ich prophezeie dir, dass eine sanfte Massage wirklich hilft, nachdem sie nun den Gips los ist.«

»Du weißt ganz genau, dass ich keine Vorurteile gegen Osteopathie habe«, erklärte Mousie mit Nachdruck. »Ich habe nichts dagegen, dass du dich um deine Großmutter kümmerst. Aber diese Lungenentzündung finde ich sehr beunruhigend. Außerdem ist Mutt ziemlich verwirrt, was bestimmt auf die Antibiotika zurückzuführen ist.«

Wieder blickte sie so besorgt drein, dass Joss die Lust verging, sie zu necken. Ihr Magen krampfte sich vor Angst zusammen.

»Sie braucht einfach Zeit, um sich zu erholen«, meinte sie. »Es war ein komplizierter Bruch, und die Lungenentzündung macht die Sache nicht besser. Sie wird schon wieder gesund, Mousie.« Ihre Stimme klang so verstört, dass Mousie sofort reagierte.

»Natürlich wird sie wieder gesund, mein Schatz. Gott sei Dank hast du Zeit, ihr Gesellschaft zu leisten. Das ist die beste Medizin.« Sie lächelte schelmisch, ihr Humor und ihr Lebensmut hatten erneut die Oberhand gewonnen. »Und natürlich die Massagen.«

Als Mousie den Raum verlassen hatte, zog Joss die Füße an, stützte das Kinn auf die Knie und dachte an den gut aussehenden Amerikaner. Ihr gefiel der Eifer, den er an den Tag gelegt hatte. Wie schade, dass sie so zurückhaltend gewesen war! Sie hätte sich ruhig einmischen und ihm etwas zu trinken anbieten können. Sie hatte ihn auf der Wiese stehen sehen, aber die Zurückhaltung, die sie sich neuerdings zum Selbstschutz auferlegt hatte, hatte ihr verboten, ihm einen freundlichen Gruß zuzurufen. Allerdings wunderte sie sich über Mousies Misstrauen, denn so kannte sie Mousie gar nicht. Sie hatte den Mann ziemlich brüsk abgefertigt. Aber unter den gegebenen Umständen war es wohl nur natürlich, dass Mousie andere Dinge im Kopf hatte.

Als Joss nun ins Feuer starrte, stellte sie sich eine andere Szene vor: wie sie auf ihn zuging, seinen freundlichen Blick mit einem Lächeln erwiderte und sagte: Meine Güte, das klingt ja spannend! Worum geht's? Sie hätten miteinander Tee getrunken, und er hätte ihr das Foto seiner verschollenen Großtante gezeigt. Wie frustrierend diese ständige Vorsicht war, die ihre Zunge lähmte! Wenigstens konnte sie noch mit ihren Patienten offen und vertrauensvoll umgehen. Die erkundigten sich selten nach dem Privatleben ihrer Therapeutin, und so brauchte sie ihnen gegenüber nicht auf der Hut zu sein. Wenn die gefürchtete Frage kam: »Sind Sie verheiratet? Haben Sie einen Freund?«, konnte sie lockerer damit umgehen, als wenn Menschen, die ihr nahestanden, sie darauf ansprachen. Die Beziehungen zu ihrer Familie waren komplizierter geworden, seit sie aus ihrem Einzimmerapartment in Wadebridge ins »Paradies« übergesiedelt war, während sie das kleine Cottage in der Bucht renovierte. Aber wie hätte sie vorhersehen können, dass aus einer Sandkastenfreundschaft eine Liebe werden würde, die geheim gehalten werden musste?

»Der Tee ist fertig«, rief Mousie ihr von der Treppe aus zu.

Joss ging auf den Flur, blieb kurz stehen und ließ die Atmosphäre des Hauses auf sich wirken, das sie so innig liebte. Es war ein Kleinod, elegant proportioniert mit hohen Schiebefenstern. Manchmal stellte sie sich vor, sie könne das Dach wegschieben und wie in ein Puppenhaus von oben hineinsehen. Durch die geschlossene Tür des Schlafzimmers drang Mousies beruhigende Stimme, und Joss frage sich, ob ihre Großmutter in jungen Jahren wohl tatsächlich die Großtante des Amerikaners gekannt hatte. Sie hatte Verständnis dafür, dass er den Spuren verschollener Verwandter nachging. Familiäre Bindungen vermittelten ein Gefühl von Geborgenheit. Sie selbst fühlte sich hier, im Tal des heiligen Meriadoc, wo ihre Familie mütterlicherseits seit Jahrhunderten lebte, viel tiefer verwurzelt als in ihrem Elternhaus in Henley oder in der Londoner Wohnung, wo ihr Vater während der Woche lebte.

Sie würde Mousie bitten, ihr das Foto zu zeigen. Vielleicht bestand ja wirklich eine Verbindung, die dem jungen Mann bei seiner Suche weiterhalf. Während Joss sich Tee einschenkte und mit dem Becher ans Feuer zurückkehrte, weilten ihre Gedanken immer noch bei ihm.

Oben räumte Mousie das Tablett fort, vergewisserte sich, dass Mutt wieder eingeschlafen war, und ließ den Blick durchs Zimmer schweifen. Ein kleines Feuer flackerte hinter dem hohen Schutzgitter im Kamin. Ein hübsch bemalter Paravent schirmte die alte Dame im Bett vor dem Licht der Lampe auf dem Klapptisch am Fenster ab. An diesem Tisch hielt Mousie Krankenwache; darauf stapelten sich Bücher, Zeitungen und alles, was man zum Briefeschreiben braucht.

Sie nahm sich einen Augenblick Zeit, ordnete die Zeitungen und sammelte die beschriebenen Briefbögen ein, die sie dann in einer Lederkladde verschwinden ließ. Die Füller und Stifte landeten in einem blau-weißen Keramikbecher. Schließlich zog sie das Bild unter der Kladde hervor und betrachtete es. Offensichtlich war es ein neuerer Abzug vom Originalfoto, nicht vom Negativ, denn es wies Kratzer und Abnutzungsspuren auf. Dennoch hatte sie es sofort erkannt: 1941 hatte ihr Cousin Hubert aus dem fernen Indien das gleiche Foto an seine Tante in Portsmouth geschickt.

Damals hatte er geschrieben:

> Die Nachricht, dass Onkel Hugh beim Untergang der *Hood* ums Leben gekommen ist, hat mich zutiefst erschüttert. Aber ich freue mich, dass du nach St Meriadoc gehst, um bei meinen Eltern zu wohnen … Ich kann es gar nicht erwarten, dass ihr Honor endlich kennenlernt, sie ist ein Schatz. Viele liebe Grüße an Mousie und Rafe …

Noch heute saß ihr der Schock in den Gliedern, den sie bei dieser Nachricht so kurz nach dem Tod ihres Vaters empfunden hatte. Von klein auf hatte sie Hubert bedingungslos geliebt. Sie hatte sich nichts sehnlicher gewünscht, als bald groß zu sein, und sich den wundervollen Augenblick ausgemalt, wenn er sie als erwachsene Frau wiedersehen und erkennen würde, dass auch er sie schon immer geliebt hatte. Hubert hatte ihr den Kosenamen »Mousie« gegeben, und obwohl er sie erbarmungslos aufzog, konnte er sie immer zum Lachen bringen. Hubert war einzigartig. Für Huberts junge Frau, die ein bezauberndes Hütchen trug, schräg aufgesetzt – wie albern! –, und sie von dem Foto rätselhaft anlächelte, empfand sie dagegen nichts als bitteren Hass. Im Laufe des Krieges waren immer wieder Briefe mit Neuigkeiten aus Indien eingetroffen: Honor hatte einen Sohn – Bruno – zur Welt gebracht und drei Jahre später eine Tochter, Emma. Mousie war siebzehn gewesen, als Hubert versuchte, für Frau und Kinder die Überfahrt nach England zu buchen, um sie vor den Unruhen zu schützen, die mit der Teilung Indiens einhergingen. Er wollte ihnen noch im selben Jahr folgen, sobald seine Kündigung durch war. Aber wenige Tage vor der geplanten Abreise seiner Familie war er an einer Lebensmittelvergiftung gestorben. Und so war Honor, die Hubert liebevoll Mutt nannte, mit den Kindern allein in sein Elternhaus zurückgekehrt.

Mousie schob das Foto wieder unter die Kladde und warf einen Blick auf das Bett. Mutt lag auf der Seite und beobachtete sie mit wachem Blick. Wie immer überspielte Mousie mit einem Lächeln den Schock, den dieser abrupte Wechsel von fiebriger Verwirrung zu hellen Augenblicken bei ihr auslöste.

»Ich fürchte, der Tee ist inzwischen kalt geworden«, sagte sie. »Möchtest du noch eine Tasse?«

Mutt schüttelte entkräftet den Kopf, und Mousie setzte sich auf den niedrigen Polstersessel, sodass sie fast auf derselben Höhe war wie die Kranke im Bett.

»Arme Mousie«, flüsterte Mutt, und Mousie rückte näher heran, um ihre Worte zu verstehen. »Was bin ich doch für eine Last!«

»Aber woher denn.« Mousie ergriff Mutts ausgestreckte Hand und umfasste sie voller Wärme. »Es geht dir doch schon viel besser. Gleich kommt Joss rauf und liest dir vor.«

Eine Weile hörte man nur das Knistern der Holzscheite im Feuer, das tanzende Schatten an die Wand warf.

»Merkwürdig, findest du nicht?«, murmelte Mutt. »Dass wir beide Krankenschwestern geworden sind.«

»Daran ist nur Hubert schuld«, erwiderte Mousie heiter. »Du weißt doch, dass er mein Idol war, als ich klein war. Als er Medizin studierte, habe ich den Entschluss gefasst, Krankenschwester zu werden. Und ich dumme Gans habe mich gefreut, dass ich noch vor seinem Tod mit der Ausbildung angefangen habe und er es auch erfahren hat. Als wäre damit ein Band zwischen uns geknüpft.«

Ruhelos drehte sich Mutt auf den Rücken, bemüht, eine bequemere Lage zu finden. »Vielleicht kann ich ja noch ein wenig schlafen«, sagte sie.

Der Augenblick der Klarheit war vorüber, obwohl sie offenbar nicht mehr fieberte. Nachdenklich betrachtete Mousie die Kranke, legte schließlich die Glocke neben sie auf die Bettdecke und ging leise hinaus.

2

Das Portalzimmer, das diesen Namen trug, weil es direkt über der Eingangstür lag, blickte nach Süden über den Garten auf die schmale Straße und den Flickenteppich der Wiesen und Felder, der sich dahinter erstreckte. Vor dem Fenster wuchs eine robuste Glyzinie mit blassblauen Blüten, deren Duft im Frühsommer durch das offene Fenster hereinströmte. Hier hatte Mutt einen Korbstuhl so aufgestellt, dass sie an Juniabenden das exotische Dunkelrot und Weiß der Rhododendronblüten genießen und den Vollmond beobachten konnte, der orangerot leuchtend über den Akazien am oberen Ende des Tals aufstieg.

Als Joss später am Abend in das Zimmer trat, freute sie sich über den Komfort, den es bot, obwohl ihr das eigene Zimmer besser gefiel, das nach Norden auf die hohen, zerklüfteten Klippen blickte. Nachts hörte sie das rhythmische Seufzen der Wellen, die mit ihren Schaumfingern unentwegt nach den unverrückbaren Felsen griffen und schiefergrauen Sand aus den Höhlen wuschen. Jetzt war die Frostnacht hinter dicke Samtvorhänge verbannt, und das Zimmer ihrer Großmutter wirkte still und abgeschieden wie ein Raumschiff, das durch das Universum gleitet.

Sie warf einen Blick auf das Bett mit der reglosen Gestalt und machte, von jäher Angst gepackt, einen Schritt darauf zu. Mutt schlug die Augen auf, als Joss sich über sie beugte, nach dem schmalen Handgelenk griff und den leichten, schnellen Puls fühlte. Sie verzog das Gesicht, als ahne sie die Furcht ihrer Enkelin und mache sich darüber lustig.

»Ich bin noch da«, murmelte sie.

»Ja.« Joss seufzte erleichtert. »Das bist du.«

Sie tauschten ein Lächeln, erfüllt von der besonderen Zuneigung, die sie seit jeher verbunden hatte. Mutt drückte sanft die warme Hand ihrer Enkelin. Ihre Pläne für ihre Joss, die Erbin dieses Garten Eden, durften durch nichts gefährdet werden. Joss und sie hatten stets zusammengehalten. Hin und wieder hatten sie auch der mittleren Generation die Stirn geboten und ihren Spaß dabei gehabt.

Joss drückte die magere Hand an die Lippen und lächelte. »Es ist bald Zeit für deine Medikamente«, sagte sie, »aber vielleicht möchtest du ja zuerst eine kleine Massage?«

»Mhm.« Mutt stimmte bereitwillig zu, denn dieser Liebesdienst brachte ihr tatsächlich Linderung. Sie hatte Joss beigestanden, als diese Unterstützung gegen die Vorurteile ihres Vaters brauchte, und ihr auch finanziell unter die Arme gegriffen. Jetzt erntete sie den Lohn dafür. »Hat vorhin nicht das Telefon geklingelt?«

»Richtig.« Joss rückte ihre Großmutter behutsam zurecht, sodass sie den unteren Rücken und die Wirbelsäule massieren konnte. »Mama kommt morgen.« Sie griff nach einem Fläschchen auf dem Nachttisch, goss ein wenig Öl auf ihre Handflächen, wartete, bis es sich erwärmt hatte, und begann dann, Muskeln und Bindegewebe sanft und geschickt zu bearbeiten. »Sie übernachtet bei Bruno im ›Krähennest‹, will dich aber so bald wie möglich besuchen.«

Mutt schwieg, denn ihre Gedanken waren woanders.

»Ist vorhin Besuch da gewesen?«

Joss zögerte. Ob ihre Großmutter über den Amerikaner

und sein Foto Bescheid wusste? Offenbar hatte sie die Türglocke gehört. Joss hasste Heimlichtuerei, und was sollte eine wahrheitsgemäße Antwort schon schaden?

»Ein Amerikaner war hier. Er glaubt, dass du seine Großtante während des Krieges gekannt haben könntest.«

Wieder drehte sie ihre Großmutter, um sich nun den Waden zuzuwenden. Doch nun verzog sich das Gesicht der alten Frau vor Schmerz.

»Hat das wehgetan?«, fragte Joss besorgt.

Mutt schüttelte den Kopf und begann krampfhaft zu husten. Joss setzte sie auf, legte ihr liebevoll den Arm um die Schulter und schüttete mit der anderen Hand Medizin in einen Messbecher. Nachdem der Hustenanfall vorüber war, bettete Joss ihre Großmutter behutsam auf ihr Kissen und stützte das verletzte Bein mit einem Polster.

»Ich muss mir die Hände waschen«, sagte sie. »Bin gleich wieder da.«

Als Mutt allein war, wanderte ihr Blick zu dem Tisch hinüber, an dem Mousie noch vor ein paar Tagen gesessen, die Post geöffnet und ihr die Briefe vorgelesen hatte, weil sie selbst dafür zu schwach war.

»Menschenskind!«, hatte Mousie amüsiert gerufen. »Hier ist ein Brief von einem jungen Mann, der wissen möchte, ob du seine Großtante kennst. Er hat ein Foto beigelegt.« Als sie nach einer Weile weitersprach, klang ihre Stimme belegt. »Das ist ja wirklich erstaunlich«, sagte sie. »Erinnerst du dich an das Foto, Honor?« Und sie war aufgestanden, ans Bett getreten und hatte ihr das Bild hingehalten.

Es war ein richtiger Schock gewesen: ihr eigenes junges, fröhlich lachendes Gesicht inmitten von Freunden zu sehen und sich mit schmerzlicher Freude an diesen glücklichen Tag zu erinnern – und an die Sorgen, die wenig später folgten. Diese Gefühle hatten einen Augenblick lang jeden klaren Gedanken unmöglich gemacht. Daher dauerte es eine Weile, bis ihr der Brief wieder einfiel, den Mousie ihr vorgelesen hatte.

»Ich kann nicht mit ihm sprechen«, hatte sie ängstlich gerufen. »Ich kann einfach nicht. Das ist alles zu schmerzlich und zu lange her!« Mousie hatte sie beruhigt. Sie hatte ihr Recht gegeben, dass sie noch nicht kräftig genug war, um Besuche zu empfangen, und ihr Medizin verabreicht, um den schlimmen Hustenanfall zu mildern. Nachdem Mousie fort war, war Mutt mit unsicheren Schritten zum Tisch getappt, hatte aber weder den Brief noch das Foto gefunden und kaum noch die Kraft aufgebracht, wieder ins Bett zu steigen.

Als sie jetzt auf Joss wartete, dachte sie an etwas anderes – ein törichtes, halb vergessenes Geheimnis –, und ihr wurde flau vor Angst. Unwillkürlich spannte sie die Muskeln an, als wolle sie aufstehen, aber das Medikament wirkte allmählich, und sie wurde schläfrig. Wieder stellte sie sich vor, sie sei in Indien. Bilder und Geräusche drängten sich in ihre wirren Gedanken: rumpelnde Wagenräder und die Rufe der Fuhrleute, schlurfende Schritte und schrille Stimmen; scharfe, stechende Gerüche; dunkle Körper und leuchtende Bougainvilleen; warmer, weicher Staub und unerbittliche Hitze.

Plötzlich schrillte das Telefon unten im Korridor und verstummte, als Mousie den Hörer abnahm. Mutt murmelte und schrie im Schlaf, und Joss, die neben ihr saß, blickte von Zeit zu Zeit von ihrem Buch auf und beobachtete sie.

»Ich habe mir überlegt, dass ich doch lieber droben im Haus übernachten sollte und nicht bei Bruno.« Emma war am Apparat, und wie immer redete sie sehr hastig. »Wenn es Mutt mit dieser Lungenentzündung wirklich so schlecht geht, Mousie, sollte ich vielleicht doch lieber bei ihr wohnen. Ich möchte nur Joss nicht im Weg sein. Sie kümmert sich so rührend um ihre Großmutter. Die beiden waren schon immer ein Herz und eine Seele.«

Mousie lächelte versonnen. Sie malte sich aus, wie Emma neben dem Telefon hockte und mit der freien Hand gestikulierte – warmherzig, zerstreut, liebenswert.

»Bei Bruno bist du gut aufgehoben«, versicherte sie ihr. »Es ist doch nur zehn Minuten von hier, und Honor schwebt schließlich nicht in Lebensgefahr …« Sie rief sich in Erinnerung, was der Arzt gesagt hatte, und biss sich auf die Lippen. »Allerdings muss man bei ihrem Alter auf alles gefasst sein –«

»Das hat Raymond auch gesagt«, unterbrach Emma sie besorgt. »Dass ich bei ihr sein sollte. Du weißt ja, dass er Joss nicht viel zutraut. Von dieser Alternativmedizin hält er nichts, und er meint, dass wir dich zu stark in Anspruch nehmen.«

Mousie konnte sich gut vorstellen, dass Raymond Fox es gern sehen würde, wenn seine Frau zu diesem kritischen Zeitpunkt am Ort des Geschehens wäre.

»Sag ihm, er soll sich wegen Honor nicht allzu viel Kopfzerbrechen machen«, gab sie ungerührt zurück. »Er kann sich darauf verlassen, dass ich genau weiß, was ich zu tun habe.«

»Aber Mousie«, antwortete Emma, halb verlegen und halb amüsiert. »Er meint es nicht so, der gute alte Ray. Manchmal nörgelt er einfach gern ein bisschen herum. Mein lieber Bruder ist nicht sonderlich begeistert darüber, dass ich komme. Momentan kämpft er anscheinend mit einer kniffligen Passage in seinem Buch, und ich höre schon an seiner Stimme, dass er an nichts anderes denken kann. Macht nichts. Ein bisschen Ablenkung wird ihm guttun.«

»Wenn du meinst.« Mousie dachte voller Mitgefühl an

Bruno. »Ich halte es für das Klügste, wenn Joss hier weiter freie Hand hat. Sag Raymond, dass Honor bei ihr in guten Händen ist. Darauf kommt es im Augenblick an.«

»Du hast Recht, Mousie. Das Problem ist nur, er kapiert einfach nicht, dass sie ein erwachsener Mensch ist. Und schließlich ist sie keine ausgebildete Krankenpflegerin wie du, obwohl ich ihm immer wieder erkläre, dass sie ihre Sache großartig macht. Sie war schon als Kind so fürsorglich und vernünftig, ganz anders als ich, findest du nicht? Aber natürlich war Vater Arzt und Mutt gelernte Krankenschwester, das muss sie also von ihnen haben …«

»Joss ist großartig«, entgegnete Mousie energisch, »und Raymond hat allen Grund, stolz auf sie zu sein. Sie war im Krankenhaus in Truro, um Honors Röntgenbefunde mit dem Physiotherapeuten zu besprechen, und sie weiß genau, was sie tut.«

»Es tut so gut, mit dir zu reden«, meinte Emma euphorisch. »Ich hoffe, dass ich rechtzeitig zum Mittagessen bei euch bin. Sag allen liebe Grüße von mir.«

Mousie legte den Hörer mit dem wohlbekannten Gefühl auf, einen Spurt zurückgelegt zu haben. Dann kehrte sie ins Wohnzimmer zurück. Zwei kleine, gemütliche Sofas standen im rechten Winkel zum offenen Kamin, und ein drittes, das etwas länger war, ergänzte das Quadrat. Mutts Vorliebe für zurückhaltende Eleganz war in jedem Raum des Hauses spürbar, doch nirgends mehr als hier in dem kleinen Handarbeitszimmer, in das sie sich zum Lesen oder Sticken zurückzog. In der ganzen Umgebung war sie für ihre schönen Stickereien bekannt. Sie hatte auch schon zahlreiche größere Aufträge erhalten, aber wegen ihrer nachlassenden Sehkraft hatte sie in letzter Zeit nicht mehr so viel angenommen. Der halb fertige Gobelin, an dem sie abends vor dem Kamin gearbeitet hatte, stand noch in dem Stickrahmen neben dem Rosenholztisch mit den Zeitschriften und Büchern.

Mousie setzte sich in die Ecke am Feuer und öffnete ihre große Gobelintasche. Behutsam zog sie das Foto mit dem Brief heraus und betrachtete die vier lachenden Gesichter: Hubert, seine Frau und ein zweites Paar.

Der Amerikaner hatte geschrieben:

> Es wurde eine Doppelhochzeit gefeiert, weil die vier so eng befreundet waren. Meine Großmutter wusste noch, dass die beiden Mädchen Krankenschwestern waren, meinte aber, dass mein Großonkel in Indien eine Firma leitete. Das alles klingt ein bisschen vage. Fest steht nur, dass der Mädchenname meiner Großtante Madeleine Grosjean war. Ich weiß, dass sich die beiden Krankenschwestern sehr nahestanden, aber kurz nachdem meine Großmutter in die Staaten gegangen war, kamen keine Briefe mehr aus Indien. Die Nachforschungen, die damals angestellt wurden, ergaben, dass Madeleine und ihre Familie spurlos verschwunden waren. Wir vermuten, dass sie bei den Unruhen im Jahre 1947 umgekommen sind. Vielleicht waren Sie und Dr. Trevannion damals ja bereits nach Großbritannien zurückgekehrt. Es wäre wunderbar, wenn wir der Wahrheit auf die Spur kommen könnten. Ich hoffe, dass Sie ein bisschen Zeit für mich haben, wenn ich nächstes Wochenende vorbeikomme, sagen wir am Samstag gegen drei?

Mousie faltete den Brief zusammen und dachte an Honors Ankunft in St Meriadoc zurück. Damals, 1947, war Huberts Mutter bereits tot und sein Vater ziemlich gebrechlich gewesen. Doch alle hatten ihr Bestes getan, damit sich die Neuankömmlinge wie zu Hause fühlten. Der kleine Bruno, der so viel Ähnlichkeit mit seinem Vater hatte, war noch ganz benommen von den Ereignissen der letzten beiden Monate, und die süße Emma, zu klein, um das alles zu begreifen, war dankbar dafür, in den Schoß ihrer neuen Familie aufgenommen zu werden. Vom ersten Augenblick an hatte Mousie die Kinder ins Herz geschlossen – aber Honor … Mousie seufzte. Zwischen ihnen war eine Barriere gewesen, eine Reserviertheit, gegen die Mousie einfach nichts ausrichten konnte. Ob der Grund dafür ihre Liebe zu Hubert war? Sie hatte sich alle Mühe gegeben, diese Distanz abzubauen, aber es war ihr nicht gelungen. Sie hatte sich nicht einmal angewöhnen können, den albernen Kosenamen der Kinder zu benutzen: Für Mousie blieb Mutt immer »Honor«.

Sie hörte Schritte auf der Treppe und ließ Brief und Foto rasch wieder in ihrer Tasche verschwinden. Als Joss hereinkam, saß Mousie scheinbar in die Zeitung vertieft vor dem flackernden Feuer.

3

Während Emma hinter Launceston die vertraute Landstraße entlangfuhr, bei Kennards House abbog und Ausschau nach dem glitzernden Meer in der Ferne hielt, führte sie Selbstgespräche. Sie machte sich Mut: Lange würde es nicht mehr dauern, dann war sie da, dann war sie zu Hause. Obwohl sie in aller Frühe losgefahren war, fühlte sie sich wach und voller Energie und freute sich auf das Wiedersehen mit ihrer Familie – vor allem auf Joss und Bruno.

»Und die gute alte Mutt«, sagte sie laut. Die Krankheit ihrer Mutter bedrückte sie, aber vor allem machte ihr der Gedanke zu schaffen, dass sie sich im Umgang mit Kranken so hilflos fühlte – ganz anders als Mousie, die es verstand, ihre Fürsorge zu zeigen, ohne sich dabei aufzureiben.

»Sie sieht schrecklich aus«, hatte Emma geklagt, als sie Mutt das letzte Mal besucht hatte. »So gebrechlich und alt.«

»Sie ist gebrechlich und alt«, hatte Mousie mit ihrem beißenden Humor entgegnet, durch den sich Emma immer trösten ließ. »Schließlich ist sie fast achtzig, und sie hat einen schlimmen Sturz hinter sich. Was erwartest du denn?«

»Sie war immer so …«, Emma suchte nach dem richtigen Wort, »… so unabhängig.«

»Das stimmt«, erwiderte Mousie wehmütig, »aber mit der

Unabhängigkeit ist es so eine Sache, wenn man nicht laufen kann und geistig ein wenig verwirrt ist.«

Während Emma durch Delabole fuhr, dachte sie daran, welch ein Schock es gewesen war, die fröhliche, tüchtige Mutt ans Bett gefesselt und durch Beruhigungsmittel gedämpft zu sehen. Es kam ihr vor, als wäre ein unverrückbarer, zuverlässiger Bezugspunkt über Nacht aus ihrem Leben verschwunden, und sie hatte das Gefühl, den Boden unter den Füßen zu verlieren. Natürlich liebte Mutt ihre Kinder, aber diese Liebe war nicht frei von Strenge, und das Merkwürdige war, dass sie, Emma, immer das Gefühl hatte, sie brauche Mutts Wohlwollen. Auch als sie längst kein Kind mehr war, freute sie sich von Herzen, wenn sie von Mutt mit einem liebevollen Lächeln belohnt wurde.

»Das ist doch verrückt!«, hatte Emma unten im »Krähennest« schon manches Mal ihrem Bruder Bruno anvertraut, wenn sie ihm beim Kochen helfen wollte, aber im Grunde nur im Weg stand. »Ich bin jetzt zwanzig … dreiunddreißig … zweiundvierzig …, und immer noch bin ich darauf angewiesen, dass sie gut findet, was ich tue.«

Angesichts der zahlreichen gesellschaftlichen Verpflichtungen, denen sie nachkommen musste – der Alltag in Henley und die aufwändigen Dinnerpartys für Rays Geschäftspartner in der Londoner Wohnung –, war es eine Erholung für sie, bei Bruno gelegentlich die Seele baumeln zu lassen und ihrem Herzen Luft zu machen. Welche Geschichten hätte dieses merkwürdige Haus mit seinen Natursteinmauern erzählen können!

Sie passierte erst St Endellion, dann Porteath und bog in die schmale Straße ab, die nach St Meriadoc führte. An einem Gatter bremste sie und stieg aus. Das blasse Sonnenlicht beleuchtete eine vertraute Szene. Aufgeschreckte Schafe und Lämmer suchten das Weite, ihr Blöken hallte durch die kühle, klare Luft, während Emma über die raue Landschaft auf die Klippen blickte, die sich nordwärts nach Kellan Head und westwärts nach Rumps Point zogen. Sie kletterte auf die mittlere Sprosse des Gatters, sodass sie in das tiefe Tal hinunterschauen konnte: auf das Haus, dessen schiefergedecktes Dach von hohen Büschen und Bäumen umgeben war. Im Westen lag die kleine, geschwungene Bucht mit der stillgelegten Bootswerft und mehreren Cottages, die gemeinsam mit dem »Krähennest« die Siedlung St Meriadoc bildeten. Obwohl sie wusste, dass es noch zu früh im Jahr war, lauschte Emma, ob sie nicht den Gesang der Lerche vernahm. Mutt nannte dieses stille, abgeschiedene Tal den »goldenen Kelch«. Der Ausdruck stammte aus einem Gedicht von George Meredith über eine Lerche. Sie hatte es ihnen vorgelesen, als sie klein waren. Emma erinnerte sich immer noch an einige Zeilen:

Hoch und höher steigt sie auf
Und unser Tal, ihr goldner Kelch,
Und sie der Wein, der überfließt.

Emma hatte von jeher diesen Blick genossen, wenn sie vom Internat oder – in späterer Zeit – von London nach Hause kam. Das Bild dieser Landschaft stand ihr immer vor Augen.

»Warum um Himmels willen willst du hier anhalten?«, hatte Raymond ungeduldig gefragt, wenn sie in den ersten Jahren ihrer Ehe hierher zu Besuch kamen. »Wir sind doch jeden Moment da.«

Darauf gab es keine Antwort. Jedenfalls keine, die Raymond verstanden hätte. Bruno konnte diese wunderbare Vorfreude nachfühlen, wenn man die Erregung des Eintauchens in die Szenerie dort unten für einen Moment hinauszögerte: den Blick hinab auf eine Verheißung.

»Schon gut«, hatte sie gemurmelt. Wie immer gab sie nach – Raymond war so reif, so vernünftig –, und dann tätschelte er ihre Hand oder ihr Knie, ohne zu merken, dass sie instinktiv zurückwich und ihr in diesem Augenblick seine körperliche Gegenwart ebenso zuwider war wie seine Wertvorstellungen.

»Du Dummerchen«, sagte er voller Zuneigung, während sie die Hände zwischen den Knien zusammenpresste und angestrengt zum Fenster hinausschaute. Kurz darauf plagten sie Schuldgefühle, und sie rief sich seine guten Eigenschaften in Erinnerung – seine etwas unbeholfene Freundlichkeit, verbunden mit einem ausgeprägten Beschützerinstinkt. Er verschaffte seiner Familie ein angenehmes Leben und verwaltete umsichtig sein Vermögen – Eigenschaften, die nach Mutts Ansicht ebenso wichtig waren wie leidenschaftliche Gefühle. Dass er zwölf Jahre älter, gut aussehend und bereits erfolgreich war, hatte Eindruck auf die unerfahrene Zwanzigjährige gemacht, und sie war sehr geschmeichelt über sein unverhohlenes Interesse an ihr gewesen. Stirnrunzelnd dachte Emma an diese Zeit zurück. Der Punkt war, dass Bruno damals gerade seine Verlobung mit dem grazilen Wildfang Zoë bekannt gegeben hatte, die aussah wie Juliette Gréco und ihr Geld als Model verdiente. Plötzlich hatte sich Emma als Außenseiterin gefühlt. Neben Zoë kam sie sich wie ein Tollpatsch vor – plump und unbeholfen –, und praktischerweise war Raymond zur Hand, um dieses Gefühl der Unzulänglichkeit zu lindern.

»Den darfst du auf keinen Fall heiraten«, hatte Bruno nach der ersten Begegnung mit Raymond kategorisch erklärt – und sie hatten einander zornig angefunkelt.

»Mutt mag ihn aber«, hatte Emma eigensinnig entgegnet. »Sie hält ihn für solide und zuverlässig.«

»*Zuverlässig?*« Bruno hatte fassungslos den Kopf geschüttelt. »Um Himmels willen, Emma!«

In Gedanken noch bei dem damaligen Streit, stieg sie wieder ins Auto und fuhr die steile, kurvige Straße hinunter zur ehemaligen Bootswerft neben den Cottages. Dann stellte sie den Wagen in dem stillgelegten Steinbruch gegenüber ab.

Durch den fröhlichen Ton der Hupe aufgeschreckt, erhob sich Rafe Boscowan vom Schreibtisch und trat ans Fenster seines Arbeitszimmers.

»Es ist Emma«, rief er seiner Frau zu. »Ich gehe schon.«

Auf ihrem Gesicht zeigte sich ein Ausdruck freudiger Erwartung. Pamela blieb am Küchentisch sitzen, wo sie mit Sorgfalt Gemüse putzte. Sie hörte, wie Rafe die Treppe hinunterging, die Tür öffnete und Emma begrüßte. Als die beiden eintraten, drehte sie sich auf ihrem Stuhl um. Emmas blumiges Parfüm stieg ihr in die Nase, sie spürte, wie ihr Gesicht von sanften Händen umfasst wurde und Emma ihr einen Kuss auf beide Wangen drückte. Dann folgte eine kleine Pause, und sie wusste, dass Emma sie eingehend musterte.

»Du siehst so gut aus, Liebes. Was für ein schöner Pullover – und hast du einen neuen Haarschnitt? Die blonden Strähnchen sind hübsch.«

Pamela tastete nach ihrer Frisur. Typisch Emma, dass ihr so etwas auffiel.

»Gefällt es dir? Rafe behauptet, es steht mir gut, aber ich weiß nicht, ob er mir immer die Wahrheit sagt. Olivia meinte, dass ich mein Äußeres vernachlässige, also habe ich beschlossen, mich ein bisschen aufzupeppen.«

Rafe und Emma wechselten einen Blick. Die Älteste der Boscowan-Kinder war nicht gerade ein Ausbund an Taktgefühl. Pamela lächelte.

»Nur keine Vebs!«, mahnte sie mit der Geistesgegenwart,

die sie im Laufe ihrer Erblindung entwickelt hatte. »Ich weiß, dass Olivia kein Blatt vor den Mund nimmt, aber sie hat Recht. Ich darf mich nicht gehen lassen.«

Emma berührte Pamelas Schulter. In der Familie Boscowan war das Wort »Veb« eine Abkürzung für »Verstohlene Blicke«, die Pamela nicht mitbekam, und sie alle versuchten, sich an die Regel zu halten und ihre Blindheit nicht auszunutzen. Dennoch konnte Emma ihren Ärger über Olivias Taktlosigkeit nicht ganz unterdrücken.

»Ich versichere dir, es sieht wirklich gut aus. Du weißt, dass ich das sonst nicht sagen würde. Ich würde sofort mit dir nach Wadebridge fahren und mit Argusaugen darüber wachen, dass das Mädchen es richtig hinbekommt. Aber glücklicherweise ist das nicht nötig.«

Rafe räumte das Brett mit dem geputzten Gemüse beiseite, das er als Nächstes schnippeln wollte, und holte Gläser aus dem Küchenschrank.

»Wie wär's mit einem Willkommenstrunk?«, schlug er vor. »Ich habe Bruno gebeten vorbeizukommen, aber wahrscheinlich sieht er nicht auf die Uhr. Bestimmt ist er gerade auf einem anderen Planeten. Aber Mousie wird gleich da sein. Wie geht's Raymond?«

Er schenkte Wein ein, stellte ein Glas auf den Tisch und führte behutsam Pamelas Finger zum Stiel. Glücklich sah sich Emma in der Küche um, stibitzte ein Stück Karotte, betrachtete das neueste Foto von Olivias Baby, spähte aus dem Fenster und plauderte dabei unbekümmert. Die Cottages waren nur wenige Meter vom Deich entfernt, und das schillernde, von grauen Wogen reflektierte Licht ließ den lang gestreckten Raum mit den schweren Deckenbalken und den dicken Steinmauern heller und höher wirken, als er war. Emma seufzte zufrieden; genauso hatte es hier ausgesehen, als Tante Julia die kleine Emma mit selbst gemachtem Fondant oder Cornish Splits, einem süßen Hefegebäck, verwöhnt hatte – wenngleich der alte Herd verschwunden und die Küche umgebaut worden war, sodass sich Pamela ungehindert darin bewegen konnte.

Während Emma zusah, wie sie behutsam Schubladen öffnete und den Tisch deckte, musste sie an eine jüngere Pamela denken, die unbeschwert herumgeflattert war und mit der kleinen Olivia gespielt hatte. Damals hatte sie Joe erwartet. Wenn Emma zu Besuch kam, hatten Pamela und Rafe sie scherzhaft in breitestem Cornwall-Dialekt wie eine hochgestellte Persönlichkeit begrüßt.

Das hatte Emma kein bisschen gestört, im Gegenteil. Sie fühlte sich wie ein Ehrengast, wenngleich sie Pamela und Rafe insgeheim um ihren lockeren, liebevollen Umgang miteinander beneidete. Pamelas Erblindung hatte die beiden noch enger zusammengeschweißt. Bei dem Gedanken, was Pamela verloren hatte, überfiel Emma eine jähe Traurigkeit.

Da kam Mousie herein. Sie breitete die Arme aus, und Emma ging dankbar auf sie zu und ließ sich von Rafes Schwester ans Herz drücken.

4

Bruno kam aus seinem kleinen, mit Büchern gefüllten Arbeitszimmer, blickte auf die Uhr und machte ein schuldbewusstes Gesicht: zwanzig nach zwei – er hatte das Mittagessen bei Rafe und Pamela verpasst. Aber seine Verwandten würden Nachsicht üben. Von plötzlichem Hunger überwältigt, sah er nach, was der Kühlschrank zu bieten hatte. Nellie – das gelungene Ergebnis der ungeplanten Liebschaft zwischen einer hübschen Border-Collie-Hündin mit einem stattlichen Golden Retriever – hatte sich auf den kühlen Fliesen des Küchenbodens ausgestreckt. Nun hob sie den Kopf und sah Bruno erwartungsvoll an.

»Mit dem Lunch sind wir heute spät dran, meine Liebe«, murmelte Bruno und stellte eine große, halb volle Dose Hundefutter, ein paar Eier und ein Stück Käse auf die Anrichte. »Tut mir leid.«

Allerdings hatte ihn das am Morgen Geleistete in Hochstimmung versetzt, die sich immer einstellte, wenn es ihm gelang, seine Ideen zu Papier zu bringen – natürlich mit Hilfe seines Computers. Ein halbes Kapitel war fertig, und ausnahmsweise war er zufrieden mit dem, was nach all den Seelenqualen und dem endlosen Auf- und Abgehen in seinem vollgestopften Arbeitszimmer herausgekommen war.

»Warum arbeitest du nicht in dem Raum mit der phantastischen Aussicht?«, fragten Besucher zuweilen.

Fassungslos betrachteten sie die Wände mit den großformatigen Pinnbrettern, an denen Fotos, Zeichnungen, Artikel aus Hochglanzillustrierten und vergilbte Zeitungsausschnitte hingen, die samt und sonders mit dem Buch zu tun hatten, an dem Bruno gerade schrieb. An einer Ecke des fadenscheinigen Teppichs ragte ein einsturzgefährdeter Bücherturm empor, und die Arbeitsplatte, die sich im rechten Winkel an den Schreibtisch anschloss, war mit vollgekritzelten Zetteln und Heften bedeckt.

»Nichts lenkt einen mehr von der Arbeit ab als eine grandiose Aussicht«, gab er dann zurück und führte die Gäste wieder ins Wohnzimmer mit dem großen Bogenfenster, von dem aus sie das eisgrüne Meer betrachten konnten.

Das »Krähennest«, von einem exzentrischen viktorianischen Vorfahren errichtet, schien Bruno der ideale Ort, um seine Bücher zu schreiben: historische Romane, inspiriert durch die eigene Familiengeschichte, beginnend mit einem Trevannion, der im Bürgerkrieg des 17. Jahrhunderts auf Seiten des Königs gekämpft hatte. Weil jedes dieser Bücher zwei bis dreijährige Recherchen erforderte, betrieb er außerdem, unter Pseudonym, seine »Lohnschreiberei«: Geschichten über die britische Marine. Das erste dieser Bücher, das er unmittelbar nach seinem Ausscheiden aus der Royal Navy mit Mitte zwanzig verfasst hatte, war ein Überraschungserfolg gewesen. Am heutigen Tag hatte er sich jedoch voll und ganz einem technisch versierten Trevannion gewidmet, der als Mitarbeiter des großen Sir Joseph Bazalgette an der Planung des Londoner Abwassersystems mitgewirkt hatte.

Wie gut, sinnierte Bruno, während er Nellie fütterte und Käse rieb, dass die Trevannions des 18. und 19. Jahrhunderts sich auf so vielen Gebieten hervorgetan hatten. Er hatte also genügend Figuren auf Lager, mit denen er sich in den nächsten Jahren beschäftigen konnte. Und er durfte sich glücklich schätzen, dass seine lebenden Angehörigen es mit seiner Pünktlichkeit nicht so genau nahmen. Er hatte sein Omelett halb aufgegessen, als Emma hereinkam.

»Du bist ein hoffnungsloser Fall«, sagte sie und blickte ihn liebevoll an. »Wo warst du denn heute? Mousie meinte, dass du wahrscheinlich in einer Londoner Kloake feststeckst.«

»Da hatte sie völlig Recht.« Er erhob sich und umarmte seine Schwester. »Tut mir leid.«

Emma kraulte Nellies weiche Schlappohren. Wie schön es war, wieder in diesem Haus zu sein, wo sie einfach nur sie selbst sein konnte. Bruno trug wie immer seine dunkelbraune Cordhose, den blauen Seemannspullover und die ausgefransten Strandschuhe, und man sah ihm an, dass er sich darin wohlfühlte. Der Februarkälte trotzte er mit Wollsocken und einem roten Seidenschal, den Emma ihm zu Weihnachten geschenkt hatte. Doch bestimmt trug er den Schal nur, weil er ihm als Erstes in die Hände gefallen war, als er morgens feststellte, wie kühl es war.

»Ein schöner Schal«, bemerkte sie fröhlich, um ihn auf die Probe zu stellen.

Er bedankte sich mit einem Nicken für das Kompliment. »Finde ich auch. Möchtest du einen Kaffee, oder schaust du erst mal bei Mutt vorbei?«

»Ich gehe gleich rauf«, erwiderte sie. »Wie geht's ihr? Mousie hält sich bedeckt, wenn du weißt, was ich meine – ›Wir müssen bedenken, dass sie fast achtzig ist, aber ich bin sicher, dass sie wieder gesund wird‹ und so weiter.«

Bruno schob sich das letzte Stück Omelett in den Mund und stellte Nellie seinen Teller zum Ablecken hin. »Ich war gestern gleich nach dem Mittagessen bei ihr«, sagte er. »Sonst gehe ich immer gegen fünf rauf, wenn ich Feierabend mache. Ehrlich gesagt, traue ich mir kein Urteil zu. Manchmal scheint sie zwar gebrechlich, aber geistig klar, dann wieder ist sie völlig durcheinander. Ich glaube, es hängt weitgehend davon ab, ob sie vorher ihre Medizin genommen hat. Joss ist eine großartige Pflegerin.«

Emmas Miene hellte sich auf. »Ich kann dir gar nicht sagen, wie erleichtert ich bin, dass es so gut klappt. Wie schön, dass sie Mutt helfen kann. Raymond meckert ständig an ihrer Arbeit herum, und wenn sie nach Hause kommt, ist Streit angesagt.«

»Dann hat sich nicht viel geändert«, meinte Bruno. »Und wie geht's unserem Gevatter Fox?«

Emma zuckte die Schultern, hin- und hergerissen zwischen dem Wunsch nach Offenheit und Loyalität mit ihrem Ehemann. Und Bruno, der aus langjähriger Erfahrung wusste, dass die Schranken der Loyalität am Ende für eine Weile fallen würden, verschob die Aussprache auf einen späteren Zeitpunkt.

Aber was sollte man von dieser Tageszeit auch erwarten, dachte er. Drei Uhr nachmittags, da war noch ein langer, öder Weg zurückzulegen, bis ein gemütliches Abendessen die Zunge löste und sich danach bei einem Glas Wein, geschlossenen Vorhängen und einem munteren Kaminfeuer die alte Vertrautheit einstellte.

»Geh ruhig rauf zu Mutt«, meinte er, ohne eine Antwort abzuwarten. »Am besten, du bleibst gleich oben und nimmst den Tee mit Joss. Wir reden später.«

Emma zögerte. Plötzlich fiel es ihr schwer, die anheimelnde Atmosphäre des »Krähennests« hinter sich zu lassen. Wer wusste, was sie oben im »Paradies« erwartete? Bruno sah sie nachdenklich an; er wusste, wie schwierig es für Emma war, mit Mutts körperlichem und geistigem Verfall nach dem Sturz zurechtzukommen.

»Weißt du was?«, meinte er. »Ein Spaziergang würde mir

guttun – und Nellie übrigens auch. Wir begleiten dich auf dem Klippenweg. Oder wolltest du den Wagen nehmen?«

»Nein, nein.« Sie schüttelte energisch den Kopf. »Das wäre schön. Aber kann ich es denn verantworten, dich aus deinen Abwasserkanälen zu entführen?«

»Bazalgette hat noch andere Bauwerke hinterlassen«, erklärte er. »Zum Beispiel die Putney-Brücke. Aber keine Sorge, du hältst mich nicht von der Arbeit ab. Ich muss über ein paar Dinge nachdenken, und das geht am besten an der frischen Luft.«

Er zog eine Jacke über, schlüpfte in Gummistiefel, und sie folgten der begeisterten Nellie nach draußen.

Joss schlug ihr Buch zu, vergewisserte sich, dass Mutt tatsächlich schlief, und schlüpfte lautlos aus dem Zimmer. Sie hatte gedämpfte Stimmen und Schritte auf der Zufahrt unter dem Fenster gehört. Nun wollte sie vermeiden, dass jemand ihre Großmutter störte, nachdem sie endlich zur Ruhe gekommen war. Am Treppenabsatz sah sie, dass ihre Mutter hereingekommen war und gerade ihren Mantel auszog. Emmas Gesichtsausdruck, das ängstliche Stirnrunzeln, bewog Joss, in einer dunklen Ecke stehen zu bleiben. Wie immer brachte sie ihrer Mutter gemischte Gefühle entgegen: einerseits überwältigende Zuneigung, andererseits Anwandlungen von Unmut über Emmas allzu nachgiebige Haltung gegenüber ihrem Mann. Joss wusste nicht mehr, wann genau sie als Kind oder Jugendliche bemerkt hatte, dass sich die moralischen Grundsätze ihres nicht gerade feinfühligen Vaters vor allem auf den Erwerb von Besitz konzentrierten. Jedenfalls hatte sie schon früh mitbekommen, dass er niemandem außerhalb des engsten Familienkreises etwas von seinem nicht unbeträchtlichen Vermögen gönnte. Sein herablassendes Lächeln erstickte jeden Einwand im Keim; seine riesige Hand gab mit schulmeisterlicher Geste zu verstehen, dass er keinen anderen Standpunkt duldete. Selbst wenn es um Weihnachts- oder Geburtstagsgeschenke ging, verdarb sein joviales »Was das wohl gekostet haben mag?« oder »Braucht Mami wirklich noch einen Schal?« die Freude, mit der seine Tochter für das Geschenk gespart hatte.

Als Joss einmal einen Bettler mit ihrem Taschengeld beglückte, hielt er ihr einen langen Vortrag darüber, wie unklug es sei, die Faulheit zu ermutigen; und ein paar Tage später hatte er ihr einen Zeitungsbericht über einen solchen Bettler gezeigt, der sich mit seinen Einnahmen einen BMW leisten konnte. Ihr Vater hatte sie vor ihren Schulfreundinnen gedemütigt, indem er die extravaganten Fernreisen der Eltern kritisierte. Und später hatte er Freundschaften mit Jungen vereitelt, indem er sie bei ihrem dritten oder vierten Besuch über deren finanzielle Verhältnisse aushorchte. Wie groß war die Erleichterung, wenn er am Montagmorgen in die Londoner Wohnung übersiedelte und die Familie vier ganze Tage lang von seinen Sticheleien verschont blieb.

Joss vermutete, dass ihre Mutter nur dank dieser freien Tage imstande war, all die kleinen Demütigungen in Gegenwart ihrer Freundinnen und seine regelmäßigen Vorträge über den Nutzen der Sparsamkeit zu ertragen. Sie hatte einen großen Bekanntenkreis, ihren Bridge-Club und verfügte – trotz all seiner haushälterischen Grundsätze – über ein großzügig bemessenes Taschengeld. Auch als Joss bereits eine weiterführende Schule besuchte, hatte Emma noch jahrelang zwei Vormittage in der Woche Grundschülern mit Leseschwäche geholfen, und sie war Mitglied bei einem gemeinnützigen Frauenverband. Von Natur aus war Emma ein fröhlicher Mensch, aber Joss bezweifelte, dass ihre Mutter mit ihrem Vater wirklich glücklich war.

»Wie hältst du das nur aus?«, hatte sie ihrer Mutter zugerufen, nachdem herausgekommen war, dass Emma einer lieben, aber unzuverlässigen Freundin Geld geliehen hatte, und Joss Zeugin der Szene zwischen ihren Eltern geworden war. »Wie kannst du seine Knauserigkeit nur ertragen?«

»Er war dir immer ein guter Vater, mein Schatz«, hatte Emma, loyal wie eh und je, zurückgegeben. »Ich weiß, dass er sehr unsensibel sein kann, was für Mädchen in deinem Alter besonders schwierig ist. Aber du darfst nicht zu streng mit ihm ins Gericht gehen. Er tut alles, damit wir ein sorgenfreies Leben führen können …«

»Aber alles, was er einem schenkt, trägt ein Preisschild. Für alles will er etwas zurückhaben.«

»Sicherheit ist ihm sehr wichtig. Das wirst du besser verstehen, wenn du selbst Kinder hast. Immerhin wird alles, was er besitzt, eines Tages dir gehören. Im Grunde tut er doch alles nur für dich.«

»Ich will das aber nicht«, gab sie in kindlichem Trotz zurück. »Ich verdiene mein eigenes Geld.«

Und sie arbeitete hart, um ihre Ausbildung zu finanzieren – denn von ihrem Vater, der für sämtliche Varianten der Alternativmedizin nur Hohn und Spott übrig hatte, nahm sie keinen Penny. Um sich über Wasser zu halten, jobbte sie in Kneipen und Cafés. Mutt glaubte an sie. Mutt, die ihr bei Familienkonflikten schon immer beigestanden hatte, lud Joss und ihre Freunde ins »Paradies« ein, wo sie Zuflucht vor der demütigenden Nörgelei und dem schwer erträglichen Humor ihres Vaters fanden. Ohne direkt Partei zu ergreifen, ermutigte Mutt ihre Enkelin und unterstützte sie auch finanziell, so gut sie konnte, obwohl sie selbst keine großen Einkünfte hatte: ihre Witwenrente, ein paar Aktien und die Miete für die Cottages unten am Meer. Emma, die zwischen allen

Stühlen saß, sorgte sich, ob ihre Tochter die Doppelbelastung durch Ausbildung und Jobs durchhalten würde.

»Du bringst dich um, bevor du überhaupt ins Berufsleben eintrittst«, sagte sie. »Du siehst erschöpft aus, mein Schatz. Warum hörst du nicht einfach weg, wenn er Unsinn redet? In Wirklichkeit will er doch nur dein Bestes. Er ist nur einfach nicht imstande, sich in andere Menschen hineinzuversetzen. Ich könnte dir doch helfen ...«

»Das kann ich nicht annehmen, Mum.« Joss hasste sich selbst, als sie sah, wie sehr sie ihre Mutter mit diesen Worten kränkte. »Bitte versuche das zu verstehen. Ich komme schon zurecht. Andere Leute schaffen es ja auch. Schließlich sagt Dad doch selbst immer: Jeder ist seines Glückes Schmied, muss sehen, wo er bleibt, und so weiter und so fort.«

Gelegentlich war Brunos Großzügigkeit lebensrettend.

»Ich vermute, Mum hat dich bestochen«, bemerkte sie manchmal ungnädig – aber sein verschmitzter Blick entlockte ihr jedes Mal ein Lächeln. »Tut mir leid«, meinte sie dann zerknirscht. »Ich kann nur einfach nichts von meinen Eltern annehmen, wenn ich weiß, dass mein Vater ablehnt, was ich mache.«

»Nimm es einfach, Mädel«, sagte er und steckte ihr einen Scheck oder ein paar Geldscheine zu. »Ich verspreche dir, dass ich für die Ansichten meines Schwagers keine Lanze breche. Und mit meinem Geld kann ich schließlich anfangen, was ich will.«

»Warum nur?«, hatte sie ihn einmal gefragt. »Warum hat sie ihn bloß geheiratet, Bruno? Er ist ... so anders als Mum. Sie ist warmherzig, freundlich, liebevoll, und er ist so berechnend. Was hat sie bloß an ihm gefunden?«

Ihr Onkel überlegte eine Weile. »Du darfst nicht vergessen«, antwortete er schließlich, »dass es für Frauen vor dreißig Jahren noch viel wichtiger war zu heiraten als heute. Du kannst dir überhaupt nicht vorstellen, wie sehr Mädchen unter Druck gesetzt wurden, sich einen Mann zu suchen. Dein Vater war ein ausgesprochen gut aussehender, erfolgreicher Mann, und dass er um einiges älter war als Emma, hat seine Anziehungskraft eher noch gesteigert. Außerdem fand Mutt ihn in Ordnung. Sie hat ganz richtig erkannt, dass er gut für ihre Tochter sorgen würde, und deshalb hat sie ihn ermutigt. Emma hatte kaum Erfahrung, und die Hartnäckigkeit, mit der er sich um sie bemühte, schmeichelte ihr. Man könnte sagen, er hat sie im Sturm erobert, aber Tatsache ist, dass man als Außenstehender eine Ehe nicht beurteilen kann. Und wenn du den beiden noch so nahestehst, wirst du doch nie begreifen, warum es funktioniert, oder die unzähligen unsichtbaren Bande wahrnehmen, die ein Paar zusammenhalten. Emma ist sehr liebevoll und sehr loyal euch beiden gegenüber, und es steht uns nicht zu, sie zu verurteilen. Mach es ihr nicht noch schwerer, als es ohnehin schon ist.«

Als Joss nun im Schatten auf dem Treppenabsatz stand, fielen ihr Brunos Worte wieder ein, und ihr Herz pochte in jäh aufwallender Zuneigung.

»Hallo, Mum«, rief sie und lief die Treppe hinunter. »Wie war die Fahrt?«

Emma schloss ihre Tochter in die Arme. »Völlig problemlos. Und wie geht's Mutt?«

»Sie schläft. Ich wollte gerade Tee machen, dann bringen wir ihr nachher eine Tasse hoch. Wie lange kannst du bleiben?«

»Mindestens für ein paar Tage. Ray ist in London, er hat Besprechungen und so weiter. Du siehst hervorragend aus, Joss. Ich hätte nicht gedacht, dass du die Belastung so gut verkraftest. Mousie hat mir erzählt, dass du ihr eine große Hilfe bist. Was gibt's Neues?«

Joss wurde das Herz schwer. Diese Frage aus dem Mund

ihrer Mutter bezog sich gewöhnlich auf ihr Liebesleben. Als sie Emma in die Küche folgte, fiel ihr der junge Amerikaner ein – er konnte für ein Ablenkungsmanöver herhalten.

»Ach, weißt du«, sagte sie langsam, »gestern ist etwas Merkwürdiges passiert. Ein Mann ist vorbeigekommen, der nach einer Angehörigen sucht. Er hat gehofft, dass Mutt sie aus Indien kennt ...«

Mutt stöhnte im Halbschlaf, murmelte längst vergessene Namen und warf sich hin und her, bis sie wieder in einen unruhigen Schlummer sank.

5

»Wer ist Lottie?«

Emma stand mit dem Rücken zum Kaminfeuer und blätterte in der Taschenbuchausgabe von Brunos neuestem Roman. Da sie keine Antwort auf ihre Frage erhielt, warf sie einen Blick auf den bogenförmigen Durchgang zur Küche und wiederholte die Frage ein wenig lauter.

»Bruno? Hast du mich verstanden? Kennen wir eine Lottie?«

Sie hörte, wie die Backofentür geschlossen wurde, dann lief kurz das Wasser, und schließlich tauchte Bruno auf, der sich die Hände an einem zerschlissenen Geschirrtuch abtrocknete.

»Wie bitte? Lottie?« Er schüttelte den Kopf. »Warum fragst du?«

»Mutt hat sie vorhin erwähnt.« Emma hielt das Buch in die Höhe. »Hübscher Umschlag – ziemlich modern und ansprechend, und auf der Rückseite eine Menge Lob.«

Er nahm es ihr aus der Hand. »Ich finde es auch gut«, gab er zu. »Anscheinend wollen sie die Backlist-Titel in derselben Aufmachung bringen.« Er betrachtete das Buch von allen Seiten. »Was hat Mutt gesagt?«

»Ziemlich wirres Zeug.« Emma stupste mit dem Schürhaken ein schwelendes Scheit an und nahm ein neues aus dem Korb neben dem Kamin. »Wahrscheinlich liegt es an dem Medikament. Aber ich frage mich doch, ob ihre Bemerkung etwas mit dem Amerikaner zu tun hat, der gestern hier war.«

Bruno legte das Buch behutsam auf den langen Tisch vor dem Erkerfenster.

»Von einem Amerikaner weiß ich nichts.« Er begann den Tisch aufzuräumen, um Platz fürs Abendessen zu schaffen. »Was wollte er denn?«

»Offenbar hat er einen Brief geschrieben, weil er nach einer Verwandten sucht, die mit Daddy und Mutt in Indien gewesen sein könnte. Er hat ein Foto seiner Tante mitgeschickt, weil er wissen wollte, ob Mutt sie kennt. Und dann ist er gestern Nachmittag aufgetaucht, weil er auf ein Gespräch hoffte.« Emma, mit dem lodernden Feuer zufrieden, setzte sich auf die Armlehne des Sofas und streichelte Nellie, die es sich auf der alten Decke auf der Couch bequem gemacht hatte. »Joss meinte, dass dadurch alte Erinnerungen geweckt wurden.«

Nellie räkelte sich wohlig, und Emma kraulte leise kichernd das weiche Brustfell der Hündin. »Du bist wirklich ein Luder«, sagte sie zu Nellie. »Kein Funken Schamgefühl. Braves Mädchen.«

»Und?«, fragte Bruno nach einer Weile.

»Und was?«

»Kennt Mutt diese … Verwandte auf dem Foto?«

Emma zuckte die Schultern. »Offensichtlich spielt Mousie die Sache ein wenig herunter. Sie hat den jungen Mann nicht zu Mutt gelassen, aber Joss sagt, dass sie mit ihr darüber gesprochen und ihr den Brief vorgelesen hat. Und anscheinend hat Mutt den Namen mehrmals im Schlaf gerufen. Lottie.« Emma runzelte die Stirn. »Es klingt seltsam, aber der Name kommt mir irgendwie bekannt vor.«

Sie sah ihren Bruder erwartungsvoll an, aber er schüttelte den Kopf.

»Mir nicht«, entgegnete er. »Und wenn du vor dem Essen noch baden willst, solltest du dich beeilen.«

Als sie mit einem Glas Wein und ihren Siebensachen nach oben verschwunden war, setzte sich Bruno neben Nellie auf das Sofa. Er streckte die Hand nach ihrem schwarz-weißen Fell aus, aber seine Gedanken waren anderswo.

Emma war noch keine vier Jahre alt, als sie zum ersten Mal diese Frage stellte. Auf dem steilen Klippenpfad machten sie auf halber Höhe Rast, setzten sich in das weiche Frühlingsmoos und ließen den Blick über das seidig schimmernde Meer unter ihnen schweifen. Die warme Sonne entlockte den rosaroten Grasnelken, die aus den Felsvorsprüngen, dem Lieblingsplatz der Möwen, hervorsprossen, ihren süßen Duft. Ein Fischerboot tuckerte Richtung Norden nach Port Isaac, und Bruno genoss den kühlen, köstlich salzigen Wind, der ihm durchs Haar fuhr. Sein Blick fiel auf Emma, ihr feines helles Haar, das die Sonnenstrahlen in einen Heiligenschein verwandelte. Ihre molligen Finger rupften am Gras, und ihre nachdenklichen Augen verrieten, dass sie Erinnerungen nachhing.

»Wer ist Lottie?«, fragte sie. »Lottie.« Sie sprach den Namen überdeutlich aus – »Lot-tie« –, als ließe sie ihn sich auf der Zunge zergehen.

Abrupt ließ sich Bruno nach hinten ins Gras fallen. Er schloss die Augen, nicht nur wegen der Sonne. Es hatte so viele Fragen gegeben, als sie vor knapp zwei Jahren nach St Meriadoc kamen.

»Meine Güte!«, hatte Tante Julia halb amüsiert, halb schockiert gerufen. »Warum nennt ihr eure Mutter bloß ›Mutt‹? Ist ihr das denn recht?«

Panik stieg in ihm auf, als die Erinnerungen an die letzte, entsetzliche Woche in Indien wiederkehrten.

Und Mousie strahlte ihn an – wie er Mousie liebte! – und sagte: »Du bist genau wie dein Vater. Er hat allen Leuten Kosenamen gegeben, weißt du noch, Mutter? Hubert hat mich immer ›Mousie‹ genannt.«

Erleichtert sah Bruno, dass Tante Julia nickte, obwohl sie nicht ganz zufrieden mit der Erklärung zu sein schien, schließlich bedeutete »Mutt« so etwas wie »Dummkopf«. »›Mutt‹«, murmelte sie dann auch, »das klingt so respektlos.« Worauf Mutt nur erwiderte: »Inzwischen hab ich mich daran gewöhnt. Es war sein Wort für ›Mutter‹, als er klein war. Bitte mach ihm deswegen keinen Vorwurf. Er hat schon genug durchgemacht, der kleine Kerl …«

Nun lag er im Gras, die Sonne wärmte sein Gesicht, Emma strich mit ihren kleinen Fingern über seine geschlossenen Lider. Da ließ er sich den Hang hinunterrollen, sie purzelte hinter ihm her, kreischend vor Lachen, und die Frage war vergessen.

Der Geruch von Fruchtsaft, der über den Topfrand quoll und auf die Herdplatte tropfte, holte Bruno in die Gegenwart zurück. Leise fluchend eilte er in die Küche. Nellie schnupperte erwartungsvoll, ließ sich aber dann mit einem Seufzer wieder auf ihr bequemes Lager sinken. Kein köstlicher Duft, kein Klappern des Dosenöffners ließ darauf schließen, dass ihre Mahlzeit vorbereitet wurde. Bruno, der nach dem Internat sofort zur Marine gegangen war, konnte zwar kochen, aber seine Künste beschränkten sich auf Nudelgerichte, Eintöpfe und ein köstliches Gänseragout. Seine Gäste wussten also, was sie zu erwarten hatten, und wenn Abwechslung erwünscht war, steuerten sie die Zutaten selbst bei. Emma hatte die Äpfel mitgebracht und geschält, die Honor und Mousie letzten Herbst gepflückt und eingelagert hatten.

Jetzt griff Bruno nach dem Topf und stellte ihn hastig auf das Abtropfbrett. Dann sah er nach dem Stew in der Röhre und wendete die Kartoffeln, die neben der Auflaufform in ihrer Aluhülle garten. Alles in Ordnung. Er schloss die Klappe wieder und holte Löffel und Gabeln aus der Schublade. Doch er war nicht bei der Sache. Im Augenblick war es schwierig, ja fast unmöglich, sich von der Welt loszureißen, die er gerade erschuf, und wieder in die Wirklichkeit einzutauchen. Deshalb bereitete ihm Emmas Ankunft ein gewisses Unbehagen. Wie gern wäre er jetzt allein gewesen und hätte sich in seinem Arbeitszimmer verkrochen, um über alten Dokumenten und Büchern zu brüten und die schlichten Fakten mit den bunten Fäden der Fiktion zu verweben, die dem Handlungsgerüst erst Leben und Farbe gaben. Die Geschichte, die er sich in seiner Phantasie ausmalte, musste mit den Verhältnissen der damaligen Zeit in Einklang gebracht werden, und es forderte Konzentration, dem Rhythmus zu lauschen, der sich hier entwickelte. Damit der Roman in seinem Kopf Gestalt annahm, benötigte Bruno ausgedehnte Spaziergänge über die Klippen oder auf verschwiegenen winterlichen Pfaden.

Doch es wäre unhöflich gewesen, Emma nicht aufzunehmen, während Mutt krank im Bett lag und von Mousie aufopferungsvoll gepflegt wurde. Mit dem Besteck in der Hand blieb Bruno stehen und runzelte die Stirn. Wie schlimm stand es eigentlich um Mutt? Die Sorge um sie machte es ihm noch schwerer, sich in seine innere Welt zurückzuziehen, denn sie weckte Erinnerungen an Orte, die man nicht betreten durfte, und an Stimmen, die längst verklungen waren.

Das Geräusch des ablaufenden Badewassers und die Schritte im Gästezimmer über der Küche holten ihn in die

Gegenwart zurück. Als Emma herunterkam, war der Tisch gedeckt, Kerzen brannten, und unter Nellies erwartungsvollen Blicken öffnete Bruno eine Dose Hundefutter. Emma seufzte zufrieden, schenkte sich aus der Flasche nach, die auf dem Sideboard stand, und sah sich glücklich in der vertrauten Umgebung um. An der weiß gestrichenen Steinwand hing neben einem modernen Ölgemälde des Hafens von Port Isaac, auf dem im nostalgisch blauen Meer rot die Fischerboote loderten, eine Kreidezeichnung des »Krähennests«, das mit seinem vorgewölbten Fenster verwegen auf der Klippe thronte. Auf einem dritten Bild, einem Aquarell, waren einige dicht zusammenstehende Häuser zu sehen, die eine steil zum Meer abfallende, kopfsteingepflasterte Straße säumten. Auf den ersten Blick ein bezauberndes Bild, das längst vergangene Zeiten wachrief; doch ein zweiter Blick offenbarte etwas Verstörendes hinter dieser Postkartenidylle. Unter den hohen Giebeln, spitz wie Hexenhüte, glommen kleine Fenster – listige Augen, die einander verstohlen zuzwinkerten –, und schmale Türen standen offen wie entsetzte Münder. Hinter der märchenhaft anmutenden Szenerie lauerte wie in allen guten Märchen eine unsichtbare Bedrohung. Emma wurde das Gefühl nicht los, dass der große böse Wolf – oder eine böse Stiefmutter – auf ihren Einsatz wartete.

Erfüllt von einem leichten Schaudern, wandte sie sich einem großen gerahmten Schwarz-Weiß-Foto zu, das über dem Sideboard hing. Es zeigte einen Boulevard in Paris, Passanten vor einem Straßencafé, einen Citroën am Straßenrand. Das Mädchen im Vordergrund reckte das Kinn, blickte aber mit schmalen Augen direkt in die Kamera, gleichgültig und doch provokativ. Den Ellbogen hatte sie auf den kleinen schmiedeeisernen Tisch gestützt, in der anderen Hand hielt sie eine Zigarette, während ihr Begleiter, der nur unscharf zu sehen war, ihr eine Tasse Kaffee reichte.

Da kam Bruno mit der Auflaufform herein. Er hoffte inständig, dass Emma kein Gespräch über seine Exfrau anfangen würde.

»Es ist angerichtet«, verkündete er mit einer ulkigen Verbeugung. »Einen Augenblick. Ich hab die Kartoffeln vergessen. Welchen Eindruck hast du von Mousie? Pamela und Rafe sind jedenfalls in Hochform.«

Er hob den Deckel an, tauchte eine Kelle in den Lammeintopf und legte eine heiße Kartoffel auf Emmas Teller. Der anheimelnde Raum schien sich noch enger um die beiden zu schließen, als wolle er ihren Worten lauschen, und Emma freute sich auf das Gespräch mit ihrem Bruder.

6

Mousie erwachte früh in ihrem Cottage am Ende der Häuserzeile. Der Raum war von schillerndem Licht erfüllt, das den Tanz der Wellen spiegelte. Sie lag reglos da, genoss die wohlige Wärme unter der Bettdecke und betrachtete den milchig blauen Himmel. Außer in den stürmischen Nächten, wenn der Nordwestwind das Meer gegen die Klippen schleuderte und der Regen ans Fenster peitschte, schlief sie nicht gern bei geschlossenen Vorhängen. Manchmal weckte sie der strahlend weiße Vollmond, der ein schwarzes Gitter auf ihr Bett malte, oder sie beobachtete die sanft blinkenden Sterne, die in Sommernächten einer nach dem anderen am Himmel erschienen.

An diesem Morgen stopfte sie sich ein Kissen in den Rücken, sodass sie den Felsen Mouls hinter Com Head sehen konnte, der auf dem glatten, silbrig glänzenden Wasser zu schwimmen schien. Noch halb im Schlaf ließ sie sich die Pflichten und Freuden des vor ihr liegenden Tages durch den Kopf gehen. Joss fuhr nach Wadebridge, wo sie ihre Praxis hatte, also musste sie, Mousie, gleich nach dem Frühstück hinauf zu Mutt. Sie würde die Gelegenheit beim Schopf packen und ein bisschen Zeit allein mit Emma verbringen. Außerdem wollte sie eine Geburtstagskarte an Tom, Olivias ältesten Sohn, schreiben und dann rasch nach

Polzeath zum Einkaufen fahren. Wie schön, dass Emma so lange bei Mutt bleiben konnte. Die arme Emma war so besorgt um ihre liebe alte Mutt …

Seltsam, dachte Mousie, während sie sich die Bettdecke fester um die Schultern zog, dass der Besuch des jungen Amerikaners sie mit so heftigen Vorahnungen erfüllte. Schließlich war es sein gutes Recht, seine Tante zu suchen, und das Foto war zweifellos eine wichtige Spur. Es nach so vielen Jahren wiederzusehen war ein Schock gewesen. Ihr fiel wieder ein, wie Honor gerufen hatte: »Ich kann nicht mit ihm sprechen. Ich kann einfach nicht. Das ist alles zu schmerzlich und zu lange her …« Mousie hatte plötzlich ein schlechtes Gewissen.

Warum hatte sie sich nie angewöhnen können, Honor mit diesem albernen Kosenamen anzusprechen? Irgendetwas verhinderte, dass sich zwischen ihr und Honor ein vertrauter Umgangston einstellte. Der Schock über die Nachricht von Huberts Tod und der Anblick der kleinen, ratlosen Familie hatten ihre Eifersucht auf diese schöne Frau mit der lässigen Eleganz gedämpft. Dennoch konnte sie sich erinnern, dass sie Honor mit klarem, kühlem Blick gemustert hatte – auf der Suche nach einem Makel.

Nach der langen Überfahrt wirkte Honor verstört. Wie seltsam es doch war, in eine unbekannte Familie heimzukehren.

Mousie kam es vor, als hätte Huberts junge Witwe durch ihren Kummer die Sprache verloren. In Trauer verstummt.

»Sie spricht nicht mit mir«, klagte sie ihrer Mutter. »Jedenfalls nicht richtig. Was hier passiert, interessiert sie nicht, und die Kinder lässt sie keinen Moment aus den Augen.«

Das wenigstens stimmte. Emma, noch nicht einmal zwei Jahre alt, war natürlich bei ihrer Mutter am besten aufgehoben, aber Honor ließ auch Bruno nirgendwohin gehen. Allerdings zeigte er anfangs auch keine große Abenteuerlust.

»Weißt du noch, wie es nach Daddys Tod war?«, sagte Mousies Mutter. »Das ist zwar schon sechs Jahre her, aber denk nur, wie wir uns da aneinandergeklammert haben! Es dauert seine Zeit, bis man sich von solch schrecklichen Erlebnissen erholt hat. Außerdem ist Honor hier fremd. Als wir nach St Meriadoc kamen, war es für uns schon zur zweiten Heimat geworden. Wir kannten es, seit Rafe und du klein wart. Honor weiß nur das, was Hubert ihr erzählt hat. Kein Wunder, dass sie ganz durcheinander ist, die Ärmste.«

Und Mousie, beschämt über ihre Eifersucht, gab sich alle Mühe. Sie lud Honor zu Spaziergängen ein, um über Hubert zu reden; aber Honor hatte offenbar nicht das Bedürfnis, ihr das Herz auszuschütten. Sie ertrug es wohl einfach nicht, über den Mann zu sprechen, den sie verloren hatte. Doch Mousie fiel auf, dass sich Honor oft lange mit Huberts gebrechlichem altem Vater unterhielt. In diesem ersten Sommer traf Mousie die beiden gelegentlich unter den Fliederbüschen im Garten: Onkel James in seinem alten Liegestuhl, Honor mit lebhafter Miene neben ihm.

»Er hatte sich auf Tropenfieber spezialisiert …«, sagte sie. »Und er war hervorragend auf dem Gebiet. Jeder hat ihn gern gehabt …«

Bruno lehnte an ihrem Knie und strahlte, als würden ihre Worte seinen Vater wieder zum Leben erwecken, während Emma über den sonnigen Rasen tapste, Gänseblümchen pflückte und sich gefährlich weit über den Gartenteich beugte, in dem sich große goldene und schwarze Fische tummelten. Während der alte Mann Honor betrachtete, spielte ein Lächeln um seine Lippen. Dabei aber rieb er unaufhörlich die Hände aneinander, als würde er sie in unsichtbarem Wasser waschen. Nur diese Bewegung verriet, was wirklich in ihm vorging. Mousie sah, wie Bruno nach den Händen seines Großvaters griff, wie um dieser Rastlosigkeit ein Ende zu setzen.

Als Mousie näherkam, verstummten die beiden. Onkel James spähte unter dem Flieder hervor, und Honor zog Bruno instinktiv näher zu sich heran. Nur Emma blieb unbefangen, sie juchzte vor Freude über die Freiheit, die ihr der Garten schenkte, nachdem sie so viele Wochen lang auf dem Dampfer kaum Auslauf gehabt hatte, und reichte Mousie ihren zerrupften Blumenstrauß.

Mousie nahm das Geschenk entgegen und schloss Emma in die Arme, aber sie konnte den Blick nicht von den dreien unter dem Flieder wenden. Schließlich brach Honor den Bann: Sie lehnte sich auf ihrem Korbstuhl zurück, schlug ihre langen Beine übereinander und fasste sich mit beiden Händen ans Haar, das sie mit einem zigeunerhaft anmutenden Baumwolltuch zusammenhielt.

»Hallo, Mousie«, rief Honor. Sie gebrauchte den Kosenamen ganz selbstverständlich, doch Mousie brachte es nie über sich, denselben vertraulichen Ton anzuschlagen. Aus irgendeinem Grund fühlte sie sich deswegen schuldig, und ihr einziger Trost war, dass keiner aus ihrer Familie, außer Rafe, der praktisch noch ein Kind war, Honor mit ihrem ulkigen Kosenamen anredete. Der Name blieb Bruno und Emma vorbehalten wie eine Brücke, der die drei mit der Vergangenheit verband.

Das schrille Weckerklingeln riss Mousie vollends aus den Träumen. Fröstelnd verließ sie ihr warmes Bett und begab sich ins Badezimmer. Ihr Cottage war klein und aufgeräumt: Hier waren keine Wände durchbrochen, keine Anbauten angefügt. Das Haus war wie geschaffen für einen Menschen, der einen asketischen Minimalismus pflegte. Aufgrund dieser Eigenschaft hatte Hubert ihr diesen Kosenamen gegeben, als sie klein war. Ihre Vorliebe für Ecken und Winkel und ihr Abscheu vor allem Übermaß – große Portionen Essen, zu viel Besitz – hatten ihn dazu angeregt. Sein Sohn nannte ihr kleines Cottage das »Mauseloch«.

Mousie lächelte, als sie sich eine warme Hose und einen dicken Pullover überzog. Bruno hatte so viel Ähnlichkeit mit Hubert, und sie hatte ihn ins Herz geschlossen. Doch Bruno zu lieben war nicht schwer. Mousie seufzte – wie schade, dass sie Honor anfangs so kritisch betrachtet hatte.

Wenn wir über jemanden ein Urteil fällen, begehen wir den größten Verrat an ihm.

Diese Worte beschäftigten sie noch, als sie zum Frühstück hinunterging. Wo hatte sie das nur gelesen?

Rafe und Pamela im Nachbarhaus hatten etwas Aufregendes zu besprechen: Ihr Sohn George hatte seinen Besuch angekündigt.

»Er bleibt nur eine Nacht.« Rafe griff nach der Ansichtskarte, die am Vortag eingetroffen war, und las sie noch einmal vor: »›Ich schaue nur kurz bei euch rein, damit ich euch alle mal wieder sehe. Penny und Tasha kommen nicht mit.‹ Hoffen wir mal, dass nicht so viel Verkehr ist.« Rafe schlug Eier in eine weiße Porzellanschüssel. »Eigenartig, dass er allein kommt.«

Pamela versuchte ihre Enttäuschung zu verbergen. »Vielleicht dachte Penny, es wäre nett, wenn wir ihn mal für uns allein haben.«

Sie nahm die Karte in die Hand, strich über die glatte Oberfläche und stellte sich das Foto der Dartmoor-Ponys am Yennadon Down vor, das Rafe ihr beschrieben hatte. Penny schickte oft Karten mit Hohlprägung, sodass sie das Dargestellte ertasten konnte: eine Blume oder ein kleines

Haus. Das war eine einfache Ansichtskarte. Pamela legte sie beiseite und machte Kaffee – die Büchsen und Behälter, die sie benutzte, hatte Rafe mit Etiketten in Blindenschrift versehen, die sie mit den Fingern »lesen« konnte. Wenn sie doch nur die Gesichter ihrer Enkelkinder hätte sehen können. Mousie und Rafe beschrieben sie ihr, so gut es ging. Mousie verstand sich hervorragend darauf. Sie schilderte die Ähnlichkeiten mit einem Elternteil oder einem anderen Verwandten, bis Pamela nicht nur ihre eigenen Kinder in den verschiedenen Entwicklungsphasen vor sich sah, sondern sich auch die Gesichter der neuen Mitglieder ihrer wachsenden Familie vorstellen konnte.

»Olivia sieht genauso aus wie du in ihrem Alter«, sagte Mousie etwa, »und der kleine Tom schlägt seinem Vater nach. Er hat braune, weit auseinanderliegende Augen wie Adrian. Joe erinnert mich mehr an meinen Vater als an Rafe, obwohl du den ja gar nicht kennst. Und George … George sieht genauso aus wie sein Vater, aber das haben wir ja immer schon geahnt.«

Mit einem leisen Lächeln gestand sich Pamela ein, dass George ihr und Mousie immer sehr viel bedeutet hatte. Und plötzlich hatte sie eine Idee.

»Vielleicht könntest du Joss abfangen, bevor sie nach Wadebridge fährt«, sagte sie zu Rafe und schaltete die Kaffeemaschine an. »Womöglich hat sie Lust, zum Abendessen zu kommen. Es riecht angebrannt. Steckt der Toast schon wieder fest?«

Rafe kümmerte sich um das Problem, verteilte das Rührei auf zwei Teller und trug sie zum Tisch, wobei er sich automatisch duckte, um sich nicht an den schweren Deckenbalken den Kopf anzustoßen. Die beiden mittleren Cottages unten am Meer waren zu einem Haus umgebaut worden, und als Julia, Rafes Mutter, starb, war er mit seiner jungen

Frau und der kleinen Tochter dort eingezogen. Er meinte, dass die stille Schönheit von St Meriadoc das höhere Gehalt und die besseren Berufsaussichten in der Stadt aufwog. Als Pamela, die bereits mit Joe schwanger war, das Cottage, das glitzernde Meer und die malerischen Klippen sah, stimmte sie ihm dankbar zu.

»Wie nett von Mutt, dass sie uns das Haus so billig überlässt«, sagte sie. »Die Miete ist ja geschenkt. Wenn sie es an Urlauber vermieten würde, könnte sie viel mehr verdienen. Bestimmt könnte sie es auch verkaufen.«

Rafe schüttelte den Kopf. »Das wohl nicht. Ich weiß nicht, was in Onkel James' Testament steht, aber ich könnte mir vorstellen, dass das ganze Anwesen in eine Art Treuhandfonds für Bruno und Emma eingegangen ist. Wir kommen ja nicht von dieser Seite der Familie. Onkel James' Frau war die Schwester meiner Mutter, und sie haben uns aufgenommen, nachdem mein Vater im Krieg gefallen war. Du kennst die Geschichte ja.«

»Es ist wunderschön hier«, sagte sie. »In Exeter hat es mir auch gefallen, und ich weiß, dass Oberstufenunterricht nicht mit deiner Stellung an der Universität zu vergleichen ist. Aber dieses zauberhafte Tal ist der ideale Ort für Kinder.«

»Mutt nennt es den ›goldenen Kelch‹«, hatte er ihr erklärt, »das stammt aus einem Gedicht über eine Lerche. Warte nur, bis du die Lerchen droben an der Quelle des Heiligen singen hörst.«

Als er seine Frau jetzt ansah, wie sie nach dem Toast griff und die kleinen Marmeladengläser abtastete, bis sie das aufgeklebte Orangensymbol gefunden hatte – heute also keine Erdbeermarmelade –, empfand er tiefe Liebe für sie. Er tat, was er konnte, damit sie sich selbstständig zurechtfand. Den ersten Impuls, ihr alles abzunehmen, hatte er unterdrückt. Schnell erkannte er, dass sie mit seiner Hilfe einen Teil der

Freiheit, die ihr die rasch voranschreitende Erblindung genommen hatte, wiedergewinnen konnte. Arm in Arm wanderten sie über windgepeitschte Hügel und machten auf tiefer gelegenen, geschützten Wegen Halt, damit Pamela die Vogelstimmen erkennen konnte. »Ich höre ein Rotkehlchen … und irgendwo muss ein Bussard sein. Warte! Ich höre noch etwas. Eine Goldammer?« Und mit angehaltenem Atem hoffte er inständig, dass es ihr gelang. Er gab ihr die weiche Geißblattblüte in die Hand und sah, wie sie die Stirn runzelte, sie dann freudig lächelnd an ihr Gesicht hielt. Sie sog den schweren Duft ein, der Nachmittagsspaziergänge längst verflossener Zeiten heraufbeschwor, als die Kinder vorausrannten, während sie beide langsamer folgten und die leuchtenden Farben genossen, die der Spätfrühling der Landschaft verlieh – den Anblick von Glockenblumen, Feuernelken und Hahnenfuß, die sich am Rain drängten.

Das rote Lämpchen der Kaffeemaschine leuchtete, und Rafe stand auf und schenkte ein.

»Seltsam ist es schon, dass George uns eine Karte schickt.« Pamela sprach aus, was er dachte. »Warum hat er nicht einfach angerufen?«

7

Verwirrt und voller Angst erwachte Mutt. Joss musste die Briefe suchen, und da war noch etwas … Joss beugte sich über sie, und Mutt glaubte, ihr eigenes junges Gesicht zu sehen: dieselben regelmäßigen Augenbrauen, diese kurze, gerade Nase und die geschwungenen Lippen – Züge, die auf dem Foto zu sehen waren, das Mousie ihr gezeigt hatte. Sie glaubte die weiche, schwere Seide ihres Kleides zwischen den Fingern, den albernen Hut auf der Stirn zu spüren. Sie hörte Huberts Stimme, der sie bat zu lächeln: »Komm schon, Mutt, das ist eine Hochzeit, keine Beerdigung!« Ihr war heiß, aber trotz der Schwäche, die sie befiel, ahnte sie, dass hier eine Gefahr lauerte: für sie und für Joss. Sie umklammerte die Hand ihrer Enkelin, als wäre sie ihre Retterin – oder eine Mitverschworene. »Die Briefe«, sagte sie mit zittriger Stimme. »Meine Briefe, Liebes.«

Joss' Hand war angenehm kühl, ihr kurzes Haar, das bis übers Ohr reichte und ihr in die haselnussbraunen Augen fiel, schimmerte braun wie Meeresalgen. Die alte Frau im Bett fand für einen Augenblick Ruhe und Trost in der klaren, ruhigen Schönheit dieses jungen Gesichts, auf dem die Sorgen noch keine Spuren hinterlassen hatten. Sie ließ sich in die Kissen sinken und versuchte ihre Gedanken zu ordnen, während sie gegen den schrecklichen Schmerz ankämpfte, der ihr die Brust zuschnürte.

Joss betrachtete besorgt das blasse Gesicht ihrer Großmutter und wünschte, Mousie würde kommen. Ohne Mutts Hand loszulassen, sah sie verstohlen auf die Uhr. Nach außen hin wirkte sie ruhig wie immer und brachte sogar ein Lächeln zustande.

»Bald wird Mousie hier sein«, verkündete sie fröhlich, als käme ihre Cousine zum Tee. »Möchtest du jetzt dein Stärkungsmittel? Den unangenehmen Teil sollten wir wohl besser zuerst hinter uns bringen.«

Sie griff nach dem kleinen Messbecher und hielt ihn ihrer Patientin an die Lippen. Mutt schluckte gehorsam, hustete ein wenig, ließ sich dann entspannt in den Arm ihrer Enkelin sinken und musterte sie. Joss trug eine braungraue Bluse aus weichem Samtkord und roch köstlich nach Lavendel. Mutt atmete nun ruhiger, und ihre Panik legte sich. Sie wusste jetzt genau, wo die Briefe waren. Die vorübergehende Schmerzlinderung verschaffte ihr einen klaren Kopf, und auch ihre Zuversicht kehrte wieder.

»Würdest du mir einen Gefallen tun?« Sie sah zu, wie Joss das Stärkungsmittel eingoss. »Es soll aber unter uns bleiben. Versprichst du mir das?«

»Natürlich.«

Instinktiv spürte die alte Frau, dass Joss sie mit dieser Antwort vor allem beschwichtigen wollte. Mühsam richtete sie sich auf. Ungeduldig, sozusagen aus Höflichkeit, schluckte sie das Mittel, dann schob sie mit zitternder Hand den Becher beiseite.

»Genug. Es ist wichtig, Joss, mein Schatz. Also versprich es mir, und zwar richtig.«

Joss stellte den Becher auf das Tablett. »Ich werde tun, was ich kann, Mutt«, meinte sie verwirrt. »Aber Mum wird bald hier sein. Wäre es nicht besser –?«

»Nein.« Mutt schüttelte energisch den Kopf. »Nur du.«

»Gut, ich tue mein Bestes«, erwiderte Joss unsicher. »Hat es mit den Briefen zu tun, von denen du gesprochen hast? Soll ich etwas für dich zur Post bringen?«

Szenen aus Agatha-Christie-Romanen schossen ihr durch den Kopf: Ein Brief an ihren Anwalt? Wollte Mutt etwa ihr Testament ändern?

»Such sie«, murmelte Mutt. »Aber verrate es niemandem. Versprich es mir.«

Die Hand, die Mutt ihr entgegenstreckte, war heiß, und Joss nickte, gleichermaßen erschrocken über die Eindringlichkeit ihrer Stimme und die Atemnot, die sie plagte.

»Ich verspreche es«, sagte Joss leise.

Erleichtert hörte sie, wie die Haustür ins Schloss fiel und Mousie ihren Gruß heraufrief. Joss antwortete, und wieder schlug ihre Großmutter die Augen auf, kämpfte gegen die aufsteigende Verwirrung an und klammerte sich an den Trost, den Joss ihr gespendet hatte. Ihre Enkelin hatte versprochen, die Briefe zu finden … Aber da war noch etwas – etwas, was sie vergessen hatte. Als Mousie ins Zimmer trat, schickte Joss sich an zu gehen.

»Vergiss es nicht!«, wisperte Mutt ihrer Enkelin zu, als sie ihr einen Kuss gab.

»Bestimmt nicht. Mach dir keine Sorgen, Mutt, und werd gesund.«

Dann tuschelte sie mit Mousie und warf ab und zu einen Blick auf das Bett. Erneut von fiebriger Furcht gepackt, fragte sich Mutt, ob Joss wohl gerade das Geheimnis verriet. Aber nein, nein, die Kusshand, die Joss ihr von der Tür aus zuwarf, und Mousies liebevolles Lächeln zeigten, dass es nur die gewohnte Wachablösung war. Dankbar sank Mutt in die Kissen zurück und ergab sich Mousies fürsorglicher Pflege.

Joss, die die Einfahrt hinuntereilte, war alles andere als glücklich. Einerseits war sie erleichtert, dass Mutt ihr nicht gesagt hatte, wo sich die Briefe befanden, denn so konnte sie natürlich gar nichts unternehmen. Andererseits hatte sie ihr Wort gegeben. Doch wenn sie Mutts Anweisungen befolgte, solange sie nicht recht bei Verstand war, bedeutete das eine große Verantwortung. War es in Ordnung, ein Geheimnis zu bewahren, solange sich ihre Großmutter in diesem Zustand befand? Was mochte es nur sein, das sie nicht einmal ihren eigenen Kindern anvertrauen wollte?

Joss zwang sich, langsamer zu gehen – sie hatte sich nur so abgehetzt, um ihren Sorgen zu entfliehen. Draußen auf dem Feldweg atmete sie die kalte Luft tief ein, hörte, wie das Eis auf den Pfützen unter ihren Schritten barst. Hier an der Küste war man solches Wetter nicht gewohnt, und plötzlich wurde sie von einer Erregung gepackt wie ein Kind, wenn es unverhofft schneit. Die Zweige des Weißdorns waren mit Reif überzuckert, und im Graben ließ die jähe Flucht eines Kaninchens den weißen Puder auf dem brüchigen Laub des Vorjahrs aufstieben.

Am Weidetor blieb sie stehen und holte die Äpfel aus der Tasche, die sie für Rumpleteaser und Mungojerrie mitgebracht hatte. Die beiden Esel waren die letzten einer langen Reihe von Schützlingen aus dem Tierheim, die den Frieden der Weide hier in St Meriadoc hatten genießen dürfen. Sie näherten sich Joss, nickten mit schweren Köpfen und dampfendem Atem. Leise sprach sie auf sie ein, streichelte ihre samtigen Mäuler und zog sie an den Ohren. Dann schwang sie sich über das Tor und lief über die Wiese zur Tränke, wo sie die dünne Eisschicht auf dem Wasser mit dem Stiefel zertrat, während die Esel, die auf weitere Leckereien hofften, mit den Mäulern gegen Joss' Jackentaschen stupsten. Sie lachte über die Possen der Tiere, während sie zum Steinbruch lief, wo ihr Auto stand. Für einen Augenblick hatte sie ihren Kummer vergessen.

Mutt hatte im Fieber gesprochen, rief sie sich in Erinnerung. Wie hatte sie sich nur so aufregen können? Andererseits hatte sie ihr Wort gegeben, und Mutt vertraute ihr. Ihr Herz zog sich vor Angst und Liebe zusammen.

»Bitte, stirb nicht, Mutt!«, murmelte sie kindlich. »Du darfst nicht sterben.«

Auf der anderen Straßenseite tauchte Rafe auf und winkte.

»George kommt vorbei«, rief er ihr zu. »Er bleibt nur eine Nacht, und Pamela meint, es wäre nett, wenn du uns zum Abendessen besuchst.«

Sie nickte erfreut, deutete aber auf ihre Uhr und stieg ins Auto. Der Motor sprang erst beim dritten Versuch an. Trotz der eisigen Kälte brannten ihre Wangen, und ihr Herz schlug heftig. Ihre Liebe zu George war nach wie vor das bestgehütete Geheimnis der Welt. Nur sie und George wussten davon, und obwohl sie überzeugt war, dass auch er sie liebte, konnte er sich als verheirateter Mann nicht offen dazu bekennen. Wie sehr sie an ihm hing! Joss stieß einen Angstschrei aus, als sie unvorsichtigerweise aufs Gas trat und auf der vereisten Straße ins Schlingern geriet.

Pass auf!, ermahnte sie sich. Vergiss Mutt! Vergiss George! Denk an den Vormittag, der vor dir liegt.

Sie war gern frühzeitig in der Praxis, mindestens eine halbe Stunde, bevor der erste Patient eintraf oder das Telefon läutete: all die Patienten mit den akuten Beschwerden, die auf einen frei gewordenen Termin hofften. Bei anderen waren die Beschwerden so stark, dass sie nicht zur Behandlung kommen konnten und telefonisch um Rat baten. Joss hatte bald erkannt, wie wichtig es war, Schmerzpatienten zu beruhigen. Obwohl sie sich fragte, ob sie sich jemals eine

Sprechstundenhilfe würde leisten können, wusste sie im Grunde sehr gut, wie wichtig es war, dass leidende Menschen sich erst einmal ihr Herz bei ihr ausschütten konnten.

Sie hatte im Erdgeschoss einer Zahnarztpraxis ein Sprechzimmer mit einem kleinen Wartezimmer gemietet. Das hatte den Vorteil, dass die Räume immer sauber und geheizt waren und sogar Parkplätze zur Verfügung standen – ein Segen in den betriebsamen Sommermonaten. Für diese Vergünstigungen bezahlte sie vierzig Pfund pro Woche – keine Kleinigkeit, aber sie hoffte, dass sie bald einen größeren Patientenstamm haben würde. Bis dahin konnte sie sich über Wasser halten, indem sie zwei Tage in der Woche als Assistentin eines gut eingeführten Osteopathen in Bodmin arbeitete.

Wer stand heute Morgen ganz oben im Terminkalender? Joss atmete tief durch und stimmte sich gedanklich auf ihre Arbeit ein, die stets eine willkommene Ablenkung von den Gedanken an George und Mutt bot.

Nachdem Mousie Mutt gewaschen und versorgt hatte, war die Kranke wieder eingeschlafen. Mousie rief den Arzt an und bat ihn zu kommen. Die Atemnot und Blässe konnten auf ein bevorstehendes Herzversagen hindeuten, überlegte sie besorgt. Nachdem Joss fort war, hatte Mutt sich zwar ein wenig beruhigt, aber Mousie wollte kein Risiko eingehen. Joss hatte die Küche makellos hinterlassen – das Frühstücksgeschirr stand abgewaschen in dem Plastikgestell neben der Spüle, das Geschirrtuch hing ordentlich über der Herdstange. Mousie stellte das Tablett ab und füllte den Wasserkocher. Bald würde Emma eintreffen.

Das Wohnzimmer wirkte ein wenig traurig und abweisend, als sei es über einen unerwarteten Besuch mitten am Vormittag nicht gerade begeistert; die Asche im kalten Kamin erschien im hellen Morgenlicht grau und staubig. Das Körbchen mit dem Anzündmaterial war fast leer. Mousie reinigte die Feuerstelle und bereitete das Feuer für den Abend vor. Morgen würde Mutts Putzfrau aus St Endellion herüberkommen und gründlich sauber machen. Also war jetzt Zeit, sich in Ruhe eine Tasse Kaffee zu gönnen, bevor Emma kam. Zuerst warf Mousie aber noch einen Blick in das Handarbeitszimmer, das nicht mehr benutzt wurde, seit Mutt hier gestolpert war und sich den Knöchel gebrochen hatte. Als sie den großen Sekretär mit dem Rollladen sah, den kunstvoll gearbeiteten Wandschirm hinter den beiden hölzernen Lehnstühlen, den ovalen Intarsientisch mit den Nähschatullen und dem Seidengarn, musste Mousie an eine Szene denken, die sich hier vor über vierzig Jahren abgespielt hatte – kurz nachdem Rafe zur Ableistung seines Wehrdienstes nach Catterick gegangen war.

Honor stand am Tisch und suchte nach Stickgarn, das farblich zu dem Leinen passte, das vor ihr lag.

»Jetzt bist du an der Reihe, Mousie«, sagte sie.

»Wovon sprichst du?«

»Es wird Zeit, dass du dich mal aus dem Tal herauswagst.« Honor lächelte sie an. »Dass du dir ein bisschen Spaß gönnst. Du darfst nicht das Gefühl haben, dass du hier unentbehrlich bist.«

»Ich weiß nicht, was du damit meinst.«

»Wirklich nicht?« Honor machte ein erstauntes Gesicht. »Du musst herausfinden, was du im Leben willst. Sonst wird deine Mutter sich immer stärker auf dich stützen, jetzt, wo Rafe fort ist. Also ist es besser, gleich zu gehen. Was ist denn mit der Stelle im Krankenhaus in Bristol, von der du mir erzählt hast? Bristol ist ja nicht weit weg, und Julia wird auch ohne dich zurechtkommen. Auf der einen Seite wohnt der alte Dot, auf der anderen Jessie. Und ich bin hier oben im ›Paradies‹. Wir werden dich schrecklich vermissen, aber ich kümmere mich schon um alle, keine Sorge.«

»Es ist schrecklich, Daddy ist tot, und jetzt geht auch noch Rafe …«

»Weißt du was, Mousie?« Honor legte das Garn beiseite und trat zu ihr. »Du willst doch nicht deine Jugend vergeuden und nach St Meriadoc zurückeilen, sobald du im Krankenhaus in Bodmin einen Tag frei hast. Zieh eine klare Linie, Mousie!«

Als Honor so auf sie einredete, wurde Mousie unbehaglich zumute, und als ob sie das ahnte, lächelte Honor. »Man kommt so leicht in ein Fahrwasser«, meinte sie, »und dann ist es zu spät. Manche Chancen bieten sich nur einmal im Leben. Bei mir sieht das anders aus. Ich habe vor dem Krieg meinen Spaß gehabt. Ich habe im Ausland gelebt, war verheiratet – und ich habe die Kinder, für die ich lebe und Pläne schmieden kann. Dieses Tal ist ein kleines Paradies, da hast du Recht, aber man muss erst das Leben kennenlernen, bevor man das zu schätzen weiß. Glaub mir, Mousie …«

Nachdenklich sah sich Mousie in dem stillen Raum um. Sie war Honors Rat gefolgt, und heute wusste sie, dass sie gut daran getan hatte. Honor hatte sich tatsächlich um alle gekümmert: Sie hatte nach Jessies Tod Julias Cottage ausgebaut, und Jahre später hatte sie Dots altes Haus Mousie zu einer lächerlich geringen Miete angeboten.

»Jetzt bist du so weit, dass du heimkommen kannst«, hatte sie gesagt. »Du bist reif für einen Spaziergang im ›Paradies‹-Garten, Mousie.«

In Erinnerungen versunken und seltsam bewegt, zog Mousie die Tür hinter sich zu und ging in die Küche, um ihren Kaffee aufzugießen.

8

»Da fährt Joss.« Vom Bogenfenster des »Krähennests« überblickte Emma die drei Cottages am Deich, die Anlegestelle und das Meer. »Die Sonnenstrahlen streifen gerade eben die Dächer. Ray sagt immer, wie schade es ist, dass wir hier im Tal im Winter so wenig Sonne haben.«

»Ja, ich kann mir vorstellen, dass Gevatter Fox am liebsten ein paar Klippen wegsprengen oder ein, zwei Wälder abholzen würde, um St Meriadoc für die Massen attraktiv zu machen und sich eine goldene Nase zu verdienen. Diese traumhafte Landschaft hat für ihn nur unter dem Aspekt der Grundstückspreise einen Wert.«

Emma entfernte sich vom Fenster und zog ihren flauschigen Bademantel enger um ihren üppigen Körper.

»Zur Zeit ist er wirklich ziemlich lästig«, gab sie zu. »Ständig spricht er davon, was er tun würde, wenn Mutt … na ja, wenn Mutt stirbt.« Angewidert verzog sie das Gesicht.

»Womit tun?« Bruno saß mit einer großen Schale Porridge am Tisch. Der Porridge war mit einer Schicht braunem Zucker und einem Sahnehäubchen gekrönt, und Bruno verzehrte ihn mit sichtlichem Genuss. »Er sieht Mutt doch kaum. Welche Folgen sollte ihr Tod für ihn haben?«

Beim Frühstück hatte er in groben Zügen sein nächstes Kapitel entworfen, während Emma überlegte, wie sie den

Tag gestalten sollte. Nun kam er nicht umhin, sich erneut der Wirklichkeit zuzuwenden.

»Keine großen jedenfalls«, stimmte sie mit einem Achselzucken zu, »aber du weißt schon, was ich meine. Mir ist vollkommen klar, was du von Ray hältst, aber wer ist schon so selbstlos, dass er nicht mal über solche Fragen nachdenkt?«

»Ich wüsste nicht, was sich ändern sollte.« Bruno stellte seine Schale auf den Boden, damit Nellie sie auslecken konnte, und erhob sich. Er empfand ein überwältigendes Verlangen, wieder in seine innere Welt zurückzukehren, und fühlte sich ruhelos und gereizt. »Warum reden wir überhaupt davon, dass Mutt sterben könnte? Sie hat sich den Knöchel gebrochen und eine Infektion bekommen. Ist es denn wirklich so ernst? Mousie hat nichts dergleichen gesagt.«

Emma sah ihn gedankenvoll an. »Merkwürdig, nicht?«, bemerkte sie. »All die Jahre sind wir immer hierhergekommen, wenn wir Probleme hatten – ich und Zoë«, sie machte eine Kopfbewegung zu dem Foto an der Wand, »und dann auch Olivia und Joss. Dann hast du uns den Kopf zurechtgerückt und uns Starthilfe gegeben. Aber bei Mutt willst du einfach nicht akzeptieren, dass sie alt, gebrechlich und krank ist.«

»Das ist etwas vollkommen anderes«, gab er verletzt zurück. »Lieber Gott! Ich habe euch nicht gebeten zu kommen. Dieses Haus war ja manchmal das reinste Asyl für Frauen mit Problemen. Und ich will auch nicht wie Voltaires philanthropischer Dr. Pangloss dastehen. Obwohl er Recht hat, wenn er sagt, dass der Mensch arbeiten muss, um glücklich zu sein.«

»Fang bloß nicht damit an.« Emma wirkte gekränkt. »Immer preist du die Arbeit als Allheilmittel an.«

»Das ist sie aber. Wenn du und Zoë andere Dinge im Kopf hättet als Liebesaffären und Geld ausgeben, dann bräuchtet ihr auch keine Starthilfe oder wie du das bezeichnest.«

»Ray war dagegen, dass ich arbeiten gehe. Er wollte, dass ich für ihn da bin. Und dann hatte ich ja Joss …« Ihre Stimme veränderte sich. »Bei Zoë sieht die Sache natürlich anders aus.«

»Können wir das Thema ruhen lassen? Bestimmt wartet Mousie schon auf dich.«

Emma musste lachen. »Das war ja ein Wink mit dem Zaunpfahl, Bruderherz. Stimmt, ich muss los. Begleitest du mich?«

Er zögerte. »Wird das nicht ein bisschen viel für Mutt? Wenn wir plötzlich alle aufkreuzen? Sag ihr, dass ich wie üblich zum Tee raufkomme …« Schuldbewusst runzelte er die Stirn.

»Und außerdem möchtest du arbeiten«, ergänzte sie grinsend.

»Ich habe ja auch keinen reichen Ehemann, der mich aushält«, erwiderte er fröhlich. »Nur eine Exfrau, die es nach wie vor für meine Pflicht hält, dass ich ihr in regelmäßigen Abständen aus der Bredouille helfe.«

Emmas Lächeln erstarb. Ihr Beschützerinstinkt erwachte: »Sie hat kein Recht, deine Gutmütigkeit auszunutzen. Warum solltest du sie unterstützen, wo sie dich verlassen hat? Was ist denn mit all ihren Liebhabern, warum tun die nichts für sie?«

»Lass gut sein.« Er hob die Hände. »Ich bin jetzt nicht in der Stimmung. Mach dich fertig, bevor Mousie anruft und fragt, wo du bleibst. Mutt wartet wahrscheinlich schon sehnsüchtig auf dich.«

Mit beleidigter Miene zog sie den Gürtel ihres Bademantels enger. Dass Zoë im Leben der Familie immer noch eine Rolle spielte, fand sie ausgesprochen ärgerlich.

Bruno fühlte sich deutlich entspannter, nachdem Emma das Zimmer verlassen hatte. Er ging zum Fenster und blickte zu den Cottages hinunter, hinter denen sich das verwitterte Eisengerüst der alten Bootswerft erhob. Unterm Dach, über der Helling, lag sein altes Segelboot, die *Kittiwake*. Vor dem Krieg war sie hier in der Werft von dem Mann gebaut worden, der früher im »Krähennest« gewohnt hatte. Es war ein Klinkerboot, Mahagoni auf Eiche und gut fünf Meter lang. Auf diesem Boot hatte ihm Rafe, der damals selbst noch ein Junge war, das Segeln beigebracht. Ein weiteres kleines Segelboot, die *Enterprise*, lag in der Nähe auf einem Hänger. Es gehörte George, und Bruno hätte gern einmal einen Törn mit ihm gemacht. Im Augenblick war das mit Silberstreifen überzogene Meer spiegelglatt, und es regte sich kein Lüftchen.

Letztes Jahr an einem heißen Sommernachmittag hatte er George mit Joss gesehen. Droben bei der Quelle des heiligen Meriadoc hatten sie dem Lied einer Lerche gelauscht. Da lag eine Spannung in der Luft, und obwohl sich die beiden nicht berührten, hatte man das Gefühl, sie gehörten zusammen. Geistesabwesend hatten sie ihn angelächelt, wie Reisende, die einen Fremden grüßen – höflich, aber nicht sonderlich interessiert. Und plötzlich war ihm aufgegangen, warum Joss, zum Erstaunen ihrer Familie, keine ernsthafte Beziehung einging …

»Bis später.« Nun wieder gut gelaunt, winkte ihm Emma von der Tür aus zu. »Viel Spaß bei deiner Reise in die Eingeweide von London. Nein, Nellie, diesmal kannst du nicht mitkommen. Tut mir leid, altes Mädchen.«

Erleichtert, dass ihm ein Gespräch über seine Exfrau erspart geblieben war, räumte Bruno den Frühstückstisch ab.

Von Anfang an hatten Zoë und Emma sich nicht ausstehen können, und seine Loyalität gegenüber Frau und Schwester war auf eine harte Bewährungsprobe gestellt worden. Er ließ Nellie zu ihrem Morgenspaziergang vor die Tür und freute sich, dass er nun wieder seinen Gedanken nachhängen konnte. Doch unerklärlicherweise war ihm nun der Zutritt zur Welt der Phantasie versperrt. Er versuchte es mit den bewährten Methoden: Er beschwor seine Charaktere herauf, versetzte sie in unterschiedliche Situationen, probierte es mit Dialogen, aber immer wieder drängten sich Erinnerungen an Zoë dazwischen: wie er sie mit nach Hause ins »Paradies« gebracht und Mutt vorgestellt hatte, um ihr anschließend das »Krähennest« zu zeigen.

Er war dreiundzwanzig und kam gerade von der Marineakademie. Eine Frau wie Zoë war ihm noch nie begegnet – er konnte den Blick nicht von ihr wenden. Zoë, die seine Bewunderung spürte, bewegte sich noch ein wenig geschmeidiger, schwang ihre Hüften in dem engen Minirock, schlug die Beine in den hohen Lederstiefeln übereinander. Der strenge Haarknoten passte zu ihrem dichten schwarzen Haar. Weltläufig und imagebewusst, wie sie war, trug Zoë stets Schwarz. Zwar war sie nicht so berühmt wie Twiggy, aber dennoch konnte sich ihre Mappe sehen lassen, und wegen ihrer erotischen Ausstrahlung à la Juliette Gréco war sie äußerst gefragt: ein mädchenhafter Typ mit schwarzen Augen von lasziver Wirkung.

Aber St Meriadoc gefiel ihr. Zwar gab sie sich keinerlei Mühe, für Brunos Familie das unschuldige junge Mädchen zu spielen, doch die Tatsache, dass er eines Tages dieses bezaubernde Anwesen erben würde, ließ ihn in ihrer Wertschätzung steigen.

»Hübsch, Darling«, stellte sie fest, als sie den großen

Raum mit dem Bogenfenster betrat, und zog eine zerknautschte Zigarettenpackung aus ihrer Handtasche. »Hier könnte man tolle Partys feiern.« In ihrem bewundernden Blick lag leichter Spott. »Das ist also deine Bude?«

Rasch zückte er das schicke Dunhill-Feuerzeug, das sie ihm zum dreiundzwanzigsten Geburtstag geschenkt hatte. Sie schenkte ihm ein Lächeln, taxierte ihn aus schmalen Augen. Das »Krähennest« gefiel ihr noch besser als das schöne Haus oben: Hier konnte man mit einer witzigen Dekoration viel erreichen, und fürs Wochenende war es ein Traum, obwohl es ziemlich weit von London entfernt lag.

»Ja«, erwiderte er. »Das ›Krähennest‹ gehört mir.«

So war es von jeher gewesen. »Du bekommst das ›Krähennest‹«, hatte Emma gesagt, »und ich nehme das ›Paradies‹.« Zwar hatte das keiner so richtig ernst genommen, aber im letzten Schuljahr hatte Bruno das »Krähennest« von Grund auf renoviert, damit er seine Freunde hierher einladen konnte. Auch Mutt war der Meinung, dass es ihm guttat, seine Freiheit zu genießen. Sie überließ ihm ein paar überflüssige Möbel und Vorhänge und kaufte ihm einiges dazu: genug, um sein Nest vernünftig einzurichten. Hier hatte er dann seinen einundzwanzigsten Geburtstag gefeiert – mit seinen Kameraden von der Marineakademie und Emmas siebzehnjährigen Schulfreundinnen.

»Wir hatten unseren Spaß«, meinte er beiläufig, damit Zoë ihn nicht für unerfahren hielt. Ein dezenter Hauch von Elizabeth Ardens Blue Grass hatte jene schüchternen Mädchen umgeben, die in ihren langen pastellfarbenen Kleidern sehr niedlich aussahen. Zoës Parfum nannte sich Jicky, und sie wäre lieber gestorben, als dezente Pastelltöne zu tragen. »Wir haben ziemlich gebechert und sind dann um Mitternacht schwimmen gegangen.«

»Super«, meinte sie gleichgültig, wandte sich vom Fenster

ab und drückte ihre Zigarette im hastig dargebotenen Aschenbecher aus, ohne den Blick von ihm zu wenden. »Und wie ist die Aussicht vom ersten Stock?«

Immerhin hatte Bruno beim Landurlaub in Holland und Schweden schon einige Erfahrungen gesammelt, für die er in diesem Moment äußerst dankbar war. Trotzdem verspürte er beinahe Erleichterung, als die Tür ging und Emma ihn rief. Entschuldigungen murmelnd, stopfte er sich das Hemd in die Hose und eilte die Treppe hinunter.

»Mutt hat mir gesagt, dass ihr hier seid«, sagte sie. »Ich kann es gar nicht erwarten, Zoë kennenzulernen.«

»Ich habe ihr gerade das Haus gezeigt«, erklärte er verlegen. »Sie ist … äh … sie pudert sich die Nase. Ah, da kommt sie ja.«

Zoë schritt betont langsam die Treppe hinunter und schenkte Bruno ein verstohlenes Lächeln. Als er die beiden einander vorstellte, merkte er sofort, dass die Abneigung auf Gegenseitigkeit beruhte. Zoë ließ Emma deutlich spüren, dass sie für sie nur ein kleines Mädchen war und in diesem Moment nur störte. Und Emma war fassungslos über die Selbstsicherheit und kaum verhüllte Gleichgültigkeit der Freundin ihres Bruders. Zum ersten Mal stand Bruno zwischen zwei Frauen – aber bei einem Dreiundzwanzigjährigen konnte Geschwisterliebe gegen Zoës körperliche Ausstrahlung wenig ausrichten.

»Du kannst sie nicht heiraten!«, hatte Emma protestiert. »Sie ist nicht die richtige Frau für dich. Lass dir durch Sex nicht den Kopf verdrehen.«

Aber er ließ sich den Kopf verdrehen. Er stand wie unter Drogen, hatte das Gefühl, in seinem Verlangen nach ihr zu ertrinken. Seine Kumpel waren grün vor Neid, und ihn erfüllte unbändiger Stolz. Dann durfte Zoë für eine bekannte Zigarettenmarke werben, und ihr Bild prangte auf Plakatwänden und in Illustrierten. Das Foto wurde Kult, und jedes Mal wenn er es sah, fühlte er sich aufgeputscht. Diese Frau, von Männern begehrt und von Frauen beneidet, gehörte ihm. Dieses Foto, gerahmt im Großformat, schenkte sie ihm zur Hochzeit.

9

»Mutt sieht heute besser aus«, verkündete Emma zuversichtlich. »Findest du nicht auch, Mousie? Woran es liegt, weiß ich nicht, aber sie ist ruhiger, und geistig ist sie ganz klar.«

Sie stand am Bügelbrett, wo sie mit geschickter Hand Laken bügelte und faltete, während Mousie am Küchentisch das Suppengemüse putzte und in Würfel schnitt. Gewiss war Emmas Diagnose von Wunschdenken gefärbt, aber dennoch war Mousie geneigt, ihr zuzustimmen. Nach ihrem von Atemnot begleiteten Schweißausbruch am frühen Morgen ging es Mutt tatsächlich besser. Jetzt schlief sie tief und fest.

»Die Antibiotika tun ihre Wirkung«, sagte sie – doch es war mehr als nur das. Es war, als wäre eine Last von Mutt genommen. Zum ersten Mal seit Tagen wirkte sie richtig entspannt. Zum ersten Mal, seit der Brief mit dem Foto eingetroffen war … Diese Erkenntnis war ein Schock, und Mousie musterte Emma nachdenklich.

»Hat Joss dir schon von unserem amerikanischen Besucher erzählt?«, fragte sie betont beiläufig.

»Ja.« Emma stellte das Bügeleisen ab. »Ein hübscher Kerl, soviel ich gehört habe. Anscheinend suchte er eine Tante.«

»Großtante«, korrigierte Mousie. »Sagt dir der Name Madeleine Grosjean etwas?«

»Nie gehört.« Emma runzelte die Stirn. »Hieß sie so?«

»Offenbar. Er sagt, sie hätte eure Eltern in Indien gekannt.« Mit einer energischen Handbewegung beförderte Mousie die letzten Gemüseschalen auf eine Zeitung. »Möglicherweise war sie Krankenschwester.«

»Ach so.« Achselzuckend wandte sich Emma wieder ihrer Arbeit zu. »Keine Ahnung. Ich war noch nicht einmal zwei, als wir nach Hause kamen. Manchmal bilde ich mir ein, mich an etwas zu erinnern, aber wahrscheinlich kommt das von den Geschichten, die mir Mutt und Bruno erzählt haben. Du weißt ja, wie das ist.«

»Mhm«, erwiderte Mousie geistesabwesend. »Hast du vielleicht Fotos gesehen? Ihr seid ja damals so überstürzt abgereist und habt nicht viel mitgebracht …«

»Kaum etwas. Es ist ja auch sehr wenig Gepäck vorausgeschickt worden. Mutt hat ein paar Fotos, aber diese kleinen Schwarzweißaufnahmen sind ja nicht besonders aufschlussreich. Bruno und ich waren noch zu klein, um Andenken mitzubringen. Aber wir haben beide ein schönes gerahmtes Foto von Daddy, das ihn im Smoking zeigt.«

Mousie ging zur Spüle, ließ Wasser über die Gemüsewürfel laufen und gab sie zu der kräftigen Fleischbrühe, die in einem großen Topf auf dem Herd köchelte. Emma lächelte sie liebevoll an. Wie schön es war, hier zu bügeln, während Mousie das Mittagessen zubereitete! Sie brachte Leben in diesen nüchternen Raum. Dass er keine Atmosphäre besaß, lag daran, dass Mutt kein Küchenmensch war, sie hielt sich lieber in ihrem kleinen Handarbeitszimmer oder im Wohnzimmer auf. Aber auch Joss hatte, seit sie im »Paradies« wohnte, Spuren hinterlassen: Auf dem Fensterbrett standen Ansichtskarten von Freunden, ihr Plaid hing über einer Stuhllehne, und in der kleinen blauen Vase waren Schneeglöckchen. Diese kleinen Hinweise auf die Gegenwart ihrer Tochter berührten Emma auf sonderbare Weise. Insgeheim hoffte sie, dass Joss eines Tages in diesem Haus leben und ihren Kindern hier eine ebenso glückliche Kindheit bereiten würde, wie Emma und Bruno sie erlebt hatten. Sie seufzte zufrieden.

»Ist das nicht schön«, sagte sie zu Mousie, »dass wir hier so zusammen sind? Der Duft der gebügelten Wäsche, das leckere Essen auf dem Herd und ein gemütliches Schwätzchen. Bruno würde sagen, das geht zurück auf die Zeit der Jäger und Sammler. Frauen verbringen seit Jahrmillionen den Tag miteinander, während die Männer auf der Jagd sind. Da hat er nicht unrecht.«

Mousie legte Emma den Arm um die Schulter und drückte sie kurz, ließ sich aber von Brunos Theorie nicht ablenken. Eine Ahnung, die ihr unbestimmte Furcht einflößte, hatte sich in ihrem Kopf festgesetzt.

»Hast du eigentlich mal ein Hochzeitsfoto gesehen?«, fragte sie. »Von Honor und Hubert? Es war nämlich eine Doppelhochzeit. Mein Vater war beim Untergang der *Hood* ums Leben gekommen, und wir haben in St Meriadoc Zuflucht gefunden. Eines der Cottages stand leer, da konnten wir einziehen. Das weißt du ja alles, aber genau zu dieser Zeit hat Hubert geheiratet und uns ein Foto geschickt.«

»Diese alten Familiengeschichten liebe ich.« Emma faltete ein Nachthemd ihrer Mutter und legte es auf den Stapel frisch gebügelter Wäsche. »Weißt du, dass ich mich nicht einmal an meinen Großvater erinnern kann? Aber er ist ja auch gestorben, kurz nachdem wir hier angekommen sind. Gott sei Dank, dass ihr damals da wart. Für Mutt war es bestimmt ein großer Trost, dass sie hier in die Familie aufgenommen wurde, nachdem sie doch ihre Eltern durch einen Bombenangriff im Zweiten Weltkrieg verloren hatte – wirklich tragisch.«

»Wir hatten großes Glück«, fand auch Mousie. »Wir alle.« Nach einer kurzen Pause fügte sie hinzu: »Du hast das Hochzeitsfoto also nicht gesehen?«

Nun wurde Emma neugierig. »Hast du es noch?«

»Nicht die Aufnahme, die Hubert uns geschickt hat. Falls sie noch da ist, weiß ich nicht, wo sie steckt. Ich habe mich nur gefragt, ob Honor wohl noch irgendwo ein Foto hat. Der Amerikaner hat ja einen Abzug geschickt. Es war wirklich merkwürdig, es nach all den Jahren wiederzusehen.«

»Ich würde es mir gern anschauen«, erklärte Emma.

Mousie ging ins Wohnzimmer und griff nach der großen Ledertasche, die neben dem Sessel stand. Einen Augenblick verharrte sie reglos mit dem Foto in der Hand, bevor sie in die Küche zurückkehrte.

»Hier.« Sie legte das Bild auf den Tisch, und Emma betrachtete es neugierig. »Kennst du das Foto?«

»Nein.« Emma lächelte. »Diese albernen Hüte! Aber wie glücklich sie aussehen, und … Mousie, meine Güte, Joss sieht genauso aus wie Mutt in ihrem Alter!«

»Das habe ich auch bemerkt«, stimmte Mousie zu. »Und die andere Frau kennst du nicht?«

Emma hielt das Foto ans Licht.

»Keine Ahnung«, sagte sie. »Aber sie hat etwas an sich … Ist das nicht merkwürdig, Mousie?«

Mutts Glocke dröhnte durchs Haus, und beide zuckten zusammen.

»Ich geh schon«, erbot sich Emma. »Wenn ich allein nicht zurechtkomme, rufe ich dich.« Sie ließ das Foto auf dem Tisch zurück und eilte die Treppe hinauf. Mousie griff nach dem Abzug und betrachtete ihn.

Ich frage mich, was aus Madeleine Grosjean geworden ist, dachte sie.

George Boscowan stellte seinen Wagen am alten Steinbruch ab, stieg aber nicht gleich aus. Er musste erst einmal all seinen Mut zusammennehmen, bevor er seinen Eltern die Neuigkeiten eröffnete.

»Du musst es ihnen sagen«, hatte Penny erklärt. »Nein, ich komme nicht mit. Ich kann ihnen nicht gegenübertreten. Tut mir leid, George. Es würde sowieso nicht funktionieren, wenn Tasha losbrüllt.«

»Bitte, Penny.« Er unternahm noch einen Versuch. »Hör mal, ich muss ja nicht bei der Marine bleiben, wenn dir das so zu schaffen macht. Natürlich kann ich mir vorstellen, dass dir deine Familie fehlt, vor allem wenn ich auf See bin. Wir könnten doch alle zusammen nach Neuseeland gehen. Warum eigentlich nicht? Lass uns noch einmal von vorn anfangen.«

»Bist du verrückt?«

Als er das Entsetzen in ihrem Gesicht sah, wurde ihm schlagartig klar, dass es für sie völlig unvorstellbar war, mit ihm in ihrer Heimat zu leben. Innerlich hatte sie sich bereits auf ein neues Leben mit ihrem Liebhaber, Brett Anderson, eingestellt. Doch Brett hatte in Neuseeland die Verlobung mit ihr gelöst, worauf sie nach England gekommen war. Und jetzt war er hier aufgetaucht, um sie zurückzuholen.

»Ich war wohl die ganze Zeit in ihn verliebt«, meinte sie traurig, als sie sah, wie tief ihn ihre spontane Antwort traf. »Aber dich habe ich auch geliebt, George. Ich liebe dich immer noch. Himmel, ist das schrecklich! Kann man zwei Menschen gleichzeitig lieben?«, fragte sie Mitleid heischend.

»Ja!«, hätte er am liebsten geantwortet. »Das kann man, zum Teufel noch mal. Wer wüsste das besser als ich? Aber man sollte zumindest dagegen ankämpfen.«

Stattdessen hatte er verbittert geschwiegen. Dass seine Frau so mir nichts, dir nichts ihre Ehe aufs Spiel setzte, nur weil Brett plötzlich wieder auftauchte, kränkte ihn tatsächlich.

»Er hat dich schon einmal verlassen«, bemerkte er schließlich, »und er könnte es wieder tun. Und was ist mit Tasha? Sie ist auch mein Kind. Wie oft werde ich sie sehen, wenn du sie mit nach Neuseeland nimmst?«

»Jetzt siehst du sie auch nicht besonders oft«, gab Penny ungerührt zurück. Obwohl sein Schmerz sie bedrückte, wollte sie nicht nachgeben. »Du bist doch ständig auf See.«

Als sie seinen Gesichtsausdruck sah, sagte sie traurig, aber mit unerbittlicher Endgültigkeit: »Es tut mir leid, George. Ich gehöre einfach zu meiner Familie und meinen Freunden in Neuseeland – und zu Brett. Das wird mir jetzt klar. Bitte mach es mir und Tasha nicht so schwer. Sie braucht mich. Was für ein Leben könntest du ihr bieten? Du müsstest sie in Pflege geben, wenn du zur See fährst. Schließlich würde deine Mutter ja kaum damit zurechtkommen, und du bist oft monatelang unterwegs. Ein drei Monate altes Baby kann man doch nicht so lange in fremde Hände geben. Bitte, George, wenn du sie wirklich liebst, dann tu, was am besten für sie ist.«

Dieser Versuch der emotionalen Erpressung machte ihn so zornig, dass er hinausstürmte. Er ließ das kleine Haus am Dorfrand von Meavy hinter sich und stapfte hinauf zum Moor oberhalb von Burrator. Eisig schlug ihm der Wind ins Gesicht. Schafe mit dunklen Köpfen, an deren mollige Flanken sich schutzsuchend winzige Lämmer pressten, standen im Windschatten klobiger Findlinge. Die stattlichen Nadelbäume, die das Ufer des Stausees säumten, stachen dunkelgrün aus der graubraunen Landschaft hervor. Rostbraunes Farnkraut bedeckte die Hänge des Sheep's Tor, auf dessen Gipfel hie und da Schneetupfer zu sehen waren.

Er blickte nach Westen, wo jenseits von Plymouth Cornwall lag und die Nachmittagssonne die fernen Hügel in goldenes Licht tauchte. Von Schuldgefühlen geplagt, dachte er an Joss. Sie hatte ihm immer zugehört, wenn er von seinen Sorgen erzählte – von der Befürchtung, dass Penny, während er zur See fuhr, ihre Familie vermisste und sich einsam fühlte. Er hatte sich Hals über Kopf in Joss verliebt und erkannt, dass seine Gefühle für Penny nur ein matter Abglanz dieser überwältigenden Erfahrung waren. Aber er hatte sich zu dem Entschluss durchgerungen, Penny die Treue zu halten.

Genau dasselbe empfindet Penny für Brett, sagte er sich nun. Er war überzeugt, dass sie beide um ihre Ehe kämpfen und ihrem Kind die Möglichkeit geben sollten, geborgen bei Vater und Mutter aufzuwachsen. Aber Brett brauchte nur mit dem Finger zu schnippen, und Penny war bereit, ohne Bedenken alles über Bord zu werfen. Was für eine absurde Situation!, dachte George. Dennoch stellte sich die Frage der Schuld: Hatten seine Gefühle für Joss seine Beziehung zu Penny getrübt? Wäre Penny so rasch auf Bretts Offerte eingegangen, wenn er selbst sich nicht zuvor in Joss verliebt hätte? Und sehnte er sich nicht insgeheim danach, alles hinzuwerfen und mit fliegenden Fahnen zu Joss überzulaufen …?

Seufzend griff er nach seiner kleinen Reisetasche und stieg aus.

10

Pamela hatte sofort geahnt, dass etwas nicht stimmte. Als George sie nun begrüßte, spürte sie, dass sie Recht hatte. Früher hätte sie an seiner Körperhaltung gesehen, dass er ein Problem hatte. Jetzt erkannte sie es an seinem Tonfall, ja selbst an seinem Schweigen. Sie lächelte gefasst und wartete darauf, dass er zu ihr trat und sie küsste. Sie streckte die Hände aus, um seine breiten Schultern zu umfassen und sein Haar zu berühren. Seine Lippen streiften ihre Wange, sein »Hi, Ma« war ein warmer Hauch an ihrem Ohr, und als er sich zurückzog, folgte ihre Hand noch den Konturen seines Körpers, bevor sie in ihren Schoß sank.

»Was für ein Morgen!«, rief Rafe vergnügt. »Du bist ja in aller Herrgottsfrühe aufgebrochen, George. Um die Zeit haben wir dich nicht erwartet. Habt ihr Schnee in Dartmoor?«

Pamela hörte, wie Rafe Kaffee aufsetzte, dann scharrten die Stuhlbeine, als George sich setzte. Nun wurden Höflichkeitsfloskeln ausgetauscht, und Pamela wartete nervös auf die Hiobsbotschaft. Sie war beteits die verschiedenen Möglichkeiten durchgegangen. Gab es vielleicht Geldprobleme? Sie wusste, dass die beiden sich mit dem Kauf des Cottage in Meavy finanziell übernommen hatten.

»Penny möchte gern auf dem Land leben«, hatte George

seinen Eltern erklärt, »besonders jetzt, wo das Baby unterwegs ist. Und ich bin oft so lange auf See, dass sie das Recht hat zu wohnen, wo es ihr am besten gefällt.«

Insgeheim hatte Pamela befürchtet, dass Penny ihre Londoner Freunde und das abwechslungsreiche Stadtleben vermissen würde. Aber Meavy war ein wunderschönes Dorf, und nach Tavistock fuhr man nur zehn Minuten – die ideale Gegend, um Kinder aufzuziehen. Penny und George bekamen zwar gutes Geld für die Wohnung in London, aber mit dem Preis, den sie für das Cottage bezahlten, war die Schmerzgrenze erreicht.

Während Rafe die Tassen auf den Tisch stellte, überlegte Pamela, ob Penny und George vielleicht ihre Hilfe brauchten. Seit ihrer Erblindung hatte Rafe seinen Posten als Dozent gekündigt und arbeitete nun für die Fernuniversität, damit er bei ihr zu Hause bleiben konnte. Zwar hatten sie über die Jahre ein wenig gespart, aber mit drei Kindern würde man dabei nicht weit kommen.

Nun bemerkte Pamela, dass unbehagliches Schweigen herrschte. Sie lauschte aufmerksam: Die Küchenuhr tickte unnatürlich laut, draußen vor dem Fenster rauschten leise und unaufhörlich die Wellen, Rafe räusperte sich. Plötzlich knarrte ein Stuhl, und sie hörte, wie George seinen Kaffee umrührte.

»Ihr habt wahrscheinlich schon erraten, dass ich euch keinen reinen Höflichkeitsbesuch abstatte«, erklärte George. »Die Sache ist die …«

Pamela hörte, wie er schluckte, und empfand überwältigendes Mitgefühl für ihn.

Dann eröffnete George ihnen, dass er und Penny sich trennen wollten. Ihre Probleme ließen sich nicht lösen. Sie hätten sich darauf verständigt, dass es am besten so sei. Penny wolle nach Neuseeland zurück.

Rafe murmelte etwas Unverständliches – sein entgeistertes Gesicht konnte sich Pamela lebhaft vorstellen. Jetzt trank George offenbar einen belebenden Schluck heißen Kaffee.

»Mein Schatz«, begann sie mit unsicherer Stimme. »George, das ist ja schrecklich. Ich dachte, ihr seid glücklich miteinander. Und was ist mit Tasha?« Sie verstummte und versuchte Ordnung in das Durcheinander ihrer Gedanken zu bringen. Wie unbedeutend ihre ursprünglichen Befürchtungen gewesen waren! Diese Schwierigkeiten wären leicht zu überwinden gewesen, verglichen mit dem, was tatsächlich geschehen war.

Wieder folgte Schweigen. Pamela biss sich auf die Zunge. Sie unterdrückte die Fragen, die sie am liebsten herausgeschrien hätte, und zwang sich zu warten, bis der rechte Zeitpunkt gekommen war. Hätte sie doch nur sein Gesicht sehen können! Dennoch war die Spannung deutlich zu spüren. Es lag etwas in der Luft, was sie nicht fassen konnte, ein unterschwelliges Gefühl …

»Gibt es jemand anderen?«, fragte sie schroff – und hörte, wie George tief Luft holte. Sie wusste, dass Rafe und sein Sohn einen Blick wechselten. »Keine Vebs!«, rief sie. »Nicht jetzt. Das ist zu wichtig. Was ist los, George? Warum wollt ihr euch trennen?«

Dafür hatte er eine aufrichtige Antwort.

»Penny war verlobt, bevor sie nach England kam«, erwiderte er unumwunden. »Dieser Mann hat sie sitzen lassen. Jetzt ist er hierhergekommen, und sie hat erkannt, dass sie ihn immer noch liebt. Ich war für sie damals nur der rettende Anker. Sie meint, dass sie zu ihm gehört, und will zu ihrer Familie in Neuseeland zurück.«

Pamela konnte sich vorstellen, wie er die Schultern zuckte – erleichtert, dass es endlich heraus war.

»Und wie hast du reagiert?«, fragte Rafe vorsichtig.

»Ich habe gekämpft«, entgegnete er trotzig. »Was denkst du denn? Ich habe vorgeschlagen, dass wir nach Neuseeland ziehen. Ich weiß ja, dass sie ihre Familie vermisst. Wenn dieser Kerl nicht aufgekreuzt wäre, hätten wir eine Lösung gefunden.«

»Ich kann es nicht fassen, dass jemand vorsätzlich eine Familie zerstört«, sagte Rafe. »Das ist wirklich brutal.«

»Penny wurde von ihren Kiwi-Freunden nach London eingeladen«, erklärte George. »Zufällig war er auch dort.«

In seiner Stimme lag mehr als nur Verbitterung.

»Und was soll aus Natasha werden?«, fragte Rafe. »Penny erwartet doch wohl nicht, dass du dein Kind so mir nichts, dir nichts aufgibst?«

George lachte freudlos. »Da stecke ich in der Klemme. Ich kann Tasha ja nicht behalten. Wie soll ich mich um ein drei Monate altes Baby kümmern? Penny hat eine große Familie, die ihr dabei unter die Arme greifen kann …«

Abrupt verstummte er, und Pamela hatte das irrationale Gefühl, dass sie ihren Sohn im Stich gelassen hatte.

»Ach, mein Schatz«, sagte sie traurig. »Es tut mir so leid. Wir sind einfach zu nichts zu gebrauchen.«

»Sei nicht albern, Ma!«, entgegnete er barsch. »Es ist schließlich nicht deine Schuld. Wir müssen uns den Tatsachen stellen. Ich habe schlichtweg niemanden, der sich um Tasha kümmern könnte, wenn ich auf See bin. Und natürlich ist Tasha bei ihrer Mutter besser aufgehoben als bei Fremden, und wenn es noch so prachtvolle Menschen wären. Penny sagt, wir müssen das tun, was für Tasha am besten ist.«

»Ist es für ein Kind nicht am besten, wenn es bei Vater und Mutter aufwächst?«, gab Rafe mit leiser Stimme zu bedenken.

Georges lachte resigniert auf. »Das ist nun wirklich altmodisch, Pa. Man merkt, dass du nicht mehr der Jüngste bist.«

Heftige Emotionen stürmten auf Pamela ein: Angst um ihren Sohn; Verzweiflung, weil sie ihr Enkelkind verlieren sollte; Hass auf Penny, die sie immer so gern gehabt hatte. Niemals hatte sie den Verlust ihres Augenlichts so sehr bedauert wie in diesem Moment. Wie gern hätte sie Georges Gesicht gesehen und ihm in die Augen geschaut, während sie mit ihm sprach.

Sie wusste, dass er treu, verantwortungsbewusst und geradeheraus war. Dennoch wurde sie das Gefühl nicht los, dass ein Puzzleteilchen im Gesamtbild fehlte.

»Es scheint wirklich etwas Ernstes zu sein«, begann sie behutsam, »wenn Penny so kompromisslos reagiert. Du darfst nicht denken, dass ich nicht auf deiner Seite bin, George. Du weißt, dass ich zu dir halte. Aber Penny war dir eine gute Frau. Obwohl sie ihre Familie vermisst und so oft allein ist. Wenn sie sich jetzt zu einem solchen Schritt entschließt, sind ihre Gefühle offenbar sehr stark.«

»Das stimmt«, entgegnete George nach einer Weile. »Sie sagt, sie hätte nie aufgehört, Brett zu lieben, obwohl sie sich eingebildet hat, darüber hinweg zu sein. Als sie ihn wiedersah, fiel es ihr wie Schuppen von den Augen. Das kann ich verstehen«, fügte er seufzend hinzu.

Nun hatte sie wie ein Jagdhund Witterung aufgenommen: Darum war es ihr gegangen – diesen Tonfall zu hören, der echtes Verständnis für Penny verriet. Ja, in seiner Stimme lag Verbitterung und Wut, aber neben diesen Gefühlen spürte sie die aufrichtige Anteilnahme eines Menschen, dem ein solches Dilemma nicht fremd war.

»Wie wär's, wenn George erst mal seine Sachen hinaufbringt? Dann genehmigen wir uns ein Schlückchen«, schlug sie vor. »Ich glaube, wir müssen das alle erst verdauen.«

Sie lauschte, bis sie Georges Schritte auf der Treppe hörte. Dann griff sie nach Rafes Hand, die sich tröstlich um die ihre schloss.

»Ruf Bruno an!«, bat sie. »Er soll versuchen, Joss zu erreichen, und die Einladung zum Abendessen absagen. Rasch, bevor George zurückkommt.«

11

Bruno hörte die Nachricht ab, als er sich sein Mittagessen machte. Der Klingelton des Telefons in der Küche war abgestellt, dafür lief der Anrufbeantworter, weil sich Bruno nicht gern aus der Arbeit herausreißen ließ. Jetzt sah er das rote Lämpchen aufblinken und drückte auf »Play«. Rafes Stimme klang merkwürdig: gehetzt und leise, als fürchte er, belauscht zu werden.

Offenbar hatte George ein Problem, und deshalb sollte Joss nicht zum Essen kommen. Ob er, Bruno, sie nicht anrufen und ihr absagen könne?

Während er Brot schnitt, Nellie streichelte, ihren Napf füllte und sich ein Glas Apfelsaft einschenkte, dachte Bruno über diese Bitte nach. Womöglich hatte er den Grund für Georges Problem bereits erraten. Schließlich blätterte er in den chaotischen Einträgen seines Adressbuchs und wählte die Nummer der Praxis. An Joss' sachlichem Ton erkannte er, dass sie gerade einen Patienten dahatte.

»Tut mir leid, dass ich störe«, sagte er. »Ich soll dir etwas von Rafe bestellen. Das Essen heute Abend fällt aus. George geht es nicht gut.« Er hörte, wie sich ihr Atem beschleunigte, und konnte sich ihre besorgte Miene vorstellen. »Kannst du dir darauf einen Reim machen?«, fragte er betont beiläufig.

»Ja«, antwortete sie knapp.

»Das dachte ich mir.« Er zögerte. »Möchtest du auf dem Heimweg bei mir vorbeischauen?«

Er konnte förmlich hören, wie ihr Gehirn arbeitete.

»Gerne«, erwiderte sie. »Danke, Bruno. Ich würde gerne kommen. So gegen sechs?«

»Wunderbar. Bis dann.«

Unterdessen hatte Nellie ihr Spielzeug angeschleppt, einen leuchtend bunten Gummiknochen, der ein bimmelndes Glöckchen enthielt und den Bruno scheußlich fand. Schwanzwedelnd, die Ohren hoffnungsvoll gespitzt, blickte sie zu ihm auf. Bruno trat nach dem Knochen, sodass er durch die Küche flog. Begeistert sauste Nellie ihm nach.

»Blöder Hund«, brummte Bruno. »Nein, schaff ihn fort.« Aber Nellie legte ihm den Knochen erneut vor die Füße und schien ihn mit hängender Zunge anzulachen, sodass er unwillkürlich selbst grinsen musste.

»Was ist das eigentlich für ein Haus?«, fragte er sie. »Ein Asyl für weibliche Wesen in Not, oder was?« Wieder trat er gegen das Spielzeug. Und während es über die Fliesen schlitterte und gegen die Speisekammertür prallte, erinnerte er sich an Nellies Ankunft im »Krähennest«.

»Sie ist noch übrig«, hatte Mousie gesagt, als sie mit dem Welpen im Arm an einem verregneten Dezemberabend vor Brunos Tür stand. »Die Rüden hat der Farmer schon alle untergebracht, nur die Hündin wollte keiner.«

Verschiedene Antworten, alle nicht politisch korrekt, schossen Bruno durch den Kopf. Doch Mousie strahlte ihn siegessicher an.

»Ein Hund wird dir guttun«, versicherte sie. »Da musst du an die frische Luft.«

»Ich laufe jeden Tag meilenweit, Mousie«, entgegnete er trocken. »Ist dir das noch nicht aufgefallen?«

»Mit einem Hund macht ein Spaziergang mehr Freude«, erwiderte sie.

»Warum behältst du sie dann nicht selbst?«, meinte er. »Schließlich fährst du den ganzen Tag von einem Patienten zum nächsten. Du hast viel zu wenig Bewegung.«

»Ach, es wäre nicht schön für sie, den ganzen Tag im Auto zu sitzen«, gab Mousie zurück, als müsste sie widerstrebend eine Leckerei zurückweisen. »Nein, nein. Du musst sie nehmen.«

Sie setzte den Welpen auf den Boden, wo er sofort in die Hocke ging und eine Pfütze hinterließ. Während der Pause, die nun folgte, wich Mousie Brunos Blick aus.

»Ich muss weiter«, verkündete sie fröhlich. »Ach, übrigens, du könntest sie Nellie nennen. Das passt zu ihr, findest du nicht?«

Bruno, der mit unnötiger Wucht die Tür hinter Mousie zugeknallt hatte, starrte das schwarz-weiße Fellbündel an, das nun seine Küche erkundete.

»Willkommen, Nellie«, sagte er ergeben. »Ich hoffe, du magst Würstchen, denn außer Porridge ist sonst nichts im Haus. Wenn du hier leben willst, musst du dich anpassen können.«

Und Nellie hatte sich angepasst. Sie war eine unkomplizierte Gefährtin, vorausgesetzt, sie durfte auf dem Sofa sitzen und bekam regelmäßig ihr Futter. Allerdings schätzte sie ihre Unabhängigkeit und liebte die morgendlichen Streifzüge vorbei an den Cottages am Meer und hinauf in den »Paradies«-Garten.

Nach Rafes Nachricht auf dem Anrufbeantworter hatte Bruno das Gefühl, eine kleine Wanderung würde ihnen beiden guttun. Der Gedanke an Joss' Besuch heute Abend lenkte ihn bereits von seiner Arbeit ab. Wieder einmal drohte die kleine Welt von St Meriadoc jene andere Welt zu verdrängen, in der er sich am liebsten aufhielt. Mit ein wenig Glück würde seine Inspiration durch einen Spaziergang wieder geweckt werden. Und er wollte ja ohnehin bei Mutt vorbeischauen.

Emma war allein im »Paradies«. Wie Bruno erfuhr, war Mousie nach Polzeath zum Einkaufen gefahren und wollte später noch einmal vorbeikommen.

»Was für ein Glück, dass wir sie haben!«, meinte Emma. »Joss tut, was sie kann, aber sie muss sich um ihre Praxis kümmern. Und schließlich hat die gute alte Mousie eine Menge Erfahrung. Mutt ist heute ruhiger, aber sehr schwach. Später kommt der Arzt. Geh ruhig zu ihr.«

Erleichtert, ein Weilchen mit Mutt allein sein zu können, stieg er zu ihr hinnauf und überlegte, wie er das knifflige Thema anpacken sollte. Leise zog er die Tür hinter sich zu. Es ging ihm zu Herzen, als er sie mit geschlossenen Augen daliegen sah, klein und gebrechlich in dem großen Bett. Auf einmal erkannte er, dass er sie immer als tapfere Beschützerin gesehen hatte, die über ihn und Emma wachte. Noch vor wenigen Monaten, im Spätsommer, war sie mit ihm auf der *Kittiwake* gesegelt, hatte mit Rafe im Garten gearbeitet, war über die Klippen und durch das Tal gewandert. Nachbarn und Freunde brachten ihr scheue Bewunderung entgegen, denn trotz ihrer Warmherzigkeit hielt sie Außenstehende auf Distanz. Er aber kannte die andere Seite von Mutts Charakter – ihren Humor, ihre Verletzlichkeit und ihr tiefes Mitgefühl für menschliche Schwächen. Sie hatte sich um alle gekümmert, um seinen Großvater und Tante Julia, aber auch um Dot und Jessie Poltrue. Das »Paradies« und das Tal ringsum würden ohne Mutt öde und leer sein.

Seine Gefühle niederkämpfend, kniete er neben dem Bett nieder und küsste ihre weiche Stirn. Sanft ergriff er ihre

Hand, um ihre Aufmerksamkeit zu wecken. Langsam wandte sie sich ihm zu und sah ihn an, als wolle sie ihn um Verständnis bitten.

»Alles war für dich und Emma bestimmt, nicht wahr?« Er beugte sich über sie, weil sie sehr leise sprach. »Aber jetzt möchte ich, dass Joss das ›Paradies‹ bekommt.«

»Steht es so in deinem Testament, Mutt?«, fragte er. »Das muss ich wissen. Hast du klare Vorkehrungen für das Haus getroffen?«

Sie runzelte die Stirn, als fiele ihr etwas ein. Ihre Lippen bewegten sich, und ihr Blick entglitt ihm. »Ich war eine Närrin.« Ihr Atem ging unregelmäßig. »Verzeih mir!«

Ihre Lippen zitterten. Als er sah, wie sie gegen den Schmerz ankämpfte, der ihren Blick verdunkelte, brachte er es nicht über sich, weitere Fragen zu stellen.

»Es gibt nichts zu verzeihen«, erklärte er mit fester Stimme. »Du weißt doch, wie glücklich wir waren, wir alle. Du hast die Familie zusammengehalten.«

Tränen drangen unter ihren geschlossenen Lidern hervor, und sie umklammerte fest seine Hand. »Du wirst dich um sie kümmern, das weiß ich«, wisperte sie. »Aber ich wollte unbedingt, dass Joss das ›Paradies‹ bekommt.«

Er küsste sie. »Ich werde auf Joss aufpassen«, versprach er.

Bevor sie antworten konnte, öffnete sich die Tür, und Emma kam herein. Als sie zu ihrer Mutter trat, stand er auf und ging ans Fenster.

»Ich glaube, sie sollte sich jetzt ausruhen«, meinte Emma wenige Minuten später. »Nachher setze ich mich für eine Weile zu ihr, aber jetzt könnten wir erst einmal runtergehen und eine Tasse Tee trinken, was meinst du?«, schlug sie mit gedämpfter Stimme vor.

Er folgte ihr in die Küche, doch ihm war nicht nach Plaudereien zumute. »Macht es dir etwas aus, wenn ich mich wieder verziehe? Nellie muss sich die Beine vertreten, und ich möchte nachher noch ein wenig arbeiten. Nach dem Abendessen haben wir ja noch genug Zeit zum Reden.«

Den Vorschlag griff sie gern auf. Die abendlichen Gespräche mit ihrem Bruder bedeuteten ihr unendlich viel.

»Könnte sein, dass es ein bisschen später wird«, sagte sie noch. »Ich weiß nicht, wann Mousie wiederkommt, und wir wollen noch gemeinsam essen.«

»Macht nichts.« Im Moment wollte er einfach nur allein sein und in Ruhe nachdenken. »Komm, wann immer es dir passt. Auf geht's, Nellie.« An der Tür blieb er stehen. »Du schaffst es doch allein, oder?«, fragte er unvermittelt.

»Natürlich.« Seine Fürsorglichkeit rührte sie. »Ehrlich gesagt, bin ich gern hier allein. Es ist so friedlich, und ich lausche gern der Stille. Das nimmst du mir natürlich nicht ab.« Sie zog eine Grimasse. »Aber ich komme ganz gut eine Stunde allein zurecht, wenn es sein muss. Ich finde es schön, dass Joss hier lebt – das ›Paradies‹ ist doch ihr eigentliches Zuhause, was meinst du?«

»Auf jeden Fall«, erwiderte er abrupt, küsste sie auf die Wange, drehte sich um und ging.

Seine Zärtlichkeit erstaunte sie. Bestimmt ist er beunruhigt, weil Mutt so schlecht aussieht, dachte sie. Wahrscheinlich will er deshalb allein sein.

Aber Brunos Gedanken kreisten nicht um Mutt. Er dachte an die Zeit vor dreißig Jahren zurück, als seine Schwester ihm ihren Verlobten Raymond Fox vorgestellt hatte. Als er den Weg zur Klippe einschlug, den Nellie bereits hinaufgestürmt war, fiel ihm Emmas Gesichtsausdruck wieder ein: halb stolz, halb ängstlich. Das Kinn trotzig gereckt, als wolle sie sagen: Was du kannst, kann ich schon lange.

Es war an einem warmen Juniabend gewesen. Durch die hohen offenen Fenster sah man das wogende Meer, das wie eine Pfauenfeder glänzte und schillerte. Goldenes Licht erfüllte den Raum. Bruno, der von einem Teller mit Oliven naschte, sah zum dritten Mal auf die Uhr und wünschte, Zoë würde endlich kommen. Er hatte vorgeschlagen, dass Emma Raymond ins »Krähennest« mitbrachte. Instinktiv hatte er dafür gesorgt, dass er seinem künftigen Schwager auf eigenem Terrain begegnete. Was Emma über Raymond Fox erzählt hatte, wirkte eher einschüchternd auf ihn. Er war zwölf Jahre älter als sie und bereits Juniorpartner einer Brokerfirma in der Londoner City, hatte ein schönes Stadthaus in Henley geerbt und besaß eine Wohnung in London.

Bruno, dessen Dienstzeit bei der Marine zu Ende ging, während sich der Erfolg seines ersten Buches abzeichnete, brauchte sich nicht zu schämen. Dennoch hatte er das Gefühl, dass hier ein Wettkampf ausgetragen wurde. Seit seiner Hochzeit mit Zoë hatte Emma offenbar das Gefühl, sie müsse mit ihm gleichziehen. Da sie sich schlecht mit seiner Frau verstand, war das einst so harmonische Verhältnis zu seiner Schwester getrübt. Als er sein Glas füllte, hörte er Emmas Stimme, hell und atemlos vor Aufregung, begleitet von einem angenehmen Bariton, der Ruhe und Selbstvertrauen ausstrahlte.

Dann standen die beiden im Wohnzimmer, und Emma stellte ihren Verlobten vor, die Wangen vor Stolz und Trotz gerötet, während Raymond Bruno die Hand entgegenstreckte. Raymond sah gut aus, das konnte man nicht leugnen, aber sein Gesicht wirkte merkwürdig ausdruckslos, als wäre es aus narbigem braunem Holz geschnitzt. Zwischen Nase und Kinn hatten sich bereits tiefe Falten eingegraben, und seine grauen Augen blickten wachsam. Angesichts der Selbstzufriedenheit dieses Mannes empfand Bruno eine kindische Genugtuung darüber, dass er ein ganzes Stück größer war als Emmas Verlobter.

»Hübsches Häuschen«, meinte Raymond und trat ans Fenster. »Aber feucht im Winter, nehme ich an.«

»Ganz Cornwall ist feucht«, gab Bruno kühl zurück, »im Winter wie im Sommer. Wir haben hier auf der Halbinsel eine erstaunliche Vielfalt an Schimmelpilzen.«

Er reichte Emma den gewohnten Gin Tonic und schaute Raymond fragend an.

»Haben Sie einen Scotch?«, fragte der herablassend, als traue er Bruno so viel Weltläufigkeit nicht zu. Als Bruno ihm einen Malt Whisky einschenkte, presste er verärgert die Lippen zusammen. Hastig ergriff Emma das Wort und lobte die Aussicht. Raymond lächelte nachsichtig und zugleich besitzergreifend, was Bruno noch wütender machte.

»Die Bucht ist ziemlich klein, nicht wahr?«, bemerkte Raymond. »Mit dem Segelboot kommt man wohl nicht so leicht aufs Meer hinaus.«

»Stimmt«, erwiderte Bruno. »Außerdem sind die Felsen vor der Einfahrt ziemlich gefährlich.«

»Schade.« Raymond runzelte die Stirn. Schon hatte er einen wunden Punkt entdeckt, der den Marktwert von St Meriadoc schmälerte.

»Aber das stört nicht weiter«, erklärte Bruno. »Wir wissen genau, wo sie sind.«

»Hm. Aber für Urlauber ist das nicht so günstig. Und einen richtigen Strand gibt es anscheinend auch nicht.«

»Wir haben hier keine Urlauber. Das Tal ist Privatbesitz.« Bruno war selbst klar, dass sich das snobistisch anhörte, doch er konnte sich nicht beherrschen. »Wir wohnen hier.«

»Aber man könnte ganz schön Geld machen, wenn man das alte Bootshaus abreißt und dafür ein Hotel baut …«

In diesem Augenblick kam Zoë gähnend die Treppe herunter, doch ihre schwarzen Augen erfassten sogleich die Situation. Barfuß und praktisch nur mit einem Hemd von Bruno bekleidet, sah sie aus, als käme sie direkt aus dem Bett. Sie, wirkte unglaublich sexy, und im Vergleich zu den anderen schien sie wie eine gewiefte Raubkatze, die unversehens unter possierliche Hauskätzchen geraten ist. Emma setzte eine beleidigte Miene auf, und Raymond griff sich unwillkürlich an die Krawatte, während Bruno ein Kichern unterdrücken musste.

»Hallo, Schatz«, sagte er. »Du hast dich ja schon zum Dinner umgezogen, wie ich sehe.«

Zoë musterte Emmas hübsches Kleid und Raymonds eleganten Anzug. Mit einem Mal beschlich Emma das Gefühl, altmodisch gekleidet zu sein. Auch Raymond wurde unbehaglich. Dennoch ließ er sich von Zoës Blick nicht irritieren, sondern ging auf sie zu und stellte sich vor.

»Ich weiß, wer Sie sind«, fügte er gut gelaunt hinzu, da sie sich nicht die Mühe machte, ihren Namen zu nennen.

Sie griff nach dem Glas, das Bruno für sie gefüllt hatte. »Jeder weiß, wer ich bin«, entgegnete sie gleichgültig. »Du hast nicht erwähnt, dass wir uns in Schale werfen müssen, Darling.«

»Du wolltest doch nicht etwa in diesem Aufzug zum Dinner erscheinen?« Emma lachte gekünstelt. »Jetzt mal ehrlich, Zoë, Mutt würde einen Anfall bekommen, das weißt du genau.«

»Natürlich nicht«, erwiderte Zoë gereizt. »Aber ihr habt es auch ein bisschen übertrieben für einen so warmen Abend.«

Gelangweilt taxierte sie Raymond und entschied, dass er einen Flirt nicht wert sei – so gern sie Emma damit geärgert hätte. Sie zog einen Flunsch.

»Ich nehme jetzt ein Bad«, verkündete sie mit dem Glas in

der Hand und stellte sich auf die Zehenspitzen, um Bruno zu küssen. Mit nackten Beinen, in einem Herrenhemd, das gerade den Po bedeckte, bot sie einen aufreizenden Anblick. Und sie konnte es sich nicht verkneifen, mit einem Blick über die Schulter festzustellen, wie die anderen darauf reagierten.

»Beeil dich!« Bruno schob sie sanft zur Treppe, insgeheim amüsiert über den Auftritt, der einen Streit zwischen ihm und seinem künftigen Schwager gerade noch abgebogen hatte. Aber die Probleme waren vorprogrammiert.

»Den darfst du auf keinen Fall heiraten«, hatte er Emma später erklärt.

»Warum nicht?«, gab sie wütend zurück. »Warum magst du ihn nicht?«

»Weil er nicht lieben kann«, hatte er nach einer Weile erwidert. »Zu echter Wärme ist er nicht fähig. In einer Ehe muss man sich emotional geborgen fühlen, Emma.«

»So wie du bei Zoë?«

Der Hieb saß. Darauf war ihm keine Antwort eingefallen.

12

Als Joss, später als sonst, wieder nach St Meriadoc kam, war es schon dunkel. Zuletzt war noch ein Patient ohne Termin gekommen: ein Farmer, der über Schmerzen im unteren Rücken klagte. Er war noch nie bei einem Osteopathen gewesen, und als sie ihn begrüßte, machte er ein verlegenes Gesicht. Sie hatte ihn gebeten, neben ihrem kleinen Schreibtisch Platz zu nehmen, und entlockte ihm behutsam die Einzelheiten seines Leidens.

»… Angefangen hat es vor zehn Tagen, als ich mich nach einem alten Mutterschaf gebückt habe – da war nichts zu machen … Danach habe ich heiß gebadet, die Nacht war ein bisschen unangenehm … Dann wurde es etwas besser, aber weggegangen ist es nicht, und gestern, als ich mich in meinem Landrover nach dem Mantel umgedreht habe, ist es wieder ganz schlimm geworden.«

Aufmerksam lauschte Joss seinem Bericht und stellte dann ein paar Fragen. Schmerzen im rechten unteren Rücken, nicht stechend, nicht taub, der Schmerz strahlte nicht ins Bein aus, also wahrscheinlich kein Bandscheibenproblem. Dass er sich bis auf die Unterwäsche ausziehen sollte, behagte dem alten Mann gar nicht. Sie erklärte freundlich, sie müsse die Wirbelsäule in Bewegung sehen, anschließend könne er sein Hemd gleich wieder anziehen. Mit einer

Schicht Kleidung ließ sich gerade noch arbeiten. Doch dann entspannte sich ihr Patient, sodass sie prüfen konnte, wie es mit dem Bindegewebe und der Beweglichkeit der Gelenke aussah. Offenbar hatte der Bauer die untere Lendenwirbelsäule zu stark belastet, und die Muskeln hatten sich verkrampft, um eine schwerere Schädigung zu verhindern. Nach einer Massage und passiven Bewegungsübungen zur Lösung von Verkrampfungen ging es ihm schon wesentlich besser.

Während der Behandlung war auch seine Befangenheit verflogen. Inzwischen verstand sich Joss darauf, ihren Patienten ein paar persönliche Dinge zu entlocken, sodass sie bei ihrer Behandlung von einem ganzheitlichen Ansatz ausgehen konnte. Nach und nach machte sie sich ein Bild von dem Menschen und von seiner Lebenswelt. Und sie unterstützte ihre Patienten behutsam, sodass sie selbst erkannten, was ihnen guttat und wie sie ihr Leben wieder ins Gleichgewicht bringen konnten.

Diesen ganzheitlichen Ansatz schätzte sie so an ihrer Arbeit. Ein weiterer Grund für ihre Berufswahl war die Erfahrung einer Freundin, die nach einem schweren Reitunfall von einem Osteopathen in Maidenhead geheilt worden war. In ihrer Ausbildung – und jetzt in der Praxis – sah sich Joss in ihren Überzeugungen bestätigt. Außerdem hatte sie das Gefühl, auf diese Weise wiedergutmachen zu können, was ihr Vater ein Leben lang durch seine Taktlosigkeit und Kleinlichkeit anderen angetan hatte.

Als sie jetzt in die schmale Straße nach St Meriadoc einbog, rief sie sich noch einmal in Erinnerung, wie der Farmer auf die Behandlung reagiert hatte. Zunächst wirkte er beunruhigt, doch als er dann das Knacken hörte, hatte er erleichtert aufgelacht und bereitwillig einen weiteren Termin vereinbart. Möglicherweise würde er im Lauf der nächsten zwei

Wochen noch mehrere Sitzungen brauchen. Vielleicht aber hatte sich das Problem bis zum nächsten Termin gelöst – umso besser. Joss dachte häufig an das Leitmotiv ihrer Ausbildung: finden, beheben und in Ruhe lassen.

Als sie den Wagen abstellte, fiel ihr plötzlich wieder ein, dass George hier war. Leise schloss sie die Autotür, damit nicht etwa Rafe oder Pamela herauskamen. Als sie die Straße überquerte und zum »Krähennest« hinaufstieg, versuchte sie sich zu fassen. Denn ganz gleich, welche Probleme George und Penny hatten: Sie, Joss, hatte nichts getan, wofür sie sich schämen musste. Dennoch fühlte sie sich verunsichert. Umso mehr erfreute sie der Anblick des freundlichen Lichts, das ihr aus dem großen Fenster entgegenstrahlte.

Bruno schenkte ihr ein Glas Wein ein. Als sie sich in den Schaukelstuhl setzte, fühlte sie sich genauso entspannt wie in Mutts Schlafzimmer, und die Sorgen des Alltags fielen von ihr ab. Seufzend betrachtete sie Nellie, die sich vor dem offenen Kamin auf dem Rücken ausgestreckt hatte.

»Wie war dein Tag?«, fragte Bruno. »Kommst du jetzt besser klar?«

Dankbar lächelte sie ihn an. Er wusste, wie besorgt sie anfangs gewesen war, weil sie so langsam arbeitete. Auch jetzt noch, nach fast zwei Jahren in der eigenen Praxis, veranschlagte sie für jeden Termin eine volle Stunde, damit sie sich in Ruhe ein Bild von dem Patienten machen konnte – von seinem Allgemeinzustand, seiner Arbeit, seiner Familie. All diese Einzelheiten musste sie wissen, bevor sie mit der Behandlung begann, und dafür brauchte sie Zeit. In Bodmin, wo sie als Assistentin tätig war, musste alles viel schneller gehen. Im Augenblick suchte sie nach einem Mittelweg.

»Allmählich werde ich besser«, sagte sie. »Dass ich in Bodmin nur eine halbe Stunde pro Termin habe, stärkt mein

Selbstvertrauen. Allmählich lerne ich, mich besser auf den nächsten Patienten einzustellen und alles auszublenden, was mit der vorherigen Behandlung zu tun hatte. Auf diese Weise komme ich besser voran. Und ich werde auch hin und wieder weiterempfohlen. Offenbar mache ich also nicht alles falsch.«

Bruno setzte sich aufs Sofa, und Nellie kuschelte sich an ihn. Joss nippte mit Genuss an dem kühlen Sancerre.

»Du wirkst zufrieden«, meinte Bruno und prostete ihr zu.

Joss überlegte. »Das bin ich auch«, gab sie zu – die Feststellung überraschte sie selbst. »Es muss wohl daran liegen, dass ich meine Arbeit liebe – warum grinst du?«

Er schüttelte den Kopf. »Ist schon gut. Ich habe nur daran gedacht, dass ich vorhin mit Emma über die Freuden der Arbeit gesprochen habe.«

»Mum hatte doch keine Wahl«, entgegnete Joss. »Als sie geheiratet hat, war sie noch so jung, und Dad wollte, dass sie nur für ihn da ist. In London hat sie ziemlich viele gesellschaftliche Verpflichtungen. Und ich glaube sogar, dass ihr das Spaß macht.«

»Das sollte keine Kritik sein«, meinte er freundlich.

»Ich weiß, aber es gab Zeiten, da war sie ... na ja, ruhelos, könnte man sagen. Und da habe ich mir oft überlegt, ob sie nicht besser dran wäre, wenn sie noch andere Dinge im Kopf hätte außer mir und Dad.«

Eine Weile beobachteten sie in einträchtigem Schweigen das Kaminfeuer, während im Hintergrund Billie Holiday mit »No More« eine bittersüße Melancholie heraufbeschwor. Wenn Bruno es sich abends gemütlich machte und über die Figuren seiner Bücher nachsann, hörte er am liebsten Bluessängerinnen. Ob Bessie Smith, Ella Fitzgerald, Lena Horne oder Dinah Shore – er liebte sie alle.

Während Joss der heiseren, erotischen Stimme der Sängerin lauschte, dachte sie: Seltsam, wenn man verliebt ist, bezieht man jedes Liebeslied auf sich selbst.

»Nachdem sich deine Abendeinladung zerschlagen hat«, sagte Bruno schließlich, »stellt sich die Frage, ob ich dir etwas anbieten darf oder ob du lieber im ›Paradies‹ mit Emma und Mousie essen möchtest?«

»Ja, das ist wohl das Beste. Mum fragt sich bestimmt schon, wo ich bleibe.« Joss' Gesicht verdüsterte sich. »Tut mir leid, dass du den Boten spielen musstest, Bruno. Dir ist bestimmt schleierhaft, was da vor sich geht.«

Er zuckte die Achseln. »Rafe wirkte ein bisschen verstört. Soviel ich weiß, hat George ein Problem. Wahrscheinlich geht es um Penny.«

Joss starrte ins Feuer, während er sie versonnen betrachtete. Sie sah bezaubernd aus, unkonventionell, aber vollkommen natürlich. Von Kindheit an hatte sie gern aus verschiedenen Quellen geschöpft und schließlich einen aufs Landleben zugeschnittenen Bohemien-Stil entwickelt, der Bruno durchaus gefiel. Bei jeder anderen hätte das braungraue Overshirt zu dem langen schwarzgestreiften, am Saum bestickten Flanellrock, ergänzt durch kurze Lederstiefel, seltsam ausgesehen. Aber Joss besaß eine lässige Eleganz, und so verlieh ihr das Outfit das Flair des Besonderen.

»Die Sache ist die«, begann sie unvermittelt. »Penny möchte nach Neuseeland zurück. Ihre Familie fehlt ihr sehr. Durch das Baby sind sie und George einander nicht etwa nähergekommen, sondern ihr Heimweh ist noch schlimmer geworden. Seit sie Tasha hat, leidet sie unter Depressionen. Sie möchte einfach wieder in einer vertrauten Umgebung leben. Verständlich, was meinst du?«

»Aber ja«, antwortete Bruno spontan. »Zu Hause ist es immer am besten, wenn es einem schlecht geht. Sie und

George sind wohl nicht lange genug zusammen, sodass sie noch nicht das Gefühl hat, bei ihm zu Hause zu sein.«

»Na ja, er ist oft ziemlich lange auf See, und sie kennen sich ja erst seit zwei Jahren.« Nach einer kurzen Pause fügte sie hinzu: »Und da ist noch etwas.«

»Ah, ja. Ich hatte schon so ein Gefühl.«

Sie warf ihm einen raschen Seitenblick zu. »Du hast es also erraten, stimmt's? Das habe ich befürchtet, als du uns beide droben im Tal bei der Quelle gesehen hast. Aber es ist nicht so, wie du vielleicht denkst.«

»Ich habe mir gar nichts Bestimmtes gedacht.« Bruno leerte sein Glas. »Du und George, ihr habt euch immer gut verstanden. Und wie gesagt, in schwierigen Zeiten wenden wir uns gern an alte Freunde, denen wir vertrauen.«

»Mhm.« Sie vermied es, ihn anzusehen. Bruno wartete, drehte das leere Glas zwischen den Fingern und spürte, wie sich Nellie warm und tröstlich an ihn drückte. »Es ist wohl ein bisschen mehr als nur das«, sagte Joss schließlich.

Bruno lächelte in sich hinein. Joss konnte sich einfach nicht verstellen. »Du brauchst kein Bekenntnis abzulegen«, erwiderte er freundlich. »Das geht nur dich und George etwas an.«

»Weißt du«, begann sie, »ich liebe ihn. Ich liebe ihn wirklich. Jeder Versuch, davon loszukommen, ist zwecklos. Aber ich habe nie versucht, ihn zu beeinflussen, verstehst du? Ich habe nur zugehört.« Sie sah ihn besorgt an. »Das ist doch nicht verkehrt, oder?«

»Hängt davon ab, wie man zuhört.« Er konnte sich ein Grinsen nicht verkneifen.

Lachend streifte sie die Stiefel ab, zog die Beine hoch und strich ihren langen Rock zurecht. Was das zu bedeuten hatte, wusste Bruno. Wie oft hatte er das bei Emma und Zoë beobachtet. Jetzt wurde gebeichtet.

»Da hast du vollkommen Recht«, gab sie zu und fuhr sich mit der Hand durch ihr glänzendes braunes Haar, während der Wein, die Wärme des Feuers und sein Verständnis ihre Wirkung taten. »Ich habe mich bemüht, vollkommen fair zu sein, aber ich muss gestehen, dass ich immer auf seiner Seite war. Wir wissen alle, dass es für Penny nicht leicht ist, sie braucht Zeit, um sich einzugewöhnen. Sie fühlt sich einsam, wenn George auf See ist, aber trotzdem hätte ich am liebsten gesagt: ›Wenn sie dich wirklich liebt, George, dann schafft sie das irgendwie.‹ Ausgesprochen habe ich das nie, aber er hat es wohl aus meinen Antworten herausgehört.«

»Und du vermutest, dass George seine Gefühle von Penny auf dich verlagert hat?«

Sie schüttelte den Kopf. »Ich glaube, dass George mich liebt«, sagte sie schließlich, »aber er hätte diesem Gefühl nie freien Lauf gelassen, wenn Brett nicht aufgetaucht wäre.«

Bruno stand auf, legte zwei Scheite ins Feuer, nahm die Flasche vom Tisch und schenkte nach.

»Jetzt komme ich nicht mehr mit.« Er setzte sich wieder. »Wer ist Brett?«

Joss erklärte es ihm. »Und jetzt will sich Penny trennen. Das ist wirklich schrecklich: In meinem tiefsten Innern ruft eine Stimme ›Ja! Ja!‹. Und ich bin überglücklich, denn das heißt, wir können endlich zusammen sein. Aber es ist so kompliziert. Was soll aus Tasha werden? Und Rafe und Pamela werden total enttäuscht sein. Für George ist das eine fürchterliche Situation. Wie soll er es verkraften, sein Kind zu verlieren? Und wie könnte er andererseits die Kleine hierbehalten?« Sie seufzte. »Vermutlich ist er hergekommen, weil Penny nun den Schlussstrich gezogen hat. Kannst du dir etwas Schlimmeres vorstellen, als den eigenen Eltern solche Neuigkeiten zu überbringen?«

Nach einer Weile wagte sie es wieder, Bruno anzusehen, der ein finsteres Gesicht machte. Sie schaute auf die Uhr.

»Verdammt! Mum bekommt einen Anfall. Ich muss los. Du sagst doch niemandem etwas, Bruno?«

»Unsinn«, gab er ungeduldig zurück und stand auf, um sie zur Tür zu bringen. »Möchtest du, dass ich dich begleite?«

»Nein, nicht nötig. Die Nacht ist doch wunderbar hell. Danke für alles.«

Auf Zehenspitzen küsste sie ihn auf die Wange, und er blickte ihr nach, während sie in der Dunkelheit verschwand. Dann kehrte er ins Haus zurück. Er setzte sich wieder auf das Sofa vor dem Kamin und griff nach dem Schürhaken. Nun glaubte er Stimmen aus der Vergangenheit zu hören.

»Ich sollte dir vielleicht sagen, dass ich schwanger bin.«

»Ich bekomme ein Baby, ist das nicht wunderbar?«

Dieselbe Neuigkeit, aber wie sich der Tonfall unterschied, in dem sie verkündet wurde! Bruno stocherte in der Glut, dass die Funken nur so flogen. Dann legte er den Schürhaken beiseite, lehnte sich zurück, griff wieder nach dem Glas und schloss die Augen.

13

Ich sollte dir vielleicht sagen, dass ich schwanger bin«, sagte Zoë mit tonloser Stimme. Den Bademantel eng um sich geschlungen, die Beine übereinandergeschlagen, saß sie im Schaukelstuhl. Ihr sonst so seidig glänzendes schwarzes Haar war strähnig, und ihre nackten Beine wirkten knochig wie die eines Vogels.

Bruno hockte sich aufs Sofa, die Ellbogen auf die Knie gestützt, die Hände verschränkt. »Aber das ist doch wunderbar! Einfach phantastisch!«

Ihre Miene dämpfte seine Freude. »Wirklich?« In ihrem Gesicht malte sich Verachtung. »Für dich vielleicht, aber nicht für mich.«

»Warum denn nicht?« Am liebsten wäre er neben ihr niedergekniet und hätte sie in die Arme genommen. »Warum sollte es für dich nicht auch wunderbar sein?«

Vielleicht hat sie ja Angst, schoss es ihm durch den Kopf, und er verspürte ein jähes Mitgefühl. Im letzten Jahr war ihr Ruhm ein wenig verblasst. Das blonde britische Starlet, der Liebling der Kinobesucher Ende der Sechziger, war nun im Kommen, und Zoë hatte sich hinter einer geradezu unverschämten Arroganz verschanzt. Brunos erstes Buch wurde mit großer Begeisterung aufgenommen, und es sah so aus, als würde er in seinem Metier ebenso erfolgreich werden wie

Zoë in ihrem. Auch das trug kaum dazu bei, ihr angeschlagenes Selbstbewusstsein zu stärken.

All das ging ihm durch den Kopf, als er sie ansah und überlegte, was er sagen könnte, ohne ihre Eigenliebe zu kränken.

»Stell dir vor, was für eine Sensation das ist«, begann er. »Du bist die erste unter deinen Kolleginnen, die Mutter wird. In der Presse kommst du damit groß raus, sämtliche Illustrierten werden auf ein Interview scharf sein. Damit stellst du alle anderen in den Schatten. Die Fotografen werden sich um dich schlagen. Schwangere Frauen sind doch unheimlich sexy.«

Hinter halb geschlossenen Lidern ließ sie diese Bilder an sich vorüberziehen, und er suchte nach weiteren Argumenten, um sie mit ihrem Zustand zu versöhnen. Am liebsten hätte er natürlich gesagt: »Vielleicht macht es dir sogar Spaß, Mutter zu sein. Versuch es doch einfach.« Aber das kam nicht in Frage.

Vom »Krähennest« aus hätte Zoë ihren Beruf nicht ausüben können, deshalb wohnten sie beide meist in ihrer Londoner Wohnung am Cranmer's Place unweit der King's Road. Doch nur in St Meriadoc fand Bruno die Ruhe, die er für seine Bücher brauchte, und oft zog er sich zum Schreiben hierher zurück. Zoë besuchte ihn häufig, um sich von der Londoner Szene zu erholen, brachte aber auch oft Freunde mit. Anfangs funktionierte das ganz gut, aber in letzter Zeit hatte sie sich seltener blicken lassen.

»Warum bleibst du nicht eine Weile hier?«, schlug er behutsam vor. »Gönn dir doch mal eine Pause. Wir könnten Freunde einladen, eine Vorweihnachtsparty geben.«

Solcherlei Zerstreuungen musste er ihr schon anbieten, damit sie es Ende November im Norden Cornwalls aushielt. Insgeheim aber fluchte er, dass dies ausgerechnet jetzt passieren musste, wo er mitten in der Arbeit an seinem nächsten Buch steckte. Von Schuldgefühlen ergriffen, kniete er vor ihr nieder und umfasste ihre Hände.

»Das wäre schön, Liebling«, sagte er. »Wir hätten unseren Spaß.«

Er küsste sie, und wie immer weckte die Berührung ihres zarten Körpers in ihm den Wunsch, sie zu beschützen. Abrupt machte sie sich los und griff lächelnd nach den unvermeidlichen Zigaretten. »Schenk mir doch was zu trinken ein, Darling«, bat sie, lehnte sich zurück und starrte ins Feuer.

Ach, wenn alles doch ganz einfach wäre, wenn wir uns gemeinsam freuen und auf unser Kind anstoßen könnten, dachte er, während er die Weingläser füllte. Einen Augenblick stellte er sich vor, wie es wäre, Vater zu sein. Sein Herz pochte vor Erregung, doch er empfand auch Angst und fragte sich, ob sie beide einer solchen Verantwortung gewachsen wären. Mit zitternder Hand stellte er die Flasche ab. Von jähem Stolz erfüllt, beugte er sich über sie, küsste sie auf die Wange und reichte ihr das Glas. Wieder lächelte sie ihn aus dunklen Katzenaugen an, zog die Beine hoch und verbarg sie unter ihrem Morgenmantel. Dann fuhr sie sich durch das kurze Haar, nippte an ihrem Wein und schnippte die Asche ihrer Zigarette auf die große Kaminplatte aus grauem Granit.

»Die Sache ist die«, begann sie, »dass man mir eine Filmrolle angeboten hat.«

Das verhieß nichts Gutes. Er versuchte sich seine Bestürzung nicht anmerken zu lassen.

»Was für eine Rolle?«

»Die alte Dreiecksgeschichte, aber der Dreh ist ein bisschen anders. Der Ehemann ist in Wirklichkeit homosexuell und hat eine Geliebte. Die andere Frau dient nur zur Tarnung, aber das weiß weder die Geliebte noch die Ehefrau.

Die Geschichte ist schrecklich traurig und zeigt, in was für unmögliche Situationen Menschen geraten, die ihr wahres Wesen verbergen müssen. Es geht um die Vorurteile und Missverständnisse, die ihr Leben bestimmen.«

»Hört sich gut an«, erklärte er aufrichtig. »Die Idee gefällt mir. Und welche Rolle bekommst du?«

»Ich würde die andere Frau spielen, aber das ist noch nicht endgültig entschieden. Die Planung ist noch im Anfangsstadium. Aber ich glaube, das könnte ein großer Erfolg werden.« Sie wich seinem Blick aus. »Begreifst du jetzt, warum die Aussicht auf ein Baby mich nicht gerade in Begeisterung versetzt?«

Ungläubig starrte er sie an. »Aber macht das denn etwas aus? Wie weit –« Er blickte auf ihren gertenschlanken Körper. »Im wievielten Monat bist du …?«

»Im zweiten«, gab sie trotzig zurück, und ihn packte die Angst. »Wenn die Dreharbeiten anfangen, sieht man es auf jeden Fall. Solche Projekte ziehen sich endlos hin, Darling, das weißt du doch. Ich kann das nicht riskieren.«

»Was willst du damit sagen?«

Sie sah, dass er blass vor Zorn war.

»Für dich ist das natürlich kein Problem. Dir kann nichts dazwischenfunken. Ich bin aber noch nicht bereit, meine Karriere an den Nagel zu hängen. Doch ich will nicht zu irgendeiner Engelmacherin gehen. Du musst mir helfen, Bruno.« Nun klang ihr Tonfall flehendlich. »Bitte, Darling, diese Rolle bedeutet mir so viel. So eine Chance bekomme ich nie wieder, und für ein Baby ist doch später immer noch Zeit.«

Der Streit, der nun folgte, war so destruktiv, dass Zoë am nächsten Morgen in aller Frühe nach London fuhr. Später behauptete sie, die Schwangerschaft sei falscher Alarm gewesen, aber über Freunde erfuhr er, dass jemand ihr geholfen hatte, das Baby zu beseitigen. Der Film allerdings wurde nie realisiert – vielleicht war er zu offenherzig für die Zensurbehörde –, und Zoës Schauspielkarriere erlitt dasselbe Schicksal wie ihr Baby.

Bruno sprach nie wieder davon, aber während Joss und George in den folgenden Jahren heranwuchsen, dachte er: Mein Kind wäre jetzt fünf, siebzehn, zweiundzwanzig.

Als Emma ein paar Monate später verkündet hatte: »Ich bekomme ein Baby, ist das nicht wunderbar? Ray dreht durch vor Freude«, fühlte sich Bruno, als würde ein Messer seine Brust durchbohren. Noch bevor das Jahr zu Ende ging, hatte ihn Zoë wegen eines anderen verlassen – dem ersten aus einer langen Reihe von Liebhabern.

Als Emma von ihrem Abendessen mit Mousie und Joss zurückkehrte, lag Bruno auf der Couch und hörte Ravels Streichquartett in f-Moll. Nellie schlief neben ihm auf dem Fußboden.

»Wie war's?«, fragte er, ohne aufzustehen, und hob zur Begrüßung ein halb volles Whiskyglas, das er dann wieder auf seinem Bauch abstellte. »Wie geht's Mutt?«

Emma legte ihren Mantel auf einen Stuhl und setzte sich auf den Schaukelstuhl. An seinem Ton erkannte sie, dass er gerade ein »Tief« hatte, wie sie es beide nannten. Ob er sich nun endlich der Tatsache gestellt hatte, dass Mutts Tage gezählt waren?

»Der Doktor war vorhin da«, sagte sie. »Diese schreckliche Infektion raubt ihr die letzte Kraft, und heute Abend ist sie wieder ziemlich schwach. Der Arzt meint, dass sie vielleicht Wasser in der Lunge hat. Trotzdem glaubt er, dass sie zu Hause bei ihrer Familie am besten aufgehoben ist.«

Bruno setzte sich auf. »Soll ich noch einmal zu ihr gehen?«, fragte er besorgt.

»Lieber Himmel, nein!«, rief Emma. »Du warst doch heute schon da. Nach deinem Besuch war sie ausgesprochen gelassen und glücklich. Mousie hat sie jetzt bestimmt schon für die Nacht fertig gemacht. Ich finde, Mutt war heute ziemlich klar im Kopf. Was meinst du? Den ganzen Tag über hatten wir immer wieder wunderschöne kleine Gespräche. Das waren zwar nur Augenblicke, aber erstaunt hat es mich schon, an welche Kleinigkeiten sie sich erinnert. Morgen früh gehen wir zusammen rauf.«

»Gut.« Ein paar Sekunden lang starrte er schweigend ins Leere. »Bestimmt bist du sehr stolz auf Joss, Emma«, sagte er schließlich. »Sie ist ein tolles Mädchen.«

Sein Lob wärmte ihr zwar das Herz, doch jetzt wusste sie, was ihn bedrückte. In regelmäßigen Abständen fiel er in ein Stimmungstief, wenn er an Zoë und das Kind dachte, das sie nicht haben wollte. Als Emma so kurz nach Zoë schwanger wurde, hatte er dem Ansturm der Gefühle nicht mehr standgehalten und ihr alles erzählt.

Schützend hatte Emma die Hände auf ihren Bauch gelegt, als würde Zoës Reaktion ihr eigenes Kind bedrohen. Als Bruno das sah, hatte er sich mit schmerzverzerrter Miene abgewandt, und Emma hatte nicht gewusst, wie sie ihn trösten sollte. Sie war sehr zornig auf ihre Schwägerin, und es dauerte Jahre, bis sie endlich einsah, dass es nichts brachte, über Zoë zu schimpfen: Dadurch fühlte sich Bruno auch nicht besser. Er nahm sie höchstens in Schutz, verwies darauf, dass Zoë eben einen schwierigen Charakter habe; sobald ihre Jugend vorbei sei, werde sie wohl kaum noch Frieden oder Glück im Leben finden. Emma versuchte von nun an, ihn mit anderen Mitteln aufzumuntern, aber manchmal musste sie doch ihrem Ärger Luft machen.

»In Zoës Haut möchte ich nicht stecken«, sagte er darauf nur. »Lass gut sein, Emma.«

»Aber du lässt auch kein gutes Haar an Ray«, murrte sie.

»Stimmt«, entgegnete er mit einem Grinsen. »In der Haut von Gevatter Fox möchte ich auch nicht stecken.«

»Er hasst es, wenn du ihn so nennst«, hatte Emma erwidert. »Er findet das affektiert.«

»Das entspricht doch seinen Klischees von einem Mann, der Romane schreibt. Da will ich ihn nicht enttäuschen.«

Als Emma ihren Bruder jetzt ansah, fiel ihr nichts ein, was ihn hätte trösten können. Schließlich sagte sie nur: »Ich bin sehr stolz auf Joss. Wenn ich sehe, wie sie sich um Mutt kümmert, wird mir warm ums Herz. Ich weiß, ich sollte das nicht sagen, Bruno, aber mein Traum ist, dass Joss einmal in diesem Haus lebt. Vielleicht lernt sie ja einen netten Mann kennen und gründet eine Familie. Ihre Praxis könnte sie ja auch im ›Paradies‹ führen, was meinst du? Keine Nachbarn, die Ärger machen, genügend Parkplätze – das Esszimmer wäre doch genau das richtige Sprechzimmer. Und man könnte die alte Zufahrt zum Haus wieder nutzen, sodass die Patienten nicht durch St Meriadoc fahren müssten.«

»Greifst du da nicht ein bisschen weit vor?«

»Ich wünsche mir nicht, dass Mutt stirbt«, erwiderte sie schuldbewusst.

»Hast du eine Ahnung, was in ihrem Testament steht?«

Emma schüttelte den Kopf. »Aber es war doch schon alles geregelt, oder? Du bekommst das ›Krähennest‹ und die Cottages und ich das ›Paradies‹.«

»Vielleicht hat Mutt ja andere Vorstellungen. Du könntest die Cottages und die alte Werft bekommen.«

»Das will ich nicht hoffen«, rief Emma. Sie warf ihrem Bruder einen prüfenden Blick zu, aber er hatte sich vorgebeugt, um Nellie zu streicheln, und sah sie nicht an. »Dann würde mir Ray keine Ruhe mehr lassen«, sagte sie lachend.

»Du weißt doch, er würde am liebsten die alten Häuser abreißen und dafür ein Hotel hinstellen.«

»Aber weil damit für die Bewohner der Cottages jede Lebensqualität beim Teufel wäre, sieht er wohl selbst ein, dass das nicht in Frage kommt.«

»Ach, du kennst doch Ray. Er meint, Rafe und Pamela und Mousie wären in einem hübschen neuen Bungalow in Polzeath genauso glücklich.« Sie seufzte. »Er hat ja keine Ahnung. Das Problem ist nur, er lässt einfach nicht locker, wenn er sich etwas in den Kopf gesetzt hat. Und weil ich völlig anderer Meinung bin, würde das unserer Beziehung nicht gerade guttun.«

»Und das ›Paradies‹ würde er nicht verkaufen wollen?«

Sie zögerte. »Wahrscheinlich nicht, da er davon ausgehen kann, dass Joss das Haus bekommt. Das hört sich so an, als wäre er ein Scheißkerl, aber du kennst ja Ray.«

»Ja«, gab Bruno erbittert zurück. »Ich kenne Ray. Und wie gesagt, das alles geht ihn gar nichts an, weder jetzt noch in Zukunft.«

»Das weiß ich«, erwiderte Emma gereizt, »aber so einfach ist das nicht. Wenn er eine fixe Idee hat, redet er so lange auf mich ein, bis ich klein beigebe. In diesem Fall natürlich nicht«, fügte sie hastig hinzu.

»Klar«, meinte Bruno ironisch. Es war Zeit für einen Themawechsel. »Hast du George gesehen?«, fragte er beiläufig.

»Nein.« Das Ablenkungsmanöver funktionierte. »Aber Mousie meint, es sei kein gewöhnlicher Besuch.«

»Ach ja?«

Emma streifte die Schuhe ab und zog die Beine hoch. »Mousie glaubt, dass er ein Problem mit Penny hat …«

Bruno ließ sie reden, und obwohl er nickte und die richtigen Antworten gab, weilten seine Gedanken woanders, und ihm wurde bang ums Herz.

14

Rafe war in Pamelas Armen eingeschlafen, aber sie lag noch wach und lauschte seinen regelmäßigen Atemzügen. Ruhelos irrten ihre Gedanken hin und her, fixierten Bilder und hielten Erinnerungen fest, flink wie die Sticknadel in einem Gobelin. Der Abend war eine einzige Qual gewesen. Nachdem sie die verschiedenen Aspekte des Problems erörtert hatten, stimmten alle drei überein, dass es nichts brachte, weiter darüber zu reden. Als George vor dem Essen einen Spaziergang machte, war Pamela mit Rafe in der Küche zurückgeblieben. Zunächst sagten beide kein Wort, so tief saß der Schock.

»Was macht er für einen Eindruck?«, hatte Pamela schließlich gefragt.

»Er wirkt zerstreut«, antwortete Rafe nach längerem Nachdenken. »Todunglücklich, aber gleichzeitig sehr beherrscht.«

Pamela konnte sich genau vorstellen, wie Rafe sich bemühte, seinen Sohn zu beschreiben. Schon immer hatte Rafe ihr möglichst viele Details geschildert, damit sie sich nicht ausgeschlossen fühlte. Andererseits hatte ihm Pamelas Blindheit eine neue Sichtweise eröffnet.

»Beschreib es mir«, hatte sie gefordert: das Tal, das im Frühling langsam ergrünte, das Meer in einer stürmischen

Mondnacht, den Himmel, wenn ein Sommermorgen dämmerte.

»Nun, das Blau ist sehr hell«, begann er dann, »durchwoben mit prachtvollen Farben. Du weißt doch, wie es kurz vor Sonnenaufgang ist: Orange lodernde Streifen überziehen den Himmel. Aber jetzt sehe ich neben Orange auch Blutrot und Gold. Außerdem sind da Wölkchen, weiß wie Wattebäusche, aber eigentlich geht ihre Farbe eher ins bläuliche, mit einem Stich grün …«

Und je genauer er hinschaute, umso mehr sah er, und auch seine Zunge zeigte sich allmählich der Herausforderung gewachsen. Wortreich malte er ihr die Szene aus, beschwor Erinnerungen herauf, die durch seine Schilderungen verschönt in ihr Bewusstsein traten. Sie hingegen nahm Geräusche überdeutlich wahr, aber auch den Boden unter ihren Füßen; sie spürte den Luftzug, der auf eine offene Tür verwies, und die Wärme des Sonnenlichts, das durch ein Fenster hereinfiel. Nach einigen schmerzlichen Unfällen hatten sie beide gelernt, dass Türen entweder ganz offen stehen oder richtig geschlossen sein mussten und Möbel niemals verrückt werden durften. Das Essen wurde entweder kunterbunt wie ein Lotterietopf oder als »Zifferblatt« auf dem Teller angerichtet, wie Rafe sich ausdrückte.

»Die Karotten auf zwölf, Kartoffeln auf drei, Fleisch auf sechs, Broccoli auf neun«, erklärte er.

Was ihr am meisten zu schaffen machte, war, dass sie die Gesichter ihrer Lieben nicht sehen konnte. Rafe gab sich die größte Mühe, ihr auch hierbei das Augenlicht zu ersetzen.

»Er sah aus, als wäre ihm das alles zuwider«, so hatte Rafe den Gesichtsausdruck seines Sohnes beschrieben. »Gedemütigt. Und wütend …«

Doch die Unzulänglichkeit seiner Schilderung war ihm nur allzu deutlich bewusst. Bestimmt hätte Pamela tausend

Kleinigkeiten bemerkt, die ihm entgangen waren. Sie aber wollte ihm nicht soufflieren, sondern wartete ab, ob er ihr weitere Anhaltspunkte für ihre Vermutung lieferte.

»Er sah aus«, rief Rafe, dem plötzlich ein Gedanke kam, »wie damals mit siebzehn, als Jeremy MacCann ihn bei diesem Schulquiz ganz knapp geschlagen hatte und das Ticket für das Rugby-Match in Twickenham gewann. Weißt du noch? Jeremy hat zugegeben, dass er bei einer Frage seinen Vater zu Rate gezogen hat. George war zwar sauer, weil Jeremy bei dieser entscheidenden Antwort gemogelt hatte, aber er sagte nur: ›Eigentlich kann ich ihm keinen Vorwurf machen. Ich verstehe das. Jeder würde Morde begehen, um das Match der Army gegen die Navy in Twickenham zu sehen.‹ Genau so einen Gesichtsausdruck hatte er: ärgerlich, weil man ihn ausgetrickst hat, aber auch … mitfühlend.«

Pamela sah ihre Ahnung bestätigt. George fand nicht nur, vollkommen berechtigt, dass ihm übel mitgespielt worden war, er konnte sich offenbar auch in Pennys Dilemma einfühlen. Also machte sie einen Vorstoß ins Blaue hinein.

»Es war doch richtig, dass wir Joss wieder ausgeladen haben, oder?«, fragte sie in möglichst unverfänglichem Ton.

»Aber ja«, antwortete Rafe ohne Zögern. In seiner Stimme lag keine Spur von Argwohn. »Es wäre doch sehr unangenehm, wenn wir so tun wollten, als wäre nichts passiert. Und für George wäre es äußerst peinlich.«

»Glaubst du nicht, dass Joss Bescheid weiß? Sie und George hatten doch noch nie Geheimnisse voreinander.«

Sie hörte, dass er mit dem Bleistift, mit dem er zuvor ein Kreuzworträtsel gelöst hatte, sachte auf den Tisch klopfte.

»Schon möglich.« Offenbar war ihm dieser Gedanke noch gar nicht gekommen. »Aber selbst dann ist das nicht der richtige Zeitpunkt für ein fröhliches Familienessen.«

Pamela fiel ein Stein vom Herzen. Wenn George eine Affäre mit Joss hatte, hätte Rafe doch bestimmt etwas gemerkt. Joss und George waren seit jeher ein Herz und eine Seele gewesen, aber Pamela glaubte an das alte Sprichwort, dass man Liebe und Husten nicht verbergen kann. Wären die beiden ein Liebespaar gewesen, hätte sich einer von beiden sicher verraten. Und Joss verstand sich ausgezeichnet mit Penny. Außerdem war sie Tashas Patin. Bei dem Gedanken an ihr Enkelkind wurde es Pamela wieder schwer ums Herz.

»Was sollen wir bloß tun?«, rief sie. »Wenn Penny mit diesem Mann nach Neuseeland geht, werden wir Tasha nie wiedersehen.«

»Wir dürfen es George nicht noch schwerer machen, als es ohnehin schon ist«, erwiderte Rafe mit fester Stimme. »Ihm bleibt schließlich keine Wahl. Die Kleine braucht ihre Mutter – und es hat doch keinen Sinn, dass wir uns schuldig fühlen, weil wir Tasha nicht aufnehmen!« Nach einer Pause fügte er hinzu: »Ich nehme doch an, dass sie von George ist ...?«

»Rafe!«

»Na ja«, meinte er gereizt, »wenn Penny die ganze Zeit in diesen Mann verliebt war ... George ist doch immer ziemlich lange unterwegs ...«

»Aber ... hast du nicht selbst gesagt, dass Tasha George ähnlich sieht?«

»Kann sein«, hatte er unwirsch erwidert, »eigentlich sieht ein Baby mit drei Monaten niemandem ausgesprochen ähnlich.«

Als Pamela nun wach lag, überlegte sie, ob auch George diese Vermutung hegte. Wieder empfand sie ein überwältigendes Mitgefühl für ihren Sohn. Erschöpft von den aufwühlenden Emotionen, die dieser Tag gebracht hatte, und besänftigt durch Rafes Nähe, fiel sie schließlich in einen unruhigen Schlaf.

An die Kissen gelehnt, lag George auf seinem Bett; er hatte sich nicht einmal ausgezogen. Alles war genauso schrecklich abgelaufen, wie er gefürchtet hatte – wahrscheinlich weil er innerlich zerrissen war und fürchtete, dass seine Mutter dahinterkam.

»Gibt es jemand anderen?«, hatte sie gefragt, und er hatte die Wahrheit gesagt, aber eben nicht die ganze Wahrheit. Aber warum hätte er Joss überhaupt erwähnen sollen, wo zwischen ihnen doch nicht mehr gewesen war als ein Blick, ein jähes Gefühl der Zugehörigkeit, begleitet von überwältigender Trauer, weil es nicht sein durfte? Dass er sich ausgerechnet in Joss verliebt hatte, seine Cousine zweiten Grades und einstige Spielkameradin! Während der Ferien waren die beiden immer unzertrennlich gewesen, und die Erwachsenen sprachen über sie, als gehörten sie zusammen. Immer hieß es »George und Joss«, »Joss und George«. Während seine älteren Geschwister keine Gelegenheit ausließen, einander anzubrüllen, stets um Aufmerksamkeit buhlten, in ewigem Streit darum wetteiferten, der Beste, Erste, Stärkste zu sein, hatten George und Joss still und friedlich miteinander gespielt und sich Baumhäuser droben im Tal neben der Quelle des Heiligen gebaut, waren auf sonnigen Feldwegen geradelt und mit dem kleinen Dingi in der schmalen Bucht gesegelt.

Wie dumm er doch gewesen war! Dabei lag es doch klar auf der Hand! Natürlich hatten sie sich aus den Augen verloren, als er auf die Marineakademie nach Dartmouth ging, während Joss noch die Schule besuchte. Anschließend hatte sie ihre vierjährige Ausbildung gemacht, als er bereits zur See fuhr. Ihre Kindheit war vorüber gewesen, und sie hatten es versäumt, in Kontakt zu bleiben. Die Erkenntnis kam, als George ihr half, den einstigen Lagerraum und das Büro der Bootswerft auszuräumen. Joss' Großmutter hatte sich bereit erklärt, ihr das winzige Cottage zu vermieten, vorausgesetzt, sie renovierte es so weit, dass es wieder bewohnbar wurde. Und George hatte ihr ein wenig geholfen, während Penny, im sechsten Monat schwanger, sich hingelegt hatte und seine Eltern nach dem Mittagessen die Küche aufräumten. Mit Joss trug er einen alten Schreibtisch zur Tür, doch vom jahrelangen Vernichtungswerk der Holzwürmer zerstört, krachte der Tisch urplötzlich zusammen. Eine Wolke aus Holzmehl hüllte sie ein. Mit einem Aufschrei hatte sich Joss in Georges Arme geworfen. Sie fanden es beide zum Brüllen komisch – doch dann verstummten sie, immer noch eng umschlungen, und sahen sich in die Augen. Von einem jähen Schock ergriffen, wandten sie sich ab und arbeiteten schweigend weiter, bis George meinte, er müsse sehen, ob Penny schon wach sei, und Joss ohne aufzublicken zustimmte. Danach gingen sie sich für eine Weile aus dem Weg. Erst nach Tashas Geburt suchte George wieder ihre Nähe und fand Trost in dem Gedanken, dass sie – still und unaufdringlich – in seinem Leben einen Platz hatte. Und was nun …?

Fluchend stand George von seinem Bett auf und begann sich auszuziehen.

15

Emma hatte sich nach dem Abendessen ins »Krähennest« zurückgezogen. Joss und Mousie räumten gemeinsam auf. Während Mousie spülte und Joss abtrocknete, ließen sie den Tag noch einmal Revue passieren. Als Joss heftig gähnte, legte ihr Mousie den Arm um die Schulter.

»Wie wär's, wenn du dir erst mal ein heißes Bad gönnst?«, schlug sie vor. »Du siehst erschöpft aus. Kein Wunder, schließlich hast du einen langen Tag hinter dir. Es gibt nichts Anstrengenderes als Menschen, vor allem wenn sie Schmerzen haben. Ich werde deine Großmutter für die Nacht fertig machen, dann könnt ihr euch beide ausruhen.«

Joss, die ein zweites Mal das Gähnen nicht unterdrücken konnte, nahm diesen Vorschlag dankbar an und umarmte Mousie, bevor sie nach oben ging. Mousie hörte, wie sich die Badezimmertür schloss und Wasser in die Wanne lief. Rasch beendete sie ihre Arbeit in der Küche und holte dann ihre Sachen aus dem Wohnzimmer. Das Foto verstaute sie sorgfältig in ihrer großen Tasche, damit es nicht verknitterte. Nach einem ersten Blick auf das Hochzeitsbild hatte Emma weitere Fotoalben herausgesucht, und während sie auf den Arzt warteten, hatten sie sich die Aufnahmen angesehen.

»Alte Fotos haben etwas Trauriges an sich«, hatte Emma seufzend bemerkt. »Sie strahlen so viel Hoffnung und Unschuld aus. Und merkwürdigerweise wirken Schwarz-Weiß-Bilder viel prägnanter, findest du nicht auch?«

Mit Blick auf den Schnappschuss von Rafe und der jungen Pamela, die sich lächelnd über die kleine Olivia neigten, konnte Mousie nur zustimmen. Ob Emma wohl mit Joss über das Hochzeitsfoto sprach?, überlegte sie, während sie jähe Angst ergriff. Doch Emma interessierte sich vor allem für Georges Überraschungsbesuch, obwohl Joss viel zu erschöpft war, um sich zu den Mutmaßungen ihrer Mutter zu äußern. Als Mousie jetzt nach ihrer Lesebrille griff, wünschte sie, sie könnte die Ursache der Angst begreifen, die ihr durch Mark und Bein ging. Es war ein Gefühl, das in die Zeit nach Mutts Ankunft in St Meriadoc zurückreichte, und es hing mit Mutts vorsichtiger Art zusammen. Noch einmal nahm sich Mousie den Brief des jungen Amerikaners vor. Was war mit Madeleine Grosjean geschehen?

Emma sagte der Name nichts, aber plötzlich kam Mousie der Gedanke, dass Bruno möglicherweise Bescheid wusste. Er war knapp fünf Jahre alt gewesen, als er mit Mutt und Emma Indien verließ – alt genug, um sich an Freunde der Familie zu erinnern. Wenn sie ihm das Foto zeigte, wurden vielleicht alte Erinnerungen wieder wach. Abermals meldete sich die Angst. Natürlich hätte sie den Brief und das Foto einfach verbrennen können. Aber sie ahnte, dass der junge Amerikaner nicht so leicht lockerlassen wurde. Ihr Blick fiel auf seine Unterschrift: Dan Crosby. Deutlich sah sie die Hoffnung in seinen Augen, sein energisches Kinn – er wirkte nicht wie einer, der so leicht die Flinte ins Korn warf. Vielleicht war es besser, so viel wie möglich über die Vergangenheit herauszufinden, um auf eine weitere Begegnung mit ihm vorbereitet zu sein.

Sie dachte an Mutt. »Ihr bleibt wohl nicht mehr viel Zeit«, hatte der Arzt Mousie anvertraut. »In diesem Stadium gibt es zwar einen Punkt, von dem es auch wieder bergauf gehen kann – man weiß ja nie –, aber wie es aussieht, wird sich ihr Zustand nicht bessern. Jedenfalls könnte man im Krankenhaus auch nicht mehr für sie tun. Meiner Meinung nach braucht sie ihre vertraute Umgebung und ihre Familie. Aber beunruhigen Sie die Angehörigen nicht – es könnte noch ein paar Tage so weitergehen –, und sorgen Sie dafür, dass sie möglichst viel Ruhe hat. Sie können mich jederzeit rufen.«

Vielleicht hätte sie Emma nicht erlauben sollen, sich ins »Krähennest« zurückzuziehen, aber sie hatte die Geschwister nicht in Angst versetzen wollen. Und im Augenblick konnte niemand etwas für Mutt tun, außer dafür zu sorgen, dass es ihr an nichts fehlte. Mousie hatte das Gefühl, dass Mutt die heutige Nacht ganz in Frieden mit ihrer Enkelin verbringen sollte. Nachdem diese Entscheidung getroffen war, ging sie nach oben in Mutts Schlafzimmer.

Das Feuer war heruntergebrannt, und das Licht der Lampe wurde durch den Wandschirm gedämpft, sodass der Raum behagliche Ruhe ausstrahlte. Mutt aber lag wach und blickte aufmerksam zur Tür, als erwarte sie jemanden. Mousie trat an ihr Bett und sah sie ratlos an. Einige Fragen lagen ihr auf der Zunge, aber die Kranke sah so mitleiderregend und gebrechlich aus, dass sie sich lieber zurückhielt. Stattdessen sagte sie: »Ich gebe dir jetzt deine Medizin und schüttle dein Bett auf, dann gehe ich nach Hause, Honor. Ist es in Ordnung, wenn Joss sich heute Nacht um dich kümmert?«

Mutt ließ die Schultern sinken, als wäre sie erleichtert, und Mousie lächelte schelmisch, als sie ihr den kleinen Trinkbecher an die Lippen hielt.

»Du bist wohl froh, wenn du mich von hinten siehst, was? Ich kann's dir nicht verübeln.« Sie bettete Mutt wieder auf ihre Kissen und achtete darauf, dass ihr Knöchel gut abgestützt war. »Wahrscheinlich habe ich dich in den letzten sechs Wochen genug herumkommandiert.«

»Nein, nein. Das ist es nicht.« Mutt streckte ihr die Hand entgegen, und Mousie ergriff sie. »Nichts dergleichen. Danke für alles, Mousie.«

Sie zögerte, als wollte sie noch etwas sagen, doch dann schüttelte sie den Kopf. Gleichzeitig aber schien sie bekümmert und drückte Mousies Hand noch fester. Mousie glaubte zu begreifen: Sie und Mutt hatten ihre beiderseitige Zurückhaltung nie ganz abgelegt, und jetzt fiel es ihnen schwer, Dankbarkeit oder Zuneigung zu zeigen. Dennoch beschlich Mousie der Gedanke, dass die Kranke ihr vielleicht noch etwas anvertrauen wollte, und sie fragte sich, ob Mutt ein wenig Ermutigung brauchte.

»Ich möchte dir ebenfalls danken«, erklärte sie. »Es gibt nicht viele Menschen, die sich so großzügig gezeigt hätten wie du, Honor. Du hast uns, meiner Familie und mir, die Cottages zu einer lächerlichen Miete überlassen. Du darfst nicht glauben, dass wir nicht dankbar wären.«

Als sie diese Worte aussprach, hatte sie das Gefühl, dass sich nach diesem Abend keine Gelegenheit mehr bieten würde, mit Mutt so vertraut zu sprechen. Aber noch bevor sie fortfahren konnte, kam Joss herein. Erleichtert, dass der schwierige Augenblick vorüber war, drehte sie sich um und sagte, sie werde nun nach Hause gehen. Unbefangen küsste sie Mutt zum Abschied und wünschte Joss eine gute Nacht.

Ein wenig beklommen blieb Joss mit ihrer Großmutter zurück. Obwohl die alte Frau heitere Gelassenheit ausstrahlte, hatte Joss seltsamerweise das Gefühl, es drohe Unheil. Noch bevor Mutt den Mund öffnete, wusste sie, was sie sagen würde.

»Hast du die Briefe gefunden, Liebes?«

Joss schüttelte den Kopf und wünschte sehnlichst, von ihrem Versprechen wieder entbunden zu werden. Wenn Mousie doch nur nicht nach Hause gegangen wäre!

»In meinem Schreibtisch.« Mutt schloss die Augen. Joss zögerte, und plötzlich schlug Mutt die Augen wieder auf. »Gib mir einen Kuss, bevor du gehst.«

Joss küsste Mutts trockene Lippen. Bemüht, ihre Angst niederzukämpfen, lächelte sie ihre Großmutter an.

»Ich schau später noch mal rein, wenn ich sie gefunden habe«, sagte sie. »Du kannst läuten, wenn du mich brauchst.«

»Gott behüte dich, mein Schatz. Es ist alles für dich, denk dran.« Mutts Stimme klang nun schlaftrunken, und sie schien tiefer in ihre Kissen zu sinken. »Ich möchte, dass du das ›Paradies‹ bekommst.«

An der Tür blieb Joss stehen. Doch da Mutt offenbar eingeschlafen war, ging sie leise hinaus. Langsam stieg sie die Treppe hinunter. Am liebsten hätte sie sich vor der Aufgabe gedrückt, die Mutt ihr übertragen hatte – denn wer wusste, was sie da erwartete? Der Schreibtisch, an dem Generationen von Trevannions ihre Briefe geschrieben hatten, stand unter dem Fenster in Mutts Handarbeitszimmer. Joss zog die Vorhänge zu und setzte sich auf den abgenutzten Drehstuhl. Die Schublade unten links war mit Katalogen gefüllt – Mutt hatte in den vergangenen Jahren viel über den Versandhandel bestellt –, aber in der Schublade rechts entdeckte Joss einige abgegriffene braune Aktendeckel mit der Aufschrift »Schulzeugnisse«. Die erste Mappe trug die Aufschrift »Bruno«, die zweite »Emma«, und sie waren so in der Schublade verkeilt, dass man sie nur mit Mühe herausziehen konnte. Darunter fand sich ein Stapel Briefe, manche lose und ordentlich gefaltet, andere steckten in Umschlägen.

Mit pochendem Herzen holte Joss die Briefe heraus. Als sie sie auf dem Schreibtisch stapelte, erkannte sie die Handschrift ihrer Großmutter. Also keine Liebesbriefe, es sei denn, ihr Geliebter hatte sie ihr zurückgeschickt. Joss versuchte den Blick abzuwenden, aber sie musste doch wenigstens wissen, an wen die Briefe gerichtet waren, obwohl schon diese neugierige Regung ihr die Schamröte ins Gesicht trieb. Aber diese Briefe waren doch ein Teil von Mutt: Sie enthielten ihre Gedanken und gehörten zu ihrer Geschichte. Ob Mutt wollte, dass sie sie vernichtete? Sie womöglich im Kamin ihres Schlafzimmers verbrannte? Allmählich begriff Joss, dass es ihr unmöglich war, Mutts Worte einfach den Flammen zu übergeben, ohne einen Blick darauf zu werfen. Wie um diesen Vertrauensbruch ein wenig hinauszuzögern, nahm sie einen Umschlag und hielt ihn ins Licht der Schreibtischlampe. »Mrs Vivian Crosby …« Sie nahm einen zweiten, einen dritten; alle waren an dieselbe Person gerichtet.

Einer der Briefe ohne Hülle war vom 30. Juni 1947, neben dem Datum stand einfach »Paradies«. Hastig überflog Joss den Brief, ließ ganze Sätze aus, voller Angst, was sie da entdecken würde. Doch sie konnte ihre Neugier nicht bezähmen.

Liebste Vivi,
diese Briefe schreibe ich abends, wenn die Kinder im Bett liegen … Es tröstet mich, dir schreiben zu können … Ehrlich gesagt, macht mir das alles schon ein bisschen Angst. Das Hauptproblem ist: Sobald man sich einmal auf einen solchen Weg begeben hat, gewinnt das Ganze eine Eigendynamik, und man wird davon mitgerissen …
… Ach, Vivi, das ist das Anstrengendste. Ich muss immer auf der Hut sein. Und die Hauptgefahr geht nicht von ihm aus, sondern von Huberts Cousine Mousie …

Hastig las Joss den Rest des Briefes, entdeckte aber keinen weiteren Anhaltspunkt für die Angst, von der die Rede war. Dann griff sie nach dem nächsten.

Liebste Vivi,
das ist der letzte Brief, den ich dir schreibe, genau ein Jahr nach meiner Ankunft im »Paradies«. Schließlich war das ja Teil der Abmachung, nicht wahr? … Aber wenn ich es mit meinem Entschluss ernst meine, muss ich auch mit Madeleine Grosjean Schluss machen. Sie ist ja in Indien verschwunden.

Ungeduldig nahm sich Joss einen weiteren Brief vor. Er war recht kurz, schilderte einen Ausflug und ein Picknick mit Bruno und Emma, aber die letzte Seite fesselte Joss' Aufmerksamkeit.

Jedenfalls ein schöner Tag hier im »Paradies«. Ich frage mich, ob ich es dir jemals zeigen kann. Wie gern stelle ich mir vor, dass du herkommst. Wenn ich dich doch nur von Angesicht zu Angesicht sehen könnte, Vivi, und dir alles richtig erklären könnte. Du würdest es verstehen. Ganz bestimmt.
Gott behüte dich, mein Schatz.
Liebe Grüße, Madeleine

Mit gerunzelter Stirn starrte Joss die Wand an. Madeleine. Die Vornamen ihrer Großmutter lauteten Honor Elizabeth, aber die Handschrift war nicht zu verkennen. Und Madeleine Grosjean hatte sie doch schon einmal erwähnt … Ratlos und von einer seltsamen Angst erfüllt, begann Joss die Briefe zu sortieren, prüfte die Datumsangaben, brachte sie in eine chronologische Reihenfolge und widerstand der Versuchung, willkürlich einen herauszugreifen. Nach getaner Arbeit ging sie hinauf in Mutts Schlafzimmer. Offensichtlich schlief sie tief und fest, ihr Gesicht wirkte friedlich. Joss wollte sie nicht stören. Unten an der Treppe lauschte sie noch einmal, dann beschloss sie, sich erst einmal Tee zu machen. Während sie in der Küche darauf wartete, dass das Wasser kochte, ging sie ruhelos auf und ab, überlegte, was zu tun sei, und kämpfte gegen die Versuchung an weiterzulesen.

Dann setzte sie sich mit ihrer Tasse ins Handarbeitszimmer. In diesem ruhigen Raum, wo Mutts Einfluss am deutlichsten zu spüren war, öffnete Joss den ersten Brief und begann zu lesen. Mit gespannter Miene, die Ellbogen auf den Schreibtisch gestützt, vertiefte sie sich halb fasziniert, halb entsetzt in die Geschichte ihrer Großmutter, die sich in ihren Briefen entfaltete.

ZWEITER TEIL

»Paradies«
St Meriadoc
Cornwall
8. Juni 1947

Liebste Vivi,
ja, hier bin ich. Im »Paradies«. Wirst du mir je glauben, was mir widerfahren ist? Ehrlich gesagt, weiß ich nicht, wo ich mit meiner Geschichte anfangen soll – oder *wie* ich sie anfangen soll. Sie mag abenteuerlich, romantisch, filmreif erscheinen, während man sie aus einem anderen Blickwinkel für schäbig und gemein halten könnte. Jetzt, da ich mich hinsetze, um sie niederzuschreiben, verblasst das Abenteuerliche daran, und das *Unrecht* – und die Gefahr! – meines Handelns drängt sich in den Vordergrund. Ich gebe mich nämlich für eine andere aus. Madeleine Uttworth – oder Madeleine Grosjean – gibt es nicht mehr. Jetzt heiße ich Honor Trevannion. Und aus Lottie, aus Charlotte Uttworth, ist Emma Trevannion geworden.
In Karatschi, unterwegs zum Schiff, sind sie alle gestorben – zuerst Hubert, dann Emma, dann Honor. Hubert hätte noch eine Weile in Multan arbeiten müssen, aber Honor und die Kinder sollten schon jetzt das Land verlassen.
Sie wollten eine Woche in Karatschi bleiben, damit Honor noch Einkäufe erledigen und die Familie ein paar letzte Ferientage miteinander verbringen konnte. Doch dann wurde Hubert krank. Ich glaube, es war eine Lebensmittelvergiftung, wahrscheinlich durch Dosenwurst oder Ähnliches verursacht. Jedenfalls ging es sehr schnell. Honor konnte noch im Krankenhaus in Multan anrufen und bat mich zu kommen, um ihr

mit den Kindern zu helfen. Ich packte meine Siebensachen und nahm den ersten Zug. Mein Gott! Diese Reise werde ich nie vergessen, das Gedränge, den Lärm, die Hitze. Lottie langweilte sich, quengelte und hatte Durst. Bestimmte Bilder sind mir in Erinnerung geblieben, zum Beispiel, als wir durch den Sindh fuhren: die braunen, vertrockneten Büsche auf den Dünen, ein sandfarbenes Kamel, die völlige Stille. Da gab es kleine Lehmhüttendörfer mit flachen Dächern, in denen Ruhe herrschte – und dann ganz unverhofft ein Farbklecks, ein leuchtendes Rot, als eine Frau zwischen den Hütten hervortrat. Wenn der Zug anhielt, weil die Wassertanks aufgefüllt werden mussten, konnten wir uns die Beine vertreten. Die Hitze schien die Stimmen zu dämpfen und nahm einem die Lust zu sprechen. Wieder im Zug sahen wir am Rand der braunen Fluten eines über die Ufer tretenden Flusses einen Mann, ganz in Schwarz, auf seinem Pferd: Ross und Reiter waren völlig regungslos, gleichgültig sahen sie den Zug auf seiner Reise nach Karatschi vorüberziehen.
Und als wir dort anlangten, waren Hubert und Emma bereits tot und Honor war krank. Ein junger indischer Arzt war bei ihr – offensichtlich überfordert und froh, mich zu sehen. Er versprach, am Morgen wiederzukommen, doch in der Nacht starb auch Honor. Hastig stellte er den Totenschein aus und überließ es mir, mich um alles Übrige zu kümmern.
Honor hatte mich gebeten, die Tickets für die Überfahrt nach England zu benutzen. Ich war hin- und hergerissen, was ich tun sollte (zu dem Zeitpunkt hatte ich dir ja bereits geschrieben, aber so liebevoll und vernünftig dein Brief klang, Vivi, ich konnte mir nicht

recht vorstellen, wie Lottie und ich in dein neues Leben in Amerika passen sollten). Wie du weißt, steht es in Indien sehr schlimm: Es kommt zu Unruhen, es wird gemordet. Vor allem Multan ist ein Krisenherd. Im März, nach besonders schrecklichen Gräueln, rückte die Armee ein und verhängte eine vierundzwanzigstündige Ausgangssperre. Honor hatte mich angefleht, Bruno heim nach Cornwall zu bringen. »Hubert hätte es so gewollt«, sagte sie immer wieder. »Er hätte gewollt, dass ihr euch in Sicherheit bringt.« Er war so unglücklich darüber, dass ich mit Lottie zurückgeblieben war. »Wenn du mit deiner Schwester in Amerika keine Lösung findest, dann fährst du eben mit mir nach Hause«, hatte er gesagt. Er war so ein wunderbarer Mensch, Vivi. So lebendig, zuversichtlich und großzügig. Ich konnte es einfach nicht fassen, dass Hubert tot war …

Und Bruno, der arme kleine Kerl. Innerhalb weniger Tage hatte er seine ganze Familie verloren, nur Lottie und ich waren ihm geblieben. Und ich hatte meine beiden liebsten Freunde verloren und dazu die süße kleine Emma. So gut es ging, verbarg ich meinen Kummer, weil ich ja den armen Bruno trösten musste, aber ich hatte die schlimmsten Befürchtungen, was uns dreien zustoßen könnte – und dann lag der Weg auf einmal klar vor mir. Hier, in diesem Hotelzimmer, in dem Hubert krank geworden war, befanden sich alle Papiere, die Tickets, die Pässe der Familie Trevannion. Ich glaube zwar nicht, dass Honor das ganz klar durchdacht hatte, dafür war sie zu krank, aber sie bestand darauf, dass wir gemeinsam diese Überfahrt machen sollten. Nun dankte ich dem Himmel, dass alle mich seit jeher »Mutt« nannten. M. Uttworth, verstehst du?

Muttworth. Mutt. Hubert hatte damit angefangen, und Bruno fand das schrecklich lustig – sogar Lottie brabbelte »Mutt, Mutt« statt »Mum, Mum«. Zwar hatte sich Honor nie recht daran gewöhnt, sie nannte mich immer Madeleine – doch Honor war tot. Bruno erklärte ich, die Leute könnten ihn mir wegnehmen, wenn sie nicht glaubten, dass ich seine Mutter sei – nein, ich wollte ihm keine Angst einjagen, Vivi, ich dachte wirklich, dass man uns trennen könnte, dass ich die Tickets nicht würde nutzen können. Wir mussten doch unbedingt das Land verlassen. Was hätte ich sonst tun sollen? Die beiden wieder ins Landesinnere mitnehmen und weiterarbeiten mit zwei kleinen Kindern, während damit zu rechnen war, dass die Briten demnächst aus dem Land gejagt wurden? Oder Bruno, der noch keine fünf Jahre alt war, allein nach Hause schicken? Als ich in diesem heißen, stickigen Hotelzimmer saß, Lottie jammerte und Bruno mich ängstlich ansah, fiel es mir wie Schuppen von den Augen. Mit Huberts und Honors Segen hielt ich das Mittel zur Flucht in der Hand. »Paradies« oder Karatschi? Wofür hättest du dich entschieden, Vivi? Vielleicht hätte es ja einen anderen Ausweg gegeben. Vielleicht hätte ich zum Hochkommissar gehen und ihm alles erklären oder mit dem Zahlmeister auf dem Schiff sprechen sollen. Wahrscheinlich war das Schiff bis auf den letzten Quadratzentimeter mit Menschen belegt, die das Land verlassen wollten, und ich wünschte mir nichts sehnlicher, als dabei zu sein. Nur nicht hier in diesem schwülen, von Fliegen verseuchten Zimmer sitzen und mich mit der Bürokratie herumschlagen. Außerdem hatten wir ja unsere Plätze: Mrs Honor Trevannion und ihre beiden Kinder. Doch die Gefahr, die uns drohte, lag auf der Hand. Bestimmt würden einige Frauen an Bord versuchen, mit Bruno zu sprechen, und ich wusste, welche Angst er hatte, etwas Falsches zu sagen. Ach, der Ärmste! Immerfort dachte ich: Lass uns erst einmal nach Hause kommen, dann werde ich mir ganz vernünftig überlegen, wie es weitergehen soll. In der Zwischenzeit fanden sich die freundlichen Mitreisenden, hauptsächlich Soldatenfrauen, damit ab, dass man mit Bruno und mir einfach nicht richtig sprechen konnte, weil wir nach Huberts Tod so unter Schock standen. Zu der Zeit konnte ich es selbst kaum fassen, dass ich diese beiden Menschen, die mir am nächsten standen, verloren hatte: meine besten Freunde. Und am Ende ließen uns die anderen Passagiere in Ruhe, sodass wir ein wenig Atem schöpfen konnten.

Irgendwo im Indischen Ozean wurde aus Lottie Emma. Bruno fiel es leicht, sie Emma zu nennen – sie war seiner kleinen Schwester so ähnlich, dass er die Namen ohnehin oft durcheinanderbrachte –, aber ich tat mich damit unendlich schwer. Ich hatte das Gefühl, als hätte ich mein Kind getötet. Aber als ich das »Paradies« sah, Vivi, da wusste ich, dass ich die richtige Entscheidung getroffen hatte und dass Bruno dort angekommen war, wo er hingehörte. Ich habe Honor geliebt, als wäre sie meine Schwester, und Bruno werde ich lieben, als wäre er mein eigener Sohn.

Wie sehr ich mir wünsche, dich zu sehen und deinen amerikanischen Mann kennenzulernen! Ob es wohl je dazu kommt, was meinst du? Gott behüte dich, mein Schatz! Deine dich liebende Schwester
Madeleine

»Paradies«
17. Juni 1947

Liebste Vivi,
vielleicht ist es besser, den ersten Brief aufzubewahren, bis ich ein wenig mehr geschrieben habe, und dir dann den ganzen Packen zu schicken. Als ich den Brief noch einmal las, habe ich gemerkt, dass ich dir die eigentliche Ankunft ja noch gar nicht geschildert hatte, und da habe ich ihn doch noch nicht gleich zur Post gebracht. Ich wollte noch ein wenig warten, damit ich dir ein vollständiges Bild der Ereignisse geben kann, die mich hierher ins »Paradies« geführt haben. Du musst mir glauben, dass ich wirklich vorhatte, mir in Liverpool ein paar Tage Zeit zu lassen, um die Lage noch einmal gründlich zu überdenken. Schließlich war es da ja noch nicht zu spät, und ich wollte ganz sicher sein, dass dies für uns drei der richtige Schritt war. Ich habe Gott um einen Fingerzeig gebeten, Vivi. Denkst du noch manchmal an Schwester Julian im Kloster? Wie wir sie geliebt haben! Während der langen Wochen auf See habe ich oft daran gedacht, was sie uns alles gesagt hat, als wir klein waren. Aber hört Gott es wirklich, wenn wir andere Menschen vorsätzlich täuschen?
Ich hatte nicht damit gerechnet, dass man uns am Hafen abholen würde. Da standen wir, Lottie Emma, die sich die Lunge aus dem Leib schrie, Bruno und ich, und kämpften mit den Koffern, und plötzlich tauchte dieser Mann auf.
Er war so nett, so umsichtig. In kürzester Zeit verhandelte er mit den Gepäckträgern und schleuste uns durch den Zoll in ein Taxi. Simon Dalloway.
»Hubert hat mich gebeten, euch hier in Empfang zu

nehmen«, sagte er. »Ich habe die traurige Nachricht gerade erst erfahren. Mein aufrichtiges Beileid …«
So etwas in dem Sinne. Was er genau gesagt hat, weiß ich nicht mehr, der Schock saß zu tief. Bei ihm glücklicherweise auch. Anscheinend hatte ihm der Zahlmeister gesagt, dass Hubert überraschend verstorben war. Simon kümmerte sich um uns, schickte ein Telegramm nach Cornwall und sorgte dafür, dass wir schnurstracks die Reise antraten. Mir wurde die Sache aus der Hand genommen. So fing alles an. Mit der ersten Unwahrheit hatte ich uns einen Platz auf dem Schiff gesichert. Ich hatte mich als Honor ausgegeben und Lottie als Emma, und jetzt war es unmöglich, die Wahrheit einzugestehen. Und was war mit Bruno? Auch für ihn fühlte ich mich verantwortlich – mehr als nur das. Ich hatte Honor versprochen, mich um ihn zu kümmern, und ich liebe Bruno, als wäre er mein eigener Sohn.
Und Simon war nett, schrecklich nett. So entzückend zu Bruno und Emma, so freundlich zu uns allen. Dass ich ganz durcheinander war, schrieb er meinem Kummer zu. Ich fügte mich und ließ zu, dass er uns in den Zug nach Bristol setzte. Er besorgte uns die Fahrkarten und einen Picknickkorb, und plötzlich begriff ich: Honor hatte gewusst, dass all dies für sie und die Kinder geplant war. Huberts Anweisungen folgend, hatte Simon für uns ein Zimmer im Royal Hotel gebucht, bevor wir am nächsten Tag die letzte Etappe der Reise nach Cornwall antraten. Als die Kinder im Bett lagen und wir beim Dinner saßen, erzählte er von St Meriadoc, und in diesem Augenblick tat sich die Fallgrube zu meinen Füßen auf. Aber selbst da hatte ich noch das Gefühl, dass ich es schaffen

würde. Nur als er von Hubert sprach, von der gemeinsamen Schulzeit, vom Wechsel an die Universität, da begann ich zu begreifen, dass ich, so gut ich Hubert auch kannte, doch nicht so viel von ihm wusste, wie man es von einer Ehefrau erwarten konnte. Der Gedanke an Hubert – an das, was ich verloren hatte – trieb mir die Tränen in die Augen, und wie die Soldatenfrauen auf dem Schiff zog Simon sich abrupt zurück. Ich stand immer noch unter Schock, es war schrecklich, jeden Morgen mit der Erkenntnis aufzuwachen, dass ich Honor und Hubert und die kleine Emma nie mehr wiedersehen würde.
Solange Simon bei uns war, wirkte Bruno nervös und misstrauisch, und ich fürchtete, das Täuschungsmanöver könne ihn überfordern. Gleichzeitig fragte ich mich natürlich, was ihn wohl in Cornwall erwartete. Dann wäre immer noch Zeit, die Wahrheit zu sagen. Ja, ich überlegte mir sogar, ob ich dort als Kindermädchen arbeiten sollte.
Jetzt kann ich mir dein Gesicht genau vorstellen, Vivi. Wie du den Kopf schüttelst. Immer warst du es, die mich gerettet hat, wenn ich im Begriff war, mich Hals über Kopf in Schwierigkeiten zu stürzen. Eigentlich wollte ich dir schon schreiben, als Johnny zum ersten Mal verschwand, aber irgendetwas hat mich davon abgehalten. Ich wollte einfach nicht zugeben, dass Johnny uns im Stich gelassen hatte. Weil ich mich schämte, konnte ich es nicht zu Papier bringen. Ich stellte mir vor, wie du mich kritisch mustern würdest, mit diesem vertrauten Blick – so wie Mutter, wenn Vater uns zu reichlich beschenkte oder ein wenig zu tief ins Weinglas geguckt hatte. Solide, vernünftige Leute begreifen einfach nicht, dass jemand, der eine

Dummheit begangen hat, niemanden gebrauchen kann, der darauf herumreitet. Man fühlt sich ohnehin elend genug. Als ich deine Antwort auf meinen Brief bekam, damals in Multan, habe ich deine Angst gespürt: Du wolltest dir dein schönes neues Leben nicht von deiner bettelarmen Schwester mit ihrem Kind durcheinanderbringen lassen. Ich mache dir deshalb keinen Vorwurf. Trotz der Briefe und Fotos, die in den vergangenen acht Jahren hin- und hergegangen sind, haben wir uns ein bisschen auseinandergelebt, meinst du nicht auch? Ich bin mit missionarischem Eifer auf und davon, um als Krankenschwester in Indien zu arbeiten, du hast deinen Sekretärinnenlehrgang absolviert und dich dann bei Kriegsausbruch als Helferin bei der Royal Air Force gemeldet. Du hast von meiner Entscheidung doch genauso wenig gehalten wie Mutter, nicht wahr? Du fandest das ein wenig theatralisch, irgendwie suspekt. Honor hat mir erzählt, dass es bei ihrer Familie genauso war. Sie war ein Einzelkind, und ihre Eltern kamen durch einen Bombenangriff der Deutschen ums Leben. Als du mir schriebst, dass Mutter diesem schrecklichen Krebs erlegen sei, hat sich Honor einfach großartig verhalten. Sie und Hubert haben mir beigestanden. Ich frage mich immer wieder, was sie wohl jetzt von mir denken würden. Bestimmt würden sie begreifen, dass es mir um Bruno geht, dass ich versuche, Huberts Wunsch zu erfüllen.
Erinnerst du dich noch an »Goblin Market« von Christina Rossetti? Du warst Lizzie, »voll kluger Ermahnungen«. Und ich war Laura, stets in Versuchung durch die verbotenen Früchte. Dieses Buch, das du mir zum fünfzehnten Geburtstag geschenkt hast,

habe ich immer noch. Ich trage es stets bei mir, es gehört zu den wenigen Dingen, die ich aus Multan mitgebracht habe. Erinnerst du dich noch an die Osterferien, Vivi, wenige Monate vor Ausbruch des Krieges? Ich war hin- und hergerissen, ob ich Missionarin werden oder mit Robert Talbot durchbrennen sollte, und du hast jeden Abend mit diesen »klugen Ermahnungen« auf mich gewartet.

Mädchen, treib dich nicht herum,
Zwielicht schadet deiner Tugend,
In der Schlucht, aus Ritzen lugend,
Spuken Kobolde ringsum.

Da fällt mir immer ein, wie du mich durch die Gartentür eingelassen hast und wir beide lautlos Tränen lachten, wenn wir auf Zehenspitzen nach oben schlichen, damit Mutter nicht aufwachte. Aber was Robert angeht, hattest du Recht. Seinetwegen habe ich meine Gottessehnsucht verloren und bin schließlich zwischen allen Stühlen gelandet. Wie dumm ich doch war, Vivi!
Du fehlst mir so sehr.
Alles Liebe,
Madeleine

»Paradies«
30. Juni 1947

Liebste Vivi,
diese Briefe schreibe ich abends, wenn die Kinder im Bett liegen und Huberts Vater im Wohnzimmer sitzt und Zeitung liest oder Radio hört. Die beiden anderen

Briefe habe ich noch nicht abgeschickt. Albern, nicht wahr? Es tröstet mich, dir schreiben zu können. Nach wie vor finde ich die Idee nicht schlecht, dir ein umfassendes Bild der Ereignisse zu liefern. Deshalb habe ich beschlossen, dir erst einmal zu berichten, was bis heute geschehen ist, und den ganzen Packen dann auf einmal abzuschicken.
Ehrlich gesagt, macht mir das alles schon ein bisschen Angst. Das Hauptproblem ist: Sobald man sich einmal auf einen solchen Weg begeben hat, gewinnt das Ganze eine Eigendynamik und man wird davon mitgerissen. Als ich mit Simon hier ankam, schien es mir plötzlich unmöglich, die Situation zu erklären. James, Huberts Vater, hat sich so gefreut, uns alle zu sehen, und die Begegnung mit den Kindern hat ihn zutiefst berührt. Immer wieder streicht er Emma übers Haar oder fasst Bruno ans Kinn, um ihn sich anzusehen. »Genau wie Hubert in diesem Alter«, sagt er dann und kämpft dabei mit den Tränen.
Er ist ein reizender alter Herr, häufig in ein Buch vertieft – und ziemlich gebrechlich, aber man merkt, dass die Kinder ihm neuen Lebensmut verleihen. Irgendwie hat sich nie der rechte Augenblick ergeben, um ihm gleich zu Anfang alles zu erklären, und mit jedem Tag, der verstreicht, wird es schwieriger. Mir käme es vor, als würde ich ihm die Freude rauben, die er aus der Begegnung mit uns schöpft. Emma hat es ihm angetan. Mit ihrer Natürlichkeit bringt sie ihn zum Lachen, und sie kommt mit der Situation mühelos zurecht. Sie ihm wegzunehmen und ihn und Bruno sich selbst zu überlassen wäre geradezu grausam.
Über Hubert sprechen wir selten: James ist typisch für die Generation, die sich bemüht, ihr Schicksal mit

Fassung zu tragen – so wie Mutter, nachdem Papa von uns gegangen war. Über Dinge, die mit Gefühlen zu tun haben, spricht man nicht – aber er hört gern zu, wenn ich von Huberts Tätigkeit in Indien erzähle. Das fällt mir nicht schwer, immerhin habe ich ja sechs Jahre lang mit ihm zusammengearbeitet. Aber ich muss doch darauf achten, was ich sage. Ach, Vivi, das ist das Anstrengendste. Ich muss ständig auf der Hut sein. Und die Hauptgefahr geht nicht von ihm aus, sondern von Huberts Cousine Mousie. Dass ich hier noch anderen Leuten begegnen würde außer Huberts nächsten Verwandten, hatte ich nicht geahnt: Schließlich wusste ich, dass er keine Geschwister hatte und seine Mutter verstorben war. Du kannst dir also den Schrecken vorstellen, als ich noch eine Tante mit zwei Kindern vorfand, die nur zehn Minuten Fußweg von hier entfernt leben! Die Tante ist eine Seele von Mensch und Rafe ein ganz normaler Junge von vierzehn Jahren, der noch die Schule besucht. Aber seine ältere Schwester ist ein anderes Kaliber.
Ach, Vivi, kannst du dir jemanden vorstellen, der seine Mitmenschen aufmerksamer beobachtet als ein siebzehnjähriges Mädchen? Mousie hat ihren Cousin Hubert geliebt und sieht seiner Witwe auf die Finger. Mein Weg ist gespickt mit kleinen Fallen, unsichtbar und klebrig wie Spinnweben. Wenn ich mich darin verfange, muss ich mich drehen und winden, um mich wieder freizukämpfen. Sie sieht mich an, als gäbe ich ihr Rätsel auf – ich habe Angst vor ihr.
»Du?«, höre ich dich rufen. »Du hattest doch noch nie Angst!« Aber das war, bevor ich ein Kind bekommen habe, Vivi.
Eine Frau, die ein Baby hat, nimmt eine schwere

Verantwortung auf sich, und ihr ganzes Leben verändert sich. Aber nun habe ich das »Paradies« gefunden, und ich kann dir versichern, es ist die Mühe wert. Ich will es dir schildern, damit du dir vorstellen kannst, wie wir hier leben. Das »Paradies« gehört zu einem kleinen Landgut, das geschützt in einem abgeschiedenen Tal liegt. Man erreicht es über einen Feldweg, der immer tiefer in das Tal hineinführt. Durch die Farmtore kann man auf das Meer und schroffe Klippen blicken. Zwischen steilen, grasbewachsenen Böschungen, gekrönt von Dornenhecken, führt der Weg immer weiter bergab, bis man in eine kleine Bucht gelangt. Sie gleicht einem schmalen Pferdehuf. Auf der dem Meer zugewandten Seite stößt man zunächst auf eine Bootswerft, die nicht mehr genutzt wird. Daneben stehen vier Cottages in einer Reihe. Jedes hat ein eigenes Waschhaus, das wie eine große überdachte Veranda in den kleinen Vorgarten ragt. Unmittelbar hinter den Häusern liegt der Deich. Wir befinden uns hier an der Nordküste, Vivi, und die Häuser kehren dem tosenden Atlantik den Rücken. Auf der anderen Straßenseite befindet sich ein alter Steinbruch, und hier öffnet sich dieses abgeschiedene Zaubertal zum Landesinnern. Hoch oben im Tal entspringt die St-Meriadocs-Quelle. Das Wasser sprudelt unter moosbewachsenen Granitplatten hervor, halb überwuchert von hohen, duftigen Gräsern. Vor tausend Jahren hat ein Schüler des Heiligen hier neben der Quelle eine Klause gebaut, und das ist alles, was davon übrigblieb. Hier gedeiht die wilde Malve, zweieinhalb Meter hoch, mit großen purpurroten Blüten. Mir gefällt die Vorstellung, dass der Einsiedler sie als Heilmittel nutzte. Aus ihrem Saft kann man eine

Wundsalbe herstellen; ihre Blätter helfen bei Wespenstichen. Auch Beinwell und die Goldrute findet man hier. Man kann sich gut ausmalen, wie der Heilige dort an heißen Juninachmittagen saß und den Turmfalken beobachtete, der im strahlenden Blau über ihm schwebte; wie er der Lerche lauschte, während er sein schlichtes Mahl bereitete oder den nackten Boden seiner Zelle mit einem Besen aus den Zweigen der Tamariske fegte, die an den Hängen des Tals wächst. Aus der Quelle wird ein kleiner Bach, der dem Meer entgegenströmt. Ihn überspannt eine Brücke, so schmal, dass gerade ein Wagen darüberfahren kann. Über sie gelangt man von der Bucht mit den Cottages und der Bootswerft zum »Paradies« und zum »Krähennest«, einem viktorianischen Prachtstück. Dieses ulkige alte Gebäude, das zurzeit leersteht, erinnert an einen Miniaturleuchtturm, wie es hoch oben auf den Klippen den Stürmen und Gezeiten trotzt. Jenseits der, Brücke gabelt sich der Weg; die eine Abzweigung führt hinauf zum »Krähennest« und weiter über die Klippen, die andere durch ein großes Tor zum »Paradies«.
Endlich sind wir angekommen, Vivi, auf dem »Walk to the Paradise Gardens«. Hubert hat diese Musik geliebt. Die englische Atmosphäre in Delius' Werken weckte bei ihm die Sehnsucht nach der Heimat. Er besaß Schallplatten mit der Oper »Romeo und Julia auf dem Dorfe« und »On hearing the first cuckoo in spring«, einem Stück für kleines Orchester. Auch mir ist diese Musik ans Herz gewachsen. Und hier ist das »Paradies«, Vivi, mein neues Zuhause.
Stell dir also ein kleines Haus aus der Zeit von Queen Anne vor, aus Naturstein, weiß getüncht, schiefergedeckt. Es sieht aus wie ein wunderhübsches Puppen-

haus und liegt inmitten von üppig wuchernden Rhododendronbüschen.
Jenseits des Kieswegs vor der Eingangstür erstreckt sich wie ein weicher Teppich ein kleiner smaragdgrüner Rasen.
Zur Rhododendronblüte kam ich gerade rechtzeitig, Vivi. Diese cremefarbene, tiefrote und gelbe Pracht und der himmlische Duft, der mir ins Schlafzimmerfenster weht! Die Räume sind kühl und elegant: Wohn- und Speisezimmer, eine geräumige Küche – mit Blick nach Norden – und hinter dem Wohnzimmer ein bezaubernder kleiner Raum, den James als Arbeitszimmer nutzt.
Hier, an einem schönen alten Schreibtisch, darf ich meine Briefe schreiben. Aber das Zimmer würde mir noch besser gefallen, wenn es nicht so vollgestopft wäre – dann könnte man etwas Nettes daraus machen.
James hat mich gefragt, ob ich ihn »Vater« nennen möchte, aber wie könnte ich? Ich musste sofort an unseren Vater denken – es war ausgeschlossen. Das Wort blieb mir in der Kehle stecken. Also nenne ich ihn James. Zuerst fürchtete ich, das sei ihm zu zwanglos, aber glücklicherweise gefällt es ihm sogar. Ich glaube, er fühlt sich dadurch wieder jung und schneidig. Damit necke ich ihn ein ganz klein wenig. Wenn ich ihn bei bestimmten Fragen zu Rate ziehe – welchen Hut ich auf dem Kirchgang tragen soll, welches Kleid zum Nachmittagstee bei einer Nachbarin –, dann geht er gleich ein wenig aufrechter und seine Augen leuchten heller. Er ist ein Schatz. Jetzt ruft er mich, Vivi.
Ich hatte keine Ahnung, dass es schon so spät ist.
Mehr beim nächsten Mal. Bis dann, alles Liebe!
Deine Madeleine

Sie legte den Füllfederhalter beiseite, ließ den Blick durchs Zimmer schweifen, faltete die Briefbögen hastig und steckte sie in ihre Schreibmappe. Allmählich hatte sie sich daran gewöhnt, dass sie kaum etwas besaß – aus Multan hatte sie nur wenige Dinge retten können. Und doch erschien es ihr seltsam und ein bisschen beängstigend, dass sie nichts hatte, was an ihr Leben mit Johnny und an Indien erinnerte. Natürlich waren da Honors Sachen: die kleine Reisetasche, die sie stets an die Freundin erinnerte. Darin hatten sich auch diese Schreibmappe und der hübsche goldene Füllfederhalter befunden. Mutt schraubte ihn gerade zu, als James an der Tür erschien und halb fragend, halb entschuldigend lächelte.

»Ich störe doch nicht?«

»Himmel, nein.«

Aus ihrem Lächeln sprach Zuneigung, und er erwiderte es dankbar. Eine liebenswerte junge Frau hatte Hubert sich da ausgesucht, und seit sie hier war, fühlte er sich nicht mehr so einsam. Wie tief ihn der Tod seines Sohnes getroffen hatte, würde er niemals zeigen, aber dass seine Familie nun hier lebte, war der reinste Segen.

Mutt hängte sich bei ihm ein. Was für ein lieber Mensch, dachte sie, wenn ich ihn doch nur nicht hinters Licht führen würde!

»Ich glaube, wir brauchen jetzt unseren Schlummertrunk«, regte sie an. »Nur einen kleinen natürlich. Ich schlafe dann leichter ein.«

»Selbstverständlich.«

Ihre Finger auf seinem Arm zu spüren, stark und tröstlich, war ihm angenehm, und ein wenig aufrechter als zuvor ging er zum Schrank. Das Ritual des Schlummertrunks war selbst zu Margarets Lebzeiten eine einsame Angelegenheit gewesen; sie war vor ihm nach oben gegangen und hatte ihn vor dem Kaminfeuer zurückgelassen. Natürlich fehlte sie ihm schrecklich, aber insgeheim musste er zugeben, dass ihm solche Abende Spaß machten: Honor, an den Schreibtisch gelehnt, die ihn beobachtete, wie er sorgfältig einen Fingerbreit des kostbaren Whiskys einschenkte. Nun erzählte er eine vergnügliche Anekdote über die Rationierung während des Kriegs, und sie kicherte.

Insgeheim staunte Mutt über die Szene, die sich hier abspielte: Konnte es wahr sein, dass sie hier mit Huberts Vater saß? Wie sich wohl sein Gesicht verändern würde, wenn sie mit ihrer Geschichte herausrücken würde. »Weißt du was? In Wirklichkeit bin ich gar nicht Huberts Witwe. Es handelt sich um einen schrecklichen Irrtum …«

Stattdessen nickte sie aufmunternd, lachte mit ihm, und merkwürdigerweise hatte sie das tröstliche Gefühl, dass es so ganz in Ordnung und sie dort angekommen war, wo sie hingehörte. Schon fühlte sie sich in diesem schönen Tal zu Hause, und dieser freundliche alte Herr war ihr ans Herz gewachsen. Obwohl sein dichtes, einst schwarzes Haar längst weiß geworden war, hatte er große Ähnlichkeit mit Hubert. Sein schmales, kluges Gesicht und seine braunen Augen waren immer noch voller Leben – so würde Bruno in ferner Zukunft einmal aussehen. Von jäher Zärtlichkeit übermannt, lächelte sie, und es schien, als wüsste er instinktiv, dass dieses ganz besondere Lächeln nichts mit seiner Anekdote zu tun hatte, sondern mit seinem Sohn und seinem Enkel. Freundlich prostete er ihr zu, und sie trank rasch einen Schluck Whisky.

Schon immer war es so gewesen, dass die Liebe sie überwältigte, sie gleichsam auf einer prickelnden warmen Welle emportrug und ihren Verstand umnebelte. Und diese Liebe hatte nicht nur mit attraktiven jungen Männern zu tun, sie umfasste auch ältere Menschen und Kinder: die Inder in Multan, arm und krank wie sie waren; und ihre Freunde.

Die Welle der Emotionen trug sie, und ihr Wunsch zu helfen hielt sie oben, obwohl die Strömung gelegentlich zu stark wurde. Oft war dann jemand zur Stelle, der verhinderte, dass sie unterging – erst Vivi und später Honor und Hubert –, aber manchmal war es ihr unmöglich, gegen den Sog anzukämpfen.

James, der seine Geschichte zu Ende erzählt hatte, ließ sich nicht anmerken, dass ihm ihr Stimmungsumschwung aufgefallen war. Dass eine heitere Erinnerung das Janusgesicht von Kummer und Verlust trug, wusste er nur allzu gut. Genauso war es ihm ergangen, als er voll Freude entdeckte, wie die erste Kamelie erblühte, und ihm zu Bewusstsein kam, dass seine Frau dieses Erlebnis nie wieder mit ihm teilen würde. Voller Mitgefühl blickte er auf diese junge Frau, die tapfer lächelte, obwohl in ihren Augen Angst lag. Aber ihm war es nicht gegeben, tröstende Worte zu finden. Mit der Bemerkung, es sei schon spät, stand er auf, berührte aber sanft ihre Schulter, als er zur Tür ging.

»Braves Mädchen, braves Mädchen«, murmelte er, als wäre sie sein Lieblingspferd oder ein treuer Hund. »Schlaf gut, meine Liebe.«

Sie sah ihm nach, dann trug sie die Gläser in die Küche.

12. Juli

Heute Abend fühle ich mich ganz elend, Vivi. James ist mit Freunden zum Essen ausgegangen, und ich bin zum ersten Mal allein im »Paradies«. Man möchte meinen, dass ich darüber froh sein könnte, nicht wahr? Kein Druck, ich muss nicht nachdenken, bevor ich den Mund aufmache; es ist keiner da, für den ich Theater spielen muss. Aber in Wahrheit fühle ich mich unerträglich einsam. Die Kinder sind im Bett, ich habe schon mehrere Gläser Whisky getrunken, und plötzlich überkommt mich das Verlangen, mit jemandem zu sprechen, der mich wirklich kennt, sodass ich mich nicht verstellen muss. Weißt du noch, wie wir Kleider getauscht und unsere ersten Schminkversuche gemacht haben? Wie wir über die albernsten Dinge endlos lachen konnten? Und wie ich mir mit der Nagelschere die Haare abgeschnitten habe? Wie wunderbar war es, die schweren Haare los zu sein, aber Mutter hat sich die Hand vor den Mund geschlagen, die Augen sind ihr fast aus dem Kopf gefallen, und da mussten wir noch mehr lachen. Gott sei Dank war Honor dunkelhaarig und hatte braune Augen. Meine sind hellbraun, aber der Mann am Zoll warf nur einen flüchtigen Blick auf das Passbild. Außerdem trug ich einen albernen Hut, der meine Augen halb verdeckte, und hatte Lottie wie einen Schutzschild auf dem Arm. Ich wusste, dass sie sich wehrt und schreit, wenn man sie trägt, und damit die Aufmerksamkeit von mir ablenken würde. Und tatsächlich schleusten uns die Beamten schnell durch. Aber Lottie darf ich sie nicht nennen. Das mache ich nur, wenn ich müde bin – oder zu viel getrunken habe. Vivi, ich fühle mich so schuldig. Was habe ich hier eigentlich verloren? Wie konnte ich nur glauben, dass ich mit diesem Trick durchkomme? Heute Morgen ist hier so eine unglückselige Frau aufgetaucht, deren Mann ein Freund von Hubert war. Sie wollte mich zum Lunch zu sich nach Hause einladen. Ich hatte eine Höllenangst, dass mir irgendein Schnitzer unterläuft. Dann hat sie mit Bruno gesprochen, ihm versichert, dass er wie sein Daddy aussieht, und ihn gefragt, wie alt seine kleine Schwester sei. Ich kann seinen Gesichtsausdruck nicht vergessen.

Manchmal rede ich mir ein, dass Bruno inzwischen tatsächlich glaubt, Lottie sei seine Schwester, dass er Emma vergessen hat. Mein Gott! Ich muss mir immer wieder klarmachen, dass Lottie Emma ist! Aber was geht in ihm vor, Vivi?
Jedenfalls habe ich die Besucherin mit irgendeinem Unsinn von ihm abgelenkt, aber ich komme nicht drüber weg. Wenn ich es nicht einmal fertigbringe, James »Vater« zu nennen, wie kann ich dann diesem armen kleinen Kerl so viel zumuten? Bestimmt nimmt er es mir übel, dass ich den Platz seiner Mutter einnehme, aber andererseits weiß ich, dass er mich gern hat. Ich glaube, ich würde ihm fehlen, wenn ich ginge.
Auf ganz merkwürdige Weise beschützt mich James. Höflich und altmodisch wie er ist, würde es ihm nicht im Traum einfallen, mich mit persönlichen Fragen zu bedrängen. Dass eine Dame so etwas tun könnte, wie ich getan habe, käme ihm niemals in den Sinn, und deshalb droht mir von ihm keine Gefahr. Er ist. der Engel an der Pforte zum Paradies, der sein flammendes Schwert emporhält, nur dass ich noch im Garten Eden bin, obwohl ich vom Baum der Erkenntnis gegessen habe. Oder ist es die Frucht vom »Goblin Market«?
Dass ich zu viel getrunken habe, steht fest – ich sollte ins Bett gehen, bevor James mich in diesem Zustand sieht. Später mehr. Gute Nacht, Schätzchen.

Joss legte den Brief beiseite, dann nahm sie ihn wieder zur Hand und faltete ihn mechanisch. Was sie hier las, war ein bisschen viel auf einmal: Mutt war nicht Honor Trevannion. Doch der Schock dieser Erkenntnis wurde durch andere Empfindungen gemildert, die ihr nahegingen. Mutts Zwangslage, ihre Warmherzigkeit und ihr Mitgefühl berührten Joss zutiefst. Fast hätte sie vergessen, dass sie hier die Briefe ihrer Großmutter vor sich hatte, so sehr identifizierte sie sich mit dieser jungen Frau, die ein solches Wagnis eingegangen war, innerlich zerrissen von Ängsten und Zweifeln und doch zutiefst überzeugt, das Richtige zu tun.

Mutts Enkelin hielt den Atem an: Wie hatte ihre Großmutter nur den Mut gefunden, so viel zu riskieren? Besonders ergreifend fand Joss die Schilderung der Flucht aus Karatschi. Sie versuchte sich die Atmosphäre der Gewalt vorzustellen, die in jenem heißen Sommer in Indien geherrscht hatte. Und sie malte sich die lange Heimreise aus und Mutts Leben in der ständigen Furcht, entlarvt zu werden.

Irgendwo im Indischen Ozean wurde aus Lottie Emma.

Wie fühlt man sich, wenn man der eigenen Tochter einen anderen Namen und eine neue Identität gibt? Und dieses Kind … Joss musste sich in Erinnerung rufen, dass es ihre eigene Mutter war, die nicht Emma Trevannion hieß, sondern Lottie Uttworth. Mutt hatte dieses Risiko in Kauf genommen, um ihre Tochter in Sicherheit zu bringen.

Eine Frau, die ein Baby hat, nimmt eine schwere Verantwortung auf sich, und ihr ganzes Leben verändert sich.

Und was war mit Vivi, an die Mutt so voller Zuneigung und Vertrauen schrieb? Dass Mutt den Drang verspürte, der Gefährtin ihrer Kindheit alles zu erzählen, gemeinsame Erlebnisse wachzurufen und ihre Zustimmung zu suchen, rührte Joss. Ob Vivi wohl noch lebte und glaubte, Schwester und Nichte seien schon lange tot? Ganz offensichtlich waren die Briefe nie abgeschickt worden …

Ungeduldig griff Joss nach dem nächsten Blatt.

Donnerstagmorgen

Heute geht es mir viel besser, Vivi. Ich muss mich vor solch düsteren Gedanken hüten. Jetzt bin ich wieder überzeugt, dass ich richtig gehandelt habe. Bruno hat mich nach dem Frühstück so fest in die Arme geschlossen, und ich habe ihn an mich gedrückt und geflüstert: »Ich weiß, wie sehr dir Mami und Emma fehlen, mein Schatz. Ich will mich nur einfach um dich kümmern.« Er hat mich angesehen, Vivi, ganz ernst und freundlich, und dann hat er gesagt: »Ist schon gut, Mutt. Ich bin froh, dass du da bist.« Meine Erleichterung und meine Dankbarkeit waren so überwältigend, als hätte er mir die Absolution erteilt. Und ich liebe ihn, als wäre er mein eigener Sohn. Immerhin bin ich ja seine Patin. Und Simon ist sein Pate, obwohl bei der Taufe natürlich nur ein Stellvertreter dabei war. Simon hat es einmal erwähnt, und es gelang mir, ein halbwegs intelligentes Gesicht zu machen. Gott sei Dank wusste ich Bescheid. Er hatte einen schönen gravierten Becher geschickt, den Honor mir gezeigt hat.
Dass mich die Leute Honor nennen, ist wirklich merkwürdig. Ich hatte gehofft, dass auch andere den Kosenamen der Kinder aufgreifen, aber anscheinend will niemand einen so vertraulichen Ton anschlagen. Nicht einmal Mousie bringt es über sich, mich so zu nennen. Mousie macht mir Angst, Vivi. Sie beobachtet uns, als würde ihr eine innere Stimme sagen, dass hier etwas nicht stimmt. Wenn sie uns besucht, werde ich nervös und verstumme. Tante Julia, die mich an eine äußerst würdevolle Pfauhenne erinnert – ein weit vorgewölbter Busen und ein langer Hals, auf dem ein kleiner Kopf thront –, schreibt meine Unzulänglich-

keiten dem Kummer zu und ermuntert Mousie, freundlich und geduldig zu sein. Und die arme Mousie strengt sich mächtig an, ihre Vorbehalte zu überwinden und nett zu mir zu sein. Jetzt wird mir klar, dass ich dieses Täuschungsmanöver niemals zustande gebracht hätte, wenn Huberts Mutter noch leben würde. Männer sind unkompliziert und direkt und viel leichter hinters Licht zu führen als Frauen. Männer sagen, was sie denken, und nehmen an, dass wir es genauso halten. Abgesehen davon können James und Simon mit Trauer und Angst nicht gut umgehen und verhalten sich entsprechend: Freundlich besorgt wechseln sie sofort das Thema. Frauen hingegen durchschauen dergleichen sofort, und selbst wenn sie höflich reagieren, lassen sie sich nicht so leicht täuschen. Jedenfalls kann man sie mit solchen Tricks nicht ablenken.

Offenbar hat Mousie Hubert sehr geliebt; sie weiß alles über ihn, sie kennt seine Vorlieben und Abneigungen, seine bevorzugten Redewendungen und Gewohnheiten. Aber sie muss noch ein Kind gewesen sein, als sie ihn zuletzt sah. Von Zeit zu Zeit schrieb er ihr – du kannst dir vorstellen, wie ich mich fühlte, als ich das erfuhr –, aber wegen des Krieges und der großen Entfernung verlief der Briefwechsel nur schleppend. Glücklicherweise sind kaum Fotos vorhanden: Sie haben das Gruppenbild von der Hochzeit – weißt du noch, dir habe ich es auch geschickt – und ein Familienfoto mit Bruno als Baby. Letzteres gibt mir Anlass zur Sorge, weil Honor keinen Hut trägt. Aber glücklicherweise hat sie den Kopf über das Baby geneigt, sodass ihr Gesicht nicht frontal zu sehen ist. Als ich die Bilder sah, sagte ich sofort: »Donnerwetter,

da sehe ich ja bedeutend jünger aus! Aber es ist ja auch schon fünf Jahre alt.«
Wie habe ich mich geschämt, Vivi! Gott sei Dank war Bruno nicht dabei. Mousie besitzt mehrere Fotos von Hubert aus der Zeit, bevor er nach Indien ging, und ein paar kleine Andenken – eine kaputte Armbanduhr, die ihm gehörte, und einen Gedichtband von Browning mit Huberts Namen auf dem Deckblatt. Das Buch bedeutet ihr sehr viel. Im Grunde ist sie eine Seele von einem Menschen, aber sie schafft es immer wieder, mich in Unruhe zu versetzen. Schließlich habe ich keine Ahnung, wo Hubert am liebsten spazieren ging; und von dem Pony, das er als Kind besaß, weiß ich genauso wenig wie von unzähligen anderen Kleinigkeiten, die mir in sechs Ehejahren nicht entgangen wären. Deshalb bin ich sicher, dass ich seine Mutter nicht hätte täuschen können. Zu meiner grenzenlosen Erleichterung stellte sich ziemlich früh heraus, dass er weder meinen Spitznamen noch meinen richtigen Namen je erwähnt hatte.
Mousie wirkt irritiert, aber wegen Bruno kommt sie der Wahrheit nicht auf die Spur. Dass ich sie so auf Distanz halte, finde ich selbst schrecklich, aber was soll ich tun? Ich hoffe darauf, dass ich irgendwann nicht mehr das Tagesgespräch bin und wir unbefangener miteinander umgehen können.
Ich möchte dir noch so vieles erzählen, Vivi. Zum Beispiel habe ich dir die Sache mit Johnny noch nicht richtig erklärt, oder? Rückblickend wird mir klar, dass er mich an unseren Vater erinnert hat: Er war so lebenslustig und unbeschwert und sah umwerfend gut aus. Franzose war er allerdings nicht, sondern ein Engländer vom Scheitel bis zur Sohle, und ich war so

stolz, wenn ich mich mit ihm in der Öffentlichkeit zeigte. Hubert und Honor begegneten ihm eher mit Vorsicht, und du hättest wohl ähnlich reagiert. Wahrscheinlich hättest du gesagt, er sei nicht »solide«. Wie du weißt, war er im Teehandel tätig – er hatte ein Büro in Lahore. Er hatte allerhand Verbindungen, aber irgendwie war er nicht recht fassbar. Außerdem erwartete man wohl, dass er sich nach Kriegsausbruch freiwillig melden würde, statt wochenlang auf Geschäftsreise zu gehen.

Ich arbeitete weiter als Krankenschwester. Zu diesem Zeitpunkt wollte er keine Kinder, und als Emma da war, verschwand er noch häufiger und für längere Zeit. Einmal fürchteten wir schon, er sei ums Leben gekommen, aber nach einer Weile kam uns gerüchteweise zu Ohren, er lebe mit einer anderen Frau. Nun, ich musste mich der Tatsache stellen, dass es andere Frauen gab, Vivi, aber es war einfach entsetzlich. Allmählich vermutete ich, dass zu seinen Lastern auch das Glücksspiel zählte. Ich bekam Mahnbriefe von Leuten, von denen ich nie gehört hatte, und fand heraus, dass die Miete schon seit Monaten nicht mehr bezahlt war. Heute glaube ich, dass er das schwarze Schaf seiner Familie war und vor dem Krieg zu einem Freund oder Verwandten nach Indien abgeschoben wurde. Meist äußerte er sich nicht klar über seine Unternehmungen und Reisen, aber er trat immer großspurig auf und ließ seinen Charme spielen. Allerdings muss ich zugeben, dass meine Geduld zu Ende war, und die Sache mit der Miete brachte das Fass zum Überlaufen. Wie immer halfen mir Hubert und Honor aus der Patsche. Sie waren wirklich gute Menschen, auch wenn sich das altmodisch anhört.

Aber spießig waren sie ganz und gar nicht. Hubert konnte großartig mit Menschen umgehen. Immer fand er die richtigen Worte, um einen wieder aufzurichten. Honor war sehr mütterlich, warmherzig und vernünftig. Ich muss oft an sie denken, und es wird mir heiß vor Scham, wenn ich mir vorstelle, wie sie aus dem Schattenreich herüberblickt und mich im »Paradies«-Garten mit ihrem Kind spazieren gehen sieht. Sie war ein durch und durch anständiger Mensch – aber sie hätte gewollt, dass sich jemand um Bruno kümmert, nicht eine alte Tante oder sein Großvater, sondern jemand, der ihn von klein auf kennt und mit seiner Geschichte vertraut ist. Nichts liebt Bruno mehr, als wenn ich mit James über Huberts Arbeit spreche.

Jetzt höre ich die Kinder kommen; sie waren mit Tante Julia und Mousie unten in den Cottages.
Gott behüte dich, mein Schatz
Madeleine

Eine Weile stand sie an der Küchentür, die nach draußen führte, und beobachtete die kleine Gruppe, die über den Klippenweg heraufgekommen war. Emma wurde in dem kleinen Buggy geschoben, der seit Rafes Kindheit nicht mehr benutzt worden war. Alle sahen erhitzt und müde aus. Mousie kniete vor Emma nieder, strich dem Kind über die wirren blonden Haare und wischte ihm mit ihrem Taschentuch Schmutzflecken aus dem Gesicht.

Mousies zärtliche Geste ging Mutt zu Herzen. »Die Gänse ham keine Schuh«, rief die Kleine aufgeregt. Sie strahlte vor Freude. In ihrer großen Tasche brachte Tante Julia Leckereien zum Tee mit, und Emma liebte Süßigkeiten.

»Still halten«, bat Mousie – aber dann musste sie lachen. Sie küsste Emma rasch auf die rosigen Wangen, bevor sie sich resigniert aufrichtete.

»Deine Schwester«, sagte sie zu Bruno, »ist ein Äffchen.«

Für einen Moment zeigte sich Argwohn auf seinem Gesicht. Dann sah er Emma an, die immer noch die Zeile aus dem Kinderlied vor sich hin brabbelte, und lächelte liebevoll, fast als wäre er schon erwachsen.

»Sie kann nichts dafür«, erklärte er Mousie nachsichtig. »Daddy hat immer gesagt ...« Verlegen stockte er, und Mutt kam ihm zu Hilfe.

»War es schön?«, rief sie, als wäre sie gerade erst an der Tür aufgetaucht. »Sei doch einen Augenblick still, Emma, mein Schatz, wir haben alle dein Lied gehört. Arme Mousie.« Sie lächelte das Mädchen freundlich an. »Bist du erschöpft?«

Dann setzte sie sich auf einen Küchenstuhl und drückte Bruno an sich, während ihr Herz wild pochte. Das waren die Augenblicke, die sie fürchtete – was sollte werden, wenn Bruno eine unbedachte Bemerkung entschlüpfte? Jedes Mal, wenn sie Unsicherheit auf seinem unschuldigen Gesicht bemerkte, überkamen sie Schuldgefühle. Wie schrecklich es war, wenn man ständig auf der Hut sein musste! Dennoch brachte sie ein Lächeln zustande, als Tante Julia ihre Tasche auspackte. Diese stattliche, respekteinflößende Frau ließ sich von Kinderlärm ebenso wenig beeindrucken wie ein Fels von der Brandung. Bei ihr fühlte man sich gut aufgehoben. Mit hungrigem Blick auf die Kekse, die Tante Julia nun auf den Tisch stellte, kletterte Emma auf einen Stuhl. Mousie achtete darauf, dass das freudig quietschende Mädchen nicht vom Stuhl fiel.

»Den ganzen Heimweg über hat sie geschrien«, berichtete Bruno voller Bewunderung. Tatsächlich beeindruckte es ihn, wie Emma es ganz fröhlich schaffte, ihren Kopf durchzusetzen. Und dass sie die Ereignisse in Indien bereits vergessen hatte. Ihn dagegen suchten in seinen Träumen qualvolle Erinnerungen heim, begleitet von der Angst, Mutt zu verlieren. Doch wenn Emma bei ihm war, konnten sie ihm nichts anhaben: Ihre leidenschaftliche Liebe zum Leben riss ihn mit wie eine Naturgewalt, wie das Wasser oder der Wind. Sie und Mutt gehörten zu seinem Leben, und er war entschlossen, alles auf sich zu nehmen, damit sie bei ihm bleiben konnten. »Sie lässt sich nicht gern im Buggy fahren, wenn sie noch munter ist«, erklärte er Mousie und Tante Julia. Ob sie wohl begriffen, wie einengend es war, festgehalten zu werden, wenn man doch rennen, springen und klettern musste? Emma konnte das noch nicht erklären, aber er wusste genau, was sie fühlte. »Sie ist gern selbstständig.«

»Sie wollte den Buggy schieben, und ich hatte Angst, dass sie damit die Klippen hinunterplumpst«, gab Mousie zurück. »Auf dem Heimweg gab es deshalb einen kleinen Streit, aber schließlich hat sie sich doch in den Wagen gesetzt. Schau, ich habe dir etwas mitgebracht.«

Besorgt sah Mutt, wie Mousie die Schulmappe öffnete, die sie an einem langen Riemen über der Schulter trug, und einen Umschlag herauszog. Das Foto zeigte Hubert mit mehreren jungen Männern auf dem Deck eines großen Schiffes: Stirnrunzelnd, die Hände in den Hosentaschen, lächelte er in die Kamera.

Mutt gab vor, das Foto zu betrachten, die Wange an Brunos Kopf geschmiegt, als suche sie Trost – aber ob sie damit ihm oder sich selbst helfen wollte, hätte sie nicht sagen können.

»Das Bild hat uns Hubert aus Indien geschickt«, erklärte Mousie. »Es wurde auf der Reise aufgenommen.«

Sie wartete eine ganze Weile vergeblich auf eine Antwort.

Honor betrachtete das Foto interessiert, wollte aber offenbar nichts dazu sagen. Mousie war ratlos. Huberts Witwe sandte widersprüchliche Signale aus – manchmal war sie freundlich und aufgeschlossen, dann wieder kühl und abweisend. Alles, was mit der Vergangenheit zusammenhing, schien tabu. Dabei hätte Mousie so gern über Hubert gesprochen, den sie abgöttisch geliebt hatte. Selbst Bruno zeigte wenig Lust, über seinen Vater zu reden. Mousie hatte gehofft, dass das Foto das Tor zu den Erinnerungen aufstoßen und sie ein wenig mehr über ihn erfahren würde. Es war ihr unerträglich, dass er in Vergessenheit geraten, dass sein Name nicht mehr genannt werden sollte.

Als Mousie ihrer Mutter ihr Herz ausschüttete, gab diese ihr den Rat, abzuwarten.

»Lass ihr Zeit«, meinte Julia. »Weißt du noch, wie es uns ergangen ist, als Daddy starb …« Mousie hätte einwenden können, dass die Erinnerung an ihren Vater nicht von Schweigen überschattet wurde, doch sie ließ das Thema fallen. Dennoch wurde sie das Gefühl nicht los, dass hier ein Geheimnis verborgen lag. Verstohlen beobachtete sie, wie ungezwungen Honor mit Onkel James umging und mit ihrer freundlichen Art die Herzen von Jessie und Dot gewann. Wie gern wäre Mousie auch so gewandt gewesen, doch sie tat sich leichter mit den Kindern als mit den älteren Familienmitgliedern. Die jungen Männer gefielen ihr zwar, aber sie konnte ihre Schüchternheit nicht überwinden, und im Vergleich zu Hubert schnitten sie allesamt schlecht ab. Zwar hatte sie die Enttäuschung über seine Heirat überwunden, doch Honor war ihr ein Rätsel. Die wenigen Fotos, die Hubert geschickt hatte, zeigten, wie sehr sich seine Frau verändert hatte. Das einst lange Haar war nun kurz und hübsch gelockt; ihr Gesicht wirkte schmaler, und die Augen schienen tiefer in den Höhlen zu liegen.

»Das ist der Kummer«, sagte ihre Mutter. »Das arme Kind hat abgenommen. Du siehst doch, wie ihr die Kleider um den Leib schlottern.«

Mousie fühlte sich schuldig. Wie konnte sie der Frau, die Hubert liebte und ihn bestimmt sehr vermisste, nur so misstrauisch begegnen! Auch sie vermisste ihn und hütete die Erinnerungen an ihren Cousin mit sehnsuchtsvoller Verehrung. Bestimmt wäre er von meinem Verhalten enttäuscht, sagte sie sich. Daher bezwang sie nun ihren Kummer und lächelte Honor an, die Bruno so zärtlich umschlungen hielt.

»Ich dachte, es interessiert dich«, sagte sie betont beiläufig. »Vielleicht möchte Bruno es später einmal haben.« Behutsam nahm sie das Foto wieder an sich und steckte es zurück in den Umschlag.

»Der Tee ist fertig«, erklärte Tante Julia resolut – und Mutt atmete erleichtert auf.

3. August

Liebste Vivi,

hier im »Paradies« hatten wir alle Hände voll zu tun. Zuerst kam – rate mal wer? – über ein verlängertes Wochenende zu Besuch. Simon taucht in regelmäßigen Abständen auf, um nach uns zu sehen. Das ist wirklich reizend von ihm, und es ist richtig rührend zu beobachten, wie gern James ihn hat.

Sie sprechen über Hubert, über die Cricketspiele und Segeltörns, die sie miteinander gemacht haben, und der gute alte James durchlebt alles noch einmal. Simon und Rafe waren mit uns segeln – ihr Boot liegt in der alten Werft. Wir haben uns abgewechselt, zuerst fuhr Mousie mit Bruno, dann ich mit Emma, die vor

Freude und Staunen große Augen bekam. Mucksmäuschenstill saß sie neben mir auf der Ruderbank, während wir über das silbrig glänzende Wasser glitten und die gefährlichen schwarzen Felsen hinter uns ließen.

Kreischend strichen die Möwen über die Klippen. Vivi, es ist so seltsam, vom Meer aus auf die Küste zu blicken. Seltsam und ungeheuer aufregend. Ein Gefühl der Freiheit überkam mich, so wild und durchdringend, als wäre eine Nabelschnur durchtrennt worden, sodass ich frei von irdischen Sorgen dahinzufliegen glaubte. Das weiße Segel glich einer Vogelschwinge, die sich über die bewegte Wasseroberfläche spannte, während der frische Wind mir prickelnd über die Haut strich. Ein unbeschreiblicher Genuss!

»Vermutlich seid ihr in Indien nicht oft zum Segeln gekommen«, bemerkte Simon, und ich konnte ohne Zögern antworten: »Nein, kein einziges Mal.« Darauf er: »Hubert hat das sicherlich vermisst«, und ich nickte. Aber Rafe sah, wie begeistert ich war, und schlug schüchtern vor: »Jetzt, wo wir Ferien haben, können wir jederzeit einen kleinen Törn machen.«

»Das wäre großartig«, erwiderte ich rasch – und hoffte, dass in keinem der Briefe erwähnt worden war, wie leicht Honor seekrank wurde.

Am Sonntagnachmittag haben wir droben im Tal an der Quelle des Heiligen ein Picknick gemacht. Hier wachsen wilde Fuchsien – hohe Büsche mit sanft geneigten Stämmen, deren rote, glockenförmige Blüten viele Schmetterlinge anlocken. Unsere Decke breiteten wir an der Stelle aus, wo wir den Eingang zur Klause vermuteten, und Simon krempelte die Ärmel hoch und entfachte auf einem flachen Felsen neben dem Bach ein kleines Feuer, um Wasser zu kochen. Unterdessen baute Bruno mit Feuereifer einen Damm, während Emma quietschvergnügt durchs Wasser tapste und sich weigerte, an der Hand von Mousie zu gehen.

Ob sich Mousie wohl zu Simon hingezogen fühlt? Wenn ja, ließ sie sich nichts anmerken. Sie heuchelte weder Schüchternheit, noch bedachte sie ihn mit verstohlenen Blicken. Und sie versuchte auch nicht, mit ihm zu flirten. Zurzeit macht sie eine Ausbildung als Krankenschwester in Truro, aber obwohl sie offen und zupackend ist und großartig mit Kindern umgehen kann, wirkt sie jünger, als sie ist, und ich fürchte, dass sie hier bei ihrer Mutter und ihrem Onkel versauern wird. Vielleicht findest du es seltsam, dass ich diesen Ausdruck gebrauche, obwohl St Meriadoc so ein wunderschöner Winkel ist, aber selbst in so einer paradiesischen Gegend erwartet man mit siebzehn ein bisschen mehr vom Leben als die Gesellschaft von älteren Menschen – mögen sie noch so reizend sein – und einem jüngeren Bruder. Wäre ein Mann wie Simon aufgetaucht, als wir in Mousies Alter waren, dann hätten wir um ihn gekämpft wie die Katzen.

Ich kann nicht leugnen, dass er äußerst attraktiv ist. Ziemlich groß, gut aussehend, mit schönen Händen, gut gewachsen und muskulös. Aber er zeigt überhaupt kein Interesse an Mousie. Es ist, als wären wir beide die Erwachsenen und alle anderen die Kinder. Vielleicht liegt es daran, dass er sie von klein auf kennt. Am liebsten würde ich Mousie ein wenig unter meine Fittiche nehmen. Sie hat dichtes hellbraunes Haar mit einem Stich ins Rotgold, doch sie trägt es achtlos zu einem Zopf geflochten. Das dunkle Graublau ihrer klaren Augen ist ebenfalls schön, ihre Haut ist zart und völlig unberührt von Make-up, keine Spur von Lippenstift. Nur wage ich nicht, mich ihr zu nähern, sie sieht zu viel.

Zum Beispiel hat sie beobachtet, wie ich mit Simon auf unserer Decke saß und rauchte, während Rafe Bruno beim Dammbau half und Emma planschte. In der heißen Sonne neben der kühlen Quelle, während die Lerche hoch oben am blauen Himmel ihr Lied sang, war es so wunderbar, dass mir Merediths Gedicht einfiel und ich es Simon zitierte:

Irdische Liebe sie erweckt,
Zum Goldkelch sie dies Tal erkor
Und schwingt sich höher noch empor;
Sie ist der Wein, der überquillt
Und uns mit Himmelsglück erfüllt.

Diese Zeilen passten wunderbar zu diesem herrlichen Tal und dem Gesang der Lerche. Und ich begriff, dass Simon ebenso empfand.

»Da ist sie ja«, rief er, und als er sich vorbeugte und zum Himmel deutete, streifte sein entblößter Arm meine Wange. Oh Gott, Vivi! Die Wärme seiner Haut spüre ich noch jetzt. Ich fuhr zusammen, mein Herz klopfte heftig, und er sah mich an. Ein Blick genügte. Dann stand er gelassen auf und ging zu Brunos Damm.

»Gut gemacht«, sagte er. »Aus dir wird noch mal ein Ingenieur, mein Junge.«

In diesem Augenblick hätten mich meine Beine bestimmt im Stich gelassen. Also streckte ich mich

einfach in der Sonne aus und bedeckte mit zitternder Hand meine Augen. Aber das ist doch ganz natürlich, Vivi, oder? Schließlich war ich verheiratet, und mir fehlt die Zärtlichkeit. Mein Körper hat Johnny schrecklich vermisst, nachdem er gegangen war.
Das ist auch heute noch so, obwohl ich vom Kopf her weiß, dass ich ihn nicht zurückhaben möchte. Aber ich bin doch erst siebenundzwanzig, und ist es denn so schlimm, einen Mann attraktiv zu finden? Natürlich liegt es auf der Hand, dass jeder hier, auch Simon selbst, das als Verrat an Hubert empfinden würde – er ist ja erst seit wenigen Monaten tot. Aber die Wahrheit ist, dass ich schon seit fast einem Jahr allein bin und mich manchmal sehr einsam fühle. Es ist nicht nur das Körperliche, so sehr es mir fehlt, es ist auch das Zusammensein, das scherzhafte Geplänkel, die Gewissheit, dass der andere, so unvollkommen er sein mag, zu einem gehört; es ist der Zug von seiner Zigarette, die gemeinsame Fahrt durch den Regen; Wange an Wange mit ihm zu tanzen, ganz romantisch zu den Klängen von »Whispering«, und nachts aufzuwachen und ihn im Bett neben mir zu sehen.
Als Emma aus dem Bach stieg und sich nass und erhitzt auf mich warf, war ich geradezu dankbar. Die Spannung war verflogen. Ich konnte das Geschirr einpacken und fasste mich halbwegs wieder.
Am Abend versammelten wir uns alle zum Essen um den Tisch. Es war ein richtiges Familienfest – nur der Himmel weiß, wie die gute alte Dot und Tante Julia das zustande gebracht haben. Die Lebensmittel sind streng rationiert, und wenn es nicht die Selbstversorgung und die Heringe von Port Isaac gäbe, sähe es düster aus. Dot kümmert sich um James – wir alle kümmern

uns um ihn. Sie ist ein echtes Goldstück. Ihr Mann hat zeit seines Lebens in der Bootswerft gearbeitet und ist gleich nach Kriegsausbruch gefallen. Neben Tante Julia sitzt Jessie Poltrue. Wie Julia ist sie Kriegerwitwe, doch ihre Kinder sind schon aus dem Haus: Ein Sohn arbeitet bei der Fischereiflotte in Port Isaac, der andere in Padstow. Der gute James verhält sich gegenüber allen Frauen wie ein gutmütiger alter Pascha, aber ich glaube, dass er sich aufrichtig freut, wenn Simon uns besucht und er zur Abwechslung einmal ein Männergespräch führen kann. Und ich freue mich auch, Vivi. Simon spricht meine Sprache. Er ist jung, witzig und attraktiv. Wenn ich mit ihm zusammen bin, merke ich, was mir fehlt. Aber ich will mich nicht beklagen. Schließlich ist es mein Glück, dass ich unversehrt hier bei diesen lieben Menschen angekommen bin und mein Kind in Sicherheit ist. Als ich am Bachufer saß und so tat, als würde ich Simon nicht ansehen, fiel mir »Goblin Market« wieder ein und die arme Laura, die sich danach sehnte, den Koboldruf zu hören und die verbotenen Früchte noch einmal zu kosten. Da sagt Lizzie zu ihr:

Verweile nicht an diesem Bach,
Geh heim mit mir,
Bald kommt die Nacht.
Wer weiß, was Sommernächte bringen?
In Blitz und Regen,
Wenn Stürme fegen,
Ob wir den Weg dann finden?

In der Mitte habe ich ein Stückchen ausgelassen, aber du verstehst schon, was ich meine, Vivi. Es war, als würdest du mich warnen. Du fehlst mir genauso wie Honor und Hubert. Mir ist zumute, als hätte ich euch alle auf einen Schlag verloren.

Du bedeutest mir so viel.

In Liebe,

deine Madeleine

Das Essen war ein großer Erfolg. Alle, die sich um den Tisch versammelt hatten, spürten die unterschwellige Erregung, aber nur Mousie ahnte den Grund. Jessies ältester Sohn hatte zwei Hasen erlegt, und Dot hatte daraus eine köstliche Pastete gezaubert.

Julia, die Emma eine kleine Portion auftat, nahm an, dass die fröhliche Stimmung den Cocktails zu verdanken war, die Simon vor dem Essen ausgeschenkt hatte. Meist brachte er ein, zwei Flaschen mit, um James eine Freude zu machen, und an diesem Abend trank jeder ein Gläschen. Julia, die sich an die Marinepartys erinnerte, fühlte sich wieder jung und sogar ein wenig leichtsinnig. Sie hatte Honor gebeten, die Kinder ein bisschen länger aufbleiben zu lassen, damit sie eine Portion von der Pastete abbekamen – etwas so Leckeres gab es in den Zeiten der Lebensmittelrationierung nicht alle Tage. Honors überraschter Blick hatte ihr ein Lächeln entlockt – Julia wusste, dass sie als streng galt. Da Simon ja Brunos Pate sei, könne man schon eine Ausnahme machen, meinte sie noch.

Doch sie sorgte auch dafür, dass Emma in ihrem Hochstuhl sitzen blieb und das »Schneegestöber« in der Glaskugel bewunderte, mit der sie nur zu besonderen Anlässen spielen durfte. Julia, die abwechselnd die Schneekugel schüttelte und die Kleine mit Hasenpastete fütterte, achtete nicht auf Simon.

Aber Mousie war nicht entgangen, wie oft seine Augen auf Honor ruhten und welch seltsame Unruhe er ausstrahlte. Es war, als müsse er ein tiefes Verlangen unterdrücken.

Honor widmete sich ganz James, wechselte aber auch dann und wann ein Wort mit Rafe, der Bruno in die Geheimnisse des Segelns einweihte. Mousie sah, dass er sich große Mühe mit dem Jungen gab. Offenbar hatte ihr Bruder Bruno bereits mit seiner Segelleidenschaft angesteckt. Und von seinem ersten Ausflug aufs Meer war Bruno hellauf begeistert gewesen. Gerade schilderte Rafe voller Begeisterung, wie Hubert ihm auf der *Kittiwake* das Segeln beigebracht hatte, als er kaum älter als Bruno gewesen war, und der Junge hörte mit leuchtenden Augen zu. Mousie lächelte ihren Bruder an, dann wanderte ihr Blick wieder zu Simon.

Gut sah er aus, das musste man ihm lassen, und sein Benehmen war tadellos. Dennoch, in Mousies Augen konnte er Hubert nicht das Wasser reichen. Ihre Mitschülerinnen an der Schwesternschule sprachen sehr offenherzig über ihre Freunde, und dass Simon Sexappeal hatte, ließ sich nicht leugnen. Doch sie hatte das Gefühl, dass ihm auf einer tieferen Ebene etwas fehlte. Was Hubert ausgezeichnet hatte, war die Anziehungskraft, die er auf Alt und Jung ausübte und die Simon nicht besaß, trotz seines Charmes und seines blendenden Aussehens. Simon konnte man sich an einem großen Krankenhaus vorstellen oder in der Forschung, aber er hätte sich nie – so wie Hubert – damit zufriedengegeben, die Ärmsten der Armen zu behandeln. Auch für eine Landarztpraxis, wo der Herr Doktor sich Zeit für ein Schwätzchen über das Wetter und die Ernte nehmen musste, wäre er zu ungeduldig gewesen.

Mousie blieb fast der Bissen Pastete im Hals stecken, als sie sich erinnerte, wie sie davon geträumt hatte, dass Hubert heimkehren und eine Praxis eröffnen würde. Als sie ihre Ausbildung begann, hatte sie sogar gehofft, dass sie irgendwann einmal mit ihm zusammenarbeiten würde. Es kostete sie einige Mühe, sich wieder Simon zuzuwenden, der mit ernster Stimme sprach, während Honor und Onkel James aufmerksam zuhörten. Honor sah Simon unverwandt an, während Onkel James mit verschleiertem Blick sein Glas drehte. Interessant, fand Mousie, dass Honor auch eine solche Anziehungskraft besaß – kein Wunder, dass Hubert sie geliebt hat.

Simon dachte genau dasselbe: kein Wunder, dass Hubert sich in sie verliebt hat. Honors Interesse war ihm nicht entgangen, und diese Gewissheit beflügelte ihn zu witzigen und geistreichen Einfällen. Zweifellos erging es dem guten alten James genauso, und das hatte absolut nichts mit den Cocktails zu tun. Diese junge Frau verströmte einen besonderen Zauber, der bei einem Menschen Dinge zutage förderte, von denen er selbst nichts geahnt hatte: Man verspürte den Wunsch, für sie zu glänzen. Das hatte er auch bei Rafe beobachtet, als sie vorhin im Wohnzimmer angestoßen hatten. Honor hatte ihn ermuntert, vom Segeln zu sprechen – und zwar keineswegs nur, um ihm zu schmeicheln. Sie brachte ihn dazu, nicht nur die Technik zu beschreiben, sondern auch die Gefühle, die er mit diesem Sport verband. Im magischen Licht ihrer Aufmerksamkeit wuchs Rafe über sich hinaus, und auch das hatte nichts mit dem Alkohol zu tun. Ob es nun die alte Jessie war, die über ihre entzündeten Fußknöchel klagte, oder Bruno, der mit einem kaputten Spielzeug zu ihr kam – jedem brachte sie diese ganz besondere Aufmerksamkeit entgegen. Kein Wunder, dass Hubert sich Hals über Kopf in Honor verliebt hatte.

Simon nippte an seinem Wein. Der arme Hubert, was für ein Pech! Zwar hatten sie während des Krieges kaum Kontakt gehabt – beide hatten eine Menge zu tun und waren keine großen Briefeschreiber. Aber während der Schulzeit und des Studiums waren sie die besten Freunde gewesen, und als Hubert ihn bat, der Taufpate seines Sohnes zu werden, war Simon tief gerührt. Als Honor nun die Arbeitsbedingungen in dem Krankenhaus in Multan schilderte, versuchte er sich zu entsinnen, was Hubert ihm eigentlich über seine Frau geschrieben hatte. Natürlich hatte er sich darüber ausgelassen, was für ein Glückspilz er sei und was für ein reizendes Mädchen er da erobert habe. Aber auf diese Frau war er nicht vorbereitet gewesen. Der Kosename, den die Kinder ihr gaben, gefiel ihm: Mutt. Mochte sich Julia noch so ereifern, Mutt klang reizend, und es passte zu ihr. Der Name Honor klang nun einmal ein wenig streng. Und so zurückhaltend sie sich oft gab, er hatte einen Blick hinter die Fassade geworfen, durch die sie sich schützte. Wenn man sie bei ihrem Kosenamen nannte, wirkte sie zugänglicher.

»Hubert hat ihn aufgebracht«, hatte sie ihm anvertraut. »Du weißt ja, wie gern er Kosenamen verteilt.«

Allerdings wusste er das – und er hatte nicht vor, ihr zu verraten, welch bösen Spitznamen sein Freund ihm verpasst hatte, als er während des Praktikums im Schwesternheim unzählige Eroberungen machte: »Graf Dracula«. Rasch führte er die Serviette an die Lippen, um sein Lächeln zu verbergen, und fing Mousies Blick auf. Auch sie war ein Opfer Huberts. Ob sich wohl noch jemand erinnerte, dass sie in Wirklichkeit Mary hieß? Vielleicht hätte er sich ja mit ihr auf ein kleines Techtelmechtel eingelassen, wenn nicht plötzlich Honor auf der Bildfläche erschienen wäre. Doch etwas in Mousies klaren graublauen Augen sagte ihm, dass er dies wohl doch besser sein ließe – ohnehin hegte er eher geschwisterliche Gefühle für sie.

Bei Mutt empfand er keine solchen Vorbehalte. Durch sein Telegramm hatte Hubert sie ja praktisch seiner Obhut anvertraut, und da war es doch nur fair, wenn er sein Glück versuchte, sobald die Trauerzeit verstrichen war. Nicht dass er vorgehabt hätte, hier den Grafen Dracula zu spielen, meine Güte, nein. Der alte James hätte ihm eins hinter die Ohren gegeben, und außerdem war er sowieso nicht nur auf ein Abenteuer aus. Er wollte mehr. Sie ging ihm unter die Haut, diese Mutt, mit ihrem Liebreiz und ihrem verblüffenden Witz. Sie verstanden sich intuitiv, er wusste, dass sie genauso empfand wie er, obwohl diese Gefühle gerade erst aufzukeimen begannen und sie ihm keinerlei Avancen machte … Aber, mein Gott, dort droben bei der Quelle, als sie neben ihm auf der Decke lag und über die Kinder lachte! Er hatte ihr Feuer gegeben, sie hatten dem Gesang der Lerche gelauscht, und dabei hatte sie ihm ein Gedicht rezitiert. Nicht dass er sich viel aus Gedichten machte, nicht so wie der gute Hubert, aber es hatte etwas – ein hübsches Gedicht über das Tal, das einem goldenen Becher glich, und den Gesang der Lerche, der sich wie Wein darin ergoss –, und dann hatte er die Lerche gesehen.

»Dort ist sie!«, hatte er gerufen. Sein Arm hatte Mutts Wange gestreift, und es fühlte sich an wie Feuer, obwohl ihre Haut kühl und weich war …

Julia versuchte Simon zu einer zweiten Portion zu überreden, und Honor wandte sich Rafe und Bruno zu, sodass James einen Augenblick sich selbst überlassen blieb. Er ließ den Blick über die Runde schweifen, genoss die Atmosphäre, wünschte, seine liebe Meg säße an ihrem Platz, sodass er dieses zufriedene Lächeln hätte sehen können, das sich auf ihrem Gesicht zeigte, wenn alles harmonisch verlief. Auch Julia vermisste ihre Schwester, das wusste er. Nicht, dass sie darüber gesprochen hätte – meine Güte, nein, da hätten sie sich beide nicht wohl in ihrer Haut gefühlt –, aber sie verstanden sich auch ohne viele Worte. Liebevoll beobachtete er, wie seine Schwägerin Simons Teller ein zweites Mal füllte, um sich dann wieder mit Emma zu beschäftigen. Offenbar mochte Julia Huberts kleine Familie und tat ihr Bestes, damit sich die drei hier zu Hause fühlten.

Sein Herz zog sich zusammen, als er Brunos freudestrahlendes Gesicht sah. Genauso hatte Hubert ausgesehen, damals, als Margaret eine bildhübsche junge Frau war und er, gerade aus dem Krieg zurückgekehrt, die Ruhe und den Frieden dieses Tals genoss. Seine Frau hätte den Jungen sofort ins Herz geschlossen – und Emma ebenso. Wie gern hätte sie eine Tochter gehabt, aber sie hatten nur dieses eine Kind bekommen – das, kaum erwachsen, die Berufung verspürte, in Übersee zu arbeiten. Zwar hatten sie nicht versucht, es Hubert auszureden, aber sie hofften beide, er käme bald wieder nach Hause. Dass sie ihre Enkel nie zu Gesicht bekam und der Krieg ihre Trennung noch vertiefte, hatte Margaret, die nie sehr robust gewesen war, das Herz gebrochen. Zwar sprachen sie selten darüber, wie sehr sie Hubert vermissten, aber nach seinem Weggang schien das Haus öde und leer, und so hatten sie Julia und ihre Kinder nur allzu gern aufgenommen, als diese nicht wussten wohin. Margaret hatte sich mit ihrer Schwester stets gut verstanden und war überglücklich, sie in der Nähe zu haben.

James seufzte und sah Honor mit einem traurigen Lächeln an. Honor erwiderte seinen Blick mit jenem besonderen Mitgefühl, das sie auszeichnete.

»Hast du eine Schwester, meine Liebe?«, fragte er. »Oder einen Bruder?«

Ihr kummervoller Gesichtsausdruck holte ihn in die Gegenwart zurück. Ihm fiel wieder ein, dass ihre Eltern bei einem Bombenangriff umgekommen waren und sie keine Geschwister hatte. Noch bevor sie antworten konnte, entschuldigte er sich für seine Taktlosigkeit.

»Jetzt erinnere ich mich«, sagte er zerknirscht. »Es tut mir leid. Ich dachte gerade daran, wie gut sich meine Frau mit Julia verstand.«

Um seinen Lapsus zu überspielen, sprach er weiter über dies und das, doch es blieb eine gewisse Befangenheit zurück. Dann aber kam Dot mit einer Nachspeise herein, die alle in Entzücken versetzte. Mit einem erleichterten Seufzer griff James nach seinem Glas. Einen verdammt guten Wein hatte Simon da aufgetrieben; man fragte besser nicht nach, woher er kam.

»Braver Junge«, murmelte er beifällig und sah erfreut, dass Honor sich nun wieder Simon zuwandte – offenbar brachte er sie mit einem Scherz über Emma und den Nachtisch zum Lachen. James strahlte in die Runde und prostete Julia zu, die sein Lächeln erwiderte. Alles war gut.

15. August 1947

Heute hat Indien seine Unabhängigkeit erhalten, Vivi, und mir war den ganzen Tag so seltsam zumute. Honor und Hubert hätten diese gemischten Gefühle verstanden. In diesem kleinen Krankenhaus haben wir so hart gearbeitet und hatten eine so komplizierte Beziehung zu diesen liebenswerten Menschen, die einen doch so wütend machen konnten. Wir – die Briten – waren auf die Loyalität der Inder angewiesen, doch unterschwellig hatten wir eine tief sitzende Angst vor ihnen. In Multan – von jeher ein Unruheherd – trug diese Situation dazu bei, uns drei, Honor, Hubert und mich, noch enger zusammenzuschweißen.
Hast du dich schon gefragt, Vivi, wovon ich lebe? Für die Reise war ja ein bestimmter Betrag vorhanden, mit dem ich sehr sparsam umgegangen bin, aber als James meine Notlage bemerkte, hat er mir unter die Arme

gegriffen. Dass ich arbeiten gehe, wollte er nicht zulassen – er meint, die Kinder brauchen mich hier –, und so hat er ein Konto für mich eröffnet, auf das er ein kleines Taschengeld überweist. Außerdem – das war ein Schock – hat er Nachforschungen wegen der Witwenrente angestellt. Als er mich darauf ansprach, erlebte ich eine Schrecksekunde.
»Hast du Huberts Totenschein?«, fragte er.
Natürlich habe ich den, ich habe sogar drei davon. Honors und Emmas Sterbeurkunden sind ebenso wie meine Papiere sorgfältig zwischen Buchrücken und Schutzumschlag von »Goblin Market« eingeklebt. Ich habe ein Telegramm nach Multan geschickt, in dem stand, Dr. Hubert Trevannion sowie Mrs Madeleine Uttworth und ihre Tochter seien an Lebensmittelvergiftung verstorben, während sich seine Frau und seine beiden Kinder auf dem Heimweg nach England befänden.
Jetzt musste ich mir schnell etwas einfallen lassen, aber darin war ich ja immer schon gut, nicht wahr? Du warst die Vernünftigere von uns beiden, die mit der praktischen Veranlagung, aber in einer echten Krise hatte ich stets die besten Einfälle. Weißt du noch, wie Mutter immer gesagt hat: »Gute Lügner brauchen ein langes Gedächtnis«? Das stimmt allerdings. Nach meiner Hochzeit mit Johnny musste ich uns ziemlich oft aus der Patsche helfen, und da habe ich gelernt, eigenständig zu denken. Es geht nicht nur darum, zu wissen, was man selbst gesagt hat, sondern auch darum, mögliche Komplikationen zu erkennen.
Johnny besaß die Gabe, ziemlich fragwürdige Handlungen mit einem Glorienschein zu umgeben, sodass anständige Menschen neben ihm wie langweilige

Spießer wirkten. Aber insgeheim wurde ich das Gefühl nicht los, dass da einiges faul war. Zu Anfang spielte das für mich keine große Rolle, da ich so in ihn verliebt war. Ich betete ihn an, und deshalb konnte er mich an der Nase herumführen. Als Lottie da war, wurde das anders. Ihretwegen wollte ich das alles nicht mehr, verstehst du das?

Honor und Hubert habe ich immer beneidet. Sie hatten das erreicht, was ich mir gewünscht hatte, als ich nach Indien ging – nicht über die Armee, sondern über den medizinischen Austauschdienst, denn ich wollte unter Indern leben und dort arbeiten, wo ich etwas bewirken konnte. Aber irgendwie brachte mich Johnny vom rechten Weg ab. Trotzdem habe ich mich ins Zeug gelegt, aber ich war nicht mit vollem Herzen dabei wie Hubert und Honor. Als Johnny in mein Leben trat, waren mir seine Liebe und sein Lob wichtiger als alles andere. Es war so wie mit Robert Talbot, der mich davon abbrachte, Missionarin zu werden.

Honor und Hubert war es gelungen, sich ein harmonisches Leben aufzubauen. Darum habe ich sie beneidet. Manchmal denke ich, dass ich jetzt ein Teil ihres Lebens geworden bin und dass ein wenig von ihrer Güte und Weisheit auf mich übergegangen ist. Honor habe ich sehr bewundert. Das bezog sich weniger auf ihre körperliche Erscheinung. Erotische Ausstrahlung besaß sie nicht – vor allem nach der Geburt der Kinder hat sie zugenommen. Aber ihre Gemütsruhe konnte nichts erschüttern. Sie war mitfühlend, ohne in Sentimentalität zu zerfließen, wie es mir manchmal passiert. Ach, Vivi, wie viel Armut und Grausamkeit haben wir gesehen! Und Honor war so klug und tatkräftig, ohne den Abstand zu verlieren und sich zu viel aufzubürden. Auch das habe ich oft getan, ich wollte es jedem recht machen, und die Folge war, dass ich meine Arbeit nicht ordentlich erledigen konnte. Zu meinem Erstaunen haben Honor und Hubert mich dennoch gern gehabt.

»Kümmere dich um die Kinder, wenn mir etwas zustößt«, pflegte Honor immer zu sagen. Dieses Versprechen haben wir einander gegeben – in Indien war es zu jener Zeit unglaublich wichtig, dass man sich aufeinander verlassen konnte.

Hubert hatte immer den Kopf geschüttelt, wenn mir ein Fehler unterlief. »Was für ein Dussel du doch bist!« Und doch bat Honor schließlich mich um Hilfe. Nach mir hat sie geschickt, denn sie wusste, dass ich mein Versprechen halten würde.

Jetzt trage ich sogar ihre Kleider. Mitgebracht hatte ich kaum mehr, als ich am Leibe trug, und die Rationierung ist so streng, dass ich nichts Neues kaufen kann und praktisch nur ihre Sachen habe. Den anderen habe ich erklärt, ich hätte nach Huberts Tod abgenommen. Mit der Nähmaschine von Huberts Mutter mache ich Abnäher und lasse bei den Röcken den Saum heraus.

»Bist du auch größer geworden?«, hat Mousie gefragt – und als Antwort ist mir nur eingefallen, dass ich die Kleider zur Abwechslung ein bisschen länger trage. Meine Güte, manchmal wird mir wirklich angst und bange!

Und du? Lebst du in Amerika wie eine Königin, Vivi? Das hoffe ich, mein Schwesterherz.

Alles Liebe

Madeleine

30. August

Heute bin ich ganz früh aufgewacht, Vivi. Wie gern würde ich dir das »Paradies« zeigen! Wenn ich aus dem Schlafzimmerfenster blicke, sehe ich jenseits des Gartens hohe, filigrane Bäume, die sich wie eine verwischte Kohlezeichnung aus dem weichen Nebel hervorheben. Drunten streift ein Schaf über die Wiese, folgt bergab dem schmalen, dunklen Pfad, den zuvor ein Hase durch das taubedeckte Gras gebahnt hat. Der Rest der kleinen Herde taucht auf, eine Krähe landet, stolziert steifbeinig und lässig einher und hält mit geneigtem Kopf nach einem leckeren Frühstück Ausschau. Und jetzt ist die Szene in Gold getaucht: Die Sonne erhebt sich über den Rand der Welt, ihr blendendes Licht ergießt sich in den »goldenen Becher« – unser Tal – und dringt in die schattigen Winkel des Gartens.

Als Margaret – Huberts Mutter – starb, bezog James sein ehemaliges Umkleidezimmer im hinteren Teil des Hauses. Er sagt, dass er in stürmischen Nächten gern dem Meer lauscht, doch ich fühle mich schuldig, weil ich nun in diesem wunderschönen Zimmer wohne.

Gestern hatten wir eine rührende kleine Feier (Honors Geburtstag – ich kann dir gar nicht sagen, wie seltsam und unwirklich es war).

Er hat mir Margarets Schmuck überreicht und noch ein paar andere wertvolle Stücke. Sie besaß guten Schmuck: eine sehr schöne zweireihige Perlenkette mit passenden Ohrringen, ein hübsches silbergefasstes Granathalsband und einige Ringe – einen Diamanten, einen Rubin und einen bezaubernden Verlobungsring mit einem Saphir.

»Sie hätte sich gefreut, wenn du den Schmuck trägst«, sagte er ziemlich brüsk – wir brachten die Sache rasch über die Bühne, denn ich merkte, wie sehr es ihn bewegte. Ich küsste ihn und sagte, dass mich das Geschenk tief berührt hätte. Du kannst dir vorstellen, Vivi, wie mir zumute war! Zwar sage ich mir, dass Bruno eines Tages sowieso alles bekommen wird, und dann ist es wieder in Ordnung – aber natürlich frage ich mich, was Emma wohl sagen wird, wenn der Tag kommt und sie leer ausgeht. Im Augenblick denke ich lieber nicht darüber nach.

Jetzt höre ich, wie sie oben in ihrem Kinderbett brabbelt. Ein fröhliches Kind, warmherzig und lieb. Bruno und sie sind ein Herz und eine Seele. Allmählich glaube ich, dass Bruno versucht, Indien zu vergessen. Über die großen und kleinen Dinge, die dort sein Leben ausgemacht haben, spricht er nicht mehr gern – vielleicht weil er fürchtet, dadurch in Verwirrung zu geraten und sich zu verplappern. Ich weiß genau, wie er sich fühlt! Die Arbeit seines Vaters hat damit nichts zu tun – sie interessiert ihn sehr. Aber Gespräche über das Familienleben biegt er höflich ab – vielleicht weil sie ihn an Honor und eine glückliche Vergangenheit erinnern.

Emma wird unruhig, ich muss sie holen.

Bruno, der in seinem Zimmer Emmas gebieterisches Schreien hörte, brachte die Geschichte, die er sich gerade ausdachte, zu einem Punkt, an dem man gut eine Pause einlegen konnte. Dann überlegte er, ob vor dem Tee wohl noch Zeit für eine Wanderung zum »Krähennest« blieb. Er liebte das merkwürdige alte Haus auf der Klippe, das in vielen seiner Geschichten eine wichtige Rolle spielte. Jessie hatte ihm von Schiffbrüchigen und Schmugglern erzählt, und diese Geschichten verwob er mit seinen Erinnerungen an Indien, wobei die angsteinflößenden Episoden ein wenig abgemildert wurden. Wirklich gute Geschichten konnte man spielen, und das tat er oft tagelang. Häufig übernahmen die Erwachsenen Rollen in seinen Abenteuern, auch wenn sie nichts davon ahnten. Emma war noch zu klein für solche Spiele – und selbst wenn sie älter gewesen wäre, hätte sie wohl kaum begriffen, wie ernst es ihm mit seiner Traumwelt war. Emma, so jung sie war, hatte schon in der realen Welt Wurzeln geschlagen. Ihre kleinen Füße standen fest auf der Erde, und ihre Bedürfnisse waren körperlicher Natur: Essen, Wärme, Gesellschaft. Wenn er eine Geschichte ersann, vergaß er alles um sich herum. Sie aber geriet nie so in Verzückung wie er, weder durch Musik noch durch die magische Stille der Dämmerung. Nur das wilde Toben der Elemente – das Meer, das gegen die Klippen brandete, oder das Rasen des Sturms – weckte jenes tiefste Entzücken in ihr. Wenn diese überschäumende Freude sie erfüllte, kreischte sie wie eine Dampflok oder brüllte wie ein Löwe.

Jetzt hörte er, wie sie laut singend in ihrem Bettchen herumtrampelte. Er hörte, wie Mutt die Treppe hinaufkam, und wieder fiel ihm ein, wie Großvater ihr gestern Großmutters Schmuck geschenkt hatte. Allmählich gewöhnte er sich an diese Augenblicke, in denen Mutt konfus wurde. »Konfus« war ein Lieblingswort von Tante Julia, und es traf genau Mutts Verhalten in solchen Momenten. Warum auch Mutt sich eine Traumwelt aufbaute, verstand er nur allzu gut, und er scheute sich nicht mitzuspielen. So gern er Tante Julia, Mousie und Rafe hatte, ohne Mutt und Emma hätte er es nicht ausgehalten. Selbst wenn er sich in Erinnerung rief, dass Mami und Daddy und die kleine Emma für immer fort waren, hatte es doch dank Mutt und Emma den Anschein, als sei es nicht so. Es schien, als wären sie alle durcheinandergerüttelt worden, und obwohl er sich schrecklich fühlte – so als hätte er Daddy und Mami und seine kleine Schwester nicht richtig lieb –, sagte ihm eine innere Stimme, dass er dies alles geschehen lassen musste.

»Tu genau, was Mutt dir sagt!«, hatte Mami ihm an jenem furchtbaren Ort der Hitze und des Schreckens befohlen. Und er hatte gespürt, wie erleichtert sie war, dass er sich bei Mutt in Sicherheit befand.

Manchmal kam es ihm vor, als wären Mami und Mutt ein und dieselbe Person, genau wie Emma – die einst Lottie geheißen hatte – seine kleine Schwester zu sein schien. Allerdings war Bruno froh, dass Daddy einfach nur Daddy war und er mit Mousie oder Großvater über ihn sprechen konnte, obwohl er dabei auf der Hut sein musste. Und deshalb waren seine Geschichten so gut – weil er diese schreckliche Traurigkeit in etwas Aufregendes oder Abenteuerliches verwandeln konnte und es ihm dann besser ging. Auch fragte er sich, wie Mutt mit allem zurechtkam. Manchmal schloss er sie tröstend in die Arme, um ihr zu zeigen, dass er ihre Angst verstand. Sie hatte dann diesen Blick – den seltsamen Blick eines Menschen, der dankbar ist und sich zugleich schämt.

Bruno lief ins Kinderzimmer, wo Mutt Emma, die zufrieden krähte, aus ihrem Bettchen hob. Er fühlte sich glücklich und geborgen.

Einen Stock tiefer faltete James seine Zeitung zusammen und stand auf. So gern er sich in sein ruhiges Studierzimmer zurückzog, machte es ihm doch Freude, die Stimmen seiner Angehörigen zu hören, die Leben in das alte Haus brachten. Und während er den Schritten und dem Lärm droben lauschte, rief er sich mit zufriedenem Lächeln die Szene vom vorigen Abend in Erinnerung.

Julia hatte ihn auf die Idee gebracht.

»Es wäre eine nette Geste«, meinte sie. »Huberts Frau sollte Margarets Schmuck bekommen. Sie wüsste dann, dass sie hier willkommen ist. Margaret wäre bestimmt damit einverstanden.«

Es bekümmerte ihn, dass er nicht selbst auf die Idee gekommen war. Hastig suchte er die wenigen Stücke heraus, die Margaret besessen hatte. Nicht dass die Gute großen Wert darauf gelegt hätte – sie hatte mehr Freude an ihrem Garten und an ihrer Gobelinstickerei als an Ringen und Halsketten gehabt. Aber Julia hatte Recht. Große Worte waren seine Sache nicht, doch er fand, dass er sich diesmal gut geschlagen hatte. Honor war sichtlich gerührt gewesen.

James dachte an ihren Gesichtsausdruck, als sie den Schmuck mit scheuer Demut entgegengenommen hatte. Er hatte keine Miene verzogen und betont, dass Margaret es so gewollt hätte. Doch dann hatte ihn der Gedanke aus der Bahn geworfen, dass die gute Meg diese reizende junge Frau und Huberts Kinder niemals kennenlernen würde, und seine Stimme klang heiser und schroff. Aber Honor hatte erkannt, wie ihm zumute war. Sie hatte ihre eigene Bewegung niedergekämpft und ihm, der nahe daran war, die Fassung zu verlieren, rasch einen Kuss auf die Wange gehaucht. Dabei hatte sie gesagt, wie sehr sie sich über die Sachen freue. Nichts weiter, kein überschwängliches Getue. Dafür war er ihr dankbar, denn mit solchem Unsinn wäre er nicht zurechtgekommen.

Er legte die Zeitung beiseite und trat auf den Flur hinaus, während Honor und die Kinder die Treppe herunterkamen.

»Rafe hat angerufen«, sagte er. »Er fragt, ob ihr Lust habt, segeln zu gehen.«

Später

Rafe war heute mit uns segeln. Auf dem Wasser bin ich am glücklichsten, das Land und alle Verantwortung sind dann in weite Ferne gerückt. Wir rudern, bis wir die Felsen hinter uns gelassen haben – ich werde stärker und schaffe das ganz gut. Dann, draußen auf dem offenen Meer, werden die Segel gehisst. Das Boot wurde vor dem Krieg hier in dieser Werft gebaut. Ein Boot als schön zu bezeichnen kommt mir merkwürdig vor, aber auf die *Kittiwake* trifft es zu. Rafe ist so stolz auf sie und bringt Bruno das Segeln bei. Er lässt ihn die Pinne halten und zeigt ihm, wie man an der gekräuselten Wasseroberfläche eine Brise erkennt. Und Emma ist im siebten Himmel, sie lacht vor Freude und kommt aus dem Staunen nicht heraus.
Eines Tages werde ich allein auf der *Kittiwake* hinausfahren. Wie werde ich in dem Gefühl der Freiheit schwelgen, wenn das Boot von mir gelenkt wird und der Wind die Segel bläht! Eines Tages – aber noch ist es nicht so weit. Ich muss noch viel lernen. Jetzt weiß ich, dass das Meer ein mächtiger Gegner ist – nicht grausam, aber gleichgültig –, und ich begreife, dass man ihm Respekt entgegenbringen muss. Rafe weiß so viel, dass ich nur vor Ehrfurcht erschauern kann, aber er bringt es uns gern bei und freut sich, wenn wir Fortschritte machen.
Den Kindern tut die frische Luft gut. Beim Essen wären sie fast eingeschlafen, und James saß dabei und lächelte uns gütig an. Unter seiner Flanellhose zeichneten sich deutlich seine mageren Knie ab, und sein Hemd wirkte abgetragen. Ich legte ihm meine Hand auf die Schulter, als ich aufstand, um etwas zu holen.

Als er mich anlächelte, sah er Hubert so ähnlich, dass mir fast das Herz brach.
»Ich habe Hubert so geliebt«, rutschte es mir heraus. Und es stimmt tatsächlich, Vivi, ich habe Hubert geliebt, wenn auch nicht in diesem Sinne. Ist es nicht schlimm, James so hinters Licht zu führen? Wir sind ihm ein Trost, da bin ich mir sicher. Er blickte mich freundlich an und sagte: »Ich auch, meine Liebe.«
Bruno beobachtete uns über den Tisch hinweg, und in mir stieg das vertraute Schuldgefühl auf. Ich kann es ihm nicht erklären, er ist noch zu klein. Was soll werden, wenn er mich später einmal hasst, weil ich ihn zum Lügner erzogen habe?
Nein, nein, nur nicht daran denken. Ich denke ans Meer, an das berauschende Gefühl, wenn der warme Wind über meine Haut streicht, wenn das Wasser unter dem Kiel plätschert. Hubert würde es gefallen, wenn er Bruno auf der *Kittiwake* sehen könnte – vielleicht sieht er ihn ja. Im tiefsten Innern bin ich überzeugt, dass Gott trotz allem über mich wacht.
Alles Liebe, mein Schwesterchen,
Madeleine

15. September

Was für ein Spaß, Vivi, Simon ist für ein paar Tage hier. Wir haben uns alle so über seinen Besuch gefreut. Habe ich dir erzählt, dass er praktischer Arzt ist? Er hat seine Praxis in Exeter und arbeitet einen Tag in der Woche am Royal Devon and Exeter Hospital. Das ist angenehm für mich, denn so kann ich sachkundig mit ihm über seine Arbeit sprechen. Seine Pflichten als Brunos Pate nimmt er ausgesprochen ernst, er hat mich schon wegen der Schulen gefragt und so weiter. Du kannst dir vorstellen, wie ich reagiert habe, als sich diese neuen Fallen vor mir auftaten. Abgesehen davon, dass ich keine Ahnung habe, wo Hubert zur Schule gegangen ist, erkannte ich auch, wie gefährlich das Thema Bildung überhaupt ist. Denk nur, wenn ich Bruno am ersten Tag begleite und mich als seine Mutter vorstelle. Wie soll ich damit umgehen? Und Bruno erst?

Da hat James eingegriffen. »Selbstverständlich geht er nach Truro, genau wie Hubert.« Und schon schwelgten sie in Erinnerungen an ihre Schulzeit, und ich hatte Zeit, mich ein bisschen zu beruhigen. Gott sei Dank wird Bruno erst im Dezember fünf, also haben wir noch ein Jahr, um uns auf diese erste Prüfung vorzubereiten. Emma aber feiert ihren zweiten Geburtstag, während Simon hier ist. Kannst du dir vorstellen, wie seltsam es ist, den Geburtstag des eigenen Kindes am falschen Tag zu feiern? Lottie wurde am 13. Oktober geboren, und nun wird sie für den Rest ihres Lebens genau einen Monat älter sein. Ich habe versucht, nicht weiter darüber nachzudenken, und obwohl es wegen der Rationierung praktisch unmöglich ist, etwas Vernünftiges zu kaufen, war es ein wunderbares Fest. Die gute alte Dot hatte die Fett- und Zuckerrationen der ganzen Familie gespart und einen wunderbaren Kuchen gebacken – mit zwei Kerzen obendrauf. Und Tante Julia hat eine entzückende Puppe gestrickt und mit alten Strümpfen ausgestopft. Diese Puppe hat Emma sofort ins Herz geschlossen. Rafe hat eine Holzwiege für das Püppchen gezimmert, Mousie und Jessie haben winzige Laken und Kissen genäht und dazu eine bunte Decke gehäkelt.

Ich kann dir gar nicht sagen, wie rührend ich dieses Gemeinschaftswerk fand: ein richtiges Familiengeschenk. Unter dem Vorwand, Wasser aufzusetzen, musste ich in die Küche flüchten und mich kurz, aber heftig ausweinen. Weißt du noch, unsere Geburtstage, Vivi, wenn sich unser Vater immer die wunderbarsten Überraschungen ausgedacht hat? Erinnerst du dich noch an Flopsy, das Angorakaninchen, und dein traumhaftes Fahrrad? Wie ich dich darum beneidet habe! Kein Wort habe ich herausgebracht, so groß war mein Wunsch, selbst ein solches Fahrrad zu besitzen.
Ich selbst habe ein Partykleid für Emma genäht, und zwar aus einem Abendkleid, in dem ich Honor nur zweimal gesehen habe: ein hübscher blauer Taftstoff, der mir gar nicht steht. Von dem Besatz habe ich einen Streifen abgetrennt, und nachdem die alten Stiche sorgfältig entfernt waren, konnte man es waschen und bügeln und ein zum Kleid passendes Haarband daraus machen, das Bruno ihr geschenkt hat. Außerdem hat er beim Bäcker in Polzeath seine Lebensmittelmarken gegen eine rosa Zuckermaus eingetauscht. Was für Schätze! Und James hat im Garten einen ganz reizenden Blumenstrauß gepflückt und ihn in einer kleinen Vase neben Emmas Frühstücksteller gestellt.
Ehrlich gesagt, wusste sie gar nicht recht, worum es ging, aber sie hat sich unheimlich gefreut. Beim Tee haben wir für sie gesungen. Sie stand in ihrem feinen Kleid auf ihrem Stuhl, ihre Augen leuchteten so blau wie der Taft, und sie drückte die Puppe an die Brust. Als dann der Kuchen mit den brennenden Kerzen hereingetragen wurde, hat sie vor Aufregung laut aufgeschrien. Bruno half ihr beim Auspusten, und dann präsentierte Simon sein Geschenk: zwei rot-

braune Kätzchen, die hübschesten, die ich je gesehen habe. Wie nett von ihm, dass er zwei mitgebracht hat! Brunos Augen leuchteten vor Freude bei ihrem Anblick.

»Für jeden eins«, meinte Simon ernst. »Bruno, ich erwarte von dir, dass du dich um beide Kätzchen kümmerst, bis Emma ein bisschen älter ist.«

Emma fand die Kätzchen faszinierend, aber Gott sei Dank konnten sie der Puppe den Rang nicht streitig machen, was Tante Julia verletzt hätte. Anschließend haben sich Simon und Bruno auf die Suche nach einer alten Decke und einem Kistchen gemacht, in dem die Tiere schlafen können. Mit einem Mal wirkte er größer und erwachsener – Bruno, nicht Simon –, und ich wünschte, ich hätte eher daran gedacht. Es ist genau das Richtige, um Bruno von seinem schrecklichen Verlust abzulenken und sein Verantwortungsgefühl zu stärken. Nur gut, dass wir hier so viel Fisch essen!

Als ich später am Abend nach Emma sah, schlief sie tief und fest – in dem neuen Kleid, von dem sie sich nicht hatte trennen wollen, die Puppe an den fleckigen, zerknitterten Stoff gedrückt und ein seliges Lächeln auf den Lippen. Nachdem auch Bruno im Bett lag, hat mich Simon zum Essen in ein Hotel in Polzeath ausgeführt, und wir haben getanzt.

Sie legte den Stift beiseite, stützte die Ellbogen auf den Schreibtisch und überlegte, wie sie fortfahren sollte. Bald würde Simon wieder nach Hause fahren, nach Exeter. Und doch musste sie sich für eine kleine Weile zurückziehen – von ihm und von allen anderen. Der Brief lieferte den Vorwand – »längst überfällig«, hatte sie erklärt. »Er muss mit der Abendleerung weg.« Und sie schlüpfte davon – vielleicht würde es ihr ja gelingen, die Ereignisse etwas vernünftiger zu beurteilen, wenn sie sie zu Papier brachte. An Vivi zu schreiben beruhigte sie, und wenn sie ihrer Schwester ihre Gefühle darlegte, sah sie klarer. Sie strich sich die Haare aus dem Gesicht und schloss die Augen. Emmas Geburtstagsparty und dann der Tanzabend – es war ein aufwühlendes Wochenende gewesen.

Da klopfte es leise. Mutt fuhr zusammen, räumte hastig die Papiere weg und setzte ein Lächeln auf, während Mousie den Kopf zur Tür hereinsteckte.

»Soll ich deinen Brief zur Post mitnehmen?«, fragte sie. »Ich bin mit dem Fahrrad da, es macht also keine Umstände.«

»Das ist lieb von dir.« Mutt verzog bedauernd das Gesicht. »Doch ich bin immer noch nicht fertig. Keine Chance, ich bin einfach nicht in der Stimmung. Aber trotzdem danke.«

Mousie nickte und zog die Tür wieder hinter sich zu. Aber als sie ihre Jacke anzog und durch die Küche hinaus in die Dämmerung ging, runzelte sie die Stirn. Seltsam, dass Honor den Brief hastig versteckt hatte – wie ein Schulkind, das fürchtet, sein Banknachbar könnte abschreiben. Die unsichtbare Schranke war immer noch da, und Honors Benehmen machte sie traurig und wütend zugleich.

Wie kam das nur? Waren Hubert und Honor etwa nicht glücklich miteinander gewesen? Versuchte Honor etwa zu verschleiern, dass ihre Ehe keineswegs so wunderbar gewesen war, wie Huberts Familie vermutete? Das war wohl nur Wunschdenken, ausgelöst durch ihre Eifersucht, aber sie begriff einfach nicht, warum Honor so ungern über Hubert sprach. Und warum sie selbst das Gefühl nicht loswurde, dass hier etwas nicht stimmte.

Als Mousie sich in den Sattel schwang, die Einfahrt hinunterrollte und auf den Feldweg einbog, wünschte sie, sie könnte mit Honor Freundschaft schließen. Gelegentlich erhaschte sie einen Blick auf eine andere Honor, die unbeschwert war, warmherzig und humorvoll. Wenn nur diese Schranke fallen würde, dann könnten sie einander bestimmt näherkommen. Wahrscheinlich kannte auch Simon diese andere Honor, die er offenbar ausgesprochen anziehend fand. Heute hatten beide eine merkwürdige Zurückhaltung an den Tag gelegt, als fürchteten sie, einander oder der Familie ihre wahren Gefühle zu zeigen.

Mousie fragte sich, ob das wohl sonst noch jemandem aufgefallen war. Jedenfalls hatte sie nicht vor, mit ihrer Mutter darüber zu sprechen. Schon zu oft hatte sie sich anhören müssen, ihre Phantasie gehe mit ihr durch. Und ihre Mutter nahm Honor, weil sie Witwe war, ohnehin ständig in Schutz. Dennoch, als sie die kleine Brücke überquerte, die zu den Cottages führte, musste Mousie wieder an Honors merkwürdiges Verhalten denken. An wen sie wohl schrieb?

Auch Simon stellte sich diese Frage. Als Mutt mit dem Hinweis, sie müsse einen Brief schreiben, aus dem Wohnzimmer gehuscht war, hatte er sich geärgert. Die Höflichkeit erforderte es, dass er mit aufmerksamer Miene zuhörte, während James sich darüber ausließ, dass der Kricketspieler Denis Compton in dieser Saison hervorragend in Form sei. Er war enttäuscht, denn er hatte gehofft, ein paar Minuten mit Mutt allein sein zu können. Kurz darauf erklärte Mousie, die geholfen hatte, die Kinder zu baden, sie müsse zum Abendessen nach Hause. Schließlich meinte auch Simon, es sei Zeit für ihn zu gehen. James warf einen Blick auf die Uhr und erhob sich.

»So eilig ist es auch nicht«, erklärte Simon. »Ich muss erst mein Gepäck runterholen. Ich schaue noch mal rein, wenn ich so weit bin.«

James nickte, ließ sich wieder in seinen Sessel sinken und griff nach der Zeitung. Draußen auf dem Flur spitzte Simon die Ohren. Oben auf dem Treppenabsatz regte sich etwas, und als' er aufsah, erblickte er Bruno.

»Hallo, alter Junge«, sagte er leise. »Was gibt's denn?«

Zögernd kam Bruno die Treppe herunter. Sein Haar war zerzaust, sein Blick verwirrt. Simon ging auf ihn zu und setzte sich auf die Treppe.

»Schlecht geträumt?«, fragte er mitfühlend. Und als Bruno nickte, legte er beruhigend den Arm um ihn und drückte ihn an sich. »Möchtest du mir den Traum erzählen?«

Bruno schüttelte den Kopf, ließ sich aber neben Simon nieder und lehnte sich an ihn. Während Simon das Kind tröstend im Arm hielt, ließ er den Blick nach unten in die Diele schweifen und überlegte, wie es weitergehen sollte. Ein hübsches kleines Haus, durchaus ein angemessener Wohnsitz für einen Gentleman, und das Tal war wunderschön. Doch er konnte sich nicht vorstellen, hier zu leben. Er interessierte sich für die Herzforschung, und das bedeutete, dass er ins Ausland gehen musste, nach Amerika oder Australien. Aber wie würde Bruno mit einem weiteren Umzug zurechtkommen, nach allem, was er erlebt hatte – und würde er es ihm nicht übelnehmen, wenn er ihn aus dem Haus seines Vaters wegholte und in ein fernes Land brachte? Emma war ja noch klein, bestimmt konnte sie sich an ihren Vater nicht mehr erinnern. Bei ihr hatte er keine Bedenken, aber mit Bruno war es wohl nicht so einfach. Ob dieses phantasievolle, sensible Kind es verstehen würde, wenn Mutt eine neue Bindung einging …

Simon runzelte die Stirn. Er griff ein bisschen weit vor. Doch beim Tanz mit Mutt hatte er gespürt, dass er ihr nicht gleichgültig war. Natürlich hatten sie sich völlig korrekt benommen, aber dennoch hatte er gemerkt, dass er bei ihr etwas auslöste. Bedrängen durfte er sie auf keinen Fall – das konnte böse Folgen haben –, aber sie war zu leidenschaftlich, zu lebenslustig, um für den Rest ihres Lebens hier in diesem Nest, so schön es auch war, als Witwe zu versauern. Außerdem war sie intelligent, er konnte mit ihr über seine Arbeit sprechen.

Während er darauf wartete, dass Bruno seinen Alptraum vergaß, dachte er mit versonnenem Lächeln an den gemeinsamen Abend zurück. Wie schön sie gewesen war in diesem Kleid mit der auffallenden Farbe! Die bewundernden Blicke der anderen Männer hatte sie nicht beachtet. Das Beste aber war, dass sie sich großartig amüsiert hatten. Den wachsamen Blicken der Familie entzogen, hatten sie sich entspannt, auch wenn sich zunächst eine gewisse Befangenheit einstellte. Aber ein Glas Wein half, die Scheu abzulegen, und sie hatten über dieselben Dinge gelacht. Er mochte dieses schelmische Glitzern ihrer Augen, mit dem sie sich über die biederen, steifen Paare auf der Tanzfläche lustig machte.

»Es hat Spaß gemacht«, hatte sie gesagt, aber dann blickte sie schuldbewusst drein, wahrscheinlich weil sie an Hubert dachte. Und er musste sie daran erinnern, dass sie eine junge Frau war, die das Recht hatte, ab und zu glücklich zu sein. Seine Zurückhaltung kam gut bei ihr an, das hatte er gemerkt. Und sie war dankbar wegen der Kätzchen, die er den Kindern mitgebracht hatte. Gemeinsam hatten sie sich alberne Namen für die Tiere ausgedacht, bis sie sich vor Lachen bogen.

»Bruno möchte sie Pipsqueak und Wilfred nennen«, hatte sie ihm verraten.

Simon sah Bruno an, dem die Augen zufielen.

»Ist jetzt wieder alles in Ordnung, alter Junge?«, fragte er.

Bruno nickte, und Simon brachte ihn in sein Zimmer zurück, deckte ihn zu und ging seine Tasche holen.

Mutt, die in James' Studierzimmer saß, starrte auf den Briefbogen, las den letzten Satz noch einmal, konnte aber nicht weiterschreiben. Jetzt war es Simon, der klopfte, um zu sagen, dass er sich auf den Weg machen müsse. Rasch faltete sie die Bögen zusammen, steckte sie in die Schreibmappe, trat zu ihm auf den Flur und zog die Tür hinter sich zu.

Später

Über eine Woche ist es her, dass ich diesen letzten Satz geschrieben habe, Vivi. Du hättest es bestimmt sofort erraten, dass der Abend keineswegs so ungezwungen und unkompliziert verlaufen ist, wie es sich anhörte. Nach diesem Satz wusste ich einfach nicht, wie ich alles Weitere schildern sollte.
Wie himmlisch war es, sich in Schale zu werfen – wieder ein Kleid von Honor, aber aus pflaumenblauer Seide, das nach meinen Änderungsarbeiten sehr gut saß. Gott sei Dank hat Mutter uns Nähen beigebracht. Honor hatte größere Füße als ich, und ich konnte – durchaus wahrheitsgemäß – erklären, dass wir in Indien fast nur Sandalen getragen hätten und ich deshalb ein vernünftiges Paar Winterschuhe bräuchte. Ich habe noch eine Menge Sachen von Honor, die ich in einem Koffer in einer Rumpelkammer versteckt habe, um sie irgendwann zu vernichten. Unterdessen musste ich mir mit alten Riemchensandalen behelfen, aber ich hatte auch ihr wirklich hübsches schwarzes Samttäschchen mit der Perlenstickerei entdeckt, das meiner Erscheinung ein bisschen Glanz verlieh.
Simon sah in seinem Smoking sehr gut aus. Zwar ist er

nicht ganz so groß wie Johnny oder Hubert, aber er hat dunkles Haar und betörende braune Augen. Johnny dagegen war blond und hatte eine rötliche Gesichtsfarbe. Wir überraschten einander mit unseren besten Kleidern, und plötzlich fühlten wir uns befangen. Im Auto herrschte Schweigen, bis Simon plötzlich erklärte, er habe wochenlang seine Benzinzuteilungen für diesen Besuch gespart. Erst als wir ein, zwei Gläser getrunken hatten, entspannten wir uns allmählich. Ich riss mich zusammen und fragte nach seiner Arbeit, die ich sehr interessant finde. Doch als wir aufstanden, um zu tanzen, war es mit meiner Selbstbeherrschung vorbei.

Es war ein typisches Strandhotel. Hinter Topfpalmen spielte ein kleines Orchester, und die Gäste waren gesetzt und höflich, sodass ich auf einmal den überwältigenden Drang verspürte, zu kichern und über die Stränge zu schlagen.

Ich wusste, dass es Simon genauso ging. Er sah mir immer wieder in die Augen und versuchte mich zum Lachen zu reizen. Plötzlich fühlte ich mich wieder jung – weißt du noch, wie wir in den unmöglichsten Situationen zu kichern anfingen? –, und da spürte ich, wie gern ich ihn habe. Ich erklärte ihm, wie nett es gewesen sei, dass er zwei Kätzchen mitgebracht hatte, und dass Bruno sie Pipsqueak und Wilfred nennen wollte. Pip, Squeak und Wilfred sind Comicfiguren, die Bruno ins Herz geschlossen hat. Dann überlegten wir uns andere Namen und wurden immer alberner. An diesem Abend vergaßen wir beide für kurze Zeit, dass ich die unglückliche Honor Trevannion war, und ich konnte wieder ich selbst sein, ganz einfach Madeleine. Welch grenzenlose Erleichterung! Wie die

Kinder nannte er mich Mutt, und es war wunderbar, einen Abend lang nur für den Augenblick zu leben und Spaß zu haben.
Und dann haben wir getanzt. Jetzt, eine Woche später, sitze ich immer noch hier und weiß nicht, was ich schreiben soll. Wie soll ich nur erklären, was ich empfand, als er die Arme um mich legte? Er gehört zu den Männern, die einen beim Tanzen eng an sich ziehen, ohne dass es anstößig wirkt. Seine Wange berührte beinahe mein Haar, und ich hörte, wie er ganz leise summte. Im Vergleich zu diesen schrecklich korrekten Männern – das Kinn gereckt, den Blick in die Ferne gerichtet, die Hand auf dem Schulterblatt der Partnerin – ist er ein begnadeter Tänzer, sehr entspannt, sodass man sich mit ihm wohlfühlt und den Fuß gar nicht falsch setzen kann. Ich fühlte mich so feminin und sexy und wünschte mir nur, die Musik möge gar nicht mehr aufhören. Sie spielten »The Way You Look Tonight«, und da fiel mir plötzlich wieder ein, dass ich zu dieser Musik auf einer Party in Lahore mit Johnny getanzt hatte.
Als wir uns setzten, war ich ziemlich still. Er sah mich besorgt an und fragte, ob alles in Ordnung sei. »Ach, nur die Erinnerungen«, gab ich zurück. Sein Gesicht veränderte sich, als falle ihm plötzlich wieder ein, dass ich Honor Trevannion war, vor wenigen Monaten verwitwet. Aber das hatte ich nicht gewollt, und ich wusste nicht, wie ich die unbeschwerte Stimmung von vorhin wieder heraufbeschwören sollte, ohne wie ein ausgekochtes Luder zu wirken. Schließlich war Hubert sein Freund gewesen. Was er wohl jetzt von mir dachte? Ich konnte den Gedanken nicht ertragen, dass er mich womöglich verachtete,

und da platzte ich heraus: »Du kannst dir nicht vorstellen, was es mir bedeutet, einfach wieder Spaß zu haben.«
Natürlich merkte ich sogleich, dass diese Worte missverständlich waren, aber der Gute hat sie überhaupt nicht so aufgefasst.
»Du hast Schreckliches durchgemacht«, sagte er, »es schadet doch nichts, wenn du das einmal ein paar Stunden lang hinter dir lässt.«
Ich war ihm so dankbar, dass ich am liebsten in Tränen ausgebrochen wäre. Verrückt, oder? Ich glaube, allmählich macht sich die Anspannung bemerkbar, unter der ich stehe. »Es hat solchen Spaß gemacht«, sagte ich. »Hier in Cornwall ist es himmlisch. Ich bin so froh, endlich in Sicherheit zu sein nach den Unruhen und Morden. Aber es fehlt mir auch vieles.«
Dann verstummte ich, Vivi, weil ich im Begriff war zu sagen, dass ich meine Arbeit vermisse und die Freundschaft mit Honor und Hubert. Beinahe hätte ich mich verplappert. Und auch Indien fehlt mir: Holi, das hinduistische Frühlingsfest, wenn die Leute einander mit Farbpulver bewerfen, um die Liebe und die Fruchtbarkeit zu feiern, und Diwali, das Lichterfest im Oktober, und id ul-fitr, das große Fest der Muslime am Ende des Fastenmonats Ramadan. So viel versuche ich zu verdrängen, weil die Erinnerungen gefährlich sind – und schmerzlich. Johnny und ich sind oft nach Kaschmir gefahren, wenn wir frei hatten: erst eine lange Zugfahrt von Lahore nach Rawalpindi, dann mit dem Taxi weiter nach Srinagar. Dort mieteten wir eine Shikara, ein großes Hausboot mit Bediensteten, auf dem Nagin Bagh. Es war wunderschön, Vivi, die Gärten voller Rosen, der von Weiden gesäumte See und das

Wasser, in dem sich die rosa und weißen Blüten der Pflaumen-, Kirsch- und Mandelbäume spiegelten. Wir sahen Bülbüls und Eisvögel und Wiedehopfe, und in der Ferne erhoben sich atemberaubend die schneebedeckten Gipfel des Himalaya. Es war unglaublich schön. Als ich Simon nun ansah, wusste ich, dass ich außer dir weder ihm noch irgendjemand anderem von diesen Jahren erzählen konnte. Er aber schrieb mein Zögern einer Verwirrung anderer Art zu.

»Du darfst nicht vergessen, dass du unter beängstigenden Umständen einen schweren Schock erlitten hast«, sagte er, »aber du bist noch jung. Gönne dir doch ab und zu einen Glücksmoment.«

»Ich bin glücklich«, versicherte ich ihm – und hätte mir wieder auf die Zunge beißen können. »So glücklich, wie man unter den Umständen eben sein kann«, fügte ich hastig hinzu. »Alle sind so freundlich zu mir.«

Dann lächelte er mich an – was für ein Lächeln, Vivi – und sagte: »Das ist kein Wunder.«

Da errötete ich bis zu den Haarwurzeln. Er stand auf, reichte mir die Hand, und ich folgte ihm wortlos wieder auf die Tanzfläche. Sie spielten »Ev'ry Time We Say Goodbye«, und diesmal war es anders als zuvor; er hielt mich noch genauso, aber nun war es einfach elektrisierend, und ich bin sicher, dass er mein Herz pochen hörte. Doch er verzog keine Miene, und wir kehrten an unseren Tisch zurück, weil das Essen gekommen war – wieder gab es Fisch, Fisch tagein, tagaus! Dann erzählte er von seiner Forschungsarbeit und von einem älteren Patienten, der sich als eine Art Versuchskaninchen zur Verfügung stellte. Dadurch wurden wir beide wieder halbwegs in die Normalität zurückgeholt, und ich war ihm dankbar für sein Taktgefühl.

Danach überlegte ich mir, wie sich Honor wohl verhalten hätte. Sie war sehr humorvoll und warmherzig, doch ihr fehlte eine gewisse Unbeschwertheit. Das habe ich schlecht formuliert, nicht wahr? Durch das Wort »fehlte« habe ich angedeutet, sie hätte etwas Gutes oder Wichtiges nicht besessen. In Wirklichkeit ist es aber genau umgekehrt. Als wir gemeinsam unsere Ausbildung machten, verhielten sich die Männer ihr gegenüber immer sehr respektvoll, sie gingen nie zu weit. Die Güte, die sie ausstrahlte, hielt sie auf Distanz. Mein Problem ist, dass ich immer gern mit Männern zusammen war.

Jedenfalls habe ich darüber nachgedacht, was Honor an meiner Stelle getan hätte und was Hubert seinem alten Freund wohl über sie erzählt hatte. Irgendwie kann ich mir einfach nicht vorstellen, dass Hubert sich hingesetzt und lange Briefe geschrieben hat – obwohl man nicht vergessen darf, dass er das hin und wieder für Mousie tat. Und wenn Honor je an seine Familie geschrieben hat, so hat man mir bisher nichts davon gesagt.

Das ist das Problem, Vivi – man wartet darauf, dass etwas Unerwartetes passiert. Während dieser kurzen Zeit mit Simon, als wir beide die Welt ringsum vergaßen, konnte ich aufatmen. Das Schlimme ist, ich wage nicht zu vergessen, dass ich nicht ich selbst bin. Ich bin nicht Madeleine Grosjean, nicht einmal Madeleine Uttworth: Ich bin Honor Trevannion.

Dann haben wir ganz vernünftig gute Nacht gesagt – er hat mir nur einen Kuss auf die Wange gehaucht. Das war's.

Alles Liebe

Madeleine

Erschöpft stand Joss vom Schreibtisch auf. Den Tränen nahe, hatte sie es längst aufgegeben, darüber zu urteilen, was Mutt richtig oder falsch gemacht hatte. Die Geschichte, die sich in den Briefen entfaltete, hatte sie völlig in ihren Bann gezogen. Die kleine Szene am Bach, die Mutt mit solcher Zärtlichkeit beschrieb, hatte sie tief berührt. Wie oft hatte sich Joss danach gesehnt, mit George eine solche Vertrautheit zu erleben, wie Mutt sie schilderte: »… das Zusammensein, das scherzhafte Geplänkel, die Gewissheit, dass der andere zu einem gehört …, Wange an Wange mit ihm tanzen … die Nachtstunde, in der ich aufwache und ihn neben mir sehe.« Wie oft hatte sie sich die Freuden einer solchen Beziehung ausgemalt – in dem Wissen, dass es nicht sein durfte, und doch instinktiv überzeugt, dass es das einzig Richtige war. Joss konnte sich gut vorstellen, wie Simons nackter Arm Mutts Wange streifte und wie wild ihr Herz dann klopfte.

Die arme Mutt hatte ihren Mann und ihre besten Freunde verloren. Und doch fand sie trotz Angst den Mut durchzuhalten.

Glaube aber ist: Feststehen in dem, was man hofft, überzeugt sein von Dingen, die man nicht sieht.

Obwohl Mutt die Wurzeln ihres Glaubens verloren hatte, hielt er sie doch aufrecht.

Joss atmete tief durch und ging in die Küche. Während sie den Kessel mit Wasser füllte, erinnerte sie sich an die Schilderung des Kindergeburtstags: wie ihre Mutter Lottie-Emma auf ihrem Stuhl stand, während die Familie ihr ein Ständchen darbrachte. Joss lächelte zärtlich. Sich die kleine Emma in solcher Erregung vorzustellen war nicht schwer. Noch heute konnte Emma sich für Feste begeistern und über ein neues Partykleid in Verzückung geraten – auch wenn sie es heute vor dem Schlafengehen auszog.

Joss löffelte Kaffee in die Kanne und dachte an die junge Mutt, die sich fürs Ausgehen zurechtgemacht hatte: wie sie sich vor dem Spiegel drehte und prüfte, ob ihr Honors umgeändertes Kleid stand. Wahrscheinlich hatte Mutt nervös vor sich hingesummt, als sie nach der schwarzen Samttasche griff, und Simon hatte unten im Salon gewartet, dunkelhaarig und in seinem Smoking ein Bild von einem Mann. Vor Aufregung hatte ihr der Atem gestockt – das Verbotene war so verlockend. Und diese köstliche Schüchternheit, die sich im Kichern und in einem hemmungslosen Glück entlud.

Und dann haben wir getanzt …

Joss überlief ein Schauer. »George«, murmelte sie wehmütig. »Ach, George! Ich liebe dich so sehr.«

Nun kochte das Wasser. Sie goss den Kaffee auf und nahm ihn mit in Mutts Handarbeitszimmer.

2. Oktober

Wie hättest du gelacht, Vivi, hättest du uns heute sehen können! Du hättest dich in deine Kindheit zurückversetzt gefühlt: Altweibersommer auf den heißen, staubigen Feldwegen von Wiltshire, als wir für Mutter Brombeeren pflückten. Mit Körben bewaffnet, zogen wir los. Emma saß mit ihrer Puppe in einem altmodischen Kinderwagen, der einmal Hubert gehört hatte und von Tante Julia geschoben wurde. Die saftigen Früchte, jede eine Traube aus glänzenden schwarzen Stecknadelköpfen, wurden mit Sorgfalt gepflückt. Selbst Emma durfte mithelfen, obwohl sie die Beeren unweigerlich mit ihren kleinen Fingern zerdrückte und ihr Mund einen dunkelroten Rand hatte, als wir wieder nach Hause gingen. In den Hecken blüht immer noch das Geißblatt; ich pflückte einen Zweig und steckte ihn mir ins Knopfloch. Bruno ging Tante Julia brav zur Hand, aber Emma hatte bald genug vom Beerenpflücken. Sie begann die letzten Sommerblumen abzureißen, die am Wegesrand blühten, und rannte hin und her, bis sie so erschöpft war, dass sie sich mit Freuden wieder zu ihrer Puppe in den Wagen setzte.

Tante Julia hätte einen großartigen General abgegeben: Keine Ranke war ihr zu hoch, sie bog das arme Ding mit ihrem Spazierstock herunter und scheute keine Mühe. Bruno durfte keine einzige Beere hängen lassen, die sie mit ihren Adleraugen erspähte. Er mag seine Tante sehr, und sie arbeiteten harmonisch zusammen, während ich die Nachhut bildete, Emma anspornte und den kleinen Wagen schob.

Julia ist ganz reizend zu mir – schließlich hat sie ja auch im Krieg ihren Mann verloren –, aber ebenso wie James zeigt sie nicht gern Gefühle. Sicher, beide tätscheln einem manchmal den Arm oder murmeln »Gut gemacht«, um einem den Rücken zu stärken. Aber ehrlich gesagt, Vivi, sehne ich mich manchmal unglaublich danach, in den Arm genommen zu werden. Hubert konnte das gut. »Du bist ein richtiger Dussel«, sagte er dann. Und Honor lächelte – sie waren beide so liebe Menschen. Dass wir unsere Kinder gleichzeitig bekamen, hat uns einander noch näher gebracht, und dieser vertraute Umgang mit Gleichaltrigen fehlt mir jetzt. Deshalb war es mit Simon so schön.

Für unsere Mühen winkte uns eine Belohnung: ein Picknick an der Quelle des Heiligen. Tante Julia hatte ein paar Mürbeteigkekse organisiert, Milch für Bruno und Emma und eine Thermoskanne Tee. Ich glaube,

Jessie und Dot haben ihre ganzen Essensmarken für Fett und Zucker aufgespart, um den Kindern diese Freude zu bereiten, und sie haben den Ausflug richtig genossen. Auch wenn sich Emma nur mit Gewalt davon abbringen ließ, mit Schuhen und Socken ins Wasser zu hüpfen.

Wir begleiteten Tante Julia zu den Cottages und überquerten die kleine Brücke, die zum »Paradies« führt. Bruno hat eine Schwäche für das »Krähennest«. Mit den großen Bogenfenstern, die aufs Meer blicken, erinnert es an einen Leuchtturm. Vor dem Krieg hat dort der Betriebsleiter der Werft gewohnt, und es ist noch gut in Schuss, wenngleich ziemlich feucht. Aus irgendeinem Grund regt es Brunos lebhafte Phantasie an, und er spielt gern dort. Aber wir hatten den Schlüssel nicht dabei, und er musste sich damit zufriedengeben, den steinigen Weg hinaufzulaufen und ins Küchenfenster zu spähen, während wir unten warteten.

Als wir über die Wiese nach Hause gingen, flogen aus dem feuchten Gras Schwärme kleiner weißer Falter auf; Emma versuchte sie zu fangen und quietschte dabei vor Vergnügen. Manchmal überlege ich, ein Pony für die Kinder anzuschaffen – Hubert hatte eins, als er klein war –, aber ich weiß nicht, wie teuer der Unterhalt kommt.

Simon hat mir geschrieben. In dem Brief bedankt er sich für das Wochenende, es sei schön gewesen, in dieser familiären Atmosphäre von der Arbeit auszuspannen. Am Ende lud er mich ein, ihn zur Hochzeit eines Freundes zu begleiten. Er ist Trauzeuge. Dass er bei seinem Freund übernachtet, hat er eigens erwähnt. Er will ein Hotelzimmer für mich buchen, die Reise

organisieren. Im PS schlägt er vor, zusammen ins Theater zu gehen.
Ist es nicht lieb von ihm, dass er an mich denkt? Jedenfalls hatten wir hier im »Paradies« einen guten Tag. Ob ich es dir je werde zeigen können? Wenn ich mir vorstelle, dass du uns hier besuchst, wird mir ganz warm ums Herz.
Wenn ich dich doch nur sehen und dir alles richtig erklären könnte, Vivi. Dann würdest du es verstehen. Da bin ich mir sicher.
Gott segne dich, Vivi
Alles Liebe, Madeleine

23. Oktober

Einen Menschen, der so nüchtern und praktisch denkt wie du, Vivi, wird es erstaunen, dass ich tatsächlich mehrere Tage über Simons Einladung nachgedacht habe. Du hättest sofort gesagt: »Das kannst du unmöglich machen«, denn du hättest die Komplikationen sofort erkannt. Im tiefsten Innern war mir das wohl auch klar. Nur wollte ich es mir nicht eingestehen, denn ich wäre so gern gefahren, Vivi. Ich konnte mir alles genau vorstellen: wie ich mich schön mache, wie ich es genieße, Gleichaltrige um mich zu haben. Wenn ich an den Augenblick denke, als wir aus der Reihe tanzten und einfach wir selbst waren – Simon und Madeleine –, frei von aller Verantwortung, die sonst auf uns lastet! In diesem Augenblick war ich weder Mutter noch Witwe – und das war unglaublich befreiend. Ich habe von den Koboldsfrüchten gekostet, Vivi, und ich möchte mehr davon. Erinnerst du dich noch?

Ich aß voll Gier,
Blieb hungrig wie ein Tier,
Bald kauf ich mir
Noch mehr.

Auch ich hatte mich nicht satt gegessen, es war bloß ein Vorgeschmack, und Simons Einladung verhieß mehr. Ich glaubte tatsächlich, ich könnte nach London fahren. So ging ich in mein Schlafzimmer und sah mir Honors Kostüm aus schwerer Seide an, aus dem sich mit Nähmaschine und Bügeleisen durchaus etwas Anständiges machen ließe. Und ich überlegte, ob meine Kleidermarken für einen hübschen Hut oder eine neue Bluse reichten. Wahrscheinlich war ihr das Kostüm ein wenig zu eng, denn es ist praktisch ungetragen, und ich brauche es kaum zu ändern, nur der Rock ist ein wenig kurz. Ich habe es also anprobiert und dabei »Ev'ry Time We Say Goodbye« vor mich hingesummt, als Bruno plötzlich zur Tür hereinkam. Ich drehte mich nicht um. Wir starrten einander stumm im Spiegel an, und ich merkte, dass er das Kostüm betrachtete. Weißt du, Vivi, ich habe kein Wort herausgebracht – ich wusste nicht, was ich ihm sagen sollte. Plötzlich kam ich mir so schäbig vor, wie ich meinen kleinen Ausflug in den Kleidern seiner toten Mutter plante – wie hätte ich das einem Jungen von noch nicht einmal fünf Jahren erklären sollen? So leise und rasch, wie er gekommen war, verschwand er auch wieder. Ich ließ mich, noch in dem Kostüm, auf dem Bett nieder und stellte mich der Tatsache, dass ich nirgendwo hinfahren würde. Wie ich so dasaß, erschauderte ich bei dem Gedanken daran, was ich vorgehabt hatte. Schließlich ist Simons Freund ebenfalls Arzt, und womöglich würde auf seiner Hochzeit eine Krankenschwester auftauchen, die mich oder Honor von der Ausbildung her kennt. Ich begriff, dass ich außerhalb dieses Tals sehr gefährdet bin. In diesem düsteren Augenblick hatte ich das Gefühl, dass sich die Gefängnistür hinter mir schloss.

Ich zog das Kostüm aus und ging sogleich nach unten, um Simons Brief zu beantworten. Ich schrieb Dinge wie »Für mich ist es noch zu früh, an einem so berührenden Ereignis teilzunehmen« und »Ich glaube, es würde mich überfordern, unter so vielen fremden Menschen zu sein«. Und dann suchte ich nach Bruno. Aus der Küche hörte ich, wie Dot mit Emma sprach, die ihr gern beim Kochen »hilft«. Das heißt, sie leckt die Löffel ab und fährt mit ihren Fingerchen durch die Rührschüssel mit den Überresten des köstlichen Kuchenteigs. Von Bruno war nichts zu hören, also störte ich die beiden nicht und ging durch den Flur hinaus auf die Veranda. Es war ein ruhiger, angenehmer Nachmittag, nachdem wochenlang von Westen her der Sturm getobt hatte. Im Garten herrschte diese friedliche, abwartende Atmosphäre des Spätherbsts. Sie ist ganz anders als die atemlose Vorfreude des Frühlings, in der einen tiefe Sehnsucht und Rastlosigkeit ergreift und man das Gefühl hat, es seien gewaltige Kräfte am Werk, die sich bald entladen werden. Der Vorfrühling hat etwas Ungestümes, nicht wahr, Vivi? Schösslinge streben – zart und doch unglaublich zäh – durch die kalte, schwere Erde dem Licht entgegen, während feine Knospen ihren Panzer durchbrechen, um sich zu entfalten. Vögel, die die Wintermonate friedlich zusammengelebt haben, kämpfen nun um die Weibchen. Das ganze Land scheint von

einer Unruhe ergriffen, und das Warten wird geradezu unerträglich.
Jetzt aber, da die Buchen unten an der Einfahrt noch nicht alles Laub abgeworfen haben und am Fuß der Mauer die blauen Astern blühen, stellt sich ebenfalls eine erwartungsvolle Stimmung ein, aber sie hat mehr mit Zufriedenheit über das Erreichte zu tun – eine heitere Gelassenheit angesichts der dringend benötigten Brachzeit, die nun bevorsteht.
Ich entdeckte Bruno sofort. Er fuhr auf Huberts altem Dreirad die Einfahrt hinunter. Die Ellbogen nach außen gedrückt, trat er in die Pedale, was das Zeug hielt. Unten am Tor riss er den Lenker herum, dass der Kies nur so spritzte, und blieb stehen. Den Kopf zur Seite geneigt, führte er ein langes, ernstes Gespräch mit einem unsichtbaren Gegenüber. Dann griff er wieder nach dem Lenker und fuhr die Auffahrt wieder herauf. Nun ließ er den Kopf hängen und murmelte wütend vor sich hin, machte aber auf halbem Weg wieder Halt, um seinen unsichtbaren Gefährten anzuschreien. Ich schnappte das Wort »Badmash« auf. Mit einem schweren Seufzer, als habe er es mit einem Idioten zu tun, stieg er ab, öffnete die Klappe hinten am Dreirad, holte eine kleine Schleuder heraus und schoss einen Kiesel ins Gebüsch.
Dann sprang er wieder auf sein Gefährt und steuerte in rasantem Tempo auf das Haus zu. Rasch zog ich mich zurück und kam erst wieder heraus, als er die Veranda erreicht hatte.
Ein Blick auf sein erhitztes Gesicht zeigte mir, dass er ganz in ein aufregendes Spiel versunken war, Welten von mir und Honors Seidenkostüm entfernt. Mir wurde ganz flau vor Erleichterung. Da sah ich die

Verwirrung in seinen Augen, als die beiden Welten aufeinanderprallten.
»Ich glaube, es gibt Krapfen zum Tee«, rief ich ihm lachend zu, »mit Brombeermarmelade und Schlagsahne. Ich hoffe nur, Pipsqueak und Wilfred haben den Sahnetopf nicht entdeckt. Wollen wir mal nachsehen?«
Er stieg ab, ohne den Blick von mir zu wenden. Ich breitete die Arme aus.
»Ich hab dich lieb«, sagte ich und drückte ihn an mich, »und ich möchte, dass du glücklich bist.«
»Ich bin glücklich, Mutt«, sagte er ganz ernst, als wolle er mich beruhigen. »Ich bin gern hier bei dir und Emma und der ganzen Familie.«
Dann nahm er meine Hand, und wir gingen zusammen ins Haus.
Madeleine

Während Bruno sein weiches Ei löffelte, dachte er darüber nach, wie er Mutts Schlafzimmer betreten und – einen Herzschlag lang – Mami gesehen hatte, die ihm den Rücken zuwandte. Das Kostüm, der Geruch der Seide weckten so viele kleine Erinnerungen, dass er ganz durcheinanderkam: Die »Paradies«-Welt prallte auf die Indien-Welt, und das war ein furchtbarer Schock. Dann hatte er Gott sei Dank Mutts Gesicht im Spiegel gesehen und war rasch weggelaufen. Wenn er sich nicht beherrscht hätte, wäre er in Tränen ausgebrochen, denn es waren ihm all die Menschen wieder eingefallen, die er verloren hatte. Aber ein anderer Teil in ihm ersann bereits wieder eine Geschichte, die ihn von seinem Schmerz ablenkte. Diese Geschichte spann er weiter, als er sein Dreirad entdeckte, drauflosradelte und aus dem Werk seiner Phantasie ein Spiel machte. Die Geschichte war gut, und als Mutt auftauchte, hatte er beinahe vergessen, was zuvor geschehen war. Sie aber nicht, das merkte er. Sie hatte diesen konfusen Gesichtsausdruck – einerseits tat es ihr leid, dass sie beide sich verstellen mussten, andererseits wusste sie nicht, was sie sonst tun sollte. Dann hatte sie ihn in die Arme geschlossen.

»Ich hab dich lieb«, sagte sie. »Und ich möchte, dass du glücklich bist.«

Und er wusste, dass das stimmte. Also versuchte er sie zu trösten, indem er ihr sagte, dass er mit seiner Familie hier glücklich war.

Als er jetzt sein Ei aß und Pipsqueak und Wilfred beobachtete, die am Boden spielten, wusste er, dass er sich nichts anderes wünschte, als einfach hier zu sein.

Emmas Gesicht war mit Marmelade verschmiert, die irgendwie in ihr Haar geraten war. Mutt musste lachen und warf ihm einen Blick zu, als wollte sie sagen: Ist sie nicht ein hoffnungsloser Fall? Es gefiel ihm, wenn sie ihm auf diese Weise zeigte, dass er schon »erwachsen« war.

»Wir könnten doch nach dem Tee zum ›Krähennest‹ gehen«, schlug er unschuldig vor. Das war unfair, denn wenn Mutt konfus war, konnte man sie leicht herumkriegen. »Nur ganz kurz«, fügte er hastig hinzu.

Wenn er in diesem seltsamen Haus an dem großen Fenster stand und aufs Meer hinausschaute, hatte er stets seine besten Einfälle. Geschichten und ausgefallene Worte und Dinge aus Büchern, die man ihm vorgelesen hatte, kamen ihm in den Kopf, so wie das Meer Treibgut an Land spült.

»Mal sehen«, meinte Mutt. »Aber nur ganz kurz« – und dann lächelten sie einander in völligem Einverständnis an.

Dezember

Weihnachten steht vor der Tür, Vivi. Seit meinem letzten Brief sind mehr als sechs Wochen vergangen: ein Monat, in dem uns Stürme, Regen und eine bösartige Grippe heimgesucht haben, die erst Jessie, dann Dot und Julia erwischt hat, um dann auch noch James und die Kinder zu befallen. Mousie, Rafe und ich blieben verschont, und mit vereinten Kräften brachten wir Alt und Jung wieder auf die Beine. Brunos Geburtstag verstrich, ohne dass wir groß feiern konnten, und dieses Versäumnis wollen wir an Weihnachten nachholen. Meine Güte, bin ich erschöpft, und abgenommen habe ich auch durch das Hin und Her zwischen den Cottages und dem »Paradies«. Doch es war schön, dass ich mich nützlich machen und meine Fähigkeit als Krankenpflegerin wieder einmal unter Beweis stellen konnte. Mousie wird einmal eine ausgezeichnete Krankenschwester abgeben, das steht fest, und Rafe ist ein richtiger Schatz.

Dass ich mit den männlichen Exemplaren unserer Spezies besser zurechtkomme, Vivi, brauche ich dir nicht zu sagen. Sie sind weniger kompliziert als wir – »und«, so höre ich dich schnippisch bemerken, »leichter zu beeindrucken«. Ja, das kann ich nicht leugnen. Ich glaube, Rafe hat sich ein wenig in mich verguckt. Wenn ich seinen Arm berühre, wird er knallrot, und wenn wir allein sind, kommt er leicht ins Stottern – das ist richtig rührend. Mousie beobachtet das voller Verachtung und schämt sich für ihn. Um ihn zu schützen, gibt sie mir die Schuld und ist wütend auf ihn. Mit fünfzehn fühlen sich Jungen ja nicht sonderlich wohl in ihrer Haut, wenngleich Rafe für sein Alter

sehr selbstständig und reif ist. Ohne Vater musste er schnell erwachsen werden, und Julia bürdet ihm die Verantwortung auf, die sein Vater getragen hätte. Sie ist hart im Nehmen, so wie die Soldatenfrauen, die ich in Indien kennengelernt habe.
Mir fehlt etwas, Vivi. Ich habe niemals diese Reife erlangt, dieses überlegene Wissen. Ehe ich mich versah, war ich plötzlich erwachsen, hatte einen Mann und bekam ein Kind. Wann findet dieser magische Übergang eigentlich statt? Vielleicht geht es allen anderen genauso, und sie geben es nur nicht zu. Honor besaß ja tatsächlich etwas, was Erwachsene auszeichnet, eine gewisse Gesetztheit, sodass man sich bei ihr gut aufgehoben fühlte. Doch sie hatte auch eine humorvolle Ader. Manchmal, wenn ich bestimmte Kleidungsstücke von ihr trage, geht ein bisschen von ihrem Ernst wie Feenstaub auf mich über. Wenn ich ihre Tweedröcke anhabe, fühle ich mich ein wenig besonnener, eher imstande, den Widrigkeiten zu trotzen. Du wirst lachen, Vivi – an bestimmten Tagen, die schwierig werden könnten, wähle ich diese Kleidungsstücke ganz bewusst. In ihrem grauen Flanellmantel und dem passenden Rock mit den festen Schuhen bin ich tatsächlich Honor Trevannion, wenn ich nach Polzeath gehe, um auf dem Postamt Briefmarken zu kaufen oder den Orangensaft abzuholen, den die Kinder zugeteilt bekommen.
Jetzt bin ich also Honor Trevannion. Ich trage ihren Namen und ihre Kleider, habe ihr Heim und ihren Sohn. Da ist es doch nur recht und billig, wenn ich mich so zu verhalten suche, wie sie es getan hätte.
Noch etwas ist mir klar geworden, Vivi, als ich mich entschied, Simons Einladung auszuschlagen: Eigent-

lich kann ich dir diese Briefe gar nicht schicken, oder? Vielleicht wusste ich das schon längst, konnte es mir aber nicht eingestehen. Dir zu schreiben ist meine Rettungsleine, die mich mit meiner wahren Identität verbindet. Und ich scheue mich, sie zu kappen, damit ich mich nicht völlig verliere. Wahrscheinlich sehnen wir uns alle danach, einen Menschen zu haben, der uns wirklich kennt und trotz allem bedingungslos liebt. Wie könnte ich diese Briefe jemals abschicken? Was würde geschehen, wenn du glaubst, es deinem Mann erzählen zu müssen? Ein weiterer Mensch, der das Geheimnis kennt – und es ist ja nicht nur mein Geheimnis, Vivi! Nachts im Bett zermartere ich mir das Gehirn auf der Suche nach einem Ausweg. Ich bete um ein Wunder: Wie gern würde ich an Weihnachten zur Messe gehen. Wenn ich die Beichte ablegen würde, wie sollte es danach weitergehen? Kann ich dann noch mit dieser Lüge leben? Was ich mir wirklich wünsche, ist eine Absolution – der Segen für mein Leben hier im »Paradies«.

Hast du erraten, dass heute einer der seltenen Abende ist, an denen ich allein bin und ein wenig zu viel Whisky getrunken habe? James ist ausgegangen. Ich vermisse ihn, denn er schützt mich vor mir selbst.

Ich denke an dich, liebe Vivi, und überlege, was du wohl dieses Jahr an Weihnachten machst.

Rafe hatte sich tatsächlich in Honor verliebt. Ihre Verletzlichkeit und ihr Mut weckten ritterliche Gefühle in ihm. Und so tat er, was er konnte, um ihr das Leben zu erleichtern. Er half ihr im Garten, hackte Holz, brachte die Post zum Briefkasten an der Straße nach Polzeath. Dass er all das für seine Mutter tat, empfand Julia als Selbstverständlichkeit – schließlich war er nach dem Tod seines Vaters der Mann im Haus. Aber Honor wusste seine Hilfsbereitschaft ganz anders zu würdigen. »Dich schickt der Himmel«, sagte sie, oder: »Ich wüsste nicht, was ich ohne dich machen würde.« Ihr Dank berührte ihn tief, wenngleich er seine Freude zu verbergen suchte.

Aber Mousie durchschaute ihn. Seine Schwester fand, dass er sich lächerlich machte. Wenn sie Honors freundliche Worte hörte, warf sie ihm diese schwesterlichen Blicke zu – halb amüsiert, halb empört und verlegen – und er kam sich wie ein Idiot vor. Mousie hatte den Eindruck, dass er ihr aus der Hand fraß. Doch er sah das ganz anders. Nach dem Tod seines Vaters hatte seine Mutter hohe Erwartungen in ihn gesetzt, und auch Mousie hielt ihn ganz schön auf Trab. Bei Honor aber konnte er sich entspannen. Sie verstand es, ihn als Erwachsenen zu behandeln, ohne dass er sich wie bei seiner Mutter und seiner Schwester unter Druck gesetzt fühlte. Besonders gern fuhr er mit Honor aufs Meer hinaus und weihte sie in die Kunst des Segelns ein. Er spürte, dass sie sich auf See frei fühlte, und war beglückt darüber, dass er ihr diesen Schritt zur Unabhängigkeit ermöglichen konnte.

Nach einem solchen Segelnachmittag lud sie ihn abends zum Essen ein. James war ausgegangen, und die Kinder lagen im Bett. Als sie zu zweit am Tisch saßen, sprach sie ganz unbefangen mit ihm. Weder fragte sie ihn, was er nach der Schule vorhabe, noch behandelte sie ihn wie ein Kind. Vielmehr entstand ein echtes Gespräch. Sie tauschten Gedanken und Ideen aus, und schließlich schenkte sie ihnen beiden Hochprozentiges ein. Schockiert beobachtete er, wie sie einen Fingerbreit Whisky in sein Glas goss und dann mit etwas Wasser auffüllte. Er leerte es, ohne mit der Wimper zu zucken, und war ziemlich stolz darauf, dass Honor ihn wie einen Freund behandelte.

»Es hat solchen Spaß gemacht«, sagte sie, als er ging – und dabei legte sie die Hand auf seine Schulter und küsste ihn sachte auf die Wange.

Er wurde rot wie eine Tomate und sah vermutlich aus wie ein »kompletter Idiot«, wie Mousie sich ausgedrückt hätte. Erfüllt von verwirrenden Empfindungen ging er nach Hause. Er wählte den Klippenweg, damit der Meereswind ihm die Wangen kühlte, und als er ankam, stürzte er erst einmal mehrere Gläser kaltes Leitungswasser herunter, damit seine Mutter den Whisky nicht roch.

15. Januar 1948

Gerade habe ich den letzten Absatz noch einmal gelesen, Vivi. Trotz des traurigen Tons in meinem Brief hatten wir ein wunderbares Weihnachtsfest. Es war ganz ähnlich wie an Emmas Geburtstag, nur mit Lichterbaum und bezaubernden, selbst gemachten Geschenken. Simon hat eine Gans mitgebracht. Hatte ich erwähnt, dass er zu Weihnachten kommt? James hat ihn eingeladen, und ich muss zugeben, dass seine Gesellschaft sehr zu unserer fröhlichen Stimmung beigetragen hat. Mit den Kindern kommt er großartig zurecht, und er hat eine Menge kleiner Köstlichkeiten aufgetrieben, die in Polzeath und Wadebridge nicht zu bekommen sind. Ein richtiges Weihnachten zu Hause ist wunderbar, und Bruno war überglücklich. Ich wünschte, du hättest sehen können, wie er ganz vorsichtig den Baumschmuck unter die Lupe nahm, den schon Hubert an die Zweige gehängt hatte, als er in Brunos Alter war: zarte, mattierte Glaskugeln in verschiedenen Formen – eine Eule, eine Uhr, eine Maus – und viktorianische Pappmachéglöckchen, handbemalt in rot und grün und mit winzigen Klöppeln; außerdem gab es Miniatur-Musikinstrumente aus Holz und kleine Vögel. Auf jedem Zweig war eine Kerze, und als wir die Kinder am Weihnachtsabend in das abgedunkelte Wohnzimmer führten, raubte mir ihr zauberhafter Glanz fast den Atem. Simon und James standen strahlend zu beiden Seiten des Baums. Als ich die ehrfürchtigen Mienen der Kinder sah – einer der seltenen Momente, in denen Emma verstummte –, dachte ich an Honor und Hubert, und mir kamen die Tränen.

Glücklicherweise brach Emma das Schweigen, als sie den Engel an der Baumspitze erblickte und hochgehoben werden wollte, um ihn zu betrachten. Simon beobachtete mich vom anderen Ende des Raums, aber überraschenderweise war es Mousie, die mich an sich drückte.

»Nach Indien muss das alles ein bisschen seltsam sein«, sagte sie, und ich nickte dankbar, obwohl es in Wirklichkeit viel komplizierter war.

»Es ist wunderschön«, antwortete ich aufrichtig und wischte mir die Tränen ab. »Ihr habt es geschafft, dass wir uns hier zu Hause fühlen. Ich weiß nicht, wie ich euch dafür danken soll.«

»Du brauchst dich nicht zu bedanken«, erwiderte sie in ihrer direkten Art. »Du bist hier daheim. Jetzt gehörst du zur Familie.«

Es war einer der Augenblicke im Leben, in denen man einander näherkommt und eine Beziehung wachsen kann.

Ich kann dir gar nicht sagen, wie ich mich danach sehnte. Sie ist mir altersmäßig am nächsten, sie hat denselben Beruf gewählt, und sie liebt die Kinder:

Doch als wir einander nun in die Augen schauten, bekam ich Angst. Mousie ist die Einzige in der Familie, die instinktiv spürt, dass etwas nicht in Ordnung ist. Es ist ausgeschlossen, eine tiefere Beziehung zu ihr aufzubauen, wenn man nicht völlig offen sein kann. Wenn sie einem ihre Freundschaft anbietet, heißt das alles oder nichts. Was sie mir da anbot, war ein kostbares Geschenk, aber ich konnte es nicht annehmen. Ich durfte es nicht riskieren.
Also erwiderte ich die Umarmung und machte eine Bemerkung über die Kinder – aber wir wussten beide Bescheid. Mit einem Lächeln entfernte sie sich und ging zu Bruno. Eine Weile wusste ich nicht, was ich tun sollte. Ich hatte den magischen Kreis verlassen, ich fröstelte und fühlte mich einsam. Dann stand Simon neben mir, reichte mir ein Glas Sherry und murmelte irgendeinen Unsinn. Seine Worte, nur für mich bestimmt, waren herzerwärmend, und ich fühlte mich ihm nah, weil auch er nicht dazugehört. Der gute Simon hegt keinerlei Argwohn und hofft sogar, in meinem Leben Huberts Stelle einzunehmen, sobald die Trauerzeit vorüber ist. Typisch Mann! Auch er besitzt Intuition, und die sagt ihm, dass er mir nicht gleichgültig ist und dass ich zu gegebener Zeit seine Geduld belohnen werde. Auf seine Art ist er ebenso hellsichtig wie Mousie, aber obwohl er andere Erwartungen hegt, wäre es auf lange Sicht genauso unmöglich, ihn zu täuschen.
Simon würde mir eine echte Beziehung bieten – emotional, geistig und körperlich –, und ich könnte noch mehr Kinder bekommen. Bestimmt wünscht er sich eigene Kinder, und für Bruno und Emma wäre er ein großartiger Vater.

Ich hätte die Möglichkeit, mit Gleichaltrigen zu verkehren, und wir hätten ganz einfach Spaß miteinander.

Als meine Leidenschaft für Johnny abgekühlt war und ich ihn so sah, wie er wirklich war, habe ich mich manchmal gefragt, ob ich in Hubert verliebt bin. Ganz bestimmt hatte ich ihn gern, so wie man einen Bruder liebt – wenigstens habe ich mir das eingeredet. Später fragte ich mich, ob es da noch mehr gab, aber heute weiß ich, dass es nicht der Fall war. Ich liebe Simon, Vivi.

Ein frohes neues Jahr, mein Schwesterherz

Sie liebt ihn, dachte Mousie, die die beiden beobachtete. Vielleicht ist dies ja Honors Geheimnis. Hat sie sich in ihn verliebt, als er sie von der Überfahrt abholte? Vielleicht fürchtet sie ja, dass die Familie es herausfindet und entsetzt ist. Schließlich war Hubert erst seit wenigen Wochen tot, als sie in Liverpool ankamen.

Wie so oft war Mousie traurig und wütend zugleich. Als sie die Tränen in Honors Augen sah, war ihre eigene kleinliche Eifersucht für einen Moment wie weggeblasen. In Bann geschlagen vom Zauber des Weihnachtsbaums, dem Staunen der Kinder und dem Stolz, den Onkel James zur Schau trug, empfand sie aufrichtige Zuneigung und vergaß auch ihren Ärger über Rafe, der Honor so unverhohlen anhimmelte. Honors unverhüllter Kummer war für Mousie der Beleg, dass ihr Urteil über sie schrecklich ungerecht war. Sie hatte Honor spontan den Arm um die Schulter gelegt.

»Du bist hier daheim«, sagte sie. »Jetzt gehörst du zur Familie.«

Frei von allen Vorbehalten hatten sie sich einen Moment lang angesehen, doch dann zog sich Honor zurück. Sie erwiderte die Umarmung, machte einen Scherz über die Kinder, aber der Augenblick, in dem eine Freundschaft hätte entstehen können, ging vorüber.

Stimmte das so? Als Mousie Honor ansah, wie sie allein im Halbdunkel stand, wusste Mousie, dass sich in ihrem eigenen Inneren etwas verändert hatte. Zwar war sie durch Honors reservierte Haltung gekränkt und kam sich wie ein Idiot vor, doch als Simon an Honors Seite trat und sie so vertraut miteinander sprachen, empfand Mousie ein tiefes Mitgefühl für die junge Frau. Sie sah, dass Honors Verlangen nach Simon genauso heftig war wie Emmas Verzückung über den Engel auf dem Weihnachtsbaum. Es genügte ihr nicht, hochgehoben zu werden und den Engel zu betrachten: Sie musste ihn besitzen. Auf Honors Gesicht spiegelten sich ähnliche Empfindungen – als hätte sie etwas Magisches, aber Verbotenes erblickt.

Die Arme, dachte Mousie. Wie auch immer ihr Leben mit Hubert ausgesehen haben mochte, jetzt steckte sie in einer schwierigen Situation.

Als Emma den Engel nicht bekam, brach sie in Tränen aus, doch Bruno war froh über Tante Julias Standhaftigkeit. Sie war wie ein Fels in der Brandung, und das wirkte beruhigend auf ihn. Ihr wäre es nicht im Traum eingefallen, sich durch Emmas Weinen erweichen zu lassen. Stattdessen brachte sie sie mit Leckereien zum Schweigen. Am Ende schluchzte Emma nur noch ganz wenig, während sie zufrieden mampfte und ihre plumpen Händchen nach einem kleinen Holzspielzeug griffen. Das Wort »Hedonist« kannte Bruno noch nicht, aber er ahnte, dass Emma die kleinen Freuden des Lebens schätzte: Glücksmomente, die die Monotonie des Alltags aufhellten. Ihre Freude über die Leckerbissen war so groß, dass die meisten sie ihr schon aus Vergnügen an ihrer überschäumenden Lebenslust gewährten.

»Gefällt es dir?« Sein Großvater lächelte ihn an, und in seinem zerfurchten Gesicht erkannte Bruno die jugendlichen Züge seines Vaters.

Wortlos nickte er, und der Großvater tätschelte ihm verständnisvoll den Arm.

»Schau«, rief Mousie und zeigte ihm eine winzige Schnitzerei.

»Vögelchen«, sagte sie mühsam mit vollem Mund. Tante Julia reichte ihm ein Sahnebonbon und strich ihm anerkennend übers Haar – offenbar ein Lob dafür, dass er nicht brüllte, um seinen Kopf durchzusetzen. Anscheinend hatte Emmas Hemmungslosigkeit zur Folge, dass er unverdiente Belohnungen erhielt.

»Ein braver kleiner Kerl«, sagte James zu seiner Schwägerin. »Er hat große Ähnlichkeit mit Hubert, findest du nicht?«

»Stimmt.« Julia blickte mit einem Lächeln auf die kleine Gruppe. »Hubert wäre stolz auf ihn. Er ist ein tapferer Junge. Natürlich ist Emma noch zu klein, um zu begreifen, was passiert ist, aber sie ist auch ein Schatz.«

»Wir haben unsere Sache auch gut gemacht, Julia.« Gemeinsam gönnten sie sich ein bisschen Eigenlob, was sonst nicht ihre Art war. »Deine beiden machen dir auch alle Ehre.«

Sie hingen den Erinnerungen an verflossene Weihnachtsfeste nach: Julia dachte daran, wie Hugh in den Jahren vor dem Krieg auf Heimaturlaub mit Mousie und Rafe gespielt hatte. James rief sich die ruhigen, glücklichen Jahre mit Margaret ins Gedächtnis, und dann dachte er an seinen Sohn. Sie tauschten einen langen Blick: Jeder würdigte schweigend den Schmerz des anderen. Dann fanden sie wieder zu ihrer stoischen Haltung zurück. Sie strafften die Schultern, reckten das Kinn und blickten fröhlich in die Runde. Das Fest war rundum gelungen.

19. Februar

Ich hatte vergessen, wie melancholisch der englische Frühling sein kann, Vivi. Ich sitze im Salon und schaue in die Dämmerung. Hinter mir prasselt ein Holzfeuer, und ich sehe, wie sich die Farbe des Himmels verändert. Auf dem Rasen liegt eine dünne Schicht von Puderschnee, die die bereits erblühten Schneeglöckchen und Krokusse überzuckert, und im Kamelienstrauch höre ich eine Drossel singen. Eine Amsel fliegt geschwind über den stillen Garten hinweg und landet mit einem Warnruf auf einem kahlen Ast. Auf der Wiese unterm Haus blöken die Lämmer. Dann, ganz plötzlich, erlischt das Karminrot des Sonnenuntergangs, und ich erblicke die schmale silberne Mondsichel in den dunklen Zweigen der Gleditschie.
Dies ist das Paradies, Vivi, und die Schlange ist ein rastloses Geschöpf namens Unzufriedenheit: Der Stich einer Wespe, der Schmerz einer Brennnessel, das Pieksen eines Dorns, all das gehört zu ihr. Glaubst du, dass Gott uns bestraft? Ich nicht. Wir bestrafen uns selbst, indem wir Ihn klein machen, Ihn nach unserem Bilde schaffen und uns einbilden, dass Er so denkt wie wir. An Abenden wie heute erhasche ich einen Blick, einen flüchtigen Blick auf das, was Er uns anbietet. Seltsam, nicht wahr, dass der Teufel Christus – und uns – jene Dinge verspricht, die wir für gottgleich halten: Königreiche, Engel, die uns schützen, Freiheit von Hunger und Not. Er will uns weismachen, dass

diese Dinge uns Sicherheit, Größe und Glück geben, er flüstert es uns ein, erzeugt Rastlosigkeit. Gott aber schweigt und bietet uns die Armut im Geiste an, verspricht nichts als Liebe.
Entschuldige, Vivi. Immer öfter stelle ich fest, dass ich Dinge mit mir selbst ausmachen muss, um meine Gefühle zu begreifen. Das geht am besten, wenn ich mich hinsetze und dir schreibe, so wie jetzt, wenn ich alles mit dir teile wie damals vor dem Krieg. Ich höre deine Stimme und stelle mir vor, was du dazu sagen würdest.
Ich liebe Simon.
»Denk an Robert Talbot und Geoffrey Stack«, höre ich dich rufen. »Denk an den jungen Gemeindepfarrer, bei dem wir um gute Noten kämpften, und an den jungen Mann, bei dem wir ein wunderbares Jahr lang Kunstunterricht hatten.« Ich denke an sie – und an all die anderen, auch an Johnny –, aber Simon ist anders. Ich höre förmlich dein spöttisches Lachen und wünschte mir so sehr, ich könnte dein Gesicht sehen. Ob andere junge Mädchen je so verliebt waren wie wir, Vivi? Mir kommt es so vor, als wären wir seit unserem zwölften Lebensjahr krank vor Sehnsucht gewesen, mochte das Objekt unserer Leidenschaft nun zwischen den Seiten eines Buches leben oder die Reitschule vor Ort leiten. In Geoffrey habe ich mich wegen seiner langen Beine in den Reithosen und Stiefeln verliebt. Aber wie unschuldig wir doch waren! Ach, diese atemberaubenden, köstlichen, keuschen Küsse, der Wonneschauer der unerwarteten – und doch ersehnten – Berührung. Aber ich habe die Früchte vom Koboldsmarkt gekostet und will jetzt mehr, viel mehr als nur das.
Um Brunos Geburtstag nachzufeiern, sind wir mit

ihm nach Bodmin zum Märchenspiel gefahren; es verschlug ihm die Sprache, denn so etwas hatte er noch nie gesehen. Er konnte die Augen nicht von der Bühne wenden, Vivi. Bruno saß zwischen mir und Simon, der den Arm auf Brunos Rückenlehne legte. Ach, wie lässig und selbstverständlich, sodass seine Finger auf meiner Schulter ruhten. Ich konnte an nichts anderes denken als an diese brennende Berührung, die ich durch den dünnen Stoff meines Kleides spürte. Honors Kleid. Seltsamerweise ermöglichte mir das, mich zu beherrschen – die Erinnerung daran, dass sie es getragen hatte, hinderte mich, meine Hand auf seine zu legen. Ich tat, als hätte ich nichts bemerkt.

Während ich auf die Bühne starrte, ohne Anteil an Aladins Nöten zu nehmen, dachte ich an Honor und fragte mich, wie sie sich verhalten hätte. Doch das führte zu gar nichts: Honor wäre niemals in eine solche Lage geraten. Aber der Anblick des feinen blauen Wollstoffs, der sich über meine Knie spannte, gab mir Halt. Ich klatschte an den richtigen Stellen, lächelte strahlend und beugte mich über Bruno, um seine Freude zu teilen und ihm gelegentlich die Handlung zu erklären.

Offensichtlich beobachtete mich Simon und fand Gefallen an der Liebe und Zärtlichkeit, die ich meinem Sohn entgegenbrachte. Honors Sohn. Brunos Glückseligkeit, als der Flaschengeist aus der Falltür herausschoss, gab mir ebenfalls Halt. Ihn liebe ich auch, Vivi, und das macht alles so schrecklich kompliziert.

Ich höre schon, wie du mir sagst, dass es schon vorher kompliziert war und dass es, nachdem ich in dem

Hotelzimmer in Karatschi diesen Entschluss gefasst hatte, nie mehr einfach werden wird. Insgeheim denke ich mir kleine Drehbücher aus; Märchen, in denen schließlich alles gut wird und wir glücklich leben bis an unser Ende. Die Schlange flüstert mir ins Ohr, ich könnte alles haben, ich müsste nur danach greifen, und ihr ruheloses Wispern übertönt die Stille, in der Gott lebt.

Wenn ihr stille bliebet, so würde euch geholfen; durch Stillesein und Hoffen würdet ihr stark sein.

Erstaunlich, wie viel ich während der Klosterjahre unbewusst aufgenommen habe. Jetzt fällt es mir wieder ein und gibt mir Trost.

Jetzt ist es Abend. Der Mond hat sich aus den Zweigen der Gleditschie gelöst, und sein kaltes silberfarbenes Licht ergießt sich über das bereifte Gras. Ich höre, wie James aus seinem Studierzimmer kommt. Zeit für den Schlummertrunk.

Heute hätte ich Geburtstag, Vivi! Ich wäre achtundzwanzig geworden.

Alles Liebe, Schwesterchen

Simon konnte den Blick nicht von Mutt abwenden. Sie sah heute so schön aus und wirkte doch unerreichbar, sodass sein Selbstvertrauen litt. Wie ärgerlich, dass sie ständig ihre Familie um sich hatte. Sie hielt ihn auf Abstand, denn abgesehen von James und Emma, um die sich Jessie kümmerte, waren alle mitgekommen, um Brunos Geburtstag nachzufeiern. Der »Abstand« betrug genau die Länge eines Arms – er konnte einfach nicht der Versuchung widerstehen, den Arm über Brunos Lehne zu legen, sodass seine Finger gerade Mutts Schulter berührten.

Bruno war von dem Märchenspiel völlig in den Bann gezogen, aber Mutt bemerkte es sehr wohl, das wusste Simon. Doch an diesem Abend reagierte sie anders als sonst. Heute war sie Mutter und einzig darauf bedacht, dass Bruno seinen Spaß hatte. Erstaunt stellte Simon fest, dass er dies zwar guthieß, aber dennoch Eifersucht empfand und sich sehnlichst eine Reaktion von ihr wünschte, mochte sie noch so geringfügig sein.

Etwas hatte sich verändert: Statt der gewohnten Warmherzigkeit strahlte sie Kühle aus. Verstohlen musterte er sie über Brunos Kopf hinweg. Hing es mit ihrem Haar, ihrer Kleidung zusammen? Scheinbar völlig konzentriert sah sie zur Bühne, ohne seine Blicke zu bemerken. Sachte liebkoste er durch den dünnen Stoff des Kleides ihre Schulter. Plötzlich spürte er, dass Mousie ihn beobachtete. Mit einem flüchtigen Lächeln straffte er seinen Körper und verschränkte er die Arme vor der Brust.

Während er an den richtigen Stellen lachte und applaudierte, dachte er angestrengt nach. Irgendwie musste er eine Gelegenheit finden, noch einmal mit ihr unter vier Augen zu sprechen.

Später

Ich habe dir noch nicht geschrieben, was mir James unter den Weihnachtsbaum gelegt hat, nicht wahr? Schenken ist nicht seine Sache – und nachdem immer noch alles strikt rationiert wird, ist das ohnehin ein Problem –, aber ich habe von ihm den Stickrahmen seiner Frau bekommen. Eine solche Gabe ist mir lieber – etwas Besonderes, das viele Jahre lang in der Familie benutzt wurde. Ich habe mich ehrlich darüber gefreut. Er hatte Sorge, ich könnte es unpassend finden, dass in den großen, verstellbaren Rahmen eine halb fertige Stickerei eingespannt war. Doch der Gedanke, dass ich dort anknüpfen durfte, wo Margaret aufgehört hatte, berührte mich sehr. Die Stickerei verriet ihr Geschick: rote Kamelienblüten auf einem kräftigen Stängel mit leuchtend grünen Blättern vor einem cremefarbenen Hintergrund. Hinzu kamen ein kleiner runder Rahmen und ein Handarbeitskästchen mit Seiden- und Wollgarn.

Für meine Stickarbeiten habe ich immer die besten Noten bekommen, weißt du noch, Vivi? Du fandest diese knifflige Arbeit immer ermüdend, aber sie gehörte zu den wenigen Dingen, mit denen ich Mutter eine Freude machen konnte. Überall im Haus finde ich Margarets Arbeiten: beeindruckende Stuhlbezüge im Esszimmer, einen großen, mittelalterlich anmutenden Wandbehang auf dem Flur und kleinere, bezaubernde Blumenmotive in schlichten Rahmen.

James hat sich sehr über meine Reaktion gefreut. Den großen Rahmen habe ich inzwischen im Esszimmer aufgebaut. Am liebsten würde ich ihn in James' Arbeitszimmer stellen – zwei große Fenster nach Norden und Osten, ja, ich beneide ihn um seine Privatsphäre –, aber so geht es auch. Er ist so gut zu uns. Leicht kann es nicht sein, wenn plötzlich zwei kleine Kinder in das Leben eines alten Mannes treten, aber er kommt ausgezeichnet damit zurecht. Er hat so eine Art, den Alltag nicht an sich heranzulassen, wenn er sich in ein Buch vertieft oder sich in sein Arbeitszimmer zurückzieht …

Gestern hat er mir eröffnet, dass man nach seinem Tode die beiden Farmen verkaufen muss, um die Erbschaftssteuer zu bezahlen. Du kannst dir vorstellen, wie schockiert ich war, als er ganz selbstverständlich dieses Thema ansprach. Ich erwiderte, ich wolle nicht über seinen Tod reden. Er lächelte freundlich, ganz wie Hubert, und meinte, er habe es auch nicht in seinem Terminkalender vorgemerkt, aber wir müssten bestimmte Fragen klären.

»Alles ist für dich und die Kinder«, erklärte er. »Daran ändert sich nichts. Wenn du natürlich wieder heiraten solltest …«

Er zögerte, und ich wusste, dass er an Simon dachte. Mir wurde ganz heiß, und in meinem Magen rumorte es.

»Ich werde nicht wieder heiraten«, entgegnete ich. Das sagte ich so rasch und entschieden, dass mich danach ein tiefer Frieden überkam.

»Für eine solche Entscheidung bist du noch sehr jung«, sagte James und blickte mich dabei so freundlich und verständnisvoll an. »Du musst es nicht ausschließen, aber falls du wieder heiraten solltest, würde ich ein neues Testament aufsetzen. Das Anwesen ginge dann an Huberts Kinder und würde treuhänderisch verwaltet, bis sie volljährig sind.«

Er wollte vermeiden, dass das »Paradies« und St Meriadoc an Kinder fallen könnte, die ich von Simon bekam. Das ganze entsetzliche Täuschungsmanöver kam mir wieder einmal mit schonungsloser Klarheit zu Bewusstsein. Auf keinen Fall hätte er Emma oder mich als Erben eingesetzt, wenn er die Wahrheit gekannt hätte. Der kurze Augenblick meines Seelenfriedens war zerstört.

»Für mich und Margaret war es einfach«, sagte er jetzt, »weil wir nur ein Kind hatten. Verzeih, dass ich darüber spreche, aber ich möchte dir Sicherheit bieten, damit du nicht etwa auf das Wohlwollen von Brunos Frau oder

Emmas Mann angewiesen bist. Deshalb geht alles an dich, und ich vertraue darauf, dass du es deinerseits Huberts Kindern hinterlässt. Um ihre Ausbildung zu finanzieren, habe ich Geld angelegt. Ansonsten wirst du knapp bei Kasse sein, fürchte ich. Zwar kommen durch die Cottages Mieteinnahmen herein …«

»Ich habe meine Witwenrente«, unterbrach ich ihn hastig.

»Damit kommen wir gut zurecht. Bitte mach dir keine Sorgen.«

»Das Haus ist gut in Schuss«, fuhr er fort. »Dafür habe ich gesorgt, aber seit dem Krieg hat sich vieles geändert.

Nun gut, schließen wir das Thema vorläufig ab. Wie wär's mit einem Whisky?«

Also wird das »Paradies« einmal mir gehören, Vivi.

Heute Morgen habe ich einen Brief von Simon bekommen. Allmählich setzt er mich ein wenig unter Druck: Er möchte, dass ich ihn in Exeter besuche. Dort teilt er eine Wohnung mit einem Kollegen. Sein Wunsch ist sehr höflich formuliert, aber offenbar findet er, dass sich die Trauerzeit dem Ende zuneigt. An Ostern will er uns besuchen.

Was soll ich tun?

Es war wie mit Margarets Schmuck: Julia hatte James dazu bewogen, über das Testament zu sprechen.

»Du solltest Honor wissen lassen, woran sie ist«, erklärte sie ihm. »Wir werden nicht jünger, und sie muss begreifen, wie die Dinge liegen.«

»Ich sehe da keine Schwierigkeit«, erwiderte er unwirsch, weil er Peinlichkeiten befürchtete. »Ich habe mein Testament geändert, als Hubert einen Sohn bekam. Alles geht an seine Witwe oder im Falle ihres Todes an Huberts Kinder. Das ist doch klar geregelt.«

»Aber Honor ist keine Hellseherin«, gab Julia zu bedenken. »Vielleicht glaubt sie, dass sie ausziehen muss, wenn du stirbst.«

»Unsinn«, gab er gereizt zurück – aber er musste sich eingestehen, dass Honor durchaus derartige Vermutungen hegen konnte und es besser war, offen mit ihr darüber zu sprechen.

Zuerst einmal hatte er ihr Margarets Stickrahmen geschenkt. Schon oft hatte Honor die Stickereien bewundert, und er sah mit Freude, dass Margarets Vermächtnis in geschickte Hände fiel. Honor war entzückt, und danach wurde es für ihn einfacher, mit ihr über das Testament zu sprechen. Natürlich war es ihr ebenso unangenehm wie ihm. Außerdem musste er das Thema einer zweiten Ehe ansprechen – Julia hatte ihm auch dazu geraten –, doch Honor hatte mit der Antwort nicht gezögert.

»Ich werde nicht wieder heiraten«, erklärte sie – und plötzlich empfand er tiefes Mitgefühl für sie, weil sie so jung mit zwei kleinen Kindern allein dastand. Er hatte gesehen, wie sie mit Simon lachte, und sich gefragt, ob da vielleicht etwas im Busch war. Obwohl er ihr deshalb keinen Vorwurf machen konnte, war er entschlossen, St Meriadoc auf jeden Fall Huberts Kindern zu hinterlassen. Also überlegte er, ob er ein neues Testament machen sollte, in dem das Anwesen treuhänderisch den Kindern übereignet wurde. Aber Honor schien sich ihrer Sache sicher.

»Ich werde nicht wieder heiraten.«

Er würde abwarten, was geschah. Jedenfalls wollte er nicht, dass sie im Alter irgendwelchen Unsicherheiten ausgesetzt war oder womöglich von den Launen eines künftigen Schwiegersohns oder einer Schwiegertochter abhängig war, und offenbar war sie ja glücklich hier im »Paradies«. So hätte Hubert es sich gewünscht.

Er freute sich, dass sie bereits mit der Arbeit an der halb fertigen Stickerei begonnen hatte, und aus irgendeinem Grund gab ihm das die Gewissheit, dass er sich richtig entschieden hatte und Honor vertrauen durfte.

23. März

Heute sind wir über den Klippenweg zum »Krähennest« gegangen. Der Tag begann mit dichtem Nebel, der wie Rauch vom Meer heraufzog, die wächsernen Blüten der Magnolien verschleierte und sich trübe vor die Fenster legte. Plötzlich wehte eine Brise durch den Garten, zerriss die Dunstschwaden und enthüllte einen Streifen hellblauen Himmel. Dann folgte ein heftiger Schauer, und schließlich erhob sich der Wind und fegte die Wolken fort. Bei strahlendem Sonnenschein machten wir uns sodann auf den Weg. Um uns her leuchtende Farben: das eisige Grün der rauen See, das Gold der Forsythien und das Rosarot der Kletterfuchsie. Nun war lebendig, was noch eine Stunde zuvor grau und öde schien. Wir ließen die Geborgenheit des Gartens hinter uns und folgten dem Klippenweg in ungeschützte Höhen. Der Wind riss an unseren Kleidern, wehte uns die Haare ins Gesicht, stach in den Augen. Wir mussten brüllen, um uns in seinem Tosen verständlich zu machen. Ich nahm Emma hoch, weil sie mit ihren kurzen Beinchen nicht vorankam. Bruno hielt meine freie Hand umklammert, während ich durch den emporgewehten weißen Schaum auf die wogenden Wassermassen hinunterblickte, die um die Klippen brodelten und gegen die Felsen brandeten.

Erleichtert erreichten wir das »Krähennest«, um das großartige Drama von Meer und Himmel durch das große Bogenfenster zu betrachten, während der Sturm sogar diese aus Massivstein erbaute Festung zu erschüttern schien.
»Hier gefällt es mir«, erklärte Bruno, der, die Arme auf das breite, niedrige Fensterbrett gestützt, hinausschaute.
»Wenn ich groß bin, wohne ich mit Pipsqueak und Wilfred im ›Krähennest‹. Du und Emma, ihr könnt im ›Paradies‹ bleiben, ich ziehe hierher.«
»Gute Idee«, gab ich heiter zurück.
Über Zukunftspläne spreche ich selten mit Bruno. Anders Tante Julia, die ihn immer fragt, ob er wie sein Vater Arzt werden will oder Seemann wie sein Onkel. Sie wäre begeistert, wenn er zur Marine ginge und die Familientradition fortführte, aber ich belaste ihn nie mit solchen Dingen; dafür bleibt noch genug Zeit …
»Gute Idee«, sagte ich also, »Emma und ich kommen dich dann besuchen.«
»Hier an diesem Tisch trinken wir Tee«, erklärte er, vergnügt über diese Aussicht, und deutete auf den großen Holztisch, der beim Fenster steht. »Und dann setzen wir uns an den Kamin und erzählen uns Geschichten. Wollen wir heute ein Feuer anmachen?«
Das ist ganz wunderbar. James hat uns erlaubt, in diesem riesigen Raum ein Feuer anzufachen. Das hilft, das Haus trocken zu halten, meint er. Wir müssen nur darauf achten, dass es auch wirklich erloschen ist, wenn wir wieder gehen. Bruno und ich machen uns also mit Zweigen, Zündhölzern und ein paar Papierschnipseln ans Werk, und bald lodern lustige Flämmchen. Emma tapst herum, singt vor sich hin und hüllt

sich in Tücher, mit denen die wenigen Möbel abgedeckt sind. Nachdem das »Krähennest« gründlich erforscht ist, die Fenster oben geöffnet und die paar Handgriffe Hausarbeit erledigt sind, machen wir unser gewohntes Picknick. »Du kannst auch hier wohnen«, erklärte Bruno später unvermittelt. Vielleicht fürchtet er, dass ich sonst gekränkt sein könnte. »Aber wer bleibt dann im ›Paradies‹?«

»Großvater wäre auf jeden Fall dort«, meinte ich vorsichtig. »Aber nicht für immer«, gab er bekümmert zurück. »Großvater ist alt, und manchmal geht es ihm nicht gut. Du bleibst doch hier, nicht wahr, Mutt?«

Und wie aus dem Nichts höre ich Honors Stimme, die sagt: »Du kümmerst dich um die Kinder, Mutt, wenn mir und Hubert etwas zustößt, nicht wahr? Du weißt ja, dass ich Lottie nehmen würde.«

Das haben wir uns gegenseitig versprochen, und wir haben es ernst gemeint. Wir waren wie Schwestern, und ich dachte oft an »Goblin Market« – und an dich.

Und als sie beide Mütter waren,
Von Sorgen oft geplagt,
Blieb Laura unverzagt;
Sie sammelte die Kinderscharen,
Und auch was sie erlebt zu zweit
In fernen frohen Tagen
und längst verflossner Zeit.

Nur dass ich mit niemandem außer mit dir über diese fernen frohen Tage sprechen kann.

»Natürlich bleibe ich hier«, antwortete ich Bruno. »Das verspreche ich dir.«

Emma, die mit Hilfe eines Stuhls auf den Tisch

geklettert war, purzelte wieder herunter und brüllte wie am Spieß. Wir eilten zu ihr, und der Augenblick ging vorüber, während wir das Picknick auspackten, um sie abzulenken. Angesichts der mit geraspelter Schokolade gefüllten Kekse versiegten ihre Tränen sofort. Sie saß auf dem Tisch, ließ die pummeligen Beine baumeln und aß voller Genuss. Das wunderbare blaugrüne Licht von Meer und Himmel spiegelte sich in ihren großen Augen, und während ich ihr zusah, erfüllte mich die Angst, die jede Mutter plagt.
Was wird aus Emma, wenn ich Simon heirate und noch mehr Kinder kriege? Wird er sie lieben wie seine eigene Tochter? Ich versuche mir das Leben mit ihm hier im »Paradies« vorzustellen, doch es gelingt mir nicht: Simon passt einfach nicht ins Bild. Er begeistert sich für bestimmte Forschungsgebiete und möchte im Ausland arbeiten. Ich male mir aus, wie es wäre, Bruno all das zu erklären: warum ich Simon heirate und warum wir schon wieder weiterziehen, statt im »Paradies« zu bleiben. Würde Bruno das verstehen? Würde er denken, dass ich ihn irreführe? Habe ich das Recht, ihn aus seinem Heim zu reißen? Wie soll ich ihn hierlassen und Emma mitnehmen, ohne die Karten auf den Tisch zu legen? Und wie könnte ich mich überhaupt von ihm trennen? Ich habe ihn lieb. Jetzt ist er mit seinem Sandwich wieder ans Fenster getreten und schaut entzückt hinaus. Er gehört hierher, Vivi, und ich habe ihm ein Versprechen gegeben. Ob du mittlerweile auch Kinder hast? Bestimmt hast du einen kleinen Sohn, ein Ebenbild deines Mannes. Oder ein kleines Mädchen, das so aussieht wie du früher. Ein Kind verändert einfach alles.
Aber abgesehen davon, Vivi: Wie könnte ich das Risiko

eingehen, Simon zu heiraten? Stell dir vor, wie leicht mir ein Fehler unterlaufen könnte, sobald die Schranken zwischen uns gefallen sind und ich nicht mehr auf der Hut bin. Da könnte ich mich leicht verplappern: »Ich weiß noch, wie Honor und Hubert immer …« Und denk an die intimeren Fragen, die Simon mir stellen könnte. Natürlich würde dies das Dilemma meiner Identität lösen. Ich wäre dann einfach Mrs Simon Dalloway. Sobald diese schrecklichen Formalitäten erledigt wären – Heiratsurkunde, Sterbeurkunde und so weiter –, würde niemand mehr Fragen stellen, aber das Risiko ist dennoch zu groß. Wenn ich seiner Liebe schon jetzt nicht genug trauen kann, um ihm die Wahrheit zu sagen, dann will ich auch nicht Gefahr laufen, dass er später dahinterkommt, wenn alles noch komplizierter ist.

Ich hoffe, er glaubt mir, wenn ich ihm sage, dass ich ihn nicht liebe.

Diesmal konnte Joss die Tränen nicht unterdrücken. Während ihr bereits dämmerte, welch böse Folgen diese Briefe für ihr eigenes Leben haben konnten, war sie noch vollkommen gefesselt von der Geschichte ihrer Großmutter, die sich unversehens in eine so missliche Lage gebracht hatte. Joss war beeindruckt davon, wie Mutt über sich selbst Klarheit gewonnen, wie sie sich tapfer ihren zutiefst menschlichen Hoffnungen und Ängsten gestellt und an ihrem unerschütterlichen Glauben festgehalten hatte.

Auch ohne weiterzulesen, wusste sie, dass Mutts und Simons Liebe keine Zukunft gehabt hatte. Durch ihre schicksalhafte Entscheidung war Mutt zum Alleinsein verdammt gewesen. Von Mitgefühl erfüllt, griff Joss nach den wenigen noch verbliebenen Bögen und las weiter.

29. März

Ich habe es hinter mir. Heute Nachmittag ist er nach Exeter zurückgefahren, und obwohl es schon spät ist, muss ich einfach niederschreiben, was passiert ist. Ich bin in einem merkwürdigen Zustand, Vivi: aufgewühlt, zittrig und überdreht, weil er mir seine Liebe gestanden hat. Er hat mich überrumpelt. Mousie hatte die Kinder am Samstag nach dem Mittagessen zu den Cottages mitgenommen, damit ich die Ostereier bemalen und verstecken konnte.

Ich band mir eine alte Schürze um und setzte mich an den Küchentisch. James war zur Home Farm hinuntergegangen, und Simon wurde zum Abendessen erwartet. Im Radio lief beschwingte Tanzmusik. Da ging plötzlich die Tür auf, und er stand vor mir. Vivi, es war eine Katastrophe. Ich vergaß, dass ich distanziert und vernünftig sein wollte. Ich vergaß sogar, dass ich Honor Trevannion war. Mit dem Pinsel in der Hand saß ich da und strahlte ihn an. Ich sagte »Hallo«, lächelte ihn an und dachte: Wie lieb er doch ist! Es war bestimmt das Dümmste, was ich je getan habe. Er reagierte ganz natürlich: Er schloss die Tür, trat zu mir und küsste mich.

Verrückt wie ich bin, ging ich darauf ein. Es war einfach der Schock. Zuvor hatte ich unsere Begegnung genau geplant: Ich komme zum Abendessen herunter, die Kinder liegen schon im Bett, die gute alte Dot hat das Essen vorbereitet, und ich begrüße ihn kühl, aber freundlich, so wie Honor es getan hätte, um klare Verhältnisse zu schaffen. Dann gehe ich unbemerkt zu Bett, während er und James ihren Schlummertrunk

nehmen. Damit wäre der erste Abend gefahrlos überstanden gewesen.
Was den Sonntag betraf, gab es bereits ein Problem. Tante Julia hatte vorgeschlagen, dass ich sie am Ostermorgen in aller Frühe zur Kommunion nach St Endellion begleiten solle. Wie soll ich ihr erklären, dass ich die Kommunion nicht empfangen kann? Schlimm genug, dass ich an Weihnachten nicht zur Mitternachtsmesse gegangen bin, und jetzt, am Ostermorgen, will ich nicht zur Kommunion. Offenbar nahm sie an, dass ich nicht gefirmt bin, und ließ deshalb den Vorschlag fallen. Ich habe mich wie eine Abtrünnige gefühlt. Offenbar vermutet die Familie bereits, dass ich Atheistin bin, obwohl alle die Morgenliturgie auch nur zu besonderen Anlässen besuchen. Erinnerst du dich noch, wie wir am Karfreitag die Kreuzwegstationen mit Schwester Julian abgingen und dann am Ostermorgen gemeinsam riefen: »Christ ist erstanden!«? Ich habe das Gefühl, Jesus zu verleugnen, wie der heilige Petrus es getan hat. Auch wenn ich vorgeben würde, dass Honor katholisch war (was Hubert ja wohl auf jeden Fall erwähnt hätte), könnte ich erst zur Messe gehen, wenn ich gebeichtet habe. Aber wie sollte das gehen? Was würde der Pfarrer zu meiner Geschichte sagen?
Ich wollte mich also kühl geben und vermeiden, mit ihm allein zu sein. Der Sonntag sollte der Familie gewidmet sein: Ostereiersuche nach dem Mittagessen; anschließend sollten zum Tee allerhand Leckereien serviert werden. Ich hatte vorgeschlagen, dass Tante Julia, Mousie und Rafe am Abend zum Essen kommen sollten. Das war alles so gut durchdacht, dass Simon und ich bis zum Ende – wenn es zu spät wäre – keinen Augenblick allein sein würden. Ich würde mich

distanziert und gelassen zeigen und ganz zum Schluss deutlich machen, ich hätte mir alles noch einmal überlegt und erkannt, dass er wohl einen falschen Eindruck gewonnen habe. Ich hätte ihn zwar sehr gern, wolle ihn aber keinesfalls heiraten.
Stattdessen beugte er sich nun über mich und küsste mich. Ich saß immer noch am Küchentisch, ein Ei in der einen, den Pinsel in der anderen Hand, und erwiderte seinen Kuss wie ein verliebtes Schulmädchen. Nein, stimmt nicht. Ich küsste ihn, wie eine erfahrene Frau den Mann küsst, den sie begehrt. Kein Mann kann das missverstehen. Und am allerwenigsten Simon. Er zog mich von meinem Stuhl hoch, ließ mir Zeit, Pinsel und Ei wegzulegen, und dann machten wir da weiter, wo wir aufgehört hatten. Viel zu spät erinnerte ich mich an meinen Plan, aber schließlich gelang es mir, mich von ihm zu lösen. Auch er riss sich zusammen, und es folgte ein Augenblick schrecklicher Verlegenheit auf beiden Seiten.
Es hätte nicht so sein müssen. Wenn ich nicht beschlossen hätte, dass es unmöglich war, hätte es so schön sein können. Es wäre so leicht gewesen, ihn anzulächeln, ihm zu zeigen, dass ich diese Annäherung keineswegs als Übergriff empfand, sondern dass er ganz natürlich auf die Signale reagierte, die ich ihm in den vergangenen sechs Monaten gegeben hatte. In diesem Moment begriff ich, wie wunderbar es mit ihm hätte sein können: Liebe und Leidenschaft und geistige Nähe. In diesem Augenblick schien es mir ein Verbrechen, etwas so Schönes zu zerstören.
Also habe ich mich wie ein Feigling verhalten und ihm erklärt, ich sei noch nicht so weit, mich wieder zu verlieben. Damit habe ich den Eindruck erweckt, ich

würde mich vielleicht umstimmen lassen, wenn er sich nur lang genug um mich bemüht. Ich entschuldigte mich dafür, dass ich ihn ermutigt hätte – natürlich entgegnete er sofort, es sei seine Schuld –, und dann murmelte ich noch, ich sei einsam und fände ihn sehr attraktiv. Er erklärte, er werde so lange warten wie nötig, worauf ich erwiderte, ich hätte nicht vor, noch einmal zu heiraten. Wir hörten gerade noch rechtzeitig, wie Dot vom Garten hereinkam. Rasch setzte ich mich wieder zum Eierfärben an den Tisch. Er verkündete laut, er werde nun seine Reisetasche hinauftragen, und fragte, ob er im selben Zimmer wie immer schlafen könne.

Falls Dot etwas ahnte, ließ sie sich jedenfalls nichts anmerken. Sie widmete sich den Vorbereitungen fürs Abendessen, während ich meine Eier bemalte, als gebe es nichts Wichtigeres auf der Welt.

Dabei herrschte an diesem Wochenende eine völlig andere Atmosphäre: Wir waren beide wie elektrisch aufgeladen, und die Funken sprühten nur so zwischen uns. Wir konnten den Kuss nicht vergessen. Zwar hielt ich mich an meinen Plan und vermied es tunlichst, mit ihm allein zu sein, doch es war eher so, als hätte etwas angefangen und nicht, als wäre es zu Ende gegangen.

Und wie steht es mit deiner Ehe, Vivi? Du siehst so glücklich aus auf deinem Hochzeitsfoto. Dein Mann wirkt resolut, macht aber einen netten Eindruck. Ich werde es wohl nie erfahren. Wenn man etwas unwiederbringlich verloren hat, bildet man sich leicht ein, es sei das Einzige, was man sich jemals wirklich gewünscht hat. Gerade jetzt sehne ich mich nach der Beziehung, die wir beide, du und ich, einmal hatten: nach dieser merkwürdigen engen – und oft schmerzlichen – Kameradschaft, die Geschwister verbindet. Ich sehne mich nach meiner Religion, die mir einst so selbstverständlich war wie das Atmen und mein Leben so sehr geprägt hat. Und ich sehne mich nach Simon. Ich habe alles verloren, was mir wichtig war. Gewonnen habe ich das »Paradies«.

Die Eiersuche machte großen Spaß, obwohl Emma nicht ganz begriff, worum es ging. Nachdem Bruno das erste Ei gefunden hatte – in den unteren Zweigen des Blauregens –, vermutete sie, die Eier seien dort, wo sie gerade nachsah, und auf Freudenschreie folgte immer wieder enttäuschtes Weinen. Rafe half ihnen, führte sie zu den bemalten Eiern, tat aber so, als sei er ebenso erstaunt wie sie, wenn wieder eines entdeckt wurde. Das Spiel machte ihm großen Spaß. Oft war Mutt an seiner Seite und raunte ihm zu, wo sie die Eier versteckt hatte. Sie lachten gemeinsam über Emma, die hinter Bruno herstapfte und ihn anfeuerte. Über seine Erfolge freute sie sich ebenso wie über die eigenen: Besitzgier war ihr völlig fremd, und er teilte ohnehin alles mit ihr.

»Weil sie noch zu klein ist«, erklärte er Rafe mit großem Ernst, »um sie selbst zu finden.«

Rafe legte das Ei in den Korb zu den anderen und lächelte Mutt an.

»Ich hoffe, Emma mag harte Eier«, sagte er. »Hier muss eine ganze Wochenration versteckt sein.«

Mutt verzog das Gesicht. »Gott sei Dank gibt es die Home Farm. Und Emma isst alles. Aber ich habe mir gerade überlegt, Rafe, dass wir selbst Hühner halten könnten. Im Küchengarten hätten sie genug Platz.«

Beide hatten Freude am Garten. Mutt machte die Gartenarbeit fast genauso viel Spaß wie das Segeln, und Rafe stand ihr auch hier mit Rat und Tat zur Seite. James, der gern von den guten alten Zeiten schwärmte, hatte freudig seine Einwilligung gegeben, und die beiden hatten bereits Pläne für das Gelände, das seit Kriegsbeginn nicht mehr recht gepflegt worden war. Nach Margarets Erkrankung war die Gartenarbeit vernachlässigt worden. Jetzt wollten Mutt und Rafe dafür sorgen, dass bald wieder alles in alter Schönheit erblühte.

Emma ließ sich plötzlich ins hohe, feuchte Gras plumpsen und fing an zu schreien. Sofort eilte Mutt zu ihr und hob sie auf. Das Gespräch fand damit ein abruptes Ende, aber Rafe freute sich auf die bevorstehende Zusammenarbeit.

Auch Bruno war glücklich. Nicht nur Selbstlosigkeit bewog ihn, die bemalten Eier mit Emma zu teilen. Diese Großzügigkeit fiel ihm umso leichter, als er bereits wusste, was ihm Simon aus Exeter mitgebracht hatte. Er hatte einen Bäcker gefunden, der zwei Schokoladeneier mit den Namen der Kinder verziert hatte. Es herrschte gespanntes Schweigen, als er die Kartons öffnete, um sie ihnen zu zeigen. Solchen Luxus hatte es schon seit Jahren nicht mehr gegeben, und alle stießen Entzückensrufe aus. Bruno genoss den köstlichen Duft der Schokolade. Während der Messe und beim Mittagessen dachte er an die Eier – ein süßer Traum.

Und da war noch etwas, nur für ihn. Er steckte die Hand in die Tasche seiner Shorts und ertastete den kleinen roten Bus.

»Schließlich bist du mein Patenkind«, hatte Simon gesagt, »wir Männer müssen zusammenhalten.«

Bruno störte es nicht, seinen Paten mit Emma zu teilen – er sah ein, dass es unfair gewesen wäre, wenn sie kein Kätzchen und kein Schokoladenei bekommen hätte. Trotzdem war es gut, etwas nur für sich zu haben.

Dass auch Simon glücklich war, entging ihm nicht, aber im Augenblick hielt er sich lieber an Rafe. Bei ihm fühlte er sich genauso gut aufgehoben wie bei Tante Julia und Mousie.

»Deine Schwester ist vielleicht eine«, meinte Rafe mitfühlend – und Bruno musste lachen und verdrehte die Augen, wie es die Erwachsenen angesichts von Emmas Eskapaden machten.

Als er sah, wie Mutt Emma durch die Luft schwang, um sie abzulenken, empfand er ein tiefes Zusammengehörigkeitsgefühl.

»Zeit für den Tee«, rief Mutt – und sie eilten zurück zum Haus.

9. April

Vor ein paar Tagen habe ich einen Brief von Simon bekommen. Er lag neben meinem Frühstücksteller, und James beobachtete mich, als ich ihn öffnete, obwohl er so tat, als sei er mit seiner eigenen Post beschäftigt. Wahrscheinlich ist den anderen nicht entgangen, dass es an jenem Wochenende zwischen mir und Simon gefunkt hat, und ich fühle mich schuldig. Was James wohl von mir denkt, nachdem ich ihm versichert habe, ich würde nicht mehr heiraten – womöglich nimmt er Anstoß an meinem Verhalten. Um ruhig und gelassen zu erscheinen, half ich Emma, ihren Porridge zu essen, und köpfte Brunos Ei, bevor ich den Umschlag öffnete.

Wir frühstücken im Esszimmer. An manchen Tagen strömt das Sonnenlicht herein, umrahmt Emmas Kopf mit einem verschwommenen Heiligenschein und lässt das Rosenholz des ovalen Tisches in sanftem Glanz erstrahlen. Glitzernd streift es das blau-goldene Blattmuster der hauchdünnen Porzellanteekanne und Margarets großen seidenen Wandbehang. Seine Wärme muntert uns auf, weckt Vorfreude auf den neuen Tag und regt Pläne und Ideen an.

Doch an dem Morgen, als Simons Brief eintraf, regnete es. Im Zimmer war es kühl und ungemütlich. Wir hatten schon eine Schönwetterperiode gehabt – der Frühling kommt und geht, lockt uns mit seiner Schönheit und wird dann wieder von einem heftigen Hagelschauer oder einem Sturm verdrängt. Diese plötzliche Wiederkehr des Winters war deprimierend. Emma quengelte – ebenso hartnäckig wie der Nieselregen –, und Bruno fragte, ob wir nach dem Frühstück über die Klippe zum »Krähennest« gehen könnten. James lächelte und schaffte das Kunststück, mir sein Mitgefühl zu zeigen und gegenüber seinen Enkeln Nachsicht zu üben. »Warten wir ab!«, sagte ich zu Bruno. »Vielleicht klart es ja auf.« Und dann öffnete ich Simons Brief.

Zu meinem Entsetzen sah ich, dass meine Hand zitterte. Hastig legte ich den Brief auf den Tisch und tat, als wolle ich mir erst einmal Julias Brombeermarmelade auf meinen Toast streichen. Dann beugte ich mich über meinen Teller und überflog rasch die eng beschriebenen Bögen. Es war so ein lieber Brief, Vivi! Er entschuldigte sich, dass er meine »Verletzlichkeit« ausgenutzt habe, und gestand mir seine Liebe. Er schrieb: »Eigentlich wundert es mich nicht, dass ich so empfinde. Denn nach allem, was mir Hubert über dich erzählt hat, hatte ich mich schon halb in dich verliebt, bevor ich dich zum ersten Mal sah …«

Anschließend versicherte er mir ein wenig unbeholfen, Hubert würde sich freuen, wenn er wüsste, dass wir einander Trost spenden könnten. Aber da hatte mich schon die nackte Angst gepackt.

Nach allem, was mir Hubert über dich erzählt hat.

Was hatte Hubert seinem besten Freund über seine

Frau erzählt, Vivi? Zunächst einmal war ich grenzenlos erleichtert, dass ich mich nicht bereits verraten hatte. Als ich aufblickte, sah ich, dass James mich musterte. In seinen Augen lag so viel Verständnis und Zuneigung, dass mir ganz flau wurde. Ich hätte es nicht ertragen können, in diesen Augen Ernüchterung und Abscheu zu sehen. Und daher blieb mir nichts anderes übrig, als den einmal eingeschlagenen Weg weiterzugehen.

Ich lächelte ihn an. »Simon bedankt sich bei uns allen für das schöne Wochenende«, erklärte ich betont gleichgültig. Allerdings fiel mir das Sprechen nicht leicht: Ich fühlte mich beklommen und atmete schwer. Rasch faltete ich den Brief zusammen und steckte ihn wieder in den Umschlag, wischte Brunos Finger ab und ließ Emmas Puppe auf dem Tisch tanzen, um sie abzulenken. »Vielleicht hat Bruno Recht. Wir sollten zum »Krähennest« hinaufgehen und gründlich lüften. Aber wir nehmen wohl lieber den Feldweg. Bei dem Regen empfiehlt es sich nicht, über die Klippen zu wandern. Was hast du heute Morgen vor, James?«

»Ich fürchte, ich habe einiges im Büro zu erledigen«, erklärte er und trank seinen Tee aus. »Lästiger Papierkram.«

Er verließ den Raum, und ich lächelte den Kindern zu. Diese beiden waren jetzt mein Leben, meine Aufgabe, meine ganze Zukunft, so wie ich es in dem Hotelzimmer in Karatschi vorhergesehen hatte. Ich durfte mich durch nichts davon ablenken lassen. Keine Koboldsrufe, keine köstlichen Früchte, keine Küsse …

Als die Kinder nach dem Essen ihren Mittagsschlaf machten und James im Studierzimmer über der Zeitung eingenickt war, schrieb ich an Simon. Ich saß am Esszimmertisch und teilte ihm mit, es gebe keine gemeinsame Zukunft für uns. Ich hätte einen Entschluss gefasst, und nachdem ich einmal echte Liebe erlebt hätte, wüsste ich, dass ich nicht dasselbe für ihn empfände. Ich bat ihn, das zu akzeptieren und mir nicht böse zu sein, fügte aber hinzu, ich hätte ihn sehr gern und hoffte, wir würden Freunde bleiben.

Durch seinen Brief hatte er mir einen Fluchtweg geöffnet, denn es ist immer viel leichter, einen Antrag aus der Ferne abzulehnen. Ich hätte nicht nach Exeter fahren können, um es Simon persönlich zu sagen, also beschloss ich, ihm zu schreiben. Glaube nur nicht, dass es mir leichtfiel, Vivi. Es war schrecklich. Den ganzen Vormittag lang hatte ich mir Gedanken über den Brief gemacht. Mir gingen Formulierungen und Sätze durch den Kopf, während ich mit den Kindern die Einfahrt hinunterwanderte und Emma voller Begeisterung in jede Pfütze sprang. Und als wir unser kleines Feuer anfachten und Bruno unentwegt mit mir und verschiedenen erdachten Freunden plauderte, die sein Leben bevölkern, hatte ich den Entwurf schon im Kopf.

Tante Julia kam nach dem Tee herauf, um mir beim Baden der Kinder und beim Zubettbringen zu helfen. Als sie ihnen ihre Gutenachtgeschichte vorlas, stahl ich mich davon und ging hinauf zum Briefkasten an der Straße nach Polzeath. Ich fürchtete, den Mut zu verlieren, wenn ich meinen Brief nicht sofort abschickte.

Es war ein kühler, schöner Abend. Schon ging der Mond im Westen unter. Das Silberblatt blühte am Wegesrand, wo es neben der Kuckuckslichtnelke und dem Leimkraut unter den kahlen Dornenhecken

Schutz fand. Auf den rauen Klippen hielten sich der gelbe Ginster und der weiß blühende Schlehdorn. Welcher Frieden herrschte hier! Sanft schlug das Meer gegen die schroffen Klippen, und oben an der Quelle des Heiligen ertönte der heisere Ruf eines Raben. Gute fünf Minuten stand ich, den Brief in der Tasche, neben dem Briefkasten. Ich betete, Vivi. Ich betete um Beistand und Weisheit, damit ich die richtige Entscheidung für uns alle traf. Der Spaziergang, die Stille und die Schönheit des Tals hatten mich beruhigt, und in diesem Augenblick wünschte ich mir nichts sehnlicher, als hierzubleiben und nie mehr die Qual der Leidenschaft und den Schmerz der Liebe zu erleben. Dieses Gefühl des Friedens begleitete mich bis nach Hause.

Tante Julia las Bruno die Geschichte zu Ende vor, ließ ihn sein Nachtgebet sprechen und deckte ihn zu.

»Gute Nacht, mein Junge«, sagte sie, »träum was Schönes.« Dann eilte sie nach unten.

James saß gemütlich im Wohnzimmer und las. Doch als sie hereinkam, hob er den Kopf und legte sein Buch beiseite. An ihrer Miene merkte er, dass etwas nicht stimmte. Resolut, aber geräuschlos schloss Julia die Tür und setzte sich aufs Sofa.

Ohne Umschweife kam sie zur Sache. »Ich mache mir Sorgen wegen Honor. Sie wirkt richtig geistesabwesend, und seit Ostern frage ich mich, ob sie sich wohl in Simon verliebt hat. Was glaubst du?«

Das waren offene Worte, selbst für eine Frau wie Julia. James schlug die Beine übereinander und überlegte, was er darauf erwidern sollte. Es stimmte, am Osterwochenende war auch ihm aufgefallen, dass Honor und Simon nur Augen füreinander gehabt hatten. Und als Anfang der Woche der Brief von Simon gekommen war, hatte auch James ihre Verwirrung bemerkt.

»Simon bedankt sich bei uns allen für das schöne Wochenende«, hatte sie beiläufig bemerkt, aber James hatte gesehen, dass ihre Hände zitterten. Und auch im Umgang mit den Kindern war sie auffällig zerstreut gewesen.

James empfand großes Mitgefühl für Honor. Ihm war klar, dass sie sich in einem Dilemma befand. Sie wollte unbedingt, dass Huberts Kinder hier in St Meriadoc aufwuchsen, davon war James überzeugt. Doch er fragte sich, ob Simon sich hier wohl ohne weiteres einleben würde. Schließlich war er bisher immer nur als Gast hier gewesen. Ziemlich heikel war es auch, die Familie seines alten Freundes quasi zu übernehmen. Eine echte Herausforderung, sogar für einen so selbstbewussten Mann wie Simon.

James spürte Julias Blick und rutschte unruhig auf seinem Sessel hin und her.

»Schon möglich«, meinte er vorsichtig. »Aber selbst wenn das der Fall ist, weiß ich nicht, was wir dagegen tun könnten. Ich glaube, wir sollten ihr vertrauen.«

»Es wäre nicht gut, wenn Bruno schon wieder sein Zuhause verlieren würde«, gab Julia mit Nachdruck zurück. »Gerade hat er angefangen, den Tod seines Vaters zu verarbeiten. Meiner Ansicht nach wäre es verheerend, wenn er sich jetzt auf einen neuen Vater einstellen müsste und aus der Familie herausgerissen würde. Bei Emma wäre das kein großes Problem, sie ist ja noch klein. Aber auch sie hat sich hier ganz gut eingewöhnt.«

»Was soll ich tun?«, fragte James hilflos. »Ich kann ihnen doch nicht verbieten, sich ineinander zu verlieben.«

Julia reckte das Kinn vor – die Geste erinnerte ihn stark an Margaret – und blickte ihm geradewegs in die Augen.

»Du solltest ihr sagen, dass du, was das Erbe der Kinder betrifft, klare Verhältnisse haben möchtest.«

Er starrte sie entsetzt an. »Ich habe ihr doch schon erklärt, dass im Falle ihrer Wiederverheiratung das Anwesen treuhänderisch verwaltet wird, bis Bruno und Emma alt genug sind, das Erbe anzutreten. Darauf hat sie geantwortet, dass sie nicht die Absicht hat, wieder zu heiraten, und ich habe ihr geglaubt. Das habe ich dir doch erzählt.«

»Ja, schon.« Julia runzelte die Stirn. »Trotzdem. So wie sich die beiden an Ostern verhalten haben, musste man den Eindruck gewinnen, dass zwischen ihnen mehr ist als bloße Freundschaft. Honor war die ganze Woche zerstreut, und heute Abend wirkte sie völlig geistesabwesend. Das soll keine Kritik sein, James. Simon ist ein charmanter, gut aussehender Mann, und sie ist noch jung. Glaub nur nicht, dass ich dafür kein Verständnis hätte! Aber sie muss der Realität ins Auge sehen. Eine so warmherzige junge Frau! Ich will nicht, dass sie sich den Kopf verdrehen lässt.«

»Meinst du, es ist eine Reaktion auf Huberts Tod?«

Julia antwortete nicht sofort. »Gut möglich«, sagte sie schließlich. »Ich weiß noch, wie mir zumute war, als Hugh ums Leben kam. Manchmal habe ich mir ausgemalt, wie wunderbar es doch wäre, wenn ich einen starken Mann an meiner Seite hätte, dem ich alle Lasten aufbürden könnte. Zum Glück hatte ich dich und Margaret. Ihr habt mich vor einer übereilten Entscheidung bewahrt. Honor ist jünger, als ich damals war, und ich fürchte, sie lässt sich sehr viel leichter beeindrucken. Ich will nicht, dass sie eine Dummheit begeht.«

James blickte sie forschend an. »Ist Simon dir eigentlich sympathisch?«

»O doch, er ist ein sehr netter junger Mann. Sie hätte es wesentlich schlechter treffen können, aber ich möchte nicht, dass sie irgendetwas überstürzt. Simon ist ein anständiger Mensch, aber sieh dir nur sein ausgeprägtes Kinn an! Der bekomnmt, was er will. Und im Moment will er Honor.«

»Du scheinst dir da sehr sicher zu sein.«

»Ich war mir ziemlich sicher, dass Simon in sie verliebt ist, aber inzwischen glaube ich, dass Honor seine Gefühle erwidert. Anfangs dachte ich, es wäre noch zu früh und ihre Liebe zu Hubert würde sie vor einer Dummheit bewahren. Doch jetzt frage ich mich, ob sie sich nicht in ihn verliebt hat, um über Huberts Tod hinwegzukommen. Ihre Gefühle für Simon lenken sie von ihrem Schmerz ab. Eine neue Liebe, das ist etwas Aufregendes. Völlig verständlich, wenn du mich fragst.«

»Und trotzdem bist du der Ansicht, dass es falsch für sie wäre.«

»Falsch sein *könnte*«, stellte Julia richtig. »Sie braucht Zeit, und ich habe das dumpfe Gefühl, dass Simon ihre Situation ausnutzen wird.«

»Wie wär's, wenn *du* mit ihr redest?«, schlug James vor. »Gewissermaßen von Frau zu Frau.«

Sie schüttelte den Kopf. »Wir haben kein so enges Verhältnis. Deshalb solltest besser du die Sache ansprechen – mit Hinweis auf das Testament.«

»Ich weiß nicht, wie ich das anstellen soll«, erwiderte James bekümmert. »Menschenskind, Julia! Was soll ich ihr denn sagen? Schließlich bin ich nicht ihr Vater.«

»Du bist der Großvater der Kinder«, entgegnete sie. Doch sie verstand sein Dilemma. »Wir müssen dafür sorgen, dass sie die Sache sorgfältig durchdenkt. Sie muss Simon etwas entgegensetzen können, wenn er sie allzu sehr bedrängt.«

Julia verstummte und hob warnend die Hand, denn in diesem Augenblick kam Honor vom Flur herein. Erfüllt von einer großen inneren Zufriedenheit, lächelte sie die beiden fast träumerisch an.

»Wer diesen Ort ›Paradies‹ getauft hat, lag vollkommen richtig«, sagte sie. »Es ist der schönste Fleck auf Erden. Was für ein Glück, hier leben zu dürfen!« Dann sah die beiden Alten liebevoll an und meinte in nüchternerem Ton: »Jetzt mache ich Abendessen.«

James und Julia blieben stumm, bis sie hörten, wie Honor sich in der Küche zu schaffen machte. Dann hob James fragend eine Augenbraue, und Julia zuckte die Achseln.

»Vielleicht«, sagte er leise, »vielleicht hat sie doch etwas, was sie ihm entgegensetzen kann.«

12. April

Gestern, als die Familie in der Kirche war, kam er ins »Paradies«. Ich traf mich mit ihm an der Quelle des Heiligen oben am Rande unseres Tals. Er hat angerufen, Vivi. Ich hatte so eine Ahnung, dass er den Brief nicht einfach so hinnehmen würde, und nach ein paar Tagen wurde ich unruhig. Alles wäre einfacher gewesen, wenn er nicht so eng mit der Familie verbunden wäre, aber so wie die Dinge liegen, kann er nicht einfach aus unser aller Leben verschwinden. Ich begann mich zu fragen, was er jetzt wohl machen würde, und von da war es nur noch ein kleiner Schritt zu diesem Gefühl angespannter Erwartung. Mit meinem Seelenfrieden war es aus und vorbei, meine Nerven waren zum Zerreißen gespannt. Wenn das Telefon läutete, zuckte ich zusammen – und dann, endlich, war Simon am Apparat.

»Ich komme«, sagte er ohne Umschweife. »Aber ich

würde gern mit dir allein sprechen, Mutt. Schlag es mir nicht ab, bitte. Gib mir nur diese eine Chance. Ich habe eine Idee ...« Seine Idee war, dass ich Kopfschmerzen vorschützen und nicht mit in die Kirche gehen, sondern mich oben im Tal mit ihm treffen sollte.
Er wollte das Auto oben an der Straße nach Polzeath stehen lassen und zu Fuß herunterkommen. »Wir treffen uns gegen elf an der Quelle«, sagte er und legte auf.
Jetzt weiß ich, es wäre klüger gewesen, James rundheraus zu sagen, dass Simon mir einen Heiratsantrag gemacht und ich ihn abgewiesen hatte. Aber ich ließ mich auf Simons Plan ein, und dadurch wurde alles noch komplizierter. Nachdem die anderen zur Messe aufgebrochen waren, verließ ich das Haus. Unterwegs dachte ich die ganze Zeit an das Picknick, bei dem alles angefangen hatte. Ich erinnerte mich an die heiße Sonne und an die Lerche, die hoch oben in der reglosen Luft sang ...

Zum Goldkelch sie dies Tal erkor
Und schwingt sich höher noch empor ...

Er wartete bereits. Es war ein nasskalter Vormittag, keine Lerche sang, und er hatte die Hände tief in den Taschen seines warmen Mantels vergraben. Er war nervös – natürlich –, und das erleichterte mir die Sache. Ich kannte meine Schwächen, daher hatte ich Honors Flanellmantel, den dazu passenden Rock und festes Schuhwerk angezogen, und wie immer übertrug sich dabei etwas von ihrem Wesen auf mich. Das befähigte mich, mit gestrafften Schultern und hoch erhobenem Kopf auf ihn zuzugehen. Diesmal lauschte

ich nicht sentimentaler Tanzmusik und bemalte Ostereier. Diesmal war ich gewappnet.
Ich wusste, wie Honor sich verhalten hätte, wenn sie, was unwahrscheinlich war, überhaupt je in eine solche Situation geraten wäre. Sie wäre entschlossen, freundlich und sanft gewesen. Nicht so mitleidlos und schroff wie du, wenn du einem bedauernswerten Verehrer einen Korb gabst, Vivi. Aber mit demselben Effekt.
Dieser Begegnung haftete von Anfang an etwas Unwirkliches an, und plötzlich wurde mir klar, dass es ein Fehler von ihm gewesen war, darauf zu bestehen. Sein Instinkt hatte vollkommen versagt. Es wäre klüger gewesen, etwas Zeit verstreichen zu lassen und dann wiederzukommen, um, wie so oft, ein fröhliches Wochenende hier zu verbringen; er hätte den Kindern kleine Geschenke mitgebracht und bei einem Glas Whisky mit James Erinnerungen ausgetauscht. Dann hätte sich zwischen uns so etwas wie eine Beziehung entwickeln können. Wir wären zusammen segeln oder spazieren gegangen, und dann hätte sich auch der alte Zauber wieder eingestellt, dem ich gewiss erlegen wäre.
Doch dieser Begegnung an der Quelle des Heiligen fehlte jeglicher Zauber: Da war nur das kristallene Plätschern des kalten Wassers und der scharfe, durchdringende Geruch des Bärlauchs. Sein Gesicht verriet nicht, was er dachte, als er mich heraufkommen sah. Ich veränderte den Rhythmus meiner Schritte nicht, machte aber ein freundliches Gesicht. Wahrscheinlich hatte er erwartet, dass ich wie bei unserer letzten Begegnung reagieren würde, und meine Beherrschtheit entmutigte ihn daher umso mehr. Ich bemerkte, wie er unter seinem Kamelhaarmantel die Schultern hochzog.

Obwohl ich mich stark und gefasst fühlte, presste ich zwischen den Lippen hervor: »Hilf mir! Hilf mir!« Ich weiß nicht, ob mein Stoßgebet dem Heiligen galt oder Gott. Simons abweisende Körperhaltung machte mir die Sache leichter. Hinzu kam, dass er mich »Honor« nannte. Auch hierbei ließ ihn sein Instinkt im Stich. Der vertraute Spitzname »Mutt«, den er bisher benutzt hatte, hätte mich erweichen können und mein wahres, schwächeres Ich auf den Plan gerufen. Honors Name, den er nervös in regelmäßigen Abständen wiederholte, war wie ein Schutzschild, den er mir in die Hand drückte. Und als ich spürte, wie viel Kraft mir zuwuchs, fiel mir ein Psalmvers ein: *Er beschirmt dich mit seinen Flügeln, unter seinen Schwingen findest du Zuflucht. Schild und Schutz ist dir seine Treue.* Dieses Gefühl des Unwirklichen dauerte an, fast als wären wir Schauspieler in einem Theaterstück. Die Leidenschaft, die an Ostern zwischen uns aufgeflammt war, schien erloschen. Unsere Begegnung erschöpfte sich in einem sachlichen Wortwechsel. Etwas an mir – es mochte mit Honors Kleidung zu tun haben oder damit, dass ich in ihre Rolle geschlüpft war – lähmte ihn. Er fing an zu glauben, was ich in meinem Brief geschrieben hatte, und ich spürte, wie seine Hoffnung schwand. Er verhielt sich, als läge zwischen uns ein Abgrund. Und über diesen Abgrund hinweg redete er mit mir. Er sprach von der Zukunft, die er für uns geplant hatte. Man hatte ihm eine Forschungsstelle am Baker Medical Research Institute in Australien angeboten, und ihm schwebte ein neues Leben für uns alle vor, befreit von all den traurigen Erinnerungen an die Vergangenheit. Je länger er redete, desto größer wurde die Kluft zwischen uns, bis

er schließlich verwirrt und wütend seine Niederlage akzeptierte.
Am Ende war das Einzige, wovor ich noch Angst hatte, die körperliche Berührung – hätte er mich geküsst, wäre ich schwach geworden. Aber erneut ließ ihn sein Instinkt im Stich. Mit einer enttäuschten Abschiedsgeste wandte er sich ab und trat den Rückweg zur Straße nach Polzeath an.
Ich weiß kaum mehr, wie ich ins »Paradies« zurückgelangte, aber mit einem Mal fühlte ich mich elend und schwach. Die innere Kraft, die mich an der Quelle des Heiligen aufrecht gehalten hatte, war dahin, und ich sank ins Bett. Dort fanden mich die Kinder. Sie brachten mir Blumen, die sie auf der Wiese gepflückt hatten, und Emma zog sich am Bettrand hoch, tätschelte mein Gesicht mit ihren weichen, pummeligen Händchen und krähte ein Liedchen. Bruno stand wie erstarrt daneben.
»Bist du richtig krank, Mutt?«, fragte er verstört.
Ich richtete mich auf und rang mir ein zuversichtliches Lächeln ab.
»Es sind nur diese blöden Kopfschmerzen«, sagte ich. »Ich hab wieder einmal zu viel gelesen. Mach dir keine Sorgen, mein Schatz.«
Und dann kam Tante Julia herein, brachte mir eine heiße Wärmflasche und ein Aspirin und scheuchte die Kinder hinaus. Dann war es still. Erst jetzt, als ich den Schutzschild sinken ließ und meine Abwehr aufgab, erkannte ich, dass ich diesen Ruf der Goblins nie mehr hören und nie mehr ihre süßen, wohlschmeckenden Früchte kosten würde. Und ich dachte an die arme Laura, die nach Hause geschlichen war, sich ins Bett verkrochen und still dagelegen hatte, bis Lizzie schlief.

Dann setzte sie sich auf in leidenschaftlichem Sehnen,
Knirschte mit den Zähnen vor enttäuschtem Verlangen
Und weinte, als bräche ihr das Herz.

Auch ich weinte, Vivi, die heiße, tröstliche Wärmflasche umklammert, die Decke über den Kopf gezogen, damit mich niemand hörte. Ich weinte nicht nur um mich und um Simon, sondern auch um Hubert und Honor und Bruno und um alles, was wir verloren hatten. Erst später fragte ich mich, ob Bruno bei meinem Anblick vielleicht daran gedacht hatte, dass er seine Eltern und seine Schwester verloren hatte. Vielleicht fürchtete er, dass auch ich sterben könnte. Dieser Gedanke riss mich aus dem Strudel meines Selbstmitleids. Ich stand auf, wusch mir das Gesicht, legte etwas Make-up auf, bürstete mir die Haare und band mir ein gelb und blau gemustertes Baumwolltuch um den Kopf. Dann kramte ich einen marineblauen Rollkragenpulli hervor, der Hubert gehört hatte, und zog dazu einen grauen Flanellrock an.
Als ich die Wohnzimmertür öffnete, saßen Julia, James und Bruno am Klapptisch vor dem Fenster und spielten Monopoly. Sie drehten sich um, und als sie mich so froh und erleichtert ansahen, wurde mir warm ums Herz. Bruno kletterte von seinem Stuhl und lief zu mir.
»Geht es dir besser?«, fragte er besorgt.
»Viel besser«, erwiderte ich. »Und wenn das Spiel zu Ende ist, machen wir einen Spaziergang über die Klippen zum ›Krähennest‹ und pusten die letzten Spinnweben weg.«
Ich setzte mich aufs Sofa, wo Emma zusammengekuschelt lag und fest schlief, die kleinen Gliedmaßen

sorglos von sich gestreckt, friedlich und mit rosaroten Wangen. Während ich so dasaß, sie betrachtete und dem Gemurmel der Stimmen am Tisch lauschte, nahm ich mir ein Versprechen ab. Damals in Indien hatte ich eine Entscheidung getroffen, und jetzt fordert sie ihren Tribut: keine »Goblin«-Früchte mehr – »Honig im Mund, aber Gift im Blut«. Zu dieser Entscheidung muss ich stehen, sie ist unumkehrbar. Ob ich es wohl schaffen werde?

Den ganzen Vormittag, in der Kirche und auf dem Nachhauseweg, waren Brunos Gedanken bei Mutt. Sie hatte über Kopfschmerzen geklagt, aber er spürte, dass es da noch etwas gab. Etwas Schlimmeres. Eine tiefe Unruhe erfasste ihn. Als sie wieder im »Paradies« waren und er an ihrem Bett stand, packte ihn die Angst. Von Erinnerungen überwältigt, dachte er daran, wie zuerst sein Vater krank wurde, dann die kleine Emma, dann Mami: Sie hatte unter der feuchten, zerknitterten Bettdecke gelegen, zu schwach, um ihn zu trösten. Die Tränen schnürten ihm die Kehle zu. Er wusste, er würde es nicht ertragen, wenn Mutt etwas zustieße. Er stand neben dem Bett, das welkende Blumensträußchen in der zur Faust geschlossenen Hand.

»Bist du richtig krank?«, fragte er, und obwohl sie ihm noch einmal versicherte, es seien nur Kopfschmerzen, glaubte er ihr nicht.

Tante Julia scheuchte ihn und Emma aus dem Schlafzimmer. Seine Mutter brauche Ruhe, sagte sie, und er merkte, dass er Mutt jetzt beinahe als seine Mutter akzeptiert hatte. Er konnte sich ein Leben ohne sie fast nicht mehr vorstellen. Mittags brachte er kaum einen Bissen hinunter. Danach spielten Tante Julia und Onkel James Monopoly mit ihm, während Emma auf dem Sofa schlief. Rafe war segeln gegangen, und Mousie hatte Dienst im Krankenhaus, doch Bruno fühlte sich ganz wohl mit den beiden Alten, die sich beim Spielen leise unterhielten und ihm damit die Möglichkeit gaben, über Mutt nachzudenken. Und dann auf einmal trat sie lächelnd zur Tür herein. Vor Erleichterung war er so überwältigt, dass er kaum ein Wort herausbrachte.

»Geht es dir besser?«, rief er, und sie versicherte ihm, es gehe ihr wieder gut.

Beruhigt und fröhlich wandte er sich wieder dem Spiel zu. Plötzlich fiel ihm Simon ein, und er fragte, wann er wieder zu Besuch käme. Er spürte Tante Julias Hand auf seiner Schulter, während er den nächsten Spielzug machte, aber er dachte nicht weiter darüber nach: Alles war gut.

Julia beobachtete, wie sich Honor neben die schlafende Emma setzte. Ihre klugen Augen sahen die Spuren bitterer Tränen, die das Make-up und das bunte Kopftuch nicht ganz verbergen konnten. Und etwas an der Art, wie Honor den Kopf neigte und ihr schlafendes Kind betrachtete, berührte Julia zutiefst. Sie versuchte Honors Miene zu deuten. War es Verzicht? Entschlossenheit? Als Bruno seine unschuldige Frage stellte, fuhr sie erschrocken zusammen. Honor blickte flüchtig auf.

»Ach, ich hab ganz vergessen, es dir zu sagen«, erwiderte sie leichthin. »Man hat ihm eine Stelle in Australien angeboten. Sehr aufregend für ihn, aber sehr traurig für uns. Ab jetzt wirst du deinen Patenonkel nicht mehr so oft sehen, Bruno, aber er wird dir bestimmt schreiben. Wir werden ihn vermissen, nicht wahr?«

Weder James noch Julia fragten, woher Honor das jetzt plötzlich wusste. Sie blickten konzentriert auf das Spielbrett und beantworteten Brunos Fragen über Australien. Und als Emma aufwachte, gingen die drei zum »Krähennest« hinauf.

Schließlich sahen James und Julia einander an.

»Ich glaube, wir haben sie unterschätzt«, sagte Julia nach einer Weile.

James verkniff sich die Bemerkung, dass er nie an ihr gezweifelt habe. Er nickte nur zustimmend und räumte das Spielbrett weg.

»Braves Mädchen«, murmelte er.

Sein Gefühl hatte ihn nicht getrogen: In ihrer Obhut war das »Paradies« gut aufgehoben.

8. Juni 1948

Liebste Vivi,
das ist der letzte Brief, den ich dir schreibe, genau ein Jahr nach meiner Ankunft im »Paradies«. Das war schließlich Teil dieser Abmachung, nicht wahr? Die »Goblin«-Früchte – das bedeutet auch, dass ich so tue, als korrespondierte ich tatsächlich mit dir und als würdest du eines Tages diese Briefe bekommen und beantworten. Doch ich bringe es nicht übers Herz, sie zu vernichten. Die Briefe an dich sind das letzte noch verbliebene Zeugnis dessen, wer ich wirklich bin und wie sich alles in Wirklichkeit zugetragen hat. Aber wenn ich es mit meinem Entschluss ernst meine, muss ich auch mit Madeleine Grosjean Schluss machen. Sie ist ja in Indien verschwunden.
Neulich stand ein Mann vor der Tür, ein Fremder, der sich bei einem Spaziergang über die Klippen verlaufen hatte. Aber mich packte plötzlich ein irrationaler, lähmender Schreck. Angenommen, Johnny würde anfangen, mich zu suchen? Oder du und Don, ihr würdet Nachforschungen anstellen? Ich habe mir eingeredet, die Nachricht, dass Lottie und ich in Karatschi zusammen mit Hubert ums Leben gekom-

men sind, sei bis hierher gedrungen und es würde niemandem einfallen, sie zu bezweifeln. Doch schlagartig wurde mir klar, dass ich noch immer verwundbar bin, und ich bekam es mit der Angst zu tun. Trevannion ist ein sehr ungewöhnlicher Name, und ich muss mich erst noch für den Moment wappnen, in dem die Kinder in die Welt hinausgehen und neuen Gefahren ausgesetzt sind: wenn sie Menschen begegnen, die diesen Namen kennen.

Ich muss Honor Trevannion werden. Ich muss zulassen, dass ihre entschlossene Güte und Freundlichkeit und ihre bedingungslose Liebe mein Wesen immer mehr durchdringen. Bisher ist mir das ganz gut gelungen, aber ich kann es mir nicht leisten, mich von diesem Ziel ablenken zu lassen.

Also keine Briefe mehr, Vivi. Ich muss ohne den Trost auskommen, mich dir anzuvertrauen. Erinnerst du dich noch, wie wir die letzten Zeilen von »Goblin Market« aufsagten? Wir lachten darüber, obwohl wir in unserem tiefsten Inneren wussten, wie wahr diese Worte waren.

Denn es gibt keinen besseren Freund als die Schwester,
Ob bei ruhigem Wetter oder stürmischem Wind.
Sie hilft dir auf beschwerlichem Weg,
Sie rettet dich, wenn du dich verirrst,
Sie richtet dich auf, wenn du fällst,
Und stützt dich, wenn du stehst.

Du wirst mir fehlen, Vivi. Oft liege ich nachts wach und zerbreche mir den Kopf, was ich sagen werde, wenn Bruno alt genug ist, um die entscheidende Frage zu stellen: »Warum hast du dich als meine Mutter

ausgegeben?« Und in diesem Augenblick werde ich mir wünschen, du wärst an meiner Seite. Ich hoffe, er wird verstehen, wie es zu dieser Entscheidung kam, und erkennen, wie die kleinste Täuschung zu einer Falle werden kann, der man nicht mehr entkommt. Ich glaube, dass er Verständnis haben wird. Bruno besitzt für sein Alter eine erstaunliche Klugheit und Güte. Wenn er mich anlächelt und mich umarmt im Wissen um die Wahrheit, habe ich das Gefühl, ich hätte bereits Vergebung erlangt – eine Absolution, die ich durch keine Beichte erhalten kann.
Und da ist noch etwas, woran ich mich klammere, wenn ich spüre, dass ich, Madeleine, langsam, aber unerbittlich ausgelöscht werde. Ich erinnere mich an die Worte, die Schwester Julian uns vorlas.

Fürchte dich nicht, denn ich habe dich ausgelöst,
ich habe dich bei deinem Namen gerufen,
du gehörst mir.
Wenn du durchs Wasser schreitest, bin ich bei dir,
wenn durch Ströme, dann reißen sie dich nicht fort.
Fürchte dich nicht, denn ich bin mit dir.

Wenn Er meinen Namen kennt, kann mir nichts mehr geschehen, nicht wahr? Das ist mein Gegengift gegen die »Goblin«-Früchte.
Es wird in Zukunft noch vieles geschehen, wovon ich dir gern erzählen würde: all diese kleinen, aber bedeutsamen Ereignisse, aus denen das Muster unseres Lebens gewoben wird, während unsere Kinder heranwachsen. Ich werde an dich denken, Vivi, und mich fragen, ob du deinen Kindern von uns erzählen wirst. Ob du ihnen sagen wirst, wie viel Spaß wir miteinan-

der hatten. Vielleicht bin ich ja längst Tante und Emma hat einen Cousin, den sie niemals kennenlernen wird. Ich liebe dich, mein Herz. *Daran* wird sich nie etwas ändern.
Deine Schwester
Madeleine

DRITTER TEIL

16

Bruno konnte nicht schlafen. Emma hatte sich schon vor Stunden gähnend zurückgezogen, und er ging immer noch im dunklen Wohnzimmer auf und ab. Nellie sah ihm vom Sofa aus zu. Immer wieder blieb er stehen und starrte in die Nacht hinaus. Dabei dachte er darüber nach, wie er das Erbschaftsproblem lösen konnte, ohne Emma mit der Wahrheit konfrontieren zu müssen.

In all den Jahren hatte Mutt ihn immer wieder beschworen, Emma vor der Wahrheit zu schützen und auch nach ihrem Tod die Täuschung aufrechtzuerhalten.

»Hier ist dein Zuhause, Bruno«, hatte sie gesagt. »Und das hier ist deine Familie. Die meisten Menschen würden das, was ich getan habe, unverzeihlich finden. Aber du hattest immer Verständnis dafür, nicht wahr, mein Junge? Stell dir vor, wie Emma zumute wäre, wenn sie erfahren würde, dass sie gar nicht hierher gehört! Und dass du nicht ihr Bruder bist!«

Ihr Schmerz hatte ihn stets gerührt. Obwohl er seine Familie auf tragische Weise verloren hatte, konnte er ihren Zwiespalt gut nachvollziehen. Er verstand auch, warum sie damals vor fünfzig Jahren in diesen letzten furchtbaren Tagen in Karatschi so gehandelt hatte. Noch immer war ihm der Schrecken von damals gegenwärtig, diese Verzweiflung. Und dann seine unendliche Erleichterung, als Mutt im Hotelzimmer auftauchte, die kleine, fröhlich zappelnde Emma in den Armen. Mutt schlug für ihn eine Brücke zwischen einer unbekannten Zukunft und der entsetzlichen Vergangenheit. Die Vorstellung, sie zu verlieren, war ihm unerträglich.

Er allein hatte all die Jahre ihren inneren Kampf aus nächster Nähe mitverfolgt. Er wusste, dass ihr schlechtes Gewissen sie niemals in Ruhe lassen würde. Sie sorgte für das Wohlergehen aller, und das Tal war nicht nur ihr Refugium, sondern auch ihr Heim geworden. Im Garten, den sie und Rafe in unermüdlicher Arbeit angelegt hatten, konnte sie ihre schöpferische Phantasie verwirklichen, ebenso mit ihren Gobelins, die jetzt die Kirchen der Umgebung schmückten. Doch das Segeln war ihr größtes Vergnügen. In dem Maß, in dem der Abstand zwischen dem Boot und der Küste wuchs, schüttelte sie die Fesseln ihrer Rolle als tapfere Witwe und Mutter ab. Dann gewannen Lebensfreude und Unbekümmertheit wieder die Oberhand.

Wie merkwürdig, dachte Bruno, dass ausgerechnet er sie am besten kannte und am meisten liebte. Ihr zuliebe hatte er es auf sich genommen, mit einer Lüge zu leben. Ihretwegen war er immer auf der Hut und hielt seine Zunge im Zaum. Die Erinnerung an seine eigene Mutter und Schwester hatte er verdrängt, um mit einer Illusion zu leben, die Mutt ihnen allen aufgezwungen hatte. Doch er hatte von Anfang an erkannt, wie mutig und tapfer sie war, zumal ihr dieses sichere und besonnene Auftreten nicht leichtfiel. Und jetzt plötzlich überkam Bruno diese seltsame Erinnerung an damals, vor fünfzig Jahren. Ihm fiel wieder ein, wie sein Vater ihr liebevoll den Arm um die Schulter gelegt und im Scherz zu ihr gesagt hatte: »Ach, Mutt, was für ein Dussel du doch bist!« Schon damals, in jenem Augenblick, hatte Bruno eine tiefe Verbundenheit mit ihr gespürt. Mutt war noch als erwachsene Frau zu allerlei Albernheiten imstande, und das machte sie zu seiner Verbündeten. Sie konnte mit den Kindern lachen und Spaß mit ihnen machen – wofür andere Erwachsene nur ein nachsichtiges Lächeln übrig hatten.

Als Emma älter wurde, traten jene Eigenschaften an ihr zutage, die Bruno auch an Mutt bemerkt hatte: Leidenschaftlichkeit, Großmut und Lebensfreude. Umso mehr schmerzte es ihn, dass Mutt ihrer eigenen Tochter nicht die Wahrheit sagen konnte. Emma war eine echte Trevannion, viel mehr als er selbst oder sonst jemand aus seiner Familie. Sie liebte dieses Haus am Meer, sie hatte Bruno, Rafe und Mousie ins Herz geschlossen und erzählte jedem, der es hören wollte, dass ihr Vater als Arzt in Indien tätig gewesen war. Auch nach ihrer Heirat kam sie hierher, sooft es ihr möglich war. St Meriadoc war ihr wahres Zuhause. Hier fühlte sie sich am wohlsten.

Raymond Fox war der Grund dafür gewesen, dass sich Bruno beinahe mit Mutt überworfen hätte. Zum ersten Mal trat sein Mitgefühl für Mutt gegenüber der Fürsorge für Emma in den Hintergrund. Bruno hatte gerade eine lautstarke Auseinandersetzung mit Emma hinter sich; beide hatten einander einen Fehlgriff bei der Partnerwahl vorgeworfen. Später war er zum »Paradies« hinaufgegangen, um mit Mutt über Raymond Fox zu sprechen. Als Bruno jetzt dem rhythmischen Geräusch der gegen die Felsen brandenden Wellen lauschte, stand ihm die Szene so deutlich vor Augen, als spiele sie sich draußen vor dem Fenster ab.

»Sie liebt ihn«, sagte Mutt, die, den Blick von ihm abgewendet, ihre Schreibtischschublade öffnete und mit einem lauten Knall wieder schloss.

»Emma liebt doch jeden«, gab er ungeduldig zurück. »Sie ist ständig verknallt. Seit ihrem zwölften Lebensjahr hat sie immer irgendeinen Schwarm. Ich kenne kein anderes Mädchen, das ein derart starkes Bedürfnis hat, zu lieben und geliebt zu werden.«

Da drehte sich Mutt um und sah ihn fast erschrocken an. »Aber sie weiß doch, wie sehr wir sie lieben, nicht wahr?«, fragte sie besorgt. »Bruno, meinst du, ihr fehlt ein Vater? Vielleicht vermisst sie ihren Vater mehr, als wir geglaubt haben.«

Offenbar fürchtete Mutt, versagt zu haben, und machte sich Vorwürfe, Emmas Bedürfnissen nicht gerecht geworden zu sein.

»Keine Ahnung«, sagte Bruno kurz angebunden. Er hatte keine Lust zu tiefschürfender Seelenerforschung. Gleichzeitig plagte ihn ein schlechtes Gewissen. »Den Eindruck hatte ich nie. Die Frage ist doch, ob dieser Fox sie wirklich liebt, und meiner Ansicht nach tut er das nicht. Er ist ein kalter, berechnender Typ. Sie wird nicht glücklich mit ihm werden, Mutt.«

Sie schien über seine Worte nachzudenken. »Er ist ein grundsolider Mensch«, sagte sie schließlich. »Er würde nie eine Dummheit machen oder sie mit einer anderen Frau betrügen.«

Bruno lachte spöttisch. »Damit hast du verdammt Recht«, gab er grob zurück. »Er hat nicht die leiseste Ahnung, was Leidenschaft ist.«

»Du bist noch jung«, entgegnete Mutt ruhig. »Du kannst dir nicht vorstellen, wie es ist, verlassen zu werden und ohne jede Sicherheit dazustehen. Diese Erfahrung möchte ich Emma gern ersparen.«

Er sah sie forschend an. Dabei wurde ihm klar, dass er sehr wenig über Mutts Vergangenheit wusste, soweit sie nicht mit seiner Familie zu tun hatte. Durch eine unausgesprochene Übereinkunft zwischen ihnen hatte sich der Schleier des Schweigens über jene schwere Zeit in Indien gebreitet. Bis jetzt hatte er geglaubt, Mutts Ehemann wäre bei einem Unfall ums Leben gekommen. Jetzt aber fragte er sich, ob nicht doch alles sehr viel komplizierter war.

Sein Ärger ebbte ab, aber er wollte noch nicht klein beigeben.

»Solange ich lebe, wird Emma nie allein dastehen«, erklärte er, »aber aus Angst vor dem Verlassenwerden muss sie doch nicht gleich jemanden wie Raymond Fox heiraten. Es gibt weiß Gott andere anständige Männer, die zur Liebe fähig sind. Glaub nicht, dass ich denke, keiner wäre gut genug für meine Schwester. Ich will nur, dass sie glücklich wird.«

Mutt stand auf und fing an, im Zimmer auf und ab zu gehen. Sie räumte Bücher auf und bückte sich nach einer Zeitung. Ihre Finger strichen über einen Gobelin auf dem ovalen, mit Intarsien verzierten Tisch.

»Du siehst Raymond mit anderen Augen als eine Frau«, sagte sie schließlich.

»Da magst du Recht haben«, erwiderte er knapp.

»Emma erwartet sich von einer Ehe mehr als Glückseligkeit und Spaß ...«

Abrupt setzte sie sich wieder an den Schreibtisch. Er hätte sie gern gefragt, ob das die Dinge waren, die sie selbst in ihrer Ehe gesucht hatte, ohne sie zu finden. Sie schob irgendwelche Blätter hin und her, sichtlich bedrückt, aber ohne es zeigen zu wollen. Bruno stieß einen frustrierten Seufzer aus.

»Er ist nicht der Richtige für sie«, beharrte er.

»Dasselbe sagt Emma über Zoë. Dass du dir falsche Vorstellungen gemacht hast, als du sie geheiratet hast. Ich hatte ebenfalls Bedenken, wenn du dich erinnerst, aber du hast damals gesagt – und zwar völlig zu Recht –, dass du mit deinem Leben machen kannst, was du willst. Emma denkt ganz genauso.«

Der Teil seines Ich, der sein eigenes Leben von außen, aus der Distanz, beobachtete wie ein Fremder, registrierte, dass Mutt nervös einen alten Umschlag faltete. Ihm entging nicht, dass die alte Vertraulichkeit zwischen ihnen verschwunden war. Mutt hatte sich hinter einer kühlen Fassade verschanzt, um die Situation unter Kontrolle zu behalten. Ein Abwehrmechanismus, auf den sie immer dann zurückgriff, wenn sie sich verletzlich und unsicher fühlte. Aber Bruno war zu jung und unerfahren, um dagegen anzukommen.

Doch hier ging es um Emmas Lebensglück, und daher machte er noch einen Anlauf, diese Fassade einzureißen und die vertraute Nähe zwischen ihnen wiederherzustellen.

»Dann hast du mit ihr also schon darüber gesprochen?«, fragte er beiläufig.

Sie hatte das Gesicht abgewendet, und Bruno sah, wie sie sich auf die Lippen biss. Und plötzlich überkam ihn der Drang, aufzustehen und ihr den Arm um die Schulter zu legen.

»Komm schon«, hätte er zu ihr sagen können. »Warum reden wir nicht in aller Ruhe darüber?«

Das hätte er sagen können, wenn er zehn Jahre älter gewesen wäre oder mehr Selbstvertrauen besessen hätte, aber er war unsicher. Zwischen ihnen herrschte gespanntes Schweigen.

»Ja, natürlich haben wir darüber gesprochen«, sagte sie schließlich. »Sie ist in ihn verliebt, und er liebt sie.« Sie straffte den Rücken, und sein Mut sank, während die Kluft zwischen ihnen größer wurde. »O ja, er liebt sie, auf seine Art. Er wird für sie sorgen, und er wird ein treuer Ehemann und verantwortungsvoller Vater sein.«

»Klingt nach praller Lebensfreude«, erwiderte er mit schneidender Stimme, die seine Ohnmacht verriet. »Und du meinst nicht, dass ein Fünkchen Leidenschaft oder so etwas wie Seelenverwandtschaft wünschenswert wäre?«

Diesmal hatte das Schweigen eine andere Qualität. Etwas Neues lag in der Luft: Erinnerung an vergangene Zeiten.

Mutts Verkrampfung löste sich, sie wirkte plötzlich milder. Die Frage, die sie jetzt stellte, kam für Bruno völlig unerwartet.

»Hast du in letzter Zeit etwas von Simon gehört?«, fragte sie. »Er hat sich lange nicht gemeldet.«

»Ja«, antwortete er verdutzt. »Vor ein, zwei Monaten kam ein Brief von ihm. Er hat mir ein Foto von den Zwillingen und Tessa am Strand in Bondi geschickt. Ich wollte es dir zeigen.«

Sie drehte sich um und sah ihn an. »Geh nicht so hart mit mir ins Gericht«, sagte sie leise. »Leidenschaftliche Menschen brauchen einen stabilen Rahmen. Emma liebt die angenehmen Seiten des Lebens, die sie gern mit anderen teilt. Raymond ist in sie verliebt, und er möchte sie glücklich machen, so gut er kann. Er wird es ihr ermöglichen, Gastgeberin zu spielen, Partys zu geben und sich schöne Kleider zu kaufen, denn es ist gut für sein Geschäft. Aber es wird eine Zeit kommen, in denen Raymonds Stumpfheit und sein Mangel an Phantasie für Emma von unschätzbarem Wert sein werden. Sie wird diese seine Charaktereigenschaften – und ihn selbst – zur Rechtfertigung ihrer eigenen, irregeleiteten Leidenschaften benutzen. Freunde und Feinde werden sein Verhalten tadeln, und das wird ihr die Freiheit verschaffen, um ihrer selbst willen geliebt zu werden.«

»Das ist nicht gerade die feine Art«, sagte Bruno nach einer Weile.

Mutt kicherte. »Wir müssen das Beste aus dem machen, was wir haben. Dein Vater hat immer gesagt: ›Lass nie zu, dass das Bessere zum Feind des Guten wird.‹ Manchmal ist es ganz heilsam, sich diesen Satz in Erinnerung zu rufen, besonders wenn es um Beziehungen geht.«

Er erwiderte ihr Lächeln. »Ich finde, das klingt ausgesprochen zynisch.«

»Ich auch«, gab sie zu.

Rasch und beschwingt wie ein junges Mädchen stand sie auf und ging mit ausgebreiteten Armen auf ihn zu.

»Es ist schwer zu sagen, was für einen anderen Menschen das Richtige ist«, meinte sie fast verzweifelt. »Vor allem, wenn man diesen Menschen liebt. Dich und Emma. Hätte ich dich daran hindern sollen, Zoë zu heiraten?«

Bruno legte ihr den Arm um die Schulter. Er wusste, dass die Unerschütterlichkeit seiner Liebe und Zuneigung ein Trost für sie war.

»Das hättest du nicht geschafft«, erwiderte er. »Du hast Recht, Mutt. Warum bilden wir uns bloß ein zu wissen, was für andere gut ist, wo wir doch selbst so viel falsch machen? Wenn Emma sich entschieden hat, ist nicht mehr daran zu rütteln.«

Sie sahen einander an. Die alte Harmonie war wiederhergestellt, aber die Bedenken, die jeder von ihnen insgeheim hegte, waren nicht verschwunden.

Oben ging eine Tür auf, und Bruno lauschte angespannt. Die Toilettenspülung rauschte, im Spülkasten gurgelte Wasser, dann hörte er Schritte. Die Schlafzimmertür schloss sich, und erneut trat Stille ein. Auf einmal wusste er, was er zu tun hatte. Er brachte Nellie in die Küche, wo sie ihr Nachtlager hatte, schlüpfte in seinen Mantel und horchte noch einmal, ob er von oben etwas hörte.

»Du bleibst hier«, sagte er zu Nellie und ignorierte ihren flehentlichen Blick. »Braves Mädchen.«

Leise schloss er die Tür hinter sich, warf noch einen Blick auf die Cottages am Deich, wo alles dunkel und ruhig war, und machte sich dann über die Klippen auf den Weg zum »Paradies«.

17

Emma konnte nicht wieder einschlafen. Sie drehte sich auf die andere Seite, schob das Kissen unter den Kopf und versuchte sich zu entspannen.

Atme tief ein, sagte sie sich. Einatmen … und ausatmen … einatmen … und ausatmen … Denk an einen Garten. Welchen Garten? An den Garten mit einem Weg zwischen den Rhododendronbüschen, der von der Wiese zum »Paradies« führt. »The Walk to the Paradise Gardens« zählte zu Mutts Lieblingsmusik … Ob wohl für Joss, die ja berufstätig war, der Garten zu viel Mühe machte? Aber sie hatte ja Rafe, der den Garten liebte und gern darin arbeitete. Er und Mutt hatten alles getan, um die üppige Blumenpracht aus der Zeit vor dem Krieg wiederherzustellen. Bruno freilich würde ihr keine Hilfe sein. Er riss die guten Pflanzen aus und zertrampelte die frische Saat, weil er immer irgendetwas anderes im Kopf hatte. Der arme Bruno! Im Moment war er ziemlich niedergeschlagen, das hatte sie gleich bei ihrer Ankunft gemerkt. Wie entsetzlich das mit Zoë und dem Baby gewesen war. Und trotzdem hielt er zu ihr, er lieh ihr Geld … Von wegen leihen! Sie hatte ihm noch nie etwas zurückbezahlt. Schon sonderbar, dass sie Zoë nie gemocht hatte, von Anfang an nicht. Emma hatte nie verstanden, was er an ihr fand. Nun ja, Sexappeal hatte sie schon, wenn man diesem

Frauentyp etwas abgewinnen konnte – und dieser hungrige, lauernde Blick. Doch Emma hatte sich davon nicht beeindrucken lassen.

»Lass dich nicht von Äußerlichkeiten blenden«, hatte sie ihn gewarnt, aber er wollte ja nicht auf sie hören. Und dann hatte er es gewagt, Raymond zu kritisieren. Raymond mochte seine Macken haben, aber wenigstens hatte er sie nie im Stich gelassen. Mutt hatte Recht gehabt: Er war wie ein Fels in der Brandung. Gut, er war ein Geizkragen, aber zu ihr und Joss war er immer großzügig gewesen. Und auch wenn Freunde schmunzelten, wenn er sich davor drückte, eine Runde auszugeben, oder stundenlang über seine neueste Finanztransaktion redete – na und? Wenn sie ehrlich war, musste sie zugeben, dass sie ihn oft als Vorwand benutzt hatte.

»Oh, Caroline, *Der Ring des Nibelungen*? Ich würde ja so gern mitkommen, aber du kennst Raymond. Opern sind nicht sein Ding, er würde vor Langeweile sterben …«

»Eine Villa in der Toskana für einen Monat? Sechs Erwachsene und neun Kinder? Klingt herrlich, aber kannst du dir vorstellen, dass der gute alte Ray …?«

»Was für eine großartige Idee, Rowena, einen kleinen Laden in der High Street zu eröffnen, mit handbemalter Keramik und alten Möbeln … Klingt ungeheuer aufregend, aber kannst du dir vorstellen, dass Ray dafür Geld lockermacht? Ich fürchte, das ist aussichtslos. Aber ich werde kommen und dir helfen, den Kunden das Geld abzuknöpfen, wann immer du willst. Ich hätte mich gern auch finanziell beteiligt, aber das geht leider nicht.«

»Hallo Jenny? Was deinen Vorschlag betrifft, den achtzehnten Geburtstag von Joss und Sarah gemeinsam zu feiern – Ray wird damit nicht einverstanden sein. Er will, dass seine Tochter ganz allein im Mittelpunkt steht … Ich weiß. Ja, natürlich, aber du hast noch zwei, vergiss das nicht. Sie ist sein einziges Kind. Und er will, dass sie so ein Fest mit niemandem teilen muss. Du weißt ja, wie Väter sind ... Sicher, ich dachte auch, dass er froh wäre, sich die Kosten teilen zu können, aber da siehst du's. Sind Männer nicht komisch? Man weiß bei ihnen nie, woran man ist ...«

O ja, er hatte ihr häufig aus der Patsche geholfen. Er war ihre Rettung, denn sie hätte sich gewiss oft leicht überreden lassen. Sie konnte einfach nicht Nein sagen und andere enttäuschen oder gar verletzen. Sie wollte so gern ihren Freunden behilflich sein, gute Laune verbreiten und Trost spenden. Manchmal übertrieb sie es damit. »Du lässt zu, dass dir die Leute auf der Nase herumtanzen«, sagten manche Freunde zu ihr, ohne es böse zu meinen. Darüber war sie froh, schließlich wollte sie von allen geliebt werden. Diese Liebe war wie ein wertvolles Geschenk, das gehegt und gepflegt werden musste. Das Dumme war nur, dass sie es damit wirklich übertrieben hatte. Bis sie entdeckte, dass der gute Ray, ohne es zu ahnen, sie vor sich selbst schützen konnte. Aber sie hatte ihn dafür längst entschädigt. Wie oft hatte er Geschäftsfreunde oder einflussreiche Bekannte zum Essen nach Hause eingeladen. Emma spielte die perfekte Gastgeberin, lächelte freundlich, hörte zu und flirtete, während sie innerlich vor Langeweile fast verging. Aber das merkte niemand. Selbst Ray ahnte nicht, wie unendlich öde Emma seine Geschäftspartner fand. Ihm selbst fehlte jedes Gespür für andere Menschen und ihre Bedürfnisse. Bruno hatte Recht behalten. Ray war unerträglich behäbig und selbstgefällig. Natürlich konnte er auch liebenswürdig sein, aber er merkte nie, wenn jemand seine Hilfe brauchte. Freilich hatte es eine Zeit gegeben, als ihr seine Behäbigkeit gerade recht gekommen war. Von ihrer Affäre mit Tony beispielsweise hatte er nichts mitgekriegt. O ja, sie hatte Tony geliebt: heimliche Treffen, atemlose Telefonate, kleine Briefchen. Da fühlte sie sich lebendig und frei, sie verging vor Sehnsucht und war außer sich vor Glückseligkeit. Nur der Gedanke an ihre geliebte Tochter hatte sie zurückgehalten – und an Bruno. In dem großen Zimmer im Erdgeschoss hatte sie im Schaukelstuhl gesessen und geredet und geredet. Bruno hatte ihr Whisky eingeschenkt und Kaffee gekocht, und sie hatte ihm ihr Herz ausgeschüttet. Gott, sie hatte Tony wirklich geliebt. Eine Liebe, die jedoch nicht von Dauer gewesen war. Ihre Leidenschaft erlosch so schnell, wie sie aufgeflammt war, und am Ende war sie froh, dass sie Ray hatte, der ihr Sicherheit bot. Gott sei Dank hatte sie Tonys leidenschaftlichem Drängen nicht nachgegeben, alles hinter sich zu lassen und mit ihm fortzugehen. Es wäre eine Katastrophe gewesen. Tony hätte sie verlassen, wie er alle anderen Frauen verlassen hatte. Aber es war nicht so, dass sie nur bei Ray blieb, weil sie hier gut versorgt war. Sie liebte ihn …

Emma wälzte sich auf den Rücken. Die Atemübungen und die Phantasiewanderung durch den Garten hatten kein bisschen geholfen. Sie war immer noch hellwach. Wie spät war es eigentlich? Fast zwei Uhr. Sie würde ruhig liegen bleiben und ein Gebet für Mutt sprechen. Was hatte Mutt mit ihr und Bruno immer gebetet, als sie noch klein waren? »Der Herr schenke uns eine gute Nacht und ein seliges Ende.«

Dieses Gebet erschien ihr gerade jetzt passend für Mutt. »Der Herr schenke ihr eine gute Nacht und ein seliges Ende. Lieber Gott, beschütze sie und Joss dort oben im ›Paradies‹ …« Schon merkwürdig, dass Emma das Gefühl gehabt hatte, sie sollte Joss mit ihrer Großmutter heute Abend besser allein lassen. Sie hatte manchmal solche merkwürdigen Ahnungen, die sie wehmütig stimmten. Mutt und Joss waren schon immer ein Herz und eine Seele gewesen. Wenn Joss von einem Wochenende im »Paradies« zurückkam, erzählte sie voller Begeisterung, wie schön es gewesen war mit all ihren Freundinnen und Freunden. Mutt war trotz ihres Alters eine wunderbare Gastgeberin, und alle liebten sie. Großeltern hatten ja zu ihren Enkeln oft ein entspannteres Verhältnis als zu ihren Kindern. Aber Emma wusste genau, was Joss meinte. Mit Mutt konnte man Spaß haben, sie war immer zu einem kleinen Scherz aufgelegt, und mit jungen Leuten kam sie besonders gut zurecht ... Schon merkwürdig, wie zugeknöpft sie war, wenn es um ihre eigene Familie ging. Sicher, dass sie Daddy in Indien verloren hatte, war bestimmt ein schwerer Schlag gewesen. Aber Mutt hatte nie begriffen, wie wichtig es für Emma war, jedes kleinste Detail über ihren Vater zu erfahren und zu wissen, was genau sich damals in Indien abgespielt hatte. Beispielsweise, wo und wie sie sich kennengelernt hatten oder wie es gewesen war, als er ihr einen Heiratsantrag machte ... Es war schmerzlich für Mutt, Emma spürte es wohl, aber es bedeutete ihr doch so viel. Immer wenn sie dieses Thema anschnitt, reagierte Mutt irgendwie merkwürdig. Eher ließ sie sich erweichen, über das Krankenhaus und ihre Arbeit zu sprechen. Und auch Bruno wich immer aus, wenn es um Indien ging.

»Es ist doch auch meine Vergangenheit«, beschwerte sie sich oft, aber keiner der beiden war bereit, ihr ausführlich davon zu erzählen. Es gab nur ganz wenige Fotos aus der Zeit. Demnach war Daddy ein sehr attraktiver Mann gewesen. Bruno sah ihm sehr ähnlich, und das half ihr, sich ein Bild von ihrem Vater zu machen. Sie glaubte sich an so manches zu erinnern, war sich jedoch nie ganz sicher, ob sie es wirklich erlebt hatte oder ob es nur in ihrer Phantasie existierte. Nur an ihre Kindheit hier in St Meriadoc hatte sie ganz konkrete Erinnerungen.

Was für eine unbeschwerte Kindheit sie und Bruno hier verlebt hatten! Wie schön es bei Mousie und Rafe drüben in den Cottages gewesen war. Sie waren mit der *Kittiwake* segeln gegangen und hatten oben im Tal an der Quelle gepicknickt. Später, als sie älter wurden, hatte Bruno mit seinen Freunden von der Marine im »Krähennest« tolle Partys gegeben. Und Mutt war großartig gewesen. Sie hatte ihre Kinder stets zu Freiheit und Selbstständigkeit ermutigt. Trotzdem hatte Emma immer das Gefühl gehabt, sie müsse sich würdig erweisen, hier im »Paradies« zu leben … Nein, das war ungerecht. Es war eher so, dass dieses Häuschen, das Emma einmal erben würde, nicht ein selbstverständliches Anrecht war, sondern etwas, was sie sich erst verdienen musste.

Sie und Bruno hatten oft darüber gescherzt. »Ich bekomme einmal das ›Paradies‹ und du kriegst das ›Krähennest‹«, hatte sie gesagt. Über den Rest des Anwesens wurde erst gesprochen, als Ray auftauchte. Er hatte sofort erkannt, welche Möglichkeiten sich hier boten, und jedes Mal, wenn er nach St Meriadoc kam, ließ er entsprechende Bemerkungen fallen. Es würde schwierig werden, ihm seine Pläne zur Erschließung der Bucht auszureden …

Emma setzte sich im Bett auf, rückte ihr Kopfkissen zurecht und lehnte sich dagegen. Sie wollte dafür beten, dass Mutts Besitz nicht aufgeteilt wurde. Vielleicht sollte sie die Übung ausprobieren, wo man jeden einzelnen Muskel anspannen und entspannen musste. Zuerst die Zehen …

Im Übrigen würde Bruno die Sache schon regeln. Wenn es hart auf hart kam, würde selbst Ray nicht mehr ernsthaft darauf bestehen, die Cottages am Deich abzureißen, nach all den Jahren. Pamela hatte sich so an die himmlische Ruhe hier gewöhnt. Es wäre völlig undenkbar, sie von hier zu vertreiben. Und noch dazu hatte George jetzt eine Ehekrise … Als Nächstes die Füße. Anspannen … und entspannen. Ah, tat das gut!

Joss war nicht besonders mitteilsam, wenn es um George ging. Doch Emma wusste auch so, dass Penny und George kein ideales Paar waren. Sie war von Anfang an skeptisch gewesen, auch wenn alle Welt ihr versichert hatte, was für eine reizende Person Penny sei. Penny war nicht offen, und das machte es schwer, ein herzliches Verhältnis aufzubauen … Jetzt die Beine strecken. Erst das eine … jaaa. Und jetzt das andere. Sehr gut! Woran hatte sie eben gedacht? George. Er war ein Schatz. Ein wunderbarer Mensch, schon als kleiner Junge. Mit Joss hatte er sich immer gut verstanden, sie hatten gemeinsam Fahrradtouren unternommen und waren Schlauchboot gefahren. Jammerschade, dass Kinder erwachsen wurden … Aaah, wie gut es tat, die Arme zu strecken … Und noch einmal. Hmm. An wen hatte sie eben gedacht? … An Joss? … An George?

Da schlief sie schon, die Arme ausgestreckt, friedlich atmend.

18

Unter der Tür des Handarbeitszimmers war ein Lichtstreifen zu sehen. Bruno blieb einen Augenblick im Flur stehen und überlegte. Eine innere Stimme hatte ihn bewogen, über die Klippe zum »Paradies« zu wandern, doch jetzt stand er unschlüssig da. Er kannte diese plötzliche Verwirrung. Das Gefühl, dass sich die Ebenen von Raum und Zeit verschoben, wenn die Welt der Phantasie und die Welt der Realität aufeinanderprallten. Er hatte über Mutt nachgedacht und sich Erinnerungen hingegeben, dabei aber völlig vergessen, dass Joss bei ihr war. Noch während ihm das alles durch den Kopf ging, öffnete sich die Wohnzimmertür und Joss trat heraus. Als sie bei seinem Anblick zusammenfuhr und erschrocken aufschrie, hob er beschwichtigend die Arme. Sie aber starrte ihn an, als begegne sie ihm zum ersten Mal oder sähe ihn mit völlig neuen Augen.

»Entschuldige«, sagte er. »Ich hatte so eine Ahnung wegen Mutt und bin einfach gekommen. Es ist noch immer ungewohnt für mich, dass du hier bist. Ich wollte dich nicht erschrecken.«

Sie trat aus dem Dunkel auf ihn zu, und Bruno sah, wie aufgewühlt sie war. Er legte ihr den Arm um die Schulter.

»Was ist denn los? Ist etwas mit Mutt?«

Wortlos führte er sie ins Wohnzimmer und zum Sofa.

Sorgfältig schichtete er angekohlte Holzscheite aufeinander und entfachte das Feuer mit dem Blasebalg. Graue Asche glühte auf, und unstet flackerte ein winziges Flämmchen empor, während aus dem angesengten Holz die Funken sprühten. Vom Sofa aus sah Joss ihm stumm zu. Sie stand wie unter Schock. Mutt hatte all die Jahre mit einer Lüge gelebt. Und dennoch empfand Joss Mitgefühl für sie. Tränen rannen ihr über die Wangen, als ihr Worte und Sätze einfielen, die ihre Großmutter vor so langer Zeit aufgeschrieben hatte.

Bruno legte den Blasebalg beiseite und sah sie an.

»Willst du es mir nicht sagen?«, fragte er.

Er spürte ihre Scheu. Ihre Knie und Schultern zitterten, und Bruno erkannte, dass eine namenlose Angst es ihr unmöglich machte, ihm in die Augen zu sehen. Er kauerte noch immer vor dem Feuer, und plötzlich wusste er, dass das, was sie beschäftigte, unmittelbar etwas mit ihm zu tun hatte. Das Vertrauen und die Unbefangenheit zwischen ihnen waren dahin. Mit einem leisen Fluch erhob er sich und vergrub die Hände in den Hosentaschen. »Hast du etwas gefunden?«, fragte er vorsichtig, fast wie bei einem Ratespiel. »Ein Dokument oder sonst etwas, was dich beunruhigt hat?« Aus ihrer verstörten Miene konnte er nichts ablesen. Plötzlich erinnerte er sich an Emmas Bemerkung über den Amerikaner. »Oder war es ein Foto?«

Sie schluckte und biss sich auf die Lippen. Er ballte die Hände zu Fäusten, erfüllt von einem Gefühl der Frustration. »Komm schon, Joss«, hätte er am liebsten gesagt, »ich will dir doch nur helfen.« Doch dann blickte er in ihr blasses, unglückliches Gesicht und schwieg. Ihr Unbehagen verriet ein schlechtes Gewissen, und plötzlich kam ihm ein Gedanke.

»Du hast nicht zufällig Mutts Testament in die Hände bekommen?«, fragte er betont beiläufig. »Es würde vieles vereinfachen, wenn das der Fall wäre.«

Jetzt endlich sah sie ihn an. »Tatsächlich? Das kann ich mir kaum vorstellen.«

In ihrer Stimme lag ein kindischer Trotz. Sie zuckte zurück, als er sich neben sie vor das Sofa kniete.

»Komm schon, Joss«, sagte er. »Sei nicht albern. Sag, was du gefunden hast.«

»Briefe«, stieß sie mit weit aufgerissenen Augen hervor. »Ich wollte sie eigentlich gar nicht lesen, aber dann konnte ich nicht widerstehen. Mutt hat mich gebeten, sie ihr zu bringen …«

Die Stimme versagte ihr, und Bruno runzelte die Stirn.

»Briefe? Was für Briefe?«

»Sie hat sie an ihre Schwester geschrieben, aber nie abgeschickt. Es sind mehr als ein Dutzend. Darin sagt sie alles. Wie sie hierherkam und wer sie wirklich ist.«

Bruno schloss für einen Moment die Augen. »O mein Gott!«, murmelte er. »Ich kann es einfach nicht glauben. *Briefe!*«

Seine entsetzte Miene brachte sie zur Besinnung.

»Es will mir einfach nicht in den Kopf«, sagte sie. »Nichts ist mehr so, wie ich dachte. Anfangs habe ich kein Wort begriffen, aber nach einer Weile war es mir dann weniger wichtig, was sie für mich oder für uns alle bedeuten. Ich habe mir nur noch überlegt, was ich jetzt Mutt gegenüber empfinde.«

Sie wartete auf eine Reaktion, Ermutigung vielleicht, aber Bruno schwieg. In seinem Gesicht las sie jetzt etwas anderes als ungläubiges Entsetzen. Im nächsten Moment wusste sie, was es war: Wut.

»Briefe!« Er sprang auf und lief zum Kamin. Mit dem Schürhaken stocherte er in der Glut herum und schob die Holzscheite hin und her. »All die Jahre der Geheimniskrämerei, der hochheiligen Versprechungen, Emma vor der Wahrheit zu schützen, und dass ich es mir zweimal überlegen solle, bevor ich den Mund aufmache – und derweil schreibt sie alles auf und lässt diese verdammten Briefe einfach so herumliegen. Mein Gott! Ich fasse es nicht.«

Joss in ihrer Sofaecke sah ihn besorgt an. Als sie Bruno draußen im Flur gegenübergestanden hatte, war ihr erster Gedanke gewesen: Er ist ja gar nicht mein Onkel. Nichts ist mehr so, wie es einmal war. Doch trotz des Schocks über diese Erkenntnis empfand sie eine überwältigende Zärtlichkeit für ihre Großmutter. Sie konnte sich gut in diese junge Frau hineinversetzen, die diese Briefe voller Selbstzweifel und Schuldgefühle geschrieben hatte – und sich dann entschloss, nicht mehr zurückzublicken.

»Sie lagen nicht einfach so herum« war alles, was ihr zu Mutts Verteidigung einfiel. »Sie waren in einer Schublade, versteckt unter anderen Sachen.«

»In einer Schublade«, wiederholte er verächtlich. »Na dann! Schließlich kommt kein Mensch auf die Idee, in einer Schublade herumzukramen, nicht wahr?«

Sie stand auf und fasste ihn am Arm. »Du musst sie lesen«, sagte sie. »Sie hat es nicht nur so zum Spaß aufgeschrieben. Mutt hat versucht, auf diese Weise ihre Identität zu bewahren und mit ihren Schuldgefühlen fertig zu werden. Ich kann das gut verstehen. Später dann hat sie es wohl einfach nicht fertiggebracht, die Briefe zu vernichten. Und irgendwann hatte sie sie vergessen.« Sie schüttelte ungeduldig den Kopf. »Ich komme nicht klar damit.«

Bruno sah sie mitleidlos an. »Und was ist mit meiner Identität?«, fragte er. »Mein Leben lang habe ich meine Mutter und meine Schwester verleugnet. Ich habe gelogen und geschwindelt und geglaubt, aus irgendwelchen Gründen hätte das alles einen Sinn. Und jetzt wird es herausposaunt, und alles war umsonst, nur weil Mutt das Bedürfnis hat, ihre Zweifel und Bedenken zu Papier zu bringen. Warum ausgerechnet Briefe, um Himmels willen? Und wenn man Briefe schreibt, warum verschickt man sie dann nicht, verdammt noch mal? Vielleicht hat sie ja einige verschickt und irgendwelche Leute wissen Bescheid?«

Joss ließ seinen Arm los. »So ist es nicht. Du musst die Briefe lesen, Bruno. Vergiss nicht, sie hat mich nur darum gebeten, sie ihr zu bringen! Wenn ich sie nicht gelesen hätte, wüsste ich jetzt immer noch nichts. Warte doch mit deinem Urteil, bis du sie gelesen hast! Es steht nichts drin, was du nicht schon weißt. Aber du wirst erfahren, wie es Mutt anfangs ergangen ist.«

Schweigen. Bruno hatte sichtlich Mühe, sich zu beherrschen. Seine Mundwinkel zuckten, und er hielt die Augen geschlossen, als brüte er dumpf vor sich hin, was so gar nicht zu ihm passte. Joss überfiel Angst. Bruno kam ihr so fremd vor, und plötzlich war es wieder da, dieses Gefühl der Desorientierung. Sie war nicht mit Bruno verwandt. Fast alles, was man ihr über ihre Familie gesagt hatte, war unwahr. Doch während sie ihn so ansah, konnte sie sich vorstellen, wie es für ihn gewesen sein musste.

»Du solltest Mutt nicht verurteilen, bevor du diese Briefe gelesen hast«, sagte sie.

»Also gut. Wo sind sie?«, fragte er resigniert.

»Ich hole sie«, sagte sie hastig. »Du musst sie in der richtigen Reihenfolge lesen. Leg inzwischen Holz im Kamin nach, ich koche uns einen Kaffee.«

Er machte ein ungeduldiges Gesicht, als fühle er sich überrumpelt. Wie konnte sie, die die Wahrheit erst seit wenigen Stunden kannte, sich anmaßen, Bruno Ratschläge zu erteilen, der seit fünfzig Jahren mit diesem Geheimnis lebte? Doch noch bevor sie sich entschuldigen oder rechtfertigen konnte, hatte er sich umgedreht und begonnen, Holzscheite ins Feuer zu legen. Sie zögerte einen Augenblick, dann eilte sie ins Handarbeitszimmer. Mit zitternden Händen raffte sie die Briefe zusammen. Nur einmal hielt sie kurz inne und horchte, ob sie nicht Mutts Glocke gehört hatte. Aber es war alles still.

Bruno hockte vornübergebeugt neben dem Feuer, die Hände zwischen den Knien verschränkt. Joss schob den kleinen runden Tisch heran und legte die Briefe vor ihn hin.

»Entschuldige, Joss.« Seine Stimme klang jetzt sanfter. »Es muss ein ganz schöner Schock für dich gewesen sein.«

Sie nickte stumm, und er schüttelte verzweifelt den Kopf.

»Ich gehe Kaffee kochen«, sagte sie und ließ ihn allein.

In der Küche wurde sie plötzlich von einer Art Schüttelfrost gepackt. Ihre Hände zitterten, und ihre Zähne klapperten.

Das ist nur der Schock, versuchte sie sich zu beruhigen. Der Löffel schlug scheppernd gegen die Tasse, und sie verschüttete Milch, die sie in das Kännchen gießen wollte. In Gedanken war sie bei Bruno, der die Briefe las. Sie wünschte sich inständig, dass er Verständnis für Mutt aufbringen würde. Alles Mögliche schoss ihr durch den Kopf, während sie darauf wartete, dass das Wasser im Kessel kochte. Wie würde ihre Mutter reagieren, wenn sie es erfuhr? Nein, sie durfte es nicht erfahren. Das Geheimnis musste auch in Zukunft gewahrt bleiben. Joss ließ den Blick durch die Küche schweifen, die Arme über der Brust verschränkt, und versuchte mit der Tatsache zurechtzukommen, das sie gar kein Recht hatte, hier zu leben; dass sie, ihre Mutter und Mutt Eindringlinge waren. Ein unfassbarer Gedanke.

Plötzlich wurde sie von dem Bedürfnis überwältigt, Mutt zu sehen. Ihre Großmutter hatte tief und fest geschlafen, als sie vorhin nach ihr geschaut hatte. Da war sie mit der Hälfte der Briefe durch und enttäuscht, dass sie nicht mit ihr sprechen konnte. Vielleicht war Mutt ja inzwischen wach und Joss konnte ihr zu verstehen geben, dass sie die Wahrheit kannte und alles in Ordnung war. Ihre Liebe zu Mutt war unverbrüchlich, gleichgültig, was in der Vergangenheit passiert war oder in Zukunft geschehen würde.

Sie bereitete den Kaffee und brachte ihn ins Wohnzimmer. Bruno war ganz in die Lektüre vertieft. Joss schlüpfte aus dem Zimmer und ging die Treppe hinauf. An der Tür zögerte sie. Das Herz schlug ihr bis zum Hals, und dann, ganz sanft, drückte sie die Türklinke runter und trat ein.

Mutt war nicht da. Joss wusste sofort, dass das Zimmer leer war, noch bevor sie den leblosen Körper im Bett sah. Mutt war von ihnen gegangen. Es war zu spät für die Wahrheit.

19

Fast zwei Stunden später legte Bruno den letzten Brief beiseite. Es dauerte eine Weile, bis er sich Joss zuwandte, die sich in der Sofaecke ihm gegenüber zusammengekauert hatte. Er hatte ihre Gegenwart kaum bemerkt. Ohne seine Lektüre zu unterbrechen, hatte sie Holz nachgelegt und ihm noch eine weitere Tasse Kaffee gebracht. Jetzt fiel ihm auf, wie blass sie war, und er wandte sich zu ihr um. Die Briefe hatten ihn gerührt, aber nicht überrascht. Er kannte Mutts Dilemma, sie hatte im Laufe der Jahre immer wieder mit ihm darüber gesprochen, und er wusste, wie sehr sie seine »Absolution«, wie sie es nannte, ersehnte. Und er war froh, dass er ihr großmütig verziehen und ihr immer wieder Trost zugesprochen hatte. Er kannte die wahre Mutt, die sich hinter der kühlen, rationalen Fassade ihrer Rolle als Witwe verbarg. Er kannte die unbeschwerte, mitfühlende Frau, die mit ihren Dämonen von Schuld und Unsicherheit zu kämpfen hatte.

Die eigentliche Überraschung für Bruno jedoch war das berührende Zeugnis jener kurz aufgeflammten Liebe zwischen ihr und seinem Patenonkel. Gewiss, es war schnell zu Ende gegangen und Simon war nach Australien ausgewandert, als er, Bruno, noch klein war. Aber jetzt kränkte es ihn beinahe, dass sie nie mit ihm darüber gesprochen hatte. Das

Geheimnis, das sie miteinander teilten, hatte ihn verleitet zu glauben, dass Mutt ihm all ihren Kummer anvertraut hatte und dass sein Trost und seine Unterstützung ihr genug seien. Jetzt musste er erkennen, wie einsam sie doch gewesen war. Wie gern hätte er jetzt mit ihr gesprochen!

»Du hattest Recht, darauf zu bestehen, dass ich die Briefe lese«, sagte er zu Joss. »Und du Ärmste hast die ganze Zeit dagesessen und versucht, mit all dem allein zurechtzukommen. Wir werden gleich darüber reden, das verspreche ich dir, aber zuerst möchte ich kurz zu Mutt. Kannst du –?«

»Sie ist tot«, sagte sie. Plötzlich liefen ihr die Tränen über die Wangen. »Mutt ist tot, Bruno.«

»Aber … wann?«, rief er und sprang auf, als wäre es nicht längst zu spät. »Du hast doch gesagt, sie schläft.«

»Sie hat geschlafen«, erwiderte Joss. »Ich bin zu ihr hinaufgegangen, als du angefangen hast, die Briefe zu lesen, und da war sie schon tot. Du musst hinaufgehen und sie dir ansehen. Sie liegt so friedlich in ihrem Bett! Ich bin sicher, sie ist im Schlaf gestorben. Mousie wird bald hier sein. Sie hat versprochen, in aller Frühe zu kommen.«

Ihre Augen waren rot und geschwollen. Offenbar hatte sie in der Küche geweint, allein, unglücklich und verstört. Überwältigt von Schmerz und Mitgefühl, legte Bruno ihr den Arm um die Schulter. Joss barg schluchzend ihr Gesicht an seiner Schulter. Während er sie in seinen Armen hielt, schossen ihm alle möglichen Gedanken durch den Kopf. Er konnte gut verstehen, dass Mutt über ihre Gefühle Rechenschaft ablegen wollte und diese Briefe nicht vernichtet hatte. Andererseits war er wütend darüber, dass sie ihn in diese Zwickmühle gebracht hatte. Warum hatte sie nicht *ihn* gebeten, ihr die Briefe zu holen? Warum um alles in der Welt hatte sie Joss damit beauftragt und dieses Risiko in Kauf genommen?

»Was sollen wir jetzt machen?«, murmelte er und drückte die weinende Joss noch fester an sich.

Sie entspannte sich ein wenig, nahm dankbar das Taschentuch, das er ihr reichte, und putzte sich die Nase.

»Ich kann es immer noch nicht glauben. Es war ein solcher Schock«, murmelte sie. »Und jetzt, da Mutt nicht mehr da ist …« Sie verbarg das Gesicht in ihrem Taschentuch, dann wischte sie sich über die Wangen. »Ich habe nachgedacht«, sagte sie, »in der Küche, während du die Briefe gelesen hast. Es will mir einfach nicht in den Kopf, dass wir eigentlich gar nicht hierhergehören. Mum, Mutt und ich, wir sind Eindringlinge.«

Bruno stand auf und ging zurück zu dem Sofa neben dem Kamin. Er wirkte gefasst, aber sein Verstand suchte fieberhaft nach den richtigen Worten.

»Du bist genau derselbe Mensch wie vorher«, sagte er dann. »Du bist Mutts Enkelin und Emmas Tochter. Daran hat sich nichts geändert. Und was deine Beziehung zu mir angeht – ich kann nur sagen, dass ich Emma immer als meine Schwester betrachtet habe. Wir waren so eng miteinander verbunden. Das belegen auch die Briefe. Mutt und meine Eltern waren ein Trio. Nachdem ich meine Mutter und meine Schwester auf so tragische Weise verloren hatte, kannst du dir vielleicht vorstellen, wie tröstlich ich es empfand, dass ich Mutt und Emma hatte, die mir sowieso vertraut waren.«

Joss saß reglos da und betrachtete ihn. Nur ihre Hände, die das Taschentuch kneteten, zeugten von ihrer inneren Unruhe.

»Aber du warst wütend«, entgegnete sie. »Als ich dir von den Briefen erzählt habe, bist du zornig geworden.«

»Natürlich war ich zornig.« Die mühsam im Zaum gehaltenen Gefühle flammten für einen Augenblick wieder auf.

»Mutt und ich hatten ausgemacht, dass niemand es je erfahren sollte. Und obwohl ich mit Mutt und Emma immer ein sehr inniges Verhältnis hatte, gab es Zeiten, in denen ich mich verdammt unwohl fühlte. *Natürlich* bin ich wütend. Auch auf Mutt. Ehrlich gesagt, kann ich im Augenblick gar keinen klaren Gedanken fassen. Was sollen wir denn jetzt machen, wo du die Wahrheit kennst? Es nutzt ja nichts, wenn ich dir sage, dass sich für mich absolut nichts geändert hat.«

Joss runzelte die Stirn und dachte angestrengt nach. »Es ist schwierig«, begann sie stockend, »andererseits möchte ich nicht, dass Mum es erfährt. Für mich ist es schon schwer genug, aber sie würde es nicht verkraften zu erfahren, dass sie gar keine Trevannion und das hier nicht ihr Zuhause ist.«

»Natürlich ist es ihr Zuhause«, unterbrach Bruno sie ungehalten. »Sie kam hierher, als sie zwei Jahre alt war. Wir sind ihre Familie. Wo sollte sie sonst zu Hause sein?«

»Schon, aber du weißt, was ich meine.« Joss beugte sich vor. »Du hast ja Recht, wenn du sagst, ich bin dieselbe wie vorher. Mutt, meine Eltern, mein Zuhause – für mich bleibt das alles gleich, aber für Mum ist das anders. Man hat sie ihr Leben lang belogen. Hubert war gar nicht ihr Vater, du bist nicht ihr Bruder, das alles ist nicht ihr angestammtes Erbe. Wo es ihr doch so viel bedeutet! Sie ist … Es ist einfach ein Teil von ihr. Ich will damit sagen, dass sie auf keinen Fall die Wahrheit erfahren darf. Aber wenn ich ihr die Wahrheit vorenthalte, tue ich etwas Unrechtes. Das ›Paradies‹ und St Meriadoc gehören deiner Familie, Bruno, nicht uns. Mousie und Rafe haben größeres Anrecht darauf als wir. Das ist wirklich ein Problem.«

Bruno war beeindruckt von ihrem messerscharfen Verstand und ihrer Selbstbeherrschung. Und er spürte so etwas wie Erleichterung darüber, dass er diese furchtbare Verantwortung mit jemandem teilen konnte.

»Es war grundfalsch von Mutt, dich mit diesen Briefen zu behelligen. Sie hätte sich denken können, dass du einen Blick darauf wirfst, und sei es rein zufällig. Warum ist sie bloß das Risiko eingegangen?«

»Vielleicht nahm sie an, ich wäre zu anständig, um die Briefe zu lesen.« Joss biss sich auf die Lippen. In der Küche hatte sie versucht, mit sich darüber ins Reine zu kommen. Sie hatte sich gesagt, dass sie aus einer charakterlosen Neugier heraus die Büchse der Pandora geöffnet hatte.

»Blödsinn!«, entgegnete Bruno barsch. »Hör bloß damit auf! Du hast überhaupt keinen Grund, dir Vorwürfe zu machen. Für mich lautet die einzig vernünftige Erklärung, dass sie – vielleicht unbewusst – das Gefühl hatte, du solltest endlich die Wahrheit erfahren. Einen anderen Grund kann ich mir nicht vorstellen.«

Brunos schroffe Reaktion beruhigte Joss ein wenig, doch sie konnte seiner Argumentation nicht ganz folgen.

»Nein.« Sie schüttelte den Kopf. »Mutt wollte unbedingt, dass ich ihr die Briefe bringe. Wahrscheinlich hat der Besuch des Amerikaners sie erschreckt. Plötzlich sind ihr diese Briefe wieder eingefallen, und sie wollte, dass sie vernichtet werden. Auf jeden Fall wollte sie, dass die Sache unter euch bleibt. Sie hat mir vertraut.«

»Aber hat sie dir denn ausdrücklich gesagt, dass du die Briefe nicht lesen sollst?« Bruno war entschlossen, sie aus dem Sumpf des Selbstmitleids und der Schuldgefühle auf den festen Boden der Vernunft zurückzuführen, auch wenn er von seiner eigenen Argumentation keineswegs überzeugt war. »Tut mir leid, Joss, aber je länger ich darüber nachdenke, desto mehr habe ich das Gefühl, dass sie es tief in ihrem Innern so gewollt hat. Sie wollte, dass du die Wahrheit erfährst. Nichts wäre leichter für sie gewesen, als mir von den Briefen zu erzählen und mich zu bitten, sie zu vernichten. Ich weiß, dass ihr beide ein sehr enges Verhältnis hattet, aber diese Gefahr muss ihr einfach bewusst gewesen sein. Das ist keine Kritik an dir, Joss. Aber was für ein Unding, jemanden um so etwas zu bitten. Sieh mal …« Er stockte einen Moment, und als er fortfuhr, klang seine Stimme leise, fast beschwörend. »Ein Mensch, den wir lieben, steht am Ende seines Lebens, doch da ist ein Bündel Briefe, ein Tagebuch, egal, was. Etwas, in dem dieser Mensch seine Gedanken oder Erinnerungen festgehalten hat.« Er sah sie an. »Das geschriebene Wort hat ein ganz besonderes Gewicht, nicht wahr? Viel mehr als ein abgetragenes Kleidungsstück oder ein Gegenstand, der diesem Menschen etwas bedeutet hat. Man hält etwas von dem Wesenskern des geliebten Menschen in der Hand. Etwas, was Aufschluss über ihn gibt und womöglich sogar mit uns selbst zu tun hat. Wie kann man so etwas beiseitelegen oder gar verbrennen?«

»Genau das dachte ich mir auch.« Joss schlug die Hand vor ihren zitternden Mund. »Und du hast Recht, der Blick fällt zufällig auf irgendein Wort und dann … Trotzdem …«

»Nein«, sagte Bruno entschieden. »Mutt wusste, wie schwach und verführbar der Mensch ist.«

»Mag sein.« Joss zwang sich, seiner Argumentation zu folgen, obwohl sie überzeugt war, dass es eine viel einfachere Erklärung gab: Mutt hatte völlig zu Recht angenommen, dass Bruno wütend sein würde, wenn er von der Existenz dieser Briefe erfuhr, und deshalb hatte sie Joss gebeten, ihr die Briefe zu bringen. »Und was jetzt? Tun wir so, als sei nichts geschehen? Die Frage ist aber: Was hat Mutt in ihrem Testament verfügt?«

»Ich weiß es nicht«, entgegnete Bruno.

»Eigentlich müsste sie alles dir vermachen, aber das würde Verdacht erregen. Hältst du es für möglich, dass sie dir das ›Paradies‹ und das ›Krähennest‹ überlassen hat? Das wäre doch gut, nicht wahr? Wenn Mum nur die Cottages erben würde, könnte alles so bleiben, wie es ist. Mousie und Rafe könnten weiter in ihren Häuschen wohnen, und ich könnte mir dort ein kleines Cottage mieten, so wie Mousie und Rafe. Das wäre doch in Ordnung, meinst du nicht auch?«

Er lächelte über ihren Eifer, den Status quo zu wahren, ohne selbst einen Nutzen daraus zu ziehen. Gleichzeitig überlegte er, wie er seine Befürchtungen am besten in Worte fassen konnte.

»Dein Vater hatte schon immer den Wunsch, das Grundstück mit der Bootswerft umzugestalten«, sagte er. »Er möchte den alten Schuppen am liebsten abreißen und ein Hotel bauen.«

»Das ist Wahnsinn«, rief sie. »Das geht nicht. Ach …« Allmählich begriff sie, worauf er hinauswollte. »Du meinst, er könnte Mum überreden … O nein.« Entsetzt schüttelte sie den Kopf. »Unmöglich. Die ganze Bucht würde zerstört werden. Das darf nicht geschehen.«

»Wenn Emma die Bootswerft und die Cottages erbt«, sagte Bruno leise, »müssen wir alle Möglichkeiten in Betracht ziehen. Falls ihr etwas zustößt, geht der Besitz auf deinen Vater über, wenn sie es in ihrem Testament nicht anders verfügt hat. Natürlich könnte sie ein neues Testament machen und alles dir vermachen.«

»Aber das wäre unrecht«, protestierte sie. »Was ist dann mit Mousie und Rafe?«

»Was soll sein mit Mousie und Rafe?«

Mousies fröhliche Stimme hallte vom Flur herein. Hinter ihr fiel die Haustür ins Schloss. Es war kurz vor fünf.

20

Während Joss wie erstarrt dasaß, raffte Bruno die Briefe zusammen und ließ sie unter dem Sofapolster verschwinden. Dann erhob er sich und ging hinaus in den Flur.

»Mousie«, hörte Joss ihn sagen. »Wir haben eine sehr traurige Nachricht. Unsere liebe Mutt ist tot. Sie ist friedlich entschlafen.«

Kurzes Schweigen.

»Also, ich muss sagen, dass mich das nicht sonderlich überrascht.« Mousies Stimme war kaum zu verstehen. »Arme Joss! Hat sie dich angerufen?«

»Komm rein«, antwortete Bruno ausweichend. »Ich glaube, sie steht immer noch unter Schock.«

Joss holte tief Luft. Mühsam stand sie auf und zwang sich zu einem Lächeln.

»Armes Mädchen.« Mousie legte ihr den Arm um die Schulter und wiegte sie sanft wie ein Kind. »Meine Güte, du bist ja eiskalt. Komm rüber ans Feuer.«

»Ist schon gut.« Joss unterdrückte das Bedürfnis loszuheulen. »Sie war eingeschlafen, und als ich dann wieder nach ihr sah …« Sie schluckte. »Ich glaube nicht, dass ich noch etwas hätte tun können.«

»Ganz bestimmt nicht«, erwiderte Mousie mit Nachdruck. »Der Arzt hat gesagt, dass es jederzeit geschehen kann. Wir müssen froh sein, dass sie keine Schmerzen zu leiden hatte. Setz dich ans Feuer und wärme dich. Ich gehe rauf zu ihr.«

»Es ist schrecklich«, flüsterte Joss Bruno zu, als Mousie das Zimmer verlassen hatte. »Ich habe völlig die Orientierung verloren. Es ist wie ein Alptraum. Alles wirkt so wie immer, aber in Wirklichkeit ist alles anders. Mit Mousie ging es mir genauso wie mit dir, als du hereinkamst. Ich dachte: Ach, da kommt Bruno, und im nächsten Augenblick: Moment mal, er ist nicht der, für den ich ihn bisher gehalten habe. Trotzdem bist du genau derselbe. Ich bin es, die anders ist. Wie kann ich weiterleben, als sei nichts geschehen?« Sie beugte sich vor. »Wie um Himmels willen hast du das all die Jahre geschafft?«

Er blickte mit finsterer Miene in die Flammen. »Vergiss nicht, dass ich vor vollendete Tatsachen gestellt wurde. Mit vier hat man nicht viel Einfluss auf das, was mit einem geschieht. Und schließlich war es der Wille meiner Mutter. Nein, nein.« Er bemerkte ihr entgeistertes Gesicht. »Nicht, dass Mutt in ihre Rolle schlüpfen sollte, sondern dass sie mich hierherbrachte. Vor ihrem Tod nahm sie Mutt das Versprechen ab, ihr diesen Wunsch zu erfüllen. Und auf einmal waren Mutt und Emma meine Familie. Meine größte Angst war, dass auch Mutt sterben könnte. Sie und Emma haben mir geholfen, den Schmerz und die Angst zu überwinden: Wie hätte ich sie verraten können? Und wann hätte ich das tun sollen? Als ich in die Schule kam? An meinem einundzwanzigsten Geburtstag? Als ich heiratete?« Er lachte bitter. »Mutt wollte mir das Haus überlassen, als ich geheiratet habe, aber ich lehnte ab. Das ›Krähennest‹ reichte mir. Hätte ich das Angebot angenommen, wäre vielleicht jetzt alles einfacher. Ich könnte es dir schenken. Das ist schließlich Emmas Traum. Und Mutts Wunsch war es auch. Ganz zum Schluss sagte sie ja noch: ›Ich möchte, dass Joss das ›Paradies‹ bekommt.‹«

»Aber wie könnte ich jetzt hier wohnen und es als mein Eigentum betrachten?«, fragte Joss fast wütend. »Es wäre unrecht …«

Sie verstummte, als Mousie ins Zimmer trat.

»Sie ist friedlich im Schlaf verschieden.« Mousie lächelte Joss und Bruno beruhigend an.

»Der Herr schenke uns eine gute Nacht und ein seliges Ende«, murmelte Joss. Sie errötete, als ihr einfiel, dass dies das Gebet war, das Mutt mit ihr vor dem Schlafengehen immer gesprochen hatte, als sie noch klein war.

Mousie musterte sie. »Du gehörst ins Bett«, sagte sie entschieden. »Du hast heute Dienst in Bodmin, nicht wahr? Also musst du nicht allzu früh raus. Eine Wärmflasche, zwei Paracetamol-Tabletten und ein paar Stunden Schlaf. Keine Angst, ich werde dich rechtzeitig wecken. Ab ins Bett. Ich mach dir inzwischen eine Wärmflasche.«

Gemeinsam verließen sie das Zimmer. Bruno wartete einen Augenblick, dann schlich er sich nach oben und betrat leise das Portalzimmer. Er betrachtete das friedliche Gesicht, aus dem alle Sorgen gewichen waren.

»Du wusstest, dass ich wütend werden würde, stimmt's?«, murmelte er. »Und ich war es tatsächlich. Briefe! Lieber Himmel! Aber du siehst ja, was du damit angerichtet hast! Du bist wirklich ein Dussel.« Er nahm ihre Hand und küsste Mutt sanft auf die Stirn. »Trotzdem bin ich froh, dass ich sie gelesen habe.«

Einen Moment verharrte er so, ihre Hand in der seinen, den Blick nach innen gerichtet, und rief sich gewisse Passagen ihrer Briefe in Erinnerung, bis er hörte, wie Mousie in

Joss' Schlafzimmer ging. Er legte Mutts Hand behutsam unter die Decke, gab ihr einen letzten Kuss und verließ das Zimmer. Kaum war er draußen im Flur, hörte er Mousies Schritte.

»Es ist nicht nötig, so früh den Arzt zu holen«, sagte sie. »Ich mache jetzt einen Tee. Willst du auch eine Tasse, oder möchtest du lieber zurück sein, wenn Emma wach wird?« Sie sah ihn mit prüfendem Blick an. »Es ist ein Schock, nicht wahr? Selbst wenn man damit gerechnet hat. Du hast mir vorhin nicht geantwortet: Hat Joss dich angerufen? Hat sie sich Sorgen um Mutt gemacht?«

Er schüttelte den Kopf. »Ich konnte nicht schlafen, und plötzlich hatte ich das starke Bedürfnis hierherzukommen. Ich konnte nicht mehr mit Mutt sprechen, aber so war Joss wenigstens nicht allein, als sie sie fand.«

»Gott sei Dank«, sagte Mousie. »Vielleicht hätte ich bleiben sollen, aber ich hatte das Gefühl, es sei besser, wenn Joss mit Mutt allein ist. Komisch, nicht wahr?«

»Ich glaube, du hattest völlig Recht. Soweit ich weiß, gab es zwischen ihnen ein paar ganz … besondere Momente.«

»Oh, wie schön!«, antwortete sie mit Wärme. »Die beiden haben sich so gut verstanden, und dass Joss hier bei ihr war, hat ihr sehr gutgetan. Gott sei Dank hat auch Emma sie noch einmal gesehen. Mutt war ganz gelöst, als ich mich gestern Abend von ihr verabschiedete, obwohl ihr in den letzten Tagen irgendetwas durch den Kopf ging. Es ist merkwürdig …«

Er bemerkte den fragenden Blick in Mousies klugen graublauen Augen, und plötzlich beschlich ihn Angst.

»Merkwürdig?«, meinte er beiläufig und zog die Brauen hoch. Sie schien sich zu besinnen und schüttelte den Kopf.

»Nichts Wichtiges«, sagte sie. »Im Moment jedenfalls

nicht. Du siehst müde aus. Geh nach Hause und versuch ein wenig zu schlafen, bevor Emma aufwacht. Es wird ein anstrengender Tag werden. Geh schon, Bruno, hier kannst du sowieso nichts mehr machen.«

Und so ging er hinaus in den grauen Morgen. Ein leichter Nebel hüllte die Zweige der Rhododendronbüsche ein, und ein feuchter Wind strich ihm über die Wangen. Die Hände in den Jackentaschen vergraben, ging er mit raschen Schritten die Auffahrt hinunter. Wie würde Emma wohl auf die Nachricht vom Tod ihrer Mutter reagieren? Ihn beruhigte der Gedanke, dass Mousie die Briefe ganz bestimmt nicht finden würde. Er bedauerte, dass er sie nicht an sich genommen hatte, als Mousie die Wärmflasche vorbereitete. Aber wo hätte er sie verstecken sollen? Sie hätte ihn dabei ertappen können. Er musste die Briefe so schnell wie möglich in Sicherheit bringen. Aber er durfte sie auf keinen Fall vernichten, denn vielleicht würden sie schon bald benötigt werden. Vermutlich würde Raymond Fox sofort nach St Meriadoc kommen, um zur Stelle zu sein, wenn das Testament verlesen wurde. Bruno konnte sich lebhaft vorstellen, in welchem Zwiespalt Joss sich bald befinden würde.

Als er an Mutt dachte, schnürte ihm Trauer die Kehle zu. Er schluckte, und plötzlich wurde ihm bewusst, wie sehr er sie vermissen würde. So zornig er auch gewesen war, die Briefe hatten ihn tief berührt. Wenn er an diese junge, verletzliche Frau dachte, die Mutt einst gewesen war, wurde ihm das Herz schwer.

Er ließ Nellie ins Freie, füllte den Wasserkessel und entfachte die Glut im Kamin, während er sich innerlich darauf vorbereitete, Emma gegenüberzutreten.

Unterdessen war Joss eingeschlummert. Sie hatte gehorsam zwei Tabletten geschluckt und hielt die Wärmflasche dankbar umklammert.

»Schlaf jetzt!«, hatte Mousie halb beschwörend, halb befehlend gesagt. »Du hast deine Sache großartig gemacht, Mädchen. Jetzt ruh dich aus! Um neun Uhr bringe ich dir eine Tasse Tee.«

Erschöpft vom vielen Weinen und von der ganzen Aufregung, kroch Joss unter die Decke und schloss die Augen. Sätze aus Mutts Briefen, Gesprächsfetzen und Bilder aus der Vergangenheit geisterten durch ihren müden Kopf. Der Gedanke, dass sie Mutts Vertrauen missbraucht hatte, war ihr unerträglich. Sie ahnte, dass Bruno großmütig versucht hatte, sie von dieser Last zu befreien und sie zu trösten. Noch einmal dachte sie an den Schock bei der Lektüre der Briefe. Das ungläubige Entsetzen, als ihr klar wurde, dass Mutt eine Betrügerin war. Tief in ihrem Innern wusste sie, dass sie ihr eigenes Verhalten weniger schlimm finden würde, wenn sie sich Mutts Lügengespinst nur deutlich genug vor Augen führte. Das beschämte sie noch mehr.

Während sie sich unruhig im Bett wälzte und den schmerzenden Kopf auf dem Kissen hin und her warf, begriff sie allmählich, dass Mutt gewiss die Letzte wäre, die sie verurteilt hätte. Die Frau, die diese Briefe geschrieben hatte, würde nicht über sie richten. Sie hätte volles Verständnis dafür gehabt, wie sehr das Wissen um dieses Geheimnis Joss belastete. Nicht nur Bruno hatte versucht, ihr die Schuldgefühle zu nehmen, auch Mutt, so schien es ihr nun, wollte ihr diese Bürde erleichtern.

Jetzt fühlte sie sich gelöster. Sie dehnte und streckte sich und versuchte einzuschlafen. Zum ersten Mal seit Stunden dachte sie an George. Er war also gar nicht ihr Cousin zweiten Grades! Erstaunt stellte sie fest, dass es gar keine Rolle spielte, ob er mir ihr verwandt war oder nicht. An der Beziehung zu ihm, die ihr Leben so sehr geprägt hatte, würde sich nichts ändern. Der Gedanke an George, der nur ein paar hundert Meter entfernt war, erfüllte sie mit tiefem Frieden. Morgen würde sie ihn wiedersehen.

Joss drehte sich auf die Seite und schlief ein.

21

George erwachte in aller Frühe. Er schlüpfte in den langen Bademantel mit Schottenmuster, der hinter der Tür hing, und ging hinunter. Rafe war schon auf den Beinen, er hatte die Vorhänge aufgezogen und kochte gerade Kaffee.

»Das Wetter ist umgeschlagen«, sagte er. »Schade. Ich hatte gerade angefangen, die beißende Kälte und den Sonnenschein so richtig zu genießen. Gut geschlafen?«

»Ich bin immer wieder aufgewacht.« George nahm die Tasse Kaffee, die Rafe ihm reichte. »Das Blöde ist, dass mir ständig dieses Problem im Kopf herumspukt. Ich fühle mich wie das Kaninchen vor der Schlange.«

»Ist ja auch kein Wunder.«

Verlegenes Schweigen. Rafe schraubte die Kaffeedose zu und wusste nicht, was er sagen sollte. Pamela hätte die richtigen Worte gefunden und George geholfen, zu einer Entscheidung zu kommen. Zumindest hätte sie ihm ihr Mitgefühl bekundet und ihm Mut zugesprochen. Er, der sein Leben lang Lehrer gewesen war und andere unterwiesen hatte, konnte seinem eigenen Sohn nicht helfen.

George spürte die Befangenheit seines Vaters, aber auch er fühlte sich ohnmächtig. Er trank einen Schluck Kaffee, trat ans Fenster und überlegte angestrengt, wie er das

Schweigen brechen konnte. Das Meer brandete ungestüm gegen die Klippen, trüb und grau wie Spülwasser. Immer wieder nahm es Anlauf und zog sich zurück, erschöpft von der nutzlosen Anstrengung.

»Ich hab gerade überlegt, ob ich nicht segeln gehen soll«, meinte George schließlich. »Da bekommt man wenigstens einen klaren Kopf.«

Rafe trat neben ihn ans Fenster und sah hinaus.

»Zu wenig Wind.«

»Ja. Außerdem ist es sowieso besser, ich fahre zurück.« Rafe schwieg. »Es hat … na ja … Es hat sowieso keinen Sinn, hier herumzusitzen …« George hielt inne. »So habe ich's nicht gemeint. Ich freue mich immer, euch beide zu sehen. Aber ich glaube, ich fahre und berichte Penny, dass ich es euch gesagt habe. Sie will bestimmt wissen, wie ihr …«

»Mein lieber Junge, tu, was du für richtig hältst.« Rafe legte seinem Sohn den Arm um die breiten Schultern und drückte ihn kurz an sich. »Du weißt, dass du hier immer willkommen bist. Komm bald wieder.«

»Auf jeden Fall.« George trank seinen Kaffee aus. »Was wird Ma sagen?«

»Mach dir deswegen keine Sorgen. Sie will das, was für dich das Richtige ist.«

»Wenn wir nur wüssten, was das Richtige ist! Warum sind Beziehungen nur so kompliziert?« George schüttelte ratlos den Kopf. »Ich frage mich ständig, warum, verstehst du? Ich hatte den Eindruck, sie ist glücklich in London unter all ihren Freunden. Sie hatte sich so gut eingelebt, sie hatte einen prima Job. Wahrscheinlich hätte ich nie von ihr verlangen sollen, dass sie alles aufgibt.«

»Aber dann hättet ihr euch kaum gesehen«, wandte Rafe ein. »Und sie war doch bereit, dich zu heiraten und aufs Land zu ziehen.«

George nickte und zuckte die Schultern. »Tja, das dachte ich auch. Mit einigen anderen Ehefrauen hat sie sich gut verstanden, obwohl sie oft, wenn ich auf See war, wieder nach London zu ihren Freunden gefahren ist. Nach Tashas Geburt wurde das natürlich schwieriger. Aber schließlich war es ihre Entscheidung, aus der Stadt wegzuziehen, und ich dachte, in dem Cottage würde sie sich wohlfühlen. Sie hatte sich richtig in das Haus verliebt.«

»Womöglich hat sie versucht, sich abzulenken«, meinte Rafe vorsichtig. »Vielleicht dachte sie, dass sie dann nicht mehr an ihn denken muss ... Wie heißt er doch gleich?«

Sein Taktgefühl hielt Rafe davon ab, den Namen von Pennys Liebhaber auszusprechen.

»Brett«, antwortete George leise. »Vielleicht hast du ja Recht. Ich war wütend, weil ich das Gefühl hatte, dass sie auf ihn geflogen ist, sobald er hier aufgetaucht ist. Inzwischen aber glaube ich, dass sie schon länger was mit ihm hatte.«

»Ist das denn möglich?« Rafe dachte an die Theorie, die er gestern Abend Pam vorgetragen hatte. »Hättest du da nicht Verdacht geschöpft?«

George zuckte die Achseln. »Warum sollte ich? Wer ahnt denn, dass die eigene Frau eine Affäre mit ihrem früheren Liebhaber hat? Insbesondere, wenn man davon ausgeht, dass er Tausende Meilen weit entfernt lebt.«

Rafe sah seinen Sohn prüfend an. In seiner Miene war keine Spur Eifersucht zu erkennen. Ihm fielen erneut die Eintrittskarten für das Rugbyspiel und Jeremy MacCann ein. Sein Sohn litt darunter, dass Penny ihm übel mitgespielt hatte. Und dennoch hatte er Verständnis für sie.

»Was willst *du* eigentlich, George?«, fragte er unwillkürlich. »Was würdest du machen, wenn du frei entscheiden könntest?«

George kicherte. »Wie hast du immer gesagt, Pa?«, fragte er. »Immer schön eins nach dem anderen. Ich will, dass Penny und ich alles versuchen, bevor wir endgültig Schluss machen.«

»Und was dann?«, fragte Pamela hinter ihm.

»Das lasse ich auf mich zukommen.« Er gab ihr einen Kuss. »Guten Morgen. Ich muss los, Ma. Ich werde Penny sagen, dass ihr Bescheid wisst und dass ihr sehr traurig seid, aber nicht böse. Ich möchte ihr und Brett nicht das Gefühl geben, ihre Liebe stünde unter einem schlechten Stern und sie müssten der ganzen Welt trotzen. Sie sollen erkennen, dass das Ganze eigentlich keine Tragödie ist.«

»Du machst also Klarschiff«, sagte Pamela.

»Wenn du so willst.« George nickte amüsiert. »Würdest du Joss ausrichten, wie leid es mir tut, dass ich sie nicht sehen konnte?«

»Joss?«, fragte sie rasch.

Kurzes Schweigen.

»Und Mousie«, fügte er betont beiläufig hinzu, »und Bruno und Emma. Und Mutt natürlich auch. Ich habe das Gefühl, ich darf keine Zeit verlieren. Schließlich habe ich nur noch ein paar Tage Urlaub.«

»Tu, was du tun musst!«, sagte Pamela und umarmte ihn. »Und komm bald wieder, mein Schatz. Schöne Grüße an Penny und Tasha. Und vergiss nicht, wir sind immer für dich da.«

»Das weiß ich.« Er hielt seine Mutter einen Moment in seinen Armen und drückte sie an sich. »Danke, Ma. Ich melde mich, wenn ich angekommen bin.«

Er ging nach oben, während Pamela reglos dastand, den Kopf nachdenklich gesenkt.

»Ich wollte dir gerade einen Kaffee bringen«, sagte Rafe, den Kopf horchend zur Treppe geneigt. Als sich die Badezimmertür schloss, fuhr er mit gedämpfter Stimme fort: »Was meintest du mit: Klarschiff machen?«

»Das war nur so ein Gefühl.« Sie streckte die Hand nach der Kaffeetasse aus. »Er war doch schon immer für klare Verhältnisse. Bei ihm muss alles seine Ordnung haben, er hasst halbe Sachen und möchte reinen Tisch machen, bevor er etwas Neues anfängt.«

»Noch irgendwelche Gemeinplätze?«, fragte Rafe trocken. »Du bist heute Morgen ja ausgesprochen optimistisch, was George angeht.«

»O ja, Rafe, das stimmt«, erwiderte sie. »Ich denke ... Meine Güte, da kommt, glaube ich, schon der nächste Gemeinplatz. Ich denke, ich sehe Licht am Ende des Tunnels.«

»Oder einen Silberstreif am Horizont?«, gab er amüsiert zurück. »Gott sei Dank. Wenn er weg ist, kannst du mir ja sagen, was du damit meinst. Denn ich seh's nicht, verdammt noch mal.«

Im »Krähennest« starrte Emma traurig ins Feuer. Sie hatte den Arm um Nellie gelegt, die neben ihr auf dem Sofa lag.

»So plötzlich«, murmelte sie. »Ich kann es gar nicht fassen. Und die arme Joss war ganz allein.«

Bruno widersprach nicht. Er hatte Kaffee gekocht, aber Emmas Tasse stand noch unangetastet auf dem Tisch.

Emma liefen Tränen übers Gesicht, die sie mit dem Handrücken wegwischte. »Ich muss zu Joss.« Sie machte Anstalten aufzustehen, sank aber, kraftlos vor Kummer, wieder aufs Sofa. »Sie soll heute zu Hause bleiben. Dafür wird man doch in Bodmin Verständnis haben. Die arme Joss ...«

»Ich glaube, sie möchte arbeiten.« Vom Nutzen einer strengen Arbeitdisziplin hatte Bruno seine Schwester nie überzeugen können. »Und sie hat vollkommen Recht. Arbeit ist die beste Ablenkung. Warum gehst du nicht rauf und hilfst Mousie? Dann kannst du auch kurz mit Joss sprechen, bevor sie los muss.«

»Ja, das werde ich machen.« Emma riss sich zusammen. »Mousie hat sicher schon dem Arzt Bescheid gegeben, und dann muss man das Bestattungsinstitut anrufen …«

»Ja, es gibt viel zu organisieren«, erwiderte Bruno. »Wenn ich geduscht habe, sage ich Rafe und Pamela Bescheid und komme nach.«

Sie sah ihn dankbar an. »Du siehst müde aus«, meinte sie besorgt. »Willst du dich nicht doch ein Stündchen hinlegen? Versuch doch ein bisschen zu schlafen.«

»Vielleicht«, sagte er. »Mal sehen, wie es mir nach dem Duschen geht. Wirst du allein zurechtkommen?«

»Ich mache mich gleich auf den Weg. Wir können Mousie schließlich nicht alles überlassen. Außerdem möchte ich von Mutt Abschied nehmen. O mein Gott! Ich kann es noch gar nicht fassen.«

Er sah ihr nach, wie sie sich im Gehen die Augen trocknete, dann leerte er seine Tasse in einem Zug. Während er Nellie kraulte, die noch immer zusammengerollt auf dem Sofa lag, fragte er sich, ob Joss wohl an die Briefe denken würde. Hoffentlich hatte sie Gelegenheit gehabt, sie an einem sichereren Ort zu verstecken. Er trug die Kaffeetassen in die Küche, ließ Nellie ins Freie und überlegte, wann er die Briefe holen konnte.

22

Joss schrak aus dem Schlaf auf. Sie hörte, wie die Haustür ins Schloss fiel, dann vernahm sie gedämpfte Stimmen im Flur. Als ihr wieder bewusst wurde, dass sie ihre Großmutter verloren hatte, wurde ihr das Herz schwer, und sie verkroch sich unter die Decke, um Kraft zu sammeln für den vor ihr liegenden Tag. So vieles hatte sich verändert, auch wenn Bruno ihr versicherte, dass sie genau derselbe Mensch war wie zuvor. Emma war ihre Mutter, Mutt ihre Großmutter, das schon. Aber mit Bruno, mit Mousie und mit Rafe war sie nicht verwandt, und sie ahnte bereits jetzt, wie schwer es ihr fallen würde, Theater zu spielen. Es entsprach nicht ihrem Charakter, anderen etwas vorzumachen oder etwas zu verheimlichen. Die kurze Begegnung mit Mousie hatte ihr einen Vorgeschmack gegeben, wie anders sie all diesen Menschen von nun an gegenübertreten würde. Nach kurzen Anfangsschwierigkeiten hatte Bruno rasch wieder zur alten Vertrautheit zurückgefunden. Die Liebe und das Vertrauen all der Jahre zahlten sich jetzt aus. Ihre Freundschaft war stärker als alle Familienbande. Und doch …

Joss drehte sich auf den Rücken und schob die lauwarme Wärmflasche beiseite. Bruno und sie teilten ein Geheimnis, das sie noch enger zusammenschweißen würde. Gegenüber den anderen Familienangehörigen musste sie von nun an auf der Hut sein. Wie hatte es Bruno bloß all die Jahre geschafft, mit diesem Geheimnis zu leben? Ob auch ihr das gelingen würde? Bei dem Gedanken an ihre Mutter und die Probleme mit dem Testament wurde sie von lähmender Angst gepackt. Wie konnte sie zulassen, dass ihre Mutter vor Rafe und Mousie erbte? Und was war, wenn ihr Vater sich einmischte? Sie wusste, was er vorhatte. Wenn ihre Mutter die Bootswerft erbte, würde er versuchen, sie zu überzeugen, dass die Erschließung der Bucht im Interesse aller wäre und dass Mousie ebenso wie Rafe und Pamela davon profitieren würden.

Joss biss nervös die Zähne zusammen. Sie konnte sich seine Strategie genau vorstellen. Mit Geduld, Hartnäckigkeit und guter Laune würde er sein Ziel erreichen – und dabei womöglich die Familie entzweien. Rafe und Pamela wären am Boden zerstört, aber Olivia und Joe, ihre beiden ältesten Kinder, hätten gewiss nichts dagegen, einen solchen gewinnversprechenden Plan umzusetzen. Joss konnte sich lebhaft vorstellen, wie schwer es Pamela fallen würde, sich der Erschließung der Bucht zu widersetzen, wenn das ihren Kindern finanzielle Vorteile brachte.

Olivia und Joe hatten keine so enge Beziehung zum Tal von St Meriadoc wie sie und George. Die beiden hatten es gar nicht erwarten können, von hier wegzukommen. Sie waren ehrgeizig, und ihre Besuche in der Bucht wurden seltener, je erfolgreicher sie in ihrem Beruf waren. Natürlich spielten dabei auch der Arbeitsdruck und die Beschwerlichkeit einer Reise mit ihrer ständig wachsenden Kinderschar eine Rolle. Ihnen wäre es egal, wenn der Frieden und die natürliche Schönheit der Bucht verloren gingen.

Die touristische Erschließung der Bucht wäre ein schwerer Schlag für Rafe und Pamela und auch für Mousie, aber am schlimmsten würde es Bruno treffen, den wahren und einzig legitimen Erben. Die Ruhe und Abgeschiedenheit, die er so schätzte, wären dahin. Aber selbst wenn seine Verwandten finanziell profitieren würden, wäre es nicht in Ordnung, dass ausgerechnet ein Außenstehender wie Joss' Vater den Anstoß zur Zerstörung der Bucht gab. Wie, so fragte sich Joss jetzt, würde sie in diesem Fall Stillschweigen wahren können? Irgendwann müsste man die Wahrheit sagen und die Briefe vorzeigen. Auf jeden Fall mussten sie an einem sicheren Ort verwahrt werden.

Bei dem Gedanken an die Briefe sprang sie aus dem Bett. Ob Bruno sie an sich genommen hatte, nachdem sie und Mousie das Wohnzimmer verlassen hatten? Im »Krähennest« würden sie am besten aufgehoben sein. Während Joss noch darüber nachgrübelte, ging die Tür auf und Mousie kam mit einer Tasse Tee herein. Sie stellte sie auf den Tisch neben das Bett und strich Joss über den Kopf. Eine zärtliche Berührung, liebevoll und ermutigend, und Joss lächelte sie an. Mousies Augen, so graublau und freundlich wie die von Rafe und George, verwirrten Joss, und sie presste die Hände zwischen die Knie, um sich zu wappnen.

»Konntest du ein bisschen schlafen?«, fragte Mousie.

Joss nickte.

»Gut. Emma ist hier, dann seht ihr euch wenigstens noch, bevor du losfährst. Ich habe Porridge gemacht.«

Joss nickte wieder nur stumm, und während Mousie leise das Zimmer verließ, trank sie den heißen, belebenden Tee. Plötzlich erschien es ihr unmöglich, dass ihr neues Wissen ihr Verhältnis zu George unberührt lassen würde. Die Vergangenheit blieb unangetastet, das schon, aber wie sollte Joss ihm in Zukunft gegenübertreten? Joss trank ihren Tee aus und ging duschen.

Unten in der Küche versuchte Mousie Emma zu trösten.

»Ich hatte den Eindruck, es geht ihr besser«, schluchzte Emma. »Gestern war sie ganz heiter. Ich habe wirklich geglaubt, es geht aufwärts mit ihr.«

»Das ist ganz typisch.« Mousie rührte den Porridge um. »Eine plötzliche Erholung kurz vor dem Ende. Sei froh, dass sie nicht leiden musste!«

»Natürlich bin ich froh darüber. Aber wenn ich gewusst hätte, dass es zu Ende geht, wäre ich gestern Nacht bei ihr geblieben.« Emmas Augen füllten sich erneut mit Tränen.

»Entschuldige«, sagte sie. »Ich glaube, ich gehe rauf und verabschiede mich von ihr.«

»Ja, tu das!«, sagte Mousie. »Joss wird gleich runterkommen.«

Emma stand auf; sie wollte ihrer Tochter gegenüber keine Schwäche zeigen. Im Flur begegneten sie sich. Erschrocken über das kummervolle Gesicht ihrer Tochter, vergaß Emma ihren eigenen Schmerz und nahm sie in die Arme.

»Du warst so tapfer«, meinte sie liebevoll. »Es ist großartig, dass du in diesen letzten Wochen für Mutt da warst. Du hast ihr so viel Freude geschenkt.«

Joss lächelte zaghaft. »Gehst du rauf zu ihr? Willst du, dass ich mitkomme?«

Emma hätte am liebsten »Ja! Ja, bitte!« gesagt, doch sie beherrschte sich. Joss sah allzu mitgenommen aus.

»Ich möchte lieber allein sein«, log sie. »Verstehst du das? Ein letztes Mal.«

»Natürlich.« Joss konnte ihre Erleichterung kaum verbergen. Mit einem merkwürdigen Gefühl der Befriedigung ging Emma die Treppe hinauf.

Joss blickte ihr nach, hörte, wie Mousie in der Küche mit dem Geschirr klapperte, und huschte ins Wohnzimmer. Die Vorhänge waren aufgezogen, und im Kamin prasselte ein

Feuer. Offenbar fand Mousie, dass ein Kaminfeuer und ein warmes Zimmer am heutigen Tag besonders wichtig waren. Aber Brunos Kaffeetasse stand noch auf dem Tischchen, und die Zeitung lag da, wo Joss sie am Abend zuvor gelassen hatte. Sie lief zum Sofa, hob das Polster und seufzte erleichtert auf. Die Briefe waren verschwunden.

George war bereits abgereist, als Bruno Rafe und Pamela aufsuchte, um ihnen die traurige Nachricht mitzuteilen.

»Ach, Bruno, es tut mir so leid.« Pamela streckte ihm eine Hand entgegen, die er in seine beiden Hände nahm. »Erst vor ein paar Tagen waren Rafe und ich oben und haben Tee mit ihr getrunken. Ich muss sagen, dass sie mir sehr geschwächt erschien.«

»Sie hat sich dann wieder ein wenig erholt.« Er drückte erneut Pamelas Hand. »Gestern war sie geistig wach, aber sehr erschöpft. Sie hat sich einfach nicht mehr erholt. Der Sturz und dann diese Infektion. Tut mir leid, dass ich George nicht mehr gesehen habe.«

Es folgte ein kurzes, unbehagliches Schweigen.

»Im Moment macht er eine schwere Zeit durch …«, begann Rafe.

Und Pamela: »Warum sollten wir vor Bruno verheimlichen, dass …«

»Ihr müsst wirklich keine Erklärungen abgeben«, sagte Bruno hastig. »Es geht mich nichts an. Ich habe nur gerade überlegt, ob er zur Beerdigung kommen kann, das ist alles.«

»Er hat Urlaub«, sagte Rafe verlegen. »Es sind zwar nur ein paar Tage, aber ich bin sicher, dass er kommt. Er hat Mutt sehr gern gehabt.«

»Wir alle haben sie gern gehabt«, sagte Pamela traurig. »Sie war ein so lieber Mensch, wir hatten so viel Spaß miteinander. Und wir sind ihr aufrichtig dankbar. Rafe und ich hätten es uns niemals leisten können, an einem solchen Ort zu wohnen, wenn sie uns mit der Miete nicht so entgegengekommen wäre. Dasselbe gilt für Mousie. Wir können von Glück reden, dass wir sie hatten.«

Bruno schwieg.

»Die arme Joss«, fuhr Pamela fort. »Es muss ein schwerer Schlag für sie gewesen sein.«

»Ich gehe jetzt besser wieder rauf ins ›Paradies‹«, sagte Bruno. »Tut mir leid, dass ich euch eine so schlechte Nachricht bringen musste …«

Er wollte hinzufügen: »… wo ihr offensichtlich schon genug Probleme habt«. Aber dann fiel ihm gerade noch ein, dass ihm ja bisher nur Joss von Georges Ehekrise erzählt hatte. Er blieb einen Augenblick unschlüssig stehen und verabschiedete sich dann eilig.

Nellie trottete hinter ihm her, als er die schmale Brücke überquerte und mit raschen Schritten den Feldweg hinauflief. Die beiden Esel standen am Tor, und er blieb stehen, um sie zwischen den Ohren zu kraulen, während sie Nellie beschnupperten. Dünne Nebelschleier stiegen vom Meer auf, zogen wie Rauchschwaden über die Wiesen und verfingen sich in den schwarzen, kahlen Ästen der Buchen. Fröstelnd schlug Bruno den Mantelkragen hoch und tätschelte den beiden ein letztes Mal den Kopf, bevor er seinen Weg fortsetzte.

Er betrat das Haus durch den Garten und blieb im Flur stehen. Einen Augenblick horchte er auf das leise Gemurmel, das aus dem Schlafzimmer im oberen Stockwerk drang, dann schlich er sich rasch ins Wohnzimmer. Im Nu stand er vor dem Sofa, hob das Sitzpolster und stieß einen Seufzer der Erleichterung aus. Die Briefe waren verschwunden.

23

Nachdem Bruno gegangen war, saßen Rafe und Pamela noch ein paar Augenblicke schweigend da.

»Ich bin froh, dass wir letzten Freitag noch einmal bei ihr waren, du nicht auch?«, sagte Rafe schließlich. »Mutt wird uns fehlen. Ohne sie wird hier nichts mehr sein wie zuvor.« Er seufzte. »Und Bruno tut mir leid.«

»Irgendetwas stimmt nicht mit ihm«, sagte Pamela. »Ist es dir auch aufgefallen?«

»Kein Wunder, wenn man gerade seine Mutter verloren hat«, erwiderte Rafe trocken. »Der arme Kerl.«

»Das meine ich nicht.« Pamela runzelte nachdenklich die Stirn. »Sicher, er war bedrückt. Aber als wir ihm sagten, dass George schon weggefahren ist, hat er so merkwürdig reagiert. Bruno ist ein mitfühlender Mensch, selbst wenn er an einem neuen Roman sitzt. Er spürt, wenn jemand ein Problem hat. Aber als wir anfingen, von George zu sprechen, hat er uns regelrecht das Wort abgeschnitten. Das ist sonst gar nicht seine Art. Er war nicht einmal überrascht. Ich hatte das Gefühl, er weiß, dass etwas nicht in Ordnung ist.«

Rafe schüttelte den Kopf. »Das ist viel zu kompliziert«, meinte er. »Ich glaube, er war einfach nur mit seinen Gedanken woanders.«

»Und dann dieses sonderbare Schweigen, als wir sagten,

wie großzügig es von Mutt war, uns hier wohnen zu lassen. Ist dir das nicht auch aufgefallen?«

»Was hätte er denn darauf sagen sollen?«, gab Rafe nüchtern zurück. »Es ist doch die Wahrheit.«

Pamela seufzte enttäuscht. »Irgendetwas stimmt nicht«, beharrte sie. »Ich finde, er hätte irgendwie darauf reagieren müssen, zum Beispiel … Ach, ich weiß auch nicht.«

Rafe sah sie verständnislos an. »Wie denn?«

»Er hätte zum Beispiel sagen können: ›Macht euch keine Sorgen, alles wird bleiben, wie es war.‹ Oder: ›Ihr gehört doch zur Familie.‹ Keine Ahnung, irgend so etwas. Aber dieses merkwürdige Schweigen.« Sie stand auf und ging mit ausgestreckten Armen auf Rafe zu. »Hast du dir schon mal überlegt, Rafe, was aus uns wird, wenn Mutt nicht mehr das Sagen hat?«

»Nein.« Er nahm ihre Hände, zog sie zu sich heran und legte ihr den Arm um die Schultern. »Eigentlich nicht. Bruno und Emma sind die Erben. Ich kann mir nicht vorstellen, dass sie uns rauswerfen, du etwa?«

»Nein.« Sie lehnte den Kopf an seine Brust. »Ach, Rafe. Ich mache mir solche Sorgen. Zuerst das mit George, dann die Nachricht von Mutts Tod und jetzt Brunos unerklärliches Verhalten.«

»Ich glaube, du übertreibst«, sagte er entschieden. Er sah aus dem Fenster und überlegte krampfhaft, wie er Pamela – und sich selbst – auf andere Gedanken bringen konnte. »Es ist zwar ein recht trüber Morgen, aber ein kleiner Spaziergang täte uns beiden bestimmt gut. Wollen wir rausgehen und uns ein bisschen um die Esel kümmern?«

Ihre Miene hellte sich auf. »Bringen wir ihnen ein paar Möhren«, sagte sie. »Aber lass uns nicht zu lange bleiben. Ich möchte hier sein, wenn George anruft.«

»Bis dahin haben wir genügend Zeit«, versicherte er ihr.

»Er ist bestimmt noch unterwegs. Du musst mir deine Theorie über George darlegen: das mit dem Licht am Ende des Tunnels. Nach dieser traurigen Nachricht täte mir ein wenig Licht ganz gut. Hol du deine Jacke, ich geh die Möhren holen.«

George hatte die wenig befahrenen Landstraßen rasch hinter sich gebracht und war im Nu auf der Schnellstraße. Jetzt bog er bereits von der A 30 in Launceston nach Tavistock ab. Ihm gingen so viele Gedanken durch den Kopf, dass er die Schönheiten der Landschaft gar nicht wahrnahm. Als er den Tamar überquerte, warf er einen flüchtigen Blick stromabwärts, wo Nebel aufstieg und sich zwischen den hohen Bäumen die steile Uferböschung emporwand. Als er das tief eingeschnittene Tal hinter sich ließ, dachte er an seine Mutter und lächelte.

»Du machst Klarschiff«, hatte sie gesagt, und damit traf sie den Nagel auf den Kopf. Es war nicht seine Art, etwas vor seinen Eltern zu verheimlichen. Problematisch wurde es nur dann, wenn es nicht allein sein Geheimnis war. Auch Joss hasste Heimlichtuerei und Verstellung.

In Milton Abbot drosselte George die Geschwindigkeit und beschleunigte, als er das Dorf hinter sich gelassen hatte. Er sah Joss vor sich: die dunklen, fein geschwungenen Brauen und die haselnussbraunen Augen, die kleine, gerade Nase und den vollen Mund. Wenn sie während der Pubertät nicht den Kontakt zueinander verloren hätten, wären sie beide erst gar nicht in diese furchtbare Situation gekommen.

Klarschiff machen.

Er hatte seiner Mutter nicht erklären können, dass er das Gefühl haben wollte, für seine Ehe alles getan zu haben – auch und vor allem um Joss' willen. Sie und er legten Wert auf klare Verhältnisse. Alles oder nichts, so lautete ihre Devise. Penny hatte ihn gebeten, es seinen Eltern zu sagen, und er fragte sich, ob sie es nicht inzwischen bedauerte. Jetzt, da es heraus war, dass die Ehe kriselte und sie einen anderen hatte, überlegte sie sich ihren nächsten Schritt vielleicht genauer. Der Gedanke, ihn zu verlassen, war das eine. Etwas ganz anderes war es, diesen Gedanken in die Tat umzusetzen. Vielleicht schreckte sie am Ende ja doch davor zurück.

Diese Möglichkeit musste er ihr fairerweise offenhalten. Auf dem Weg von Tavistock nach Yelverton schwand die Niedergeschlagenheit, die ihn erfüllte, seit Penny ihm vor ein paar Wochen ihren Entschluss mitgeteilt hatte. Penny mochte seine Eltern. Vielleicht ließ sie sich durch deren Reaktion umstimmen.

»Sag Penny und der Kleinen herzliche Grüße«, hatte seine Mutter gesagt. Das würde er tun. Er hatte keineswegs die Absicht, Penny Schuldgefühle einzureden. Er musste ihr noch eine Chance geben. Jedenfalls würde er nichts tun, was sie ihrem Liebhaber in die Arme trieb. Von Wutausbrüchen, Streit und flehentlichen Bitten hielt er nichts. Vielleicht war ja alles längst zu spät. Trotzdem hatte er das Gefühl, einen allerletzten Versuch machen zu müssen.

Als er Yelverton hinter sich gelassen hatte und auf das Häuschen zufuhr, sah er Pennys Kleinwagen auf dem Parkplatz neben dem Haus stehen. Er parkte seinen Wagen am Straßenrand direkt unter der Heckenrose, griff nach seiner Reisetasche und stieg aus. Eine böse Ahnung überfiel ihn, und er versuchte krampfhaft, sich ein paar ruhige, freundliche Begrüßungsworte zurechtzulegen. Nur keine Vorwürfe oder emotionalen Erpressungsversuche.

George sperrte die Haustür auf und rief: »Ich bin's nur.«

Im Wohnzimmer war niemand. Er warf einen Blick in die lange, schmale Küche und rief dann in den ersten Stock hinauf:

»Hallo. Ich bin wieder da.«

Als er die Stufen hinaufeilte, wusste er auf Anhieb, dass sie fort war. Er hätte zwar nicht gleich sagen können, warum, aber er spürte, dass Penny nicht nur einkaufen gegangen oder auf einen Sprung bei Freunden war. Seine Gewissheit wuchs, als er einen Blick in die beiden Schlafzimmer und ins Bad warf. Die Zimmer waren viel zu aufgeräumt. Er vermisste jene lebendige Unordnung, die in einem so kleinen Haus zwangsläufig entstand. Und jetzt stieg ihm auch ein süßlicher, fast Übelkeit erregender Geruch in die Nase, der unerträglich wurde, als er ins Wohnzimmer zurückkehrte.

Als er das Fenster aufriss und die kalte, frische Luft einatmete, fiel sein Blick auf den Topf mit den Hyazinthen. Penny hatte die Zwiebeln kurz vor Weihnachten auf dem Markt in Tavistock gekauft und auf das Fensterbrett gestellt, damit sie etwas Sonne abbekamen. Die blauen, glockenförmigen Blüten begannen zwar bereits zu verwelken, aber ihr Geruch hing noch in den ungelüfteten Räumen. Er trug die Pflanze in die Küche, um sie zu gießen, und da entdeckte er auf dem Küchentisch unter dem grünen, handbemalten Kaffeebecher den Brief. Der Becher gehörte mit einer Zucker- und einer Teedose zu einem dreiteiligen Keramikset, das Penny in Wadebridge gekauft hatte. Er hatte dafür eigens ein kleines Regal gebastelt, und sie hatte sich sehr darüber gefreut. Jetzt stellte er den Becher ins Regal zurück und öffnete den Brief. Die Zeilen waren rasch aufs Papier geworfen, wie es für Penny typisch war.

Es tut mir leid, George, aber ich sehe keine andere Möglichkeit, als diesen Schritt zu tun. Du wirst es hinterhältig finden – und das ist es natürlich –, aber es hat keinen Sinn, noch länger so weiterzumachen. Brett war in Yelverton und hat mich und Tasha abgeholt,

nachdem du gestern losgefahren bist. Wenn du diese Zeilen liest, sitzen wir bereits im Flugzeug nach Neuseeland.
Es war nicht richtig von mir, dich zu heiraten, George, obwohl mir Brett immer noch so viel bedeutete. Aber ich habe aufrichtig geglaubt, mit einer Heirat die Gefühle für ihn ersticken zu können. Aber das hat nicht funktioniert, und ein Jahr später ist er gekommen, um mich zu suchen. Ich hätte dich damals nicht täuschen sollen, aber ich war so durcheinander, weil ich dich ja auch liebte. Und ich wollte Bretts Drängen nicht so schnell nachgeben – nach allem, was er mir angetan hat.
Tatsache ist, dass wir uns nie hätten trennen sollen. Das wissen wir jetzt, und es tut mir aufrichtig leid, dass wir dir wehgetan haben. Aber es hat keinen Sinn, weiterzumachen wie bisher. Dadurch wird alles nur noch schlimmer. Auch habe ich mein Zuhause und meine Familie sehr vermisst, was nichts mit dir zu tun hat. Aber ich gehöre nun einmal nicht hierher.
Zweitens muss ich dir sagen, dass Natasha Bretts Tochter ist. Du wirst wahrscheinlich glauben, dass das nur ein Trick von mir ist, um sie ganz für mich zu haben. Aber es ist die Wahrheit. Als du vor einem Jahr wieder zur See gefahren bist, bin ich nach London gegangen, und dort habe ich Brett wiedergesehen. Wir haben wohl einfach die Kontrolle verloren, aber davor hatte ich meine Periode, und daher weiß ich ganz genau, dass er der Vater ist. Ich habe es dir nicht gesagt, weil ich mir nicht sicher war, ob ich ihm wirklich trauen konnte. Es gibt ja heute Möglichkeiten, die Vaterschaft nachzuweisen. Aber ich hoffe, du glaubst mir und lässt uns in Frieden ziehen.

Verzeih mir, George! Danke für die schöne Zeit mit dir. Ich habe dir Namen und Adresse meines Anwalts aufgeschrieben. Alles ist meine Schuld, und deshalb verlange ich nichts von dir. Ich bitte dich nur, mich nicht zu sehr zu verachten.

Der folgende Satz war mehrfach durchgestrichen, dann folgte ihre Unterschrift. George vermutete, dass sie nicht gewusst hatte, wie sie zum Ende kommen sollte. Als er mit dem Brief in der Hand dastand und zu begreifen suchte, was geschehen war, läutete das Telefon. Ihm fiel ein, dass er seiner Mutter versprochen hatte, nach seiner Ankunft kurz Bescheid zu geben. Er riss sich zusammen und hob ab, doch nur eine Verkäuferin aus einem Laden in Tavistock war am Apparat. Sie wollte Penny sprechen, um zu sagen, dass ihre Bestellung eingetroffen war. George erwiderte ruhig, er werde es seiner Frau ausrichten, und legte auf. Dann wählte er die Nummer seiner Eltern.

»Hi, Ma«, sagte er, als sie abhob. »Ich bin gut angekommen, aber Penny ist fort. Sie ist mit Brett auf und davon. Tasha hat sie mitgenommen und die Nachricht hinterlassen, dass alles aus und vorbei ist. Sie sind zurück nach Neuseeland.«

»Sie ist weg?« Pamela wirkte sichtlich geschockt. »Ach, George, mein lieber Junge …«

»Tja, da bleibt einem die Spucke weg, nicht? Entschuldige, wenn das gefühllos klingt, Ma. Aber ich weiß wirklich nicht, was ich sagen soll.«

»Ja, das verstehe ich«, erwiderte sie rasch. »Gut, dass du angerufen hast. Du musst das jetzt erst einmal verkraften. Leider habe ich auch eine traurige Nachricht: Mutt ist gestorben. Gestern Abend. Joss hat sie gefunden. Du kannst dir sicher vorstellen, was für ein Schock das war. Sie hat aus

Bodmin angerufen und schien sehr enttäuscht, weil sie dich verpasst hat ...«

Seine Mutter redete noch eine Weile, um die Spannung zu lösen, doch George hatte das Gefühl, dass sie ihm eine Rettungsleine zugeworfen hatte, nach der er nur noch zu greifen brauchte.

»Was soll ich noch hier«, sagte er. »Wenn es euch recht ist, fahre ich gleich wieder zurück zu euch. Vielleicht kann ich mich irgendwie nützlich machen.«

»Ja, tu das«, erwiderte sie liebevoll. »Wir freuen uns. Aber fahr vorsichtig!«

Als er aufgelegt hatte, ließ er seinen Blick durch die Küche schweifen. Er spürte so etwas wie Verantwortung für dieses Häuschen, das ihr Heim gewesen war, nun jedoch verlassen und abweisend wirkte. Ich werde es verkaufen müssen, dachte er und fragte sich zugleich, was mit all den Sachen geschehen sollte, die er gemeinsam mit Penny angeschafft hatte.

Die Hyazinthen waren verblüht. Ihr durchdringender Duft gemahnte an Scheitern und Betrug, und plötzlich erfüllte ihn eine tiefe Traurigkeit. Er stellte den Blumentopf an einen geschützten Platz auf der hinteren Veranda. Wenn man die Zwiebeln im Garten in den Boden setzte, würden sie im kommenden Frühling erneut blühen.

24

Auf dem Weg zum »Krähennest« spürte Bruno, dass ihm die Nacht ohne Schlaf ganz schön in den Knochen saß. Es war ein arbeitsreicher, aufreibender Tag gewesen, und Bruno war Mousie dankbar, dass sie mit routinierter Gelassenheit die notwendigen Vorkehrungen getroffen hatte. Sie hatte das Bestattungsunternehmen benachrichtigt und das Begräbnis organisiert. Die tausend anderen Kleinigkeiten, die zu erledigen waren, hatten Emma geholfen, diesen schweren Tag einigermaßen zu überstehen.

»Ich bleibe bis zur Beerdigung hier oben bei Joss«, hatte sie zu Bruno gesagt, als der Geistliche gegangen war. »Ray kommt morgen. Mousie und ich fahren jetzt nach Polzeath einkaufen, danach richten wir die Betten her. Warum gehst du nicht nach Hause und legst dich ein bisschen hin? Du siehst erschöpft aus.«

Bruno war froh, dass er ihrem Rat gefolgt war. Mit Nellie war er über die Klippen nach Hause gewandert. Der dichte Nebel behinderte die Sicht. Wie eine schwere Decke lag er über dem nahezu reglosen Meer. Die kalte Feuchtigkeit hüllte die Landschaft ein und erstickte alle Geräusche.

Zu Hause angekommen, machte er erst einmal Feuer im Kamin, um sich ein bisschen aufzumuntern. Da bemerkte er, dass das rote Licht des Anrufbeantworters blinkte. Joss'

Stimme klang tonlos, ihre Nachricht war knapp, als rechne sie damit, dass Emma neben ihm stand, wenn er das Band abhörte.

»Ich freue mich, dass du die Briefe gefunden hast. Passt es dir, wenn ich gegen fünf auf dem Heimweg bei dir vorbeischaue? Bis später.«

Bruno hörte die Nachricht mehrmals ab. Ein Irrtum war ausgeschlossen. Mechanisch machte er sich daran, in der heißen Asche Holzscheite aufeinanderzuschichten und mit dem Blasebalg ein Feuer zu entfachen. Nellie stupste ihn und schob die Schnauze unter seinen Arm, als er sich auf dem ledernen Sitzkissen neben dem Kamin niederließ. Er legte ihr besänftigend die Hand auf den Kopf.

»Gleich«, sagte er und legte noch ein paar Scheite nach. »Ich weiß, dass du hungrig bist. In einer Minute bin ich fertig.« Sie leckte ihm das Ohr und beobachtete mit wachsamem Blick die züngelnden Flammen. Die Gesellschaft des Hundes tat ihm gut. Als das Feuer brannte, ging er, gefolgt von Nellie, in die Küche, und während er ihr den Futternapf füllte, dachte er über Joss' rätselhafte Nachricht nach.

Ich freue mich, dass du die Briefe gefunden hast.

Welche Briefe sie meinte, war klar. Aber glaubte Joss tatsächlich, dass er sie hatte? Er warf einen Blick auf seine Uhr: zwanzig vor fünf. Das Telefon läutete, und er hob ab, bevor sich der Anrufbeantworter einschaltete.

»Hi«, sagte Rafe. »Entschuldige, wenn ich störe, du hast bestimmt einen schweren Tag hinter dir. Wir wollen dir nur sagen, dass George wieder da ist und gern hilft, wenn du ihn brauchst. Für alle Fälle ...«

»Danke, Rafe.« Im ersten Moment entsann sich Bruno nicht mehr, wo George gewesen war und warum er jetzt wieder da war. Er konnte einfach nicht klar denken. »Das ist nett von euch.«

»Pamela fragt, ob du zum Abendessen kommen willst.«

Bruno zögerte. »Ich glaube nicht. Ich möchte früh ins Bett gehen. Emma wird drüben bei Joss übernachten. Ich muss sagen, Mousie war wirklich phantastisch, Rafe. Ich weiß gar nicht, was wir ohne sie gemacht hätten.«

»Sie kennt sich aus mit solchen Dingen.« Das Lob für seine Schwester schien Rafe nicht sonderlich zu beeindrucken. »Und vergiss nicht, wir sind da, wenn du uns brauchst!«

Er legte auf und blieb eine Weile nachdenklich stehen. Vielleicht hatte Joss die Briefe an sich genommen und auf dem Weg nach Bodmin hierhergebracht, während er bei Rafe und Pamela war. Er überlegte angestrengt. Hatte er ihr Auto im alten Steinbruch gesehen oder nicht? Er wusste es nicht mehr. Er ging in die Küche, sah im Wohnzimmer und in seinem Arbeitszimmer nach. Nirgends eine Spur von Mutts Briefen. Obwohl es noch ziemlich früh dafür war, goss er sich einen Whisky ein und setzte sich vor das prasselnde Feuer, während Nellie sich neben ihm auf dem Sofa zusammenrollte.

Joss kam um zwanzig nach fünf.

»Scheußliches Wetter«, sagte sie und trat ans Feuer, um sich die Hände zu wärmen. »Es war eine schreckliche Fahrt. George scheint wieder da zu sein.«

Bruno stand auf. Er spürte, dass sie sich alle Mühe gab, ganz normal zu wirken, und drückte sie sanft auf das Sofa.

»Ja, George ist zurück«, sagte er und setzte sich ihr gegenüber auf das lederne Sitzkissen, »obwohl ich keine Ahnung habe, wo er war. Was ist mit den Briefen?«

Sie sah ihn an. »George war zu Hause in Meavy«, sagte sie langsam. »Komisch, dass er so schnell wiedergekommen ist.« Sie runzelte die Stirn. »Hast du nicht verstanden, was ich mit den Briefen sagen wollte? Sie waren nicht mehr da, als ich nachgesehen habe. Ich vermutete, dass du sie genommen hast, als Mousie und ich oben waren.«

»Nein.« Er schüttelte den Kopf. »Tut mir leid. Willst du damit etwa sagen, dass du sie nicht hast?«

»Nein, ich hab sie nicht. Das habe ich dir doch auf Band gesprochen. Als ich heute Morgen ins Zimmer kam, waren sie weg.«

Sie sahen einander verblüfft an.

»Aber das ist unmöglich«, sagte Bruno. »Warte mal.« Er schloss die Augen, um sich die Situation in Erinnerung zu rufen. »Als Mousie kam, habe ich die Briefe unter das Sitzpolster geschoben ...«

»Vielleicht hat Mum sie gefunden. O mein Gott ...!«

»Ich war den ganzen Tag mit Emma zusammen«, sagte Bruno ungehalten. »Und sie machte nicht den Eindruck, als hätte sie einen Stapel Briefe unter einem Sofapolster gefunden. Meine Güte! Warum sollte sie dort nachschauen!«

»Aber wo sind sie dann?«, rief Joss.

»Ich weiß es nicht. Lass mich einen Augenblick nachdenken ... Mutts Putzfrau war da, aber sie ist nicht lange geblieben. Mousie hat sie gebeten, im Erdgeschoss sauber zu machen. Vielleicht hat sie sie gefunden und irgendwo hingelegt, dann aber vergessen, Bescheid zu sagen. Ist doch denkbar an so einem Tag.«

»Und da ist noch etwas.« Ihre braunen Augen waren vor Angst weit aufgerissen. »Es ist mir wieder eingefallen, als ich zur Arbeit fuhr. Was ist eigentlich mit ›Goblin Market‹?«

Er sah sie verständnislos an. »Mit was?«

»Mutts Buch«, stieß sie ungeduldig hervor, »das sie so liebte und aus dem sie in den Briefen an ihre Schwester zitiert. Sie hat doch geschrieben, dass die Sterbeurkunden und andere Dokumente im Buchrücken versteckt sind.«

»Mein Gott«, murmelte Bruno. »Das hab ich glatt vergessen. In welcher Schublade mag das Buch wohl liegen? Du musst es finden, Joss, bevor es Emma in die Hände fällt. Herrgott, was hat sich Mutt bloß dabei gedacht?«

»Wohl gar nichts.« Trotz ihrer Erschöpfung versuchte Joss ihre Großmutter in Schutz zu nehmen. »Es ist alles so lange her. Mit den Jahren haben das Buch und die Briefe für sie an Bedeutung verloren. Erst jetzt, als der Amerikaner kam, ist ihr alles wieder eingefallen. Wo könnten diese Briefe bloß sein, Bruno?«

»Nur keine Panik. Wenn du ins ›Paradies‹ kommst, schaust du dich um, aber unauffällig, damit Emma keinen Verdacht schöpft. Gehst du jetzt rüber und sagst George Hallo?«

»George?« Sie schien George ganz vergessen zu haben. »Ach, Bruno, ich weiß nicht, wie ich mich George gegenüber verhalten soll. Gestern Abend dachte ich, all das würde keine Rolle spielen. Aber als ich heute Morgen aufwachte, war mir plötzlich schleierhaft, wie ich mich verhalten soll. Mutt und Mum und ich haben uns hier einfach eingenistet. Ich kann doch jetzt nicht so tun, als wäre nichts. Ich weiß nicht, was ich machen soll.«

»Du willst ihm doch nicht etwa die Wahrheit sagen?«

»O nein!« Sie schüttelte den Kopf und starrte ihn entsetzt an. »Mutter würde es nicht ertragen.«

Das Telefon klingelte.

»Hallo, Bruno, ich wollte nur fragen, ob Joss bei dir ist.« Emmas Stimme klang besorgt. »Sie sagte, sie wäre gegen fünf zu Hause, und jetzt herrscht dichter Nebel.«

»Sie ist hier, Emma.« Bruno gab seiner Stimme einen unbekümmerten Klang. »Sie kommt gleich.« Er legte auf und sah Joss aufmunternd an.

»Okay«, sagte sie wie ein gehorsames Kind. »Vielleicht ist

ja alles in diesem Schreibtisch. Und ich schaue mich um, ob die Putzfrau die Briefe irgendwohin gelegt hat.«

»Mach dir keine Sorgen«, sagte er. »Und ruf an, wenn du mich brauchst.«

Als sie gegangen war, setzte er sich wieder vor den Kamin. Wenig später hörte er, wie Mousie durch die Küche ins Wohnzimmer kam. Sie stellte ihre Tasche neben ihm auf das Sofa, blieb aber stehen. Er sah zu ihr hoch.

»So, und was jetzt?«, fragte er.

25

»So, und was jetzt?«, fragte Rafe. George war kurz vor vier in St Meriadoc angekommen, und jetzt, fast zwei Stunden später, lag er oben in der Wanne. »Glaubst du, das Bad hat eine symbolische Bedeutung? Reinigung von der Vergangenheit oder so was?«

»Wie sieht er aus?«, fragte Pamela drängend, als befürchte sie, George käme jeden Moment zur Tür herein.

»Er wirkt ruhig und gelassen«, antwortete Rafe. Und ein paar Sekunden später: »Als wäre der Kampf zu Ende und er könne sich jetzt entspannen … Nein, nicht ganz. Lass mich nachdenken.«

Sie saßen einander gegenüber am Tisch mit den Zeitungen und allem möglichen Krimskrams. Pamela tastete nach seiner Hand. Er stellte seine Kaffeetasse ab und streckte den Arm aus.

»Er klang erschöpft«, sagte sie, als könne sie Rafe damit auf die Sprünge helfen.

Sie ließ seine Hand los und betastete die Gegenstände auf dem Tisch: den handbemalten Gewürzkrug mit Stiften darin; die viereckige, rosa und weiß gemusterte Porzellanschale, in die Rafe Pralinen und andere Süßigkeiten gelegt hatte; die geschnitzten Vögelchen. Sie nahm einen von ihnen, strich mit dem Finger über das narbige Holz und befühlte den scharfen Schnabel und die spitzen Krallen.

»Ich würde eher sagen, gelassen. Aber eher so, als wäre er mit viel Glück und nicht aufgrund eines eigenen Entschlusses an diesen Punkt gelangt und fühle sich jetzt unendlich erleichtert und dankbar. Wie von einer Last befreit.«

Pamela stellte die vier Vögel hintereinander in einer Reihe auf, als würden sie im Gänsemarsch über den Tisch spazieren.

»Das wäre wunderbar, nicht?«, fragte sie.

»Falls deine Theorie stimmt, meinst du?« Rafe drehte zwei der Vögel um, sodass sie einander die Schnäbel zuwandten. »Ja, sieht fast so aus.«

»Dass er in Joss verliebt ist, hat er ungefähr zur selben Zeit gemerkt, als Brett wiederaufgetaucht ist«, fuhr Pamela fort. »George war entschlossen, an seiner Ehe festzuhalten, Penny nicht. Ich glaube, auf der einen Seite war er gekränkt und wütend, dass sie nicht bereit war, es noch einmal mit ihm zu versuchen; auf der anderen Seite wünschte er sich nichts sehnlicher, als frei zu sein. Jetzt hat er diese Freiheit, aber trotzdem schämt er sich ein wenig. Penny hat die ganze Schuld auf sich genommen, und das ist ihm irgendwie unangenehm.«

»Und was ist mit Tasha?« Die Vögel zeigten jetzt mit dem Schwanz nach oben und mit den Schnäbeln nach unten, als pickten sie auf dem Tisch nach Würmern. »Glaubst du, es stimmt? Dass George nicht der Vater ist?«

Pamela schwieg lange.

»Wir müssen es wohl dabei bewenden lassen«, sagte sie schließlich, »und ich habe das Gefühl, George denkt genauso. Wenn Tasha älter wäre oder er eine engere Beziehung zu ihr hätte entwickeln können, läge die Sache anders. Penny hat Recht, ein Kind in diesem Alter braucht seine Mutter, und es braucht eine stabile Beziehung. Penny liebt ihre Tochter, und natürlich hat sie in Neuseeland alles, was sie braucht. Es wäre wahrscheinlich falsch, sich dagegen zu stemmen, vor allem wenn George offenbar gar nicht der Vater ist.«

»Falls das Kind tatsächlich von Brett ist, zeigt das immerhin, dass Penny es noch ein Jahr mit George versucht hat, bevor sie gegangen ist.«

»Brett hatte sie schon einmal verlassen. Vielleicht wollte sie sichergehen, dass es ihm diesmal ernst ist. Man nimmt ein Kind nicht als sein eigenes an, wenn man es mit einer Beziehung nicht ernst meint. Und er hätte sich in den letzten zwölf Monaten jederzeit aus dem Staub machen können. Wir müssen davon ausgehen, dass Penny und George sich geirrt haben, und ihnen die Chance geben, es noch einmal zu versuchen, diesmal mit dem richtigen Partner.«

Die Vögel hockten jetzt paarweise in den Armen eines schweren gläsernen Kerzenständers, der mitten auf dem Tisch stand. Pamela rückte sie behutsam zurecht und stieß einen Seufzer der Erleichterung aus.

»Ein Jammer, dass alles auf einmal hereinbricht«, sagte Rafe. »Die Trennung von Penny und der Tod unserer lieben Mutt …«

»Aber wieso denn?«, erwiderte Pamela schnell. »Es wird George und Joss über so manche Verlegenheit hinweghelfen. Sie haben keine Zeit, über Schuldgefühle und weiß der Himmel was sonst noch nachzubrüten. Das Leben geht weiter. Es ist viel besser so.«

»Wenn du meinst.«

»Ja. Obwohl mir Joss richtig leidtat, als sie heute Morgen anrief. Sie konnte kaum ihre Enttäuschung darüber verbergen, dass George schon wieder weg war. Nach allem, was sie durchgemacht hat. Sie stand ihrer Großmutter sehr nahe.«

»Die arme Joss. Schon komisch, dass ich nie etwas gemerkt habe. Sie ist ein liebes Mädchen, Pammie.«

»Sie ist ein Schatz«, pflichtete Pamela von ganzem Herzen bei, »und ich kann es gar nicht erwarten, ihr zu sagen, wie glücklich wir sind, dass sie und George …«

»Gar nichts wirst du sagen«, erwiderte Rafe entsetzt. »Jedenfalls nicht, bevor George … Himmel, wir wissen doch gar nicht, ob wir mit unserer Vermutung Recht haben.«

»Natürlich haben wir Recht«, erwiderte sie heiter. »Und selbstverständlich werde ich nichts sagen, bevor es offiziell ist. Wofür hältst du mich eigentlich?«

Rafe stieß einen Seufzer der Erleichterung aus und stand auf. »Ich brauche einen Drink.«

»Vielleicht will George später noch rauf zum ›Paradies‹ und sie und Emma besuchen«, überlegte Pamela. »Wie es den beiden wohl jetzt geht?«

Seit dem Moment, als Joss gekommen war, hatte Emma nicht mehr aufgehört zu reden. Der Strom der Tränen war versiegt, aber ihr Wortschwall war nicht zu stoppen: »Das Bestattungsunternehmen … so freundliche Leute … Mousie ist so stark und tapfer … Schon komisch, eine Einkaufsliste zu schreiben, wo unsere geliebte Mutt … Der Geistliche … ein reizender Mann … Er hat uns zum Lachen gebracht mit alten Geschichten … von meiner Hochzeit … deiner Taufe … Nachdem er gegangen war … alles für Rays Ankunft hergerichtet …«

Das Reden linderte ihren Schmerz.

»Ich habe überall nach Mutts Adressbuch gesucht«, sagte sie. Wir setzen eine Anzeige in die *Western Morning News*, aber einigen Leuten möchte ich doch gern persönlich Bescheid geben. Ich habe überall gesucht …«

»Gesucht?« Joss, die wie benommen dagesessen hatte, schrak auf. »Und hast du … hast du was gefunden?«

»Ach woher.« Emma schien ärgerlich. »Ich wurde ja ständig unterbrochen. Die Leute vom Bestattungsunternehmen sind gekommen, dann hat das Telefon geläutet, oder Mousie hat irgendwas gebraucht.«

»Ich glaube, ich weiß, wo es ist.« Joss bemühte sich um einen beiläufigen Tonfall. »Ich könnte danach suchen, während du dich um das Abendessen kümmerst.«

»Das ist lieb von dir, mein Schatz, aber du siehst wirklich erschöpft aus.«

»Du auch.« Joss lächelte ihre Mutter an und riss sich zusammen. »Aber ich bin am Verhungern. Es wäre wunderbar, wenn du dich um das Abendessen kümmern würdest.«

»Aber natürlich.« Emma stand auf. Sie ließ sich nur allzu gern ablenken. »Für morgen, wenn dein Vater kommt, habe ich einen leckeren Fisch gekauft. Ich dachte, wir machen uns heute etwas Schnelles, Einfaches. Lammkoteletts zum Beispiel …«

»Ausgezeichnet«, gab Joss zurück und fragte sich, ob sie überhaupt einen Bissen hinunterbringen würde. »Glaubst du, du schaffst es allein?«

»Aber ja«, beteuerte Emma. »Bleib einfach hier sitzen und ruh dich aus!«

Nachdem Emma gegangen war, versuchte Joss ihre Gedanken zu ordnen. Sie hatte das Gefühl, an einer Persönlichkeitsspaltung zu leiden. Es erschien ihr merkwürdig, ins »Paradies« zurückzukommen im Bewusstsein, dass alles anders war, und doch so tun zu müssen, als wäre nichts geschehen – bis auf die Tatsache natürlich, dass Mutt nicht mehr da war. Wie hat Bruno bloß so lange mit diesem Geheimnis leben können?, fragte sie sich erneut. Der Gedanke an Bruno brachte sie auf Trab. Sie sah sich im Zimmer um, hob das Sofapolster noch einmal hoch und schlich dann durch den Flur ins Handarbeitszimmer. Wo die Briefe wohl sein mochten? Sie trat auf die Regale zu, warf einen flüchtigen Blick auf die Buchrücken, obwohl sie genau wusste, dass Mutt »Goblin Market« niemals an einen so exponierten Ort gestellt hätte.

Es konnte natürlich auch sein, dass sie die Sterbeurkunden und die anderen Dokumente später woanders hingetan hatte.

Als ihre Mutter das Zimmer betrat, zuckte Joss zusammen. »Was hältst du von einem Gläschen Wein?«, fragte Emma. »Das würde uns beiden bestimmt guttun. In der Vorratskammer ist eine Flasche Rioja.«

»Ausgezeichnet«, erwiderte Joss. »Eine gute Idee.« Sie verzog den Mund zu einem Lächeln. »Ich hab gerade nach diesem Adressbuch gesucht. Ich hätte schwören können, dass es hier irgendwo ist.«

»Im Schreibtisch habe ich schon angefangen zu suchen«, sagte Emma und trat näher, als wolle sie ihr behilflich sein. »Aber dann kam Mousie und wollte irgendetwas.«

»Mach dir keine Gedanken«, sagte Joss hastig. »Ein Gläschen Wein wäre schön. Das wird uns ein bisschen entspannen. Ich bin nämlich ziemlich nervös.«

»Das denke ich auch.« Emma freute sich, dass Joss sofort einverstanden war. »Ich geh ihn holen.«

Sie verschwand, und Joss stieß einen Seufzer der Erleichterung aus. Vielleicht war es vernünftiger, Emma Gesellschaft zu leisten, damit sie nicht auf die Idee kam, weiter herumzustöbern. Später, wenn ihre Mutter schlief, konnte sie die Briefe und das Buch suchen. Hastig zog sie die Schreibtischschubladen heraus: keine Briefe, kein »Goblin Market«. Das Adressbuch lag auf dem Tisch, unter einem Stück Gobelin. Mit einem Aufschrei der Erleichterung nahm Joss es an sich. Mit etwas Glück würde Emma nun nicht weiter suchen.

Das Telefon klingelte, und Joss hörte, wie Emma in den Flur lief und abhob. Rasch durchwühlte sie Mutts großen Handarbeitsbeutel.

»Alles in Ordnung«, hörte sie ihre Mutter sagen. »Gute Idee … Also dann bis morgen … Ja, das werde ich ihr ausrichten. Mach's gut.«

Das Adressbuch in der Hand, trat Joss genau in dem Augenblick in den Flur, als Emma den Hörer auflegte.

»Bruno«, sagte sie. »Er hat sich nur erkundigt, ob bei uns alles in Ordnung ist. Er möchte früh schlafen gehen. Ach ja, und ich soll dir ausrichten, er hat die Briefe gefunden, von denen ihr gesprochen habt.« Sie hob fragend die Augenbrauen, als Joss ein ausdrucksloses Gesicht machte. »Irgendwas Wichtiges?«

»Ach so«, sagte Joss. »Natürlich, jetzt fällt es mir wieder ein. Es hat mit seinem Buch zu tun. Irgendwelche Korrespondenz, die er für seine Arbeit braucht. Ich bin froh, dass er sie gefunden hat. Und sieh mal, was *ich* gefunden habe.«

Sie hielt das Adressbuch in die Höhe, und Emma stieß einen Freudenschrei aus.

»Gut«, sagte sie. »Ich hole den Wein, und dann gehen wir es gemeinsam durch.«

Wie vor den Kopf gestoßen, sank Joss auf das Sofa am Kamin. Bruno hatte also die Briefe gefunden, aber wo? Noch bevor sie weiter darüber nachgrübeln konnte, kam Emma mit der Flasche und den Gläsern herein.

26

»Entschuldige bitte, Mousie«, sagte Bruno. Er setzte sich wieder in die Sofaecke. »Es wäre unfair, Joss länger im Ungewissen zu lassen. Dann hast du also die Briefe gelesen ...« Er beugte sich vor, bestrebt, eine vertrauensvolle Atmosphäre zu schaffen. »Aber der Reihe nach. Du hast also unser Gespräch mit angehört, als du ins Haus gekommen bist ...«

Mousie hatte auf dem ledernen Sitzkissen Platz genommen. Sie wirkte konzentriert und wachsam, doch sie begann bereitwillig zu erzählen.

»Als ich die Haustür aufmachte, hörte ich eure Stimmen. Es ging um die Bootswerft und die Cottages, und dann fiel Emmas Name. Du sagtest was von einem neuen Testament, und Joss erwiderte etwas in der Art: ›O nein, das wäre nicht richtig. Was wird dann aus Mousie und Rafe?‹ Da wusste ich, dass ihr mich nicht habt kommen hören, und dachte, es wäre für alle Beteiligten weniger peinlich, wenn ich mich bemerkbar mache. Ich rief also ›Hallo‹. Die Antwort war ein vielsagendes Schweigen, und als ich durch die halb geöffnete Tür schaute, sah ich, wie du einen Stapel Blätter zusammenrafftest und unter das Sitzpolster schobst. Ich war ein wenig überrascht und fragte mich, ob euch klar ist, dass ich es bin. Es hätte auch Rafe sein können, er besitzt ja einen Schlüssel.

Und dann bist du herausgekommen und hast gesagt, dass Honor …«

Sie stockte, und Bruno spürte, dass sie mit einem Gefühl rang, das er selbst nur allzu gut kannte: Wut. Er sah Mousie voller Mitgefühl an.

»Danach ging alles sehr schnell«, fuhr sie fort. »Ich brachte Joss ins Bett, machte dies und das, und erst als du weg warst, kochte ich mir einen Kaffee und setzte mich ins Wohnzimmer. In deiner Eile, die Blätter zu verstecken, war dir entgangen, dass eines unter dem Polster hervorlugte. Als ich es bemerkte, fiel mir wieder euer sonderbares Verhalten bei meiner Ankunft ein.« Sie hielt inne. »Zuerst dachte ich, du hättest die Sachen in der Aufregung schlichtweg vergessen. Doch ich wusste ja, dass es etwas Vertrauliches war, und so hielt ich es für vernünftig, sie an mich zu nehmen und an einen sicheren Ort zu bringen. Aber als ich das Sitzpolster anhob, rutschten die Blätter auf den Boden, und ich musste sie einzeln aufsammeln. Und notgedrungen fiel mein Blick auf das Geschriebene.« Mousie schwieg. »Ich erkannte die Schrift«, fuhr sie schließlich fort. »Aber was mich wirklich stutzig machte, war die Unterschrift: Madeleine.« Sie sah Bruno an. »Auf den Namen war ich in den vergangenen Tagen immer wieder gestoßen. Dan Crosby, der Amerikaner, hatte ihn in seinem Brief erwähnt. Er war auf der Suche nach seiner Großtante Madeleine Grosjean.« Sie schüttelte traurig den Kopf. »Wenn ich daran denke, dass sie oben im Bett lag, während ich unten saß und mit ihm redete. Mutt wusste natürlich sofort, was los war, als ich ihr seinen Brief vorlas. Ich kann mir vorstellen, wie ihr zumute war. Vivians Enkel ist auf der Suche nach ihr, und sie kann sich nicht zu erkennen geben … Und dann war da noch dieses Foto.«

»Welches Foto?« Bruno runzelte die Stirn und dachte

krampfhaft nach. »Emma hat auch von einem Foto gesprochen.«

Mousies Blick schweifte in die Ferne wie in eine weit zurückliegende Vergangenheit. In ihrem Gesicht lag Wehmut.

»Mit dem Foto hat alles angefangen«, sagte sie, »lange Zeit, bevor Hubert heiratete. Ich war in ihn verliebt, weißt du. Die Schwärmerei eines jungen Mädchens, das sich in einen älteren Mann verguckt hat. Ich war zwölf oder dreizehn, und er verkörperte alles, was ich bewunderte. Ich betete ihn an. Ich träumte davon, dass ich erwachsen wäre, wenn er aus dem Krieg zurückkäme, und dass er sich dann auch in mich verlieben würde. Und dann kam dieser Brief, in dem stand, er hätte geheiratet, und dem Brief lag dieses Foto bei.« Ihr leises Kichern klang freudlos. »Ich weiß, es klingt albern, aber es war ein großer Schock für mich. Kurz darauf kehrten wir nach Cornwall zurück. Dein Großvater überließ uns das Cottage – na, das weißt du ja alles. Jedenfalls war ich fasziniert von der Frau auf dem Foto, die Hubert geheiratet hatte. Ich war eifersüchtig auf sie und ihren albernen kleinen Hut, eifersüchtig, weil sie so hübsch und glücklich wirkte. Ich habe sie mir sehr genau angesehen, und ich habe sie gehasst.«

Sie schwieg eine Weile.

»Tut mir leid, Bruno«, sagte sie dann traurig. »Ich spreche von deiner Mutter, von deiner richtigen Mutter …«

»Schon gut. Erzähl nur weiter«, bat er leise.

»Jahre vergingen.« Mousie holte tief Luft. »Und dann hieß es plötzlich, ihr kommt nach Hause, Honor und die Kinder, und Hubert würde nachkommen. Du kannst dir vorstellen, wie uns zumute war, als wir erfuhren, dass er gestorben war.« Sie biss sich auf die Lippen und schüttelte den Kopf. »Und dann seid ihr drei gekommen. Onkel James, Mutter und auch Dot und der alte Jessie waren außer sich vor Mitgefühl und Kummer. Ihr wurdet mit offenen Armen empfangen. Aber ich … ich hatte das dumpfe Gefühl, dass irgendetwas nicht stimmte. Tja.« Sie zuckte die Achseln. »Du hast die Briefe ja gelesen. Ich habe genauso reagiert, wie sie es geschildert hat, und ich frage mich, ob das mit diesem Foto zusammenhing. Es war Jahre her, dass ich es mir zuletzt angesehen hatte, und als ich vor ein paar Tagen den Abzug in der Hand hielt, den dieser Amerikaner geschickt hatte, wusste ich plötzlich, was mich so irritiert hatte. Die junge Frau, die mit dir und Emma nach Hause kam, war nicht dieselbe wie die, die neben Hubert auf dem Foto zu sehen war. Es war eine Doppelhochzeit, verstehst du. Honor und Hubert mit Madeleine und Johnny Uttworth. Ich habe bei Emma die Probe aufs Exempel gemacht, und sie hat sofort gesagt: ›Sieht Joss nicht aus wie ihre Großmutter?‹ Genauso ist es. Wenn man sich den albernen Hut wegdenkt, sieht Joss tatsächlich aus wie Madeleine damals. Aber auch Emma ist nicht sofort aufgefallen, dass die beiden Bräute neben dem falschen Bräutigam standen. Sie sagte: ›Ist das nicht merkwürdig, Mousie?‹ Aber bevor sie weitersprechen konnte, wurden wir unterbrochen, ich glaube, durch Mutts Glocke.«

»Und du meinst, dass du deshalb Verdacht geschöpft hast?«

Mousie nickte. »Ja. Und er erhärtete sich durch Honors Verhalten. Mein Argwohn war ihr nicht entgangen, und ihre Schuldgefühle machten sie ganz nervös. Aber wie sie ganz richtig schreibt, warst du es, der verhindert hat, dass ich hinter die Wahrheit kam. Solange du sie behandelt hast, als sei sie deine Mutter, hätte ich das niemals angezweifelt.«

»Und das ärgert dich?«

Mousie warf Bruno einen überraschten Blick zu und lachte. Jetzt wirkte sie fröhlich, und Bruno entspannte sich ein wenig.

»Ja, das hat mich geärgert. All die Jahre habe ich mir Vorwürfe gemacht, weil ich Honor nie ganz akzeptieren konnte. Irgendetwas stand unausgesprochen zwischen uns. Ich schrieb es meiner Eifersucht zu, weil ich Hubert so sehr geliebt hatte und nie ganz über ihn hinweggekommen bin. Und jetzt erfahre ich plötzlich, dass mich mein Gefühl nicht getrogen hat, dass ich mich habe hereinlegen lassen. Und wer lässt sich schon gern hinters Licht führen?«

»Tut mir leid, Mousie …«

»Mein lieber Junge, das ist doch nicht deine Schuld«, unterbrach sie ihn. »Ich kann mir lebhaft vorstellen, in welcher Situation du warst, Bruno, und was für eine Belastung das all die Jahre für dich gewesen ist. Unvorstellbar, wie du das bewältigt hast.«

»Mutt hat es sehr genau beschrieben«, erwiderte er. »Das Problem ist, dass man sich nie so genau erinnert. Wir quälen uns mit Selbstvorwürfen, dass wir uns zu wenig bemüht haben. Wir hätten liebevoller, stärker, nachsichtiger oder großmütiger sein können, sagen wir uns und vergessen dabei, dass wir in diesem Moment gar nichts zu geben hatten. Manchmal habe ich mich gefragt, warum ich all die Jahre an dieser Täuschung festgehalten habe. Aber glücklicherweise weiß ich noch sehr genau, wie es damals in Indien war. Ich erinnere mich an die Ausgangssperre in Multan, an das Klima der Gewalt und die panische Angst. Ich wollte nur noch nach Hause. Vater sprach ständig von St Meriadoc und vom ›Paradies‹ und von dem Frieden und der Schönheit des Tals. Mir erschien er so stark und aufbauend, ich dachte, nichts könne ihm etwas anhaben, und als er starb … das war ein richtiger Alptraum. Ich spüre heute noch die erstickende Hitze und die Angst, als dann Mutter erkrankte. Als Mutt mit Emma in den Armen ins Hotelzimmer kam, war es, als sei ein Engel vom Himmel herabgestiegen. Ich frage mich oft, was aus mir geworden wäre, wenn sie nicht aufgetaucht wäre. Sie und Emma haben mir über den furchtbaren Schmerz hinweggeholfen, meine ganze Familie verloren zu haben.«

»Es tut mir so leid«, sagte jetzt Mousie leise. »Du weißt, dass ich sie sehr gemocht habe. Sie war immer gut zu mir und zu Rafe.«

»Sie versuchte sich einzureden, dass sich durch ihre Anwesenheit nichts verändert hat, dass es dadurch niemandem schlechter ging. Als ich heiratete, hat sie mir das ›Paradies‹ angeboten, aber ich wollte es nicht. Ihr beide, du und Rafe, wirktet völlig zufrieden mit eurer Situation. Am Ende wollte sie allerdings, dass Joss das ›Paradies‹ bekommt.«

»Und was jetzt?«

Bruno zuckte die Achseln. »Jetzt, da Joss Bescheid weiß, ist alles viel komplizierter«, meinte er. »Sie wird ablehnen, und das wird Emma stutzig machen.«

Mousie starrte ihn verblüfft an. »Ihr wollt das doch nicht etwa auch in Zukunft geheim halten?«

»Emma wäre am Boden zerstört, wenn sie es erfahren würde«, entgegnete Bruno. »Joss meint, sie würde das nicht verkraften. Du weißt, wie sehr sie das alles hier liebt und wie stolz sie auf ihre Familie ist.«

»Sie kann trotzdem stolz auf ihre Familie sein«, gab Mousie scharf zurück. »Wenn sie die Briefe liest, wird sie erkennen, was für eine tapfere, liebevolle und starke Frau ihre Mutter war. Und Joss ist ihr Ebenbild. Was will sie mehr?«

»Aber sie würde das Gefühl haben, dass sie nicht hierher gehört. Dass alles Lug und Trug war.«

»Ich glaube, ihr unterschätzt sie«, erwiderte Mousie mit Nachdruck. »Meine Güte, Bruno! Wenn sie den ersten Schock überwunden hat, wird sie merken, dass hier trotzdem ihr Zuhause ist und dass sie zu uns gehört. Was sonst?

Die letzten fünfzig Jahre werden dadurch ja nicht ungeschehen gemacht. Das Lügengebäude ist zusammengebrochen. Es wäre Wahnsinn, es wieder aufzubauen. Es wäre sogar gefährlich. Du kennst Joss nicht, wenn du glaubst, sie könnte mit dieser Lüge leben und dabei glücklich sein. Bisher hast einzig und allein du unter dieser Täuschung gelitten, aber für dich hatte das alles einen Sinn. Joss dagegen wird keinem von uns mehr unbefangen gegenübertreten können.«

»Aber gerade Joss beharrt darauf, es geheim zu halten«, entgegnete er fast wütend.

Mousie schüttelte den Kopf. »Das wäre Wahnsinn«, wiederholte sie.

»Aber was soll ich machen?«, fragte er verzweifelt. »Joss besteht darauf, es Emma nicht zu sagen, und was das Testament betrifft ...«

Er verstummte, und Mousie sah ihn eindringlich an.

»Weißt du, was dein Großvater verfügt hat?«, fragte sie.

Bruno schüttelte müde und gleichgültig den Kopf.

»Er hat wohl alles Mutt vererbt«, sagte er nach einer Weile.

Mousie schüttelte den Kopf.

»Falsch«, sagte sie. »Onkel James hätte es Huberts Frau vermacht. Das steht in den Briefen, erinnerst du dich? Hubert sollte der Universalerbe sein – beziehungsweise Honor und ihre Kinder. Also du, Bruno. Hast du wirklich die Absicht, noch einmal Erbschaftssteuer zu zahlen?«

»Was meinst du damit?«, fragte er verständnislos.

»Das Anwesen hättest vor fünfzig Jahren du erben sollen und nicht Honor. Damals wurde Erbschaftssteuer gezahlt. Es wäre nicht in Ordnung, wenn du noch einmal zahlen müsstest. Denk darüber nach.«

»Ich kann nicht«, sagte er schließlich. »Letzte Nacht habe ich kein Auge zugetan. Ich kann keinen klaren Gedanken fassen.«

Sie musterte ihn mit prüfendem Blick.

»Du musst dich ausruhen, das stimmt. Aber du solltest das Testament und das Buch mit den Sterbeurkunden darin suchen, Bruno. Morgen kommt Raymond, und dann fangen deine Probleme erst richtig an.«

27

Gleich nach dem Frühstück ging George hinauf zum »Paradies«. Von Südwesten kam eine leichte Brise auf, die den Nebel vertrieb. Zwischen den zarten Wolken lugte hie und da sogar die Sonne hervor, die die schwarzen Zweige der Dornenhecke mit einem rostbraunen Glanz überzog und die gelben Narzissen im feuchten Graben in ein leuchtendes Gold tauchte. Irgendwo ganz in der Nähe war ein leises Piepsen zu hören, und dann blitzte Korallenrot und Weiß auf, als der Dompfaff aufflog und sich in den Holunder setzte.

Vor dem Tor blieb George stehen. Am anderen Ende der Wiese grasten friedlich die Esel. Er beobachtete sie eine Weile, erfüllt von tiefer Dankbarkeit für die neu gewonnene Freiheit, doch nicht ohne eine Spur schlechten Gewissens wegen des unverdienten Glücks. Bald würde er Joss wiedersehen, und dann konnte er ihr seine wahren Gefühle zeigen. Vor Aufregung war ihm ganz flau im Magen. Unvermittelt breitete er die Arme aus und reckte und streckte sich, als wolle er sich so seiner inneren Anspannung entledigen.

Dann nahm er den steilen Weg hinauf zum »Paradies«, vorbei an den Granitpfeilern der Auffahrt. Tuffs von Schneeglöckchen schimmerten hell zwischen den Rhododendronbüschen, und auf dem Rasen breitete sich ein Teppich von purpurroten Krokussen aus. Eine Amsel flog aus der Glyzinie auf. Ihr warnender Ruf durchschnitt die Stille. Der Vogel ließ sich kurz auf der hohen Steinmauer nieder, bevor er verschwand.

Aus Rücksicht auf die Trauernden betrat er das Haus nicht, wie sonst, durch die Tür zum Garten, sondern klopfte an der Haustür. Emma öffnete und empfing ihn mit einem strahlenden Lächeln.

»Schön, dich zu sehen, George«, sagte sie. »Wie geht es dir?«

Er gab ihr einen flüchtigen Kuss auf die Wange. »Mein Beileid«, sagte er. »Ich wollte fragen, ob ich euch irgendwie behilflich sein kann.«

»Das ist sehr lieb von dir.« Sie sah ihn plötzlich fragend an. »Ist Penny auch mitgekommen?«, wollte sie wissen. »Wie geht es ihr? Und Tasha?«

Joss war aus der Küche gekommen und stand jetzt im dunklen Flur. Er fing ihren ängstlichen Blick auf. Kurz sahen sie sich in die Augen, und jeder versuchte die Gedanken und Gefühle des anderen auszuloten. Nur mit Mühe konnte George seine Aufmerksamkeit wieder Emma zuwenden.

»Sie sind nicht mitgekommen«, antwortete er knapp. Auf diese unerwartet schroffe Antwort folgte überraschtes Schweigen, und George hob die Hände, als hätte er sich soeben einen Ruck gegeben. »Warum soll ich es euch nicht sagen: Penny ist mit Tasha nach Neuseeland zurückgegangen. Sie meint, dort wären sie glücklicher.«

Joss hatte sich abgewandt, wohl um ihre Erleichterung zu verbergen, doch Emma starrte ihn entsetzt an.

»Aber George«, stieß sie atemlos hervor. »Nach Neuseeland? Das ist doch nicht zu fassen.«

»Tut mir leid«, erwiderte er. »Nach Mutts Tod jetzt auch noch das. Ist wohl ein bisschen viel auf einmal. Aber das lässt sich nun mal nicht ändern.«

Hilfesuchend sah er Joss an, die jetzt näher trat und ihrer Mutter den Arm um die Schulter legte. Sie lächelte ihn an, doch er sah, wie blass sie war und wie viel Selbstüberwindung sie dieses Lächeln kostete. Vermutlich sollte ihre Mutter nicht merken, dass die Nachricht sie keineswegs schockierte. George warf ihr einen verschwörerischen Blick zu.

»Komm mit in die Küche«, sagte Joss. »Wir haben gerade erst gefrühstückt. Heute Morgen sind wir einfach nicht aus den Federn gekommen. Es gibt noch Kaffee.«

»Joss hat heute ihren freien Tag«, sagte Emma. »Ich wollte, dass sie mal richtig ausschläft. Meine Güte, das sind schwere Zeiten – für uns alle.«

»Ich hab nicht besonders gut geschlafen«, sagte Joss hastig. »Du kannst es dir sicher vorstellen, ich bin einfach zu angespannt.«

»Vielleicht täte dir ein Spaziergang gut«, schlug George vor. Er konnte es kaum erwarten, mit ihr allein zu sein und ihr alles zu erzählen, was in den vergangenen vierundzwanzig Stunden geschehen war. »Wir könnten die Esel mitnehmen. Du weißt ja, wie gern sie das haben.«

Ihre Miene hellte sich auf. Schon als Kind war es für sie die größte Freude gewesen, mit den Eseln die Feldwege des Tals entlangzuwandern. Sehr gemächlich – man musste die Zügel locker lassen und geduldig warten, während die Esel am Wegrand grasten. Doch gleich darauf erlosch die Freude in Joss' Augen. Bestimmt machte ihr der Tod ihrer Großmutter arg zu schaffen. George schämte sich, dass er ihren Kummer nicht bedacht und seine eigenen Wünsche selbstsüchtig in den Vordergrund gestellt hatte. Doch noch ehe er sich entschuldigen konnte, lächelte sie ihn an.

»Später vielleicht«, sagte sie. »Das wäre schön.«

Emma runzelte leicht verwundert die Stirn.

»Warum nicht jetzt?«, fragte sie. »Es ist ein strahlender Morgen, und es täte dir wirklich gut. Auf mich brauchst du keine Rücksicht zu nehmen. Ich werde ein bisschen putzen und aufräumen, bevor dein Vater kommt.«

Als Joss ihm seinen Kaffee hinstellte, bemerkte er, dass ihre Hand zitterte. Er sah sie an, um einen verstohlenen Blick mit ihr zu wechseln, wie sie es seit ihrer Kindheit getan hatten, doch sie wich ihm aus, als wäre die Verbindung zwischen ihnen zerrissen. Plötzlich fühlte er sich unendlich einsam. Joss trauerte um Mutt, und jetzt noch diese Nachricht von ihm – das alles hatte sie offenbar völlig aus dem Gleichgewicht gebracht. Auf einmal erkannte er, wie wichtig sie für ihn wirklich war. Seit seiner Abfahrt aus Meavy hatte er sich nichts sehnlicher gewünscht, als ihr sein Herz auszuschütten, um das alles mit ein bisschen Abstand beurteilen zu können. Sein Leben war im Umbruch, und er hatte gehofft, dass Joss ihm beistehen würde.

Doch seine Erwartungen wurden nicht erfüllt, und er versuchte das Beste daraus zu machen.

»Dann eben später«, sagte er und ignorierte Emmas Einwand. »Kann ich bis dahin etwas für euch tun? Wie sieht's mit eurem Holzvorrat aus?«

Joss sah ihn dankbar an. »Im Schuppen gibt es jede Menge Holz«, sagte sie, »aber die kleineren Scheite haben wir alle schon verbraucht. Wenn du die größeren spalten könntest …?«

»Ja, gern.« Vielleicht würde sie ja Zeit finden, ihn im Schuppen zu besuchen.

In diesem Moment hörten sie, wie ein Wagen vorfuhr. Eine Autotür schlug zu, und jemand, der offenbar damit rechnete, die Haustür unverschlossen vorzufinden, drehte den Knauf. Darauf folgte lautes, ungeduldiges Klopfen. Emma eilte in den Flur.

»Ray!«, rief sie. »Mein Gott, wann bist du denn losgefahren? Ich habe dich frühestens in einer Stunde erwartet.«

George und Joss lauschten schweigend.

»Ich fand, dass es keinen Sinn hat, länger zu warten.« Seine Stimme dröhnte durch den Flur, so unsensibel gegenüber Trauer und Tod wie sein Klopfen an der Tür. George bemerkte, wie Joss zusammenzuckte. »Der verdammte Nebel hat mir zu schaffen gemacht, aber in Küstennähe hat er sich gelichtet.«

»Ich geh Holz hacken«, sagte George leise. Er fasste Joss an den Schultern und drückte sie einen tröstlichen Augenblick lang. »Wenn du mich brauchst, weißt du ja, wo ich bin.«

Er küsste sie auf die Wangen, griff nach seiner Jacke und verließ das Haus durch den Garten in eben dem Moment, als Emma und Raymond in die Küche traten.

Als er gegangen war, klammerte sich Joss, von plötzlicher Schwäche überwältigt, an die Stuhllehne. Auf die Begegnung mit George war sie nicht vorbereitet gewesen – jetzt, da sie wusste, dass sie nicht der Mensch war, für den sie sich bisher gehalten hatte. Sie und George waren ein Herz und eine Seele gewesen. Sie hatten ähnliche Gedanken und den gleichen Geschmack und liebten dieses kleine, versteckte Tal an der Nordküste Cornwalls über alles. Und die Familienbande hatten sie noch enger zusammengeschweißt. Jetzt aber stand die Wahrheit zwischen ihnen wie eine trennende Wand. Zwar hatte sie tiefstes Verständnis für ihre Großmutter und war gerührt von ihren Briefen, aber sie wusste, dass weder Mutt noch ihre Nachkommen irgendwelche Ansprüche auf das »Paradies« hatten. Als sie George gegenüberstand, war ihr schlagartig klar geworden, dass es ihr nicht gelingen würde, sich zu verstellen. Selbst die Nachricht, dass Penny ihn verlassen hatte, übte nicht die Wirkung aus, die sie achtundvierzig Stunden früher gehabt hätte. Allein der Kummer ihrer Mutter hielt Joss davon ab, ins Auto zu steigen und St Meriadoc hinter sich zu lassen.

Und doch war sie so sicher gewesen, dass die Wahrheit nicht ans Licht kommen durfte. Als ihre Eltern die Küche betraten, musste Joss ihre ganze Kraft aufbieten, um sich nichts anmerken zu lassen. Den Begrüßungskuss ihres Vaters nahm sie kaum wahr; ihr fiel nur auf, dass er wie immer seinen taxierenden Blick durch den Raum schweifen ließ, als er am Tisch Platz nahm.

Das alles wird bald mir gehören, schien dieser Blick zu sagen. In seiner Miene spiegelte sich unverkennbare Vorfreude, die Joss erschaudern ließ. Seine besitzergreifende Art hatte sie immer schon abgestoßen, doch jetzt erschrak sie darüber.

»Wann ist die Beerdigung?«, fragte er. »Du sagtest, die Leute vom Bestattungsinstitut waren schon da, meine Liebe?«

Joss starrte ihn an. Sie hatte es schon immer gehasst, wenn er sie oder ihre Mutter »meine Liebe« nannte. Aus seinem Mund klang es ausgesprochen lieblos. Als würde er das Kosewort nur benutzen, weil er es als die angemessene Anrede für Frau und Tochter empfand.

»Ich mache frischen Kaffee.« Emma füllte Wasser in den Kessel.

Joss bemerkte, dass Raymonds Ankunft ihre Mutter ganz aus dem Konzept gebracht hatte. Ihre Identität als Mutts Tochter trat zurück hinter ihrer Rolle als Raymonds brave Ehefrau. Auch Joss gegenüber legte sie jetzt ein anderes Verhalten an den Tag. Emma fürchtete einen Streit zwischen Mann und Tochter, den sie mit unbeschwerter Fröhlichkeit zu verhindern suchte.

Joss bekam ein schlechtes Gewissen. Wie oft, fragte sie

sich, hatte ihre Mutter schon die Rolle des Friedensstifters spielen müssen? Plötzlich wurde ihr bewusst, wie anders ihre Mutter war, wenn sie sich wohlfühlte, beispielsweise im Umgang mit Bruno und Mousie. Joss biss sich auf die Lippen. Den Trost, den ihre Mutter aus diesen Beziehungen schöpfte, konnte man ihr doch unmöglich rauben.

»Am Montag, hat der Pfarrer gemeint, aber er wird sich heute Vormittag noch einmal melden.« Emma hielt inne und schüttelte den Kopf. »Ich kann es noch immer nicht fassen«, sagte sie bedrückt.

Raymond streckte den Arm aus, um seine Frau zu tätscheln, ohne sich die Mühe zu machen aufzustehen.

»Sie hat ein schönes Alter erreicht, meine Liebe«, meinte er. »Wenigstens hat sie nicht leiden müssen.«

»In den letzten Wochen hat sie schon sehr viel durchgemacht«, widersprach Joss. »Der Sturz hatte böse Folgen.«

Ihr Vater lächelte. »Du warst ihr bestimmt eine große Stütze«, sagte er. »Die teure Ausbildung hat sich also ausgezahlt.«

»Sie war großartig«, mischte sich Emma ein. »Das sagt auch Mousie.«

»Ah.« Er setzte eine wachsame Miene auf. »Und wie geht es Mousie?«

»Gut«, erwiderte Emma knapp. »Wie lange warst du unterwegs?«

Die Frage war ein so offensichtliches Ablenkungsmanöver, dass Raymond sich nicht einmal die Mühe machte, sie zu beantworten. Er trommelte auf den Tisch und machte ein nachdenkliches Gesicht.

»Konntest du einen Blick in das Testament werfen?«, fragte er.

»Nein.« Emma sah Joss verlegen an. »Nein, natürlich nicht. Das liegt doch sicher bei Mutts Anwalt.«

Ihre Stimme klang so gleichgültig, dass Raymond die Stirn runzelte.

»Wo auch immer«, gab er gereizt zurück. »Aber ich würde es trotzdem gern sehen.«

»Warum eigentlich?« Joss konnte sich nicht beherrschen. »Glaubst du denn, Mutt hat dir etwas vererbt?«

Er sah sie gedankenverloren an, als ginge ihm jetzt erst auf, dass sie um ihre Großmutter trauerte. Ihren verächtlichen Ton ignorierte er geflissentlich. Emma blickte ängstlich zwischen Tochter und Ehemann hin und her, doch keiner von beiden beachtete sie.

»Ich muss die Interessen deiner Mutter wahrnehmen«, antwortete er nachsichtig. »Das wirst du doch verstehen.«

Joss hätte ihm gern etwas erwidert, doch was hatte das für einen Sinn?

»Ich möchte keinen Kaffee mehr«, sagte sie. »Bis später.« Sie nahm ihr Plaid, stand auf und ging.

28

Eine Weile war nur der dumpfe Schlag von Georges Axt zu hören. Emma nahm einen Stuhl und setzte sich an den Tisch. Die Lippen fest zusammengepresst, schenkte sie Kaffee ein.

»Dann kennst du das Testament also noch nicht?«, fragte er erneut, als hätte der Wortwechsel mit Joss gar nicht stattgefunden. Emma rutschte unruhig hin und her.

»Ich hab doch schon gesagt, nein. Warum auch? Ehrlich gesagt, Ray, du bist so … so taktlos.«

Er zuckte abfällig die Schultern. Seine Miene verriet, dass er anderes im Kopf hatte.

»Man muss auf alles gefasst sein«, sagte er, als wäre das Erklärung genug. »Das verstehst du doch, oder? Wer weiß, was in diesen letzten Wochen alles geschehen ist.«

Emma starrte ihn an. »Was meinst du damit?«

Ihre Stimme klang feindselig, und da er wusste, dass er auf ihre Unterstützung angewiesen war, nahm er sich zusammen.

»Hast du schon mal überlegt, wer diesmal die Erbschaftssteuer bezahlt?«, fragte er ruhig. »Als dein Großvater starb, gab es Bauernhöfe und Felder, die verkauft werden konnten. Jetzt ist nur noch das ›Paradies‹ übrig. Dazu das ›Krähennest‹ und die Cottages am Deich. Da kommt eine schöne Summe zusammen.«

»Was redest du denn da?«, rief sie. In ihrer Miene spiegelte sich blankes Entsetzen. »Wie könnten wir jemals das ›Paradies‹ verkaufen? Oder eins der anderen Häuser?«

Er legte seinen dicken Zeigefinger an die Lippen, denn er wusste nur zu gut, dass jederzeit jemand hereinkommen konnte.

»Irgendwoher muss das Geld doch kommen«, murmelte er. »Es handelt sich um eine Summe von mindestens hunderttausend.«

»Hunderttausend Pfund?«

Er hob die Augenbrauen. »Warum, glaubst du, habe ich seit Jahren immer wieder den Vorschlag gemacht, dass Mutt einen Teil des Anwesens an dich übergeben soll? Wenn sie Bruno das ›Krähennest‹ und dir das ›Paradies‹ überschrieben hätte, würden wir jetzt ein Vermögen sparen.«

»Aber von Steuern hat Bruno nie etwas gesagt.«

Raymond schnaubte verächtlich. »Bruno hat doch keine Ahnung«, sagte er. »Der lebt in einer anderen Welt mit seinen verdammten Büchern. Tja.« Er hob die Schultern. »Hoffen wir nur, dass er genügend Geld verdient, um aus diesem Schlamassel herauszukommen.«

»Aber wir werden doch das ›Paradies‹ nicht verkaufen müssen?« Sie sah ihn ängstlich an. »Ich wollte immer, dass es Joss einmal erbt.«

Raymond zog die Mundwinkel nach unten. »Nun ja, die Gefahr besteht durchaus. Hängt ganz davon ab, was im Testament steht.« Er überlegte, ob er ihre Angst genug geschürt hatte, um nun seinen Vorschlag ins Spiel zu bringen. Wahrscheinlich war es besser, noch eins draufzusetzen. »Schon möglich, dass das ganze Anwesen unter den Hammer kommt. Wenn alles verkauft ist, könnten du und Bruno euch den Erlös teilen.«

»Aber das wäre furchtbar.« Ihre Augen waren schreckgeweitet. »Ich kann nicht glauben, dass es so weit kommt.«

»Tja, meine Liebe.« Raymond lachte nachsichtig. »Du hast eben keine Erfahrungen mit dem Finanzamt. Denen ist es egal, wie sie ihr Geld bekommen, das kann ich dir sagen. Allerdings …« Er spitzte nachdenklich die Lippen und griff nach seiner Kaffeetasse. »Allerdings gäbe es noch eine andere Möglichkeit. Wenn ich nur wüsste, was in diesem verflixten Testament steht.«

Fasziniert und abgestoßen zugleich beobachtete sie, wie er genüsslich seinen Kaffee schlürfte. Zwar hasste sie seine Zielstrebigkeit in einer Situation wie dieser, aber dennoch glaubte sie, dass Raymond Fox der Einzige war, der für die drohenden Zahlungsschwierigkeiten eine Lösung finden konnte.

»Was wäre dann?«, fragte sie mit banger Sorge, und ihm war klar, dass er sie nun auf seiner Seite hatte. »Das ändert doch nichts an den Tatsachen, oder?«

»Nein«, stimmte er ihr zu, »aber wir könnten vorsorgen. Wie du weißt, war ich schon immer der Ansicht, dass man die alte Bootswerft umbauen müsste.«

»O nein.« Emma wehrte ab. »Bruno sagt, dafür müsste man die Cottages abreißen.«

»Nicht unbedingt«, erwiderte Raymond. »Er hat wirklich keine Ahnung von irgendetwas außerhalb der Welt seiner Romane. Das ist blanker Unsinn.« Er gluckste in sich hinein, belustigt über Brunos Naivität. »Ich verstehe seine Bedenken schon. Natürlich würde seine Aussicht beeinträchtigt, obwohl die Anlage architektonisch sehr behutsam konzipiert werden muss. Aber dann könnte er zumindest im ›Krähennest‹ wohnen bleiben. Wenn ihm das allerdings gegen den Strich geht, müssen wir eben verkaufen. Wir werden sicher einen guten Preis für das Gelände erzielen. Es ist der ideale Ort für ein erstklassiges Hotel …«

Einen Moment lang schwelgte er in der Vorstellung vom »Paradies« als Erholungsort für die Reichen: mit Sauna, Swimmingpool, einem Golfplatz direkt am Meer und einem Spitzenkoch. Er hörte förmlich die Leute reden: »Ein paar Tage im ›Paradies‹, Liebling, das ist wie im Himmel. Man muss natürlich Monate im Voraus buchen …« – »Es ist klein, aber märchenhaft schön und ausgesprochen exklusiv. Paul und ich fahren dieses Frühjahr wieder hin. Das Essen ist ausgezeichnet …« Vielleicht konnte er es ja selbst kaufen – selbstverständlich zu einem Freundschaftspreis – und dann einen Geschäftsführer einsetzen …

»Ich verstehe nicht, wie du auch nur daran denken kannst.« Emma warf ihm einen derart verächtlichen Blick zu, dass er fürchtete, ihre halbherzige Unterstützung schon wieder verloren zu haben.

»Ich sage nur, was Sache ist.« Er gab sich den Anschein, als täte er ihr nur einen Gefallen. »Die nächsten Tage werden schwer genug für dich, du Ärmste. Ich will dir doch nur den schlimmsten Schock ersparen, begreifst du das nicht?«

Sie nickte unwillig. »Ja, schon. Nur ist alles so –«

»Sieh mal.« Er beugte sich verschwörerisch zu ihr über den Tisch und lächelte sie an. »Warum versuchen wir nicht, dieses Testament zu finden? Du als ihre einzige Tochter hast das Recht, es zu lesen, vor allem wenn es sich hier im Haus befindet.« Er lächelte milde. »Es ist nicht leicht für dich, meine Liebe, ich weiß, aber früher oder später muss man sich darum kümmern. Besser, wir sind auf das Schlimmste gefasst.«

Sie nickte erneut, wenn auch widerstrebend, und er ließ sich mit einem leisen Seufzer der Erleichterung auf seinem Stuhl zurücksinken.

»Du hast vermutlich keine Ahnung, wo Mutt es aufbewahrt hat?« Er bemühte sich um einen beiläufigen Ton, obwohl die Zeit drängte. Jeden Augenblick konnte jemand hereinkommen, und er wollte nicht, dass seine ganze Mühe vergeblich war. »In dem alten Schreibtisch in ihrem Handarbeitszimmer könnten wir als Erstes nachsehen.«

»Vielleicht«, stimmte sie resigniert zu. »Ich schau mal nach.«

Sie stand auf und ging, und er hörte, wie sich die Tür zum Handarbeitszimmer hinter ihr schloss. Erleichtert streckte er sich, schenkte sich noch eine Tasse Kaffee ein und wartete.

Joss hörte das Krachen der Axt, als sie die Auffahrt hinunterging. Ihr einziger Gedanke war, mit Bruno zu sprechen, dem Einzigen, dem sie jetzt noch ungezwungen begegnen konnte. Ich brauche Zeit, um mich an die neue Situation zu gewöhnen, sagte sie sich immer wieder. Eine halbe Stunde mit Bruno würde ihr eine Atempause verschaffen. Außerdem wollte sie unbedingt wissen, wo er die Briefe gefunden hatte. Am Abend zuvor, als Emma schlafen gegangen war, hatte sie noch einmal im Handarbeitszimmer nach »Goblin Market« gesucht. Doch sie hatte es nicht übers Herz gebracht, in Mutts Schlafzimmer herumzustöbern. Es erschien ihr undenkbar, so kurz nach Mutts Tod in ihren persönlichen Sachen zu wühlen. Jetzt überlegte sie, ob sie diese Bedenken nicht einfach hätte beiseiteschieben sollen. Ihr Vater würde nicht so viel Feingefühl zeigen. Er oder ihre Mutter konnten jederzeit mit der Suche nach dem Testament beginnen und dabei auf »Goblin Market« stoßen.

Joss schlug den steilen Weg zum »Krähennest« ein. Bei dem Gedanken, was George wohl von ihr denken mochte, stöhnte sie verzweifelt auf. Bestimmt war er überrascht, dass sie seine Nachricht so kühl aufgenommen hatte. Dass sie ihm lediglich einen Kaffee angeboten und ihn dann zum Holzhacken hinausgeschickt hatte – an diesem wichtigen Wendepunkt in seinem und ihrem Leben.

Aber das Geheimnis, das Joss hütete, hatte wie ein Schwerthieb das Band zwischen ihnen durchtrennt. Und alles würde noch schlimmer werden, wenn Mutt in ihrem Testament ungerechte Verfügungen getroffen hatte. Nicht auszudenken, wenn sie oder ihre Familie auf Kosten Rafes oder Mousies profitieren würde! Die Ankunft ihres Vaters hatte ihr vor Augen geführt, mit welchen Schwierigkeiten sie rechnen musste. Ihr Vater, zäh und entschlossen, war förmlich die Verkörperung aller ihrer Ängste.

Als sie Bruno sah, der am Bogenfenster stand und aufs Meer hinausblickte, erfasste sie eine grenzenlose Erleichterung. Sie winkte ihm zu, und er hob grüßend die Hand und verschwand vom Fenster, um sie hereinzulassen.

29

Bruno erwartete sie bereits. Seit er ihr hatte ausrichten lassen, die Briefe seien wieder aufgetaucht, wusste er, dass Joss wie auf glühenden Kohlen saß. Doch er ahnte auch, dass es ihr jetzt noch schwerer fallen würde, die Täuschung aufrechtzuerhalten. Er hatte die ganze Nacht über Mousies Worte nachgegrübelt: *Joss wird keinem von uns mehr unbefangen gegenübertreten können.* Wie würde sie erst reagieren, wenn sie erfuhr, dass Mousie die Wahrheit kannte?

»Ich habe ›Goblin Market‹ nicht gefunden«, sagte sie. »Jedenfalls ist das Buch weder im Handarbeitszimmer noch auf den Regalen draußen im Flur. Ich habe es nicht über mich gebracht, in Mutts Zimmer nachzuschauen. Und außerdem hatte ich Angst, Mum zu wecken …«

Sie folgte Bruno ins Wohnzimmer, setzte sich an den Tisch und kuschelte sich in ihr Plaid, obwohl ihr gar nicht kalt war.

»Ich habe das Gefühl, das Buch ist irgendwo, wo man es nicht vermutet«, meinte er ruhig. »Vielleicht im Schreibtisch, wo die Briefe waren.«

»Da habe ich schon nachgesehen«, erwiderte sie. »Zuerst nur flüchtig, weil Mum ständig hereinkam, aber als du angerufen hast, hab ich noch einmal genauer geschaut. Jetzt ist

Dad da.« Sie unterbrach sich. »Wo waren eigentlich die Briefe?«, fragte sie. »Ich konnte es kaum glauben.«

»Mousie hat sie gefunden«, antwortete er leise. »Das hätten wir uns eigentlich denken können, nicht wahr? Als sie hereinkam, hat sie gesehen, wie ich die Briefe unter das Sitzpolster geschoben habe. Später hat sie sich daran erinnert und wollte verhindern, dass die Sachen, an denen uns offensichtlich so viel lag, in falsche Hände kommen.« Er sah die entsetzte Joss mitfühlend an. »Als sie die Briefe hervorgeholt hat, sind einige Blätter zu Boden gefallen, und was sie rein zufällig gesehen hat, hat ihre Neugier geweckt.«

»O Gott.« Joss schlug erschrocken die Hand vor den Mund.

Bruno nickte. »Mousie hatte schon früh Verdacht geschöpft. In den Briefen stand ja, dass Mutt fürchtete, sie könnte etwas merken. Jedenfalls hat sie jetzt die Briefe gelesen und weiß Bescheid. Aber das bekümmert sie kein bisschen«, fügte er hastig hinzu. »Wozu auch? Sicher, sie ärgert sich, dass man ihr all die Jahre etwas vorgemacht hat. Aber sie hat Verständnis für Mutts Dilemma. Und was dich und Emma betrifft, hat sich in ihren Augen gar nichts geändert.«

»*Alles* hat sich geändert«, stieß Joss fast wütend hervor. »Es ist ein Wahnsinn, aber so ist es.«

»Sieh mal.« Bruno setzte sich ihr gegenüber. »Vergiss nicht, dass durch Mutt niemand finanziell geschädigt worden ist. Im Gegenteil. Nach dem Tod meines Großvaters hat sie dafür gesorgt, dass Mousie und Rafe ein Dach über dem Kopf haben, und sie hat alles zusammengehalten. Emma ist für mich wie eine leibliche Schwester. Mutt hat mir damals in Indien wahrscheinlich das Leben gerettet. Sie hat mich nach Hause gebracht. Und sie und Emma haben mir geholfen, über den Verlust meiner Familie hinwegzukommen. Ohne sie hätte ich mutterseelenallein dagestanden. Sie haben mir Kontinuität und Geborgenheit geschenkt. Und du, Joss, bist für mich wie eine Tochter, die ich nie gehabt habe. Angenommen, ich wäre Mutts Kind, würdest du dann mir gegenüber anders empfinden? Würdest du mich weniger lieben oder mich als Eindringling betrachten? Versuch doch mal, die Sache nicht nur unter dem Gesichtspunkt von Bluts- und Familienbanden zu sehen.«

»Ich kann nicht anders«, sagte sie traurig. »Als Dad heute Morgen auftauchte und schon nach zwei Minuten anfing, über das Testament zu reden, ist es mir ganz klar geworden. Ich hatte das Gefühl, wir sind Eindringlinge, meine Eltern und ich. Wir sitzen wie selbstverständlich in der Küche im ›Paradies‹, als gehörte das Haus bereits uns. Und dann dachte ich an Mousie und Rafe … Sie sind so liebe, fürsorgliche Menschen, ein Segen für alle – das absolute Gegenteil von meinem Vater, dem es nur darum geht, Geld zu scheffeln –«

»Moment mal«, unterbrach er sie. »Abgesehen davon, dass das Land Leute braucht, die Wohlstand schaffen – denk mal nach: Mousie und Rafe sind doch gar keine Trevannions. Sie stammen von der Familie meiner Großmutter ab. Okay, ich bin zwar mit ihnen verwandt, aber deshalb sind wir noch lange keine Heiligen. Sieh dir nur Olivia und Joe an. Wenn es ums Geld geht, denken sie genauso wie Gevatter Fox, obwohl sie Rafes Kinder sind. Du kannst doch nicht einfach ganze Familien in Schubladen stecken. Du und Emma – ganz zu schweigen von Mutt –, ihr habt für die Familie Trevannion genauso viel getan wie Mousie und Rafe. Wer hätte sich denn nach Großvaters Tod um mich und das Anwesen gekümmert, wenn Mutt mich einfach nur hier abgeliefert hätte und wieder verschwunden wäre? Wahrscheinlich wäre irgendein entfernter Verwandter gekommen, der für die Cottages keine so niedrige Miete verlangt hätte und dem nichts daran gelegen wäre, dass wir alle weiter hier wohnen können. Mutt hat die Familie zusammengehalten und sich um alles gekümmert. Und vergiss nicht, dass Olivia und Joe auch nichts dagegen hätten, in der Bucht einen Ferienkomplex zu bauen, wenn es Geld bringt. Selbst wenn sie damit ihre eigenen Eltern aus ihrem Haus vertreiben würden.«

»Dad macht schon Pläne«, warf Joss düster ein. »Das weiß ich genau. Er hat gesagt, er will wissen, was im Testament steht.«

Sie wirkte jetzt ein wenig gefasster. Bruno musterte sie forschend und überlegte, wie viel er ihr zumuten konnte. Dann nahm er all seinen Mut zusammen.

»Mousie ist der Ansicht, wir sollten Emma die Wahrheit sagen«, begann er.

Sie sah ihn bestürzt an und schüttelte stumm den Kopf. Doch er spürte, dass sie von den jüngsten Ereignissen noch viel zu mitgenommen war, um vernünftig urteilen zu können.

»Sie glaubt, dass die Belastung für dich zu groß ist«, fuhr er fort, »und ich denke, sie hat Recht. Sie meint auch, dass Emma Verständnis für Mutt haben wird.«

»Das glaube ich nicht. Sie wird enttäuscht und wütend sein.«

Doch Bruno spürte, dass sie an ihrem eigenen Urteil zu zweifeln begann. In ihrer Miene spiegelten sich widerstreitende Gefühle, und Bruno beschloss, es auf einem anderen Weg zu versuchen.

»Hast du George schon gesehen?«, fragte er, wie um das Thema zu wechseln.

»Ah.« Es klang fast wie ein Schmerzensschrei. »Er kam ins ›Paradies‹, um uns zu erzählen, dass Penny und Tasha nach Neuseeland zurückgekehrt sind, und ich wusste einfach nicht, was ich sagen sollte. Nicht nur, weil Mum dabei war, sondern weil zwischen uns plötzlich alles anders war. Die alte Unbefangenheit war mit einem Schlag weg.«

»Alles ist anders zwischen uns«, sagte Bruno nachdenklich. Er hob fragend die Augenbrauen. »Und trotzdem bist du der Ansicht, dass wir die Wahrheit verheimlichen sollen?«

Sie sah ihn fast ängstlich an. »Ich weiß nicht«, antwortete sie schließlich. »Aber wenn wir es sagen, dann erst nach der Beerdigung. Sonst wird es zu viel für Mum. Erst Mutts Tod und dann noch die Wahrheit über ihre eigene Identität, das würde sie nicht verkraften. Versprich mir, dass wir die Beerdigung abwarten.«

»Also gut.« Bruno stieß einen enttäuschten Seufzer aus. »Aber wir werden in die Bredouille kommen, wenn Emma das Testament findet und Gevatter Fox anfängt, sich aufzuspielen. Wir müssen ihnen also zuvorkommen. Mutt könnte das Testament natürlich auch bei ihrem Anwalt hinterlegt haben …«

Das Telefon klingelte, und er stand ungeduldig auf, um ranzugehen.

»Hallo, Darling.« Die raue, durch jahrlangen Zigaretten- und Scotch-Konsum strapazierte Stimme war unverwechselbar. »Ich bin's, Zoë. Rate mal, wo ich bin.«

»Würdest du kurz warten? Ich hab gerade Besuch. Einen Moment.«

Er legte den Hörer neben das Telefon und ging zurück ins Wohnzimmer.

»Zoë ist dran«, sagte er zu Joss. »Schlechtes Timing, aber was kann man anderes von ihr erwarten.«

»Ich muss sowieso gehen.« Sie stand auf. »Sie werden sich fragen, wo ich bleibe. Und außerdem muss ich mit George sprechen.«

Sie blickte so ängstlich drein, dass er sie kurz an sich drückte.

»Halt die Ohren steif«, meinte er.

»Danke, Bruno«, erwiderte sie lächelnd. »Wenn du nur wirklich mein Onkel wärst.«

Sie zog ihr Plaid fester um die Schultern, und er begleitete sie zur Tür.

»Soll ich Bescheid sagen, dass du später im ›Paradies‹ vorbeikommst?«, fragte sie.

Er zögerte. »Ich weiß nicht genau, wann«, antwortete er dann. »Aber mach dir keine Sorgen. Irgendwann im Laufe des Nachmittags komme ich.«

Nachdem sie gegangen war, kehrte er in die Küche zurück.

»Hab ich da eine Frauenstimme gehört?«, fragte Zoë amüsiert.

»Joss«, erwiderte er knapp. »Also, wo bist du?«

»Ich bin in Rock, Darling.« Die Überraschung war gelungen. »Hältst du das für möglich? Um diese Jahreszeit? Ich hatte dir doch erzählt, dass Jilly und Tim hier ein Cottage gekauft haben. Offenbar sind bei der Eiseskälte Wasserleitungen geplatzt, und da wollte Jilly mal nach dem Rechten sehen. Allerdings ist es jetzt ziemlich warm hier. In London war es öde, deshalb dachte ich, ich fahre mit. Was hältst du davon, wenn ich zum Mittagessen komme?«

Bruno schloss verzweifelt die Augen. Die Welt der Wirklichkeit und die Welt der Phantasie prallten gerade mit solcher Wucht aufeinander, dass ihm die Trümmer um die Ohren flogen.

»Das passt mir gar nicht«, gab er zögernd zurück. »Mutt ist in der Nacht zum Dienstag gestorben und … Na ja, alles weitere kannst du dir vorstellen.«

»Ach, Darling, das tut mir aber leid.« Ihre Stimme klang

mitfühlend. »Die gute alte Mutt ist tot! Ich hab sie wirklich gern gehabt.« Eine kleine Pause. »Wann ist die Beerdigung?«

»Das steht noch nicht fest.« Er war nervös, argwöhnisch. »Wahrscheinlich Anfang nächster Woche. Es gibt viel zu regeln.«

»Ich weiß nicht, wie lange Jilly hierbleibt«, sagte Zoë gedehnt, als dächte sie angestrengt nach, »aber ich würde dich wirklich gern sehen. Jetzt erst recht. In einer halben Stunde könnte ich da sein, und ich werde bestimmt nicht lange bleiben.« Eine Pause, dann fuhr sie mit veränderter Stimme fort: »Sitzt du an einem Buch?«

Er lachte freudlos, »Machst du Witze?«

Sie kicherte. »Armer Darling. Hat dich die Wirklichkeit ereilt? Mach dir nichts draus. Wir trinken ein Gläschen zusammen, das Essen ist unwichtig. Bis dann.«

Damit legte sie auf, und er fluchte. Nellie, aus dem Schlaf geschreckt, sah ihn mit klugen Augen an und wedelte sachte mit dem Schwanz.

»Jetzt fang nicht du auch noch an«, sagte er warnend zu ihr. »Kein Spaziergang und kein Mittagessen, wenn du nicht aufpasst.«

Sie lief mit hängender Zunge auf ihn zu, als lache sie ihn aus, und er musste unwillkürlich grinsen.

»Die ganze Welt scheint verrückt zu sein«, meinte er und ging in die Hocke, um sie zu streicheln. Sie legte die Pfote auf sein Knie und leckte ihm die Ohren. »Den heutigen Tag kann ich vergessen. Verdammte Frauen!«

Sein Ausbruch ließ Nellie völlig ungerührt. Sie rieb den Kopf sanft an seiner Schulter, bis er sich ein wenig entspannte und einen tiefen Seufzer ausstieß.

»Also gut«, sagte er und stand auf. »Zuerst bekommst du dein Essen, dann Zoë. Ich werde eine Suppe machen, aber sie isst sowieso höchstens einen Teelöffel. Was zum Teufel will sie überhaupt?«

Nellie interessierte sich nur für ihren eigenen Futternapf. Nachdem Bruno ihn gefüllt hatte, ging er in die Vorratskammer und suchte eine Flasche Wein aus, die dem Geschmack seiner Exfrau entsprechen würde.

30

George fuhr die Schubkarre mit den Holzscheiten um das Haus herum und stellte sie neben Raymonds BMW ab. Er warf einen bewundernden Blick auf den Wagen, das neueste Modell, dann versuchte er die Haustür zu öffnen. Der Riegel war noch immer vorgeschoben. Er ließ die Schubkarre stehen, ging zurück in den Garten und trat in dem Moment in die Küche, als Emma durch die andere Tür vom Flur hereinkam.

»Im Handarbeitszimmer konnte ich nichts finden«, verkündete sie. »Nur dieses Päckchen mit Brunos Namen darauf. Hallo, George. Wie geht's voran? Er hat Holz für uns gehackt«, sagte sie zu Raymond. »Ist das nicht nett? Möchtest du noch eine Tasse Kaffee, George, nach all der Anstrengung?«

Sie legte das Päckchen auf den Tisch und begann die Tassen abzuspülen. George merkte sofort, dass Raymond sich brennend für das Päckchen interessierte, obwohl er versuchte, sich nichts anmerken zu lassen. Auch Emma fühlte sich sichtlich unbehaglich, als wäre George in einem unpassenden Moment gekommen. Er überlegte, ob er nach ein paar höflichen Sätzen verschwinden sollte, aber etwas an Raymonds Verhalten machte ihn stutzig. Mit einer unauffälligen Bewegung des Ellbogens schob er das Päckchen ein

Stück näher zu sich heran, sodass er die Aufschrift lesen konnte. Es war Mutts Handschrift. Das erkannte George sogar aus der Entfernung. »Für Bruno James Trevannion. Persönlich.« Und schräg darüber ein einziges Wort in Großbuchstaben: »VERTRAULICH.«

Das Ungewöhnliche war, dass es aussah wie ein Päckchen, das man zur Post bringen will. Der Inhalt war sorgfältig in braunes Packpapier eingeschlagen und fest verschnürt. Ganz langsam drehte Raymond das Päckchen um und fingerte an dem Knoten herum. Dabei trug er eine gleichgültige Miene zur Schau, als grübelte er über irgendetwas nach.

Emma stand wie erstarrt da und beobachtete ihn mit angehaltenem Atem. Mit einigem Entsetzen erkannte George, dass sie damit rechnete, Raymond würde das Päckchen öffnen, und ihren Mut zusammennahm, um ihn daran zu hindern. Instinktiv griff George nach dem Wasserkessel. Er lächelte Emma an und warf einen beiläufigen Blick auf Raymond, als sei ihm nichts Ungewöhnliches aufgefallen.

»Nach der ganzen Anstrengung könnte ich eine Dosis Koffein gut gebrauchen«, sagte er und sah, wie Raymond ärgerlich das Gesicht verzog. »Ist Joss hier? Vielleicht hat sie auch Lust auf ein Tässchen.«

»Ich weiß nicht, wo sie ist«, sagte Emma etwas nervös. »Vielleicht oben. Ich ruf mal die Treppe hoch.«

»Sie ist rausgegangen«, erklärte Raymond. »Ich habe die Haustür gehört. Vielleicht ist sie bei den Eseln.« Er warf George einen freundlichen Blick zu. »Emma kann den Kaffee machen, wenn du sie inzwischen suchen willst.«

George erwiderte sein Lächeln.

»Wer weiß, wo sie hin ist«, gab er zurück. »Sicher kommt sie gleich wieder.«

Raymond zuckte die Achseln, als wolle er sagen: Ganz wie du willst. Dann lehnte er sich auf seinem Stuhl zurück und streckte die Schultern.

Mit dir möchte ich nicht Poker spielen, Freundchen, dachte George, während er Kaffeepulver einfüllte.

Plötzlich kam ihm der Gedanke, dass womöglich weder Bruno noch Emma Mutts Testament kannten und Raymond vermutete, das Testament befände sich in diesem Päckchen. Vielleicht wollte er es an sich nehmen, um den anderen gegenüber im Vorteil zu sein! Georges Neugier wuchs. Um Raymond ein wenig zu ärgern, setzte er sich, zog das Päckchen zu sich heran, drehte es um und tat, als läse er jetzt erst die Aufschrift.

»Es ist an Bruno adressiert«, sagte er. »Hat Mutt dir aufgetragen, es Bruno zu geben?«

Emma bemerkte Raymonds warnenden Blick nicht.

»Es lag in ihrem Schreibtisch«, erwiderte sie. »Wirklich merkwürdig. Ich habe es unter einer Mappe mit Brunos Schulzeugnissen gefunden.«

»Ach, tatsächlich?« George fand das Ganze allmählich amüsant. »Wieso hast du seine Schulzeugnisse gelesen? Bist du damit nicht ein bisschen spät dran?« Er kicherte über seinen lahmen Witz. »Wenn du willst, bringe ich's ihm vorbei.«

Raymond streckte seine Pranke nach dem Päckchen aus, als sei er erst jetzt darauf aufmerksam geworden und wolle nun ebenfalls die Aufschrift lesen. Er drehte es um und bugsierte es wieder auf seine Tischhälfte.

»Mach dir keine Umstände«, sagte er. »Er kann es selbst mitnehmen, wenn er kommt.«

»Ach, kein Problem«, gab George fröhlich zurück und wappnete sich für einen kleinen Schlagabtausch mit Joss' Vater. »Ich muss sowieso bei ihm vorbei.«

»Trink zuerst deinen Kaffee.« Raymonds Hände ruhten

jetzt besitzergreifend auf dem Päckchen. Er lehnte sich vor, sodass sein ganzes Gewicht auf seinen Armen lag, und zog die Schultern hoch. »Es hat keine Eile.«

George blickte in Raymonds kalte blaugraue Augen, und bei der Vorstellung, sich mit ihm anzulegen, wurde ihm plötzlich unbehaglich. Er war erleichtert, als der Wasserkessel pfiff und er aufstehen und den Kaffee aufgießen konnte. Emma stellte Tassen und Milch auf den Tisch.

»Hast du ein paar Holzscheite mit hereingebracht?«, erkundigte sie sich, offensichtlich um das Thema zu wechseln.

»Noch nicht.« Er fühlte sich gedemütigt. Unter keinen Umständen wollte er zulassen, dass Raymond das Päckchen öffnete, aber wie sollte er ihn daran hindern? Jetzt ging ihm auf, was Joss gemeint hatte, als sie sagte, ihr Vater sei wie eine Dampfwalze. »Er steuert rücksichtslos auf sein Ziel zu«, hatte sie gesagt. »Ich war oft böse auf Mum, weil sie nachgegeben hat. Aber je älter ich wurde, desto klarer wurde mir, dass man einfach nicht gegen ihn ankommt.«

George kannte dieses Gefühl der Ohnmacht. Er hatte es in seiner Kindheit oft selbst schmerzlich erfahren. Olivia und Joe waren größer, stärker und gewitzter gewesen als er. Sie konnten schon laufen, sprechen, lesen und Fahrrad fahren, als er noch in den Windeln lag. Nichts, was er tat, konnte ihre Bewunderung wecken. Sie waren ihm stets einen Schritt voraus. Wie oft hatten sie ihn zurechtgewiesen und ausgelacht! Natürlich waren sie manchmal auch ausgesprochen lieb zu ihm gewesen, doch er war froh, dass er jenseits ihrer lauten Welt, in der das Recht des Stärkeren galt, eine ruhige und friedliche Kindheit verlebt hatte.

Als er sich nun wieder an den Tisch setzte und Kaffee einschenkte, überlegte er, was geschehen würde, wenn er gezwungen wäre, aufzustehen und Holz hereinzuholen. Bei seiner Rückkehr wäre das Päckchen bestimmt verschwunden. Und er hatte keine Ahnung, wie er Emma oder Raymond deshalb zur Rede stellen sollte. Während er langsam seinen Kaffee trank, betete er inständig, Joss möge bald kommen. Er würde sie auf das Päckchen aufmerksam machen und ihr vorschlagen, gemeinsam einen Spaziergang zu Bruno zu machen und es ihm zu bringen.

Er seufzte erleichtert auf, als die Haustür ging. Beschwingte Schritte waren auf der Treppe zu hören. George bemerkte, dass Raymond den Blick auf das Päckchen heftete.

»Da ist Joss.« Emmas Stimme klang erleichtert. »Wo ist sie bloß gewesen?«

George ließ Raymond nicht aus den Augen, erwartete er doch einen raffinierten Taschenspielertrick von ihm. Wenn Joss hereinkam und alle Augen auf sie gerichtet waren, würde das Päckchen vermutlich verschwinden. Die Tür öffnete sich. Joss und Mousie traten ein. Raymond sprang auf, beförderte das Päckchen mit einer raschen Handbewegung auf die Anrichte hinter seinem Stuhl und schob es unter eine Zeitung, bis es halb darunter verschwand. Beinahe gleichzeitig sagte er: »Mousie, meine Liebe, wie schön, dich zu sehen!« und gab ihr einen Begrüßungskuss. Diese Durchtriebenheit verschlug George den Atem.

Er sah Joss an und wünschte sich nichts sehnlicher, als seine Entdeckung mit ihr zu teilen, so wie sie einander früher immer alles anvertraut hatten. Ihr Gesicht war gerötet, ihre Augen glänzten vor Aufregung, und eine Welle der Liebe und des Verlangens durchflutete ihn. Sie lächelte ihm zu, doch er spürte, dass noch immer etwas zwischen ihnen stand. Angst durchzuckte ihn, und er fragte sich, ob er diese Reserviertheit, die er gar nicht an ihr kannte, falsch deutete. Vielleicht hatte ihre Zurückhaltung nichts mit Mutts Tod zu tun. Womöglich fürchtete sie, er könne jetzt, da er frei war, zu viel von ihr erwarten. Schließlich hatten sie nie offen über ihre Gefühle gesprochen. Dafür hatte er seine Ehe zu ernst genommen. Kein Wort war zwischen ihnen gefallen, an das er anknüpfen könnte. Vielleicht war Joss noch nicht so weit, dass sie in Pennys Schritt eine Chance für sie beide sehen konnte? Eigentlich schien ihm das unvorstellbar. Und doch gab es zwischen ihnen eine bis dahin unbekannte Distanz.

Diese plötzliche Verzagtheit und seine Sorge um Joss ließen ihn das Päckchen völlig vergessen. Mousie sagte, sie hätte im Wohnzimmer ein Buch liegen lassen, das sie holen wolle. Auf dem Weg habe sie Joss getroffen. Emma bestand darauf, dass sie einen Kaffee mittrinken solle.

»Ich gehe das Holz holen«, sagte George.

Eine tiefe Niedergeschlagenheit hatte sich seiner bemächtigt. Seine neu gewonnene Freiheit war ein wertloses Geschenk, wenn er sie nicht mit Joss teilen konnte. Beim Hinausgehen nickte er Joss höflich wie ein Fremder zu, und sie berührte seinen Arm.

»Entschuldige, dass ich vorhin einfach verschwunden bin«, murmelte sie. »Im Moment ist alles etwas schwierig. Aber es hat nichts mit dir zu tun. Ehrlich.«

»Das freut mich.« Er lächelte und schöpfte neuen Mut. »Ich will dich nicht unter Druck setzen. Bis später.«

Aufgemuntert durch Joss' Worte, ging er hinaus und fing an, den Korb neben dem Kamin zu füllen, wobei er das Holz in einer Plastikkiste von der Schubkarre ins Wohnzimmer trug. Da fiel ihm das Päckchen wieder ein. Er rollte die leere Schubkarre in den Schuppen und betrat die Küche durch die Gartentür. Raymond Fox saß noch immer am Tisch, die Frauen bereiteten emsig das Mittagessen vor. Mousie wurde gedrängt, noch zum Essen zu bleiben, doch das Päckchen war nirgends zu sehen.

George überlegte hin und her. Dann beschloss er, Emma darauf anzusprechen, als sie aus der Vorratskammer kam.

»Ach, lass nur«, sagte sie rasch, aber entschieden. Sie wirkte bekümmert und nervös. »Joss hat gesagt, Bruno kommt später vorbei.«

Er nickte und wandte sich Joss zu.

»Sag Bescheid, wenn du Lust auf einen Spaziergang hast«, sagte er. »Gegen zwei Uhr bin ich unten bei den Eseln.« Er nahm seine Jacke vom Stuhl und ging, ohne ihre Antwort abzuwarten.

31

Lautlos wie eine Katze schlich sich Zoë in die Küche, stellte ihre Reisetasche in einer Ecke neben Nellies Lager ab und sah sich um. Mit einem Blick erfasste sie, dass Bruno ein einfaches Mittagessen vorbereitet hatte. Im Backofen lagen Brötchen, die nur noch warm gemacht werden mussten, und auf dem Herd stand ein Topf Suppe. Schade, dachte sie. Ihr lag nichts an dem Essen, ihr Kommen hatte einen anderen Grund. Zoë lauschte, ob Bruno allein war, und bedauerte fröstelnd, dass sie nichts Wärmeres zum Anziehen eingepackt hatte. Sie hatte völlig vergessen, wie kalt es an der Nordküste und besonders in diesem Haus hoch oben auf der Klippe war.

Keine Stimmen, kein einziger Laut. Sie machte ein paar Schritte zurück zur Tür, schlug sie mit einem lauten Knall zu und rief: »Hallo, Darling, ich bin's.« Dann ging sie durch die Küche ins Wohnzimmer, und im selben Moment kam Bruno aus seinem Arbeitszimmer. Eine Weile sahen sie einander prüfend an. Zoë brach zuerst das Schweigen.

»Ich weiß, ich komme ungelegen«, sagte sie und neigte den Kopf erst auf die eine, dann auf die andere Seite, damit ihr Bruno einen Kuss auf die Wangen drücken konnte. »Aber deshalb brauchst du mich nicht derart unfreundlich anzuschauen.«

»Tu ich das?« Er gluckste in sich hinein. »Ich habe dich ja gewarnt, dass der Zeitpunkt ungünstig ist.«

Sie zuckte die Achseln. »Ich komme doch immer ungelegen. Meiner Erfahrung nach passt es dir nie, und je älter du wirst, desto schlimmer ist es. Ehrlich gesagt …«

Sie verstummte. Es war noch zu früh für diese Taktik. Erst musste sie ihn ein bisschen milde stimmen. Vielleicht nach ein, zwei Gläsern Wein, wenn sie ein wenig geplaudert hatten …

»Ehrlich gesagt, was?«, fragte er, hellhörig geworden. »Was führt dich mitten im Februar nach Cornwall, Zoë? Ich würde meinen, die Malediven entsprechen eher deinem Geschmack.«

»Wie Recht du hast, Darling. Das Problem ist nur, dass mich niemand mitgenommen hat. Es gab keine Alternative zu Cornwall.« Sie fröstelte erneut. »Ich hatte ganz vergessen, wie kalt es hier ist. Kein Wunder, dass du den ganzen Winter über den Kamin heizt.«

»Einen Moment.« Er lief die Treppe hinauf und kam mit einem scharlachroten Paschmina-Schal herunter. »Den hat Emma hier deponiert, aus demselben Grund. Sie hat bestimmt nichts dagegen, wenn du ihn dir ausleihst.«

Zoë zog zweifelnd die Brauen hoch. Vermutlich würde es Emma sehr wohl etwas ausmachen. Sie schlang sich den Schal wortlos um die Schultern, setzte sich in den Schaukelstuhl am Kamin und sah zu, wie Bruno noch ein paar Scheite ins Feuer legte und mit dem Blasebalg hell lodernde Flammen erzeugte.

»Merlin«, sagte sie unvermutet. »Weißt du noch, wie ich dich nannte, als ich die Trilogie von Mary Stewart gelesen hatte? Der Beschwörer des Feuers. Feuer machen, das konntest du schon immer. Zwei Reisigzweige, eine Handvoll Glutasche, und Minuten später knistern die Flammen.«

Er zuckte die Schultern. »Es ist wichtig, dass man es warm hat.«

»Da hast du Recht, Darling.« Sie sprach emphatisch, aber dann dachte sie an ihren Plan und wechselte das Thema. »Das mit Mutt tut mir leid. Du weißt, dass ich sie gemocht habe.«

»Das hast du bereits gesagt.« Bruno stellte den Blasebalg auf die Kamineinfassung und setzte sich aufs Sofa. »Sie hat dich auch gemocht.«

Sie hob eine Braue. »Sprich nicht so, Darling. Es gibt durchaus Leute, die mich mögen. Komisch, nicht? Mutt hat niemanden verurteilt. Ich glaube, das war es, was mir an ihr gefallen hat. Sie hat mir nie das Gefühl gegeben, dass ich jung und unreif bin.«

Bruno lachte laut auf. »Du? Unreif? Jetzt hör aber auf.«

Sie stimmte in sein Lachen ein. »Ich bin alt geboren«, sagte sie, »aber es hat mir nicht viel genützt, nicht wahr?«

Sie beobachtete ihn, schlang sich den Paschmina-Schal fester um die schmalen Schultern und hielt seinem forschenden Blick stand. Seltsam, dass sie nicht wie sonst das Bedürfnis verspürte, den Rücken zu strecken und das Kinn zu heben, um jünger zu wirken. Vielleicht lag das daran, dass sie ihn so gut kannte. Sie wusste, dass Bruno, genau wie Mutt, seine Mitmenschen nicht verurteilte. Aus diesem Grund war sie heute hier.

»Du hast Karriere gemacht. Meine Güte, du warst ein internationaler Star«, erwiderte er vorsichtig. »Aber leider war der Ruhm recht kurzlebig. Zwangsläufig.«

Sie winkte ab. »Das haben wir alles schon durchgekaut. Schnee von gestern. Wie lebt sich's so in St Meriadoc?«

»Wie immer.« Er stand auf. »Möchtest du was trinken?« Es war eine rhetorische Frage. »Aus naheliegenden Gründen ist es heute natürlich *nicht* wie immer. Emma ist hier, und Gevatter Fox ist heute Morgen auch eingetroffen.«

»Sie sind oben im Haus?« Ihr fiel ein Stein vom Herzen, als er nickte. »Gevatter Fox wird sich die Hände reiben.« Sie nahm ihr Glas und grinste ihn an. »Du musst dich vor ihm in Acht nehmen, nicht wahr?«

»Warum?« Bruno setzte sich wieder und fluchte leise, als ein scharfes Bellen ertönte. »Warte kurz. Nellie ist zurück von ihrem nachmittäglichen Spaziergang zum ›Paradies‹-Garten.«

Er ging nach draußen, und Zoë hörte, wie sich die Hintertür öffnete. Nellie stürmte herein, erfreut, einen Gast begrüßen zu können. Zoë brachte ihr Glas in Sicherheit und tätschelte den Hund.

»Vorsicht«, sagte Bruno. »Sie hat nasse Pfoten. Hierher, Nellie. *Hierher*, du verdammter Köter! Auf deinen Teppich.«

Mit einem eleganten Sprung landete Nellie auf dem Sofa in der Ecke, wo ihr Teppich lag, rollte sich zusammen und streckte eine Pfote nach Brunos Knie aus.

»So ein liebes, fröhliches Tier«, sagte Zoë und musterte Nellie. »Ich hätte auch gern einen Hund, aber die Wohnung ist zu klein. Manchmal sehne ich mich so nach einem Hündchen. Das wäre schön!«

»Ein Hund wäre nichts für dich«, gab Bruno zurück. »Die tägliche Gleichförmigkeit würde dich verrückt machen. Es wäre so ähnlich wie mit einem Kind …«

Er verstummte und griff nach seinem Glas.

Verflixt, dachte Zoë. Verflixt noch mal. Das läuft genau in die falsche Richtung.

»Da hast du natürlich Recht«, sagte sie laut, entschlossen, ihm zu trotzen. »Mein unglücklicher Charakter spielt mir immer einen Streich, wenn's drauf ankommt. Und wie kommt Emma mit der Situation zurecht? Die Ärmste ist bestimmt am Boden zerstört. Aber ich wette, Gevatter Fox hat schon einen Gutachter bestellt.«

Bruno musste unwillkürlich grinsen. »Ich habe ihn noch nicht gesehen«, erwiderte er, »aber du könntest schon Recht haben.«

Nun trat Schweigen ein. Zoë bemerkte Brunos plötzliche Geistesabwesenheit, diesen nach innen gerichteten Blick, und nippte nachdenklich an ihrem Wein.

»Vermutlich ist der Zeitpunkt gekommen, den Besitz aufzuteilen«, sagte sie beiläufig. »Aber damit hast du ja gerechnet, nicht? Du und Emma, ihr seid euch ja einig. Ich höre sie schon sagen: ›Du bekommst das »Krähennest« und ich das »Paradies«.‹ Die Sache ist nur ...«, Zoë rutschte auf ihrem Stuhl hin und her, »... dass ihr nie über den Rest geredet habt.«

Ihrem gewieften Blick entging nicht die kleine Sorgenfalte zwischen seinen Augen, obwohl er fortfuhr, Nellie zu streicheln. Die Hündin lag jetzt halb auf dem Rücken, der Kopf hing entspannt vom Sofa herab.

Zoë gluckste. »Dieser Hund«, bemerkte sie voller Zuneigung. »Ein verrücktes Tier. Also, was ist mit dem Rest, Bruno?« Sie beschloss, ein bisschen zu bohren; er würde ihr schon sagen, wenn es ihm zu viel wurde. »Was hat Mutt in ihrem Testament verfügt?«

Er musterte sie prüfend, als überlege er, wie viel er ihr sagen sollte.

»Ich kenne das Testament nicht«, sagte er gedehnt, »aber ich hoffe, sie hat die alte Bootswerft nicht Emma vermacht. Das könnte heikel werden.«

»Heikel?« Sie starrte ihn ungläubig an. »Heikel« war wirklich eine Untertreibung. »Ihr muss doch längst klar sein, dass Gevatter Fox einen Ferienkomplex hochziehen würde, noch bevor Rafe und Mousie die Trauerbinde abgelegt hätten. Was willst du dagegen tun?«

Bruno zuckte die Achseln. »Was könnte ich schon machen? Natürlich wird Erbschaftssteuer fällig.«

»Und woher willst du die nehmen?«

»Aus dem Besitz.« Er rieb sich nachdenklich das Kinn. »Irgendetwas werden wir wohl verkaufen müssen.«

»Aber was?« Sie lehnte sich in ihrem Stuhl zurück und schlang den Paschmina-Schal um ihre Knie. »Wenn Mutt Emma die alte Bootswerft vermacht hat, hätte Gevatter Fox die Handhabe, die er braucht. Er wollte dort schon immer bauen, und die Notwendigkeit, Geld für die Erbschaftssteuer zu beschaffen, wäre der ideale Vorwand.«

»Gut möglich. Trotzdem ist es nicht ganz so einfach. Er bräuchte eine Baugenehmigung. Vielleicht werden wir das ›Paradies‹ verkaufen müssen. Wie auch immer.« Offenbar hatte er beschlossen, wieder auf Abstand zu gehen. »Und wie geht es dir? Und Jilly? Wollen wir nicht eine Kleinigkeit essen? Nichts Besonderes, aber du hast mir ja keine Zeit gelassen. Ich würde dir ja noch ein Glas Wein anbieten, aber da du fahren musst, wäre das nicht sehr vernünftig.«

»Ja, da hast du Recht.« Sie rutschte auf ihrem Stuhl hin und her und machte ein ratloses Gesicht. »Ich hab ein Problem, Darling.«

Er verzog amüsiert das Gesicht. »Also alles wie gehabt. Was ist es diesmal?«

»Ich habe gehofft, ich könnte ein paar Tage hierbleiben.« Seine Überraschung war so offensichtlich, dass Zoë Bestürzung heuchelte. »Sieh mich nicht so an, Darling. Die Sache ist die, dass Jilly mich nur mitgenommen hat, damit der gute alte Tim den Braten nicht riecht. Sie hat nämlich auch Greg Allen eingeladen, wie ich jetzt erfahren habe. Und drei sind definitiv zu viel. Deshalb habe ich gehofft, du könntest mich für ein paar Nächte beherbergen.«

Er stand auf und schob die Hände so energisch in die Hosentaschen, dass sie Angst bekam.

»Ich habe dir schon am Telefon gesagt, Zoë, dass es ein sehr ungünstiger Zeitpunkt ist.«

»Ich weiß, Darling«, beeilte sie sich zu versichern. »Das verstehe ich ja. Aber ich werde dich nicht stören, wirklich nicht. Schließlich wohnt Emma oben. Bitte, Bruno. Ich würde dich nicht darum bitten, wenn es nicht wichtig wäre. Ich mache dir keine Umstände.«

»Tu mir bitte einen Gefallen«, gab er ärgerlich zurück. »Ich bin nicht von gestern. Was steckt wirklich dahinter?«

Sie zögerte und überlegte, wie weit sie mit der Sprache herausrücken sollte.

»Ich habe kein Geld«, sagte sie rasch. »Die Scheißkerle haben mir den Strom abgeschaltet, und in der Wohnung ist es eiskalt. Als Jilly sagte, sie will hierher, habe ich angeboten, sie zu fahren, wenn sie die Hälfte des Benzins bezahlt. Ich dachte, ich frage dich einfach, ob du mir aus der Patsche helfen kannst.«

»Ich fühle mich geschmeichelt«, erwiderte er trocken. »Sonst machst du dir doch auch nicht die Mühe, den ganzen Weg hierherzukommen, wenn du Geld brauchst. Warum diesmal?«

Sie wandte den Blick ab. Eigentlich hätte sie sich ja denken können, dass er sie durchschauen würde.

»Ich stecke in der Klemme.« Sie griff nach der unvermeidlichen Zigarette, spürte seinen sarkastischen Blick und zuckte verschämt die Achseln. »Ich versuche ja aufzuhören, ehrlich.« Sie nahm einen Zug und blies sichtlich entspannt den Rauch aus. Dann setzte sie sich bequem hin und schlug die Beine übereinander. »Die Sache ist die …« Sie machte einen neuen Anlauf. »Ich habe zur Zeit eine Pechsträhne. Ich dachte, ich hätte Arbeit, einen richtig guten Auftrag von Sligo, aber dann wurde nichts daraus. Ich hatte mich darauf verlassen, habe die Kreditkarten überzogen und so weiter und war mit der Miete im Rückstand. Tja.« Sie zuckte wieder die Achseln. »Es ist nicht das erste Mal, nicht wahr? Aber dann hatte ich Glück. Ich habe Sally Vine bei Peter Jones getroffen, und sie hat mir von ihrer Mutter erzählt. Du erinnerst dich doch an die Malerin Evelyn Bose? Sie ist inzwischen ganz schön gaga, und die arme Sally ist mit ihrem Latein am Ende. Ihr Plan ist, Evelyns Souterrain jemandem zu überlassen, der sich um sie kümmert, ab und zu nach ihr sieht, für sie einkaufen geht und so weiter. Sie hat zwar jemanden, der putzt und kocht, aber Evelyn fühlt sich einsam, und Sally hat einfach zu wenig Zeit. Also dachte ich: Wie wär's, wenn ich das übernehme? Und sie war einverstanden. Ich bin mit Evie immer gut zurechtgekommen, und sie mag mich auch. Deshalb haben wir eine Abmachung getroffen. Ich zahle eine geringfügige Miete, dafür leiste ich ihr ein wenig Gesellschaft.« Sie zog an ihrer Zigarette und blies den Rauch in die Luft. »Auf diese Weise bekomme ich eine tolle Wohnung für eine lächerliche Miete. Ich muss bloß der alten Evie zuhören, wenn sie von ihren Liebhabern schwadroniert. Das macht mir nichts aus.«

»Und wo liegt dann das Problem?«

»Die Sache ist die, dass ich aus meiner Wohnung ausziehen musste, aber erst Anfang nächster Woche bei Evie einziehen kann.« Sie verzog das Gesicht, ohne Bruno anzuschauen. »Wenn du's genau wissen willst: Ich hab mir bei allen meinen Freunden schon Geld gepumpt und kann die Demütigung nicht ertragen, ihre Stimme zu hören, wenn ich anrufe. Jilly hat versprochen, das Benzin zu bezahlen, wenn ich sie runterfahre, aber am Samstag kommt Tim, und dann fahren sie zusammen zurück. Ehrlich gesagt, Darling, weiß ich nicht, an wen ich mich sonst wenden soll.«

32

Mousie lehnte sich an das Tor, ein paar verschrumpelte Äpfel und Mutts Testament in der schäbigen Ledertasche über der Schulter. Sie hatte Emmas Einladung zum Mittagessen abgelehnt und war nach einer Tasse Kaffee so schnell wie möglich aufgebrochen. Jetzt blieb sie stehen, um zu verschnaufen. Erst heute Morgen nach dem Frühstück war ihr eingefallen, wo das Testament sein könnte: dort, wo Mutt ihre persönlichen Dokumente, Briefe und Karten aufbewahrte. Merkwürdigerweise war das nicht der Schreibtisch im Handarbeitszimmer, sondern eine Schublade in ihrer Frisierkommode. In den ersten Tagen nach ihrem Sturz hatte sie Mousie gelegentlich gebeten, ihr etwas aus dieser Schublade zu holen – einen Brief von Emma zum Beispiel –, und seither wusste Mousie, dass Mutt ihre private Korrespondenz dort aufbewahrte.

Als ihr das wieder eingefallen war, beschloss sie, ins »Paradies« zu gehen und nachzusehen. Als sie Raymonds Wagen in der Auffahrt sah, wurde ihr klar, dass sie strategisch vorgehen musste. Sie würde sagen, sie habe ein Buch vergessen. Da sie viel Zeit bei Mutt verbracht hatte, war dies ein plausibler Vorwand, ihr Schlafzimmer aufzusuchen.

Als sie nun am Tor stand, das Testament wohlverwahrt in der Tasche, grinste sie still in sich hinein. Joss hatte im Flur

Wache gestanden, während sie schnell die Treppe hinaufgelaufen war und es fast auf Anhieb gefunden hatte.

Die Esel trotteten auf sie zu. Sie hielt ihnen die Äpfel hin und stellte ihnen einen Spaziergang in Aussicht.

»Später«, sagte sie. »Wenn Joss kommt.«

Während sie ihnen die langen Ohren kraulte, fragte sie sich, wie Joss mit der Wahrheit über ihre Identität zurechtkommen würde. Joss' Sorge galt mehr ihrer Mutter als sich selbst – Mousie hielt das für ein gutes Zeichen. Joss' Selbstgefühl war also offenbar stark genug, die Wahrheit zu verkraften. Gewiss, es würde Momente geben, in denen ihr inneres Gleichgewicht ins Wanken geriet. Aber diese Momente würden immer seltener werden. Und schließlich hatte Joss ja die Familie und ihre Arbeit, die ihr darüber hinweghelfen würden. Wie gerade eben, als Joss und Mousie sich unterwegs begegnet waren.

»Ich war gerade bei Bruno«, hatte Joss gesagt. »Kommst du mit ins ›Paradies‹?« Und dann, urplötzlich, war sie rot geworden, als sei ihr soeben erst wieder eingefallen, wer sie war und dass Mousie das Geheimnis kannte, was noch viel schlimmer war. Instinktiv legte ihr Mousie den Arm um die Schulter und drückte sie an sich. Doch Joss stand stocksteif da, unfähig, die Umarmung zu erwidern. Mousie ließ sie los und trat einen Schritt zurück.

»Ich kann dir gar nicht sagen«, begann sie, »wie erleichtert ich war, als ich die Briefe gelesen habe. Aber ich muss mich dafür entschuldigen. Natürlich hatte ich kein Recht dazu. Es war reine Neugier. Ich hoffe, du kannst mir verzeihen.«

Joss errötete noch mehr.

»Ich hatte auch kein Recht dazu«, erwiderte sie bedrückt. »Mutt hatte mich gebeten, ihr die Briefe zu holen, nicht, sie zu lesen.«

»Was für eine Verantwortung!« Mousie schüttelte mitfühlend den Kopf. »Ich hatte nicht mal diese Entschuldigung. Ich habe ihre Handschrift erkannt, verstehst du? Und dann die Unterschrift: Madeleine.«

»Genau«, rief Joss. »Bei mir war es genauso. Ich konnte einfach nicht anders …«

Während sie untergehakt weitergingen und Joss erklärte, warum sie die Briefe gelesen hatte, überkam Mousie plötzlich eine dumpfe Ahnung: Wenn Joss die Wahrheit für sich behielt, würde sie sich ihr ganzes Leben lang immer nur rechtfertigen – aus dem Gefühl heraus, dass sie im Grunde genommen gar kein Recht hatte, hier in St Meriadoc zu leben.

»Aber ist es nicht besser, die Wahrheit zu kennen?«, fragte Mousie, als Joss innehielt. Sie spürte, wie Joss erstarrte, doch sie fuhr ruhig fort: »Ich zum Beispiel bin froh darüber. Es war für mich eine Belastung, seitdem Mutt aus Indien zurück war.«

»Wie meinst du das?«, fragte Joss leise, fast furchtsam.

»Ich wusste, dass irgendetwas nicht stimmte …«

Leise und unaufgeregt wiederholte sie, was sie Bruno am Abend zuvor bereits dargelegt hatte. Sie erzählte von ihren Ahnungen und ihrem Bedauern darüber, dass Mutt ihr nicht vollstes Vertrauen geschenkt hatte. Am Tor blieben sie eine Weile stehen und beobachteten die Esel, während sie weiterredeten.

»Ich hatte solche Schuldgefühle«, fuhr Mousie fort. »Aber ich habe es auf die Eifersucht geschoben, die mich als Kind gequält hatte, und schämte mich, dass ich immer noch so töricht und schwach war. Als ich dann die Briefe gelesen hatte, überkam mich eine solche Wut, weil ich erkannte, dass mein Argwohn berechtigt gewesen war und dass mich deine Großmutter getäuscht hatte.«

Joss sah ihr offen in die Augen.

»Und jetzt?«, fragte sie.

Mousie gluckste. »Ach, mein Kind, jetzt komme ich mir vor wie eine Närrin, weil ich zugelassen habe, dass diese Geschichte unsere Beziehung prägt. Noch während ich die Briefe las, empfand ich ein tiefes Mitgefühl für deine Großmutter. Sie war tapfer, gewitzt und mitfühlend. Du hast allen Grund, stolz auf sie zu sein. Von wem stammt der Satz: ›Wenn wir über jemanden ein Urteil fällen, begehen wir den größten Verrat an ihm‹? Ich wünschte mir, mein Misstrauen und ihre Angst hätten nicht zwischen uns gestanden und unsere Freundschaft beeinträchtigt. Bruno sagt mit Recht, Mutt und Emma haben ihm das Leben gerettet. Mutt hat sich in den vergangenen fünfzig Jahren um uns alle gekümmert. Sie hat nichts für sich in Anspruch genommen, was jemand anderem gehörte.«

»Und jetzt?«, fragte Joss noch einmal.

»Ach.« Mousie wirkte nachdenklich. »Jetzt liegen die Dinge anders.«

»Bruno sagt, dass du meinst, Mum sollte die Wahrheit erfahren.«

»Ja. Lügen werfen lange Schatten. Ich glaube, das wirst du selbst auch bald erfahren.«

Joss ließ den Blick über die Wiese schweifen. »Ich glaube nicht, dass Mum das verkraften wird.«

»Du unterschätzt sie«, erwiderte Mousie mit Nachdruck. »Lass sie die Briefe lesen. Sie soll sich selbst ein Urteil bilden.«

»Sie wird das Gefühl haben, dass wir hier nichts zu suchen haben.« Joss konnte das Zittern ihres Mundes nicht unterdrücken. Sie presste die Lippen fest aufeinander. »Ich möchte ihr das gern ersparen. Aber auf der anderen Seite wäre es nicht richtig, dass sie oder ich irgendetwas erben.«

»Ihr gehört sehr wohl hierher«, erwiderte Mousie. »Wir alle lieben euch. Daran wird sich nichts ändern. Mach dir nur mal klar, was du und deine Mutter für Bruno bedeuten. Du und Emma, ihr seid seine Familie, Joss. In nicht geringerem Maße als ich oder Rafe und seine Kinder.«

»Aber mein Vater nicht.«

Mousie seufzte. »Raymond hat sich nie sonderlich darum bemüht, zur Familie zu gehören«, sagte sie ohne Umschweife. »Er will auch gar nicht dazugehören. Ich denke, man sollte nicht zulassen, dass er jetzt allen seinen Willen aufdrängt. Und gerade deshalb glaube ich, dass die Wahrheit auf den Tisch muss. Hast du eine Ahnung von Erbschaftssteuer?«

Als Joss sie verwirrt ansah, erklärte sie ihr, dass Bruno womöglich ein zweites Mal Erbschaftssteuer bezahlen müsse. Das Mädchen erschrak.

»Ich glaube, ich weiß, wo das Testament ist«, sagte Mousie, »aber es wäre gut, wenn Bruno es bei sich aufbewahren würde, bis er möchte, dass es verlesen wird. Würdest du mir helfen, wenn ich in Mutts Schlafzimmer gehe und es suche?«

Dazu war Joss nur allzu gern bereit.

»Glaubst du, dass ›Goblin Market‹ auch dort ist?«, fragte sie eifrig, aber Mousie schüttelte bedauernd den Kopf. Für ein Buch war die Schublade zu flach.

Wie zwei Verschwörer schlichen sie sich ins »Paradies«. Als Mousie auf der Treppe erschien und den braunen Umschlag mit dem Testament schwenkte, reckte Joss in stummem Triumph den Arm in die Luft. Während Mousie Kaffee trank und sich mit Emma und Raymond unterhielt, war es ihr, als würde das Testament ein Loch in die abgewetzte Ledertasche brennen. Und dann, endlich draußen und in Sicherheit, zitterten ihr vor Erleichterung die Knie.

Noch immer an das Tor gelehnt, überließ sie sich den Gedanken an Mutt und der Trauer um sie. In ihrem Beruf war der Tod etwas Gewohntes, und sie war froh, wenn ein Mensch friedlich und ohne Schmerzen starb. Trotzdem wurde ihr jetzt bewusst, was sie verloren hatte. Sie würde Mutt vermissen. Mutt war ein Bindeglied zu ihrer eigenen Jugend: zu Jessie Poltrue und der alten Dot und natürlich zu Onkel James und ihrer eigenen Mutter, Julia. Wie seltsam und bewegend es war, in Mutts Briefen über all diese Menschen zu lesen. Sie mit den Augen dieser fremden Frau zu sehen, die zu ihnen gekommen war. Eine tiefe Trauer erfüllte sie.

Oft, wenn sie am späten Nachmittag aus der Chirurgie nach Hause gekommen war, hatte sie Mutt im »Paradies« besucht und eine Tasse Tee mit ihr getrunken. Wenn es das Wetter erlaubte, arbeitete Mutt im Garten, und an den dunklen Wintertagen saß sie in ihrem Handarbeitszimmer und stickte an einem Gobelin. Wenn sie jemals Einsamkeit oder Langeweile verspürt hatte, zeigte sie es nie.

»Wie schön«, meinte sie, während sie ihre Stickerei beiseitelegte oder sich die Hände in der Spüle wusch. »Du kommst gerade zur richtigen Zeit. Eben wollte ich Wasser aufsetzen. Was gibt's Neues?«

Dann unterhielten sie sich über die Krankheiten der Leute aus der Nachbarschaft – Mousies makabrer Humor brachte sie stets zum Lachen – und über die neuesten Behandlungsmethoden. Mutt machte stets kluge Bemerkungen, und die Arbeit war für sie immer ein wichtiges Thema. Plötzlich wurde Mousie bewusst, wie sehr ihr dieser Austausch fehlen würde, dieses vergnügliche Beisammensein bei einer Tasse Tee – zwei Frauen, die die Kläglichkeit und die Größe des menschlichen Geistes kennengelernt hatten.

»Hubert wäre stolz auf dich gewesen«, war Mutt einmal

herausgerutscht. Und plötzlich legte sich ein Schatten über die beiden Frauen, der sie verstummen ließ.

Doch wie hätte Mutt ihr damals die Wahrheit sagen können? Mousie betrachtete sich jetzt selbst mit Mutts Augen: Damals war sie jung gewesen, altklug und kritisch. Und jetzt fiel ihr wieder die Situation an Weihnachten ein, als sie Mutt ihre Freundschaft angeboten hatte und abgewiesen worden war. Diese demütigenden Erfahrungen einerseits und das Mitgefühl andererseits hatten ihre Beziehung zu dieser Frau geprägt. Jetzt erkannte Mousie, dass die Weigerung, Honors albernen Spitznamen zu benutzen, ihr ermöglicht hatte, ihren Stolz zu wahren.

Stumm erwies sie Mutt die Ehre, voller Dankbarkeit für alles, was sie für Bruno und für sie alle hier im Tal getan hatte. Sie tätschelte die Esel ein letztes Mal, bevor sie den Weg zum »Krähennest« einschlug. Je eher Bruno das Testament in Verwahrung nahm, desto besser. Sie stieg den steilen Weg hinauf, betrat das Haus durch die Küche und rief seinen Namen, bevor sie das Stimmengemurmel hörte.

Bruno kam ihr entgegen, und seine breiten Schultern verstellten den Blick auf das große, lichtdurchflutete Zimmer. Seine Augen blickten sie warnend an, aber seine Stimme klang liebevoll wie immer.

»Hallo, Mousie«, sagte er. »Sieh mal, wer da ist.« Er trat zur Seite, und jetzt sah sie Zoë am Kamin sitzen. »Du kommst genau richtig für ein Gläschen Wein.«

33

Emma schloss hinter Mousie die Haustür und blieb einen Augenblick stehen, um ihre Gedanken zu ordnen. Immer noch mitgenommen vom Schock über die drohende Erbschaftssteuer, dachte sie voller Bangen an die Veränderungen, die sich demnächst hier in St Meriadoc vollziehen würden. Was war das »Paradies« ohne Mutt? Ihr Herz wurde schwer, und sie schluchzte leise auf. Als Joss aus der Küche kam, legte sie hastig die Hand auf den Mund. Sie wollte ihre Tochter durch ihre Traurigkeit nicht noch mehr belasten. Joss vermisste Mutt genauso schmerzlich, doch sie war sehr tapfer.

»Ich muss für morgen noch was vorbereiten«, sagte Joss. »Das Essen ist gleich fertig, aber ich würde es gern vorher noch erledigen. Geht das?«

Irgendetwas ist mit ihr los, dachte Emma. Als würde sie etwas geheim halten … und diese unterdrückte Erregung. Aber sie wischte den Gedanken sofort beiseite. Das arme Kind hatte so viel zu verkraften, und Raymond war nicht gerade hilfreich mit seinem ständigen Gerede über die Aufteilung des Anwesens. Wenn er nur gelernt hätte, mit seiner Tochter etwas taktvoller umzugehen! Als Emma einmal vor vielen Jahren versucht hatte, Ray in Schutz zu nehmen – er sage eben unverblümt seine Meinung –, hatte Bruno geantwortet: »Ja, aber wie kommt er darauf, dass irgendjemand seine Meinung hören will?«

Joss war am Fuß der Treppe stehen geblieben und sah ihre Mutter fragend an.

»Aber natürlich«, antwortete Emma. »Die Arbeit hat Vorrang, auch in Zeiten wie diesen. Ich rufe dich, wenn das Essen fertig ist.«

Einer plötzlichen Regung folgend, trat Joss auf ihre Mutter zu und umarmte sie.

»Alles wird gut, Mum«, sagte sie ernst, und es klang fast wie ein Versprechen. Emma lächelte sie an, dankbar für diese unerwartete Geste und voller Zuneigung für ihre hübsche, kluge Tochter, die ihrer lieben Mutter so ähnlich war.

»Aber natürlich«, gab sie tapfer zurück.

Sie sah Joss nach, die, zwei Stufen auf einmal nehmend, die Treppe hinaufsprang, und ging mit einem tiefen Seufzer in die Küche. Raymond stand an der Anrichte und schichtete Zeitungen aufeinander, das Gesicht in ärgerliche Falten gelegt.

»Das verdammte Ding ist weg«, sagte er. »Einfach spurlos verschwunden. Ob George es doch mitgenommen hat?«

Sie schüttelte verdutzt den Kopf, aber ihr Herz begann ängstlich zu klopfen. »Du meinst das Päckchen? Nein, George hat es bestimmt nicht genommen.«

»Er hat Verdacht geschöpft.«

Emma sah, wie Raymond die Szene mit George im Geist Revue passieren ließ, die dicken, blassen Lippen fest zusammengepresst, die Augen zusammengekniffen.

»Das würde mich nicht wundern.« Sie fand, dass ein leichter Tadel angebracht war. »Schließlich hast du dich reichlich merkwürdig verhalten.«

»Merkwürdig?« Er sah ihr in die Augen. »Glaubst du, er hat erraten, was drin war?«

Emma zuckte die Achseln, nahm Messer und Gabeln aus der Schublade und schickte sich an, den Tisch zu decken.

Raymond machte ein betretenes Gesicht.

»Als Mousie und Joss hereinkamen, hielt ich es für das Beste, es außer Sichtweite zu bringen. Ich habe mich umgedreht und es auf die Anrichte gelegt. Hierher. Und jetzt ist es weg.«

»Vielleicht hat Mousie es entdeckt und zu Bruno mitgenommen.« Sie hob die Augenbrauen, als sie merkte, wie zornig er war. »Warum auch nicht? Es war doch ganz klar an ihn adressiert. Und überhaupt, was hattest du eigentlich damit vor? Du hättest es doch wohl nicht aufgemacht?«

Es folgte ein langes Schweigen. Sie starrte ihn ungläubig an, bis er rot wurde.

»Ich habe dir schon gesagt, wie heikel die Situation ist«, sagte er, wie um sich zu rechtfertigen. »Ich wollte mich nur vergewissern, dass Mutts Letzter Wille nicht etwa in das Päckchen geraten ist. Vergiss nicht, du hast dasselbe Recht wie Bruno, Mutts Testament zu sehen. Ein kurzer Blick darauf hätte uns vorwarnen können. Damit hätten wir niemandem geschadet.« Er spürte ihren Unwillen. »Je schneller wir entscheiden, wie wir die Steuer zahlen, desto besser. Zumal dir gewiss der Gedanke nicht behagt, das ›Paradies‹ zu verkaufen.«

Emma unterdrückte die aufsteigende Angst und hob trotzig das Kinn.

»Ich habe darüber nachgedacht, und ich kapiere nach wie vor nicht, wieso es uns einen Vorteil bringt, wenn wir das Testament kennen. Es ist entsetzlich, solche Überlegungen anzustellen, wo doch die Trauer um Mutt im Vordergrund stehen sollte.«

Noch bevor Raymond antworten konnte, kam Joss herein, und Emma wappnete sich – wie immer, wenn sie mit

Mann und Tochter in einem Raum war. Instinktiv setzte sie ein Lächeln auf und schlug einen heiteren Ton an, als könne sie so die Reserviertheit zwischen den beiden dämpfen.

»Es ist angerichtet«, rief sie fröhlich. Das war schon wieder ein Ablenkungsmanöver. Aber Raymond hatte sich bereits Joss zugewandt und stellte ihr die verhängnisvolle Frage.

»Hast du hier ein Päckchen gesehen? Es lag auf der Anrichte.«

»Ein Päckchen?« Joss schüttelte verständnislos den Kopf. »Nein. Wolltest du es zur Post bringen?«

»Nein.« Raymond setzte sich wieder an den Tisch. »Deine Mutter hat es zufällig gefunden, als sie etwas gesucht hat. Offenbar enthält es das Testament deiner Großmutter. Es war an Bruno adressiert.«

Emma stellte die Fischpastete auf den Tisch und fing an, sie aufzuteilen.

»An Bruno?«

Joss' Stimme klang schneidend, und Emma unterdrückte einen Seufzer. Der Streit war vorprogrammiert.

»Vielleicht hat Mousie es mitgenommen und ihm gebracht«, sagte sie schnell. »Zerbrecht euch nicht darüber den Kopf. Reicht dir das, Joss?«

»Es war … oh«, Raymond hielt die Hände in einigem Abstand in der Luft, »… ungefähr so groß. Du hast es nicht gesehen, oder? Wir müssen wissen, was darin ist.«

Joss schüttelte den Kopf. Sie wirkte verstört, und Emma kochte innerlich vor stummer Empörung. Joss tat ihr leid. Zweifellos hatte sie längst erraten, dass ihr Vater nur darauf aus war, es zu öffnen.

»Aber wo hast du es gefunden?« Das Mittagessen schien Joss nicht weiter zu interessieren. »Wonach hast du gesucht?«

»Deine Mutter hat Mutts Testament gesucht«, erwiderte Raymond ohne Zögern. »Wir müssen es finden, verstehst du? Dieses Päckchen ist ihr in die Hände gefallen, und wir haben uns gefragt, ob es das Testament enthält.« Er hatte sich inzwischen mit gesundem Appetit über seine Pastete hergemacht. Essen ging ihm über alles. »Und jetzt ist es verschwunden.«

»Aber *wo* war es?«, fragte Joss noch einmal.

»In Mutts Schreibtisch«, erwiderte Emma. »In einer Schublade unter Brunos alten Schulzeugnissen.«

Joss starrte sie entgeistert an. Emma fand, dass sie durchaus das Recht hatte, Mutts Sachen durchzusehen. Trotzdem überkam sie jetzt ein schlechtes Gewissen.

»Wir müssen das Testament finden«, sagte sie leise. »Und Bruno muss sein Päckchen kriegen, ganz gleich was es enthält.«

»Aber wo ist es?«

Joss wirkte jetzt ebenso besorgt über den Verbleib des Päckchens wie Raymond. Emma holte tief Luft, um ihren Ärger im Zaum zu halten.

»Wie wär's, wenn wir erst mal essen?«, schlug sie vor. »Danach können wir gemeinsam suchen. Vielleicht hat Mousie es mitgenommen, weil sie dachte, sie tut uns einen Gefallen damit.«

»Ja, das ist möglich.«

Joss schien sich ein wenig zu entspannen, und auch Emma atmete erleichtert auf. Sie versuchte, das Gespräch auf ein unverfängliches Thema zu lenken.

»Es war wirklich nett von George«, begann sie, »dass er uns heute Morgen geholfen hat. Aber es muss ein ungeheurer Schock für ihn gewesen sein, dass Penny mit Tasha einfach abgehauen ist. Ich hatte ja schon immer Vorbehalte gegenüber Penny.«

Erleichtert bemerkte Emma, dass Ray nicht das mindeste Interesse an Georges Problem zeigte, sondern seinen eigenen Gedanken nachhing. Bestimmt teilte er im Geist die ganze Bucht nach seinen Vorstellungen auf. Joss konzentrierte sich ganz auf ihre Fischpastete.

»Ich hatte immer das Gefühl«, fuhr Emma fort, »dass sie etwas zu verbergen hat. Man kam nicht richtig an sie heran. Sicher, sie hatte Heimweh nach ihrer Familie und ihrem Land. Aber ich habe das Gefühl, dass mehr dahintersteckt.«

Emma hielt bei gemeinsamen Mahlzeiten häufig solche Monologe, um Streit zu verhindern. Doch sie war überrascht, dass Joss überhaupt nicht reagierte. Von Ray war sie es gewohnt, dass er in seine eigene Welt eintauchte, aber Joss hatte sich stets tapfer bemüht, das Gespräch in Gang zu halten.

Emma häufte noch etwas Fischpastete auf Raymonds Teller und sah Joss einladend an, die mit einem leisen Lächeln den Kopf schüttelte.

»Wenn ihr mich fragt, werden wir bald hören, dass sie in Neuseeland jemanden hat. Das würde mich nicht überraschen«, prophezeite Emma und schob sich den letzten Bissen in den Mund.

Joss rutschte auf ihrem Stuhl hin und her, als wolle sie etwas sagen, warf ihrem Vater einen besorgten Blick zu und nahm sich dann doch noch einen Nachschlag. Ihre Mutter runzelte die Stirn. Ganz offensichtlich hatte Joss keine Lust, in Gegenwart ihres Vaters über George und Penny zu sprechen. Emmas Neugier war geweckt. George und Joss waren schon immer ein Herz und eine Seele gewesen, sie hatten einander wirklich gern … Emma ließ die Gabel sinken und betrachtete ihre Tochter, die den Kopf gesenkt hielt und so hastig aß, als wolle sie möglichst bald fertig werden. Emma bemerkte, dass sich Joss' Wangen röteten, und da ging ihr ein Licht auf.

»Köstlich, meine Liebe.« Ray hatte seine zweite Portion vertilgt. »Ist noch etwas da? Was sagtest du über George?«

Emma legte ihm das letzte Stückchen Pastete auf den Teller und erhob sich.

»Ich sagte, dass er ein lieber, guter Kerl ist und dass er und Joss heute Nachmittag mit den Eseln eine kleine Wanderung machen.« Sie nickte ihrer Tochter zu, die sie überrascht ansah. »Du hast doch eine Uhrzeit mit ihm ausgemacht, oder? Es ist fast zwei, und ich nehme nicht an, dass du noch Nachtisch willst. Ich habe nur einen Obstsalat gemacht, Ray, aber wenn du möchtest, gibt es auch Käse.«

Joss stand auf und blieb einen Augenblick unentschlossen neben dem Stuhl stehen. Emma zog eine strenge Miene, die keinen Widerspruch duldete. Damit hatte sie ihre Tochter beeindruckt, als Joss noch ein kleines Mädchen war.

»Ab mit dir. George wartet bestimmt schon.«

Emma sah ihre Tochter aufmunternd an, die verwirrt, aber dankbar den Blick erwiderte, bevor sie die Küche verließ. Emma seufzte zufrieden auf.

»Im Moment möchte ich nichts mehr, danke.« Raymond tätschelte ihren Arm. »Der Fisch aus den heimischen Gewässern ist unschlagbar. Wirklich köstlich.«

»Danke, Schatz.« Emma strahlte ihn an. »Warum gehst du nicht ins Wohnzimmer und ruhst dich ein bisschen aus? Ich bringe dir den Kaffee. Schön, dass wir ein bisschen Zeit für uns haben. Hier, nimm die Zeitung mit …«

Zu ihrer großen Erleichterung fügte er sich. Sie schichtete die abgespülten Teller auf das Abtropfbrett und lauschte den Geräuschen aus dem Wohnzimmer. Dann lief sie zur Anrichte und öffnete die Schublade, in der sie das Päckchen versteckt hatte. Sie nahm einige Geschirrtücher aus einem anderen Schub und legte sie sicherheitshalber noch obendrauf. Emma wollte unter allen Umständen verhindern, dass es zu Streit oder bösen Worten kam, bevor Mutt unter der Erde lag. Was auch immer in diesem Päckchen war, es konnte bis nach der Beerdigung warten. Erleichtert schloss sie die Schublade und setzte Kaffee auf.

34

Wenige Minuten nachdem Joss vom Garten her die Wiese betreten hatte, kam George zum Tor. Ihre Erleichterung, ihn zu sehen, war so überwältigend, dass sie froh war, sich mit den Eseln beschäftigen und ihnen das Zaumzeug anlegen zu können. Sie fühlte sich merkwürdig gehemmt und schenkte George nur ein kurzes Lächeln.

»Welchen Weg nehmen wir?« Er gab sich ungezwungen. »Den Feldweg hinauf und zurück durch das Tal? Ich nehme Teaser.«

Er packte Rumpleteaser am Halfter und ging los, Joss folgte ihm mit Mungojerrie. Wie immer übernahm Teaser gern die Führung: den Feldweg hinunter über die schmale Brücke und vorbei an den Cottages. Der Wind blies jetzt stärker, er wirbelte die unruhige See auf. Hoch oben zogen die Seevögel in seltsamen, ständig wechselnden Formationen über den Himmel und stießen ihre klagenden Rufe aus. Zwischen den zerrissenen Wolken drängten goldene Sonnenstrahlen hervor, und die Wellen rollten mit unbändiger Kraft über die Felsen und warfen sich schäumend gegen die Klippen.

Die tosende Flut und der stürmische Wind verschluckten jedes Wort. Während Joss Mungojerrie den schmalen, gewundenen Weg hinaufführte, dachte sie über Mutt und die

Briefe nach. Gern würde sie sie noch einmal lesen, vor allem die Abschnitte über Simon. Sie fragte sich, was geschehen wäre, wenn ihre Großmutter ihm die Wahrheit gesagt hätte. Hätte er sich entsetzt zurückgezogen, wie Mutt befürchtete, oder wäre seine Liebe so stark gewesen, dass er ihr Mitgefühl und Verständnis entgegengebracht hätte? Während sie zwischen den hohen, grasbewachsenen Feldrainen entlangwanderten, die mit blassgelben Schlüsselblumen und leuchtend gelbem Schöllkraut gesprenkelt waren, grübelte Joss darüber nach, ob Mutt die Szene an jenem Sonntagvormittag bei der Quelle des Heiligen je bedauert hatte.

Als George sich nach ihr umdrehte, wurde ihr bewusst, dass die Kluft zwischen ihnen noch nicht überwunden war. *Lügen werfen lange Schatten.* Sie lächelte ihm zu und nickte, alles sei in Ordnung, aber das Herz war ihr schwer. In dem Moment, als ihr Vater die Küche betrat, war ihr klar geworden, dass sie ihre Mutter nicht vor der Wahrheit schützen konnte. »Du unterschätzt sie«, hatte Mousie gesagt. Wie gern hätte Joss ihr geglaubt. Sie konnte sich einfach nicht vorstellen, wie man es ihrer Mutter beibringen sollte.

Während sie zu George und Teaser hinaufsah, rief sie sich in Erinnerung, wie sehr ihr die Gespräche mit Bruno und Mousie geholfen hatten. Zuspruch und Trost dieser beiden hatten Joss darin bestärkt, dass sie von den Menschen geliebt wurde, an denen ihr am meisten lag. Wenn Bruno und Mousie ihr nach dieser schrecklichen Enthüllung so liebevoll begegneten, warum sollte es dann bei George anders sein?

George und Teaser warteten geduldig an der Stelle, wo der Feldweg breiter wurde, und sie beschleunigte ihren Schritt.

»Du gehst heute zügig«, bemerkte er fröhlich. »Nicht so quälend langsam wie sonst. Geht es dir gut?«

Sie sahen einander an, und Joss bekam ein schlechtes Gewissen. In seiner Miene spiegelten sich weder Vorwürfe noch Selbstmitleid; doch er konnte nicht den Schmerz und die Verwirrung darüber verbergen, dass die alte Harmonie zwischen ihnen verschwunden war.

»Ach, George«, sagte sie und hielt Mungojerries Halfter mit beiden Händen fest. »Nein, es geht mir nicht gut. Uns beiden geht es nicht gut, und das wissen wir auch. Aber ich weiß nicht, was ich tun soll.«

Er wirkte plötzlich erleichtert, weil das Problem endlich zur Sprache kam.

»Hat es mit Pennys plötzlichem Abschied zu tun?«, fragte er.

»Nein, das ist es nicht. Es geht um etwas ganz anderes.«

»Was ist es dann?«, fragte er und runzelte besorgt die Stirn.

»Es hat mit mir zu tun«, erwiderte sie schnell. »Es ist etwas, was du bisher nicht über mich gewusst hast. Ich bin nicht die … für die du mich hältst …«

Noch während sie den Kopf schüttelte, frustriert über die Unzulänglichkeit ihrer Worte, hörte sie in der Ferne ein Auto.

»Hier können wir nicht reden«, sagte George. »Hol Mungo rüber, sonst schlägt er aus. Lass uns über das Feld da oben wieder ins Tal wandern. Dort können wir die beiden eine Weile grasen lassen.«

Ein Lieferwagen bog um die Kurve, bremste wegen der Esel, und der Fahrer hob grüßend die Hand. Als Joss und George das von Stechginster und Schwarzdorn gesäumte Feld überquerten, mussten sie sich dem Wind entgegenstemmen, der ihnen durch die Haare und die Jacken fuhr. Sie schlüpften durch das klapprige Gatter, gingen den Bach entlang und ließen die Esel grasen.

Hier war es sehr viel ruhiger. Hoch über ihren Köpfen

brauste der Wind, fuhr durch die Bäume und fegte über die Flanken des Tals, das sich der ungestümen Umarmung ergab. Die letzten Wolken waren nach Osten gezogen, und plötzlich brach die Sonne durch und verströmte eine wohltuende Wärme. Joss und George sahen sich erleichtert an. Sie lauschten dem leisen Plätschern der Quelle, die hinter den Granitfelsblöcken der Eremitenklause verborgen lag. Irgendwo im Gestein über ihnen ertönte das Krächzen eines Raben. Joss versuchte sich jenes Picknick vor langer Zeit vorzustellen, als Mutt dem jubilierenden Gesang der Lerche lauschte. Als Simon auf den Vogel am Himmel deutete und sie dabei mit seinem Arm streifte, hatte sie sich in ihn verliebt.

George zog einen Schokoriegel aus der Tasche und gab ihr die Hälfte. Schon als Kinder hatten sie stets alles miteinander geteilt. Er sah sie mit seinem vertrauten Lächeln an, doch in seinem Blick lag Trauer.

»Ich habe nachgedacht über das, was du mir gerade gesagt hast«, begann er. »Und mir ist klar, dass ich einen Fehler gemacht habe. Es war anmaßend von mir zu glauben, du könntest zufrieden sein mit dem, was ich dir bieten kann. Es ist ja im Grunde nichts. Du willst mir sagen, dass du einen anderen hast, stimmt's? Ich hätte es längst wissen müssen, statt wie selbstverständlich zu glauben, du würdest dasselbe empfinden wie ich, jetzt, da Penny fort ist.«

Er aß seine Schokolade, vergrub die Hände in den Hosentaschen und zog die Schultern hoch.

Doch dieser Begegnung an der Quelle des Heiligen fehlte jeder Zauber: Da war nur das kristallene Plätschern des kalten Wassers und der scharfe, durchdringende Geruch des Bärlauchs.

Aber ich bin nicht Mutt, und George ist nicht Simon, dachte sie.

»Nein«, sagte sie rasch. »Nein, du liegst völlig falsch. Aber was ich dir zu erzählen habe, ist ungewöhnlich und sehr kompliziert. Komm, setz dich neben mich!«

Sie faltete ihr Plaid zu einem Kissen und zog ihn zu sich hinunter auf den Stein, auf dem an einem heißen Augustnachmittag vor fünfzig Jahren ihre Großmutter mit Simon gesessen hatte. Zögernd und ein wenig stockend, um sich die Einzelheiten in Erinnerung zu rufen, erzählte sie ihm ihre Geschichte.

Rafe beobachtete, wie die kleine Prozession an den Cottages vorbeizog, und Pamela horchte auf das Klappern der Eselshufe.

»Was machen sie für einen Eindruck?«, fragte sie.

Sie wartete geduldig auf seine Antwort, während ihre Finger vertraute Gegenstände sanft berührten: Von einigen hatte sie noch ein Erinnerungsbild, bei anderen hatte sie Form und Beschaffenheit immer nur ertastet. Jedes der vier Vögelchen saß in einer Ecke der rosa und weiß gemusterten Schale. In einem Keramikkrug stand ein Weidenzweig, dessen weich behaarte Kätzchen sich soeben öffneten. Sie berührte sie, und ihr Bild erschien vor ihrem geistigen Auge. Sie wusste sogar, von welcher Hecke Rafe sie geschnitten hatte.

»Sie wirken irgendwie anders«, antwortete Rafe. »Fast wie früher, am letzten Ferientag. George führt Rumpleteaser, und Joss geht mit Mungojerrie hinter ihm, aber sie wirken niedergeschlagen.«

Pamela runzelte die Stirn und stellte sich die Szene vor.

»Ich glaube nicht, dass sie sich schon richtig aussprechen konnten. Beim Mittagessen meinte er, er hätte es ihnen heute Morgen gesagt. Aber er hatte keine Gelegenheit, mit Joss darüber zu reden.«

»Schließlich war auch Raymond da, was die Sache nicht leichter machte.« Rafe trat vom Fenster zurück und setzte sich neben sie an den Tisch. »Nach Mutts Tod jetzt auch noch das. Für Joss wird es nicht leicht sein, das zu verkraften.«

»Im ersten Moment vielleicht«, stimmte Pamela zu, »aber letzten Endes wird Joss sich über die Nachricht freuen.«

Schweigen trat ein.

»Könnte es nicht sein«, fragte Rafe skeptisch, »dass du dich täuschst?« Pamela schüttelte den Kopf.

»Mein Gefühl sagt mir, dass ich richtig liege«, erwiderte sie, »aber es gibt anderes, worüber wir uns Gedanken machen müssen, Rafe. Hast du dir je überlegt, was passiert, wenn Mutt einmal nicht mehr da ist? Mit den Häusern, meine ich.«

»Ich denke, alles wird so bleiben wie bisher. Bruno und Emma werden sich den Besitz teilen. Ich habe mich schon gefragt, ob Mutt das ›Paradies‹ Joss vermacht hat. Sie hatten ein so enges Verhältnis, und Emma wird es nicht für sich haben wollen. Worauf willst du hinaus?«

Pamela verzog ratlos das Gesicht.

»Es ist vielleicht nicht ganz so einfach«, meinte sie schließlich. »Was ist beispielsweise mit der Erbschaftssteuer? Angenommen, sie müssten einen Teil der Häuser verkaufen, um das Geld aufzubringen.«

Rafe rieb sich nachdenklich die Nase, dann stützte er die Ellbogen auf den Tisch. »Eigentlich hätte man erwarten können, dass Mutt einen Teil des Besitzes schon vor Jahren übergibt. Uns allen war schließlich klar, dass Bruno einmal das ›Krähennest‹ und Emma das ›Paradies‹ bekommen würde. Die Cottages werden sie sich wahrscheinlich teilen.«

»Da bin ich mir nicht so sicher. Vielleicht gibt es irgendein Problem, das Joss zu schaffen macht.«

»Ein Problem?«

»Wir sind ganz selbstverständlich davon ausgegangen, dass sich für uns hier nichts ändert. Aber Raymond hat nie einen Hehl daraus gemacht, dass er auf dem Gelände der alten Bootswerft bauen möchte.«

»Dafür würde er nie die Genehmigung bekommen. Und außerdem, glaubst du im Ernst, Emma und Bruno würden zusehen, wie unsere und Mousies Lebensgrundlage zerstört wird?«

»Ich hoffe nicht«, erwiderte Pamela mit Nachdruck. »Es war nur so ein Gedanke.«

Er nahm ihre Hand und hielt sie fest, während sie schweigend beisammensaßen.

35

Als Bruno den steilen Weg vom »Krähennest« hinunterging, bemerkte er den Wetterumschwung. Der Wind hatte von Nordosten nach Südwesten gedreht, das Eis auf den Feldwegen war geschmolzen, und die Luft war mild und warm. Er warf einen kurzen Blick zum »Krähennest« zurück, wo Zoë am Fenster stand und aufs Meer hinaussah. Unter dem Arm trug er ein Päckchen.

Er überquerte die schmale Brücke, blieb beim ersten Cottage stehen und klopfte an die Tür. Dann trat er ein und rief Mousies Namen. Im nächsten Augenblick stand sie vor ihm. Er folgte ihr in das große Zimmer im Erdgeschoss. Eine Theke mit Unterschränken trennte die Küche vom Wohnbereich ab. Zu beiden Seiten des viktorianischen Kamins, in dem ein kleines Feuer flackerte, standen zwei dunkelgrüne Schwingstühle, und vor dem Fenster mit Blick aufs Meer befand sich ein Klapptisch aus Eichenholz.

Diese Möbelstücke sowie einige der Gemälde und Ziergegenstände hatten Mousies Mutter gehört. Als Bruno jetzt an die hochgewachsene, stattliche Julia dachte, fragte er sich, wie Mousie wohl Mutts wenig schmeichelhafte Beschreibung Julias aufgenommen hatte: … *wie eine äußerst würdevolle Pfauhenne – ein weit vorgewölbter Busen und ein langer Hals, auf dem ein kleiner Kopf thront …*

Traurig nur, dass kaum jemand diese immer zu Späßen aufgelegte, etwas verrückte Frau kannte, die sich hinter der nüchternen Fassade der vermeintlichen Honor Trevannion verbarg.

»Tut mir leid, aber vorhin konnte ich nicht sprechen.« Bruno legte den Umschlag mit Mutts Briefen auf den Tisch. »Ich bitte dich, die Briefe in Verwahrung zu nehmen. Nichts gegen Zoë, aber es ist wohl besser, wenn man sie nicht in Versuchung führt.«

»Ich nehme an, dasselbe gilt für das hier.« Mousie hielt den braunen Umschlag hoch. »Es war in der Schublade der Frisierkommode.«

Bruno stieß einen erleichterten Seufzer aus. »Das hast du also vorhin gemeint! Ich hatte inständig gehofft, dass du es gefunden hast. Von dem Buch fehlt wohl noch immer jede Spur?«

Sie nickte, während er das Schriftstück aus dem Umschlag zog.

»Die Schublade ist nicht tief genug für ein Buch. Ich habe keine Ahnung, wo es sein könnte. Wenn es nur nicht Emma in die Hände fällt. Du kannst dir den Schock vorstellen, wenn sie es findet und die Sterbeurkunden entdeckt, falls sie noch immer dort sind, wo Honor« – sie schüttelte ärgerlich den Kopf – »entschuldige, Mutt sie ursprünglich versteckt hat.«

»Mhm.« Bruno hörte Mousie nur mit halbem Ohr zu, während er das Schriftstück überflog. »Es ist halb so schlimm. Sie hat das ›Krähennest‹ und die alte Bootswerft mir und das ›Paradies‹ Emma vermacht. Das Testament wird bezeugt vom Vikar und seiner Frau. Warum hat sie nicht Richard Prior gebeten, ein richtiges Testament für sie aufzusetzen?«

»Sie hat Michael Veryan nach seinem Tod sehr vermisst«, sagte Mousie, »und mit seinen Juniorpartnern ist sie nie sonderlich gut zurechtgekommen. Vielleicht hatte sie Angst, einen Fehler zu machen, wenn sie damit zu ihnen geht.«

»An so etwas wie Erbschaftssteuer hat sie natürlich nicht im Traum gedacht. Vielleicht hat sie gehofft, dass Gevatter Fox und ich sie aus unseren Ersparnissen bezahlen, damit das Anwesen nicht verkauft werden muss.«

Mousie schnaubte verächtlich. »Nicht einmal Mutt hat sich der Illusion hingegeben, dass Raymonds Menschenfreundlichkeit so weit geht. Kannst du dir vorstellen, dass er auch nur einen Penny herausrückt, wenn das Gelände der alten Bootswerft unerschlossen bleibt? Er wird mit aller Kraft versuchen, dir das Ganze aufzubürden.« Sie zuckte traurig die Achseln. »Wenn man die Wahrheit nicht kennt, ist die Erschließung der Bucht doch eine naheliegende Lösung.«

»Nicht unbedingt.« Bruno faltete das Testament zusammen und steckte es wieder in den Umschlag. »Ich denke, wir sollten es erst nach der Beerdigung bekannt geben.«

Mousie sah ihn an. »Aber du bist doch auch der Ansicht, dass Emma die Wahrheit erfahren sollte, oder?«

Schweigend steckte er den Umschlag mit dem Testament zu den Briefen.

»Ja«, sagte er schließlich fast widerstrebend. »Aber einzig und allein wegen Joss. Ich glaube einfach, dass sie uns gegenüber sonst nie wieder offen und natürlich sein kann. Ich hoffe nur, du hast Recht und wir unterschätzen Emma tatsächlich.«

»Sie muss die Briefe lesen«, sagte Mousie entschlossen. »Dann wird sie alles verstehen.«

Bruno musste grinsen. »Haben sie dich so beeindruckt, Mousie?«

Sie nickte und lächelte traurig, als sie an ihre widersprüchlichen Reaktionen dachte. »Letztlich schon«, sagte sie. »Die Briefe haben mich tief berührt. Sie haben so viele Erinnerungen in mir wachgerufen. Ich habe miterlebt, wie Mutts Ausstrahlung auf Simon gewirkt hat – und auch auf Rafe –, auch wenn es mich geärgert hat, dass Rafe ihrem Charme erlegen ist. Genau wie sie geschrieben hat.« Kurzes Schweigen. »Kannst du dir vorstellen, welche Überwindung es sie gekostet hat, Simon zurückzuweisen und die Verbindung zu ihrer Schwester abzubrechen? Zum Glück hatte sie dich, Bruno. Wie hätte sie das allein ertragen sollen?«

»Vieles ist mir nicht so lebendig in Erinnerung wie dir. Ich erinnere mich an die Picknicks und ans Brombeerpflücken und an Pipsqueak und Wilfred. Und als ich hier hereinkam, fiel mir plötzlich Jessie Poltrue wieder ein, an die ich seit Jahren nicht mehr gedacht habe.« Bruno setzte sich in einen der Windsor-Stühle an den Tisch. »Und wie wird es dann weitergehen, Mousie?«

»Wenn wir die Wahrheit beweisen können, müsste doch alles gut gehen.« Sie sah ihn forschend an. »Was will Zoë ausgerechnet jetzt hier?«

»Sie möchte hierbleiben bis nächste Woche, wenn sie in eine neue Wohnung zieht … Wieso? Was hast du denn gedacht?«

Mousie zuckte die Achseln. »Perfektes Timing, findest du nicht?«

»Ach was.« Bruno starrte sie ungläubig an. »Glaubst du etwa, sie wusste schon vorher, dass Mutt gestorben ist? Meine Güte! Woher sollte sie das erfahren haben?«

»Keine Ahnung. Ich sage nur, dass sie exakt in dem Moment auftaucht, in dem abzusehen ist, dass du bald besser gestellt bist.«

»Nein.« Bruno schüttelte den Kopf. »Das kann ich mir nicht vorstellen. Warum hätte sie sich die Mühe machen sollen, extra hierherzufahren? Auch wenn ich Grundbesitz habe, das Bargeld ist knapp.« Er konnte sich ein Grinsen nicht verkneifen. »Außerdem habe ich ihr die Verhältnisse schon früher einmal dargelegt. Zoë weiß, dass sie mit mir rechnen kann, solange sie vernünftig ist. Gierig oder raffsüchtig ist sie eigentlich nicht. Ich bin sicher, es ist reiner Zufall, dass sie ausgerechnet jetzt hier ist.«

Mousie gab sich geschlagen, ohne ganz überzeugt zu sein. »Na gut. Wenn du meinst. Dann vergiss Zoë und konzentriere dich auf Raymond. Du musst damit rechnen, dass er nicht wahrhaben will, was in diesen Briefen steht. Zumindest wird er versuchen, ihre Rechtsgültigkeit anzufechten.«

»Aber wie sollte das gelingen? Ich kann doch bezeugen, dass es die Wahrheit ist.«

Mousie lachte. »Man sieht, dass du kein Krimiautor bist«, meinte sie. »Wem werden diese Briefe nützen? Dir. Natürlich wirst du behaupten, dass sie echt sind. Ich habe keine Ahnung, ob sie vor Gericht Bestand hätten, aber du wirst ganz schön zu kämpfen haben. Du brauchst unbedingt diese Sterbeurkunden.«

»Verflixt«, fluchte er leise. »Das habe ich ja völlig vergessen. Ich habe mich dazu durchgerungen, dass Emma die Wahrheit erfahren und das Testament meines Großvaters erneut beglaubigt werden muss oder wie immer man das nennt. Aber ich hatte angenommen, die Briefe seien Beweis genug. Meine Güte, Mousie, kein Mensch kann doch glauben, dass ich mich hingesetzt und all diese Briefe selbst verfasst habe – ganz abgesehen davon, dass wir Mutts Handschrift kennen –, nur um den ganzen Besitz für mich allein zu haben.«

Mousie legte ihm die Hand auf die Schulter. »Glaub mir«, sagte sie ernst, »Raymond wird sich nicht so leicht geschlagen geben, und Emma und Joss kämen dann ganz schön in die Bredouille. So weit darf es einfach nicht kommen. Also müssen wir das Buch und die Urkunden in die Hand bekommen.«

»Schön und gut«, gab Bruno ungeduldig zurück, »aber wo sollen wir anfangen zu suchen, wenn Emma und Gevatter Fox die ganze Zeit da sind? Ich bin froh, Mousie, dass du das Testament so schnell gefunden hast. Es könnte Tage dauern, bis wir das ganze Haus durchstöbert haben. Und wie können wir sie davon abhalten, sich an der Suche zu beteiligen?«

»Du hast Recht.« Mousie hob beschwichtigend die Hand. »Joss wird natürlich die Augen offen halten.« Sie hielt kurz inne. »Wenn alles nach Plan verläuft, was wirst du dann mit dem ›Paradies‹ machen?«

»Du meinst, ob Joss in dem Haus wohnen wird?« Er konnte sich ein Lächeln nicht verkneifen. »Glaub nur nicht, ich hätte mir darüber nicht den Kopf zerbrochen. Das größte Hindernis ist wahrscheinlich Joss selbst. Es wird ihr nicht leichtfallen, das ›Paradies‹ als ihr Zuhause zu betrachten, wenn Rafe und seine Kinder Anspruch darauf haben.«

»Es sei denn, sie lebt mit einem von Rafes Kindern dort?«

Er warf Mousie einen überraschten Blick zu. »Du weißt also Bescheid, wie es zwischen Joss und George steht?«

Sie gluckste. »Mein lieber Junge, ich kenne die beiden seit ihrer Kindheit. Es war jammerschade, dass er Penny geheiratet hat, aber Rafe und Pamela haben mir gesagt, dass Penny Schluss gemacht hat und zurück nach Neuseeland gegangen ist. Über kurz oder lang werden die beiden tun, was sie schon vor fünf Jahren hätten tun sollen. Und warum sollten sie dann nicht im ›Paradies‹ leben? Wenn die hintere Auffahrt wieder zugänglich gemacht würde, könnten Joss' Patienten hierherkommen, ohne die Ruhe des Tals zu stören. Platz gäbe es schließlich genug, um eine Praxis zu eröffnen.«

»Aber selbst wenn Joss einverstanden wäre, wie könnte man es Olivia und Joe plausibel machen? Es riecht nach Begünstigung, selbst wenn die Wahrheit nicht ans Licht käme.

Natürlich könnte ich es an sie vermieten …« Er überlegte einen Augenblick. »Ich hab mir gestern und heute so einiges durch den Kopf gehen lassen, Mousie. Was wird aus all dem, wenn ich sterbe? Ich bin zu der Überzeugung gelangt, dass ich dir und Rafe eure Cottages vermachen und den ganzen Rest George und Joss überschreiben sollte. Was hältst du davon?«

»Ich finde es völlig in Ordnung, dass du Joss und George als deine natürlichen Erben betrachtest«, antwortete sie. »Sie sind die Kinder, die du nie gehabt hast; du liebst sie wie dein eigenes Fleisch und Blut. Mutt wäre völlig einverstanden damit. Warum auch nicht? Wenn Rafe und Pamela sich dann entscheiden, ihr Cottage Olivia und Joe zu überlassen, dann könnten die es verkaufen, ohne die ganze Bucht zu zerstören. Du musst alles sehr genau bedenken, ohne jede Eile. Es gibt keinen Grund, warum George und Joss das ›Paradies‹ nicht vorerst mieten sollten. Das wäre die richtige Lösung, ganz bestimmt.«

»Wenn es uns gelingt, Joss zu überzeugen, dass sie hierhergehört.«

»Das wird, glaube ich, George für uns erledigen«, meinte Mousie optimistisch. »Wenn sie ihn heiratet, gehört sie doch zur Familie, nicht wahr?«

Bruno stand auf und schob Mousie das Päckchen hin.

»Würdest du es für mich aufbewahren?«, fragte er. »Heb es gut auf, bis es gebraucht wird.«

Mousie schloss den großen Schrank auf, der in die Nische neben dem Kamin eingepasst war, und legte das Päckchen hinein.

»Hier ist es sicher«, sagte sie und schloss ab. »Jetzt brauchen wir nur noch ›Goblin Market‹ und damit die restlichen Puzzlesteine. Wo kann das Buch bloß stecken?«

»Ich habe Angst, dass Emma es findet und mich zur Rede stellt«, bekannte Bruno. »Solange Zoë hier ist, wäre mir das ausgesprochen unangenehm. Ich habe ihr schon erklärt, ich würde das ›Paradies‹ wahrscheinlich verkaufen müssen wegen der Erbschaftssteuer, und Gevatter Fox sei entschlossen, die alte Bootswerft abzureißen.«

»Und wie hat sie reagiert?«

Bruno grinste. »Sie war sehr mitfühlend – für ihre Verhältnisse. Aber um ehrlich zu sein, ist sie mehr mit ihren eigenen Problemen beschäftigt.«

»Ach, tatsächlich?«, entgegnete Mousie trocken. »Weiß Emma denn, dass sie hier ist?«

Er nickte. »Ich habe sie angerufen und ihr gesagt, dass ich sie heute Nachmittag nicht besuchen kann. Zoë kam mir als Ausrede gerade recht. Ich möchte eine Begegnung mit Gevatter Fox im Augenblick gern vermeiden. Morgen fährt er zurück nach London zu irgendeiner Sitzung, und ich habe Emma versprochen zu kommen, wenn er weg ist. Emma war erleichtert. Konfrontationen hasst sie ja grundsätzlich. Aber sie war nicht gerade begeistert darüber, dass Zoë hier ist.«

»Sie hat etwas gegen sie«, sagte Mousie. »Und nicht ganz zu unrecht. Schließlich hat sich Zoë dir gegenüber nicht sonderlich fair verhalten.«

»Zoë und ich haben ganz unterschiedliche Bedürfnisse«, beeilte er sich zu erwidern, »und mit mir zu leben ist auch nicht ganz einfach.«

»Mach dir keine Gedanken.« Sie schenkte ihm ein warmes Lächeln. »Ich will mich nicht in eure Angelegenheiten einmischen. Aber du musst dich damit abfinden, dass nicht jeder so tolerant ist wie du.«

Er erwiderte ihr Lächeln, aber seine Gedanken waren woanders. »Emma wird es verkraften, nicht wahr, Mousie?«

Plötzlich war Bruno wieder der kleine Junge, der so oft Trost bei ihr gesucht hatte.

»Emma wird erkennen, dass unsere Liebe zu ihr auch nicht größer sein könnte, wenn sie tatsächlich Huberts Tochter wäre. Da bin ich mir ganz sicher. Sie wird einsehen, dass sie so gut wie wir hierhergehört, und sie wird auch in Zukunft nach St Meriadoc kommen und bei dir oder bei Joss wohnen. Glaub mir, Bruno, sie kommt darüber hinweg.«

Er nickte vertrauensvoll. »Sie … sie bedeutet mir wirklich viel«, sagte er.

»Mir auch«, stimmte Mousie zu. »Sie und Joss und Mutt.«

»Ich habe Angst, dass sie nicht versteht, wie ich sie all die Jahre habe täuschen können. Dass ich so etwas vor ihr geheim gehalten habe, obwohl wir uns so nahestehen.«

»Dir blieb keine andere Wahl«, gab Mousie zurück. »Ihre Mutter hat dir das Versprechen abgenommen, nichts zu sagen, und du durftest sie schließlich auch nicht bloßstellen. Außerdem warst du noch klein damals, und als du älter wurdest, da war es zu spät.« Sie machte eine ungeduldige Handbewegung. »Ich würde mir wünschen, dass Emma die Wahrheit *jetzt* erfährt. Später, fürchte ich, liegt es nicht mehr in unserer Hand. Sollten wir den Zeitpunkt nicht lieber selbst bestimmen? Je früher es geschieht, desto besser.«

Bruno sah Mousie an, verwundert über ihre plötzliche Heftigkeit. »Du glaubst, sie könnte ›Goblin Market‹ und die Dokumente finden?«

»Ich weiß nicht. Etwas in der Art.«

»Ich habe mit Joss vereinbart, dass wir erst Mutt in Frieden zu Grabe tragen. Aber ich werde es noch einmal mit ihr besprechen. Danke, Mousie.«

Sie umarmten sich herzlich, doch während Mousie ihn in die hereinbrechende Dämmerung geleitete, beschäftigte sie beide dieselbe Frage: Wo hat Mutt nur »Goblin Market« versteckt?

36

Am nächsten Morgen, kurz nachdem Joss zu ihrer Praxis nach Wadebridge aufgebrochen war, fuhr Raymond in aller Frühe los. Emma winkte ihm nach, und als sie anschließend auf den moosüberwachsenen Pfaden zurückging, verweilte sie entzückt bei den Kamelien, die im Schutz der Gartenmauer blühten. Hier wuchsen rosafarbene Lady Clare, dunkelrote Adolphe Audusson und dazwischen weiße und lilafarbene Krokusse. Über Nacht hatte sich der Sturm gelegt. Blassgraue Wolken verhüllten die Sonne. Über dem Garten lag eine sanfte Stille, die nur der Gesang der Vögel durchbrach. Ein Rotkehlchen begleitete sie ein Stück, setzte sich auf die hohe Mauer und munterte sie mit seinem fröhlichen Gezwitscher auf.

Emma streckte sich und genoss die Erleichterung, die sie immer erfüllte, wenn Ray wieder fort war. Sie zupfte eine Efeuranke von der Mauer, freute sich an den Primeln, die im hohen Gras versteckt blühten, und dachte an das Päckchen. Ja, sie würde es weiter versteckt halten. Sie hatte auf ihrer Theorie beharrt, dass Mousie das Päckchen gesehen und Bruno gebracht hatte, und sie hatte Raymond überzeugt, dass es viel zu alt war und deshalb unmöglich das Testament enthalten konnte. Vermutlich wollte Mutt, dass Bruno nach ihrem Tod irgendetwas bekam, was seinem Vater Hubert gehört hatte. Zähneknirschend hatte sich Ray damit zufriedengegeben. Doch dann bestand er darauf, dass Emma weitersuchte, auch in Mutts Zimmer, was ihr schwergefallen war. Ohne Erfolg. Als sie eine Karte fand, die sie Mutt erst kürzlich geschickt hatte, war sie so von Schmerz überwältigt, dass Ray sie zu einem Sessel am Kamin geführt und ihr eine Kanne Tee gekocht hatte.

Jetzt kauerte sich Emma nieder, rupfte ein paar lange Grashalme aus, damit die Primeln mehr Licht bekamen, und dachte daran, wie liebenswürdig er gewesen war. O ja, er konnte sehr fürsorglich sein, der gute alte Ray, doch die meisten kannten diese Seite an ihm nicht. Nur sie und Joss kamen in den Genuss seiner Freundlichkeit. Oft erregte er Anstoß mit seinem wichtigtuerischen und egozentrischen Verhalten. Anfangs hatte es ihr viel ausgemacht, wenn er sich im Beisein ihrer Familie und ihrer Freunde derart anmaßend benahm. Emma hatte sich oft geschämt und versucht, eine Rechtfertigung für sein Verhalten zu finden oder es herunterzuspielen. Doch sie hatte es gelernt, ihren Mann für ihre Zwecke einzuspannen, was auch nicht gerade ein Ruhmesblatt war. Emma verzog zerknirscht das Gesicht, während sie sich die Hände mit einem Papiertaschentuch abtrocknete. Aber es gab auch Zeiten, in denen sie mit Raymond ein stilles Glück genoss. Gestern Nachmittag war so ein Augenblick gewesen. Er hatte ihr Tee gebracht, den er so zubereitet hatte, wie sie ihn liebte, und sie getröstet, so gut er es eben konnte. Dann war Joss gekommen.

Emma schritt den Gartenweg entlang, während sie das Gesicht ihres Kindes vor sich sah. Joss war in der Wohnzimmertür stehen geblieben, strahlend vor Freude und Glück. Emma war unwillkürlich aufgestanden.

»Mein Schatz«, rief sie. »Da bist du ja.«

Sie war auf Joss zugegangen, stumm und wie geblendet

von der Glückseligkeit ihrer Tochter. Joss hatte wie benommen von einem zum anderen geblickt.

»Hallo«, sagte sie unsicher.

Ray, dem nichts weiter aufgefallen war, hatte nur einen Gruß gemurmelt und sich dann seiner Zeitung zugewandt. Doch Emma hatte ihre Tochter am Arm genommen und sie wie eine Schlafwandlerin in die Küche geführt.

»Und?«, hatte sie ermunternd gefragt und den Wasserkessel gefüllt. »War's schön mit George und den Eseln?«

»Ja«, erwiderte Joss selig. »O ja, Mum.« Sie ließ den Blick durch die Küche wandern, als wäre sie zum ersten Mal hier. »Ich liebe ihn. Ich habe ihn immer geliebt, und jetzt ist alles gut.«

Als Emma sich nun an diese Worte erinnerte, ging ihr plötzlich auf, wie schlimm es für ihre aufrechte, wahrheitsliebende Tochter gewesen sein musste, einen verheirateten Mann zu lieben. Wie schwer war es ihr wohl gefallen, ihre Liebe zu verheimlichen und stattdessen an der Freundschaft festzuhalten, die sie seit ihrer Kindheit mit George verband! Jetzt musste sie nichts mehr verbergen. Jetzt stand es ihr frei, ihre Liebe offen zu zeigen, und diese neu gewonnene Freiheit hatte eine verblüffende Wirkung auf sie. Emma hatte sich gar nicht sattsehen können an diesem selig strahlenden Gesicht. Doch plötzlich war der Glanz in ihren Augen erloschen.

»Wenn nur Mutt das noch erlebt hätte«, hatte Emma gesagt. »Sie hätte sich so für dich gefreut. Sie hat George so gern gehabt …« Joss' Miene veränderte sich schlagartig, als wäre ihr irgendetwas eingefallen. Ihr Gesicht erstarrte zur Maske.

Als Emma jetzt an der Haustür die feuchte Erde von ihren Schuhen streifte, schrieb sie Joss' abrupten Stimmungswechsel der Trauer über Mutts Tod zu. Doch während des ganzen Abends war hinter der Traurigkeit immer wieder diese Glückseligkeit aufgeblitzt – wie die Sonne, die zwischen dunklen Wolken hervorlugt.

Im Flur blieb Emma stehen. Sie hatte vorgehabt, Bruno zu besuchen und ihm sein Päckchen zu übergeben, wenn er versprach, Ray gegenüber Stillschweigen zu bewahren. Aber als sie von Zoës Ankunft erfahren hatte, war der altbekannte Verdruss wieder hochgekommen. Sie wollte nicht, dass Bruno unter Zoës ironischem Blick das Päckchen öffnete. Nein, vorerst konnte es bleiben, wo es war. Doch sie würde hingehen und, um Höflichkeit bemüht, Kaffee mit den beiden trinken. Der Gedanke an Joss' Glück vertrieb ihren Ärger und versetzte sie in eine Hochstimmung, die selbst Zoë nicht würde trüben können.

Lächelnd ging sie ihren Mantel holen.

Bruno verfolgte die Begrüßung mit einer Mischung aus Sarkasmus und Wachsamkeit – eine Haltung, die er sich im Laufe der Jahre angeeignet hatte. Er ließ sich nicht täuschen durch das strahlende Lächeln, die freundlichen Worte und die Umarmung, die so sorgfältig einstudiert war, dass die beiden Frauen nicht wirklich ihre Wangen berührten.

»Zoë.« Emma war ganz liebevolle Fürsorglichkeit. »Was für eine Überraschung! Geht es dir auch wirklich gut?«

Ihrem ersten Eindruck nach sah Zoë keineswegs blendend aus, und es war ihr gelungen, dies mit ihrer Frage anzudeuten. Ermutigend tätschelte sie Zoës Arm. Zoë zuckte zurück und verschränkte die mageren Arme, als friere sie. Doch sie wusste, wie sie es ihrer Exschwägerin heimzahlen konnte: Sie nahm Emmas Paschmina-Schal vom Stuhl, schwenkte ihn, als wäre Emma ein Stier und sie der Matador, und legte ihn sich um die schmalen Schultern.

»Es geht mir gut, danke«, sagte sie mit einem feinen Lächeln, »nur vergesse ich immer, wie kalt es hier ist. Bruno hat mir diesen wunderbaren Schal gegeben. War das nicht nett von ihm?«

Auch ohne Emmas vorwurfsvollen Blick und Zoës triumphierende Miene wäre Bruno klar gewesen, dass er einen Fehler begangen hatte.

»Nicht gegeben«, erwiderte er äußerlich gelassen, »nur geliehen. Ich verstehe gar nicht, warum du dich immer so leicht anziehst.«

Emma griff Brunos Bemerkung dankbar auf, obwohl sie noch immer über seine mangelnde Sensibilität erbost war.

»Mutt pflegte zu sagen, dass eine Frau ab einem bestimmten Alter weniger Haut und mehr Phantasie zeigen sollte«, meinte sie und ließ ihren Blick über Zoës kurzen Rock und ihr großzügiges Dekolleté schweifen.

»Du tust gut daran, ihrem Rat zu folgen«, gab Zoë zurück, nahm eine Zigarette und ließ sich von Bruno Feuer geben. Er warf ihr einen warnenden Blick zu, und sie beschloss, sich zu beherrschen. Besser, sie ging nicht zu weit. »Apropos Mutt. Es tut mir sehr leid.«

Das klang so aufrichtig, dass Emma schluckte, hin- und hergerissen zwischen Rachegelüsten und Trauer. Bruno brachte ihr eine Tasse Kaffee und zwinkerte ihr verschwörerisch zu, als wäre Zoë eine Nervensäge, die man von Zeit zu Zeit ertragen musste. Emma entspannte sich, dachte an ihre Yogaübungen und atmete tief durch. Bruno reichte Zoë ihren Kaffee und bedauerte, dass er zu rauchen aufgehört hatte. Warum nur verhielt sich Zoë weniger schroff, wenn sie mit ihm allein war, und wagte es, ihre Verletzlichkeit zu zeigen? Ob andere diese Seite an ihr überhaupt kannten?

Zoë steckte in finanziellen Schwierigkeiten. Sie brauchte Möbel für die neue Wohnung und musste eine Kaution zahlen, auch wenn es weniger war als die sonst üblichen drei Monatsmieten. Er hatte sich bereit erklärt, ihr das Geld vorzustrecken, und wahrscheinlich war dies der Grund, warum sie sich jetzt zusammenriss. Erleichtert schenkte er auch sich einen Kaffee ein.

»Zoë zieht nächste Woche um«, sagte er zu Emma. »In das Haus der Malerin Evelyn Bose. Am Sonntag bezieht sie ihre Souterrainwohnung.«

Als Emma hörte, dass Zoë noch vor der Beerdigung wieder abreisen würde, lebte sie sichtlich auf.

»Wie schön«, sagte sie und beschloss, sich von ihrer besten Seite zu zeigen. »Da gibt es bestimmt jede Menge Partys.«

Zoë nahm das Friedensangebot an.

»Es ist mal was anderes«, sagte sie. »Du wirst es nicht glauben, aber sie stellt immer noch aus. Letztes Jahr ...«

Bruno lehnte sich erleichtert zurück. Während er Zoë zuhörte, dachte er an Mousies eindringliche Mahnung, Emma die Wahrheit zu sagen. Doch wie sollte er das Thema zur Sprache bringen? Er stand auf, ließ Nellie herein, die von ihrem morgendlichen Streifzug durchs Tal zurück war, und blieb eine Weile mit ihr in der Küche, wie immer getröstet von ihrer selbstlosen Zuneigung. Plötzlich überkam ihn der sehnliche Wunsch, an seinen Schreibtisch zurückzukehren: in diese andere, sehr viel angenehmere Welt der Phantasie einzutauchen und seine eigenen Bilder zu erschaffen.

»Das Problem ist«, sagte er zu Nellie, »dass ich im wirklichen Leben nicht besonders fähig bin.«

Sie scharwenzelte um ihn herum, wedelte mit dem Schwanz und streckte glücklich die Zunge heraus, was Bruno zum Lachen brachte. Besänftigt kehrte er zu den Frauen zurück.

37

Dan Crosby parkte seinen Wagen am alten Steinbruch, griff nach seiner schmalen Aktenmappe und stieg aus. Er warf einen Blick auf die drei anderen Autos und fragte sich, ob es dieselben waren wie am letzten Wochenende. Ob auch das Mädchen wieder da war? Eher unwahrscheinlich, dachte er. Es war Donnerstagnachmittag, sie war bestimmt bei der Arbeit. Dennoch hatte er der Versuchung, das »Paradies« noch einmal zu besuchen, einfach nicht widerstehen können.

Er lächelte still in sich hinein: »Paradies«. Während er die schmale Brücke überquerte, sinnierte er vor sich hin, wie passend doch der Name war. Diskret vermied er den Blick zu den Cottages, um nicht neugierig zu erscheinen, blieb aber einen Moment stehen, um das merkwürdige, hoch auf der Klippe thronende Haus mit dem großen Bogenfenster zu betrachten. Es war bestimmt ganz schön stürmisch dort oben, wenn der Wind vom Atlantik her blies.

Am Feldweg angelangt, blieb er beim Tor stehen. Die Esel sahen ihn bedächtig an, als er ihnen etwas zumurmelte und mit den Fingern schnalzte. Mit ihrem typischen Kopfnicken trotteten sie auf ihn zu, und er zog sie an den langen Ohren und streichelte ihre weichen Mäuler. Seltsam, wie nahe er sich ihr gefühlt hatte, als er sie beim Füttern der Esel beobachtet hatte.

»Ich habe nichts für euch«, sagte er zu den Eseln, doch sie blieben geduldig stehen, zufrieden damit, dass er da war.

Jetzt ging er weiter und durchquerte das Tor. Sein Herz klopfte heftig, als er sich innerlich darauf vorbereitete, der kleinen alten Dame mit den scharfen Augen und dem reizenden Lächeln noch einmal gegenüberzutreten. Er hatte sich zurechtgelegt, was er sagen wollte: Seine Ferien seien fast vorüber, und er wolle nicht zurückfahren, ohne noch einmal vorbeizuschauen. Er klemmte seine Aktenmappe fester unter den Arm, als er an der Tür klopfte. Natürlich musste er damit rechnen, erneut abgewiesen zu werden.

Doch stattdessen öffnete ihm eine Dame, die er nicht kannte: eine hübsche, freundliche Frau mit blondem, hinter die Ohren gekämmtem Haar, etwas rundlich, aber attraktiv, die ihn fragend, aber keineswegs abweisend ansah.

Sie begannen gleichzeitig zu sprechen, mussten beide lachen und waren sofort Freunde.

»Ich hoffe, ich störe nicht«, sagte Dan. »Sie sind nicht etwa … Nein.« Er schüttelte den Kopf, als ärgere er sich über sich selbst. »Was für ein absurder Gedanke! Dafür sind Sie viel zu jung. Ich wollte mit Mrs Honor Trevannion sprechen. Ich weiß, dass sie krank …«

Mitten im Satz hielt er inne, denn die Augen der Frau füllten sich mit Tränen.

»Mrs Trevannion ist am Dienstag in den frühen Morgenstunden gestorben«, sagte sie traurig. »Sie war meine Mutter.«

»O mein Gott«, flüsterte er. »Es tut mir so leid. Ich hatte keine Ahnung. Bitte, verzeihen Sie.«

»Nein, nein, ist schon gut.« Sie schien die Fassung wiederzugewinnen. »Kann ich Ihnen irgendwie helfen?«

»Es ist mir wirklich unangenehm, Sie in dieser Situation zu belästigen.« Er verstummte und machte eine hilflose Handbewegung. »Nun ja … also gut. Ich habe Mrs Trevannion ein Foto von ihrer Hochzeit geschickt, auf dem sie mit meiner Großtante zu sehen ist. Es war eine Doppelhochzeit. Sie haben offensichtlich zusammen in Indien gearbeitet. Doch dann hat meine Großtante plötzlich die Korrespondenz abgebrochen. Ich hatte gehofft, etwas mehr über sie in Erfahrung zu bringen. Als Indien unabhängig wurde, ist sie verschwunden, etwa um dieselbe Zeit, als meine Großmutter – ihre Schwester – heiratete und in die Vereinigten Staaten auswanderte. Wir haben dieses Foto einer Doppelhochzeit gefunden, mit ihren Namen auf der Rückseite.«

»Ach ja, das kenne ich«, unterbrach ihn die Frau fast freudig. »Mousie hat es mir gezeigt. Sie sagte, dass Sie es geschickt haben. Kommen Sie doch auf eine Tasse Tee herein. Ich koche gerade welchen.«

»Das ist wirklich sehr freundlich.« Er war verblüfft über diesen so völlig anderen Empfang.

Sie führte ihn ins Haus und stellte sich vor: Emma Fox.

»Ich habe noch ein paar Fotos mitgebracht«, sagte er nicht ohne Scheu. »Möchten Sie sie sehen? Sind Sie in Indien geboren, Emma?«

»Ja, aber an das Land kann ich mich leider gar nicht mehr erinnern. Haben Sie etwas dagegen, mit mir in die Küche zu gehen? Dann mache ich uns Tee.«

»Gern.« Er blickte sich anerkennend um. »Was für ein hübsches Haus. Die ganze Gegend ist wunderschön. Es ist wirklich wie im Paradies.«

Sie strahlte ihn mit solcher Herzlichkeit an, dass er sie voller Zuneigung anlächelte. Er hatte das merkwürdige Gefühl, sie zu kennen.

»Mousie hat mir das Foto gezeigt«, sagte sie. »Diese alten

Fotos machen mich immer ganz wehmütig. Mutts Ähnlichkeit mit Joss ist frappierend, trotz dieses albernen Hütchens.«

»Joss?« Er setzte sich an den Tisch und sah zu, wie Emma alles für den Tee vorbereitete. Sie holte eine Blechdose aus der Vorratskammer und legte den Biskuitkuchen auf einen hübschen Porzellanteller mit Blumenmuster.

»Joss ist meine Tochter. Sie hat in den letzten Monaten hier bei ihrer Großmutter gewohnt. Ihr Tod hat sie sehr mitgenommen.«

»Ich habe sie, glaube ich, gesehen.« Er schnitt sich ein Stück Kuchen ab und fühlte sich wie zu Hause. »Gesprochen habe ich allerdings nicht mit ihr. Ein hübsches dunkelhaariges Mädchen?«

»Nun ja, *ich* finde, sie ist etwas ganz Besonderes.«

Sie war sichtlich stolz auf ihre Tochter, und Dans Sympathie wuchs.

»Sie ist heute nicht hier?«, fragte er hoffnungsvoll.

Emma schüttelte den Kopf. »Sie ist in ihrer Praxis in Wadebridge und kommt erst gegen sechs nach Hause.«

Er merkte, dass sie zögerte. Ob es wohl zu aufdringlich war, wenn er vorschlug, hierzubleiben, bis sie kam?

»Möchten Sie die Fotos sehen?«, fragte er taktvoll, um sie aus ihrem Zwiespalt zu erlösen. »Meine Großtante Madeleine hatte eine Tochter, die etwa in Ihrem Alter sein muss. Sie hieß Lottie.«

Emma stellte die Teekanne auf den Tisch, während er die Aktenmappe öffnete.

»Merkwürdig«, sagte sie langsam. »Lottie. Bei dem Namen fällt mir etwas ein. Wissen Sie, Mutt hat diesen Namen vor ein paar Tagen im Schlaf gerufen. ›Lottie. Lottie.‹ Irgendetwas schien sie zu bekümmern … Mein Gott. Könnte es sein, dass sie irgendetwas über Lotties Schicksal wusste?«

Stumm sahen sie einander an. Die Aktenmappe, aus der er bereits ein paar Fotos herausgenommen hatte, lag zwischen ihnen auf dem Tisch.

»Wenn meine Großtante und Ihre Mutter so eng befreundet waren, dass sie Doppelhochzeit feierten«, meinte Dan nachdenklich, »dann wäre das kein Wunder.«

»Es war eine schreckliche Zeit in Indien«, sagte Emma. »Es gab Unruhen, und man war seines Lebens nicht mehr sicher. Da, wo wir waren, in Multan, gab es eine totale Ausgangssperre. Vielleicht ist etwas … irgendetwas Schreckliches mit Lottie passiert.«

»Sie meinen, sie könnte bei diesen Unruhen ums Leben gekommen sein?«

»Schon möglich, dass Ihre Großtante und Lottie in eine solche Situation geraten sind.« Emma überlegte. »Bruno, mein älterer Bruder, könnte etwas darüber wissen. Nachdem Mutt diesen Namen im Schlaf gerufen hatte, habe ich ihn schon gefragt, ob er eine Lottie kennt. Er verneinte. Es ist schon lange her.«

Dan war jetzt richtig aufgeregt. »Wenn er ganz scharf nachdenken würde …«

Emma nickte, gleichermaßen fasziniert. »Ich werde ihn noch einmal fragen.« Sie nahm das Foto in die Hand. »Das ist das Bild, das ich schon kenne, nicht wahr?«

»Das ist die Hochzeit.« Er schob ihr noch ein paar weitere hinüber. »Das ist das Original, mit den Namen auf der Rückseite. Auf die Weise habe ich Sie überhaupt gefunden. Trevannion ist ja ein seltener Name, und Madeleine hatte irgendwo geschrieben, dass Sie alle aus Cornwall stammen. Meine Großmutter wusste das noch.«

Sie lächelte ihn an. »Lebt Ihre Großmutter noch?«

Seine Miene verdüsterte sich. »Sie ist letztes Jahr gestorben. Eine wunderbare Frau. Ich habe ihr versprochen, dass ich versuchen will, herauszufinden, was aus ihrer Schwester geworden ist. Sie wissen ja, wie das ist. Man ist immer nur mit sich selbst beschäftigt, und wenn man älter wird, wandert der Geist zurück in die Vergangenheit. Es lag ihr sehr am Herzen. Einmal sagte sie, wenn sie mehr Großmut bewiesen hätte, wären Madeleine und Lottie nach dem Krieg zu ihr gekommen, und dann wären sie womöglich noch am Leben. Sie nahm an, dass beide tot sind, weil plötzlich keine Briefe mehr kamen.«

Mitfühlend drückte Emma seine Hand.

»Schrecklich, nicht?«, fragte sie leise. »Wenn man zu spät erkennt, dass man es an Güte mangeln ließ.«

Er nickte. »Es ist verrückt«, sagte er langsam, »aber ich habe das Gefühl, als könnte ich in ihrem Sinne Wiedergutmachung leisten.« Er zuckte die Achseln. »Natürlich kann ich sie nicht mehr lebendig machen, aber vielleicht gelingt es mir, die bösen Geister zu bannen.«

»Ich würde Ihnen gern dabei helfen.« Sie betrachtete das Foto. »Die Ähnlichkeit ist wirklich frappierend. Wenn man sich den Hut wegdenkt« – sie deckte einen Teil der Aufnahme mit der Hand ab –, »ist es Joss. Hier. Erkennen Sie sie?«

Er musterte das lächelnde Gesicht auf dem Foto. Zwar hatte er Joss nicht lächeln sehen, aber die Ähnlichkeit war tatsächlich erstaunlich.

»Ja«, sagte er langsam. »Ich entdecke eine Ähnlichkeit mit dem Mädchen, das letzten Samstag hier war. Aber das Merkwürdige ist …«

Er hielt inne und runzelte die Stirn. Emma griff nach dem Foto, um noch einmal einen Blick darauf zu werfen.

»Jetzt weiß ich auch, warum es *mir* merkwürdig vorkam«, rief sie. »Es ist wirklich seltsam! Sehen Sie? Die Bräute haben den falschen Bräutigam. Mutt steht nicht neben Hubert. Ich begreife nicht, warum. Ob das ein Scherz war?«

Er schwieg so lange, dass sie ihn fragend ansah.

»Das wäre schon ein bisschen verrückt«, meinte er gedehnt, »bei einem Hochzeitsfoto, das man an seine Familie schicken will. Es sei denn, man klärt den Betrachter auf. Madeleine hat auf die Rückseite geschrieben: ›Ich und Johnny mit Hubert und Honor Trevannion‹, sehen Sie?« Er holte tief Luft. »Könnten Sie es mir noch einmal erklären? Also, das ist die Dame, die Sie Mutt nennen?« Er deutete auf das Foto. »Das ist Ihre Mutter?«

Emma nickte verwirrt. »Ja, das ist Mutt. Wie seltsam! Es muss ein Scherz sein.«

»Die Sache ist nur …« Er biss sich auf die Lippen. »Die Sache ist nur, dass die Dame, die Sie Mutt nennen, meine Großtante Madeleine ist.«

Sie starrten einander verblüfft an. Tee und Kuchen waren vergessen.

»Aber wie kann das sein?«, fragte Emma verständnislos. »Irgendetwas stimmt da nicht. Warum sind Sie so sicher, dass *sie* Ihre Großtante ist und nicht die andere Frau? Ich denke immer noch, es handelt sich um einen Scherz und man hat Ihrer Familie das falsche Foto geschickt.«

»Nein, nein.« Er schüttelte entschieden den Kopf. »Ausgeschlossen. Sehen Sie sich dieses Foto an.«

Er reichte ihr ein anderes Bild über den Tisch. Die junge Frau saß auf einem Stuhl, den Blick in die Kamera gerichtet, ein Baby in den Armen, dessen Decke ihr über die Knie fiel. Der große blonde Mann hinter ihr sah mit einem stolzen Lächeln auf die beiden herab.

»Aber das ist Mutt!« Ihre Stimme klang geschockt. Sie schüttelte verstört den Kopf. »Wer ist der Mann hinter ihr? Und könnte das Baby Bruno sein?«

Sie drehte das Foto um und las: »Ich und Johnny mit Lottie. Lahore 1945.« Es war Mutts Handschrift.

Stumm reichte Dan ihr eine weitere Aufnahme. Die beiden Mädchen, eindeutig Schwestern, standen Arm in Arm und strahlten den Fotografen an. Das jüngere Mädchen hatte kurz geschnittenes Haar, und die Ähnlichkeit mit Joss war hier noch deutlicher. Langsam drehte Emma das Foto um. Die Tinte war schon etwas verblasst, aber die Schrift war noch gut zu lesen: »Vivian und Madeleine im Garten. 1936.«

Sie starrte ihn entsetzt an.

»Was bedeutet das?«, fragte sie, und ihre Stimme zitterte leicht. »Ich verstehe es nicht.«

»Ich auch nicht.« Er bemühte sich, ruhig zu bleiben. »Haben Sie irgendein Foto von Ihrer Mutter aus ihrer Zeit in Indien, als sie noch jung war? Oder ein Foto von ihr als Kind?«

Emma schüttelte den Kopf und schob die Fotos hin und her, als wären es Karten in einem Spiel, dessen Bedeutung sie noch ergründen musste.

»Ich verstehe es nicht«, sagte sie noch einmal. »Das hier ist Mutt, sehen Sie? Aber wer ist dieser Mann, Johnny? Und wer ist Lottie? Kann es sein, dass sie schon einmal verheiratet war, bevor sie meinen Vater kennenlernte? Vielleicht war sie Witwe … Nein, das ist unmöglich.«

»Wie das Hochzeitsfoto zeigt«, stimmte er ihr zu. »Der Mann auf dem Bild ist doch Johnny, oder nicht? Derselbe Mann. Und Hubert Trevannion ist mit ihnen auf demselben Foto.«

Emma starrte auf das Foto. »Aber wer ist dann diese Frau?«, fragte sie.

Kurzes Schweigen. Sie hörten, wie sich die Haustür leise öffnete und jemand die Küche betrat. Dan hatte der Tür den Rücken zugekehrt.

Emma stieß einen leisen Schrei der Erleichterung aus, und Dan erhob sich, als er die Frau erkannte. Er fühlte sich wie ein Dieb, der sich unter einem falschen Vorwand Zutritt ins Haus verschafft hatte.

»Mousie«, rief Emma. »Hier ist etwas Seltsames«, fuhr sie hastig fort und wies auf die Fotos. »Wir verstehen es einfach nicht.«

Dan war erleichtert, als Mousie ihm freundlich zunickte, bevor sie sich Emma zuwandte.

»Ich kann mir vorstellen, wie verwirrend es ist«, sagte sie. »Ich habe geahnt, dass so etwas passiert. Deshalb habe ich ein paar Briefe mitgebracht, die ich dir zeigen will. Kommst du mit, Emma? Wenn du sie liest, wirst du alles verstehen. Wir lassen Mr Crosby hier bei Tee und Kuchen für einen kurzen Augenblick allein.« Sie schenkte ihm ein beruhigendes Lächeln. »Es handelt sich um etwas sehr Intimes.«

Verwirrt und ängstlich stand Emma auf. Hinter ihnen schloss sich die Tür, und Dan setzte sich wieder an den Tisch. Er griff nach seiner Tasse, aber seine Hand zitterte so sehr, dass er sie wieder abstellte und stumm wartete.

38

»Was hat sie denn?« Pamela stand im Türbogen, der zur Küche führte, die Tasse in der einen, das Geschirrtuch in der anderen Hand, und horchte, während die Haustür hinter Mousie ins Schloss fiel. »Was ist passiert?«

»Ich habe keine Ahnung.« Offenbar war Rafe ans Fenster getreten. »Sie ist in ihr Haus gestürmt … Ah, da ist sie wieder. Sie hat ein Päckchen in der Hand, und jetzt ist sie schon an der Brücke … Sie läuft Richtung ›Paradies‹.« Er drehte sich zu Pamela um. »Wer mag dieser junge Mann sein, der eine solche Bestürzung auslöst?«

»Sie hat gesagt, er ist Amerikaner, nicht?« Pamela stellte Geschirrtuch und Tasse auf den Tisch.

»Tja, sie ist reingekommen und hat unsere Einkäufe auf den Stuhl gestellt. Dann hat sie eine Bemerkung darüber gemacht, dass man am Steinbruch allmählich den reinsten Fuhrpark vorfindet. Wahrscheinlich, weil Zoës Auto dort steht. Anschließend hat sie gefragt, wer da gekommen ist. Ich habe ihr gesagt, dass ich ihn nicht kenne, aber dass ich das Auto schon letztes Wochenende gesehen habe. Ich habe ihn ihr beschrieben – einen großen jungen Mann mit dunklem Haar und einer Aktenmappe unterm Arm. Ich dachte, er kommt vom Bestattungsinstitut.«

»Aber sie hat laut aufgeschrien, nicht?«, fragte Pamela. »In dem Moment bin ich reingekommen.«

»Sie hat geschrien: ›O mein Gott, das ist der Amerikaner mit dem Foto.‹ Oder so ähnlich. Und dann sagte sie: ›Und Emma ist allein im »Paradies«.‹ Sie ist kreidebleich geworden und sah aus …«

»Wie sah sie aus?«, fragte Pamela nach einer Weile.

»Wir haben als Kinder immer gesagt, sie ist Hellseherin. Mousie hat das selbst in die Welt gesetzt. Es gab nämlich ein paar Situationen, in denen Mousie den siebten Sinn bewies. Nicht dass sie in die Zukunft sehen konnte. Es war nur eine sehr starke Vorahnung. Als sie älter wurde, hat sie diese Vorahnungen für sich behalten, aber ich sehe ihr an, wenn es wieder mal so weit ist. Unsere Mutter fand das verstiegen, aber in meinen Augen war es eine sehr nützliche Gabe. Wie auch immer, vorhin hatte sie wieder diesen Blick. Als hätte sie eine böse Ahnung beschlichen.«

»Glaubst du, sie ahnt, was zwischen Joss und George vor sich geht?«, fragte Pamela. Plötzlich sah sie Mousie in einem ganz neuen Licht.

»Wohl schon.« Er kicherte wehmütig. »Du und ich, wir waren vermutlich die Einzigen, die keine Ahnung hatten. Dabei hat es sich direkt vor unseren Augen abgespielt. Wir müssen blind gewesen sein … Entschuldige, mein Schatz.«

Sie kicherte ebenfalls. »Wenn ich nicht blind wäre, hätte ich es bestimmt gemerkt. Sie waren ja schon als Kinder ständig zusammen. Für uns war das eine Selbstverständlichkeit. Für sie übrigens auch. Es muss ein solcher Schock gewesen sein.« Sie stieß einen zufriedenen Seufzer aus. »Er klang so glücklich, Rafe, als er uns gestern Abend davon erzählt hat.«

»Er sah auch glücklich aus. Ganz anders als vor der Aussprache mit Joss. Aber irgendwie wirkte er auch ein bisschen geschockt.«

Sie griff diese Bemerkung auf. »Das habe ich auch gespürt, aber ich dachte, es ist die Erleichterung darüber, dass sich alles so schnell gefügt hat mit Joss. Sie hätte ihn genauso gut auf Distanz halten können, bis die Scheidung durch ist – für den Fall, dass Penny es sich doch noch anders überlegt. Ich dachte, er tut sich schwer, mit diesem Wechselbad der Gefühle zurechtzukommen.« Sie lachte. »Oder bin ich verrückt?«

»Nein«, antwortete Rafe langsam. »Du bist nicht verrückt.«

»Aber du glaubst, es steckt etwas anderes dahinter?«

Er spürte die Besorgnis in ihrer Stimme und ordnete seine Gedanken.

»Er machte einen sehr glücklichen Eindruck«, versicherte er ihr. Das war das Wichtigste. »Aber er sah aus, als müsse er irgendetwas verkraften – etwas Unvorhergesehenes. Als müsse er sich über irgendetwas Klarheit verschaffen.«

»Aber doch nicht über die Tatsache, dass Joss ihn liebt?«

Rafe schüttelte den Kopf. »Nein«, sagte er. »Ich glaube nicht. Es ist etwas anderes.« Plötzlich musste er lachen. »Donnerwetter! Siehst du, was du aus mir gemacht hast? Ich bin ein Psychologe geworden. Ich lese Körpersprache und Mienenspiel wie eine alte Hexe, die aus den Teeblättern die Zukunft vorhersagt.«

Sie stimmte in sein Lachen ein. »Aber es ist doch wichtig«, sagte sie, wie um ihn zu trösten. »Wenn man Bescheid weiß, kann man sich darauf vorbereiten.« Sie tastete nach seiner Hand. »Was also könnte dahinterstecken?«

»Keine Ahnung. Aber ich glaube nicht, dass es unmittelbar etwas mit ihnen zu tun hat, wenn dich das beruhigt. Und falls doch, ist es nichts, was zwischen ihnen steht.«

Pamela stöhnte auf. »Wie frustrierend das alles ist. Ich will doch nur, dass sie endlich glücklich miteinander sind, obwohl ich das nicht sagen sollte, jetzt, da Mutt ...«

»George ist wieder da.« Rafe stand am Fenster. »Ich glaube, unter den Umständen wird Joss heute Abend ihr Auto mit raufnehmen müssen. Mousie hat Recht. Es sieht wirklich aus wie ein Fuhrpark.«

»Was macht er für einen Eindruck?«, fragte Pamela.

Rafe grinste. »Er sieht aus wie ein Mann, der soeben mit seiner Liebsten zu Mittag gegessen hat. Er ist voller Selbstbewusstsein, strahlt wie ein Idiot und ist zwei Fuß größer als bei seinem Aufbruch nach Wadebridge ...«

Sie lachten noch immer, als George hereinkam, und aus purer Lebensfreude prustete auch er los.

»Wem gehört der Wagen da draußen?«, fragte er. »Habt ihr Besuch?«

»Es ist merkwürdig«, antwortete Rafe. »Das Auto war schon letztes Wochenende da. Ein junger Mann mit einer Aktenmappe unterm Arm. Er ist raufgelaufen zum ›Paradies‹, und als Mousie hereinkam und ich ihn ihr beschrieben habe, geriet sie außer sich und ist schreiend hinaufgelaufen.«

»Aber warum?« George stand jetzt neben seinem Vater, der das Auto anstarrte, als fände er dort des Rätsels Lösung. »Emma ist oben, nicht?«

»Rafe glaubt, Mousie hätte irgendeine Vorahnung, und als sie von diesem jungen Mann hörte, ist sie losgesaust«, meinte Pamela augenzwinkernd. »Verstehst du das?«

Als er keine Antwort gab, drehte Pamela erstaunt den Kopf, und Rafe fragte scharf: »Was ist los?«

»Keine Vebs, George!«, rief Pamela in die Stille hinein, als sie hörte, wie er Luft holte, als wolle er in bodenlose Tiefen hinabtauchen.

»Komm schon, George«, sagte Rafe. »Spann uns nicht auf die Folter.«

»Es ist nicht mein Geheimnis«, erwiderte George rasch, »aber Joss hat mir erlaubt, es euch zu sagen, obwohl wir eigentlich bis nach der Beerdigung warten wollten. Es hat nichts mit uns beiden zu tun, jedenfalls nicht direkt, obwohl natürlich Joss davon betroffen ist. Es geht um Mutt.«

»Mutt?« Pamela tastete nach einem Stuhl.

»Ich werde es euch sagen«, fuhr George entschlossen fort, »aber bis nach der Beerdigung zu keinem ein Wort.« Er und Rafe setzten sich ebenfalls. »Ihr werdet es nicht glauben. Alles hat angefangen, als Mutt und die Kinder aus Indien zurückkamen. Erinnerst du dich noch daran, Pa?«

»Ja, natürlich erinnere ich mich.« Rafe entspannte sich und stützte die Ellbogen auf den Tisch. »Wie alt war ich damals? Dreizehn? Vierzehn? Wir waren alle geschockt über die Nachricht von Huberts Tod. Ich weiß noch, wie Simons Telegramm aus Liverpool eintraf und Onkel James damit hierherkam. ›Warum hat sie es uns nicht gleich geschrieben?‹, sagte er immer wieder, und Mutter versuchte ihn zu beruhigen. ›Das arme Kind muss vor Kummer vergehen‹, sagte sie. ›Sie hat die beiden Kinder, um die sie sich kümmern muss, und sie kennt doch keinen von uns.‹ Wir hatten im Krieg unseren Vater verloren, und Mutter konnte sich gut in Mutt hineinversetzen. Sie war typisch für ihre Generation: raue Schale, weicher Kern. Ich weiß noch, dass Bruno sehr still war, er lebte in seiner eigenen Welt und spielte mit Freunden, die nur in seiner Phantasie existierten. Vielleicht war das seine Art, mit dem Schmerz umzugehen. Emma war noch zu klein, als dass sie etwas mitbekommen hätte. So ein süßes Kind, wir hatten sie alle ins Herz geschlossen. Mutt …« Er verstummte und seufzte leise. »Sie war sehr schön. Ich habe sie angebetet, wie eben ein kleiner Junge für eine ältere Frau schwärmt. Aber Mousie konnte ihr wohl nie verzeihen, dass sie Hubert geheiratet hat. Ich habe Mutt das Segeln beigebracht, und das Wasser war ihr Element. Sie wurde eine tüchtige Seglerin, na, das wisst ihr ja alles …«

»Aber warum fragst du, George?« Pamela konnte ihre Geduld kaum bezähmen. »Spielt es denn eine Rolle, wie Mutt vor all den Jahren gewesen ist?«

»Ich habe mir nur gerade vorzustellen versucht, wie es damals für sie gewesen sein muss.« George schien nach einem Weg zu suchen, um es ihnen möglichst schonend beizubringen. »Tatsache ist, dass sie nicht Honor Trevannion war. Honor ist mit Hubert und deren gemeinsamer Tochter Emma in Karatschi ums Leben gekommen.« Es trat eine lähmende Stille ein. »Unfassbar, nicht wahr? Ich kann euch nur weitergeben, was ich von Joss erfahren habe.«

Und er fing an zu erzählen, so genau wie möglich, während er versuchte, sich an Joss' Worte an der Quelle des Heiligen zu erinnern. Pamela und Rafe hörten in ungläubigem Schweigen zu.

39

Mousie rief Bruno in dem Moment an, als Zoë sich gerade zu einem Mittagsschläfchen nach oben zurückgezogen hatte.

»Ich versuche, mich jeden Nachmittag ein wenig hinzulegen«, hatte sie gesagt und ausgiebig gegähnt. »Das tut mir gut. Ich kann es nur wärmstens empfehlen, obwohl man das nicht unbedingt allein machen muss.«

Sie hatte einladend eine Braue gehoben, doch er hatte nur gegrinst. Es wäre nicht das erste Mal gewesen, aber heute war er zu nervös und schüttelte nur den Kopf.

»Nette Idee«, hatte er erwidert, »aber ich bin nicht in Stimmung.«

Sie hatte gleichmütig die Schultern gezuckt und war die schmale Wendeltreppe hinaufgegangen. Im nächsten Augenblick klingelte das Telefon.

»Ich bin im ›Paradies‹.« Mousie sprach mit leiser Stimme. »Der junge Amerikaner Dan Crosby ist hier. Er und Emma haben sich Fotos angesehen.«

»O mein Gott«, entfuhr es ihm unwillkürlich.

»Das habe ich auch gedacht«, meinte sie trocken. »Ich hoffe, du bist mir nicht böse, aber ich habe ihr die Briefe gegeben. Glaub mir, es war die einzige Möglichkeit.«

»Ich glaube dir«, sagte er nach einer Weile. »Und wie geht es ihr?«

»Ich habe sie mit den Briefen in das Handarbeitszimmer an Mutts Schreibtisch gesetzt. Es ist gut möglich, dass sie Trost braucht. Wenn du kommst, nehme ich Dan mit zu mir und erzähle ihm die ganze Geschichte. Ich finde, darauf hat er jetzt ein Anrecht. Aber wenn Emma herauskommt, sollte er besser nicht hier sein.«

»Stimmt«, sagte er schnell. »Ich komme sofort.«

Er ließ die friedlich schlafende Nellie allein und lief mit raschen Schritten hinauf zum »Paradies«. Vor Angst krampfte sich ihm der Magen zusammen, aber zugleich verspürte er auch Erleichterung. Er trat leise ein und ging in die Küche. Der junge Mann erhob sich sofort. Er wirkte sichtlich erschüttert über das Drama, das er nichtsahnend heraufbeschworen hatte. Bruno reichte ihm lächelnd die Hand.

»Es tut mir ja so leid«, sagte Dan. »Sie müssen mir glauben, dass ich von all dem keine Ahnung hatte.«

»Woher sollten Sie auch?« Bruno sah Mousie an. »Hast du ihm die ganze Geschichte erzählt?«

Sie schüttelte den Kopf. »Nur in groben Zügen. Wie wäre es, wenn Sie mit mir kommen? Wir könnten eine Tasse Tee zusammen trinken, dann erzähle ich Ihnen alles ausführlicher. Ich glaube, Sie sind genauso schockiert wie wir.«

»Auf jeden Fall. Ich fühle mich schrecklich.« Man sah es ihm an. »Noch dazu in einem solchen Augenblick …«

»Es war genau der richtige Augenblick«, erwiderte Bruno leise. »Machen Sie sich darüber keine Sorgen. Alles wird gut werden. Für uns bedeutet es einen Neuanfang. Für uns alle. Bis später dann.«

»Sie sind sehr freundlich.«

Bedrückt trottete er hinter Mousie her. Bruno blieb allein zurück. Seine Gedanken waren bei Emma. Er warf einen Blick auf die Fotos, die auf dem Tisch verstreut lagen, und ein jäher Schmerz durchzuckte ihn, als seine Mutter und sein Vater ihn anlächelten. Jetzt sah er sich ihre Gesichter genauer an und versuchte sich zu erinnern, wie jung, lebensfroh und glücklich sie gewesen waren. Doch nur Bruchstücke tauchten vor seinem inneren Auge auf: wie sein Vater ihn hoch über seinem Kopf durch die Luft schwang, wie seine Mutter ihm ein Lied vorsang. Das Gesicht seines Vaters war ihm vertraut – Bruno besaß ein Porträtfoto von ihm –, aber seine Mutter erkannte er kaum wieder. Als er ihr hübsches Gesicht betrachtete, fühlte er sich plötzlich schuldig, als hätte er sie und seine kleine Schwester absichtlich dem Vergessen anheimgegeben. Wie schnell hatte er sich nach diesen schrecklichen Ereignissen in Karatschi in sein neues Leben fallen lassen, das ihn vor Schmerz, Trauer und Verlust beschützt hatte! In jenen ersten Monaten seines neuen Lebens, umstellt von Geheimnissen und angefüllt mit betäubenden neuen Erfahrungen, hatte er nur kurze Augenblicke der Trauer zugelassen.

Bruno setzte sich, die Hände auf dem Tisch gefaltet, und beschwor die Erinnerung an dieses Hotelzimmer herauf. Sein Vater und seine Schwester waren tot, seine Mutter lag auf dem Bett, das dunkle Haar schweißverklebt, zu schwach, um ihn zu trösten. Ihr Leiden war wie das eines kranken Tieres in diesem heißen Zimmer: qualvoll und unbezähmbar. In seinem ohnmächtigen Wunsch, ihr Leiden zu lindern, konnte er sich nur beschützend neben ihr Bett kauern, ihre Hand halten und ihr Gesicht von Zeit zu Zeit mit dem feuchten, zerknitterten Bettlaken abwischen. Wie stark und aufmunternd erschien ihm dagegen Mutt, die plötzlich aufgetaucht war, wie ermutigend ihre Berührung, als sie ihm den Arm um die Schultern legte und sich mit ihm neben das Bett seiner Mutter kniete. Ihre Erleichterung über Mutts Kommen war überdeutlich. Tränen liefen ihr über die Wangen, und sie streckte die Arme nach ihr aus.

»Tu genau das, was Mutt dir sagt!«, beschwor sie ihn. »Versprich es mir, mein Liebling!«, und er versprach es unter Tränen, die ihm die Kehle zuschnürten, während Mutt den Arm um ihn legte.

Später, auf der Heimreise und hier in St Meriadoc, hatte er gelernt, seine Erinnerungen an Indien in Geschichten einzuweben, die er gleichsam in Szene setzte. Auf diese Weise war es ihm gelungen, die Erlebnisse zu bewältigen. Gleichzeitig aber hatte er sich dabei immer weiter von der unerträglichen Wirklichkeit entfernt.

Das Kinn in die Hand gestützt, saß Bruno da und starrte auf die Fotos, als Emma eintrat.

Mit tränenüberströmten Wangen hatte sie den letzten Brief zu den anderen auf einen Stapel gelegt und sich in dem vertrauten Zimmer umgeblickt, ohne zu wissen, was sie tun sollte. Sie saß am Schreibtisch, den Kopf voll von Worten, das Bild der jungen, hilflosen Frau noch klar vor Augen.

»Mutt«, murmelte sie immer wieder. »Ach, Mutt«, und dann kamen wieder Tränen der Verzweiflung und Liebe.

Sie stand auf und wanderte im Zimmer hin und her, strich mit der Hand über einen unfertigen Gobelin und stellte sich vor, wie ihre Mutter an diesem Schreibtisch gesessen und ihrer Schwester geschrieben hatte, die sie nie wiedersehen würde. Wieder musste sie weinen. Doch jetzt hielt sie es nicht mehr aus. Sie musste mit jemandem sprechen, musste die Wahrheit in den Augen eines anderen lesen. Tränenblind lief sie hinaus in den Flur. Durch die halb offene Tür sah sie Bruno am Tisch sitzen, und mit gesenktem Kopf betrat sie das Zimmer.

»Ach, Bruno«, brach es aus ihr heraus. »Die arme, liebe Mutt. Wenn ich das nur gewusst hätte, bevor sie starb.«

Er erhob sich und legte ihr den Arm um die Schulter. Ihre

Umarmung tröstete ihn, sodass die Schatten der Vergangenheit allmählich zurücktraten. Sie sah ihn an und entdeckte in seinen Augen Mitgefühl und Zuneigung.

»Sie hat es so gewollt«, tröstete er sie. »Weine nicht, Emma.«

»Was für ein Schock!« Sie nahm das Taschentuch, das er ihr reichte, und wischte sich über Augen und Wangen. »Ich kann es kaum fassen. Aber als ich die Briefe las, stand sie so lebendig vor mir, dass ich das Gefühl hatte, sie würde jeden Augenblick ins Zimmer treten. Ich musste mir erst klarmachen, dass sie ja tot war. Wie gern hätte ich ihr gesagt, wie tapfer sie war und wie sehr ich sie liebe. All die Jahre mit diesem Geheimnis zu leben!« Sie versuchte, ihre Gefühle zu beherrschen. »Und du, Bruno? Wie hast du das bloß geschafft? Ich weiß, es war nicht richtig von ihr, dir eine solche Last aufzubürden, du warst ja noch so klein. Aber ich kann es ihr so gut nachfühlen.«

»Mir ging es genauso.« Er drückte sanft ihren Arm. »Ich bedauere nichts. Sie hat getan, was damals richtig war. Im Nachhinein kann man es gar nicht richtig beurteilen. Sie hat uns dargelegt, wie es war und warum sie es getan hat, und wir alle – Mousie, Joss, du und ich – haben ihre Gründe akzeptiert.«

Emma seufzte tief erschüttert, und Bruno geleitete sie zu einem Stuhl.

»Joss weiß es«, stellte Emma verwundert fest. »Und Mousie weiß es auch. Sie hat mit mir gesprochen, bevor ich die Briefe gelesen habe. Ursprünglich wolltet ihr es mir erst nach der Beerdigung sagen.«

»Das war Joss' Wunsch.« Er setzte sich ihr gegenüber. »Sie hatte Angst um dich.«

Erneut traten ihr die Tränen in die Augen. »Gerade habe ich an sie gedacht. Dass sie ganz allein war, als sie die Briefe an jenem Abend gelesen hat. Mousie meinte, sie war so tapfer. Die arme Joss! Was für ein furchtbarer Schock es für sie gewesen sein muss. Und dann noch der Schreck, als sie entdeckt hat, dass Mutt tot war. Gott sei Dank warst du hier, Bruno.«

»Dafür danke ich ihm wirklich«, erwiderte Bruno aufrichtig. Er zögerte. »Vielleicht hätten wir es dir gleich sagen sollen. Mousie war dafür, aber Joss wollte, dass Mutt zuerst in Frieden begraben wird und du Zeit hast zu trauern.«

Emma lächelte mit feuchten Augen. »Mein armer Liebling! Das war reizend von ihr.« Sie wischte sich die Tränen ab. »Ich kann es immer noch nicht glauben. Ist es falsch zu sagen, dass ich stolz auf meine Mutter bin?«

»Du solltest stolz auf sie sein«, stimmte er zu. »Sie hat mir das Leben gerettet. Ihr beide habt mir das Leben gerettet. Ich frage mich oft, was geschehen wäre, wenn ihr damals nicht aufgetaucht wärt. Kannst du dir einen vierjährigen Jungen vorstellen, der allein in Karatschi umherirrt – in der damaligen Zeit? Stell dir vor, wie einsam ich gewesen wäre, selbst wenn ich es bis nach Hause geschafft hätte. Meine ganze Familie war tot. Du und Mutt, ihr habt meinem Leben Kontinuität gegeben. Wir standen uns alle so nahe. Ihr wart meine Familie.«

Sie sah ihn an. »Wir sind nicht Bruder und Schwester«, sagte sie langsam. »Ich begreife das erst ganz allmählich. Es ist verrückt, aber ich kann es immer noch nicht ganz akzeptieren. Du bist nicht mein Bruder.« Sie schüttelte den Kopf. »Es ist … einfach unglaublich, nicht wahr? Ich bin nicht Emma, sondern Lottie. Ich habe dich nach Lottie gefragt, erinnerst du dich?«

Er zuckte hilflos die Achseln. »Was hätte ich tun sollen? Ich hatte es Mutt versprochen.«

»Nein, nein, ich mache dir keinen Vorwurf«, erwiderte sie hastig, »aber am Ende ihres Lebens hat sie meinen Namen gerufen, Bruno. Und zwar mehrmals. Glaubst du, ihr ist alles noch einmal durch den Kopf gegangen?«

»Wahrscheinlich. Wer weiß das schon? Schließlich hat sie sich auch an die Briefe erinnert, die sie all die Jahre versteckt gehalten hat.«

Kurzes Schweigen.

»Wenn Joss sie nicht gelesen hätte, hättest du es mir dann jemals gesagt?«

Bruno antwortete nicht sofort. »Ich hätte das Versprechen gehalten, das ich Mutt gegeben hatte«, sagte er schließlich.

Sie lächelte und zuckte die Achseln. »Das spielt jetzt sowieso keine Rolle mehr«, meinte sie. »Aber wenn es Probleme mit dem Testament gegeben hätte, zum Beispiel, weil Ray versuchen würde, anstelle der Bootswerft ein Hotel zu bauen, hättest du auch dann daran festgehalten?«

Er ließ ein leises Schnauben hören. »Ich weiß nicht. Es wäre schwierig gewesen, wenn Pamela und Rafe das Dach über dem Kopf verloren hätten. So wie's aussieht, wird es nicht dazu kommen. Mutt hat dir das ›Paradies‹ vermacht, genau wie wir vermuteten, und das ›Krähennest‹, die Cottages und die alte Bootswerft mir. Über die Erbschaftssteuer hat sie sich offensichtlich keine Gedanken gemacht.«

»Ray schon«, erwiderte Emma. »Er wollte unbedingt das Testament finden, um zu wissen, was Mutt verfügt hat und wie die Steuern bezahlt werden könnten.« Sie runzelte verwirrt die Stirn. »Dans Auftauchen hat ihr vermutlich die Briefe in Erinnerung gerufen. Der Ärmste! Wie schade, dass er trotz all seiner Bemühungen Mutt nicht mehr kennengelernt hat. Aber warum hat sie Joss gebeten, ihr die Briefe zu bringen, und nicht dich? Das wäre doch das Naheliegende gewesen?«

»Ich habe da eine Theorie«, erwiderte Bruno. »Ich glaube, Mutt war überzeugt, die Stunde der Wahrheit sei gekommen, doch sie brachte es nicht über sich, es selbst zu sagen. Als sie Joss bat, ihr die Briefe zu bringen, hoffte sie unbewusst, dass sie sie lesen würde.« Er lachte freudlos. »Meine Güte, war ich wütend, als Joss mir von den Briefen erzählt hat! All die Jahre haben wir es geheim gehalten, und die ganze Zeit lagen die Briefe für jedermann zugänglich hier herum.« Er schwieg einen Moment. »Joss war wirklich tapfer.«

»George hat ihr dabei geholfen«, murmelte Emma und lächelte wehmütig. »Ich habe mir immer gewünscht, dass sie einmal das ›Paradies‹ bekommen würde. Tja, die Dinge haben sich geändert, nicht?«

»Ich hoffe sehr, dass sie und George hier im ›Paradies‹ leben werden«, fuhr er leise fort. »Meiner Ansicht nach hast auch du weiterhin ein Anrecht auf das Haus, nach allem, was du und Mutt für uns getan habt. Wenn die Situation umgekehrt wäre – wenn du Huberts Tochter wärst und ich Mutts Sohn –, würdest du mich dann aus dem ›Krähennest‹ rauswerfen? Hätten sich jetzt, nachdem du die Briefe gelesen hast, deine Gefühle mir gegenüber geändert, und würdest du unsere gemeinsame Vergangenheit einfach ausradieren, als hätte es sie nie gegeben? Nein, ich weiß, dass du das nie tun würdest. Aber rein rechtlich gesehen hat sich schon etwas geändert.«

»Ray wird einen Anfall bekommen.« Sie kicherte leise. »Macht nichts. Er wird für Mutt Verständnis haben. An ihrer Stelle hätte er genauso gehandelt. Was wird jetzt geschehen?«

Er legte ihr dar, dass man das Testament seines Großvaters erneut beglaubigen lassen könnte, um nicht ein zweites Mal Erbschaftssteuer zu zahlen. Emma hörte ihm aufmerksam zu, als er fortfuhr, er wolle Rafe und Mousie ihre Cottages übereignen, damit in Zukunft weniger Steuern anfielen, und das restliche Anwesen Joss und George vermachen.

»Ich betrachte sie als meine Kinder«, sagte er. »Und ich habe Mutt versprochen, mich um Joss zu kümmern.«

Emma sah ihn liebevoll an. »Ich möchte nichts haben«, sagte sie. »Ich wollte das ›Paradies‹ immer nur für Joss. Ich danke dir, Bruno. Trotzdem, sie wird sich sträuben. Und was ist mit Olivia und Joe? Werden sie sich nicht benachteiligt fühlen, wenn George in das ›Paradies‹ einzieht, und sei es mit Joss?«

Sie richtete sich auf ihrem Stuhl auf. Allmählich wurde ihr die Tragweite der ganzen Sache bewusst. »Wir werden es allen sagen müssen.«

»Ja, Emma.« Er sah sie voller Mitgefühl an. »Schon allein wegen Joss. Pamela und Rafe sind bald ihre Schwiegereltern, und du weißt ja, wie sehr sie Heimlichtuerei und Unaufrichtigkeit hasst.«

»Ja, ich weiß.« Sie sah ihre Tochter vor sich, wie sie von ihrem Spaziergang mit George und den Eseln zurückgekommen war. Sie erinnerte sich an den Ausdruck freudiger Erleichterung in Joss' Gesicht, nachdem sie sich endlich zu ihrer Liebe zu George bekennen konnte. »Du hast vollkommen Recht. Aber dadurch werden die Komplikationen mit Georges Geschwistern noch größer. Schließlich hat Joss juristisch betrachtet überhaupt kein Anrecht.«

Bruno schüttelte den Kopf. »Ich glaube nicht, dass es so kompliziert ist«, sagte er. »Angenommen, George würde das ›Paradies‹ kaufen – mit dem Geld, das er für sein Haus in Meavy erlöst. Kein Mensch würde je erfahren, wie hoch der Preis ist, denn es wäre eine Sache zwischen mir und ihm. Die Differenzsumme wird mein Hochzeitsgeschenk an die beiden sein. Außerdem ist es doch nicht so, dass Joe und Olivia das ›Paradies‹ unbedingt haben wollen, jedenfalls nicht, um selbst dort zu wohnen. Was hältst du von der Idee?«

Tränen standen in ihren Augen. »Danke, Bruno«, sagte sie. »Was soll ich sagen?«

Bevor er antworten konnte, hörte er, wie die Haustür aufging und ins Schloss fiel, als wäre die Klinke jemandem aus der Hand gerutscht. Kurze Stille, dann rasche, nervöse Schritte im Flur.

40

Joss stürmte in die Küche, die Wangen gerötet, die Augen vor Angst weit aufgerissen.

»Mum«, sagte sie besorgt. »Ist alles in Ordnung? Mousie hat mich auf dem Heimweg abgefangen …«

Emma war aufgesprungen, die Arme ausgebreitet, und sie hielten einander fest umschlungen.

»Ach, mein Liebling«, sagte sie lachend und weinend zugleich. »Das war ein Schock. Wir haben gerade darüber gesprochen, und ich zittere immer noch. Wie bist du nur damit fertig geworden?«

Joss sah ihre Mutter prüfend an. »Geht es dir auch wirklich gut?« Sie stieß einen tiefen Seufzer aus. »Gott sei Dank. Dann hat Mousie also Recht gehabt.«

»Mousie?« Emma machte ein verdutztes Gesicht.

»Ich hatte Angst, du wärst am Boden zerstört, aber Mousie meinte, ich würde dich unterschätzen. Du würdest Mutt bewundern für ihre Stärke und ihren Mut.«

»Sie hatte Recht.« Jetzt, da ihre Tochter da war, gewann Emma rasch die Fassung zurück. »Bruno glaubt, unbewusst hat Mutt gehofft, dass du die Briefe liest und die Wahrheit ans Licht kommt.«

»Meinst du wirklich? Ich würde es gern glauben. Und es

macht dir wirklich nichts aus …?« Joss sah ängstlich zu Bruno und fragte sich, wie viel ihre Mutter tatsächlich begriffen hatte.

»Wir haben überlegt, das ursprüngliche Testament noch einmal beglaubigen zu lassen«, erwiderte er, »und wir wissen jetzt, wie wir weiter vorgehen.«

»Dad wird einen Aufstand machen«, warnte Joss. »Bestimmt, Mum.«

»Ich denke, er wird es akzeptieren«, antwortete Emma ruhig. »Er ist in erster Linie Geschäftsmann. Aus dieser Perspektive hat er St Meriadoc seit jeher betrachtet. Alles bewertet er nach seinem finanziellen Nutzen, so ist er nun mal. Aber wir dürfen nicht vergessen, dass ihm immer unser Wohl am Herzen lag, Joss. Ihr werdet sehen, dass er sich zufriedengibt, wenn er erst die Wahrheit kennt.«

Emma hatte voller Gelassenheit gesprochen, und Joss und Bruno hatten ihr schweigend zugehört.

»Ich hoffe, du hast Recht«, meinte Bruno nach einer Weile. »Allerdings wäre es sehr hilfreich, wenn wir ›Goblin Market‹ und die Sterbeurkunden hätten. Zumindest können wir nun in aller Ruhe danach suchen. Wo sollen wir bloß anfangen?«

»Oh.« Emma riss die Augen auf. Soeben war ihr etwas eingefallen. »Ich wette, das Buch ist in dem Päckchen. Natürlich!«

Unter Joss' und Brunos erstaunten Blicken ging Emma zur Anrichte, holte das Päckchen heraus und schob es Bruno über den Tisch zu. Mit zitternden Händen schnürte er es auf. Der Pappeinband zeigte eine Illustration von Arthur Rackham, der Umschlag war kaum dicker als Papier, die Seiten waren aufgeschnitten. Behutsam schlug er es auf und entfernte den Umschlag, der mit einer dicken Büroklammer am Buchrücken befestigt war.

»Es ist eine Erstausgabe«, sagte er und betrachtete ehrfürchtig das Buch. »Es hat fünf Shilling gekostet. Viel Geld für ein kleines Mädchen.« Er reichte das Buch Emma und Joss weiter, nachdem er die Titelseite aufgeschlagen hatte. Die Widmung lautete:

Für meine Schwester Madeleine
zu ihrem fünfzehnten Geburtstag.
In Liebe
Vivian

Emma blätterte vorsichtig um. Joss sah ihr über die Schulter, während Bruno den beiliegenden Brief las.

»Paradies«
im Juni 1947

Mein lieber Bruno,
dieser Brief ist für dich bestimmt, wenn du erwachsen bist. Schließlich ist es nur recht und billig, dass du die Sachen bekommst, falls es irgendwann einmal Probleme gibt. Ich hätte das Buch gern Emma geschenkt, aber ich könnte ihr kaum die Widmung erklären, die nur Verwirrung stiften würde. Bewahre es für mich auf!
Mein lieber Junge, bitte verzeih mir, wenn ich dir etwas Böses angetan habe! Mein einziger Wunsch war, dass du glücklich wirst. Wenn du älter bist, wirst du erkennen, dass jeder von uns Fehler macht und anderen wehtut, ohne es zu wollen.
Ich danke dir für deine Liebe, sie bedeutet mir sehr viel. Ich hoffe, du weißt, wie sehr auch ich dich liebe.
Deine Mutt.

Tief bewegt stand Bruno auf, rang sich ein Lächeln ab und nahm den Brief mitsamt den anderen Schriftstücken an sich.

»Ich gehe jetzt«, sagte er ziemlich abrupt. »Ich würde mir gern die anderen Dokumente genauer ansehen, und ihr beide habt bestimmt auch das Bedürfnis, eine Weile allein zu sein. Morgen früh komme ich wieder. Ach ja, das Buch ist für dich, Emma. Das schreibt Mutt in diesem Brief.«

Überstürzt verließ er die Küche. Emma und Joss blickten ihm schweigend nach.

»Für ihn ist es auch schlimm«, sagte Joss nach einer Weile. »Armer Bruno! All diese Erinnerungen.«

Emma wandte sich wieder dem Buch zu und las noch einmal die Widmung auf der Titelseite. Dann nahm sie ein Foto vom Tisch. Gemeinsam betrachteten sie Madeleine und Vivian, wie sie glücklich lächelnd im sonnigen Garten standen. Dann sahen sie einander an.

»Ach, mein Liebling«, sagte Emma. Ihre Stimme klang erschöpft, »was für ein Tag!«

»Es wird lange dauern, das alles zu verarbeiten«, sagte Joss. Aber sie wirkte erleichtert, befreit von dem Zwang, sich verstellen zu müssen. »Das Schlimmste ist vorbei, nur Dad müssen wir es noch sagen. Und das Wunderbare ist, dass wir immer noch hier sind, hier im ›Paradies‹.«

Mousie saß an ihrem Klapptisch und betrachtete den Sonnenuntergang. Es wehte nur noch ein sanfter Wind, und im Westen erglühte der Himmel in karmesinrotem Feuer, dessen Flammenzungen über den Horizont leckten und das Meer in leuchtende Farben tauchten. Fasziniert von diesem Schauspiel, blieb sie reglos sitzen und dachte über die vergangenen Stunden nach.

Dan hatte eine Weile gebraucht, bevor er Madeleines Geschichte verstanden hatte.

Erschüttert von der Wendung der Ereignisse, versuchte er seine Großtante in neuem Licht zu sehen. Er ging mit der Hoffnung, dass seine Nachforschungen keine Katastrophe ausgelöst hatten, wie er zunächst befürchtet hatte.

»Es war genau der richtige Zeitpunkt«, hatte Mousie ihm versichert. »Bruno hat Recht. Es tut mir leid, dass Sie Madeleine nicht mehr kennengelernt haben, aber sie hatte damals eine Entscheidung getroffen – mit gutem Recht, wie ich glaube. Sie müssen die Briefe lesen, Dan. Daraus erfahren Sie mehr, als ich Ihnen sagen kann.«

Sie redeten noch eine ganze Weile, und Mousie erkannte, dass ihn nicht bloße Neugier getrieben hatte, sondern der aufrichtige Wunsch, so viel wie möglich über seine Großtante herauszufinden. Im Lauf der Zeit hatte seine Großmutter ihm viel von Madeleine erzählt, von ihrer gemeinsamen Kindheit und von ihren Gewissensbissen. Sie glaubte ihre Schwester im Stich gelassen zu haben, als diese ihre Hilfe am dringendsten brauchte.

»Ich hatte nichts Böses im Sinn, als ich hierherkam«, sagte er betreten. »Im Gegenteil. Ich habe gehofft, gute Nachrichten über meine Großtante Madeleine mit nach Hause zu bringen, auch wenn es meiner Großmutter nichts mehr nützen würde. Ich wollte keinen Unfrieden stiften.«

»Es war zu spät für die beiden«, hatte Mousie geantwortet. »Für uns ist es nicht zu spät. Machen Sie sich keine Gedanken, Dan, Sie haben uns nichts angetan!«

Er murmelte, er könne sich Emmas tiefe Erschütterung gut vorstellen. Seine Sorge um sie rührte Mousie.

»Sie ist Ihre Cousine«, meinte sie fröhlich. »Und Joss ist Ihre Nichte. Das ist doch ein schöner Gedanke, nicht wahr? Sie kehren also nicht mit leeren Händen nach Hause zurück. Und wie ich Emma kenne, wird sie alles über Sie und Mutts Verwandtschaft wissen wollen. Das ist doch schön.«

Sie war dankbar, dass er aufbrach, als alles gesagt war. Offenkundig hatte er nicht den Wunsch, jemandem aus der Familie zu begegnen.

Schließlich klopfte es an der Tür, und Bruno trat ein. Er legte den Umschlag auf den Tisch. »Das hier hat Emma die ganze Zeit verwahrt«, sagte er. »Sie hat es in der Schublade gefunden, wo Mutt ihre Briefe liegen hatte. Es war zu einem Päckchen verschnürt und an mich adressiert. Emma wollte es mir erst nach dem Begräbnis geben, weil sie befürchtete, es könne etwas drin sein, was zu Unstimmigkeiten zwischen mir und Gevatter Fox führt.«

»Und ›Goblin Market‹ war nicht drin?« Mousie rührte den Umschlag nicht an.

»Doch, es war genauso, wie Mutt gesagt hatte. Sie hat mir einen Brief geschrieben … Du kannst ihn ruhig lesen.«

Er nahm Platz, während Mousie das Blatt in die Hand nahm und ihre Brille aufsetzte. Bruno stützte die Arme auf den Tisch und blickte hinaus aufs Meer. Auch er öffnete den Umschlag nicht, sondern saß schweigend da, während Mousie den Brief las.

Jetzt setzte Mousie ihre Brille ab und faltete den Brief zusammen. Sie konnte sich gut vorstellen, wie schwer es für ihn war, nach so vielen Jahren des Leugnens die offizielle Bestätigung für den Tod seiner Eltern in der Hand zu halten. Lange saßen sie schweigend da. Die Dämmerung brach herein, der Raum füllte sich mit dunklen Schatten, und bald funkelte tief über dem Horizont ein einzelner Stern. Die Wellen rollten über die Felsklippen und brachen sich an der Deichmauer.

»Es war ein furchtbarer Schlag für dich«, sagte Mousie leise, »deine ganze Familie auf einmal zu verlieren. Und doch kann aus einer so schrecklichen Tragödie auch Gutes erwachsen. Deine Bücher sind, glaube ich, ein solches positives Ergebnis. Dein Instinkt, Fakten und Fiktion miteinander zu vermischen, hat es dir damals ermöglicht weiterzuleben und in dir die Gabe des Geschichtenerzählens geweckt. Dein Talent, das trockene Handlungsgerippe mit dem Fleisch der Fiktion zu füllen und der Geschichte auf diese Weise Farbe und Dramatik zu verleihen, hat vielen Menschen Freude bereitet. Hubert wäre stolz auf dich gewesen.« Sie nahm den Umschlag und öffnete ihn, warf einen Blick auf die Totenscheine und legte sie beiseite. »Du solltest sie gut aufbewahren, damit das Testament deines Großvaters problemlos beglaubigt werden kann«, fuhr sie fort. »Sonst haben sie keinen Nutzen. Es ist nicht deine Schuld. Du hattest keine andere Wahl. Lass sie in Frieden ruhen, Bruno!«

Er sah sie an. »Ich glaube, ich habe schon damit angefangen. Oben im ›Paradies‹, in der Küche, als Emma die Briefe gelesen hat. Da habe ich mir das Hochzeitsfoto angesehen und erkannt, dass ich mich kaum an sie erinnere, auch an meine Schwester nicht. Es war, als hätte ich sie ganz bewusst aus meinem Leben verbannt. Also habe ich versucht, die wenigen Erinnerungen wachzurufen, gewissermaßen als Wiedergutmachung. Dann kam Emma herein, und während ich sie tröstete, hatte ich plötzlich das Gefühl, von einer Schuld befreit zu werden. Es war merkwürdig, denn obwohl ich sie tröstete, tröstete auch sie mich. Und plötzlich sah ich Mutt vor mir, wie sie in diesem Hotelzimmer auftauchte, und erinnerte mich an meine Gefühle in diesem Augenblick. Ich hoffe, sie hat gewusst, wie sehr ich sie geliebt habe.«

Er warf einen traurigen Blick auf die Sterbeurkunden und steckte sie wieder in den Umschlag. Eine Stelle aus Mutts Briefen an ihre Schwester fiel ihm wieder ein:

Bruno besitzt für sein Alter eine erstaunliche Klugheit und Güte. Wenn er mich anlächelt und mich umarmt, habe ich das Gefühl, ich hätte bereits Vergebung erlangt …

Er empfand sich zwar nicht als sonderlich klug, doch er war froh, dass er ihr diesen Trost hatte geben können – als Entschädigung für die Geborgenheit und Liebe, die sie ihm geschenkt hatte. Ihm fiel auch der letzte Satz ein, den sie Vivi zum Abschied geschrieben hatte:

Vielleicht bin ich ja längst Tante und Emma hat einen Cousin, den sie niemals kennenlernen wird.

Hier zumindest konnte Abhilfe geschaffen werden. Bruno schob den Umschlag beiseite und lächelte Mousie an.

»So, und jetzt sag mir, wie du Dan Crosby findest«, bat er.

EPILOG

Die Maisonne schien heiß, der leichte Wind trug den Duft von Weißdornblüten herbei, und irgendwo hoch oben über seinem Kopf sang eine Lerche. Die Esel standen im Schatten der Tamarisken und steckten die Köpfe zusammen, als hätten sie ein Geheimnis miteinander. Und er lehnte sich auf das warme, raue Holz des Gatters und lächelte still vor sich hin.

Er war in St Endellion gewesen, am Grab seiner Großtante Madeleine, und jetzt würde er im »Paradies« mit Emma und Joss Tee trinken.

»Schließlich sind wir Verwandte«, hatte Emma am Telefon gesagt. »Also sollten wir uns besser kennenlernen.«

Er scheute sich, ihnen zur Last zu fallen, denn er hatte immer noch ein schlechtes Gewissen, weil durch sein Auftauchen die Bombe geplatzt war. Doch die ganze Familie war ihm nur mit Freundlichkeit begegnet, als er an Ostern zu einem Kurzbesuch erschienen war. Er hatte die Briefe seiner Großtante an dem Schreibtisch gelesen, an dem sie geschrieben worden waren. Sie hatten ihn tief bewegt. An jenem Osterwochenende hatte er, wie letztes Mal, in einem Hotel in Port Isaac übernachtet, doch diesmal wohnte er für zwei Nächte bei Joss und ihrer Mutter im »Paradies«. Sein Wagen stand unten im Steinbruch, er hatte es nicht über sich gebracht, mir nichts, dir nichts bis vor die Haustür zu fahren. Seine Reisetasche war noch im Kofferraum.

Dan schüttelte den Kopf über seine Bedenken. Es war, als wartete er auf etwas, was ihm die unsichtbare Barriere überwinden half, die nach seinem Gefühl noch immer zwischen ihm und diesen freundlichen Menschen stand. Als er den Blick über die sonnenbeschienene Wiese schweifen ließ, hörte er, wie sich das geschwungene schmiedeeiserne Tor öffnete, und sah eine junge Frau, die das Tor behutsam wieder schloss. Sie trug einen langen Jeansrock mit einer blumengemusterten Bluse und einen weichen Strohhut zum Schutz gegen die Sonne. Die Esel zuckten mit den Ohren und wedelten mit ihren Quastenschwänzen, und die junge Frau hielt ihnen die Karotten hin, die sie ihnen mitgebracht hatte.

Er richtete sich auf, und Joss, die die Bewegung bemerkt hatte, warf einen Blick über die Wiese. Sie winkte und kam über die Wiese auf ihn zu, strahlend vor Freude. Verflogen war die Vorsicht, die er bei ihrer ersten Begegnung an ihr wahrgenommen hatte. Jetzt war ihre Miene erfüllt von Vertrauen und Lebenslust.

»Kennst du unsere Esel schon?«, fragte sie, als sie näherkam. »Rumpleteaser und Mungojerrie. Gehen wir rein zum Tee? Mum hat den ganzen Vormittag gekocht und gebacken. Ich hoffe, du bist hungrig.«

»Wie geht es Emma?« Er hatte nicht vergessen, dass er schon bei der ersten Begegnung das Gefühl gehabt hatte, sie zu kennen. »Kommt sie … Kommt sie mit allem gut zurecht?«

Lächelnd sah ihm Joss in die Augen und nickte. »Sie gewöhnt sich langsam an die Wahrheit«, erwiderte sie. »Wie wir alle. Ich fühle mich befreit. Das haben wir dir zu verdanken. Es gibt so viel zu besprechen, so viele Erinnerungen auszutauschen. Wir haben die Briefe immer wieder gelesen.

Meine Mutter ist jedes Mal ganz mitgenommen, und oft wird sie sehr traurig. Aber ich habe ihr versprochen, die erste Tochter, die George und ich bekommen, Charlotte zu nennen, kurz Lottie.« Sie warf ihm einen schelmischen Blick zu. »Oder vielleicht Charlotte Vivian zum Andenken an deine Großmutter. Was hältst du davon?«

»Klingt großartig.« Joss' Freude war ansteckend. »Sie wäre begeistert von dieser Idee.« Er grinste und meinte kühn: »Habe ich da etwas durcheinandergebracht? Ich glaube mich zu erinnern, dass du mir gesagt hast, ihr beide werdet erst im Herbst heiraten.«

»Das stimmt. Du hast nichts durcheinandergebracht«, erwiderte Joss mit gespielter Strenge. »Ich plane nur schon ein wenig. Vielleicht könntest du es einrichten, zur Hochzeit zu kommen? Schließlich sind wir *eine* Familie, auch wenn wir uns noch nicht so gut kennen, wie wir es gern hätten, Cousin Dan.«

»Ich bin überzeugt, das lässt sich ändern, Cousine Joss.« Er deutete eine Verbeugung an. »Es gibt eine Menge Leute in den Staaten, die dich und Emma gern kennenlernen würden. Und George natürlich auch«, beeilte er sich hinzuzufügen.

»Und Mousie und Bruno«, ergänzte sie übermütig. »Nicht zu vergessen Rafe und Pamela und Olivia und Joe. Wenn du einen von uns nimmst, musst du alle nehmen. So sind wir eben.«

»Es ist mir eine Ehre«, erwiderte er etwas förmlich, doch im freudigen Gefühl, dass die Barriere endlich überwunden war. »Danke.«

So standen sie im Sonnenschein, Madeleines Enkelin und Vivians Enkel, und lächelten einander an. Dann ging sie ihm voraus über die Wiese, und er folgte ihr durch das Tor in den »Paradies«-Garten.

Marcia Willett

Die Wärme eines Sommers

ROMAN

Ins Deutsche übertragen
von Sonja Schuhmacher und Rita Seuß

Weltbild

Für Anne Ellison

DANKSAGUNGEN

Ich danke Bridget Rochard.
Und ich danke dem britischen Seenotrettungsdienst,
insbesondere der Crew des SALCOMBE LIFEBOAT,
die Jemima erlaubt hat,
in den Mannschaftsquartieren zu »wohnen«.

ERSTER TEIL

1

Der Mann gegenüber, der per Handy telefonierte, belog seine Frau. Er lehnte sich an den Tisch, betrachtete die Landschaft, die draußen vorbeizog, und sprach mit leiser Stimme. Seine kräftigen Finger mit den gepflegten Nägeln und dem schweren Goldring trommelten nervös auf die Tischplatte, während er sich hin und wieder einen tiefen, ärgerlichen Seufzer abrang.

»Haben wir das nicht alles schon getan, Liebling?« Unüberhörbar schwangen Wut und Ungeduld in der höflich gestellten Frage mit, und dieses »Liebling« war eher eine Ohrfeige als eine Zärtlichkeit. »Ich habe dir doch gesagt – oder etwa nicht? –, dass ich heute Abend wahrscheinlich nicht nach Hause kommen kann … Es interessiert mich, ehrlich gesagt, nicht im Geringsten, was Jill meint … wie lange die Sitzung dauert. Sie hat keine Ahnung … Okay, sie weiß also, dass Lisa auch kommt. Wir waren uns doch einig, dass es keine gute Idee ist, die Ehefrauen meiner Kollegen zu Rate zu ziehen, wenn du wieder einmal einen dieser – Anfälle hast … Ich weiß, aber das ist die Wahrheit. Sie ist zufällig in meiner Abteilung, und wir arbeiten gemeinsam an diesem Projekt. Mehr nicht … *Natürlich* ist es schwierig, aber ich kann doch nicht verlangen, dass man sie rauswirft, nur weil sie jung und attraktiv ist … Meine Güte …«

Er wurde immer lauter, zügelte seine Ungeduld nicht mehr und warf Louise über den Tisch hinweg einen argwöhnischen Blick zu. Louise fühlte sich ertappt, wandte hastig die Augen ab und schaute aus dem Fenster. Auf einer Wiese, die sich zu einem schmalen glitzernden Bach senkte, stand eine junge Frau, ein Kind im Arm, und blickte dem vorbeifahrenden Zug nach. Sie winkte und ermunterte auch das Kind dazu, bewegte seine Hand und ließ es lachend auf der Hüfte wippen, während es unverwandt zum Zug aufsah. Louise beobachtete die beiden erschrocken und war einen Augenblick wie gelähmt, bevor sie sich vorbeugte und fast allzu ungestüm zurückwinkte, bis Frau und Kind in der Ferne verschwanden. Ihr Atem ging rasch, als sie in ihren Sitz sank, bemüht, die Gefühle zu unterdrücken, die sie mit einem Mal überwältigten.

Ihr Mitreisender hatte sein Telefongespräch beendet und musterte sie neugierig. Er taxierte sie wie ein Angler die Chancen auf einen guten Fang. Sie wusste schon, was jetzt kam. Gleich würde er seine Chancen austesten.

»Freunde von Ihnen?«

Das war ein ziemlich harmloser Köder, eine leicht auf- und abwippende, hübsche kleine Fliege, ein nicht gerade aufregender, aber charmanter Versuch, ihre Aufmerksamkeit zu wecken. Sie beschloss, sich ein Stück weit darauf einzulassen, war es doch eine willkommene Ablenkung von ihren verwirrenden Gefühlen beim Anblick der Frau mit dem Kind.

»Nein, nein. Ein Reflex vermutlich. Wenn jemand winkt, ist es doch nur natürlich zurückzuwinken, oder?«

»Tja, ich weiß nicht.« Er rutschte auf seinem Sitz hin und her und streckte dann die Beine unter den leeren Sitz neben ihr. »Kommt ganz darauf an, wer winkt.«

Sein Lächeln und ein kurzes Hochziehen der Augenbrauen deuteten an, dass er ganz bestimmt zurückwinken würde, wenn sie es wäre oder eine andere attraktive junge Frau. Sie ließ sich nicht anmerken, dass sie mit genau dieser Reaktion gerechnet hatte.

»Da ist was dran.« Träge umkreiste sie den Köder.

»Tut mir leid, dass ich Sie mit meinen … äh … privaten Problemen belästigt habe«, sagte er hastig und deutete auf das Handy, das zwischen ihnen auf dem Tisch lag. »Das gehört sich nicht, aber …« Er spitzte spöttisch die Lippen und fügte in verschwörerischem Ton hinzu: »… diese argwöhnischen Ehefrauen …«

Die Fliege zitterte verführerisch, eine Einladung, sie genauer in Augenschein zu nehmen.

»Woher wollen Sie wissen«, fragte sie beiläufig, aber mit einer Spur amüsierter Koketterie, »dass ich nicht auch so eine ›argwöhnische Ehefrau‹ bin?«

Er machte es sich auf seinem Sitz noch bequemer, voller Zuversicht, sodass sie sich den Angler vorstellen konnte, seinen schief sitzenden Hut, seine Hand, die Rute locker, aber fest im Griff. »Oh, Sie sehen überhaupt nicht danach aus. Dafür sind Sie viel zu hübsch.«

»Finden Sie?«

Angebissen? Er schickte sich an, die Leine ein wenig einzuholen. »Auf jeden Fall. Und offenbar auch selbstbewusst. Nur unsichere Frauen werden eifersüchtig. Und reizlose natürlich.«

»Ist Ihre Frau denn reizlos?« Sie spielte mit dem Köder, verlockte den Mann zum Verrat. »Oder unsicher?«

»Nur ein wenig unausgeglichen. Schwieriges Alter. Ziemlich zermürbend auf die Dauer.«

»Dann bildet sie sich alles nur ein?« Ihre Stimme klang beinahe verächtlich; der Köder erwies sich als ziemlich fade.

»Oh, das würde ich nicht sagen.« Er ließ den Köder erneut

tanzen, das spitzbübische Lächeln, das Erfahrung und Lust versprach. »Was sie nicht weiß, macht …« Er zuckte die Achseln.

»Scheint so, als wüsste sie mehr, als Sie gedacht haben.«

Überraschenderweise lachte er, und angesichts dieser spontanen Reaktion konnte sie sich ein Lächeln nicht verkneifen. Wider Willen fühlte sie sich von ihm angezogen.

»Eins zu null für Sie«, sagte er und lächelte zurück … Eine Pause entstand, sie sahen einander an. Die Angelleine straffte sich.

»Heikel, das Ganze, nicht …?« Sie ließ die Frage einen Augenblick im Raum stehen. »Vielleicht habe ich einen argwöhnischen Ehemann.«

»Das würde mich kein bisschen überraschen.« Seine Stimme klang erregt. »Andernfalls wäre er ein Dummkopf.«

»Also?« Sie beugte sich vor, die Ellbogen auf den Tisch gestützt, und täuschte Vertraulichkeit vor. »Wie machen Sie das?«

»Ah.« Er lächelte beinahe selbstgefällig, und sie hatte das Gefühl, langsam, aber unaufhaltsam in seinen Bann gezogen zu werden. »Das habe ich meinem Freund hier zu verdanken, wissen Sie.«

Er hob das Handy hoch, und sie starrte verblüfft darauf. Er kicherte.

»Ich habe es immer bei mir. Keine verdächtigen Anrufe zu Hause, nicht die Ausreden, jemand habe sich verwählt, wenn meine Frau rangeht. Ich bin immer und überall erreichbar. Ich kann Nachrichten verschicken. Na ja, vorausgesetzt, dass die andere Person auch ein Handy hat. Auf der Telefon- oder der Hotelrechnung taucht nichts auf. Natürlich« – ein unmerkliches Augenzwinkern –, »natürlich schalte ich es aus, wenn ich in einer … Sitzung bin.«

»Nachrichten verschicken?«

»Genau. Man kann dem Menschen, den man liebt, alles schriftlich mitteilen. Man muss gar nicht sprechen. So kann man die Verbindung aufrechterhalten. Und in der nächsten Sekunde kann man die Nachricht wieder löschen. Keine Beweise und damit keine Lügen. Haben Sie keins?«

»Nein«, erwiderte sie langsam. »Nein. Ich bin ein bisschen technikfeindlich. Mikrowelle und Video – das genügt. Deshalb – nein, ich besitze kein Handy.«

Er beugte sich noch weiter zu ihr herüber und lächelte wieder, als sei er sicher, sie schon am Haken zu haben. »Vielleicht sollten Sie sich eins zulegen. Ich würde Sie gern beraten ...«

Sie musterte ihn eine Weile, bis sie in einen Bahnhof einfuhren. Sie blickte aus dem Fenster.

»Ich muss aussteigen.«

»Was?« Er starrte sie ungläubig an. Die Leine schnellte zurück, seine Beute entwischte ihm, die Angelrolle surrte hilflos. »Wo sind wir? Totnes?«

»Richtig.« Sie schulterte ihre Tasche und nahm ihren Mantel. »Ich mache hier zwei Wochen Ferien. Vielen Dank für die Tipps.«

»Warten Sie.« Er kritzelte eine Nummer auf ein Blatt Papier und riss es aus seinem Filofax. »Falls Ihnen langweilig wird ...«

Sie schüttelte lachend den Kopf. »Ganz bestimmt nicht. Viel Spaß bei Ihrer ... Sitzung.«

Die Abteiltür ging auf und schloss sich hinter ihr. Der Zug hielt. Er blickte ihr nach, als sie über den Bahnsteig ging.

»Mist!«, murmelte er. Übellaunig wählte er eine Nummer. »Hallo, Lisa ... natürlich ist es okay.« Er schmiegte sich in seinen Sitz, als der Zug wieder anfuhr. Seine Miene hellte sich auf. »Du Ärmste, hast du dir etwa Sorgen gemacht? Es ist alles in Ordnung. Ich fahre gerade durch Totnes. Nein, eine sterbenslangweilige Fahrt. Ich habe die ganze Zeit gearbeitet ...«

Brigid Foster wartete in ihrem alten Kombi und beobachtete den Ausgang des Bahnhofs, während sie gleichzeitig die Taxireihe im Blick behielt, aus Angst, den Verkehr zu blockieren. Als sie Louise entdeckte, sprang sie aus dem Wagen, um ihr mit dem Gepäck zu helfen und sie herzlich zu umarmen.

»Ich habe keinen Parkplatz gefunden, deshalb konnte ich dich nicht vom Bahnsteig abholen«, sagte sie, als sie losfuhren. »Gott sei Dank war der Zug pünktlich. Die Leute haben mir schon böse Blicke zugeworfen. Wie war die Fahrt?«

»Gut, danke.«

Louise wirkte etwas geistesabwesend, und Brigid musterte sie von der Seite. Seit drei Jahren machte Louise Urlaub in einem von Brigids Ferienhäusern, und die beiden Frauen hatten sich angefreundet. Brigid wusste, dass Martin Parry zweimal im Jahr mit drei alten Freunden vierzehn Tage zum Golfspielen fuhr und Louise diese Zeit in Devon verbrachte. Sie wanderte gern und war von der Flora und Fauna Südwestenglands begeistert. Brigid, deren Mann zur Besatzung eines U-Boots der britischen Marine gehörte, kannte das Alleinsein nur allzu gut. Sie wusste, dass Louise diese Zeit der Einsamkeit genoss. Brigid war in Dartmoor als einziges Kind eines irischen Archäologen aufgewachsen und hatte von ihrem Vater eine exzentrische Veranlagung geerbt, und so fand sie nichts Sonderbares dabei, wenn man das Bedürfnis hatte, stundenlang allein durch das öde, stille Moor zu wandern.

»Ich mache mir wirklich Sorgen um sie«, sagte Humphrey hin und wieder, wenn sein Urlaub mit Louises Ferien zusammenfiel. »Du bist hier aufgewachsen und kennst das

Moor wie deine Westentasche, aber Louise ist ein Stadtmensch. Es kann gefährlich sein hier draußen.«

»Nur weil sie in London lebt, ist sie doch noch lange kein Stadtmensch«, erwiderte Brigid gelassen. »Sie weiß, was sie tut.«

Bei ihren ersten Besuchen hatte Brigid Louise »ihr« Moor gezeigt, ihr von den Tücken und Gefahren erzählt. Doch sie hatte rasch gemerkt, dass Louise nicht unerfahren war. Brigid freute sich auf Louises Besuche. Ab und zu aßen sie gemeinsam zu Abend, kauften zusammen in Ashburton ein, tranken Kaffee im *Green Ginger* oder fuhren nach Salcombe zum Tee zu Brigids Halbschwester Jemima Spencer. Doch keine drängte sich der anderen auf. Obwohl sie sich seit sieben Monaten nicht mehr gesehen hatten, unternahm Brigid keinen Versuch, Louise aus ihren Gedanken zu reißen.

Louise kämpfte gegen die Flut von Erinnerungen an, die beim Anblick der winkenden Mutter mit ihrem Kind draußen vor dem Zugfenster in ihr wach geworden waren. Sie war Brigid dankbar, dass sie nicht in sie drang, und freute sich, ihre Freundin wiederzusehen. Brigids schönes blondes, beinahe schulterlanges Haar war an diesem Tag mit einem ausgebleichten Baumwolltuch zusammengebunden. Ihre großen dunkelblauen Augen wurden von feinen Fältchen umrahmt. Das viel zu große Sweatshirt, das sie trug, gehörte wahrscheinlich Humphrey, und unter den Jeans zeichneten sich ihre knochigen Knie und ihre eleganten, langen Beine ab. Ihr Gesicht wirkte streng und kühl, man sah ihr nicht an, zu wie viel Herzlichkeit sie fähig war. Louise kannte diese Herzlichkeit – und noch vieles mehr. Sie wusste, wie stolz Brigid auf ihre beiden Söhne war und wie sehr sie sich über ihr neugeborenes Enkelkind freute. Als sie die Stadt hinter sich gelassen hatten und in Richtung Dartington fuhren, entspannte sich Louise ein wenig.

»Wie geht's euch so?«, fragte sie. »Was macht Humphrey? Deine Mutter? Blot?«

Brigid schüttelte den Kopf und verdrehte die Augen. »Frag lieber nicht. Humphrey ist für sechs Monate auf die Bahamas versetzt worden; er ist dort für die Logistik oder so etwas zuständig. Mummie ist zu dem Schluss gekommen, dass sie das Frühstadium von Alzheimer erreicht hat, und braucht ständig Aufmunterung, um nicht in Depressionen zu verfallen. Blot schmollt, weil Freunde für die Dauer ihres Urlaubs ihren Hund dagelassen haben. Er fühlt sich dadurch vernachlässigt. Ansonsten hat sich hier auf Foxhole nicht viel verändert. Ach ja, vielleicht sollte ich dich warnen. In Devon hat es in letzter Zeit zwei Morde gegeben.«

»Du meine Güte!«, sagte Louise erschrocken.

»Aber nicht in der Nähe von Foxhole oder dem Moor«, beeilte sich Brigid beruhigend hinzuzufügen. »Der zweite ist drüben an der Nordküste passiert, der erste bei Exeter. Beide Male waren die Opfer alleinstehende Frauen, und daher vermutet die Polizei, dass ein Zusammenhang besteht. Der zweite Mord liegt jedenfalls schon ein paar Wochen zurück und geschah sechzig Kilometer von hier entfernt.« Sie zögerte. Sie musste Louise warnen, wollte sie aber auch nicht unnötig ängstigen. »Devon ist ziemlich groß. Es wäre was anderes, wenn zwei Morde in Chiswick passiert wären.«

»Ja, ich verstehe. Trotzdem, schrecklich.« Louise versuchte ihre ängstliche Reaktion herunterzuspielen. »Keine Sorge, ich leide nicht an Verfolgungswahn!«

»Gut. Hast du schon was zu Mittag gegessen?«

»Ja. Ein Sandwich im Zug.« Sie blickte wieder aus dem Fenster und seufzte zufrieden. »Schön, wieder hier zu sein, Brigid. Das Land wirkt so frisch, strahlend und grün.«

»Das liegt daran, dass es seit drei Tagen regnet.« Brigid fuhr über die Brücke auf die A 38 und nahm die Abzweigung nach Buckfast, die hinter der Abtei vorbeiführte. »Möchtest du in Holne ein paar Einkäufe erledigen, oder willst du damit lieber bis morgen warten? Heute Abend bist du selbstverständlich bei mir zum Essen eingeladen, wie immer. Ich habe auch ein paar Lebensmittel für dich eingekauft.«

»Ja, lieber morgen. Heute hab ich keinen Sinn dafür. Ich habe eine Flasche Wein zum Abendessen mitgebracht.«

Sie verstummte, als sie den Wald von Hembury erreichten und in einen von Licht und Schatten gesprenkelten Blättertunnel eintauchten. Leuchtende, dicke Mooskissen und zarte weiße Buschwindröschen wuchsen zwischen uralten Bäumen. Zwei Elstern stießen mit krächzendem Geschrei herab. Von ihrem Ast aufgescheucht, flatterte eine Ringeltaube in die Luft.

»Ist ja wunderbar.« Brigid fand Louises plötzliches Schweigen sympathisch. Auch wenn man hier seit achtundvierzig Jahren lebte, besaßen manche Orte eine Magie, die einem immer noch den Atem verschlug. »Je älter ich werde, desto lieber trinke ich mal ein Gläschen. Wenigstens das haben Mummie und ich gemeinsam. Allerdings ist sie noch schlimmer als ich. Ich bin mir ziemlich sicher, ihre Alzheimer-Symptome kommen schlicht und einfach daher, dass sie sich vor dem Schlafengehen ein Schlückchen zu viel genehmigt. Seit ihrem Schlaganfall dürfte sie eigentlich gar nichts mehr trinken.«

»Wie kommt sie denn an Alkohol ran?«, fragte Louise betont beiläufig. Sie wusste, dass das Verhältnis zwischen Brigid und ihrer Mutter schwierig war.

»Jemima«, antwortete Brigid knapp.

Als sie Holne hinter sich gelassen hatten und ins Moor hinausfuhren, fragte sich Louise, warum Brigid und ihre Mutter trotz aller Konflikte zusammenlebten. Frummie machte keinen Hehl daraus, dass sie das Landleben hasste. Ob wohl die Abgeschiedenheit von Foxhole der Grund dafür war, dass sie vor fast vierzig Jahren Brigids Vater verlassen hatte? Nun wohnte Frummie in einem der beiden Cottages, zu denen Brigid und Humphrey die Scheunen auf der anderen Seite des Hofes gegenüber dem hübschen alten Langhaus umgebaut hatten. Eigentlich konnte es nur finanzielle Gründe haben, dass Frummie erneut in Foxhole Zuflucht gesucht hatte. Und der leichte Schlaganfall machte den Umgang mit ihr nicht einfacher, obwohl sie relativ selbstständig leben konnte.

Louise fühlte sich solidarisch mit der unabhängigen Frau neben ihr, doch ihr fiel nichts ein, was sie hätte erwidern können. In der Hoffnung, dass Brigid ihr Schweigen richtig verstand, schaute sie wieder aus dem Fenster. Das Moor von Holne erstreckte sich in Richtung Westen, und sie richtete sich auf wie ein Kind, um den Venford-Stausee nicht zu verpassen: einen kleinen, verborgenen, glitzernden See, den Kiefern säumten. Erfreut nahm Louise die vertrauten und geliebten Orientierungspunkte in der Landschaft wahr: die Felstürme Bench Tor und Combestone Tor und dahinter in der Ferne die Hügel, die im nachmittäglichen Sonnenschein violett und indigoblau schimmerten. Dann überquerten sie auf der Saddle Bridge den O Brook, und Louise hielt bereits Ausschau nach dem alten, knorrigen Weißdorn an dem Weg nach Foxhole, dem massiven Refugium in den Hügeln über den reißenden Wassern des West Dart.

2

Brigid stellte den Wagen ab und trennte sich von Louise, die sich gleich ans Auspacken machte. Einen Augenblick verweilte sie noch in der warmen Maisonne, um den Schwalben zuzusehen. Sie nisteten jedes Jahr in der offenen Scheune, und Brigid freute sich jedes Mal, wenn sie auftauchten, auch wenn sie den Boden unter den Holzbalken verdreckten. Schon als Kind war sie von den jungen Schwalben fasziniert gewesen, die in ihren Nestern piepsten und flatterten und sich später verstört auf den Balken aneinander drängten, wo sie nach ersten ängstlichen Flugversuchen Schutz suchten. Wie schnell sie doch an Selbstsicherheit und Geschicklichkeit gewannen, bis sie schließlich Nest und Scheune verließen, sich sammelten und ihren Flug gen Süden antraten! Eines Morgens war dann der Himmel leer, und die Schwalben waren bis zum nächsten Frühjahr verschwunden. Als Brigid so in dem kopfsteingepflasterten Hof stand, erkannte sie, wie wichtig die Gewissheit dieses stillen Kreislaufes der Natur in der kleinen Welt ihrer Kindheit gewesen war. Das plötzliche Verschwinden ihrer Mutter hatte dieses Gefühl von Sicherheit und Geborgenheit erschüttert. Danach war nichts mehr gewesen wie zuvor. Sie hatte ihren Vater geliebt, hatte mit ihm zusammen das Moor erkundet, Rundhäuser, Menhire, Siedlungen und stillgelegte Bergwerke besichtigt, aber es war ihre geistreiche, temperamentvolle Mutter gewesen, die stets dafür gesorgt hatte, dass das Leben nicht langweilig wurde. In ihrer Gesellschaft hatte sie immer eine atemlose Anspannung erfüllt, der Wunsch zu gefallen, alles richtig zu machen – Gefühle, die sich im Arbeitszimmer ihres Vaters mit den Papierstapeln und den überall verstreuten Büchern niemals eingestellt hatten.

»Mir macht es nichts aus«, hatte sie ihren wohlmeinenden Schulfreundinnen trotzig erklärt. »Ich bin lieber bei meinem Daddy.« Aber sie hatte begonnen, sich dem Interesse an ihrer Situation, den verlogenen Tröstungsversuchen der entsetzten, aber gleichwohl neugierigen Eltern zu entziehen. Eine Scheidung war damals noch etwas Außergewöhnliches gewesen, und sie hatte sich sehr allein gefühlt. Sie hatte sich einen Schutzpanzer der Gleichgültigkeit zugelegt, eine kühle, brüchige Selbstsicherheit, die, während sie heranwuchs, einen eigentümlichen Reiz gewann und ihre Altersgenossinnen durchaus beeindruckt hatte. Ihre Mutter hatte Geschenke geschickt, ungewöhnliche, sorgfältig ausgewählte Präsente, die die kleine Brigid, auf dem Bett sitzend, verstohlen auspackte. Sie hielt sie in der Hand, roch daran und versuchte etwas von der Eigenart ihrer Mutter zu erspüren. Sie hatte die Schriftzüge auf den Karten und Umschlägen studiert und sich vorgestellt, wie ihre Mutter den Stift gehalten, die Briefmarke befeuchtet und den Umschlag zugeklebt hatte. Als sie mit zwölf erfuhr, dass ihre Mutter ein Baby bekommen hatte, ein zweites Töchterchen, war es, als töte dieser Schock alle ihre Gefühle ab. Wie betäubt hatte sie den Worten ihres Vaters gelauscht.

»Sie heißt Jemima«, hatte er müde gesagt. »Tut mir leid, mein Liebling, es ist meine Schuld. Ich hätte sie niemals hierher bringen dürfen. Das war verrückt. Vermutlich war es der Reiz des Neuen, was ihr an mir gefiel. Das war für sie eine Herausforderung …«

Sie hatte ihn beobachtet, während er sich einen Reim auf die ganze Geschichte zu machen versuchte, und dann war sie in die Küche gegangen, um für sich und ihren Vater Tee zu kochen.

»Jemima.« Allein in der großen, quadratischen Küche mit dem Steinboden, hatte sie den Namen laut ausgesprochen. »Puddle-duck, hässliches Entchen. Jemima Puddle-duck. Ein dickes, dummes Entchen mit riesigen Plattfüßen und kleinen Augen.«

Sie hatte angefangen zu lachen und ihrer Phantasie freien Lauf gelassen, um Jemima lächerlich zu machen. Sie keuchte vor Gehässigkeit, und allmählich schwand die Abgestumpftheit. Die Empfindung kehrte zurück, ein brennendes Gefühl, das sich in glühenden Hass verwandelte. Als sie später erfuhr, dass ihre Mutter auch ihren zweiten Mann verlassen hatte, wollte sie nur eines wissen.

»Hat sie Jemima mitgenommen?«

Die Antwort lautete ›ja‹. Dann war ihr also Puddle-duck, das widerwärtige, fette, lächerliche Entchen – ein Kind mit ungesunder blasser Haut, winzigen Augen und riesigen Plattfüßen –, zu wichtig gewesen, um es zurückzulassen. Geradezu zwanghaft nährte Brigid den Hass und die Verachtung für Mutter und Halbschwester, und als sie *Englische Liebschaften* las, hatte sie einen neuen Namen für ihre Mutter: Bolter, die Ausgebüchste.

»Ist von Bolter und Puddle-duck«, meinte sie geringschätzig und warf die Weihnachtskarte auf den Tisch. Später jedoch betrachtete sie neugierig das beiliegende Foto: das kleine blonde Kind mit dem rosigen Teint, den großen Augen, den Füßchen mit den gekrümmten Zehen und die Frau mit dem kühlen, amüsierten Blick, die das Baby auf den Knien hielt. Brigid legte das Foto mit der Vorderseite nach unten ab und betrachtete sich im Spiegel. Sie hatte das Gesicht ihres Vaters: knochig, gebieterisch, interessant – aber nicht hübsch. Doch Brigids Lächeln blieb jedem unvergesslich, der es einmal gesehen hatte. Die Herzlichkeit, die so unerwartet aufblühte, überraschte jedermann. Brigid aber hatte für ihr Spiegelbild kein Lächeln übrig. Sie starrte sich forschend an und wandte sich mit einem schmerzlichen Gefühl ab, das ihr die Kehle zuschnürte.

Humphrey hatte sie die Kränkung durch ihre Mutter ein Stück weit vergessen lassen und ihr ein gewisses Selbstwertgefühl zurückgegeben. Er hatte sich erfreulicherweise in sie verliebt, vergötterte sie und linderte ihren Schmerz. Die beiden Söhne hatten ihr ein tiefes Glück geschenkt und waren in den langen, öden Monaten, in denen Humphrey zur See fuhr, Beistand und Trost gewesen. Humphrey und ihr Vater hatten sich glänzend verstanden, und als der alte Mann starb, hatte er ihr seinen gesamten Besitz vermacht, einschließlich Foxhole.

»Und für mich nichts?«, hatte ihre Mutter mit ihrem typischen ironischen Lächeln gefragt, die Mundwinkel nach unten gezogen. Sie war zur Beerdigung erschienen, obwohl sie nicht eingeladen war: In tadellosem Schwarz saß sie mit Jemima ganz hinten in der Kirche von Holne. Brigid hatte sich verpflichtet gefühlt, die beiden mit den anderen Trauergästen nach Foxhole einzuladen. »Absolut gar nichts?«

Sie hatte sich umgesehen, als belustige sie die Versammlung, aber die vierzehnjährige Jemima hatte ihre Halbschwester angelächelt.

»Hallo«, sagte sie. »Wir sind Schwestern. Ist das nicht komisch? Ich wollte dich schon immer kennen lernen.«

»Ach ja?« Voll Trauer um ihren Vater, entsetzt über das unerwartete Auftauchen ihrer Mutter und beschäftigt mit den Freunden ihres Vaters, hatte Brigid nicht mehr als diese matte Antwort herausgebracht. Jemimas dickes blondes Haar lugte unter ihrer schwarzen Baskenmütze hervor; sie hatte rosa Wangen und große, strahlende blau-grüne Augen. Sie war ein wenig rundlich, aber alles andere als ein hässliches Entchen.

Brigid kämpfte mit einem Gefühl der Übelkeit. »Ich habe dich immer ›Puddle-duck‹ genannt.«

Diese boshafte Bemerkung weckte bei Jemima keinerlei Rachegelüste. Sie musste vielmehr unbändig lachen – ein angenehmes Geräusch in diesem düsteren Raum, ein spontanes Glucksen, das den bedrückten Gesichtern ein unfreiwilliges Lächeln entlockte.

»Tatsächlich? Ach, wie lustig! Tja, Frummie sagt immer, dass ich einen Watschelgang habe …«

»Frummie?«, wiederholte Brigid scharf.

»Ja. Also, es ist so: Daddy nannte sie Freda, ich nannte sie Mummie, und daraus wurde schließlich Frummie.«

Brigid hatte ihre Mutter angestarrt, die sich soeben mit leeren Händen von dem Tisch mit Sandwiches und Snacks abgewandt hatte. *Frummie*? Diese *erwachsene* Frau? War das die Möglichkeit?

»Ich habe Brigid gerade erzählt, dass dich alle Frummie nennen.« Jemima wünschte sich, ihre Familie glücklich vereint zu sehen. »Sie hat es nicht gewusst.«

Die Mutter ließ sich von dem ungläubigen, spöttischen Blick ihrer älteren Tochter nicht aus der Ruhe bringen. »Nicht *alle*, Liebling«, hatte sie erwidert. »Brigid nicht. Sie nimmt alles so genau wie ihr Vater. Sie mag keine Spitznamen. Sie findet das albern.«

»Aber nein!« Jemima wollte sich mit ihrer Schwester, die sie soeben kennen gelernt hatte, verbünden. »Sie hat mich Puddle-duck genannt. Das hat sie mir selbst erzählt.«

»Tatsächlich?«

Diese amüsierte Frage verriet, dass ihre Mutter mit geradezu unheimlichem Gespür den wahren Grund für die Wahl dieses Spitznamens erraten hatte. Brigid errötete bis zu den Haarwurzeln. Die Mutter brach in ein unbarmherziges Gelächter aus.

»Und wie findest du mein hässliches Entchen, meine liebe Brigid?«

Zufrieden mit ihrer Schlagfertigkeit, drehte sie sich um, auf der Suche nach einem Drink. Jemima zuckte verdutzt die Achseln und lächelte beflissen, und Brigid durchströmten zum ersten Mal diese schmerzlich verwirrenden Gefühle, die von nun an ihre Beziehung zu der Halbschwester prägen sollten.

Jetzt, zweiundzwanzig Jahre später, als sie in dem sonnigen Hof stand, wusste Brigid, dass sich daran kaum etwas verändert hatte. Unzufrieden ging sie ins Haus.

Louise ließ ihren Koffer am Fuß der Treppe stehen und sah sich erleichtert um. Merkwürdig, die Rückkehr an diesen Ort war wie eine Heimkehr. Seit Frummie hierher gezogen war, musste Louise das größere Cottage mieten, was jedoch durchaus Vorteile besaß. Brigid hatte beim Umbau der Scheune klugerweise auf die typische Raumaufteilung eines ländlichen Ferienhauses verzichtet und eine große Wohnküche zum zentralen Raum gemacht. Besonders für Familien war dieser gemütliche, helle Raum der ideale Ort, wo man gemeinsam essen, sich erholen und Pläne schmieden konnte. Neben dem kleinen Wohnzimmer mit einem Holzofen und dem obligatorischen Fernseher – »ohne Fernseher kann heute kein Mensch mehr leben«, hatte Brigid gemeint, »nicht einmal im Urlaub« – befand sich im Erdgeschoss noch eine Abstellkammer mit Dusche. Oben gab es zwei

Schlafräume und ein Bad. Das größere der beiden war mit einem Doppelbett, einem Einbauschrank und einer Kommode ausgestattet. In dem anderen Zimmer standen zwei Etagenbetten und ein Schrank, sodass insgesamt sechs Personen in dem Cottage übernachten konnten. Aber Louise hielt die Tür des zweiten Schlafzimmers stets geschlossen – das war ja kein Familienurlaub – und genoss die Einsamkeit.

Doch an diesem Nachmittag fühlte sie sich unbehaglich. Ohne sich das einzugestehen, vollzog sie die vertrauten Rituale, mit denen jeder Aufenthalt in Foxhole begann. Ihr Instinkt sagte ihr, dass sie dem Cottage ihren Stempel aufdrücken musste, damit es für diese kurze Zeit ihr »Zuhause« werden konnte. Sie füllte den Wasserkessel und stellte ihn auf den Herd, und während das Wasser heiß wurde, packte sie eine kleine Tasche aus. Ein paar Bücher und ein Fernglas legte sie auf die Fensterbank und einen Paschmina-Schal auf den Sessel neben dem Fenster, ihre Lieblingstasse stellte sie neben den Wasserkessel, ein hübsches Notizheft, ein paar Stifte und ein kleiner Malkasten kamen auf den quadratischen Kiefernholztisch. Diese wenigen persönlichen Dinge verbreiteten eine wohnliche Atmosphäre und erfüllten den Raum mit Leben. Louise öffnete das Fenster, das aufs Moor hinausging, und atmete tief durch. Das ferne Murmeln des Flusses, der fröhliche Gesang einer aufsteigenden Lerche drangen zu ihr herein … Einen Moment lang tauchte das Bild der winkenden und lachenden Frau mit dem Kind vor ihr auf, und Louise wandte sich abrupt ab.

Sie schleppte den schweren Koffer die Treppe hinauf, trug ihn in das große Schlafzimmer und legte ihn auf das Bett. Dann ließ sie das Schloss aufschnappen und nahm die Kleidungsstücke, den Toilettenbeutel und ihre Hausschuhe heraus. Bald sah das Schlafzimmer genauso bewohnt aus wie die Küche, und nachdem Louise den leeren Koffer in den

Schrank gestellt und ihren Morgenmantel an einen Haken hinter der Tür gehängt hatte, trat sie auf den schmalen Treppenabsatz hinaus. Diesmal jedoch schloss sie die Tür des anderen Schlafzimmers nicht mechanisch, sondern verharrte einen Augenblick mit seitwärts geneigtem Kopf, als lausche sie gedämpftem Gemurmel, Gesprächsfetzen, die aus diesem Zimmer drangen: – *Ob Daddy wohl mein neues Bett gefallen wird, Mummy? – Bestimmt, aber du sollst nicht immer wieder aufstehen und runterkommen. – Nur Babys haben kleine Betten, stimmt's? – Ja, aber große Mädchen bleiben bis zum nächsten Morgen in ihrem Bett liegen. – Auch wenn sie nicht schlafen können? – Große Mädchen geben sich Mühe einzuschlafen. – Vielleicht könnte ich einschlafen, wenn wir noch eine Geschichte lesen. – Also gut. Aber nur noch eine …*

Louise machte ein bedrücktes Gesicht, schloss energisch die Tür und begab sich nach unten, um den Tee aufzugießen.

»Hallooo? Darf ich reinkommen?« Frummies melodiöses Rufen wurde begleitet von einem vernehmlichen Klopfen an der offenen Haustür, und Brigid seufzte. Frummies übertrieben rücksichtsvolle Art weckte bei ihr ein schlechtes Gewissen, aber sie wusste, dass sie es ebenso wenig ertragen würde, wenn sich ihre Mutter bei ihr »wie zu Hause« fühlen würde. Frummie ließ sie deutlich spüren, dass dieses Bedürfnis nach Privatsphäre ein Zeichen von Schwäche sei und dass andere, weniger neurotische Menschen glücklich wären, wenn ihre Angehörigen bei ihnen ein- und ausgingen. Die unterschwellige Botschaft, dass Jemima ganz anders sei – nämlich großzügig und gastfreundlich –, vermittelte Brigid ein Gefühl der Unzulänglichkeit. Einmal hatte sie Frummie angefahren und sie gefragt, warum sie dann bei ihr und nicht bei Jemima wohnte. »Brigid, Herzchen«, hatte

Frummie gemurmelt. »Sei doch nicht gleich ... *eingeschnappt.* Du bist zur Zeit derart gereizt.«

Sie hatte sich einen Löffel Zucker aus der Schale genommen und dabei ein wenig verschüttet. Beim Anblick ihrer runzeligen, mit Leberflecken übersäten Hände und ihres abgewandten Gesichts hatte Brigid Mitleid und Reue empfunden.

»Komm rein«, rief sie jetzt und bückte sich, um den schwarzen Spaniel zu begrüßen, der vor Frummie in die Küche lief. Er hatte am Morgen gebrochen, und deshalb hatte sie ihn nicht mit nach Totnes genommen, aus Angst, er könne Louises Gepäck ruinieren. »Na, du«, murmelte sie und tätschelte das aufgeregte Tier. »Warst du auch schön brav?«

»Ich habe mir eingebildet, ich hätte den Wagen gehört.« Frummie verfolgte die Begrüßung von der Tür. »Er war brav. Hat ein bisschen gewinselt, aber das war alles.«

»Alles nur wegen dem armen Oscar. Er hat sich regelrecht hineingesteigert. Gott sei Dank kommen Thea und George morgen zurück. Ich wusste gar nicht, dass Blot derart eifersüchtig sein kann. Ich trinke gerade Tee, Mummie. Möchtest du auch eine Tasse?«

»Mach dir meinetwegen keine Umstände. Ich hab grade welchen getrunken.« Frummie setzte sich an den Tisch. Auf den ersten Blick mochte die magere und zartgliedrige Frau zerbrechlich wirken, aber das Blitzen in ihren Augen kündete davon, dass in dem schwachen Körper ein unbezwingbarer Geist steckte. »Dann ist Louise also da. Wie geht es ihr?«

»Wie immer.« Während sich Brigid Tee einschenkte, überlegte sie, ob das die richtige Antwort war. Louise war keineswegs wie immer, obwohl Brigid nicht hätte sagen können, woran das lag. »Sie kommt zum Abendessen rüber.«

»Ich habe mich gerade gefragt …« Frummie rutschte auf ihrem Stuhl hin und her. »… ob es eventuell für drei reicht?«

»Für drei?« Brigid warf ihr einen flüchtigen Blick zu. »Wieso …? Ich dachte, Jemima geht mit dir essen.«

»Ihr ist was dazwischengekommen«, sagte Frummie und zuckte betont gleichgültig die Schultern. »Jemand, den sie von früher kennt, macht Ferien in Salcombe. Reist morgen wieder ab. Kommt mir wirklich *sehr* ungelegen. Ich hab nicht viel im Haus, weil ich erst morgen einkaufen gehe.«

»Jemand, den sie von früher kennt?« Brigid verhehlte ihre Zweifel nicht. »So plötzlich? Ich wette, es ist ein Mann.«

»Vermutlich. Aber spielt das eine Rolle? Ich will dir natürlich nicht zur Last fallen. Wenn du ein paar Eier übrig hast, mache ich mir ein Omelett.«

»Sei doch nicht albern!« Brigid klang verärgert. Wie gewöhnlich war sie zwischen Schuldgefühlen und dem Bedürfnis nach Selbstschutz hin- und hergerissen. Sie hatte sich so auf das Abendessen mit Louise gefreut. Zwischen ihnen herrschte immer so eine zwanglose Atmosphäre, die sich in Frummies Gegenwart bestimmt nicht einstellen würde. Brigid wollte Louise von ihrem Enkelchen Josh erzählen, die neuesten Fotos zeigen und davon schwärmen, wie hübsch der Kleine war – gewissermaßen zum Trost dafür, dass die kleine Familie im fernen Genf lebte. Unter dem spöttischen Blick ihrer Mutter würde der Abend völlig anders verlaufen, doch ihr blieb nichts anderes übrig, als so sanftmütig wie nur möglich nachzugeben. »Es ist genug da für drei. Aber ich finde, dass Jemima es sich allzu leicht macht.«

»Unsinn. Sie ist jung, das ist alles. Sie hat ihr eigenes Leben.«

Ich auch, dachte Brigid, aber darüber scheinst du dir nicht groß Gedanken zu machen.

»Nun gut.« Jetzt, da Frummie ihr Anliegen vorgetragen und ihr Ziel erreicht hatte, wandte sie sich zum Gehen. »Dann komme ich so gegen acht, oder? Das ist reizend von dir, Herzchen.«

Sie tätschelte Blot, der schwanzwedelnd bis zur Haustür hinter ihr hertapste, dann in die Küche zurückkehrte, überall herumschnupperte und schließlich erwartungsvoll an der Tür zum Wintergarten stehen blieb.

»Ja, da draußen ist er«, sagte Brigid, »und genießt die Ruhe und den Frieden. Verdammt noch mal! Also gut, komm mit! Wir machen zu dritt einen kurzen Spaziergang. Dann werden wir wenigstens unseren Frust los.«

Sie stellte ihre Tasse ab und trat in den Wintergarten. Ein großer Neufundländer, der schlafend dagelegen hatte, erhob sich ängstlich, als Blot herausstürmte.

»Los geht 's!«, rief Brigid, während sie in ihre Gummistiefel schlüpfte und einen Mantel anzog. »Los, hab ich gesagt. Komm, Oscar. Wenn wir laufen, lässt er dich in Ruhe. Glaub mir.«

Sie öffnete die Tür nach draußen und wartete, bis Oscar sich schwerfällig in Bewegung gesetzt hatte und hinaus in die Sonne getrottet war. Dann lief sie hinunter zum Fluss, und die Hunde folgten ihr auf den Fersen.

3

Louise kam über den Hof, die versprochene Flasche Wein in der Hand. Das lange, niedrige Haus mit dem alten reetgedeckten Dach hatte etwas märchenhaftes. Dazu trugen auch die weißen Tauben bei, die in ihrem Schlag gurrten. Vor dem Wintergarten, der an die Küche angrenzte, lag ein großer schwarzer Hund ausgestreckt und schlief. Das musste der Gast sein, den Blot, der Spaniel, nicht leiden konnte. Weit und breit war keine Spur von ihm zu sehen. Louise klopfte an die silbrig schimmernde Eichentür und trat ins Haus. In dem kleinen Flur blieb sie stehen. Sie konnte nicht widerstehen, einen Blick in die Räume zu werfen, die sich nach alter Cottage-Tradition hintereinander auftaten. Die beiden Räume gingen nach Osten aufs Moor hinaus und nach Westen zum Hof; die Fußböden bestanden aus Schieferplatten, die rauen Granitwände waren weiß getüncht. Die Holzöfen an den Innenwänden teilten sich einen Kamin. Der hintere Raum war das Wohnzimmer. Von hier aus führte eine Holztreppe ins Obergeschoss und eine Tür zu den einstöckigen Stallungen auf der anderen Seite des Hofes, in dem früher die Kinderzimmer untergebracht waren. Jetzt wurden das große Spielzimmer und die zwei Schlafräume mit dem Bad von den Familien der beiden Söhne bewohnt, wenn sie zu Besuch kamen. Die andere

Hälfte der Scheune wurde als Garage genutzt. Seinerzeit waren Brigid und Humphrey froh gewesen über den zusätzlichen Platz.

»Langhäuser haben etwas sehr romantisches«, hatte Brigid gesagt, als Louise zum ersten Mal hier war, »aber man kann sich nicht zurückziehen. Alle Zimmer sind miteinander verbunden, und als die Kinder klein waren, war es ein richtiger Albtraum, wenn sie mehrmals in der Nacht aufs Klo mussten.«

Louise beobachtete das Spiel der letzten Sonnenstrahlen auf den weißen unebenen Wänden, den dicken Teppichen und den hohen Krügen mit den Trockenblumen – leuchtend blaue Kornblumen, tiefgelber Sonnenhut und scharlachroter Mohn. Sie kannte die feuchte Kälte, die einem bis in die Knochen drang, und die Unannehmlichkeiten des Lebens im Moor, aber plötzlich beschlich sie ein Gefühl des Neids. Während sie sich in Brigids Wohnzimmer umsah, stiegen Erinnerungen in ihr auf: das Bild eines kleinen steinernen Cottage, ein wärmender Arm, der sich um ihre Schulter legte, und eine beflissene, sanfte Stimme, die sagte: *»Es gab keine Wohnungen für junge Paare. Aber das hier geht auch, oder? Ich habe es für sechs Monate gemietet …«*

Brigid lief leichtfüßig die Treppe herunter und kam durch die beiden Zimmer auf Louise zu.

»Entschuldige, dass ich dich habe warten lassen. Ich war mit den Hunden draußen und wollte mich noch rasch duschen und umziehen. Komm.«

Louise folgte ihr. Während sie Brigid den mitgebrachten Wein überreichte, war sie noch immer ganz benommen, ja verängstigt von der Erinnerung, die so plötzlich aufgeflammt war.

»Mummie kommt auch zum Essen«, sagte Brigid und stellte die Flasche neben einen bereits entkorkten roten Bordeaux. »Tut mir leid, aber es ging nicht anders. Jemima hat sie versetzt.«

Louise murmelte eine höfliche Bemerkung und nahm ihr Glas. Gleich darauf ertönte ein lautes Klopfen an der Tür, und Frummie trat ein.

»Louise, Herzchen.« Sie küsste die Jüngere leicht auf die Wange. »Wie geht es dir? Schön, dich wiederzusehen! Hat Brigid es dir schon gesagt? Man hat mich versetzt. Aber lasst euch durch mich nicht stören. Ich freue mich auf ein nettes Plauderstündchen.« Sie sah sich in der Küche um. »Weißt du, zu meiner Zeit war hier nicht die Küche, sondern Diarmids Arbeitszimmer. Der einzige Raum, in den er sich zurückziehen konnte, wenn er ungestört sein wollte. Ich verstehe nicht, Brigid, warum du daraus die Küche gemacht hast. Es wäre ein wunderbares Wohnzimmer. Ein Salon wäre natürlich zu elegant für ein Haus wie dieses, aber ist es nicht schade, den einzigen abgeschlossenen Raum ausgerechnet zur Küche umzubauen?«

»Das hab ich dir doch schon hundertmal erklärt«, erwiderte Brigid und stellte eine Schüssel Salat auf den Tisch. »Ich bin nun mal ein Küchenmensch. Hier verbringe ich die meiste Zeit, und hier gefällt es mir am besten. Trink einen Schluck, Mummie, und hör auf zu nörgeln! Du weißt, dass mich das nervös macht.« Sie nahm einen Topf vom Herd. »Es gibt Koteletts in Backpflaumensoße, ich hoffe, es schmeckt euch. Dazu Salat und neue Kartoffeln.«

»Wahrscheinlich ägyptische«, gab Frummie zurück. »Für englische ist es noch zu früh.«

»Sie sind aus Cornwall, wenn du 's genau wissen willst.«

Brigids Stimme klang gereizt, aber als sie sich an den Tisch setzte, sah Louise, dass auf Frummies Gesicht ein fast unmerklich triumphierendes Lächeln lag, als sei sie Siegerin in einem uralten Wettstreit.

»Es sieht köstlich aus«, sagte Louise herzlich. »Ich freue mich jedes Mal auf mein erstes Abendessen hier. Das ist eigentlich schon der Höhepunkt.«

»Brigid ist eine großartige Köchin«, pflichtete ihr Frummie bei. »Eine perfekte Hausfrau, nicht wahr, Herzchen? Ganz im Gegensatz zu mir oder Jemima.«

»Mir ist ja auch nichts anderes übrig geblieben«, gab Brigid barsch zurück und servierte die Koteletts. »Vater hatte für den Haushalt nicht viel übrig.«

»Da hast du allerdings Recht.« Frummie erschauderte leicht. »Ich konnte es gar nicht fassen, dass er hier ganz allein lebt, ohne irgendjemanden, der ihm zur Seite steht. Natürlich war das am Anfang wahnsinnig romantisch, aber die Ernüchterung kam ziemlich schnell. Damals gab es nämlich noch keinen Strom. Und der Gestank dieser Öllampen! Obwohl ich sagen muss, dass das Licht sehr stimmungsvoll wirkte.« Sie nahm sich von den Kartoffeln. »Ich muss gestehen, dass ich so oft wie möglich nach London geflüchtet bin. Zum Glück ist Brigid nach ihrem Vater geraten und liebt das Landleben.«

»Ja, das war wirklich ein Glück, nicht wahr?«

Brigids Stimme klang zwar beherrscht, aber Louise spürte die Spannung zwischen den beiden Frauen und lenkte das Gespräch auf andere Dinge: den Mietwagen, den sie abholen wollte, die Einkäufe und ihre Pläne für den Urlaub.

»Das Auto holen wir morgen früh«, schlug Brigid vor, »dann kannst du auch Lebensmittel einkaufen. Ich muss sowieso nach Ashburton.«

»Du musst unbedingt nach Salcombe kommen und Jemimas neue Wohnung anschauen«, warf Frummie fröhlich ein. »Nicht wahr, Brigid? Jems Vater ist letztes Jahr an Weihnachten gestorben, Louise, und hat Jem eine kleine Erbschaft hinterlassen. Sie hat eine Wohnung über dem Museum des Seenotrettungsdienstes gemietet. Direkt am Meer. Es ist himmlisch.«

»Es wäre vernünftiger gewesen, das Geld für eine eigene Wohnung zurückzulegen.« Brigid schenkte Wein nach und schob Louise die Salatschüssel hin. »Ist es nicht dumm, das Geld für Miete auszugeben, anstatt sich eine Wohnung zu kaufen?«

»So ein vernünftiges Mädchen«, murmelte Frummie zuckersüß. »Unsere liebe Jem besitzt eben nicht deinen praktischen Verstand. Eine derart hinreißende Wohnung könnte sie sich niemals kaufen. Du musst sie dir anschauen, Louise! Hunderte von Leuten wollten sie haben, aber Jemima hat sie gekriegt. Was für ein Glück, nicht wahr, Brigid?«

»Ja, was für ein Glück.« Brigid lächelte gezwungen. »Jemima fällt immer auf die Füße.«

»Das liegt daran, dass sie große gelbe Plattfüße mit Schwimmhäuten zwischen den Zehen hat.«

Verblüfft hob Louise den Kopf und bemerkte Frummies boshaften Blick und Brigids schmerzliches Erröten. Wieder fühlte sie sich in der Verlegenheit, hastig das Thema zu wechseln. Sie bat um ein weiteres Stück Kotelett. Während sie von der köstlichen Soße nahm, wünschte sie, Frummie wäre mit Jemima essen gegangen. Ihr erster Abend in Foxhole war verdorben. Diese ersten Stunden ihres Ferienaufenthalts waren für sie von besonderer Bedeutung – es ging darum, sich häuslich einzurichten und zu dem gemächlichen Rhythmus des Müßiggangs zu finden. Es war nicht das erste Mal, dass sie eine solche Auseinandersetzung zwischen Brigid und Frummie miterlebte, aber heute Abend hatten diese Reibereien eine ganz neue Qualität.

Du bildest dir das nur ein, dachte sie. Du hattest schon den ganzen Tag so ein merkwürdiges Gefühl, seitdem du dieser Frau zugewunken hast …

»Du hast keine Kinder, Louise, nicht wahr?« Frummie beobachtete, wie Brigid die leeren Teller abräumte. »Du bist ja auch noch jung …«

»Nein, keine Kinder. Martin will keine.« Louise stand abrupt auf und half Brigid, die Teller für den Zitronenkuchen und die Schüssel mit der dicken Sahne auf den Tisch zu stellen. »Das sieht gut aus. Der arme Humphrey! Der Abschied ist ihm bestimmt nicht leicht gefallen.«

»Ich habe ihm Lunchpakete mitgegeben. Jetzt, da Michael im Verteidigungsministerium arbeitet, ist Humphrey oft mit ihm und Sarah zusammen. Ich glaube, er ist sehr dankbar für ihre Anhänglichkeit.«

»Die meisten Leute freuen sich über Humphreys Gesellschaft«, sagte Frummie. »Er ist ein reizender Mensch.«

Mit diesem kleinen Seitenhieb wollte sie wohl ausdrücken, dass Brigid eine der wenigen war, die sich nicht über Humphreys Anwesenheit freuten. Wieder hatte Louise das Bedürfnis, ihrer Gastgeberin zu Hilfe zu kommen.

»Haben Michael und Sarah inzwischen geheiratet?«, fragte sie hastig. »Ich erinnere mich, dass sie davon gesprochen haben.«

»Die jungen Leute heutzutage heiraten doch nicht mehr«, antwortete Frummie anstelle von Brigid. »Sie nehmen eine Hypothek auf – das ist es, was sie aneinander bindet. Aber ich mache ihnen keinen Vorwurf. Zu meiner Zeit haben wir viel zu jung geheiratet. Das wurde von uns erwartet, und so sind wir in Ehen mit völlig unpassenden Partnern hineingeschlittert. Ich beneide die jungen Leute von heute um ihre Freiheit.«

»Das verstehe ich nicht.« Brigid nahm sich von der Sahne.

»Du hast dich durch dein Ehegelübde doch nicht gebunden gefühlt.«

»Aber ich habe sie immerhin geheiratet, Herzchen. Alle vier. Heute schäme ich mich dafür.«

»Du schämst dich dafür?« Brigid hielt inne, den Sahnelöffel in der Luft.

»O ja. Es war derart spießig und kleinbürgerlich. Aber ich konnte mich einfach nicht dazu durchringen, mit ihnen in Sünde zu leben. Nun, jedenfalls nicht über einen längeren Zeitraum hinweg. Jemima ist da sehr viel vernünftiger. Sie will sich nicht binden, zumindest im Moment noch nicht. Warum hast du eigentlich geheiratet, Louise? Offenbar nicht, um Kinder zu bekommen …«

»Mummie, *bitte*!«, rief Brigid, peinlich berührt. »Das geht dich gar nichts an. Trinken wir lieber die Flasche aus. Noch etwas Nachtisch, Louise?«

»Kein Problem.« Louise lächelte, um zu zeigen, dass sie keineswegs gekränkt war. »Wahrscheinlich deshalb, weil …« Sie grinste Frummie an. »… weil ich spießig und kleinbürgerlich bin.«

»Auf dich und auf mich.« Brigid hob dankbar das Glas und prostete ihr zu, hilflos die Achseln zuckend. »Verzeihung.«

»Du meine Güte«, grummelte Frummie wie ein schmollendes Kind, »das war doch eine völlig harmlose Frage. Kein Grund, beleidigt zu sein. Ich möchte noch etwas Nachtisch, Brigid. Er schmeckt ausgezeichnet.«

Das ließ sich Brigid nicht zweimal sagen. Sie nahm Frummies Teller, schnitt ein großes Stück Zitronenkuchen ab, reichte ihr die Sahne und stand auf, um Kaffee zu kochen. Louise atmete tief durch. Um die Unterhaltung in weniger heikle Bahnen zu lenken, beschloss sie, sich nach Brigids ältestem Sohn zu erkundigen, auch wenn der eigene Seelenfrieden durch ein Gespräch über Mutterfreuden womöglich gestört würde; auf jeden Fall würde sie Brigid damit eine Freude machen.

»Wie geht es Julian?«, fragte sie. »Haben sie sich in Genf gut eingelebt?«

Frummie, die sich gewöhnlich von solchen Manövern nicht täuschen ließ, widmete sich ihrer zweiten Portion Nachtisch und goss sich den letzten Rest Wein ins Glas. Plötzlich wurde sie von einer ungeheuren Müdigkeit überwältigt; sie schob den leeren Teller beiseite und nickte zufrieden ein, während das Gespräch weiterging. Brigid warf einen Blick auf ihre schlafende Mutter und verzog das Gesicht.

»Ich habe ein paar Fotos von dem Baby«, sagte sie dann leise, ohne zu bemerken, dass Louise unwillkürlich zusammenzuckte. »Der Kleine ist so süß. Darf ich als stolze Großmutter sie dir beim Kaffee zeigen?«

Brigid sah ihrer Mutter nach, wie sie mit unsicheren Schritten über den Hof tappte, und winkte Louise zu, die sich mit einem leisen »Gute Nacht und danke, es war wunderbar« verabschiedet hatte. Dann ging sie ins Haus zurück und schloss die Tür. Von einer ungeheuren Erleichterung überwältigt, musste sie sich kurz an die schwere, alte Tür lehnen. Foxhole war für sie ein Zufluchtsort gewesen, seit sie denken konnte, ein echtes Refugium. Wenn sie sich hier nicht mehr sicher fühlen konnte, würde sie den Verstand verlieren. Aber wovor sollte sie sich denn fürchten? Merkwürdig, dass sie ihren inneren Frieden nur fand, wenn sie allein war. Lag das an dem Gefühl der Unzulänglichkeit, das sie seit dem Schock über den Weggang ihrer Mutter nicht mehr losgelassen hatte? Das prägte seit Kindertagen ihr Verhalten gegenüber anderen Menschen. Seither fürchtete sie sich davor, erneut verlassen zu werden, falls sie den Anforderungen anderer nicht genügte. Es war einfacher, allein zu sein. Und genau darauf hatte Frummie vorhin angespielt. Ja, sie fürchtete sich vor Humphreys Pensionierung. Nicht, dass sie ihn nicht liebte – ihr Mann und die Söhne waren für sie die wichtigsten Menschen auf der Welt. Aber sie hatte in ihrem Leben so viel Zeit allein verbracht, dass sie sich gar nicht vorstellen konnte, ihn ständig um sich zu haben. Die Kinder waren sieben und fünf Jahre alt und besuchten bereits die Vorschule, als sie Foxhole geerbt hatte. Humphrey und sie waren sich einig gewesen, dass es an der Zeit sei, das unstete Wanderleben von Hafenstadt zu Hafenstadt zu beenden und irgendwo sesshaft zu werden. Und nun lebte sie seit über zwanzig Jahren hier allein. Die Jungs waren nur in den Schulferien hier gewesen, und Humphrey hatte nur seinen Urlaub hier verbracht. Aber Brigid hatte sich hier ein eigenes Leben aufgebaut. Der Umbau der Scheunen hatte mehrere Jahre gedauert, weil Brigid einen Großteil der Arbeiten – anstreichen, Fliesen legen und Vorhänge nähen – selbst erledigt hatte. Als sie damit fertig war, musste das Haupthaus renoviert werden, und die Frucht dieser Tätigkeit war ein kleines Atelier für Innenausstattung gewesen. Ein bescheidenes Unternehmen, das sie ohne großen Aufwand betreiben konnte und das ihr nicht nur enorme Befriedigung, sondern auch ein kleines Einkommen einbrachte. Das und die Vermietung der Cottages machten sie glücklich und zufrieden. Aber dieses Glück war nur allzu brüchig, und deshalb brauchte sie dieses Refugium.

Brigid ging in den Wintergarten, öffnete die Tür und ließ Blot herein. Durch das Fenster sah sie, dass Oscar noch immer friedlich auf dem Kopfsteinpflaster schlief. Sie beschloss, ihn draußen zu lassen.

»Er fühlt sich wohl im Freien«, hatte Thea ihr versichert.

»Er ist eher ein Shetland-Pony als ein Hund. Aber natürlich braucht auch er seine Streicheleinheiten.«

Aus Sorge, dass Oscar Herrchen und Frauchen vermisste, hatte Brigid ihn oft gestreichelt und getätschelt, ob es ihm passte oder nicht. Er hatte ihre Zuneigung äußerst geduldig und höflich über sich ergehen lassen und sich anschließend mit einem erleichterten Seufzer auf den Boden gelegt. Mittlerweile war er ihr richtig ans Herz gewachsen, aber Blots Eifersucht hatte ihr die Freude etwas verdorben.

»Du bist total verwöhnt, das ist das Problem«, murmelte sie, als er schwanzwedelnd in die Küche tapste. »Aber das ist wohl meine Schuld.«

Sie stellte den Futternapf mit den Überresten des Abendessens neben den Herd und fing an aufzuräumen. Das meiste erledigte die Spülmaschine – »die jungen Leute heute wissen gar nicht mehr, wie gut sie es haben«, hatte Frummie giftig gemurmelt. Brigid schüttelte die Kissen auf der Eckbank auf, rückte den glänzenden blauen Tontopf mit den gelben Tulpen in die Mitte des Tisches und stellte die übrig gebliebene Sahne in den Kühlschrank. Dann öffnete sie das Fenster nach Osten und beugte sich hinaus, um dem murmelnden Wiegenlied des West Dart zu lauschen und den Sternenhimmel zu betrachten. Die Eule, die im Wald von Combestone hauste, durchstreifte das Tal, und ihr dünner wehklagender Schrei hallte von den Felsen wider. Irgendwo heulte ein Fuchs, und dann war es wieder still.

Die Arme auf die Fensterbank gestützt, ließ sich Brigid vom Zauber dieser Szenerie betören – von der ländlichen Stille und der Weite des einsamen Moors. Dankbar sog sie die Luft ein. Von innerem Frieden erfüllt, schloss sie das Fenster und wandte sich wieder der warmen, hellen Küche zu.

An ihrem Schlafzimmerfenster, von dem man über den O Brook auf Combestone Tor blickte, stand Louise und lauschte ebenfalls dem Ruf der Eule. Heute jedoch fand sie in der Stille des ländlichen Lebens keinen inneren Frieden. Sie war unruhig, verwirrt. Seit sie den Mann im Zug getroffen und sein Gespräch belauscht hatte, nagte ein Unbehagen an ihr, und ihr Argwohn gegenüber Martin steigerte sich zu nackter Angst. Auch der Anblick der Frau mit dem Kind hatte sie verstört. Da waren sie wieder, die Schatten der Vergangenheit. Diese Bilder hatten ihre mühsam errungene Selbstbeherrschung untergraben. Deshalb, das wusste sie jetzt genau, war sie so ungeheuer hellhörig für die Spannungen zwischen Brigid und Frummie. Sie hatte gespürt, dass sich hinter Frummies Sticheleien und Brigids Bedrücktheit andere Emotionen verbargen.

Unten im Tal heulte der Fuchs. Es war ein wildes, verstörendes Jaulen, das einem das Blut in den Adern gefrieren ließ. Hastig wandte sich Louise vom Fenster ab, nahm ihren Bademantel und ging ins Bad.

Frummie schloss die Tür hinter sich, überprüfte mit zitternder Hand, ob sie auch wirklich verriegelt war, und steuerte auf den Schrank neben dem Kamin zu, wo sie die alkoholischen Getränke verwahrte. Es war ein großes, hübsches Zimmer mit Fenstern nach Süden und Westen, aber Frummie hatte es Brigid noch immer nicht verziehen, dass sie ihr das kleinere der beiden Cottages zugewiesen hatte.

»Wir brauchen das Geld, Mummie«, hatte Brigid fast flehentlich gesagt. »Das größere Cottage bringt viel mehr Miete. Der Umbau hat Geld gekostet. Bitte, versuch uns zu verstehen.«

»Du brauchst mich nicht *ganz* so deutlich spüren zu lassen, dass ein Bettler nehmen muss, was man ihm gibt«, hatte

Frummie bitter geantwortet. »Keine Sorge. Ich bekomme Geld vom Staat und kann euch Miete zahlen.«

Zu ihrer Genugtuung war Brigid vor Verlegenheit errötet. Das hatte es ihr leichter gemacht, die eigene Scham zu ertragen.

»Ich will keine Miete von dir«, hatte Brigid erwidert. »Das weißt du ganz genau. Es ist nur … Ach, vergiss es! Ich will nicht mit dir streiten. Wenn dir das kleinere Cottage genügt, freue ich mich, dass ich dir helfen kann. Tu, was du für richtig hältst!«

Frummie öffnete die Schranktür und griff nach der Whiskyflasche. Bei der Erinnerung an die Szene mit Brigid zog sie eine Grimasse. Sie hatte keine Wahl gehabt. Ihr vierter Ehemann war um einiges jünger und hatte sie schließlich wegen einer Frau verlassen, die halb so alt war wie sie. Der Mietvertrag ihrer gemeinsamen Wohnung lief aus, sie verfügte über kein eigenes Einkommen und hätte die wissenden Blicke ihre neugierigen Freunde nicht ertragen. Diese Demütigung war zu viel. Es hätte keine Gnade gegeben für eine wie sie, die sich in der Vergangenheit so gern über andere lustig gemacht hatte. Die Flucht aufs Land war ihre einzige Hoffnung gewesen; sie brauchte ein Refugium. Es war Brigid hoch anzurechnen, dass sie sie bei sich aufgenommen hatte, aber Frummie fühlte sich in ihrem Stolz verletzt. Für das Entgegenkommen ihrer Tochter zeigte sie keine besondere Dankbarkeit. Immerhin hatte sie in diesem gottverdammten Nest – Foxhole, Fuchsbau, war wirklich ein treffender Name dafür – acht lange, geisttötende Jahre verbracht. Sie hätte eine Entschädigung dafür verdient. Natürlich hatte er alles Brigid vermacht.

Frummie goss sich mit zittriger Hand ein Glas Whisky ein, stellte die Flasche in den Schrank zurück und tappte unsicher die Treppe hinauf. Sie zog sich langsam aus, nahm dazwischen immer wieder einen Schluck und schlüpfte dann ins Bett. Dort saß sie noch ein Weilchen aufrecht, das Glas in der Hand, während eine angenehme Schläfrigkeit über sie kam und sie in den aufgetürmten Kissen einnickte. Auch sie hörte den klagenden Schrei der Eule und das Heulen des Fuchses. Mit einem Schauder kippte sie den letzten Tropfen hinunter und verkroch sich unter die Decke.

4

Heute darfst du wieder nach Hause«, sagte Brigid zu Oscar, als sie ihm seinen morgendlichen Hundekuchen brachte und Acht gab, dass Blot ihm die herunterfallenden Krümel nicht vor der Nase wegschnappte. Er kaute bedächtig, als grübele er über ihre Worte nach, und Brigid streichelte seinen großen schwarzen Schädel. »Nicht, dass du glaubst, ich will dich loswerden«, beruhigte sie ihn. »Hau ab, Blot! Friss dein eigenes Futter, und lass Oscar in Ruhe ... Ich würde dich so gern hier behalten, wenn dieser neurotische Kerl nicht wäre. Hau ab, Blot! Du strahlst so eine Ruhe aus, Oscar. Kein Wunder, dass Thea immer so ausgeglichen ist. Außerdem hast du etwas von Humphrey. Groß, bodenständig und zuverlässig. Bist du fertig? Wirklich? Gut, dann geh ich jetzt Kaffee trinken.«

Oscar saß vor der Tür zum Wintergarten und musterte mit fast gnädigem Erstaunen Blot, der eifrig umhertapste, um die letzten Krümel zu ergattern. Brigid trat in die lichtdurchflutete Küche und kochte Kaffee, wobei sie eine ungewöhnliche Dankbarkeit erfüllte. Sie hatte schon bald gemerkt, dass erstaunlich viele Feriengäste, die ein Cottage mieteten, sie, Brigid, für das Wetter hier verantwortlich machten.

»Wenn ich gewusst hätte, dass es so viel regnet!«, stöhnten manche verzweifelt. »Ich dachte, Devon wäre eine sonnige

Gegend.« Andere murrten: »Wären wir doch auch dieses Jahr wieder ins Ausland gefahren! Dort ist wenigstens anständiges Wetter.« Brigid, die sich in vielen schlaflosen Nächten und sorgenvollen Tagen den Kopf darüber zerbrochen hatte, ob die Cottages den gängigen Standards für Ferienquartiere genügten, empfand solche Bemerkungen als persönliche Kritik.

»Liebste«, hatte Humphrey gesagt und ihr dabei den Arm um die Schulter gelegt, »selbst *du* hast keine Macht über das Wetter. Lass sie ruhig nächstes Jahr ans Mittelmeer oder sonst wohin fahren, wenn es ihnen hier nicht gefällt. Alles wird sich einspielen, und wir werden bestimmt Stammgäste finden, denen es hier wirklich gefällt.«

Er hatte Recht behalten. Trotzdem fiel ihr jedes Mal ein Stein vom Herzen, wenn am ersten Ferientag eines Gastes die Sonne schien. Nicht dass sie sich um Louise hätte Sorgen machen müssen. Louise liebte diese Gegend so sehr wie Brigid, und der Regen gehörte für sie einfach dazu. Viele Feriengäste waren zu Freunden geworden; sie schickten ihr Weihnachtskarten, und Brigid hatte miterlebt, wie die Kinder groß wurden. Ihre allerersten Gäste waren inzwischen Großeltern wie Brigid und Humphrey. Die meisten von ihnen suchten hier Ruhe und Beschaulichkeit, erwanderten und erkundeten die Gegend, stellten geringe Ansprüche und passten gut hierher. Mit einigen hatte sich ein engeres Verhältnis entwickelt. Man aß gemeinsam zu Abend, machte einen Ausflug zum Church House Inn in Holne, zeigte sich bei einer Tasse Tee oder einer Grillparty gegenseitig Hochzeits- und Tauffotos. Aber nur Louise hatte den Schutzwall durchbrochen, den Brigid um sich errichtet hatte, und in Brigids Seelenleben Einblick gewonnen.

Es war Brigid nicht leicht gefallen, den Stammgästen zu erklären, dass eines der Cottages von nun an nicht mehr zur

Verfügung stand. Denn es bedeutete, dass einige von ihnen ihre Ferien auf das Frühjahr oder in den Herbst verlegen mussten. Louise war eine der wenigen gewesen, die ihren alten Urlaubstermin – zweimal im Jahr vierzehn Tage – beibehalten durfte. Ende Mai und Mitte September war zwar die Nachfrage geringer, aber auch wenn es anders gewesen wäre, hätte Brigid Louises Terminplan auf keinen Fall in Frage gestellt.

»Manche Gäste sind einem eben lieber als andere«, hatte sie fast entschuldigend gesagt, »und ich habe das Gefühl, für Louise ist der Urlaub hier wichtiger als für die meisten.«

»Das glaube ich auch«, meinte Humphrey lächelnd. »Du brauchst mich also nicht erst davon zu überzeugen.«

»Ich weiß.« Sie hatte über sich selbst gelacht, aber dann doch bedrückt den Kopf geschüttelt. »Es fällt mir nicht leicht, Leute abzuweisen, die wir schon so lange kennen ...« Sie hatte es sich verkniffen hinzuzufügen: »... und das alles nur wegen meiner schrecklichen Mutter«, aber er hatte verstanden.

»Wir hatten doch keine Wahl«, hatte er leise erwidert. »Wir konnten sie doch nicht einfach im Stich lassen.«

»*Sie* hat *mich* im Stich gelassen«, hatte Brigid voller Empörung ausgerufen und sich abgewandt, damit er nicht sah, dass ihr die Tränen herunterliefen.

»Aber doch nicht allein und unter Fremden«, entgegnete er im selben ruhigen Tonfall. »Es ist komisch, aber wenn wir sie nicht aufgenommen hätten, wärest du vor Schuld vergangen. Eine vertrackte Situation.«

»Ich weiß.« Sie hatte sich die Nase geputzt und ihn dankbar angelächelt. »Entschuldige!«

»Wofür? Wir wissen doch beide, wie es ist, wenn Eltern nur an sich denken. Einen guten Elternteil hatten wir doch.«

Während sie die vertrockneten Geranienblüten abbrach, den Wasserkessel füllte und sich in der Küche zu schaffen machte, überlegte Brigid, warum sie sich eigentlich vor Humphreys Pensionierung so sehr fürchtete. Er war ein liebenswürdiger, ausgeglichener Mensch, dem es immer wieder gelang, sie aufzumuntern, wenn sie niedergeschlagen oder besorgt war. Sie vermisste ihn und freute sich auf die Wochenenden mit ihm und auf seinen Urlaub. Wovor also sollte sie sich fürchten? Ob er wohl gekränkt wäre, wenn sie gelegentlich das Bedürfnis verspüren würde, allein zu sein? Wie würden sie damit zurechtkommen, ständig zusammen zu sein, wo sie doch so oft getrennt gewesen waren? Die Vorstellung, dass die Mieteinnahmen der Ferienhäuser für den gemeinsamen Lebensunterhalt ausreichten, sodass Humphrey frühzeitig in den Ruhestand gehen konnte, war vor achtzehn Jahren etwas Wunderbares gewesen. Aber jetzt, da dieser Zeitpunkt näher rückte, überfiel sie diese schreckliche Angst. Humphrey dagegen konnte es gar nicht erwarten. Er plauderte gern mit den Gästen. Befürchtete sie etwa, dass er mit seiner Aufgeschlossenheit ihre sorgsam gehütete Privatsphäre zerstören würde? Rasch schob sie diese lähmende Angst beiseite.

»Ich bin eben ein introvertierter Mensch«, sagte sie zu Blot. »Das ist mein Problem.«

Er sah sie treuherzig an und wedelte dabei freundlich mit dem Schwanz. Sie bückte sich und tätschelte ihn. Sein lockiges Fell war weich und warm, und sie kitzelte seine Nase mit einem seiner langen Ohren. Als das Telefon klingelte, stand sie unwillig auf.

»Ein reizender Abend, Herzchen. Es hat mir so gut gefallen.« Frummie klang putzmunter. »Ich wollte fragen, ob du mich mitnehmen kannst, wenn du Louise zum Autoverleih fährst. Ich bräuchte ein paar Sachen aus Ashburton, und es wäre doch albern, mit zwei Autos zu fahren.«

»Selbstverständlich.« Brigid fand sowieso, dass Frummie

nach ihrem kleinen Schlaganfall überhaupt nicht mehr Auto fahren sollte. »In einer halben Stunde, ja?«

»Wunderbar. Ach, übrigens, Jemima kommt heute gegen Mittag, und wir gehen ins Pub, um den gestrigen Abend nachzuholen. Wir haben uns überlegt, ob du nicht mitkommen möchtest.«

Brigid schwieg einen Augenblick. Normalerweise trafen sich die beiden lieber allein. Diese Einladung war eindeutig eine Geste der Versöhnung. »Das ist nett von euch«, antwortete sie schließlich. »Der Haken an der Sache ist nur, dass Thea heute Nachmittag kommt.«

»Wir bleiben nicht so lange. Und es macht ihr doch bestimmt nichts aus, ein paar Minuten zu warten. Wahrscheinlich erscheint sie doch erst zum Tee. Willst du dir da ein nettes Mittagessen entgehen lassen? Du darfst alles nicht so eng sehen, Herzchen.«

»Nein. Na gut, ich werde Thea anrufen und ihr sagen, dass sie erst zum Tee kommen soll.«

»Tu das.«

Damit war das Gespräch abrupt zu Ende, und Brigid legte langsam den Hörer auf die Gabel. »Na«, sagte sie zu Blot, »das ist ja eine Überraschung. Hoffen wir mal, dass es nicht in wüste Beschimpfungen ausartet.«

Sie schaute in den Spiegel und schnitt eine Grimasse. Jetzt bereute sie, dass sie sich nicht die Haare gewaschen hatte. Dann setzte sie sich achselzuckend an den Tisch, um die Einkaufsliste zu schreiben.

Louise stand vor der geöffneten Tür in der Sonne, einen Teebecher in der Hand. Sie hatte unruhig geschlafen und war nun froh über den klaren, hellen Morgen. In der Nacht hatte es heftig geregnet. Doch als sie aufstand, zogen draußen vor dem offenen Fenster die Tauben ihre Kreise – die blendend weißen Flügel zeichneten sich gegen den rein gewaschenen, makellos blauen Himmel ab. Sie hatte sich aus dem Fenster gelehnt, ihre weichen dunklen Locken im Nacken zusammengebunden und die frische kühle Luft eingesogen. Sie wollte an dem Zauber dieses strahlenden Morgens teilhaben. Rasch hatte sie Jeans und ein Sweatshirt übergestreift und ein Glas Orangensaft getrunken, ihre Wanderstiefel angezogen und war zum Fluss hinuntergegangen. Ihre Mühe wurde durch den großartigen Anblick des rauschenden Wassers belohnt, das mit mächtigem Tosen dem East Dart unten im Tal entgegeneilte. An diesem Morgen schien es, als könne der Fluss die Vereinigung kaum erwarten, so ungeduldig brauste er durch sein felsiges Bett. Sein Rauschen übertönte den Gesang der Vögel, und selbst die tief herabhängenden Zweige der Weide wurden von der reißenden Strömung erfasst.

Überwältigt von diesem Schauspiel, entfernte sich Louise in Week Fort von dem Uferweg und folgte dem Pfad zur Saddle Bridge, wo der O Brook, gesäumt von Ebereschen, beschaulich dahinplätscherte. Auf die Steinbrücke gelehnt, beobachtete sie zwei Schwarzkehlchen, die in einem Stechginster miteinander flirteten. Die Sonne stieg immer höher, und schließlich meldete sich der Hunger. Auf der einsamen Landstraße kehrte Louise nach Foxhole zurück. Als sie später am Tisch saß und gerösteten Toast mit Honig verzehrte, fielen ihr die Schwarzkehlchen wieder ein, und sie notierte sich noch ein paar weitere reizvolle Eindrücke, den blühenden Ginster und den Weißdorn am steinigen Flussufer … Anschließend widmete sie sich der nüchternen Aufgabe, ihre Einkaufsliste zu schreiben.

Dann ging sie hinaus in die Sonne, trank Tee und sann über ihre Gefühle nach. Diesmal war sie mit einem Verdacht in die Ferien gefahren, der ihre Freude trübte. Die Vermutung, dass Martin eine Affäre hatte, war aus vagen Empfindungen erwachsen, aus Beobachtungen von unmerklichen Veränderungen, die sie gar nicht genau benennen konnte. Es gab keine eindeutigen Indizien wie ein abgebrochenes Telefonat, Zettelchen in der Tasche oder plötzlich anberaumte abendliche Sitzungen im Büro. Nein, es war nur Martins Benehmen, das ihren Argwohn weckte. Er strahlte eine Heiterkeit aus, einen Überschwang, der sich in spontaner Großzügigkeit äußerte – nichts so Banales und Offensichtliches wie Geschenke, um sein schlechtes Gewissen zu beruhigen. Vielmehr erschien er von einer unbezähmbaren neuen Freude erfüllt, die er einfach ausleben musste, selbst ihr gegenüber, die allen Grund hatte, ihm diesen Überschwang zu verübeln. Doch auch hier gab es nichts Greifbares, nichts Eindeutiges. Martin war immer ein liebevoller, großzügiger, aufmerksamer Partner gewesen. Schließlich war es seine Feinfühligkeit gewesen, die ihr an ihm so gefallen hatte – und seine optimistische Lebenseinstellung, der sie nicht hatte widerstehen können.

Sie hatte seine Expartnerin kennen gelernt, eine attraktive Frau mit säuerlichem Lächeln und spöttischem Blick. »Lassen Sie sich nur nicht täuschen«, hatte sie ihr gesagt, »Martin liebt alle. Wirklich alle. Und alle lieben Martin. Aber man muss eine Herausforderung für ihn bleiben.« Verwirrt und verlegen hatte Louise irgendeine Erwiderung gemurmelt; sie hatten sich nie wiedergesehen. Louise hatte Martin gegenüber dieses Gespräch nie erwähnt. Sie brauchte seine Fröhlichkeit, seine Lebensfreude, seinen riesigen Bekanntenkreis. Drei Jahre lang hatte sie sich ihm angepasst, hatte seine Freunde kennen gelernt, sich auf das gesellige Leben eingelassen, das er so liebte, und gelegentlich sogar Gastgeberin für Kunden seiner Werbeagentur gespielt. Zwischen ihnen hatte es niemals Streit gegeben; nichts hatte den gewohnten Alltag gestört. Dennoch hatte sich der Argwohn bei ihr eingeschlichen, und sie war unfähig, sich ihr Gefühl zu erklären. Sie konnte Martin unmöglich mit haltlosen Verdächtigungen konfrontieren, war aber auf der Hut. Der Mann im Zug hatte ihr einen Wink gegeben, als er verriet, welche Vorteile ein Handy haben konnte. Martin trug sein Handy immer bei sich, ließ es nie herumliegen und hatte sich sogar geweigert, es ihr zu leihen, als sie einmal überraschend mit dem Zug nach Schottland hatte fahren müssen. »Du wirst nie kapieren, wie es funktioniert, mein Schatz«, hatte er gesagt. »Und notfalls gibt es ja ein Zugtelefon.« Aber sein Handy läutete nie, wenn sie mit ihm zusammen war. Ob er wohl Textnachrichten bekam?

Und dann noch das Erlebnis mit der Frau und dem Kind, das sorgsam verdrängte Erinnerungen in ihr wachgerufen hatte.

»Guten Morgen! Was für ein wunderschöner Tag!« Frummie hängte Wäsche an die Wäschespinne in ihrem kleinen Hof. »Wie hast du geschlafen?«

»Danke, ganz gut. Es dauert eine Weile, bis man sich an den Frieden hier gewöhnt hat.«

Frummie verzog das Gesicht. »Von wegen friedliches Landleben. Das ist ein Märchen. Hier herrschen Sex und Gewalt. Grauenvoll.«

Louise lachte, froh über die Ablenkung. »Das Gleiche gilt für die Stadt.«

»Aber die Stadtmenschen sind wenigstens ehrlich. Dieses ganze Getue von wegen Erntedankfest und Rosen, die sich um die Tür ranken. Helen Allingham hätte man bei der Geburt ertränken sollen.«

Frummie knipste die letzte Wäscheklammer fest und verschwand im Haus. Louise überlegte noch immer, wer Helen Allingham war, als Brigid auftauchte.

»Bist du fertig? Gut. Ich nehme Blot mit, aber erst muss ich Oscar noch schnell in den Wintergarten sperren. Würdest du Mummie Bescheid sagen? Danke.«

Gleich darauf fuhr Brigid mit dem Wagen vor. Louise machte es sich auf ihrem Sitz gemütlich und freute sich auf die Fahrt durchs Moor, entschlossen, alle düsteren Gedanken hinter sich zu lassen.

Als sie später mit Brigid im Café *Green Ginger* saß, während Frummie ihre Einkäufe erledigte, fragte Louise beiläufig: »Sag mal, wer ist eigentlich Helen Allingham?«

Brigid blickte sie überrascht an und runzelte die Stirn. »Ist das nicht die viktorianische Malerin mit diesen Bildern von Cottages und Kindern? Ganz hübsch, aber furchtbar kitschig. Warum?«

»Ach, nur so«, erwiderte Louise.

5

Als Brigid und Frummie zum Mittagessen mit Jemima unterwegs waren und sie am Steuer ihres Mietwagens saß, durchströmte Louise ein Gefühl der Unabhängigkeit. Sie kramte in ihrer großen Reisetasche, legte die Straßenkarten auf den Beifahrersitz, räumte ihre Lieblingsmusik ins Kassettenfach und zog Sonnenhut, Sonnenbrille und Kleingeld für den Parkautomaten hervor.

Louise rutschte auf ihrem Sitz hinterm Steuer hin und her und genoss einen Augenblick dieses Gefühl, dem Alltag und seinen Problemen entkommen zu sein. Nichts zählte, nur diese wunderbare Urlaubsstimmung. Vor ihr lag ein herrlicher Maitag, und während die Sonne durchs Fenster schien, überlegte sie, was sie als Nächstes tun würde. Im Unterschied zu Brigid hatte Louise nicht das Bedürfnis, die Gegend allein zu durchstreifen. Aber sie hatte tiefes Verständnis für Brigids Sehnsucht nach Einklang mit der Natur und ihre Enttäuschung über Humphreys mangelnden Sinn für die kleinen Dinge, seine Gleichgültigkeit gegenüber der Großartigkeit dieser Landschaft. Auch Louise hätte sich einen einfühlsamen Partner gewünscht, der sich über einen Schmetterling auf einem sonnigen Fleckchen Glockenheide freuen konnte oder der auf einer Anhöhe stehen blieb, um mit stummem Staunen den Ausblick zu genießen. Als sie zum ersten Mal hier Urlaub gemacht hatte, war sie mit Brigid spazieren gegangen. Eine flüchtige Berührung oder ein Kopfnicken hatten genügt, um einander auf ein junges Fohlen aufmerksam zu machen, das sich auf staksigen Beinen an seine Mutter schmiegte; eine Taucherente, die auf einem Felsen im schäumenden Wasser saß; oder eine Krähe, die sich unbekümmert auf dem Rücken eines Schafes niedergelassen hatte. Sie hatten ihrer Freude ohne Worte Ausdruck gegeben. Eine solche Begleitung war selten, und wenn man keinen gleich gesinnten Menschen fand, war es besser, allein zu sein. Beim Essengehen oder Einkaufen aber bevorzugte Louise Orte, wo man sie kannte. Es gefiel ihr, wenn man ihr freundlich zulächelte und sie mit den Worten begrüßte: »Hallo. Schön, Sie wiederzusehen! Die Zeit vergeht doch wirklich wie im Flug.«

Wohin also als Erstes? Sie wollte nicht allzu weit fahren, nicht am ersten Tag, und musste erst nach Foxhole zurück, ihre Einkäufe ausladen und ihre Wanderstiefel holen. Wohin also? Jedenfalls nicht zum *Church House Inn* nach Holne, wo sich Brigids Familie zum Essen traf. Zum *Ring o' Bells* nach Chagford? Das war wohl etwas zu weit, um noch rechtzeitig zum Mittagessen anzukommen. Zum *Roundhouse* nach Buckland? Sie freute sich immer sehr auf ein Wiedersehen mit den Perrymans, sie mochte die Herzlichkeit dieser fröhlichen Familie, liebte es, von Margaret, der Kellnerin, geneckt zu werden, und plauderte gern mit Mary im Souvenirladen. Ja, das *Roundhouse* war ein guter Anfang, und nach dem Essen würde sie zum Leuchtturm hinaufwandern, um die Aussicht zu genießen und sich die zerbrochenen steinernen Tafeln, auf denen die Zehn Gebote eingemeißelt waren, genauer anzuschauen.

Nachdem diese Entscheidung getroffen war, ließ Louise voller Vorfreude den Motor an und fuhr Richtung Foxhole.

Merkwürdig, obwohl sie vor weniger als vierundzwanzig Stunden mit Brigid denselben Weg genommen hatte, war das im eigenen Auto ein völlig anderes Gefühl. Sie hörte die Musik ihrer Wahl und war nicht mehr Gast, sondern Teil dieser Landschaft. Sie überquerte die Saddle Bridge, fuhr den Hügel hinauf und bog dann in den holprigen Feldweg ein, der zum Haus hinunterführte.

Als sie neben ihrem Cottage parkte und ausstieg, traten eine Frau und ein Kind aus dem Hof. Louise erstarrte. Die hochgewachsene Frau mit dem freundlichen Gesicht ähnelte der Mutter, die sie gestern vom Zugfenster aus gesehen hatte, aber ihr Kind war älter, mindestens sechs. Das Mädchen sah Louise neugierig an. Ihr Haar war rotgolden wie reifes, von der Sonne beschienenes Getreide.

»Wir wollen unseren Hund abholen«, sagte die Kleine zutraulich und machte ein trauriges Gesicht. »Aber wir kommen nicht rein. Ich kann ihn durchs Fenster sehen. Ich heiße Hermione.«

Hermione? Unfähig zu reagieren, starrte Louise das Kind an.

»Schatz«, rief die Mutter dem Mädchen zu, »wir müssen einen Moment warten. Verzeihen Sie«, wandte sie sich dann an Louise. »Sie hat ihn so sehr vermisst, wissen Sie. Heute Morgen war eine Nachricht auf dem Anrufbeantworter, aber das Ding ist kaputt und knistert fürchterlich. Es war Brigids Stimme, und ich habe mir eingebildet, sie hätte gesagt, wir sollten Oscar vor dem Mittagessen abholen. Aber offenbar habe ich da was falsch verstanden. Ich bin Thea Lampeter.«

Louise ergriff widerstrebend die ausgestreckte Hand. Thea war in ihrem Alter, vielleicht ein paar Jahre älter, und sie hatte rotgoldenes Haar wie ihre Tochter. Während Louise den warmen, festen Händedruck erwiderte, blickte sie in die bernsteinfarbenen Augen der Frau. Plötzlich hatte sie das sonderbare Gefühl, in eine bodenlose Tiefe zu stürzen. Doch diese große, starke Frau würde sie beschützen. Louise klammerte sich förmlich an sie und hörte kaum die Worte des Kindes, das nun weitersprach.

»Aber wir können ihn doch nicht hier lassen, jetzt wo er uns gesehen hat. Was machen wir bloß?«

»Wir müssen warten, bis Brigid zurückkommt.« Theas Stimme klang, als habe sie sich damit abgefunden. »Wir bleiben vor dem Fenster stehen, damit er uns sehen kann.«

»Aber er wird nervös werden«, wandte das Kind ein. »Er wird bellen und an der Tür hochspringen.«

»Das wird er nicht.« Thea lächelte Louise immer noch an. »Das ist ihm viel zu anstrengend ... Fühlen Sie sich jetzt besser?«, fragte sie leise.

Louise nickte und zog ihre Hand langsam zurück, ohne das Kind anzusehen.

»Ja, natürlich, ich ... mir geht es nicht besonders gut in letzter Zeit. Nur ein kleiner Schwindelanfall.« Sie setzte zu einer Entschuldigung an, aber ein weiterer Blick in diese Augen ließ sie erneut stocken. »Ich ... Ich bin ...«

»Wohnen Sie bei Brigid?«

»Ja. Das heißt, in diesem Cottage. Sie können ...« Sie zögerte. »Sie können hier warten, wenn Sie wollen.«

»Ja, tatsächlich?« Das Kind war wieder neben ihr und strahlte sie an. »Dann könnte Mummy einen Kaffee trinken, und ich spreche mit Oscar durchs Fenster.«

»Hermione«, wies Thea das Mädchen zurecht, »bitte, du belästigst Mrs ... Verzeihung, Sie haben uns noch gar nicht Ihren Namen verraten.«

»Ich bin Louise Parry. Und ich mache Ihnen gern eine Tasse Kaffee. Ich muss nur rasch meine Einkäufe auspacken und einräumen. Kein Problem.«

Sie redete weiter, während sie über den gepflasterten Platz mit den Gartenstühlen auf die Tür zuging und dabei in ihrer Tasche nach dem Schlüssel kramte. Hermione war inzwischen im Hof verschwunden und berichtete Oscar mit lauter Stimme von dem neuen Plan.

»Aber es kann eine Weile dauern, bis Brigid zurückkommt.« Thea folgte ihr. »Und Sie sind hier auf Urlaub. Wir können Sie nicht so lange in Beschlag nehmen.«

»Wie gern würde *ich* hier wohnen!« Hermione war wieder da. »Ist es nicht ein hübsches kleines Haus? Darf ich meinen Saft mit rüber zu Oscar nehmen?«

»Schatz«, mahnte Thea. »Mrs Parry hat dir noch keinen Saft angeboten.«

»Im Kühlschrank steht Orangensaft«, murmelte Louise. »Könnten Sie sich selbst welchen nehmen, während ich die Einkäufe aus dem Auto hole?«

»Aber ja. Das ist sehr nett von Ihnen.«

Louise ging zum Auto zurück und öffnete den Kofferraum. Sie stand reglos da, außer Sichtweite des Hauses. Kurz darauf trug das Kind vorsichtig ein Glas Orangensaft an ihr vorbei.

»Ich bleibe bei Oscar. Mummy kocht Kaffee … Vielen Dank«, rief sie Louise nach, als sei es ihr gerade noch eingefallen.

»Das ist wirklich wahnsinnig nett von Ihnen.« In der Wohnküche machte Thea in aller Ruhe Kaffee. »Ich kann mich gar nicht genug entschuldigen. Es war dumm von mir, so Hals über Kopf loszufahren, ohne Brigid anzurufen. George ist mit Amelie und Julia, unseren beiden Großen, zu seiner Mutter gefahren. Sie ist nicht mehr die Jüngste, und er wollte sie gleich nach unserer Ankunft besuchen. Und Hermione konnte es natürlich gar nicht erwarten, Oscar abzuholen.«

Louise stellte ihre Vorräte ab. »Brigid trifft sich in Holne mit ihrer Mutter und ihrer Schwester zum Mittagessen. Wenn Sie wollen, fahre ich hin und hole den Schlüssel, während Sie Ihren Kaffee trinken. Nein, wirklich, es macht überhaupt keine Umstände. Brigid hat bestimmt Verständnis dafür.«

Eine halbe Stunde später beobachtete Louise, wie Oscar seine Familie stürmisch begrüßte, und winkte den beiden zum Abschied nach. Brigid schien von Theas vorzeitiger Ankunft nicht weiter überrascht und war dankbar, dass Louise ihrer Freundin den Schlüssel brachte. Vom Heckfenster sah Oscar zu Louise zurück, und Hermione winkte ungestüm. Bald war der Kombi außer Sichtweite. Gedankenverloren ging Louise ins Haus zurück. Jetzt war es zu spät, um noch irgendwo zu Mittag zu essen, aber sie hatte ja auch gar keinen Hunger. Plötzlich glaubte sie, Schritte zu hören, ein Kichern, und drehte sich abrupt um. Hermione …?

»Bloß nicht!«, ermahnte sie sich. »Denk nur nicht darüber nach.«

Hastig packte sie sich einen Imbiss ein: ein Schinkensandwich, einen Apfel, ein Stück Käse. Sie füllte ein Fläschchen mit Holunderblütenlikör und verstaute alles in ihrem leichten Rucksack. Wenig später machte sie sich zügigen Schritts auf den Weg nach Combestone Tor.

Brigid stellte den Wagen ab und sah nach, ob Louise zu Hause war. Doch die Tür zum Cottage war verschlossen, und auf ihr Klopfen öffnete niemand. Sie hatte ein schlechtes Gewissen wegen Oscar und dem Schlüssel, aber zum Glück hatte die Störung die freundschaftliche Atmosphäre beim Mittagessen nicht getrübt. Jemima war guter Laune, und auch Frummie hatte sich von ihrer besten Seite gezeigt. Nun hatte sich ihre Mutter zu einem Verdauungsschläfchen zurückgezogen. Blot durchstreifte das Haus auf der Suche nach Oscar. Brigid ging in die Küche und überlegte, ob sie sich wieder an die Arbeit machen sollte. Sie war erschöpft und spürte noch die geistige und körperliche Anspannung, die einem Menschen abverlangen, zu denen man kein unbelastetes Verhältnis hat.

Brigid war unzufrieden mit sich, als sie, Blot im Schlepptau, die Treppe zu ihrem Arbeitszimmer hinaufstieg. In der Mitte dieses Raums mit Fenstern nach Osten und Süden stand ein großer Tisch, wo sie die Stoffe zuschnitt. Ein kleinerer Tisch mit der Nähmaschine befand sich unter einem der Fenster in einer Ecke, daneben stand ein altmodisches Nähkästchen aus Rosenholz mit ausziehbaren Fächern, die Spulen mit Baumwollgarn und Seide, Steck- und Nähnadeln enthielten. An den beige getünchten Wänden hingen große gerahmte Collagen von Fotografien – Schwarz-Weiß-Aufnahmen und farbige Hochglanzabzüge, Erinnerungen an ihre und Humphreys Familie, die noch nach all den Jahren Brigids Aufmerksamkeit zu fesseln vermochten. Sie blieb stehen: Michael, der mit seiner Zahnlücke den Schulfotografen anstrahlte, und sechzehn Jahre später mit Hut und Talar bei seinem Abschluss. Humphrey mit kerzengerader Haltung und ernster Miene bei der Abschlussparade der Kadetten in Dartmouth und fünf Jahre später mit Julian im Taufkleid. Wie schön die Jahre gewesen waren, als die Kinder noch klein waren! Damals waren sie auf ihre Mutter angewiesen gewesen, und die hingebungsvolle Liebe ihrer Kinder hatte sie über die Sehnsucht nach Humphrey hinweggetröstet. Sie hatte ihnen vorgelesen, sie an sich gedrückt und sich geschworen, ihnen nie das Gefühl zu geben, sie seien unerwünscht oder ungeliebt. Wie schwer war es ihr gefallen, sie ins Internat zu schicken, und wie hatte sie sie vermisst! Als sie so von Zimmer zu Zimmer wanderte und an den Schlafzimmertüren stehen blieb, empfand sie eine geradezu körperliche Sehnsucht nach fröhlich zankenden Stimmen, nach dem Geräusch von achtlos in die Ecke gekickten Schuhen, nach verstreuten Spielsachen.

»Ich weiß, es ist nicht einfach«, hatte Humphrey leise gesagt, »aber es ist das Beste für sie. Bei diesen ständigen Umzügen müssen sie immer wieder neue Freunde suchen und sich ständig an neue Lehrer gewöhnen. Irgendwann musst du loslassen, mein Schatz.«

»Aber doch jetzt noch nicht«, hätte sie am liebsten gerufen und ihren Tränen freien Lauf gelassen, »sie sind doch noch klein.« Aber sie wusste, dass sie nicht warten durften, bis sie älter waren, denn dann wäre für die Kinder alles noch schwerer geworden. Wenn sie gewusst hätte, dass ihr Vater sterben würde, nachdem Julian nach Mount House gegangen war, hätte sie die Kinder zu Hause behalten. Als sie zurück nach Foxhole zog, hatte sich Julian schon in der Schule eingewöhnt und viele Freunde gefunden. Und da bereits feststand, dass Michael dieselbe Schule besuchen würde, hatte sie es nicht übers Herz gebracht, die beiden aus egoistischen Gründen wieder aus ihrem Umfeld herauszureißen. Aber sie hatte die Schulferien genutzt, um die liebevolle Beziehung zu ihren Söhnen zu festigen – ihnen das zu geben, wonach sie selbst sich immer gesehnt hatte. Ihr Vater war zwar gütig, aber stets distanziert gewesen – liebevoll, aber unnahbar. Und ihre Mutter …

Sie betrachtete ein Bild von Frummie. Das kleine Foto zeigte ihre Mutter lachend und strahlend schön, mit einem albernen Hut auf dem Kopf und unmöglichen Schuhen. Es war zerknittert und abgegriffen, weil sie es als Kind immer mit sich herumgetragen und allen gezeigt hatte: »Das ist meine Mutter.« »Mein Gott! Wie hübsch sie ist! Aber ist sie nicht … fortgegangen …?« »Trotzdem, sie ist meine Mutter.«

Brigid drehte sich um und starrte auf den Stoff – unfertige Vorhänge –, der auf dem Tisch ausgebreitet lag. War es denn wirklich unmöglich, sich zu ändern? Sich von dem Groll zu befreien, der sie so oft erfüllte und echte Liebe unmöglich machte? Immer wenn sie glaubte, sie hätte es geschafft und ihre Liebe zu ihrer Schwester sei stärker als ihre Eifersucht, wurden ihre Bemühungen durch irgendeine Erinnerung – einen bitteren Gedanken, ein paar achtlos hingeworfene Sätze – zunichte gemacht. Es war, als lauere eine teuflische Schlange in ihrem Herzen und warte nur auf den geeigneten Moment, um zuzubeißen. Manchmal konnte ein Blick in Jemimas Gesicht sie in Erstaunen versetzen. Sie las Verblüffung, Enttäuschung und Trauer darin – und noch etwas anderes. Es war ein Ausdruck von Demut und Sehnsucht, aber auch Zuversicht und Offenheit. Das machte Brigid ganz besonders zu schaffen. Als würde Jemima Brigids Abneigung spüren und sich das Urteil ihrer Schwester zu Herzen nehmen: hässliches Entlein, Puddle-duck. Es hätte ein lustiger, zärtlicher Kosename sein können. Aber für Brigid hatte das Wort unterschwellig immer noch die gleiche Bedeutung wie damals, als sie ein unglückliches, wütendes Mädchen gewesen war. Der Name stand für all den Schmerz, den ihr die Mutter durch ihre Zurückweisung zugefügt hatte. Ihre, Brigids, ganze Wut hatte sich gegen Jemima gerichtet. Puddle-duck. Immer wieder hatte Jemima sich bemüht, eine echte Freundschaft zu ihrer älteren Halbschwester aufzubauen. Aber letztendlich war es Brigid unmöglich gewesen, den entscheidenden Schritt zu tun.

Was bin ich bloß für ein Mensch?, dachte sie jetzt.

Jemima war beim Mittagessen so fröhlich gewesen, so liebenswürdig und amüsant. Sie hatte darauf bestanden, sie einzuladen, und auch Frummie war so offen und herzlich gewesen. Brigid presste unwillkürlich die Hände zusammen. Wie selten hatte sie, die ältere Tochter, diese mütterliche Liebe erfahren! Nein, für die ältere Tochter hatte Frummie nur Sarkasmus und Boshaftigkeit übrig. Brigid strich den Stoff glatt, schaltete das Radio ein und streichelte Blot, der es sich inzwischen auf seiner Matte am Fenster bequem gemacht hatte. Die Arbeit verschaffte ihr Ablenkung, Ruhe und Befriedigung. Mit geübter Hand griff sie nach der schweren Schere und begann, den Stoff akkurat zuzuschneiden.

Erst viel später, als sie in der Küche eine Tasse Tee trank, bemerkte sie das rote blinkende Licht des Anrufbeantworters. Theas Stimme klang entschuldigend: »Tut mir leid, Brigid. Was bin ich doch für ein Trottel! Vielen Dank, dass du dich um Oscar gekümmert hast. Er sieht sehr gepflegt aus. Hast du das kleine Mitbringsel auf der Anrichte entdeckt? Ich ruf dich später noch mal an. Darf ich dich mit Louise zum Tee einladen? Alles Liebe.« Die zweite Anruferin sprach mit hastiger, aufgesetzter Fröhlichkeit: »Ich bin's, Jenny. Ich hoffe, es geht dir gut, Brigid. Ich wollte fragen, ob ich dich besuchen könnte. Würde dir Dienstag passen? Gegen Mittag? Wenn ja, brauchst du nicht mehr zurückzurufen. Ich bin im Augenblick ständig unterwegs. Also dann, bis bald.«

Brigid hörte die Nachricht mit einem flauen Gefühl im Magen ein zweites Mal ab. Geistesabwesend ließ sie den Blick über die Anrichte schweifen und entdeckte das hübsch eingewickelte Päckchen und die Karte, aber ihre Gedanken waren nicht bei Thea. Jennys Anruf hatte sie zutiefst verstört.

6

Wann sehen wir uns wieder? Jemima Spencer stellte diese Frage nie. Das hätte gegen die Regeln verstoßen. Während sie ihm beim Ankleiden zusah, fragte sie sich, ob sie ihn liebte und ob sie überhaupt genau wusste, was dieses Wort bedeutete. Es wurde so gedankenlos und beiläufig benutzt, obwohl es ein solch ungeheures Versprechen enthielt. Sie mochte ihn sehr, und er war ein guter Liebhaber. Aber es störte sie nicht im Geringsten, wenn er wieder fort war. Durch die Gegenwart eines anderen Menschen in ihrer Wohnung fühlte sie sich eingeengt. Vielleicht war sie ja einfach zur Geliebten geboren.

Auf einen Ellbogen gestützt, bewunderte sie seine langen Beine und seinen geschmeidigen, sonnengebräunten Rücken und sah zu, wie sein begehrenswerter Körper unter schicken Klamotten verschwand.

»Könnte sein, dass ich am Dienstag wiederkomme.«

Sie rollte sich auf den Rücken, damit er ihr Gesicht nicht sah. »Am Dienstagabend kriege ich Besuch.« Er mochte es, wenn sie so gleichgültig tat; das entflammte seine Leidenschaft nur noch mehr. »Ich kann es nicht verschieben.«

»Wen erwartest du denn?«

Sie lächelte. Ein kleines geheimnisvolles Lächeln. »Niemand, den du kennst.«

Sie wusste, dass er liebend gern nachgefragt hätte. Doch damit hätte er sich unweigerlich ihren Vorwürfen ausgesetzt: *Was geht dich das an? Du verschwindest nach Hause zu deiner Frau. Warum sollte ich dasitzen und auf dich warten …?* – und so weiter. Das kannte er alles bereits, wenn auch nicht von Jemima. Trotzdem, es war besser, das Schicksal nicht herauszufordern … Schweigend band er sich die Krawatte, doch man sah ihm an, was er dachte.

»Dann also nicht Dienstag?«

Er beugte sich über sie, um ihr einen langen Abschiedskuss zu geben, und sie musste lachen. Das passierte ihr so oft in Augenblicken, in denen sich andere vor Sehnsucht und Traurigkeit verzehrt hätten. Stattdessen überkam sie plötzlich diese unbändige Freude über ihre Unabhängigkeit. Er löste sich abrupt von ihr, verärgert darüber, dass es ihm nicht gelungen war, sie umzustimmen.

»Nein, nicht Dienstag.« Sie schwang die Beine aus dem Bett und tastete mit den Füßen nach ihren Espadrilles. »Ruf mich an.«

»In Ordnung.« Er konnte auch den Coolen spielen. »Also dann«, meinte er nach kurzem Zögern.

Sie ging ihm voraus in den Flur. Während sie in ihren Morgenrock schlüpfte, beschloss sie, ihm heute keinen Kaffee oder sonst etwas zu trinken anzubieten.

»Gute Fahrt.« Sie berührte wie zum Kuss ihre Fingerspitzen und legte sie auf seine Wange. »Bis bald.«

Ihm blieb nichts anderes übrig, als gute Miene zum bösen Spiel zu machen und sich zu verabschieden.

Als Jemima die Tür hinter ihm schloss, kicherte sie in sich hinein. Sie durchquerte den Flur und öffnete die Tür zum Wohnzimmer. Der Anblick überwältigte sie jedes Mal. Das Zimmer ging auf den Hafen hinaus, und auf den blassgrünen Wänden schimmerte das vom Wasser reflektierte Licht.

Der Fußboden aus hellem Eschenholz glänzte zwischen den weißen Teppichen, und ein riesiges, beige, blau und grün gestreiftes Sofa stand wie ein Liegestuhl neben der Glastür, die auf den Balkon führte.

»Er ist weg«, sagte sie. »Jetzt können wir uns entspannen.«

Der große Perserkater, der auf einem Korbstuhl zusammengerollt dalag, rührte sich nicht. Er schlief friedlich und heiter. Jemima beugte sich über ihn und streichelte sein langhaariges Fell; er öffnete ein Auge, um sich dann noch wohliger zusammenzurollen.

»Du bist ein Faulpelz, MagnifiCat«, wies sie ihn streng zurecht. »Ein träges Tier. Genau wie ich. Deshalb mögen wir uns wohl auch.«

Sie nahm einen Apfel aus der Schale auf dem niedrigen Glastischchen, öffnete die Schiebetür und trat auf den Balkon. Es war ein kühler Abend, und die steigende Flut glitzerte im rötlichen Schein der letzten Sonnenstrahlen. Das Wasser schwappte gegen den Landungssteg der Fähre und kräuselte sich unter dem Bug eines kleinen Boots, das zielstrebig zu einer der am Ufer vertäuten Yachten gerudert wurde. Vor dem *Ferryboat Inn* saßen Leute bei einem Drink, und von East Portlemouth jenseits des Hafens funkelten freundliche Lichter herüber. Rundum glücklich, atmete Jemima tief ein und biss in ihren Apfel. Ihre Schwester Brigid fand es unvernünftig, dass sie so viel Miete zahlte, und natürlich wäre es klüger gewesen, wenn sie ihr bescheidenes Erbe für die Anzahlung eines Cottage oder einer preisgünstigen Wohnung verwendet hätte. Eine Wohnung wie diese war eigentlich unerschwinglich. Andererseits wollte sie sie unbedingt haben, selbst wenn ihre Schwester das missbilligte.

»Ich weiß, dass sie mich verachtet«, sagte sie traurig zu MagnifiCat, der auf den Balkon gekommen war, »aber diese Chance konnte ich mir nicht entgehen lassen, auch wenn ich mir die Wohnung nur ein paar Jahre lang leisten kann. Das ist, glaube ich, einer der Unterschiede zwischen uns. Ich jage Träumen nach, während sie mit beiden Beinen auf dem Boden steht.«

MagnifiCat setzte sich und fixierte eine Möwe, die auf dem Mast eines am Kai vertäuten Bootes saß. Die kalten gelben Augen der Möwe erwiderten seinen herausfordernden Blick, und der Schwanz des Katers zuckte.

»Vergiss es«, ermahnte ihn Jemima. »Ich habe dir schon gesagt, dass wir die Möwen in Ruhe lassen. Sie würde dich zum Frühstück verspeisen. Oder zum Abendessen.«

Sie warf ihren Apfelstrunk in hohem Bogen über den Balkon. Mit einem schrillen Schrei erhob sich die Möwe und fing den Strunk im Flug. Jemima sah ihr zu und rieb sich die bloßen Arme. Sie fröstelte, während das strahlend rote Licht im dunklen Wasser versank.

»Zeit zum Abendessen«, sagte sie, ohne sich vom Fleck zu rühren. Die Szenerie fesselte sie so, dass sie am Geländer stehen blieb, obwohl sie die Aussicht auch vom Sofa aus bewundern konnte. Vor knapp drei Monaten war sie hier eingezogen; vorher hatte sie in Gloucester zur Miete gewohnt und für *Home From Home* gearbeitet, eine Firma, die Ferien in Privatunterkünften organisierte. Kurz nach Frummies Umzug war auch sie nach Devon gekommen, wo sie mittlerweile ein halbes Dutzend Ferienhäuser zu betreuen hatte. Diese Häuser gehörten Leuten, die im Ausland lebten oder keine Lust hatten, sich selbst um die Vermietung zu kümmern. Im Unterschied zu Brigid, die von der Buchung bis zum Reinemachen alles selbst erledigte, sahen diese Eigentümer nur selten selbst nach dem Rechten, und Jemima musste dafür sorgen, dass die Häuser geputzt und wieder vermietet wurden, die Feriengäste einen Schlüssel bekamen und zufrieden waren. Sie hatte einen kleinen Trupp von

Teilzeitkräften, die beim Wechsel der Gäste am Wochenende sauber machten und ihr auch sonst zur Hand gingen. Aber diese Leute waren nicht immer zuverlässig, und so musste Jemima oft selbst von Cottage zu Cottage fahren, die Bettwäsche wechseln, Staub wischen und den Neuankömmlingen die Schlüssel übergeben.

»Du solltest einen richtigen Putztrupp beauftragen«, hatte ihr Brigid empfohlen, »nicht irgendwelche Sozialhilfeempfänger. Wenn du Leute bezahlst, die ihren Lohn nicht versteuern, unterstützt du nur die Schwarzarbeit.«

»Du tust ja so, als wären es Drogensüchtige und Asoziale«, hatte Jemima geantwortet. »Es sind aber anständige Leute, die finanziell kaum über die Runden kommen.«

»Trotzdem ist das Betrug«, hatte Brigid beharrt. »Und wenn sie Sozialhilfe beziehen, bringst du sie in Schwierigkeiten.«

»Nicht alle sind Sozialhilfeempfänger«, hatte Jemima widersprochen. »Es sind Frauen von Fischern oder kleinen Handwerkern, bei denen das Geld hinten und vorne nicht reicht. Warum sollten sie sich nicht ein paar Pfund dazuverdienen?«

»Wenn sie das Geld wirklich bräuchten, wären sie zuverlässiger«, hatte Brigid entgegnet, und Jemima kam sich wieder einmal unfähig und unzulänglich vor. Genau da lag das Problem: Brigid war so klar, so selbstsicher. In ihrem Leben gab es keine Unordnung, kein Chaos. Sie managte alles erfolgreich – die Vermietung ihrer Cottages ebenso wie ihr kleines Atelier für Innenausstattung oder ihre Ehe. Sie war eine gute Mutter und hatte alle Probleme bei der Erziehung ihrer beiden Söhne trotz Humphreys Abwesenheit souverän gemeistert. Und es war nicht zu übersehen, dass ihr Mann sie anbetete.

Nun, da sie beide zum ersten Mal in ihrem Leben in erreichbarer Nähe wohnten, hatte Jemima gehofft, zu der Schwester die innige Beziehung aufzubauen, nach der sie sich immer gesehnt hatte. Ihr Vater hatte ihr furchtbar gefehlt, nachdem ihre Mutter ihn verlassen hatte. In dieser Hinsicht waren Brigid und sie Leidensgenossinnen. Und doch stieß Jemima bei ihrer Schwester stets an eine unsichtbare, unüberwindbare Grenze. Manchmal schien Brigid ein wenig aufzutauen. Aber immer wenn sie eine größere Nähe zu spüren glaubte, war die Barriere plötzlich wieder da. Sie begriff zwar, warum Brigid sie albern und schwach fand, doch sie hoffte immer noch, von ihr eines Tages so geliebt zu werden, wie sie, Jemima, nun einmal war.

Das Telefon läutete, und Jemima eilte ins Zimmer zu hrem Handy.

»Bevor ich auf die A 38 fahre«, hörte sie seine Stimme, »wollte ich doch nur fragen, ob dein Entschluss wegen Dienstag unverrückbar ist.«

Sie lächelte. Nun, da eine sichere Distanz zwischen ihnen lag, würde sie ihn gern trösten.

»Ganz sicher«, meinte sie neckend, »es sei denn, du könntest etwas später kommen. Und vielleicht über Nacht bleiben.« Dazu ermunterte sie nur selten einen Mann, aber er tat ihr ein bisschen leid. Jetzt, da sie sich an seine hübschen Beine erinnern konnte, ohne an seine verdrießliche Miene denken zu müssen … »Louise bleibt bestimmt nicht lange.«

»Louise?« Seine Stimme klang jetzt wesentlich munterer.

»Ja, warum?« Sie heuchelte Erstaunen. »Sie wohnt bei meiner Schwester. Was hast du denn gedacht?«

»Keine Ahnung«, murmelte er. Jetzt konnte er es sich leisten, seine Eifersucht zu zeigen, denn am Telefon befürchtete er keine Szene. »Ich könnte vielleicht bleiben …«

»Überleg's dir«, sagte sie fröhlich. »Ich muss jetzt Schluss machen. Tschüs.«

Jetzt hatte sie ihre gute Laune wiedergewonnen. Sie hob MagnifiCat hoch und schmiegte ihr Gesicht an sein Fell.

»Abendessen«, sagte sie. »Du kannst etwas von meinem Sushi haben. Na, wie wär's?«

Stöhnend über sein Gewicht, ließ sie ihn wieder auf den Boden hinunter, und er folgte ihr auf seinen kurzen Beinen in die Küche.

»Es ist wirklich nett hier, Fred!« Margot Spelman saß in der Sonne und streckte die kräftigen Beine aus. »Was für ein Glück, dass du eine Tochter mit Grundbesitz hast!«

»Und du hast deine Einliegerwohnung.« Frummie stellte das Teetablett ab. Es kam ihr jetzt eigenartig vor, Fred genannt zu werden – eigenartig, aber nett. Gleich fühlte sie sich wieder jung, sorglos und glücklich, vor allem da die arme Margot doch ziemlich alt wirkte.

»Mmm.« Margot reckte ihr runzeliges Gesicht der Sonne entgegen. »Aber man fühlt sich schrecklich *überflüssig*. Harry ist natürlich ein Schatz, aber Barbara ...« Sie schüttelte sich. »Schwiegertöchter sind die Hölle, Fred. Du solltest Gott danken, dass du Töchter hast.«

»Unsinn.« Frummie ließ sich Margot gegenüber in den Liegestuhl sinken. »Die Wahrheit, meine liebe Margot, ist schlicht und einfach, dass du deine Schwiegertöchter einschüchterst. Ginny war klug genug, David ins hinterste Cornwall zu entführen. Und es erstaunt mich sehr, dass Barbara dich in ihrer hübschen kleinen Wohnung wohnen lässt. Bestimmt hat sie das Gefühl, ständig auf der Hut sein zu müssen.«

»Und was ist mit dir?« Margot ließ sich von solchen Seitenhieben nicht aus der Ruhe bringen. »Ich finde, Brigid ist eine Heilige. Sie hat dich hier bei sich aufgenommen, obwohl du sie als kleines Kind im Stich gelassen hast. Um ehrlich zu sein, überrascht es mich, dass dich überhaupt jemand in seiner Nähe erträgt. Aber wer kennt dich schon so lange wie ich.«

Frummie grinste hämisch. »Seit dem ersten Tag im Internat, stimmt's? Wir waren dreizehn. Gut, ich war noch nicht ganz dreizehn, du bist ja älter als ich. Aber wer hat angefangen zu flennen?«

»Ach, halt den Mund, und gieß uns lieber Tee ein! Was macht Jemima?«

»Es geht ihr ausgezeichnet. Sie wohnt in der schönsten Wohnung von Salcombe. Direkt am Hafen.«

»Donnerwetter.« Margot richtete sich auf und sah sie an. »Sag bloß nicht, dass Richard dir was hinterlassen hat!«

Frummie zuckte verächtlich die Schultern. »Mir hat er nichts hinterlassen. Jemima hat ein bisschen was geerbt.«

»Ich muss schon sagen, Fred« – Margot nahm ihre Tasse Tee mit einem dankbaren Nicken entgegen –, »du hast dir wirklich immer die falschen Männer ausgesucht. Was hast du bloß an ihnen gefunden? Diarmid, dein zerstreuter Professor, war allerdings auf seine Art wunderbar. Ein großer, schlanker, gut aussehender Mann. Tolle Beine. Brigid ist genau wie er.«

»Diarmid war anders.« Frummie schlürfte verträumt ihren Tee. »Einen wie ihn hatte ich bis dahin nicht gekannt. Und ich war jung und leicht zu beeindrucken.«

»Leicht zu beeindrucken?« Margot runzelte die Stirn. »Du? Na ja, so könnte man's wohl auch nennen. Und Richard?«

»Ach, Richard war ein Spaßvogel. Und ich war es leid, mit bronzezeitlichen Steinkreisen und Jungsteinzeitmenschen konkurrieren zu müssen. Eines Tages bin ich nach London gegangen und einfach nicht mehr wiedergekommen.« Frummie verstummte. »Ach, schau nicht schon wieder so ungnädig drein«, fuhr sie ärgerlich fort. »Es war ja nicht so, dass ich so mir nichts, dir nichts hier abgehauen bin, ohne Gewissensbisse zu haben. Aber ich schaffte es einfach nicht zurückzukehren. Mit jedem Tag wurde es schlimmer. Ich hab Diarmid geschrieben, dass ich es einfach nicht über mich bringe, und er hat mir bestätigt, dass ich es nicht leicht gehabt habe. Ich solle tun, was ich für richtig halte, aber Brigid werde bei ihm bleiben. Was sollte ich machen? Ich konnte doch nicht hinfahren und sie entführen.«

»Ich verstehe.« Margot musterte ihre alte Freundin nicht ohne Mitgefühl. »Er konnte ihr wenigstens Sicherheit geben. Richard war nicht gerade ein zuverlässiger Typ, stimmt's?«

»Man verknallt sich schließlich nicht in zuverlässige Typen, oder?«

»Du jedenfalls nicht«, gab Margot spitz zurück. »Wenn ich mich recht erinnere, hat William – er war doch erst Nummer drei, oder? – in einer Jazzband gespielt.«

»Das war sein Hobby«, erwiderte Frummie indigniert. »Er war Börsenmakler.«

»Also, ehrlich …«

»Er konnte sehr gut mit Geld umgehen –«

»Solange es das Geld anderer Leute war. Die Wahrheit ist, Fred, dass man dich nicht allein ausgehen lassen durfte. Trotz deines Zynismus bist du wirklich auf alle Männer reingefallen.«

»Bist du den ganzen Weg hierher gekommen, um mich zu beschimpfen?«

»Nein, ich bin hierher gekommen, um dich zu besuchen. Wir haben uns in letzter Zeit aus den Augen verloren und –«

»Und da trifft es sich gut, dass ich jetzt zwischen Salisbury und Cornwall wohne«, beendete Frummie den Satz mit honigsüßer Stimme. »Eine bequeme Zwischenstation, findest du nicht auch?«

»Jedenfalls besser als das *Little Chef* in Buckfast«, pflichtete ihr Margot ungerührt bei. »Ich hoffe, das Frühstück bei dir ist genauso gut.«

»Seit wann frühstückst du? Na ja, eine Zigarette und eine Tasse schwarzen Kaffee kann ich dir schon anbieten.«

Ein Auto kam die Auffahrt herauf und hielt neben dem anderen Cottage. Louise stieg aus, winkte Frummie zu und verschwand im Haus.

»Wer ist denn das?« Margot starrte ihr nach. »Hübsche Frau.«

»Eine von Brigids Stammgästen. Sie kommt zweimal im Jahr hierher, während ihr Mann Golf spielt.«

»Tatsächlich?« Margots Stimme klang skeptisch.

»Genauso habe ich auch reagiert. Aber man kann nie wissen. Vielleicht gibt es ja auch treue Männer …«

»Nenne mir drei«, sagte Margot trocken. »Du wüsstest bestimmt drei, die *nicht* treu waren. Aber Diarmid gehörte nicht dazu.«

»Jetzt fang bloß nicht wieder von vorn an«, erwiderte Frummie müde. »Du wirst langweilig im Alter. Wie wär's, wenn wir beide heute Abend im Pub essen?«

»In welchem Pub?«, fragte Margot interessiert.

»Zehn Minuten von hier. Du kannst uns fahren.«

»Ich glaube, wir bleiben besser hier.« Margot lehnte sich in ihren Stuhl. »Ich habe einen exzellenten Malt Whisky mitgebracht. Der liebe Harry versorgt mich immer gut. Und die arme Barbara würde am liebsten im Boden versinken, wenn sie meine leeren Flaschen zum Container tragen muss. Also, erzähl mal von Jemima! Was macht sie denn so?«

Die beiden Frauen beugten sich über ihre Teetassen und steckten die Köpfe zusammen.

7

Als Louise noch einmal zurückkehrte, um ein paar Sachen aus dem Auto zu holen, sah sie die beiden miteinander tuscheln. Ein geradezu unheimliches Gefühl beschlich sie.

Du siehst schon wieder Gespenster, dachte sie.

Der Brief lag hinter der Tür ein großer quadratischer Umschlag, der beim Öffnen der Tür in die Ecke geschoben worden war. Aber sie hob ihn nicht auf, sondern trug zuerst ihre Sachen ins Wohnzimmer, leerte die Thermoskannen aus, räumte das Obst weg, zog ihre Stiefel aus und trat erst dann wieder in den Flur. Auf dem Umschlag stand nur ihr Name »Louise Parry«. Keine Adresse, kein Stempel. Sie starrte ihn an. Alles in ihr sträubte sich dagegen, den Brief aufzuheben und zu öffnen.

Wird Daddy zu meinem Fest kommen? – Nein, Liebling. Er ist zu weit weg. Aber er hat dir ein Geschenk dagelassen. – Ich will aber, dass Daddy hier ist.

Widerstrebend nahm sie den Brief und legte ihn auf den Tisch, füllte den Wasserkessel, schaltete den Herd an und versuchte, an andere Dinge zu denken – an das Abendessen mit Jemima am nächsten Tag, an einen Besuch in Bigbury und ein Mittagessen auf der Insel Burgh … Aber es gelang ihr nicht. Die Vergangenheit drängte sich mit aller Macht in ihr Bewusstsein. Verzweifelt wehrte sie sich dagegen. Sie kochte Tee, holte Milch und öffnete das Fenster. Dann stellte sie den Teebecher auf den großen Tisch, setzte sich und griff nach ihrem Notizheft und dem Malkasten, um ihr Tagebuch auf den neuesten Stand zu bringen. Aus der Ferne drang das Rauschen des West Dart an ihr Ohr und verschmolz mit dem trägen Gurren der Tauben im Hof. Heute war diese friedliche Beschaulichkeit von Gefahren umlauert. Ihre Gedanken kreisten um den Brief, der in Reichweite lag. Sie rief sich in Erinnerung, was sie auf ihrem Spaziergang gesehen hatte: den blühenden Weißdorn und den Gefleckten Aronstab im Wald von Hembury; die Schwalben, die über ihr kreisten, als sie im *Forge Café* in Holne Rast machte; das Pfauenauge, das sich in Dean Ford auf einem bemoosten Stein wärmte. Sie schrieb hastig, machte dazu kleine Skizzen, die sie in zarten Tönen kolorierte. Die Stimmen waren kaum hörbar, es war nicht mehr als ein leises Murmeln.

Darf ich auch so malen wie Mummy? – Du solltest lieber bei den Farbstiften bleiben. Die klecksen nicht so. – Und wenn ich ganz vorsichtig bin? – Weißt du was? Wir probieren es mal zusammen aus …

Louise wusch den Pinsel sorgfältig aus und legte ihn beiseite. Mit bedrückter Miene griff sie nach dem Umschlag. Er enthielt nicht nur eine Karte, dafür war er zu dick. Ahnungsvoll schlitzte sie ihn auf und zog den Inhalt heraus: zuerst eine Karte mit der niedlichen Zeichnung eines Neufundländers, der mit gespitzten Ohren durch das Fenster eines Hauses sah, das unverkennbar Brigids Wintergarten darstellte; davor ein Auto. Das Tier blickte furchtsam drein, aber die Zeichnung hatte auch etwas Witziges.

»Nochmals vielen Dank«, hatte Thea dazugeschrieben. »Wir möchten Sie gern zum Tee einladen. Vielleicht sprechen Sie sich mit Brigid ab? Es würde uns freuen, Sie wiederzusehen.«

Louise starrte auf die Zeichnung. Irgendetwas daran kam ihr bekannt vor. Sie entfaltete das Blatt Papier. Der Schriftzug »Oscar« war sorgfältig mit ungelenker Hand geschrieben, der Buchstabe S sehr viel größer als das O. Die Umrisse des Hundes waren mit schwarzem Stift gezeichnet, die große Zunge rosa ausgemalt.

»Oscar sagt danke. Bitte kommen Sie zum Tee. Herzliche Grüße, Hermione.«

Die Schrift stieg bedrohlich steil an, die Buchstaben waren an den Rand gequetscht, und der Name war abwechselnd mit blauen und roten Buntstiften geschrieben. Hermione. Louise blickte noch immer auf das Blatt, als es klopfte. Die Tür öffnete sich ein paar Zentimeter.

»Darf ich reinkommen?«, fragte Brigid.

Nur dank ihrer guten Erziehung war Louise in der Lage zu antworten. Als Brigid eintrat, zwang sie sich zu einem Lächeln und bot ihr Tee an.

»Du hast ihn gefunden, wie ich sehe.« Brigid wies auf den Brief. »Thea hat ihn mir geschickt. Irgendwann im Laufe der Woche will ich sie besuchen, und sie möchte offenbar gern, dass du mitkommst. Hast du Lust?«

»Das ist …« Louise schluckte. Ihre Kehle war wie ausgetrocknet. »… das ist sehr nett. Aber es ist wirklich nicht nötig.«

»Oh, glaub nicht, dass das reine Höflichkeit ist. Thea ist zwar lieb und nett, aber sie hält sich nicht an Konventionen. Ich glaube, du warst ihr einfach sympathisch. Und Hermione –«

»Es ist nur so«, unterbrach Louise sie rasch, »dass ich gar nicht weiß, wie ich das alles schaffen soll. Vierzehn Tage sind keine lange Zeit.«

»Das verstehe ich. Und es gibt überhaupt keinen Grund, weshalb du …«

Brigid verstummte, und trotz des eigenen Kummers bemerkte Louise, dass Brigid sehr erschöpft wirkte.

Das geht über meine Kräfte, dachte Louise.

»Nun denn.« Brigid lächelte verlegen und wandte sich zum Gehen. Sie sah aus, als habe jemand sie gekränkt.

»Trink eine Tasse Tee mit mir«, hörte sich Louise sagen und ärgerte sich im selben Augenblick über sich selbst. »Ich habe gerade welchen gekocht.« Sie stand auf und nahm einen Becher aus dem Schrank, während eine innere Stimme ständig wiederholte: »Ich *kann* nicht. Ich kann einfach nicht.«

Brigid senkte den Kopf und umfasste ihren Becher mit beiden Händen, als friere sie. Louise setzte sich und musterte sie.

»Ist alles in Ordnung?«, fragte sie leise.

Brigid sah sie mit großen, angstgeweiteten Augen an. »Ja, natürlich. Ich bin nur in Gedanken.« Sie sprach schnell und lächelte mechanisch. »Also, was soll ich Thea sagen?«

»Vielleicht im Laufe der Woche. Warten wir ab, wie sich alles … wie es so läuft.«

»Gut. Sie wohnen in einem ehemaligen Bahnhof, das wird dir gefallen. Und die Mädchen. Hermione hast du ja schon kennen gelernt, und Julia und Amelia sind wunderbar. Percy natürlich auch. Thea ist eine richtige Berühmtheit. Sie schreibt und illustriert Kinderbücher und ist sogar in dieser Fernsehsendung aufgetreten. Das kannst du natürlich nicht wissen, du hast ja keine Kinder. Vor ein paar Jahren war das eine richtige Kultsendung, es gab T-Shirts, Becher und Spielsachen …«

»Spielsachen?«

»Percy der Papagei. Phantastisch. Leider waren meine Jungs dafür schon zu alt, aber die Sendung haben wir nie verpasst. Sie war ein Riesenerfolg. Lass es dir noch mal durch den Kopf gehen, und gib mir Bescheid. Und danke für den Tee.«

Die Tür schloss sich hinter ihr. Louise blieb allein zurück. Ihre Hände zitterten. Es war, als stehe sie vor einer riesigen Wand aus dunklem Wasser, das immer höher stieg und sie fortzureißen drohte. Ein Rauschen dröhnte in ihrem Kopf. Wie benommen taumelte sie auf den Tisch zu, ließ sich auf einen Stuhl sinken und verbarg den Kopf in den Armen. Aber nicht einmal jetzt konnte sie weinen.

Brigid wanderte unruhig durchs Haus. Ihr innerer Frieden war dahin. Was Jenny ihr wohl zu sagen hatte? Sie hatte mehrmals versucht, sie anzurufen, aber sie erreichte immer nur den Anrufbeantworter. Was wohl passiert war? Vor drei Jahren hatte sich Brigid bereit erklärt, mit einem ihrer Cottages für die Firma zu bürgen, die Jenny, ihre älteste und beste Freundin, zusammen mit ihrem Mann und einem Partner gegründet hatte. Sie wollten am Fal eine Segelschule aufziehen. Bryn, Jennys Mann, hatte in diesem Bereich bereits Erfahrungen. Ihr Partner war ein junger Segler, der sich mit einer Atlantiküberquerung einen Namen gemacht hatte. Das Unternehmenskonzept war von der Bank gebilligt worden. Alle drei knüpften große Hoffnungen daran, das Interesse war groß, und die Sache ließ sich gut an. Brigids Bürgschaft über fünfzehntausend Pfund war eine reine Formsache, und auch ihr Anwalt konnte kein Risiko entdecken. Das kleine Cottage war sehr viel mehr wert, und obendrein hatte Jenny ihr versichert, dass Bryn im Notfall das Geld selbst aufbringen konnte. Doch die Bank verlangte eine Bürgschaft. Es war eine einmalige Chance. Brigid sollte eine jährliche Zahlung erhalten – eine kleine Summe, die zeigte, dass es bergauf ging.

Jenny war begeistert von der Segelschule und so glücklich über ihre Beziehung zu Bryn nach der katastrophalen Scheidung von Peter, ihrem ersten Mann.

»Sag bloß Humphrey nichts davon«, hatte sie gebeten. »Er und Peter sind immer noch befreundet, und ich möchte nicht, dass er es erfährt. Du brauchst es ihm nicht zu sagen, Brigid, oder? Foxhole gehört doch dir.«

»Ja, das stimmt.« Brigid war gar nicht glücklich über solche Heimlichtuerei, obwohl sie ihrer Freundin gern helfen wollte. »Aber wir haben eine Hypothek auf das Langhaus aufgenommen, um die Stallungen renovieren zu lassen, und die läuft auf uns beide. Es ist zwar keine große Summe, aber Humphrey zahlt sie immer noch ab.«

»Aber die Cottages sind doch unbelastet?«

»Ja«, erwiderte Brigid zögernd. »Die Cottages laufen noch auf meinen Namen.«

»Eines würde reichen. Wir brauchen ja nicht viel. Bryn und ich investieren etwas, und Iain hat auch ein bisschen Geld. Es ist nur für den Anfang. Wir müssen Unterkünfte bauen und ein paar Boote kaufen. Es wäre toll, wenn du uns helfen würdest, Brigid. Das ist wirklich nur eine Formsache, die Banken sind einfach komisch nach der Rezession.«

»Es gefällt mir nicht, so etwas hinter Humphreys Rücken zu tun …«

»Meine liebe Brigid.« Jenny hatte sie liebevoll angelächelt, »du hast schon immer alles so genau genommen. Sogar in der Schule hast du es geschafft, mir durch strafende Blicke ein schlechtes Gewissen zu machen.«

Seltsam, wie verletzend manche Bemerkungen wirkten. *Brigid nicht. Sie nimmt alles so genau wie ihr Vater. Sie mag keine Spitznamen, das findet sie albern.*

»Darum geht es nicht«, verteidigte sie sich rasch. »Ich

finde nur, dass Ehepartner keine Geheimnisse voreinander haben sollten. Das kann gefährlich werden.«

»In welcher Welt lebst du eigentlich?«, hatte Jenny mit einem Seufzer erwidert. »Du Glückliche! Mehr kann ich dazu nicht sagen. Peter hat mir in den fünfzehn Jahren unserer Ehe nie die Wahrheit gesagt.«

»Ach, Jenny.« Brigid verging vor Mitgefühl. Ihre Freundin war tatsächlich nach Strich und Faden belogen und gedemütigt worden.

»Wenn sie nicht so viel geplappert und auch einmal zugehört hätte, wären ihr vielleicht ein paar Dinge aufgefallen«, hatte Humphrey gesagt. Er kannte kein Mitleid. »Es ist nicht allein Peters Schuld.«

»Ihr Männer haltet eben immer zusammen«, hatte Brigid empört erwidert. »Wusstest du, dass er jahrelang eine Affäre mit dieser Marinesoldatin hatte?«

»Ich sage ja gar nichts.« Humphrey hatte ihr keineswegs unfreundlich zugelächelt. »Meine Devise lautet: Was ich nicht weiß, macht mich nicht heiß.«

Später war sie froh gewesen, dass Humphrey so verschwiegen gewesen war. Sie hatte aufrichtig erklären können, dass sie von Peters Affären nichts gewusst hatte, und ihre Freundschaft mit Jenny hatte nicht gelitten.

Widerstrebend hatte sie sich schließlich bereit erklärt, die Vereinbarung mit ihrer Freundin vor Humphrey geheim zu halten. Es ist, sagte sie sich, genau dasselbe: Was ich nicht weiß, macht mich nicht heiß. Es wäre Humphrey schwer gefallen, gegenüber Peter, den er tagtäglich sah, den Mund zu halten. Brigid hatte die Sache durch ihren Anwalt prüfen lassen und sich dann entschlossen, mit einem ihrer Cottages zu bürgen. In den beiden ersten Jahren hatte sie ihre Zahlungen bekommen und gehört, dass das Geschäft gut lief. Ob jetzt etwas schief gegangen war? Aber warum sollte es?

Vielleicht wollte ihre Freundin einfach nur vorbeikommen, um sie wieder einmal zu sehen.

Aber Jennys Stimme auf dem Anrufbeantworter klang merkwürdig. Zu hastig, zu unbekümmert. Und warum reagiert sie nicht auf meine Nachrichten?, grübelte Brigid.

Sie stand am Fenster und sah hinaus auf das Tal mit den zarten Blüten der Ebereschen und Weißdornbüsche und dem strahlenden Gelb des Stechginsters. Dahinter erhoben sich die wuchtigen Granitbrocken von Yar Tor. Auf dem gewundenen Weg inmitten von jungem hellgrünem Farnkraut kletterten die Schafe hinauf, und daneben grasten friedlich ein paar Ponys. Die Nachmittagssonne warf lange Schatten ins Tal, und von irgendwoher erklang der Gesang einer Lerche. Brigid ging in den Wintergarten und schlüpfte in ihre Gummistiefel. Blot, der auf den warmen Schieferplatten vor sich hingedöst hatte, rappelte sich hoch, wedelte zur Begrüßung mit dem Schwanz und folgte ihr auf die Wiese.

Louise stand am Fenster und sah Brigid nach. Sie nahm ihre ganze Kraft zusammen, um ihre Angst zu bezwingen und ihr Gleichgewicht wiederzufinden. Bisher hatte sie es immer geschafft: Mit Konzentration und Willenskraft würde sie auch diesmal den Schutzwall wiederaufrichten, den sie so sorgsam gegen die anbrandenden Erinnerungen aufgebaut hatte. Sie dachte an Martin, dessen Untreue in diesem Augenblick für sie nur ein Gegengift war, um sich von anderen, schrecklicheren Bedrohungen abzulenken.

Das Problem war nur, dass Martin so weit weg war. Die Beziehung hatte etwas Unwirkliches, und sie empfand ihm gegenüber eine Gleichgültigkeit, die – das wusste sie – verschwinden würde, sobald sie ihm gegenüberstand. Gleich nach ihrer Ankunft in Foxhole pflegte sie Martin eine Postkarte zu schicken, und er hielt es genauso. Gegen Ende des Urlaubs schrieben sie sich noch einmal, und sie waren sich einig, dass ihnen dieser Austausch genügte. Aber Martins erste Karte war noch nicht angekommen – und plötzlich schoss Louise der Gedanke durch den Kopf, dass Martin vielleicht gar nicht mit den anderen zusammen war, sondern bei dieser Frau, die der Grund für seine unerklärliche Fröhlichkeit war.

Zum ersten Mal hatte er ihr nicht den Namen der Hotels genannt – gewöhnlich machten sie in diesen vierzehn Tagen zwei Parcours – und auch keine Telefonnummer. Sie hatte nur die Handynummer. Das sei viel vernünftiger, hatte er ihr versichert, denn damit könne sie ihn überall und jederzeit erreichen. Wenn es ausgeschaltet sei, solle sie einfach eine Nachricht hinterlassen. *»Natürlich schalte ich es aus, wenn ich in einer … Sitzung bin«*, hatte der Mann im Zug gesagt.

Wie naiv ich doch bin, dachte sie.

Ein Klopfen an der Tür ließ sie zusammenzucken. Das Herz schlug ihr bis zum Hals.

»Du meine Güte«, sagte sie, wütend auf sich selbst. »Reiß dich zusammen!«

Sie trat in den Flur und riss die Tür auf. Frummie strahlte sie an.

»Wir genehmigen uns gerade ein Gläschen. Es ist ein wunderschöner Abend, warm genug, um draußen zu sitzen. Und da dachten wir, vielleicht hast du Lust, uns ein wenig Gesellschaft zu leisten. Margot kennst du noch nicht, oder? Sie ist eine alte Freundin. Eine so gute alte Freundin, dass wir dachten, wir könnten dich später als Schiedsrichterin gebrauchen.«

In ihrem runzeligen Gesicht blitzte der Schalk auf, und ihre Fröhlichkeit wirkte ansteckend auf Louise.

»Gerne«, sagte sie. »Kann ich etwas mitbringen?«

»Nein, nein. Margot schleppt jedes Mal so viel Alkohol an, dass man damit ein ganzes Fallschirmjägerregiment außer Gefecht setzen könnte. Sie hat in ihrer Jugend zu viele Horrorgeschichten über die Prohibition gehört. Wir haben auch schon etwas zum Abendessen vorbereitet. Für Speis und Trank ist also gesorgt.«

»Das ist wirklich sehr nett.« Louises Erleichterung war nicht gespielt. »Danke. Ich hole mir nur noch einen Schal, bevor ich komme.«

8

In dem Augenblick, als Jenny aus dem Auto stieg, wusste Brigid, dass ihre Befürchtungen berechtigt gewesen waren. Als sie Jenny vom Wohnzimmerfenster aus sah, krampfte sich ihr vor Angst der Magen zusammen, und sie fing an zu zittern. Jennys fahrige Bewegungen zeigten, wie nervös sie war, und als Brigid dic Tür öffnete, las sie Angst im Gesicht ihrer Freundin. Das Mitgefühl dämpfte Brigids Entsetzen, und sie schloss Jenny herzlich in die Arme.

»Ach, Brigid.« Jenny zitterte, als sei sie krank. »Wie gut es tut, dich zu sehen.«

Brigid drückte sie noch fester an sich. »Komm in die Küche«, sagte sie. »Wir machen uns einen Kaffee.«

Jenny lief zielstrebig zum Herd, als wolle sie ihren frierenden Körper wärmen. Brigid stellte den Wasserkessel auf die Kochplatte. Ihr fiel partout nichts ein, was sie hätte sagen können.

Während sie Kaffee kochte, fiel Brigid auf, wie unterschiedlich man die Zeit wahrnehmen konnte. Die Zeit verging langsam und stetig, Sekunde für Sekunde, regelmäßig wie ein … ja, wie bei einem Uhrwerk. Nur nahm man das nie so wahr. Manche Lebensabschnitte vergingen wie im Flug, andere zogen sich endlos hin. Es schien nur Monate zurückzuliegen, dass sie und Jenny als junge Mütter mit kleinen Kindern Peter und Humphrey von einer Hafenstadt zur anderen gefolgt waren. Umzüge und immer neue Kindergärten, Picknicks am Strand, Kinderkrankheiten, Wochenendausflüge, während Humphrey und Peter zur See fuhren. Der erste Schultag des ältesten Kindes, Jennys Alan … Das Leben ging seinen gemächlichen Gang, schien sich trotz aller Höhen und Tiefen dem Lebensrhythmus der Kinder anzupassen. Es war, als hätten sie und Jenny ihr Leben mit Spaziergängen verbracht: Kinderwagen schieben, Kleinkinder an der Hand halten, mit Hunden und Kindern durch den Wald streifen …

»Wie viel wir gelaufen sind«, sagte sie plötzlich. »Weißt du noch? Kilometer um Kilometer. Unsere Kinder hätten eigentlich die reinsten Muskelprotze werden müssen. Im Rückblick erscheint sie mir endlos, diese Zeit, als die Kinder noch klein waren. Dabei waren es ja nur fünf oder sieben Jahre.«

Jenny antwortete nicht, und als Brigid ihr einen Blick zuwarf, entdeckte sie Tränen in ihren Augen.

»Wir haben nicht gewusst, dass das unsere schönste Zeit war«, murmelte sie.

»Stimmt.« Brigid versuchte, sie ein wenig aufzuheitern. »Aber manchmal war es auch ganz schön schwierig. Ich erinnere mich, wie Alan in die Schule kam und du Angst hattest, niemand würde mit ihm spielen. Du bist die ganze Zeit in der Nähe des Schulhofs geblieben, um zur Stelle zu sein, falls er weinen würde.«

»Ich habe einen breitkrempigen Sonnenhut aufgesetzt, damit mich keiner erkennt« – Jenny wusste nicht, ob sie lachen oder weinen sollte –, »und du wolltest mich unbedingt davon abhalten.«

»Ich war immer eine rechthaberische dumme Kuh«, sagte Brigid fröhlich. »Hier, dein Kaffee.«

Widerstrebend entfernte sich Jenny vom Herd und setzte sich an den Tisch. Eine Weile herrschte ein bedrücktes Schweigen, während die Uhr laut tickte.

Die paar Minuten, seit sie das Haus betreten hat, kommen mir vor wie Stunden, dachte Brigid.

»Mist!«, brach es plötzlich aus Jenny heraus. »Das ist so verdammt albern. Entschuldige, Brigid. Vor allem ist es demütigend. Zugeben zu müssen … dir sagen zu müssen … dass Bryn mich verlassen hat.«

»*Was?*« Brigid starrte ihre Freundin entgeistert an. »Aber warum? Wann?«

»Vor etwa einem Monat.«

»Weshalb hast du nicht angerufen? Oh, Jenny, das ist furchtbar. Ich dachte, alles liefe wunderbar.«

»Das dachten wir auch. Ich und Iain. Bryn hat sich um das Geschäftliche gekümmert. Geld kam rein, und es gab jede Menge Buchungen. Ich war für die Verpflegung der Gäste zuständig. Ein paar junge Leute gingen Iain zur Hand, die vor dem Studium noch ein bisschen jobben wollten. Letzten Sommer ist dann dieses Mädchen dazugekommen, Joanna. Sie hatte eine Stelle als Sportlehrerin in Aussicht, musste aber vorher ein Jahr überbrücken …«

Eine lange Pause entstand. Blot erhob sich von einem sonnigen Fleck am Küchenboden und kauerte sich neben Jenny nieder. Sie streichelte ihn, was beruhigend auf sie wirkte.

»Und Bryn ist mit Joanna durchgebrannt?«, half ihr Brigid. Jenny nickte traurig.

»Sie ist zweiundzwanzig. Bryn ist vierzig. Jünger als ich.«

Bitterkeit und Schmerz klangen in ihren Worten mit, und Brigid wusste nicht, was sie darauf erwidern sollte.

»Das ist aber noch nicht alles.« Jenny richtete sich entschlossen auf. »Er hat alles bis ins Letzte geplant. Er hat Geld beiseite gelegt, aus der Firma abgezweigt. Iain und ich hatten natürlich keine Ahnung. Und eines Tages verschwanden sie plötzlich. Er war unterwegs – bei irgendeiner Besprechung, um einen neuen Investor zu gewinnen, und deshalb haben wir ein paar Tage lang gar nicht gemerkt, was los ist. Joanna meldete sich krank, und dann erhielt ich diese Karte. Sie war in Portugal abgestempelt, und es standen nur zwei Worte darauf: ›Verzeih mir‹ …« Jenny schluckte. Nach kurzem Schweigen fuhr sie fort: »Dann mussten wir die Post öffnen. Die Miete für den Bootsstellplatz war seit drei Monaten nicht beglichen worden, und auch die Gläubiger warteten auf ihr Geld. Als ich bei der Bank anrief, erfuhr ich, dass die Tilgung für das Darlehen seit mehreren Monaten nicht bezahlt worden war und die Zwangsvollstreckung bevorstand.«

Der Schreck fuhr Brigid in die Glieder. Angstvolle Gedanken wirbelten durch ihren Kopf.

»Und … und was heißt das genau?«

»Das Problem ist, ich weiß es nicht.« Jenny starrte sie verzweifelt an. »Zuerst nehmen sie einem alles weg. Es gibt eine bestimmte Reihenfolge der Gläubiger. Am wichtigsten ist die Belegschaft – von dieser Seite ist nicht viel zu befürchten. Dann das Finanzamt und die Umsatzsteuer, die Bank und zuletzt die Gläubiger, die wie du gebürgt haben. Alles hängt davon ab, ob noch etwas übrig ist, wenn die Bank ihre Ansprüche stellt.«

»Und … gibt es diese Hoffnung?« Brigid war es sehr unangenehm, diese Frage stellen zu müssen.

»Ich weiß es einfach nicht.« Jennys Stimme klang elend. »Wir haben fünfzehntausend investiert, und sie haben uns einen Kredit in gleicher Höhe gegeben. Iain und ich haben alles durchgesprochen, und wir glauben, es wird auf ein Defizit hinauslaufen.«

»Ich verstehe.«

»Natürlich werden wir alles verkaufen, was wir haben. Wir müssen …«

»Ach, Jenny, was willst du jetzt bloß machen? Es tut mir so leid. Ich kann es immer noch nicht fassen.«

»Da bist du nicht die Einzige«, gab Jenny bitter zurück. »Meine Mutter ist außer sich vor Empörung. Sie hat Bryn nie gemocht, und jetzt überlegt sie, wie sie mir helfen kann. Außer ihrer Rente hat sie zwar kein Geld, die Ärmste, aber sie wird mir anbieten, bei ihr zu wohnen.« Sie lachte hysterisch. »Wir würden uns nach zwei Wochen an die Gurgel gehen.«

»Aber wie willst du dann zurechtkommen?«, fragte Brigid besorgt. »Wo willst du wohnen? Du kannst jederzeit hierher kommen, das weißt du.«

»Danke, das ist wirklich … nett, aber Iain hat einen großen Caravan, in der Nähe von St. Neots. Er hat mir angeboten, dort zu wohnen. Es ist zwar alles sehr primitiv, aber ganz in Ordnung. Er lebt bei seinem Bruder in Fowey. Im Augenblick versuchen wir immer noch, die Segelschule weiterzuführen. Dann könnten wir sie als florierendes Unternehmen verkaufen. Es lief eigentlich prima. Nur dass der ganze Gewinn abgezweigt wurde und wir jetzt praktisch mittellos dastehen.«

»Aber wie kann Bryn so einfach verschwinden? Kann man ihn denn nicht ausfindig machen? Das ist … das ist einfach unglaublich.«

»Das Problem ist, dass die Gläubiger nicht so lange warten wollen. Ich glaube, er hat das alles von langer Hand geplant. Von seinen persönlichen Sachen hat er nicht viel mitgenommen. Joannas Vater lebt auf dem Kontinent, und ich frage mich, ob sie vielleicht bei ihm sind. Zwar wird nach ihm gefahndet, aber davon darf man sich nichts versprechen.«

»Es tut mir so leid«, wiederholte Brigid hilflos.

»Und ich fühle mich hundsmiserabel, dass ich dich in diese Geschichte hineingezogen habe. Es hat sich alles so … gut angelassen. Und wir waren … so glücklich.«

»Du hast keinen Verdacht geschöpft wegen dieser Joanna?«

»Ich war so naiv!«, klagte Jenny. »Zuerst Peter all die Jahre und jetzt Bryn. Dabei hat er immer so getan, als würde er sie gar nicht mögen. Wenn er über sie sprach, dann in abfälligem Ton. Ich hatte sogar Angst, dass es zu einem Krach kommt. In so einem kleinen Betrieb wie dem unsrigen muss man auf der Hut sein. Eigentlich hat er ziemlich oft über sie gesprochen. Das hätte mich stutzig machen müssen. Er hatte wohl das Bedürfnis, über sie zu reden, wollte mich aber auf eine falsche Fährte locken.« Sie hielt kurz inne. »Vermutlich wirst du es jetzt Humphrey sagen müssen.«

Brigid hörte im Geist Humphreys Stimme: *Das Problem ist, dass Jenny etwas Selbstzerstörerisches hat.* In ihr regte sich ein Gefühl der Solidarität. »Wie haben Alan und Rebecca reagiert?«

Jenny lächelte bitter. »Meine leidgeprüften Kinder legen eine bewundernswerte Geduld an den Tag. Sie konnten Bryn auch nicht leiden. Alan meinte: ›Arme alte Ma. Einmal musst du endlich erwachsen werden.‹«

Brigid biss sich auf die Lippen. Sie konnte sich vorstellen, wie demütigend diese Bemerkung für Jenny war. »Und Rebecca?«

»Sie hat gesagt: ›Da hast du dir ja genau den richtigen Zeitpunkt ausgesucht.‹ Sie erwartet nämlich ein Baby.«

Brigid sah Rebecca vor sich – als Baby, das auf Jennys Schoß saß. Jenny, wie sie sich mit hochrotem Kopf über ihr Töchterchen beugte, ihm etwas vorsang und es in den Armen wiegte. Ach, diese Liebe! »Vielleicht muss man selbst ein Kind haben«, sagte sie, »um die eigenen Eltern zu verstehen.«

»Wirst du es Humphrey sagen?«

»Vorerst nicht. Warten wir ab, wie es weitergeht. Vielleicht muss es ja gar nicht sein.«

»Danke. Das ist … wirklich lieb von dir. Ich fühle mich wie ein Haufen Dreck, und ich möchte nicht, dass das bei der Marine die Runde macht.«

»Ich glaube nicht, dass Humphrey es groß herumerzählen würde.«

»Ja, ich weiß, dass ich ihm nicht so wichtig bin«, gab Jenny scharf zurück, »aber vielleicht rutscht es ihm doch heraus. Ich will jedenfalls nicht, dass Peter davon erfährt.«

Das steckte also dahinter. Die zweite Ehe, die Gründung der Segelschule – das waren für Peter Signale, dass Jenny ihr Selbstvertrauen wiedergewonnen hatte.

»Du hast deinen Kaffee noch gar nicht getrunken. Ich mache einen neuen.«

»Ich kann nicht länger bleiben.« Jenny griff nach ihrer Tasche und stand auf. »Ich habe einen Termin in Exeter, den ich nicht verpassen darf. Ich wollte es dir nur persönlich sagen.«

»Muss du wirklich schon gehen? Kannst du nicht zum Mittagessen bleiben?«

»Nein. Das geht nicht. Leider …«

Brigid begleitete sie nach draußen. Jenny blieb stehen und blickte sich um.

»Ich fühle mich immer so geborgen hier«, sagte sie. »Das ging mir schon als Kind so. Ich … ich hoffe, das Ganze hat keine Folgen für dich.«

»Ich auch.« Brigid versuchte, sich nichts anmerken zu lassen.

»Wahrscheinlich geht es nur um ein paar tausend Pfund.«

»Warten wir's ab. Du meldest dich, ja? Und du weißt, dass du jederzeit herzlich willkommen bist. Kopf hoch!«

Sie umarmten sich, und Jenny fuhr mit trüber Miene davon.

Brigid sah ihr nach. Ein paar tausend – oder vielleicht doch sehr viel mehr? Würde sie das Cottage verkaufen müssen?

Das Telefon klingelte. Sie lief ins Haus und hob ab.

»Hallo, meine Liebe.« Humphreys Stimme klang herzlich. »Ich habe gerade einen Augenblick Zeit und wollte hören, wie es dir geht. Ich hoffe, dass ich ein paar Tage früher kommen kann und nicht erst am Wochenende. Es ist noch nicht ganz sicher, aber ich wollte dich schon mal vorwarnen. Wie geht's? Gibt's irgendetwas Aufregendes?«

Brigid sah auf Jennys Becher mit dem kalten Kaffee und unterdrückte das überwältigende Bedürfnis, ihm die ganze Geschichte zu erzählen. Sie holte tief Luft. »Nein, absolut nichts.«

Erst als sie aufgelegt hatte, kam ihr die ganze Tragweite der Situation langsam zu Bewusstsein. Es ging nicht nur um die finanzielle Belastung, den drohenden Verkauf des Cottage, was an sich schon schlimm genug war. Es war ihre Unaufrichtigkeit, die Brigid am meisten zu schaffen machte. Sie hatte Humphrey nur deshalb nichts gesagt, weil sie wusste, dass er gegen die Bürgschaft gewesen wäre. Humphrey hatte es nie gestört, dass Foxhole Brigid allein gehörte, während er selbst nichts in die Ehe eingebracht hatte. Humphrey gehörte nicht zu den Männern, die wegen solcher Dinge Minderwertigkeitskomplexe bekamen. Er wusste, wie wichtig das Haus für sie war. Und er war bereit gewesen, die Hypothek auf das Langhaus aufzunehmen, damit sie die Renovierung der Scheunen in Angriff nehmen konnten. Seither betrachtete Brigid das Anwesen als ihren gemeinsamen Besitz. Hätte

Humphrey den Kredit nicht abbezahlen können, wäre die Renovierung gar nicht in Frage gekommen. Im Zuge dieses Umbaus hatte sich Foxhole in einen Ort verwandelt, an dem sie, Humphrey und die Kinder sich zu Hause fühlten. Nur die Cottages gehörten ihr ganz allein, und außer der Bürgschaft für Jenny hatte sie ihrem Mann noch nie etwas verheimlicht.

Beide hatten eine schwierige Kindheit gehabt, und erst als sie wussten, dass sie sich voll und ganz aufeinander verlassen konnten, war echtes Vertrauen entstanden. Während Brigid die Kaffeetassen spülte, befiel sie eine furchtbare Angst. Wie würde Humphrey wohl reagieren, wenn er erfuhr, dass sie ihn hintergangen hatte? Wie konnte sie ihm klar machen, warum sie dieses Risiko auf sich genommen hatte – ausgerechnet Jenny zuliebe. Es hatte sie immer bedrückt, dass ihre beste Freundin und Humphrey so wenig gemeinsam hatten. Humphrey befremdete Jennys Impulsivität und ihre Unfähigkeit, eine Sache zu Ende zu denken. Und Jenny wiederum fand seine Bedächtigkeit, seine geringe Begeisterungsfähigkeit und mangelnde Spontaneität sterbenslangweilig. Brigid hatte zwischen ihnen immer wieder vermitteln müssen. »Sie hat mir so sehr geholfen, als ich zur Schule ging«, sagte sie zu Humphrey. »Nie hat sie mich wegen Mummie gehänselt. Sie ist eine treue Seele.« Und zu Jenny: »Du darfst nicht vergessen, dass seine Mutter gestorben ist, als er noch sehr jung war, und dass sein Vater sofort wieder geheiratet hat. Das war für Humphrey ein furchtbarer Schock. Er hat seine Mutter sehr geliebt und seinem Vater diese Herzlosigkeit nie verziehen. Nachdem sein Vater diese Schwedin geheiratet hatte, musste er sehen, wie er allein zurechtkam.«

Dank der Liebe und Zuneigung, die Humphrey und Jenny für Brigid empfanden, gaben sie sich größte Mühe, miteinander auszukommen. Doch in die kleinen Neckereien mischte sich gelegentlich ein gereizter Ton, sodass Brigid immer auf der Hut sein musste, wenn sie zu dritt waren. Und nun fragte sie sich, wie sie so verrückt hatte sein können, sich auf Jennys Geheimhaltungsplan einzulassen.

Während sie sich ein Sandwich machte, erinnerte sie sich daran, dass der Vorschlag zu einem Zeitpunkt gekommen war, als Humphrey kein gutes Haar an Jenny ließ. Er konnte Bryn nicht leiden und fand, dass Jenny einen schweren Fehler beging, als sie ihn heiratete. In all den Jahren hatte er stets zu Peter gehalten, und als Jenny versuchte, sich ein neues Leben aufzubauen, hatte Brigid sich solidarisch mit ihr gezeigt, was Humphrey missfiel. Gelegentlich hatte sich Jennys und Humphreys unterschwelliger Konflikt auf die Ebene des Geschlechterkampfes verlagert.

»Diese verdammten Männer«, pflegte Jenny dann zu sagen. »Wir kommen auch ohne sie aus.«

»Wenn nur die Frauen ehrlich sagen würden, was sie eigentlich wollen«, grummelte Humphrey. »Von wegen Aufrichtigkeit! Die Männer haben überhaupt keine Chance!«

Brigid biss lustlos in ihr Sandwich. Sie konnte sich gut vorstellen, wie gekränkt und wütend Humphrey sein würde. Und jetzt kam er auch noch früher als sonst nach Hause. Würde es ihr gelingen, sich nichts anmerken zu lassen? Was sollte nur werden? Ein leiser, nie ausgesprochener Zweifel nagte an ihr, vergällte ihr das Glück mit ihrem Mann und ließ sie erschaudern. Sie würgte an ihrem Sandwich und brachte kaum einen Bissen hinunter. Schließlich warf sie den Rest in Blots Napf und beobachtete, wie er ihn begeistert verschlang. Gerne hätte sie einen langen Spaziergang mit ihm unternommen. Das tat sie immer, wenn sie sich gestresst fühlte. Aber sie hatte viel zu tun, und deshalb widerstand sie seinem erwartungsvollen Blick. Sie stellte ihren Teller ins Spülbecken und begab sich in ihr Arbeitszimmer. Blot tapste enttäuscht hinter ihr her.

9

Ich bin froh, dass es so ein schöner Abend ist«, meinte Jemima zufrieden. »Die Aussicht ist wundervoll, aber nicht, wenn es in Strömen gießt.«

»Phantastisch.« Louise, die am Balkongeländer lehnte, konnte ihren Neid kaum verbergen. »Wenn ich du wäre, würde ich überhaupt nicht ins Bett gehen. Ich würde immer auf dem Sofa schlafen.«

»Das nehme ich mir jeden Tag vor«, meinte Jemima zerknirscht. »Aber das Sofa ist nicht annähernd so bequem wie mein Bett, und ich brauche meinen Schlaf.«

»Dann wäre es der ideale Ort für jemanden, der unter Schlaflosigkeit leidet. Es muss wunderbar sein an lauen Sommerabenden, wenn man die Lichter der Boote sieht und die erleuchteten Fenster in den Häusern dort drüben.«

»Das ist East Portlemouth.« Jemima machte es sich in einem der Korbsessel bequem. »Da drüben habe ich eine ganze Menge Cottages zu betreuen, aber es ist nicht leicht hinzukommen. Mit dem Auto ist es eine kleine Weltreise. Ich nehme die Fähre und fahre dann mit meinem Moped weiter, das ich neben dem kleinen Café dort abgestellt habe. Das ideale Fortbewegungsmittel auf den schmalen Straßen. Und wie ist dein Urlaub?«

»Wunderbar.« Louise blickte unverwandt auf das Wasser,

in dem sich die Lichter spiegelten. »Ich gehe viel wandern. Zum Glück macht das Wetter mit.«

»Du bist wie Brigid. Sie wandert auch gern. Vielleicht bleibt sie deswegen so schlank.« Jemima seufzte neidisch. »Sie ist so elegant, nicht wahr? Mit ihren markanten Wangenknochen und den langen Beinen. Wenn ich doch auch so groß wäre!«

Louise setzte sich in den anderen Sessel und musterte sie. »Ihr seht euch gar nicht ähnlich. Aber du bist ja auch nicht gerade unattraktiv.«

Jemima lächelte nachdenklich. »Man wünscht sich wohl immer, anders zu sein. Bei Brigid ist alles so klar und eindeutig. Sie weiß immer ganz genau, was sie will.«

«Deine Mutter findet sie zu dünn.«

»Von wem stammt der Satz: Man kann nie zu reich oder zu dünn sein? Frummie hat immer was zu nörgeln.«

»Das habe ich gemerkt.« MagnifiCat tappte an Louise vorbei zum Balkon, und sie ließ die Hand über sein Fell gleiten. Er krümmte den Rücken und ließ ein wohliges Schnurren hören. »Offenbar gibt es … Spannungen zwischen ihnen.«

»Vorsicht«, warnte Jemima, als MagnifiCat zum Sprung auf Louises Schoß ansetzte. »Er ist bleischwer. Entschuldige.« Doch da war MagnifiCat schon oben, und Louise ächzte. »Er kennt kein Pardon. Immer will er im Mittelpunkt stehen.« Sie kicherte. »Vielleicht sollte ich vorsichtig sein. Es heißt, dass man seinen Haustieren mit der Zeit immer ähnlicher wird.«

»Er ist außergewöhnlich hübsch«, meinte Louise heiter und streichelte ihn. »Das habt ihr beiden gemeinsam.«

Jemima wurde rot, murmelte etwas Unverständliches und lenkte dann das Gespräch schnell wieder auf ihre Familie. »Frummie geht es seit ihrem Schlaganfall nicht besonders gut, und Brigid hat es oft wirklich nicht leicht mit ihr. Es ist eine unglückliche Konstellation. Als sie damals plötzlich allein dastand, konnte ich mir keine größere Wohnung leisten, in der ich sie hätte aufnehmen können, und Frummie wollte so schnell wie möglich aus London weg. Eine vertrackte Situation. Sie möchte ihre eigenen vier Wände, das kann man ja verstehen. Und es war wirklich großzügig von Brigid und Humphrey, ihr eines der Cottages anzubieten. Natürlich wäre es schön, wenn sie etwas mehr Dankbarkeit zeigen könnte. Aber es ist auch nicht leicht, von anderen abhängig zu sein, oder?«

Louise legte die Wange auf MagnifiCats Fell. »Selig, die Frieden stiften«, murmelte sie.

»Was hast du gesagt?«

»Ach, nichts. Nur ein Bibelspruch. Den hat mir MagnifiCat eingeflüstert. Ja, ich hätte gern noch einen Kaffee, und dann muss ich langsam los.«

»O ja.« Jemima grinste schelmisch. »Ich erwarte nämlich noch einen Gast.«

Louise sah sie mit hochgezogenen Augenbrauen an. MagnifiCat war vergessen. »Wirklich?«

»Ja. Es kommt nicht so oft vor, dass er bei mir übernachtet. Seine Frau ist dagegen.«

»Seine Frau?«

Louises Stimme klang jetzt schärfer, gereizt, und Jemima zuckte mit den Achseln. »Ich glaube, sie stehen kurz vor der Trennung. Er spricht nicht viel darüber, aber ich denke, er wird sie verlassen.«

»Deinetwegen?«

»O nein.« Jemima schüttelte den Kopf. »Nein, er weiß, dass ich nur als Geliebte tauge. Ich will mit keinem Mann zusammenleben. Einmal habe ich es versucht, und es war die reinste Hölle. Tödlich. Wir hatten einfach nicht dieselbe

Wellenlänge. Ich glaube, ich kann mich nur richtig wohl fühlen, wenn ich allein bin.« Sie schwieg einen Moment. »Du wirkst ziemlich schockiert.«

»Nein, nein«, sagte Louise hastig. »Es geht mich ja überhaupt nichts an. Nur die Art, wie du über seine Frau sprichst … Findest du das nicht ein bisschen herzlos?«

Jemima kauerte sich auf die Lehne ihres Sessels. »Schon möglich.« Es klang, als wolle sie sich rechtfertigen. »Ich hab ihn sehr gern, und er ist zu Hause nicht besonders glücklich.« Sie zuckte die Schultern. »Wenn ich nicht wäre, hätte er eine andere. Ich stelle keine Ansprüche an ihn. Wie gesagt, ich will nicht ihren Platz einnehmen. Wir haben einfach nur Spaß miteinander.«

Louise betrachtete Jemima, doch vor ihrem geistigen Auge sah sie Martins strahlendes Gesicht. Am liebsten hätte sie Jemima ihr Herz ausgeschüttet. Sie hatte sich auch schon überlegt, ob sie sich Brigid anvertrauen sollte, aber Brigid hatte eigene Sorgen. Sie wirkte geistesabwesend, und daher wollte Louise sie nicht noch mit Problemen behelligen. Verwirrt schloss sie die Augen, und als sie sie wieder aufschlug, runzelte Jemima besorgt die Stirn.

»Alles in Ordnung?«, fragte sie.

»Entschuldige«, sagte Louise. »Entschuldige, Jemima. Es ist nur …« Und dann brach es aus ihr heraus: »Ich habe den Verdacht, dass Martin eine Affäre hat. Und da war es irgendwie merkwürdig … die Geschichte aus dem Blickwinkel der Gegenseite zu hören.«

»Du meine Güte«, sagte Jemima leise. »Ich hatte ja keine Ahnung. Wie sollte ich auch? Sieh mal, wahrscheinlich ist alles ganz anders. Könnte es nicht sein, dass du … na ja …?«

»Dass ich mir alles nur einbilde?« Sie dachte an den Mann im Zug – *»diese argwöhnischen Ehefrauen …«* – und verzog das Gesicht. »Schon möglich.« Sie nahm sich zusammen und lächelte Jemima an, die mit schuldbewusster Miene dasaß. »Wahrscheinlich hast du Recht.« Es folgte eine peinliche Pause. »Sag mal«, fuhr sie zögernd fort, »wie haltet ihr Kontakt? Ohne dass seine Frau Verdacht schöpft, meine ich.«

»Ach, das ist ganz einfach. Wir schicken uns SMS, per Handy.« Jemima machte noch immer ein unglückliches Gesicht. »Ehrlich, Louise –«

»Ich weiß.« Louise tätschelte ihr das Knie. »Es war dumm von mir. Aber jetzt muss ich los.«

Nachdem sie gegangen war, stand Jemima reglos auf dem Balkon – zum ersten Mal ohne einen Blick für die wunderschöne Aussicht. Die Freude auf den vor ihr liegenden Abend war ihr vergällt, und sie empfand Schuld, ja Scham. Angenommen, es wäre Louises Mann, auf den sie wartete, wie würde sie sich ihm gegenüber fühlen? Wären es dann auch nur ein paar Stunden des heimlichen Vergnügens? Sie hatte seine Frau nie gesehen. Aber wenn sie sich vorstellte, es wäre Louise – eine Frau, die sie kannte und mochte? Ein Boot entfernte sich mit tuckerndem Motor vom Ufer, hinter ihm im dunklen Wasser wirbelten schaumige Wellen auf. Unten öffnete sich eine Tür, und Licht fiel auf die Straße. Gelächter, dann Stille.

Es klingelte zweimal an der Tür. Jemima zögerte und verweilte noch einen Augenblick auf dem Balkon, ehe sie öffnete.

»Ich glaube, im Buch ist es anders«, sagte Margot, als Frummie das Video zurückspulte. »Da gibt's keine Szene, wo sie sich ausziehen und in den See springen.«

»Wen stört's?«, gab Frummie zurück. »Wenn es der Autorin eingefallen wäre, hätte sie es bestimmt so geschrieben.«

»Ich weiß nicht«, meinte Margot unzufrieden. »Es passt

mir nicht, wenn ein Regisseur mit einem Stoff macht, was er will.«

»Ich wusste gar nicht, dass du Spezialistin für Literaturverfilmungen bist«, erwiderte Frummie gereizt. »Ist es denn nicht egal? Bei dieser Autorin geht es immer um Sex und Geld, und der Regisseur hat dieses Thema aufgegriffen. Wenn sie Colin Firth gekannt hätte, hätte sie diese Szene speziell für ihn geschrieben.«

»Mir hat der Film gut gefallen«, versicherte Margot hastig, um Frummie nicht zu verärgern. Sonst würde sie am Ende noch beschließen, keine Videofilme mehr mit ihr anzusehen. Schon als Kind war sie unberechenbar gewesen, wenn ihr etwas nicht passte. »Ich hab ihn schon einmal im Fernsehen gesehen. Vielleicht sollte ich Harry bitten, mir einen Videorekorder zu besorgen. Ist für heute Schluss?«

»Ich glaube, das reicht für einen Abend.« Frummie genoss ihre Machtposition. »Zeit für einen Schlummertrunk.«

Margots Miene hellte sich auf. »Das ist eine blendende Idee.« Sie erhob sich mit schmerzverzerrtem Gesicht und tappte mit steifen Knien zum Bücherregal, wo Frummie ihre Videothek hatte. »Du hast ja eine riesige Sammlung.«

»Schade, dass du nicht länger bleibst«, meinte Frummie lässig. Zu ihrer Überraschung genoss sie es sehr, ihre alte Freundin hier zu haben – ganz abgesehen von dem Whisky, den sie mitgebracht hatte. »Wir könnten uns einen nach dem anderen ansehen.«

Margot studierte die Titel und bemühte sich, ihre Begeisterung über diesen Vorschlag zu zügeln. »Das wäre wunderbar«, murmelte sie beiläufig. »Oh, du hast *Ich, Claudius*. Das war ein glänzender Film.«

»Allein für den Film braucht man eine ganze Woche«, meinte Frummie zerstreut und blickte zufrieden auf die bernsteinfarbene Flüssigkeit in ihrem Glas. »Hängt natürlich ganz von dir ab …«

»Vielleicht habe ich im Herbst ein paar Wochen Zeit«, überlegte Margot.

Sie humpelte zum Sofa zurück und ließ sich erleichtert nieder. Nachdenklich nippte sie an ihrem Whisky und ließ den Blick durchs Zimmer gleiten. Bestimmt war es hier gemütlich im Herbst, wenn der Holzofen brannte, Videos bereit lagen und genügend Whisky vorhanden war. Um die liebe Schwiegermutter für ein paar Wochen loszuwerden, würde Barbara sicher einiges springen lassen, und auf den guten Harry war ohnehin Verlass.

»Wäre doch prima, nicht?«, fragte sie plötzlich. »Ich würde dir natürlich im Haushalt helfen. Und Harry würde uns die Getränke besorgen.«

»Er ist ein patenter Junge«, rief Frummie mit ungewöhnlicher Wärme. »Schon in der Vorschule wusste er, worauf es im Leben wirklich ankommt. Weißt du noch, wie er sein neues Geometriemäppchen hergegeben hat, damit ihn sein Freund für ein halbes Jahr mit Marsriegeln versorgt? Was für ein aufgewecktes Kerlchen! Und dass er eine Brennerei in Gordonstoun eröffnet hat! Was für eine Initiative! Ich weiß noch, wie er mich als Student in Oxford zum Lunch eingeladen hat. Und um fünf waren wir immer noch nicht fertig. Das waren Zeiten! Kein Wunder, dass er es so weit gebracht hat.«

»Er hat sich so gefreut, als er ins Kabinett berufen wurde«, meinte Margot zustimmend.

»Er hätte das Zeug zum Premierminister«, erklärte Frummie großmütig und griff nach der Karaffe. »Mindestens. Daran mangelt es doch heutzutage: Politiker, die eine Vision haben und den Mut, sie durchzusetzen. Noch ein Schlückchen?«

»Nur ein ganz kleines. Danke. Wollen wir einen Blick in unsere Terminkalender werfen, Fred?«

»Das sollten wir. Morgen früh. Großartig. Also dann, auf einen feuchtfröhlichen Herbst.«

Sie stießen an und kicherten. »Darauf trinken wir«, sagte Margot.

Es regnete, als Brigid losfuhr, um Humphrey in Totnes vom Bahnhof abzuholen. Dicke Wolken zogen von Westen heran, hüllten die schroffen Granitfelsen ein, sanken ins Tal und hingen wie Rauchschwaden über dem Fluss. Die Feuchtigkeit hatte sich wie ein feiner Schleier über die blühenden Weißdornzweige gelegt, und auf dem Gras glitzerten winzige Tröpfchen. Die schwarz glänzende Straße, die sich durch das Moor wand, verschwand im Nebel. An den Hängen grasten gleichmütig die triefend nassen Schafe, und in Hangman's Pit drängten sich ein paar Ponys in der feuchten Kälte dicht aneinander.

Brigid fuhr vorsichtig, aber ihre Gedanken waren bereits bei ihrer Begegnung mit Humphrey. Nervös strich sie sich das schöne blonde Haar aus der Stirn. Sie fröstelte in ihrer Fleecejacke und drehte die Heizung auf. Wenn sie sich unbekümmert und natürlich gab, schöpfte er bestimmt keinen Verdacht. Warum sollte er auch? Humphrey war kein misstrauischer Mensch, er war offen und fröhlich. Für Überspanntheiten aller Art hatte er nichts übrig. Er stand mit beiden Beinen auf der Erde und konnte manchmal sehr direkt, bisweilen sogar grob werden. Und Jenny gehörte nun einmal zu den wenigen Menschen, die immer seinen wunden Punkt trafen. Aber kurz bevor sie den Bahnhof erreichte, grübelte Brigid darüber nach, ob es ihr mit Behutsamkeit nicht doch gelingen würde, bei ihm Verständnis für die Lage ihrer alten Freundin zu wecken.

In dem Augenblick, als sie ihn sah, wusste sie jedoch, dass das unmöglich war. Wie merkwürdig, dass es ihr noch nach all den Jahren eine Art Schock versetzte, wenn Humphrey wiederkam und in ihre kleine Welt eindrang. Er stellte seine Reisetasche auf den Rücksitz, ließ sich neben ihr auf den Beifahrersitz nieder und gab ihr einen Kuss. Der lebhafte Verkehr, vorbeieilende Fußgänger, ein Hund, der ihr vor das Auto lief – all das bot Ablenkung genug und half ihr über die ersten schwierigen Augenblicke hinweg. Frummie, Louise, die Marine und Blot boten ein paar Kilometer lang Gesprächsstoff, bis er sich ihr zuwandte und sie genauer in Augenschein nahm. Instinktiv schaute sie zum Seitenfenster hinaus, sodass ihr glattes Haar ihr Gesicht etwas verdeckte. Das Schweigen dauerte an. Ob er etwas ahnte? Schließlich warf sie ihm einen Blick zu und war überrascht von seiner verwirrten, beinahe sorgenvollen Miene.

»Alles in Ordnung?«, fragte sie unwillkürlich – und jetzt war er es, der mit einem knappen Ja ihrem Blick auswich und das Gespräch auf alltägliche Dinge lenkte.

10

Louise saß in ihrem Schlafzimmer vor dem Spiegel und steckte ihr langes dunkles Haar zu einem Knoten hoch. Während sie die gebogenen Haarnadeln in die lockige Pracht schob, musterte sie kritisch ihr Gesicht mit dem kleinen, kantigen Kinn und der kurzen, geraden Nase. Ihre Haut war nicht mehr so blass wie bei ihrer Ankunft, sondern rosig von Sonne und Wind. Ihre Augen waren nur eine Spur dunkler als die zimtfarbene Seidenbluse, die sie über einem schwarzen T-Shirt trug. Dazu hatte sie eine schwarze Samthose gewählt und hoffte, damit genau die Mitte zwischen elegant und leger getroffen zu haben. Schließlich schlang sie sich noch einen langen Seidenschal um den Hals.

»Bitte keinen Londoner Schick«, hatte Brigid gemeint. »Vergiss nicht, dass ich seit Jahren nicht mehr über Exeter hinausgekommen bin.«

»Mit deiner Größe und deiner Figur würdest du selbst in einem Kartoffelsack blendend aussehen«, hatte Louise erwidert. »Bist du wirklich sicher, dass ich zum Essen kommen soll? Humphrey ist doch nur ein paar Tage da?«

»Ganz sicher.« Brigid wirkte erschöpft. »Er hat mich extra gebeten, dich einzuladen. Du weißt, dass er dich mag, und schließlich sind wir kein frisch verheiratetes Paar. Mummie kommt auch. Margot ist heute Morgen abgereist, und deshalb ist sie ein bisschen bedrückt. Humphrey wollte eigentlich grillen, aber dafür ist es zu kalt. Wie wär's so gegen acht?«

Louise sah auf die Uhr. Fünf vor acht. Nachdenklich stützte sie sich auf die Ellbogen. Gestern war endlich eine Karte von Martin gekommen – ein fröhlich-belangloses Geschreibsel. Dasselbe wie jedes Jahr, aber dass der Gruß erst jetzt eintraf, machte sie stutzig. Ihre Gedanken überstürzten sich, als sie über mögliche Gründe für diese Verspätung nachsann. Hatte er die Karte im Voraus geschrieben und von einem Kumpel einwerfen lassen? Der Freund aber hatte vergessen, sie abzuschicken – oder hatte er abwarten wollen, bis Martin wohlbehalten an seinem eigentlichen Reiseziel angelangt war?

»Um Gottes willen!« Sie stand abrupt auf, erschrocken über ihre abstrusen Gedanken. Sie schlüpfte in die dunklen Wildlederslipper, griff nach ihrem schwarzen Schal mit den rotgoldenen Blumen und trat hinaus in den dichten Nebel. Die Lichter aus dem Langhaus erhellten den Hof, und sie eilte darauf zu. Im Flur schallte ihr ein Willkommensgruß entgegen. Humphrey kam aus der Küche und umarmte sie herzlich. Er war groß gewachsen, kräftig gebaut und trug einen kurz geschnittenen schwarzen Bart. Sie stellte sich ihn gern in einem vom Kaminfeuer erleuchteten mittelalterlichen Saal vor, wie er heißhungrig etwas hinunterschlang und die Knochen den großen mageren Wolfshunden hinwarf, die hinter ihm aus dem Dunkeln auftauchten.

»Du siehst großartig aus«, sagte er. »Komm rein und trink was.«

Louise folgte ihm in die Küche, lächelte Brigid zu und kraulte Blot hinter den langen weichen Ohren.

»Ich habe gar nichts mitgebracht«, entschuldigte sie sich. »Eigentlich wollte ich in Ashburton Pralinen kaufen, aber bei dem Nebel bin ich lieber hier geblieben.«

»Mach dir keine Gedanken.« Brigid, die am Herd herumhantierte, schüttelte energisch den Kopf. »Setz dich und trink ein Glas Wein. Humphrey, bitte gib Blot keine Pringles mehr, sonst sabbert er Louise noch voll.«

»Das würdest du nie tun, alter Junge, nicht wahr?« Humphrey reichte Louise ein Glas und schenkte Brigid großzügig nach. »Trink aus, meine Liebe, aber lass dich nicht bei der Arbeit stören.«

»Ich habe ihm gerade von Oscar erzählt«, sagte Brigid, während sie den Speck anbriet, »und wie du den Schlüssel bei mir abgeholt hast.«

Louise hätte liebend gern das Thema gewechselt, aber ihr fiel nichts ein, was sie hätte sagen können.

»Nun, wie gefällt dir unsere Thea?«, fragte Humphrey. »Eine liebenswerte Spinnerin, meinst du nicht auch?«

Louise lächelte höflich, aber Brigid protestierte: »Also wirklich, Schatz, sei nicht so gemein.« Humphrey schenkte sich nach.

»Ziemlich verrückt«, fuhr Humphrey unbeirrt fort, »aber lustig. Wir waren alle sprachlos, als George sie geheiratet hat. Er hatte damals eine Geliebte, weißt du, und da macht er aus heiterem Himmel Schluss mit ihr und heiratet Thea.«

»Ach ja?«, murmelte Louise und beschäftigte sich mit Blot.

»Die arme Felicity«, sagte Brigid mit ernster Miene. »Das war ganz schrecklich für sie. Trotzdem, Thea hat George sehr glücklich gemacht.«

»Felicity war furchtbar«, sagte Humphrey fröhlich. »Eine richtige Hexe. Thea ist vielleicht ein bisschen verrückt, aber ungeheuer nett. Und ihre Mädchen sind alle drei entzückend. Hermione ist ganz wie die Mutter. Du hast sie kennen gelernt, nicht wahr? Ein goldiges Kind, was?«

»Es riecht wunderbar, Brigid«, sagte Louise verzweifelt. »Ich sterbe vor Hunger.«

»Das ist gut.« Brigid verteilte den knusprigen Schinken auf die Teller, auf denen bereits Avocadoscheiben und Blattspinat lagen. »Würdest du rübergehen und Mummie holen, Humphrey? Sie hat sich sicher mit der Zeit vertan … Ah.« Im Flur war ein fröhlicher Ruf zu hören. »Das wird sie sein.«

»Guten Abend allerseits. Ach, gut, dass ihr nicht auf mich gewartet habt, Brigid. Entschuldigt, dass ich so spät dran bin.«

»Du kommst genau richtig«, meinte Humphrey heiter und küsste sie auf die Wange.

Frummie grinste ihn schelmisch an. »Hast du heute Morgen das Kreuzworträtsel gelöst?«

»Aber ja. Ich wette, du weißt nicht, was es mit der ›privilegierten Klasse der Sowjetunion‹ auf sich hat.«

Frummie zog eine Schnute, Humphrey brach in schallendes Gelächter aus, rückte ihr einen Stuhl zurecht und schenkte ihr ein Glas Wein ein, während sie ihn mit Fragen zum Kreuzworträtsel löcherte. Louise atmete erleichtert auf und tätschelte Blot ein letztes Mal. Als Brigid ihr den Teller hinstellte, bemerkte Louise, dass ihre schmale Hand leicht zitterte, und sie musterte sie rasch. Unter Brigids großen, blauen Augen lagen tiefe Schatten; ihre schmalen Lippen waren fest zusammengepresst. Einen Augenblick vergaß Louise die eigenen Probleme und legte ihrer Freundin die Hand auf den Arm.

»Sieht toll aus«, sagte sie herzlich. Brigid verzog den Mund zu einem flüchtigen, nervösen Lächeln, und Louise empfand Mitgefühl.

Frummie ließ es sich schmecken. »Wirklich köstlich. Was bist du doch für ein tüchtiges Mädchen! Wenn Margot im Herbst wiederkommt, werde ich mich revanchieren.«

»Aber im Herbst bin ich nicht hier«, warf Humphrey ein. »Da sitze ich auf den Bahamas.«

»Du bist wirklich zu bemitleiden«, meinte Brigid sarkastisch. »Der Regen und die Stürme werden dir bestimmt fehlen. Immer nur Meer und Sonnenschein. Aber du wirst es schon aushalten.«

»Notgedrungen«, erwiderte Humphrey behaglich. »Aber an Weihnachten bin ich wieder zu Hause.«

Was werden das für Weihnachten, wenn ich ihm eröffnen muss, dass wir mehrere tausend Pfund Schulden haben?, dachte Brigid.

Sie setzte sich und starrte auf ihren Teller. Dann griff sie nach ihrem Glas und sah Humphrey in die Augen. Er prostete ihr zu, und da entdeckte sie wieder diesen traurigen, sorgenvollen Blick. War es möglich – bei dem Gedanken drehte sich ihr fast der Magen um –, dass er von Jennys Unglück gehört hatte und Mitleid empfand, ohne zu wissen, wie sehr seine Frau in der Patsche saß? Sie schluckte ihre Angst hinunter und prostete ihm ebenfalls zu. Später, als die Gäste gegangen waren und sie gemeinsam das Geschirr abspülten, nahm Brigid all ihren Mut zusammen.

»Ist alles in Ordnung, Darling?«, fragte sie.

Humphrey wandte sich vom Spülbecken ab und trocknete sich die Hände am Geschirrtuch ab.

»Ach, Liebes«, sagte er. »Es ist nichts. Ich wusste nur nicht, wie ich es dir sagen soll. Ich habe einen Brief von meinem Vater erhalten. Du weißt doch, dass Agneta letztes Jahr gestorben ist? Jetzt kehrt er nach England zurück und hat gefragt, ob wir ihn für ein paar Monate bei uns aufnehmen können. Ich wusste einfach nicht, wie ich es dir sagen soll.«

»Einen Schlummertrunk?«, fragte Frummie und hielt am Tor inne. »Nur ein kleines Gläschen?«

Ein kühler Wind war aufgekommen und riss den Nebelschleier entzwei, sodass am dunklen Himmel die Sterne zu sehen waren. Der Wind trug das gedämpfte Rauschen des Flusses aus dem Tal herüber. Frummie stieß einen unterdrückten Schrei aus, als eine Fledermaus dicht über ihren Kopf hinwegstrich, und als Louise nach ihrem Arm griff, verloren beide fast das Gleichgewicht. Humphrey hatte sehr großzügig Wein nachgeschenkt.

»Das wäre gar nicht schlecht«, erwiderte Louise. An diesem Abend verspürte auch sie keine Lust, allein zu sein.

Im Wohnzimmer herrschte eine wohlige Wärme. Die roten Flammen hinter dem Glastürchen des Holzofens spiegelten sich auf dem glänzenden Holz der Möbel. Louise setzte sich, den Schal fest um die Schultern geschlungen. Unwillkürlich öffnete sie das Ofentürchen.

»Leg ein Holzscheit nach«, sagte Frummie. »Und rüttle die Asche durch.«

»Ich liebe offenes Feuer«, sagte Louise verträumt. »Wir haben keinen Kamin in London. Martin findet, es macht zu viel Dreck. Und wenn ich hier bin, ist meistens nicht die richtige Jahreszeit für ein Kaminfeuer.«

»Ach, Unsinn!« Frummie reichte ihr ein gut gefülltes Glas. »Wenn es kalt ist, ist es kalt. Ob auf dem Kalender nun Januar steht oder Juli. In dieser Gegend friert man ständig.«

»Du magst Dartmoor nicht besonders, stimmt's?«, erkundigte sich Louise beiläufig.

Frummie lehnte sich zurück und schlug die knochigen Beine übereinander.

»Ich hasse das Landleben«, sagte sie.

Eine Weile schwiegen beide, tranken gelegentlich einen Schluck und blickten in die Flammen. Louise spürte eine seltsame Verbundenheit mit dieser alten Frau – wie in jener fernen Zeit, als man gemeinsam arbeitete, sich gegenseitig half und unterstützte. Lachen und Tränen, Fröhlichkeit und Schmerz – man ertrug alles gemeinsam. Und auch für ihre, Louises, Probleme hätte man Verständnis gehabt. Die anderen hätten ihr Ratschläge erteilt und Trost gespendet …

Sie fuhr zusammen und öffnete die Augen. Fast wäre sie eingeschlafen, eingelullt von der Wärme des Feuers und des Alkohols. Frummie saß reglos da, das halb leere Glas auf die Brust gestützt. Ihre blauen Augen glänzten im Schein des Feuers.

»Frummie.« Louise fühlte sich noch immer schläfrig, sie sprach mit schleppender Stimme. »Woran merkt man, ob jemand untreu ist?«

Frummie schien von dieser Frage keineswegs sonderlich überrascht. Ihr Blick wanderte zu Louise, und ihre Mundwinkel verzogen sich zu ihrem typischen Grinsen.

»Du meinst, ob dein Mann untreu ist?«, korrigierte sie trocken.

Louise runzelte die Stirn. So viel Alkohol war sie nicht gewöhnt. »Nein«, sagte sie leise. »Nein, das meine ich nicht. Ich bin nicht mit Martin verheiratet.«

»Nicht?« Frummie richtete sich in ihrem Sessel auf. »Aber du hast doch gesagt, du hast ihn geheiratet, weil du spießig und kleinbürgerlich bist.«

Louise sah sie mit unverhohlener Bewunderung an. »Erstaunlich, dass du dich noch daran erinnerst.«

»Ich bin schließlich noch nicht senil«, erwiderte Frummie ungnädig. »Dann bist du also gar nicht verheiratet?«

Louise schwieg einen Moment. »Nicht mit Martin«, sagte sie schließlich.

»Na dann!« Frummie hob das Glas. »Auf dein Wohl, Mädchen. Also …« Sie schien den Faden verloren zu haben. »… was war noch mal die Frage?«

»Ich glaube, Martin ist mir untreu, aber ich bin mir nicht sicher.«

Frummie legte die Stirn in Falten. »Wie kommst du denn darauf?«

»Er ist immer so fröhlich. Nichts kann ihn erschüttern. Er ist … er ist regelrecht euphorisch.«

»Ach.« Frummie legte den Kopf schief wie eine weise Eule und sah Louise mit leuchtenden Augen an. »Spricht er häufig von einer bestimmten Frau?«

»Nein. Zumindest nicht in dem Sinn, wie du meinst. Er spricht öfter von einer Kollegin in der Marketing-Abteilung, aber sie bringt ihn auf die Palme. Er beklagt sich ständig, wie rechthaberisch sie ist und wie schlecht sie arbeitet. Und sie hat blond gefärbtes Haar. Martin hasst das.«

Erschöpft legte Louise den Kopf zurück und schloss die Augen.

»Das wird sie sein.« Frummie schien sich ihrer Sache ganz sicher.

Louise riss die Augen auf. »Nein. Er kann sie nicht ausstehen! Hab ich doch gesagt.«

»Du wirst sehen.« In Frummies Stimme schwang eine gewisse Genugtuung mit, nachdem sie das Problem so rasch gelöst hatte. »Du bist müde, mein Kind. Wollen wir schlafen gehen?«

»Aber ich sitze hier so gemütlich.« Louise sah, dass Frummie aufgestanden war, und griff verzweifelt nach ihrer Hand. »Ich möchte nicht allein sein.«

»Ja, wer möchte das schon.« Frummies Stimme klang unendlich traurig. »Margots Bett ist noch bezogen. Macht es dir etwas aus, in ihrem Bettzeug zu schlafen?«

»Nein«, sagte Louise dankbar. »Ich möchte hier bleiben.«

Mit unsicheren Schritten folgte sie Frummie ins Schlafzimmer, streifte ihre Schuhe ab und sank ins Bett.

Frummie deckte sie zu, blieb einen Augenblick stehen und musterte sie.

»Für Malt Whisky braucht man Kondition«, murmelte sie freundlich. »*Nicht* verheiratet. Na so was!«

Schwankend tappte sie in ihr Schlafzimmer und blieb noch einen Augenblick auf der Bettkante sitzen. Der Mond schien herein. Sie betrachtete ihn streitlustig.

»Mach, dass du wegkommst!«, sagte sie, kehrte ihm den Rücken zu, zog sich die Decke über den Kopf und schlief sofort ein.

11

Ich kenne ihn doch überhaupt nicht«, wiederholte Brigid jetzt schon zum dritten oder vierten Mal. An Schlaf war nicht zu denken. Sie saß im Schneidersitz auf dem Bett, während Humphrey mit hinter dem Kopf verschränkten Armen dalag. »Und in deinen Erzählungen wirkte er, ehrlich gesagt, nicht gerade sympathisch.«

Humphrey schwieg. Was hätte er auch erwidern sollen? Jedes Argument, das ihm einfiel, hätte ohnehin nur ihren Widerspruchsgeist geweckt. »Du hast leicht reden«, hätte sie ihm entgegnet, »du bist ja auf den Bahamas.«

»Und was ist mit unseren Gästen, die sich für den Herbst angemeldet haben? Soll ich ihnen sagen, dass sie nicht kommen können?«

»Ich habe schon überlegt«, erwiderte Humphrey, den Blick zur Decke gerichtet, »ob er nicht in dem umgebauten Stall wohnen könnte. Wenn einer der Jungs kommt, müssen sie eben zusammenrücken.«

»Du machst wohl Witze?« Brigids Stimme klang geradezu panisch. »Ich will ihn nicht hier im Haus haben! Dann müsste er ja die Küche mitbenutzen, das weißt du doch. Deshalb haben wir Mummie doch das Cottage überlassen. Schließlich ist der Stallflügel keine abgeschlossene Wohnung.«

»Das war doch nicht der einzige Grund«, widersprach Humphrey freundlich. »Frummie wohnt ... auf unbefristete Zeit hier, Vater würde nur drei Monate bei uns verbringen und dann in seine eigene Wohnung ziehen.«

Drei Monate bei mir, dachte Brigid. Bei mir, nicht bei dir. Du bist gar nicht da! »Ich weiß, was du denkst«, sagte sie mit erstickter Stimme. »Du findest, drei Monate sind keine lange Zeit, während meine Mutter das Cottage auf unbegrenzte Zeit belegt. Ich weiß das alles. Nur, ich kenne deinen Vater gar nicht und ... und du bist weg.«

Humphrey streichelte sie behutsam. »Offenbar weiß er nicht, wohin er sonst gehen soll«, erwiderte er nach einer Weile. »Natürlich hat er ein paar Bekannte, die ihn für kurze Zeit bei sich aufnehmen würden. Aber das würde bedeuten, dass er hin und her geschoben würde. Und dafür ist er etwas zu alt.«

»Es überrascht mich, dass du dir darüber Gedanken machst, obwohl er deine Mutter so schlecht behandelt hat.«

»Tatsächlich? Eigentlich sollte es dich nicht überraschen.«

»Ja, ich weiß«, rief sie, »dasselbe gilt für mich und Mummie. Aber es ist ... es ist mir einfach zu viel.« Sie riss sich zusammen, denn sie war nahe daran, in Tränen auszubrechen. Wie gern hätte sie ihm von Jenny erzählt und ihre Ängste mit ihm geteilt, aber sie fürchtete sich vor seiner Reaktion. »Entschuldige«, murmelte sie. »Es kommt nur alles so plötzlich. Der Gedanke, sie beide hier zu haben, ist ... Aber er kann nicht drei Monate lang hier im Haus wohnen, Humphrey, das geht einfach nicht.«

»Gut.« Seine Stimme klang ganz ruhig. »Das verstehe ich. Dann bringen wir ihn in einem der Cottages unter. Hast du schon Buchungen für Oktober?«

Sie schüttelte den Kopf. »Die Davidsons kommen dieses

Jahr nicht. Er hatte einen leichten Schlaganfall. Louise ist Mitte September hier, das ist im Augenblick alles.«

»Gut. Dann werde ich ihm schreiben, dass er in der letzten Septemberwoche kommen kann. Für die beiden ersten Wochen muss er sich eben etwas anderes suchen. Anscheinend braucht er von Anfang September bis Ende November eine Unterkunft. Aber ich glaube, es ist nicht zu viel verlangt, dass er anfangs eine Woche bei einem seiner Freunde wohnt. Sicher nehmen wir in diesen drei Monaten etwas weniger ein, aber ich glaube, das können wir verkraften. Wenn er auf Dauer bliebe, könnte ich mir meine Pläne für den Ruhestand aus dem Kopf schlagen. Wir sind darauf angewiesen, das zweite Cottage zu vermieten.«

Brigids Magen krampfte sich vor Schreck zusammen. »Ich glaube auch, dass wir das verkraften können«, murmelte sie. »Schließlich kriegst du deine Pension und dazu noch eine Abfindung.«

»Die brauchen wir auch«, meinte Humphrey heiter. »Unser gemeinsames Leben wird teuer werden. Schließlich haben wir doch einiges nachzuholen, nicht wahr? Wir wollen es uns richtig schön machen.«

Er wollte sie aufmuntern, aber seine Worte trafen sie wie Peitschenhiebe. Wie konnte sie ihm nur beibringen, dass entweder das Cottage verloren war oder sie wegen Jennys Desaster eine bedeutend höhere Hypothek aufnehmen mussten?

»Das werden wir.« Sie versuchte überzeugend zu klingen.

»Dann komm in meine Arme.«

Sie schmiegte sich an ihn.

»Ich werde dich vermissen«, murmelte sie und erkannte im selben Augenblick, wie sehr sie ihn brauchte. Wie sollte sie nur sechs Monate ohne ihn und seine unerschütterliche Fröhlichkeit auskommen?

Er schloss sie in die Arme und drückte sie fest an sich. »An Weihnachten bin ich da«, versicherte er ihr. Es passte ihm gar nicht, dass er sie in dieser Situation allein lassen musste, aber es blieb ihm ja nichts anderes übrig. »Was soll ich dir von den Bahamas mitbringen?«

Sie lachte, getröstet durch seine Nähe und bereit, sich in das Unvermeidliche zu fügen. »Eine Korallenkette«, sagte sie, »dann werden alle meine Freundinnen vor Neid platzen.«

»Wird gemacht!«, erwiderte er und küsste sie.

Gegen Morgen erwachte Louise mit trockenem Mund und dröhnendem Kopf. Sie brauchte eine Weile, bis ihr die Ereignisse des vergangenen Abends wieder einfielen. Voller Scham überlegte sie krampfhaft, was sie Frummie eigentlich erzählt hatte. Ob sich die alte Dame noch daran erinnern würde? Sie hatten beide viel zu viel getrunken, aber Louise hatte den Verdacht, dass Frummie bedeutend mehr vertrug als sie. Man konnte nur hoffen, dass sie taktvoll genug war, Louises vertrauliche Bekenntnisse für sich zu behalten.

Mit einem leisen Stöhnen stand sie auf, fasste sich an den Kopf und merkte plötzlich, dass sie noch vollständig angekleidet war. Sie schlüpfte in ihre Schuhe und trat in den kühlen, frischen Morgen hinaus. Die milde, reine Luft umspülte sie wie Wasser, und das vertraute ferne Rauschen des Flusses wirkte beruhigend. In ihrem Cottage goss sie sich ein Glas Orangensaft ein, das sie gierig leerte. Dann ging sie ins Bad, um zu duschen. Achtlos ließ sie ihre zerknitterten Kleider auf den Boden fallen und genoss den heißen Wasserstrahl, der ihr den Nacken kitzelte. Allmählich verflog die Müdigkeit, und sie fühlte sich wie neugeboren.

In sauberen Jeans und einer warmen flauschigen Bluse stand sie am Wohnzimmerfenster, wartete darauf, dass das

Wasser kochte, und beobachtete den Sonnenaufgang. Das rosarote Licht im Osten streckte seine langen Strahlen wie Finger in Täler und Talmulden, tauchte die schroffen steinernen Tors in einen goldenen Schimmer, streifte über dunkle Wälder hinweg und ließ die Baumwipfel rot aufglühen. Die Tauben wirbelten hoch, und das blendende Weiß ihrer Flügel hob sich gegen das reine Zartblau des Himmels ab. Dann stießen sie im Sturzflug herab und drehten sich in einem luftigen Freudentanz.

Aus dem Flur hinter ihr glaubte sie eine klagende, ängstliche Stimme zu vernehmen: *»Ich habe Percy verloren, Mummy. Hast du ihn irgendwo gesehen?«*

Geblendet von den weißen Flügeln der Tauben und überwältigt von heißen Tränen, schloss Louise die Augen. Müdigkeit, Verwirrung und Verzweiflung überfielen sie.

»Es tut mir leid.« Ihre Stimme bebte. »Es tut mir so furchtbar leid.«

Sie drehte sich um. Ihr Blick irrte durch das leere Zimmer und den verlassenen Flur. Dann schaltete sie mit zitternden Händen das Radio ein und kochte sich Kaffee.

Langsam verliere ich den Verstand, dachte sie. Was soll ich bloß machen?

Flucht war der einzige Ausweg: Flucht in Pläne und Unternehmungen. Flucht in die Erschöpfung, sodass keine Zeit blieb, über die Vergangenheit nachzudenken. Nur funktionierte das jetzt nicht mehr. Ihr mühsam aufgebauter Schutzwall bröckelte. Warum? Warum gerade jetzt?

Es ist nur wegen Martin, dachte sie. Der Schock über seine Untreue hat dich aus dem Gleichgewicht gebracht. Konzentriere dich auf Martin. Carol kann es unmöglich sein. Frummie sieht Gespenster. Er verabscheut diese Frau.

Durch pure Willenskraft gelang es ihr allmählich, sich vom Abgrund jener anderen, dunkleren Angst zu entfernen.

Sie aß ihr Frühstück. Sie summte die Musik im Radio mit. Sie sprach laut vor sich hin und drängte die verstörenden Stimmen wieder hinter die Mauer zurück, die sie zu ihrem Schutz errichtet hatte.

»Ich weiß, es ist noch früh«, sagte Jemima unbarmherzig, »aber du hast noch einen langen Weg vor dir.«

Er blinzelte und verzog verdutzt das Gesicht. »Wie spät ist es denn?«

»Zeit zu gehen. Der Kaffee ist fertig.«

»Kannst du ihn nicht hierher bringen?«

»Nein«, sagte sie und verließ das Zimmer.

Er ließ das Gesicht wieder auf das Kissen sinken, aber sein Verstand war bereits hellwach. Zwar hatte er eine seiner Grundregeln gebrochen, aber das bereute er keineswegs. Vielmehr überlegte er, ob er nicht noch weitergehen sollte. Warum eigentlich nicht? Er befand sich hier im West Country auf einer dreitägigen Geschäftsreise, was weiter nichts Ungewöhnliches war. Und er hatte alle Spuren sorgsam verwischt. Trotzdem, das Risiko, das er einging, war keineswegs gering. Er stand auf, zog sich den Bademantel über und ging hinaus in den Flur. Das Wohnzimmer war lichtdurchflutet, und er kniff die Augen zusammen, während er den Gürtel seines Bademantels um die schmalen Hüften schlang. Der Kater mit dem ausgefallenen Namen saß in einem Korbstuhl und starrte ihn feindselig an.

»Ich mag dich auch nicht, Freundchen«, murmelte er. »Warum tust du nicht mal was Nützliches und gehst auf Mäusejagd?«

Jemima kam vom Balkon herein und hob fragend die Augenbrauen. »Noch nicht angezogen? Gut, dann trink erst eine Tasse Kaffee, wenn du schon hier bist.«

Er versuchte sie aufzuhalten, als sie an ihm vorbeiging,

aber sie entwischte ihm. Oder hatte sie seinen Annäherungsversuch gar nicht bemerkt? Unzufrieden ließ er sich auf einen Stuhl sinken.

»Offenbar willst du mich so schnell wie möglich loswerden.«

Lächelnd schenkte Jemima ihm Kaffee ein, und auf einmal wurde ihr bewusst, wie sehr er sie anödete. Das Bedürfnis, allein zu sein, wurde geradezu übermächtig. Vielleicht lag es an dem Gespräch mit Louise, dass sie an seiner Gesellschaft plötzlich keinen Gefallen mehr fand, jedenfalls war der Zauber verflogen. Es hatte schon am ersten Abend begonnen. Er hatte misstrauisch und enttäuscht reagiert, bis sie ein schlechtes Gewissen bekam. Deshalb hatte sie sich auf eine zweite Nacht mit ihm eingelassen, was sie jetzt bereute. Er widerte sie fast an, wie er ihr gegenübersaß und seinen Kaffee schlürfte. Am liebsten hätte sie ihm die Tasse aus der Hand geschlagen, ihn vor die Tür gesetzt und ihm seine Sachen hinterhergeworfen. Bei dieser Vorstellung musste sie so kichern, dass sie sich an ihrem Kaffee verschluckte.

»Was gibt's denn da zu lachen?«

Seine Empfindlichkeit amüsierte sie noch mehr, und ihre unbändige Fröhlichkeit rief ihr in Erinnerung, dass sie frei war. Seine Stimmungen und Bedürfnisse interessierten sie nicht. Er besaß nicht die Macht, sie glücklich oder unglücklich zu machen. Deshalb war es besser, ihn seiner Wege ziehen zu lassen.

»Nichts, gar nichts«, erwiderte sie lächelnd. »Nur ein alter Witz. Möchtest du etwas essen? Bis Truro ist es ganz schön weit. Da kannst du keine Pause machen, sonst kommst du zu spät zu deiner Sitzung.«

»Ich habe gerade überlegt – nein danke, ich möchte nichts essen –, ob ich vielleicht heute Abend auf dem Rückweg zu dir kommen könnte.«

»Heute Abend? Das geht nicht.« Sie schüttelte den Kopf und schenkte ihm ein – wie sie hoffte, bedauerndes – Lächeln. »Tut mir leid, aber ich hab was vor.«

»Die ganze Nacht?«, fragte er betont beiläufig, ohne seinen Ärger verbergen zu können.

»Vielleicht.« Sie sah ihm offen ins Gesicht. »Ich dachte, du bleibst grundsätzlich nicht über Nacht?«

»Stimmt ja auch. Aber bei dir ist es etwas anderes.«

Mist!, dachte sie. Was mache ich jetzt?

»Danke«, sagte sie. »Das ist … nett. Aber es ändert nichts an heute Abend.«

Irgendetwas stimmt nicht, dachte er. Zieht sie sich zurück, oder will sie nur hoch pokern? Ich möchte sie zwar nicht verlieren, aber anscheinend glaubt sie, mich unter Druck setzen zu können, weil ich zwei Nächte geblieben bin. Also Vorsicht!

»Schade«, sagte er. »Kann sein, dass ich für längere Zeit nicht in dieser Gegend sein werde.«

Fast hätte Jemima die Achseln gezuckt. Doch auch ihr Schweigen war nicht dazu angetan, seine Stimmung zu heben.

»Also dann.« Er schob seinen Stuhl zurück. »Ich geh mich anziehen.«

Sie machte keine Anstalten, ihm zu folgen, gab ihm keine Gelegenheit zu einer körperlichen Annäherung. Als er zurückkam, stand sie wieder auf dem Balkon. Der Kater musterte ihn unverwandt, und er starrte ebenso unfreundlich zurück.

»Bist du fertig?« Jemima beobachtete ihn von der Tür aus. Er zwang sich zu einem Lächeln.

»Ja, fertig. Danke für … alles.«

»War mir ein Vergnügen.« Lag Spott in ihrem Lächeln? Er wusste es nicht. »Fahr vorsichtig!«

»Mach ich.« Sie hatte bereits den Türgriff in der Hand, und er konnte ihr – weil die Tasche zwischen ihnen war – nur einen flüchtigen Kuss auf den Mund drücken. Dann stand er allein draußen auf der Treppe.

»Das war gemein von mir.« Sie hob MagnifiCat hoch und schmiegte ihre Wange an sein Fell. »Ja, ich weiß, dass du ihn nicht leiden kannst, aber es war nicht nett, ihm so den Laufpass zu geben. Bei Beziehungen mache ich einfach immer alles falsch. Ach, Mist! Komm, lass uns frühstücken.«

Sie trug MagnifiCat in die Küche und setzte ihn auf einem Stuhl ab, wo er sich wohlig zusammenrollte. Während sie Brot in den Toaster steckte und Brigids selbst gemachte Marmelade auf den Tisch stellte, dachte sie immer noch darüber nach, warum keine ihrer Beziehungen länger Bestand gehabt hatte. Bis hierher und nicht weiter, das schien ihr Motto zu sein. Sie dachte an Brigids harmonische Ehe mit Humphrey, an ihre aufopferungsvolle Liebe zu den Kindern und seufzte wehmütig.

»Das ist nichts für mich«, sagte sie zu MagnifiCat. »Und außerdem krieg ich sowieso nur verheiratete Männer. Vielleicht sehen sie mir an der Nasenspitze an, dass ich die geborene Geliebte bin.«

Hätte sie sich doch nur nicht so von Louise beeinflussen lassen! Ob Martin tatsächlich untreu ist?, überlegte sie. Oder bildet sie sich alles nur ein? So oder so, an den beiden vergangenen Abenden war ihr dieses Gespräch einfach nicht aus dem Kopf gegangen. Jemima warf einen Blick auf den Kalender an der Wand, und ihre Stimmung besserte sich augenblicklich: Mittagessen im *Wardroom* mit Mandy und Ness, den Besitzern der *Cove's Quay Gallery*.

»Ich werde dir eine Sardine mitbringen«, sagte sie neckisch zu MagnifiCat – und verließ die Küche, um sich anzukleiden.

Mit klarem Kopf und wunderbar erholt wachte Frummie auf. Sie blieb noch einen Augenblick liegen und starrte an die Decke.

»*Nicht* verheiratet«, murmelte sie. »Verblüffend.«

Dann sprang sie aus dem Bett, sah nach, ob Louise noch da war, und tappte dann die Treppe hinunter.

»Kaffee«, sagte sie fröhlich. »Heißen, schwarzen Kaffee. Die *arme* Louise. Sie wird versuchen, sich genau an das zu erinnern, was sie mir erzählt hat. Für Malt Whisky braucht man Kondition.« Laut vor sich hinsummend, schaltete sie das Radio ein, um die Sendung mit Terry Wogan nicht zu verpassen.

12

»Dann werd ich ihm also schreiben«, sagte Humphrey, als sie nach dem Frühstück gemeinsam das Geschirr abspülten. »Es tut mir leid, Schatz, wirklich, aber ich glaube, es ist die richtige Entscheidung. Natürlich habe ich leicht reden, weil ich Tausende Kilometer weit weg bin.«

»Es ist nur deshalb so schwierig«, erwiderte Brigid, »weil ich weiß, wie du zu ihm stehst.«

»Ich weiß genau, was du meinst«, entgegnete er schnell. »Glaubst du, mir geht es mit Frummie anders? Es macht mich wahnsinnig, wie sie mit dir umspringt. Manchmal kann ich kaum an mich halten.«

»Es ist einfach so ungerecht«, meinte Brigid. »*Sie* behandelt mich schlecht, und *ich* fühle mich schuldig, wenn ich mich wehre. Nur weil sie alt ist …«

»Es liegt nicht nur daran. Sie ist und bleibt nun mal deine Mutter. Im tiefsten Innern sehnst du dich danach, von ihr anerkannt zu werden.«

Brigid war entsetzt. »Merkt man das?«

Humphrey seufzte. »Siehst du denn nicht, dass es mir mit meinem Vater genauso geht? Ich war wütend auf ihn, als er nach Mutters Tod so schnell wieder geheiratet hat. Es war so herzlos, aber schließlich hatte er seit Jahren eine Affäre mit Agneta. Ich werde nie erfahren, ob Mutter es wusste. Sicher, ich war kein Kind mehr, aber auch mit einundzwanzig geht einem so etwas schon nahe. Er konnte es gar nicht erwarten, mich loszuwerden. Und trotzdem habe ich das Gefühl, ihm etwas schuldig zu sein. Es ist dasselbe wie mit dir und Frummie. Wir können sie uns nicht einfach vom Hals schaffen, wie sie es mit uns getan haben.«

»Ich weiß.« Brigid betrachtete ihn mitfühlend. »Ich hätte deine Mutter so gern kennen gelernt! Glaub mir, es wird alles gut gehen. Bestimmt will er nicht viel mit mir zu tun haben.«

Humphrey lachte. »Soll sich doch Frummie um ihn kümmern«, meinte er und trocknete sich die Hände ab. »Sie sind wie füreinander geschaffen.«

Brigid musste unwillkürlich grinsen. »Das würde alle unsere Probleme mit einem Schlag lösen. Wohin zieht er denn genau, wenn er uns wieder verlässt?«

»In irgendein Dorf im Norden, glaube ich. An der schottischen Grenze. Vielleicht hat er dort Freunde. Jedenfalls ein gutes Stück weit weg. Er könnte ja Frummie mitnehmen und uns in Frieden lassen. Jetzt vergessen wir die beiden aber und überlegen, was wir heute Schönes unternehmen. Gehen wir irgendwohin zum Mittagessen? Torcross? Dartmouth? Exeter?«

»O ja«, rief Brigid begeistert und hängte das nasse Geschirrtuch über das Herdgeländer. »Lass uns was unternehmen. Nur wir zwei.«

Er lächelte und umarmte sie. »Fahren wir doch zur Küste. In Start Point können wir einen Spaziergang machen. Auf den Klippen muss es heute herrlich sein. Was meinst du?«

»Eine prima Idee«, erwiderte sie und drückte ihn einen Augenblick fest an sich. Sie wollte an nichts anderes denken als an die Stunden, die vor ihnen lagen. »Fahren wir los, bevor uns jemand sieht.«

Frummie beobachtete, wie sie losfuhren. Im Gegensatz zu Brigid machte es ihr nicht den geringsten Spaß, den ganzen Tag allein zu sein, und so sank ihre Stimmung auf den Tiefpunkt. Sie vermisste Margot. Wie schön war es gewesen, sich an die guten alten Zeiten zu erinnern, Klatschgeschichten auszutauschen und über die gemeinsamen Freunde herzuziehen! Als sie an den Frühstückstisch zurückkehrte, dachte Frummie, dass Margot eigentlich eine ehrliche Haut war. Sie sagte stets frei heraus, was sie dachte. In den letzten sechzig Jahren hatte sie sich kaum verändert. Äußerlich natürlich schon. Man sah der Ärmsten das Alter an – bei dem Gedanken verzog Frummie das Gesicht zu ihrem typischen Grinsen –, und ihre Beine waren richtig unansehnlich. Aber sie waren auch früher nicht besonders reizvoll gewesen. Nein – Frummie schüttelte bedauernd den Kopf –, schon während ihrer Mädchenzeit waren Margots Beine richtige Baumstämme gewesen; aber die Krampfadern machten alles nur noch schlimmer. Wäre sie bloß so klug, etwas längere Röcke zu tragen. Das war ja keineswegs unmodern und unattraktiv – und jedenfalls ein erträglicherer Anblick. Außerdem war es ein Fehler, dass Margot so beharrlich an ihrer natürlichen Haarfarbe festhielt. Wenn man von Natur aus sehr dunkles Haar hatte, war es wahrscheinlich vernünftiger, es grau werden zu lassen. Freilich – Frummie befühlte das eigene Haar –, freilich war es ein Glück, blondes Haar zu haben, das zu einem hübschen, hellen Ton verblasste. Margot jedenfalls tat sich mit ihrer Haarefärberei keinen Gefallen. Ihr runzliges Gesicht, umrahmt von kastanienbraunen Locken, wirkte so … ausgezehrt. Der Kontrast war zu stark: die wunderschönen, jugendlich wirkenden Haare und diese tiefen Falten um die Augen. Bedauerlicherweise war ein Make-up keine Garantie für eine glatte Haut. Wenn die gute alte Margot doch nicht immer so dick Grundierungscreme auftragen würde! Aber Margot ließ sich ja nicht dreinreden. Und dann dieser auffällige Lidschatten! Sie wollte einfach nicht wahrhaben, dass ihre Augen nicht mehr diesen außergewöhnlichen Grünton hatten, auf den Margot so stolz war. Falls es sich dabei nicht nur um eine Legende handelte. Margots Augen waren nach Frummies Ansicht früher eher braun gewesen.

Was das Kinn anging … Frummie erschauderte voller Mitgefühl, während sie sich Kaffee nachschenkte. Freilich, es war reine Glückssache, was für einen Knochenbau man hatte. Und Hängebacken wurden im Alter auch nicht ansehnlicher. Frummie strich sich nachdenklich über ihre straffen Wangen. Ein Jammer, dass ihre gute alte Freundin so etwas Bulldoggenhaftes an sich hatte. Sie musste an den guten alten Winston denken – aber keine Frage, bei einem Mann war das sehr viel erträglicher. Wenn Margot lachte, schwabbelten ihre Wangen regelrecht. Und warum fand sie sich nicht endlich damit ab, dass sie blind war wie ein Maulwurf? Stattdessen tat sie, als brauche sie ihre Brille nur zum Autofahren und zum Fernsehen. Es war wirklich lästig, ihr im Pub jedes Mal die Speisekarte vorlesen zu müssen. Außerdem kniff sie ständig die Augen zusammen, um Dinge zu erkennen, die direkt vor ihrer Nase standen. Heutzutage gab es doch ausgesprochen schicke Brillengestelle! Und dass ein Mensch in den Siebzigern ohne Brille auskam, war nun einmal eine Seltenheit – sie, Frummie, gehörte zu den wenigen Glücklichen. Man musste den Tatsachen ins Auge sehen.

Frummie schüttelte den Kopf und fing an, den Tisch abzuräumen. Trotzdem, die alte Margot war eine echte Freundin; sie würden im Herbst eine schöne Zeit miteinander verbringen. Sie warf einen Blick auf die Uhr. Es war noch etwas zu früh, um eine Videokassette einzulegen. Mit einem Seufzer beschloss sie, erst einmal Margots Bettzeug abzuziehen und in die Waschmaschine zu stecken. Es war ein wunderbar sonniger, warmer Tag. Die Wäsche würde schnell trocknen.

Als sie die Treppe hinaufstieg, fiel ihr Louise wieder ein. »*Nicht* verheiratet«, murmelte sie. »Na so was!«

Louise trat über das Viehgitter und blieb wie angewurzelt stehen. Ein namenloses Glück erfüllte sie. Die spiegelglatte Wasserfläche des Stausees warf das überirdische Blau des Himmels und die scharfen Konturen der hohen Kiefernbäume zurück. Die weichen hellgrünen Nadeln der Lärchen glänzten in der Sonne, und irgendwo in der Ferne war der lockende Ruf eines Kuckucks zu hören. Er kündete von den Frühlingstagen einer fernen Vergangenheit und ließ in Louises Herz eine sehnsuchtsvolle Melodic aufsteigen.

Ganz plötzlich erstarb der Ruf, und mit ihm verging der unwirkliche Augenblick der Glückseligkeit. Die Unruhe jedoch blieb. Louise konzentrierte sich ganz bewusst auf die Schönheit dieses magischen Ortes und trat auf den kiesbestreuten Weg, der am Ufer des Stausees entlangführte. Unter den Kiefern zu ihrer Linken blühten weiße Waldanemonen. Es war warm hier im Schutz der Bäume. Auf einer Bank machte Louise Rast und holte die Thermoskanne aus ihrem Rucksack. Den Blick auf den See gerichtet, trank sie ihren Kaffee. Allmählich reifte in ihr ein Entschluss. Sie musste etwas unternehmen, aktiv werden, um nicht von der immer stärker werdenden Furcht überwältigt zu werden, die ihren Verstand zu verwirren drohte. Was konnte nicht alles geschehen, wenn sie der aufsteigenden Panik keinen Widerstand entgegensetzte?

Die Sorge, Martin könne eine Affäre haben, hatte ihr Selbstvertrauen erschüttert und drohte ihren Schutzpanzer zu durchbrechen. Wenn sie sich ihrer Angst stellte, gelang es vielleicht, ihr inneres Gleichgewicht wiederzufinden. Während sie das raue Holz der Bank betastete und das Wasser betrachtete, das leise an das sandige Ufer schwappte, festigte sich ihr Entschluss. Gestärkt griff sie nach ihrem Rucksack und setzte leichteren Herzens ihren Weg fort.

Auf dem Parkplatz tauschte sie ihre Wanderstiefel gegen die Timberland-Schuhe und stieg sogleich in den Wagen. In der Telefonzelle wählte sie Martins Handynummer. Er meldete sich sofort. Ein gewisser Argwohn lag in seiner Stimme.

»Ich bin's«, sagte sie, um einen normalen Tonfall bemüht. »Ich wollte dich überraschen.«

»Das ist dir wirklich gelungen, Schatz.« Seine Stimme klang jetzt freundlich, er hatte sich wieder unter Kontrolle. »Ich hab mich gleich gefragt, ob du es bist, obwohl ich die Nummer nicht erkannt habe.«

»Erkannt …?«

»Sie erscheint auf dem Display.« Er wirkte amüsiert. »Irgendwann wirst du doch den Schritt ins einundzwanzigste Jahrhundert machen müssen, mein Schatz. Gibt's irgendwelche Probleme?«

»Wieso Probleme? Warum sollte es Probleme geben? Kann ich dich nicht anrufen, ohne dass es Probleme gibt?«

»Aber natürlich.« Er klang etwas verdutzt. »Allerdings telefonieren wir sonst nie in unseren Ferien. Schließlich kann ich dich auch gar nicht erreichen, wenn du dich in Dartmoor verkriechst. Ist alles in Ordnung?«

»Ja.« Sie zog absichtlich das Wort in die Länge, als hätte sie Zweifel. »Es ist nur … du fehlst mir so.«

»Ach, mein Schatz« – sein Lachen wirkte gezwungen –, »das ist aber lieb.«

»Wirklich?«

»Wie meinst du das?« Jetzt klang er ein wenig gereizt.

»Ich wollte nur wissen, ob es dich freut, wenn ich dich

vermisse. Und ich überlege, ob ich nicht früher als geplant nach Hause zurückkommen soll.«

»Früher?«, fragte er spitz. »Wie viel früher?«

»Ich weiß nicht. Ein paar Tage. Und wie steht's mit dir?«

»Ich? Also, ehrlich gesagt, Louise, das ist verdammt schwierig. Wirklich.«

Der verschwenderische Gebrauch von Kosenamen war typisch für ihn, und ihr fiel sehr wohl auf, dass er sie plötzlich beim Vornamen nannte und sich keine Mühe mehr gab, seinen Verdruss zu verbergen. Aber das war eine durchaus verständliche Reaktion und keineswegs verdächtig.

»Wie geht's den Jungs?«

»Den Jungs …? Oh, gut. Ausgezeichnet. Aber das ist es ja eben. Ich kann doch nicht einfach alles hinschmeißen und nach Hause fahren.«

»Kann man denn Golf nur zu viert spielen?«

»Schatz, bitte. Ich möchte dir nicht zu nahe treten, aber was soll denn das?«

Plötzlich erinnerte sie sich an den Mann im Zug, an die Ungeduld, die in seinen vorsichtigen Fragen mitschwang, und an den Kosenamen, der eher wie eine Beleidigung geklungen hatte.

»Ich fühle mich nur etwas bedrückt. Ich weiß, das ist nicht normal, aber ich kann es nun mal nicht ändern.« Sie hielt einen Moment inne. »Übrigens, Martin, wie heißt eigentlich dein Hotel? Vielleicht rufe ich heute Abend noch mal an.«

Schweigen. Als er antwortete, klang seine Stimme merklich kühler.

»Ich habe dir schon tausendmal gesagt, Schatz, dass es einfacher ist, wenn du mich auf dem Handy anrufst. Das hat doch bisher immer geklappt, oder? Wir wollen doch nicht die Leute herumscheuchen. Wenn du mich im Hotel anrufst, bin ich vielleicht gerade an der Bar oder im Speisesaal oder sonstwo. Oft gehen wir nach dem Abendessen noch auf ein Bier irgendwohin. Glaub mir, das Handy ist am besten.«

»Ich wollte später anrufen, viel später.«

»Hoffentlich nicht zu spät.« Sein scherzhafter Ton wirkte aufgesetzt. »Die frische Luft macht mich ziemlich k.o. Jeden Tag legen wir mehrere Kilometer zurück. Also, wenn du mich anrufen möchtest, dann am besten auf dem Handy. Außerdem ist es billiger als über das Hoteltelefon.«

»Aber wo bist du, Martin? Ich weiß zwar, dass ihr auf verschiedenen Golfplätzen im Nordwesten spielt, aber … wie sind eigentlich die Parcours?«

»Ganz gut.« Seine Besorgnis war jetzt deutlich zu spüren. »Sieh mal, Schatz, ich weiß, dass das nicht deine Welt ist, die Golfplätze der britischen Inseln. Das interessiert dich doch nicht wirklich? Also warum bist du bedrückt?«

»Oh, ich weiß es nicht.« Sie spürte, wie wütend ihre Stimme klang. Sein plumpes Ablenkungsmanöver war ihr keineswegs entgangen. »Diesmal geht es mir hier nicht gut, aus welchem Grund auch immer.«

»›Nicht gut‹ in welchem Sinn?«

Das war nicht die liebevolle Fürsorglichkeit, die sie in der ersten Zeit ihrer Beziehung kennen und lieben gelernt hatte. Wie sehr hatte sie diese zärtliche Aufmerksamkeit gebraucht! Jetzt aber wirkte seine Besorgnis unaufrichtig. Für ihn war Louise nur noch ein lästiges Anhängsel, das sich nicht so einfach abschütteln ließ.

»Ach, lass nur! Es ist alles in Ordnung, wirklich.« Sie versuchte, heiter und unbeschwert zu klingen. »Mach dir keine Gedanken. Ich bin ein Idiot. Verzeih mir. Ich wollte einfach nur deine Stimme hören.«

»Das ist lieb von dir, mein Schatz.« Er war so erleichtert über den versöhnlichen Ausklang des Gesprächs, dass er in eine unnatürliche Überschwänglichkeit verfiel. »Ehrlich,

Schatz, du fehlst mir. Selbstverständlich vermisse ich dich. Aber ich kann doch die Jungs nicht einfach hier im Stich lassen.« Er gluckste in sich hinein, geradezu überschäumend vor Dankbarkeit. »Sieh mal, Schatz, vielleicht lässt du dir in der Apotheke etwas gegen dein Stimmungstief geben. Versprichst du mir das?«

»Ach, ist nicht so wichtig, glaub mir. Es ist einfach nur der falsche Zeitpunkt im Monat. Verstehst du?«

»Ah ja, ich *verstehe.*« Er hatte seine alte Sicherheit wiedergewonnen. »Tja, wenn du meinst …«

»Doch, doch. Und jetzt lasse ich dich besser in Frieden. Hoffentlich habe ich euch nicht beim Spiel gestört.«

»Natürlich nicht. Aber wenn du dich jetzt wieder besser fühlst, sollte ich mal zusehen, dass ich die anderen einhole.«

»Tu das. Wie geht's eigentlich Alecs Knöchel?«

»Alecs …?«

»Er hat sich doch den Fuß verstaucht, oder? Und wusste nicht, ob er weiter mitmachen kann.«

»Ach so, sein *Fuß*. Entschuldige, da war gerade eine Störung in der Leitung. Es geht ihm wieder besser. Das Laufen tut ihm gut. Also dann, Schatz …«

»Ja, machen wir Schluss. Viel Spaß! Vielleicht rufe ich später noch mal an.«

Sie legte auf. Merkwürdig, dass sie diesen kleinen Schlagabtausch fast genossen hatte. Während des Frage-und-Antwort-Spiels hatte sie das nagende, Übelkeit erregende Gefühl in der Magengrube gar nicht mehr gespürt. Sie ging zum Auto zurück. Unterwegs machte sie wie immer am Schaufenster des *Dartmoor Bookshop* Halt. Sonst gab es für Louise nichts Verlockenderes, als in dem gut sortierten Antiquariat zu stöbern und mit Barbara oder Anne ein wenig zu plaudern, aber im Moment war ihr nicht danach zumute. Sie wollte allein sein und über das Gespräch mit Martin nachdenken. Aber eigentlich wusste sie bereits, woran sie war.

Was sollte sie ohne Martin anfangen? Wie würde sie ohne ihn zurechtkommen, wo er sie doch vor der Vergangenheit schützte? Sie durfte gar nicht darüber nachdenken. Die Angst schnürte ihr die Kehle zu. Zitternd tastete sie nach ihrem Autoschlüssel. Sie ließ sich auf den Fahrersitz sinken und blieb einen Augenblick reglos sitzen. Wohin sollte sie fahren? An wen konnte sie sich wenden? Brigid fiel ihr ein, aber im Augenblick war ja Humphrey da, den sie selten genug bei sich hatte. Außerdem hatte Brigid im Moment selbst Probleme.

Louise kämpfte mit den Tränen. Sie sehnte sich nach Ruhe, versuchte, die quälenden Erinnerungen zu verscheuchen. Da sah sie vor ihrem geistigen Auge einen hellen, luftigen Raum, in dem sich das Wasser an den Wänden spiegelte; in einem Sessel schlief zusammengerollt eine Katze. Sie erinnerte sich an eine freundliche, tröstliche Atmosphäre. Sie ließ den Motor an, verließ die Stadt und fuhr Richtung Küste.

13

Jemima saß vor dem Computer, checkte Daten und hielt fest, welches Cottage am Samstagmorgen geputzt und hergerichtet werden musste. Sie hasste den Tag, an dem die Feriengäste wechselten – wenn sie renitente Urlauber verscheuchen musste, um das Haus für die nächsten Gäste herzurichten, die bereits auf dem Weg ins West Country waren. Sie hatte ihre Liste fertig und wollte gerade zum Hörer greifen, um die Mitglieder ihres Teams anzurufen, als es an der Tür klingelte.

»So ein Mist!«, murmelte sie und legte auf. Sie warf einen Blick auf die Uhr und öffnete. Da stand Louise. Sie wirkte erschöpft und verzweifelt.

»Was für eine nette Überraschung! Komm doch rein.« Jemima trat zur Seite und lächelte freundlich, obwohl ihr eher unbehaglich zumute war. Ihre letzte Begegnung hatte mit einem Misston geendet.

»Darf ich?« Louise wirkte erleichtert. Sie lächelte zaghaft und blickte sich um, als sei sie erstaunt, sich in Jemimas Wohnung wiederzufinden. »Es war … ich dachte … ich bin ein bisschen herumgefahren und dann …«

»Ja, ja, ich verstehe.« Jemima führte Louise ins Wohnzimmer. »Ich kenne dieses Gefühl, wenn man einfach nicht weiß, was man als Nächstes tun soll.«

»Genau.« Louise schien erfreut darüber, dass Jemima ihr so viel Verständnis entgegenbrachte. »Ich konnte nicht mehr klar denken, und plötzlich war ich hier …«

»Prima.« Jemima scheuchte MagnifiCat vom Sofa und nötigte Louise, sich auf seinen Platz zu setzen. »Jetzt habe ich wenigstens eine wunderbare Ausrede, eine Pause einzulegen und Tee zu kochen. Manchmal ist die Arbeit wirklich öde. Bleib einfach hier in der Sonne sitzen, ich stell den Wasserkocher an.«

Sie eilte in die Küche, obwohl sie Louise nur ungern allein ließ. Louise machte einen so geistesabwesenden Eindruck, dass Jemima ernsthaft beunruhigt war. Während das Wasser heiß wurde und Jemima das Geschirr aufs Tablett stellte, lief sie mehrmals zur Tür, um nachzusehen, ob alles in Ordnung war. Aber Louise saß regungslos da und starrte ins Leere. Ihre Hand lag auf MagnifiCats Rücken, aber sie schien den Kater gar nicht wahrzunehmen. Jemimas Hände zitterten leicht, als sie den Tee aufgoss. Sie hatte die schreckliche Ahnung, dass Louises Zustand mit ihrem Gespräch über Untreue zusammenhing, das sie vor wenigen Tagen geführt hatten, und fühlte sich außerstande, mit dieser Situation umzugehen. Daher würde sie das Gespräch mit Louise so oberflächlich wie möglich halten.

»Wie geht's denn so in Foxhole?« Sie stellte das Tablett auf den niedrigen Glastisch. »Ist Humphrey noch da?«

Louise runzelte die Stirn, als überlege sie, wer Humphrey sein könnte. Jemimas Besorgnis wuchs.

»Ja. Ja, er ist noch da.« Louise nahm ihre Tasse. »Verzeih. Gestern haben wir alle zusammen zu Abend gegessen und ziemlich viel getrunken. Wir sind sehr spät schlafen gegangen, und ich bin in aller Frühe aufgewacht. Mein Kopf … mein Gehirn ist wie aus Watte.«

»Ja, das Gefühl kenne ich. Mir geht es eigentlich immer so,

wenn ich Alkohol trinke«, erwiderte Jemima. »Der gute Humphrey ist immer sehr großzügig mit dem Wein. Brigid wird ihn vermissen, wenn er auf den Bahamas ist. Es ist so weit weg, und sechs Monate sind eine lange Zeit.« Banaler geht's wirklich nicht, dachte sie. »Sicher, sie ist es gewohnt«, fügte sie verzweifelt hinzu, als Louise keine Anstalten machte zu antworten.

Kurzes Schweigen.

»Ich habe vorhin Martin angerufen.« Offenbar hatte Louise ihr gar nicht zugehört. »Er wollte mir nicht sagen, wo er sich aufhält. Findest du das nicht merkwürdig? Verdächtig, meine ich.«

Jemima starrte sie an. Was mache ich jetzt bloß?, dachte sie.

Louise nippte an ihrem Tee und runzelte erneut die Stirn. »Es sind diese Kleinigkeiten«, murmelte sie nach einer Weile, als spräche sie mit sich selbst. »Man verrät sich durch Kleinigkeiten. Nicht Alec hatte sich nämlich den Fuß verstaucht, sondern Steve. Es war eine Testfrage.«

»Ich verstehe.« Jemima nickte und trank hastig einen Schluck Tee.

»Aber er hat den Fehler gar nicht bemerkt. Er hatte es schlichtweg vergessen.« Louise schüttelte den Kopf. »Kann doch eigentlich nicht passieren, oder? Wenn sie jeden Tag miteinander Golf spielen?«

»Kaum vorstellbar, dass man so etwas vergisst«, pflichtete Jemima ihr bei.

»Nicht wahr?« Louise stellte ihre Tasse auf den Unterteller und gähnte plötzlich. »Entschuldige.« Sie strich sich die dunklen Locken aus der Stirn und schloss für einen Moment die Augen. »Ich bin völlig fertig. Ich kann keinen klaren Gedanken fassen.«

Jemima vergaß die eigenen Probleme. »Du siehst erschöpft aus«, meinte sie leise. »Du brauchst nichts zu sagen. Entspann dich einfach!«

»Das ist ganz schön unhöflich.« Louise versuchte zu lächeln, aber es gelang ihr nicht. Einen Augenblick befürchtete Jemima, sie könne anfangen zu weinen. Louise verzog das Gesicht, ihre Lippen zitterten, und wie von einem tiefen Schmerz überwältigt, legte sich ihre Stirn in Falten. Aber sie war zu erschöpft für einen Gefühlsausbruch, ihr Gesicht glättete sich und zeigte wieder Gleichgültigkeit. »Verzeih«, murmelte sie noch einmal.

»Aber ich bitte dich.« Jemima schob das Tablett beiseite. »Kein Problem. Du brauchst Ruhe, das ist alles. Schlaf ein bisschen, wenn du kannst! Ich erledige unterdessen ein paar Anrufe, dann reden wir weiter. Du kannst gern zum Abendessen bleiben.«

»Danke. Das ist so … nett.«

Louise fielen die Augen zu; ihr Kopf neigte sich zur Seite.

Das Tablett in der Hand, stand Jemima da und betrachtete sie.

Offenbar ist sie so unglücklich, dass ihr alles egal ist, dachte sie. Als wäre ein Damm gebrochen. Vermutlich weil sich ihr Verdacht bestätigt hat.

Leise verließ sie das Zimmer und zog behutsam die Tür zu. Nachdem sie das Tablett in die Küche gebracht hatte, ging sie in ihr Arbeitszimmer und schloss die Tür. Sie griff zum Telefon und wählte hastig, mit einem Ohr Richtung Wohnzimmer horchend, aber in Foxhole meldete sich niemand. Nachdem sie ihre geschäftlichen Anrufe erledigt hatte, trat sie in den Flur, schlich auf Zehenspitzen zur Wohnzimmertür und spähte ins Zimmer. Louise schlief tief und fest, in die weichen Kissen gebettet und vom warmen Licht der Nachmittagssonne überflutet. Neben ihr zusammengerollt lag MagnifiCat. Jemima ging in die Küche und goss sich Tee ein. Nachdenklich nahm sie einen Schluck, dann kehrte sie mit der Tasse ins Arbeitszimmer zurück und versuchte noch einmal, Brigid zu erreichen.

Frummie hörte das Telefon läuten, während sie den Tauben zusah. Manchmal, wenn Brigid nicht zu Hause war, ging sie in den Hof, setzte sich auf die Bank in der Sonne und erfreute sich an den Blumen in den großen Holzkübeln. Hier, umgeben von Steinmauern, fühlte sich Frummie entschieden wohler als in ihrem kleinen Garten, der aufs Moor hinausging. Sie mochte diesen umschlossenen, überschaubaren Raum, das Kopfsteinpflaster, die leuchtenden Blumen in den Terrakottatöpfen und bemalten Kübeln. Hier oben im Moor kam der Sommer etwas später als im Tal und in den Dörfern an der Küste, aber Brigid gelang es immer, diese geschützte Ecke mit ein paar Farbtupfern zu beleben. Im Januar und im Februar blühten Schneeglöckchen und Eisenhut; Brigid hatte sie in einen Topf gepflanzt, der auf einem mit Efeu berankten Holzpfosten stand – ein hübscher Farbkontrast zu den weißen und gelben Blüten. Im März prangten in einem Terrakottatopf violette und blaue Krokusse, in den Holzkübeln wuchsen Zwergnarzissen und Puschkinien, und in langen Trögen an der Mauer blühten die Osterglocken.

Jetzt, im Mai, waren die Tulpen, die Brigid in Steinschalen neben Stiefmütterchen und Hyazinthen gepflanzt hatte, schon fast verblüht. Als Frummie nun in der warmen Sonne saß, lauschte sie dem Gurren der Tauben. Sie sog den betäubenden Duft des Goldlacks ein und fühlte sich vierzig Jahre zurückversetzt. Auch damals, als hier noch keine Kübel und Töpfe mit Blumen aufgestellt waren, blühte in den schmalen Beeten vor den Fenstern der Goldlack. Und eine Bank hatte dagestanden – wenn auch weniger elegant als die heutige mit dem schmiedeeisernen Gestell –, eine schlichte

Holzbank, die man aus einem der Ställe geholt und auf diesem sonnigen Fleckchen aufgestellt hatte. Hier hatte sie Richards Brief gelesen, die Einladung zu einer Party oder einem anderen gesellschaftlichen Ereignis in London. Es waren fröhliche, unterhaltsame Zeilen gewesen, die tiefere Gefühle ahnen ließen. Der Briefträger, der mit seinem Postauto den Weg herunterholperte und ein Schwätzchen mit ihr hielt, hatte keine Ahnung, was für eine schicksalsträchtige Sendung er da brachte.

Frummie schloss die Augen. Ihr fiel ein, dass sie ihm eine Tasse Kaffee angeboten hatte, während der Brief in der Tasche ihrer Tweedjacke knisterte und sie ihre Neugier und Ungeduld kaum zu zügeln wusste. Er hatte abgelehnt – es sei spät, meinte er –, und als er den Wagen wendete und davonfuhr, hatte sie ihm nachgewunken. Sie war sogar – bei dem Gedanken schüttelte sie belustigt den Kopf –, sie war sogar ins Haus gegangen, hatte Kaffee gekocht und hier an dieser Stelle ein Tässchen getrunken, bevor sie den Brief öffnete. Als habe sie sich durch diese Verzögerungstaktik einreden wollen, dass er ihr gleichgültig sei.

Sie hatte ihn gelesen, während die Tauben über das Pflaster stolzierten, mit wachem Blick und geneigtem Kopf, in der Hoffnung auf ein paar Getreidekörner.

»Liebste Fred …«

Seltsam, wie wehmütig sie diese Erinnerung stimmte. Kein Zweifel, die Sonne, die Tauben, der Goldlack und die Kaffeetasse hatten ihr diese längst vergangene Zeit lebendig vor Augen gebracht. Die Erinnerung war so deutlich, dass Frummie überrascht war, als sie ihre Finger über ihren Oberschenkel gleiten ließ und Drillich statt Tweed ertastete. Und als sie die Augen aufschlug, erwartete sie förmlich, Diarmid vor sich zu sehen, der unerwartet vom Bauernmarkt in Buckfastleigh zurückgekehrt war.

»Ich habe mein Scheckheft vergessen«, sagte er fröhlich, und Frummie starrte ihn an, entsetzt darüber, wie sehr sie ihm die Störung verübelte.

»Ich habe das Auto gar nicht gehört.«

»Es steht oben am Weg. Der Tank ist fast leer, deshalb bin ich zu Fuß runtergekommen.« Von ihrem brüsken Ton sichtlich überrascht, blickte er mit hochgezogenen Augenbrauen auf den Brief. »Hoffentlich keine schlechten Nachrichten?«

»Nein.« Sie senkte den Kopf und faltete den Brief betont langsam zusammen. »Nur der übliche Roman von Margot.«

»Aha.«

Worauf wartet er bloß?, fragte sie sich ärgerlich, während sie scheinbar gelassen einen Schluck Kaffee trank.

»Musst du nicht wieder gehen?«

Noch jetzt, vierzig Jahre später, ließ das schlechte Gewissen sie zusammenzucken. Vielleicht hätte er einen Augenblick mit ihr in der Sonne sitzen, den Tauben zusehen und die würzige Luft genießen wollen. Aber nun drehte er sich um und ging ins Haus, während sie in ungeduldiger Erwartung dasaß.

»Bis später.« Er winkte ihr mit dem Scheckheft zu, lächelte und verschwand. Dann war sie wieder allein.

Ein paar Minuten später entfaltete sie den Brief noch einmal.

»Liebste Fred …« Der Brief enthielt viele Anekdoten, Anspielungen auf gemeinsame Freunde, einen Bericht über einen Skandal unter Schauspielern, die sie kannte; und zwischen den Seiten verstreut diese scherzhaften, atemberaubenden Sätze, die sie regelrecht dahinschmelzen ließen. Wie sehr wünschte sie sich, in Richards vollgestopfter Wohnung in Chelsea in London zu sein, sich über ein Gerücht zu amüsieren und sich mit Freunden zum Mittagessen zu verabreden – und zu wissen, dass er sie nicht aus den Augen ließ. Wo auch immer sie waren – in überfüllten Tanzsälen, gut besuchten Theatervorstellungen oder belebten Restaurants –, trafen sich ihre Blicke, und sie lachten – jenes wunderbare, wissende Lachen. Es gelang ihm stets, sie aufzuheitern und die Anflüge von Depression zu verscheuchen, die ihr gelegentlich zu schaffen machten. Während Diarmid, die Nase in seinen Büchern, nicht einmal bemerkte, dass sie vor Verzweiflung und Langeweile verging und Foxhole am liebsten dem Erdboden gleichgemacht hätte.

Als sie den Brief las, wusste sie, betört von seinen sorgsam gewählten Worten, dass sie sich geschlagen geben und ihn erneut besuchen würde. Aber sie ahnte auch, dass diesmal alles anders sein würde. Doch das wollte sie sich nicht eingestehen.

»Nur für ein paar Tage«, hatte sie zu den Tauben gesagt, »nicht länger.« Aber gleichzeitig schmiedete sie bereits Pläne. Sogar Diarmid, der selbst viel zu integer war, um Argwohn zu schöpfen, würde überrascht sein, dass sie schon wieder nach London fahren wollte. Und Brigid …

Frummie erinnerte sich, wie sie abrupt aufgestanden war, die Tauben verscheucht und den Brief tief in ihre Tasche vergraben hatte.

Zerbrich dir jetzt nur nicht wegen Brigid den Kopf!, hatte sie sich gesagt. Das kannst du später tun. Sie ist bei Diarmid ganz glücklich …

Sie hatte nicht erwartet, dass Diarmid sich derart stur stellen und einen unerbittlichen Kampf um das Kind führen würde. Und er saß am längeren Hebel. Gewiss, er war ein guter Vater, aber wie bitter rächte er sich für die Demütigung und den Schmerz, den sie, Frummie, ihm zugefügt hatte! »Glaubst du wirklich«, hatte er ihr geschrieben, »dass du in der Lage bist, die Verantwortung für ein Kind zu übernehmen? Du hast sie um eines Liebhabers willen schon einmal verlassen. Wer gibt mir die Gewissheit, dass du es nicht noch ein zweites Mal tust?« Frummie fuhr ein Schauder über den Rücken, und sie schlug die Augen auf. Vor vierzig Jahren hatte sie hier morgens in der Sonne gesessen, jetzt war es später Nachmittag, und die Bank lag im Schatten. Sie nahm ihre Tasse und suchte nach dem Brief. Sie wühlte in ihrer Tasche und bückte sich sogar, um unter der Bank nachzusehen. Erst dann begriff sie ihren Irrtum.

»Du alte Närrin!«, murmelte sie verächtlich. »Dummes altes Weib!«

Ächzend erhob sie sich, und während sie über den Hof ging, schrillte das Telefon aufs Neue.

14

Erst als Humphrey nach London zurückgekehrt war, konnte Brigid sich wieder mehr mit Louise befassen.

»Was ist los?«, hatte er gefragt, als sie endlich aufgelegt hatte. »Jemima war dran, nicht?«

»Mmm. Nichts Wichtiges. Wollen wir etwas trinken, während ich das Abendessen vorbereite?«

Sie hatte ihm die Stimmung nicht dadurch verderben wollen, dass sie von Jemima und ihrer Sorge um Louise erzählte. Humphrey wurde immer schnell ungeduldig, wenn man lang und breit von den Ängsten anderer Menschen erzählte.

»Alle beschäftigen sich heutzutage viel zu viel mit sich selbst«, hatte er gesagt. »Aber manchmal ist es besser, die Ärmel hochzukrempeln und weiterzumachen.«

Brigid fand, dass er durchaus Recht hatte. Obwohl sie in sich hineinhorchte und das Gefühl, ein Niemand zu sein, zu bekämpfen suchte – denn wenn eine Mutter ihre Tochter im Stich ließ, musste die Tochter dann nicht bedeutungslos für sie sein? –, blieb ihr am Ende nichts übrig, als weiterzumachen. Humphrey, der sie innig liebte, hatte durchaus ein Gespür für Brigids Seelenzustand und zeigte sich stets geduldig und liebevoll. Dennoch kam es nur selten vor, dass sie mit ihm über die Probleme anderer sprach. Deshalb hatte sie Jemimas bange Warnungen vorerst beiseite geschoben. Die wenige Zeit, die ihr und Humphrey vor seiner Abreise noch blieb, war zu kostbar.

Zwar hatte sie mitbekommen, dass Louise wohlbehalten zurückgekehrt war, und hatte ein wachsames Auge auf sie. Aber erst nachdem sie Humphrey zum Zug gebracht hatte und nach Foxhole zurückgekehrt war, hatte sie den Kopf frei, um über Jemimas Worte nachzudenken. Sie stellte ihre Tasche auf dem Tisch ab und warf einen Blick auf den Anrufbeantworter. Das rote Lämpchen blinkte nicht, und sie wandte sich erleichtert ab. Als Humphrey da war, hatte sie stets befürchtet, dass Jenny anrufen und eine Nachricht auf Band hinterlassen könnte, die er zufällig abhörte.

Niedergeschlagen setzte sich Brigid an den Tisch und stützte den Kopf in die Hände. Diesmal konnte sie das Alleinsein nicht genießen. Ihr Seelenfrieden war dahin.

»Es geht Louise nicht besonders gut«, hatte Jemima gesagt. »Sie ist furchtbar müde und völlig daneben.«

Merkwürdig, welche Gefühle die Stimme ihrer Schwester in Brigid wachriefen. Da war zum einen dieser ständige unterschwellige Groll; so sehr sie sich auch bemühte, es gelang ihr nie, richtig nett zu ihr zu sein. Brigid ärgerte sich selbst über ihre Reserviertheit. Was war der Grund dafür? Hätten sie sich schon als Kinder kennen gelernt, so wäre diese Distanz vielleicht nie entstanden. Natürlich wäre alles einfacher gewesen, wenn ihre Mutter Jemima nicht so offenkundig bevorzugt hätte, aber dafür konnte ihre Schwester schließlich nichts. Weder bemühte sie sich darum, noch schien sie dieses Privileg besonders zu genießen. Vielmehr war sie bestrebt, eine gute Beziehung zu ihrer älteren Schwester aufzubauen. Gelegentlich schien es zu einer Annäherung zu kommen, worüber sie beide überglücklich waren. Aber diese zarten Ansätze wurden sogleich im Keim erstickt. Meist war es irgendeine gedankenlose Bemerkung Frummies, die bei Brigid den altbekannten Selbstschutzmechanismus auslöste.

Es ist meine Schuld, dachte Brigid. Ich werde nie darüber hinwegkommen, dass sie mich verlassen und Jemima mitgenommen hat. Ich kann die Eifersucht einfach nicht überwinden.

Blot setzte sich neben sie und legte seinen Kopf auf ihr Knie. Sie kraulte behutsam seine langen Ohren und streichelte seinen seidig weichen, runden Kopf.

»Ich bin ein Trottel«, sagte sie zu ihm, und er wedelte zustimmend mit dem Stummelschwanz. Das Telefon läutete, und sie erstarrte. War es Jenny mit weiteren schlechten Nachrichten? Nur Sekunden, bevor sich der Anrufbeantworter einschaltete, nahm sie den Hörer ab.

»Thea«, rief sie erleichtert. »Wie geht es dir? … Ja, genau. Mit Louise? … Großartig … Ja, natürlich, ich frage sie, aber ihr Urlaub geht dem Ende entgegen … Ich ruf dich zurück … Ganz bestimmt. Grüße die Mädchen und George von mir.«

Brigid legte auf und blieb einen Augenblick nachdenklich stehen.

»Sie ist überzeugt, dass ihr Mann eine Affäre hat«, hatte Jemima gesagt. »Sie hatte schon eine ganze Weile den Verdacht, aber jetzt plötzlich ist sie sich ganz sicher. Und sie verhält sich äußerst merkwürdig. Ich mache mir wirklich Sorgen um sie.«

Brigid hatte sich geärgert, dass Jemima so intime Dinge aus Louises Leben wusste und sie nicht.

»Sie ist *meine* Freundin«, hätte sie am liebsten entgegnet – ein kindischer Gedanke, für den sie sich selbst schämte.

Sie versuchte, die alten Ängste zu verscheuchen, aber es

gelang ihr nicht. Merkwürdig war es schon, dass Louise so schnell ein derart vertrauensvolles Verhältnis zu Jemima entwickelt hatte. Louise gehörte nicht zu den Frauen, die anderen ihr Herz ausschütten. Brigid überlegte. Es war gut möglich, dass ihre eigenen Probleme – und auch Humphrey – sie zu sehr in Anspruch genommen hatten. Deshalb war es ihr wohl entgangen, dass mit Louise etwas nicht stimmte. Brigid verzog schuldbewusst das Gesicht. Aber nun würde sie mit Louise sprechen. Immerhin hatte sie einen guten Vorwand für einen kurzen Besuch. Louise war zwar von Theas Einladung nicht besonders begeistert gewesen, aber vielleicht hatte sie es sich ja inzwischen anders überlegt.

Ein wenig beklommen trat Brigid hinaus in den hellen, kühlen Abend.

Louise saß in dem großen Wohnzimmer am Tisch und malte. Sie runzelte die Stirn, als Brigid klopfte und rief: »Ich bin's nur.« Als ihre Freundin eintrat, lächelte sie, ohne ihre Tätigkeit zu unterbrechen.

»Wie geschickt du bist.« Brigid trat einen Schritt näher. »Was für hübsche kleine Bilder.«

Louise antwortete nicht. Schließlich konnte das eine Falle sein. Sie musste sich vorsehen, auch Brigid gegenüber, aber sie lächelte immer noch.

»Wir haben uns ein paar Tage nicht gesehen«, begann Brigid vorsichtig, während sie sich setzte. »Ich habe die Zeit mit Humphrey so genossen.«

Louise nickte. Ja, man musste aus jeder Sekunde das Beste machen, sonst ... Plötzlich merkte sie, dass sie immer noch nickte, und runzelte die Stirn. Hatte sie etwas gesagt? Sich verraten?

»Louise?« Brigid musterte sie forschend. »Ist alles in Ordnung?«

Louise verspürte den Drang zu kichern, aber sie beherrschte sich. Sie nickte abermals. Ja, alles war in Ordnung. Es war ihr nie besser gegangen. Nur musste sie sich vorsehen.

»Wollen wir zusammen Tee trinken?« Brigid war bereits aufgestanden und füllte den Wasserkocher.

Louises Lächeln wurde noch breiter. In Brigids Stimme schwang eine verräterische Fröhlichkeit mit. Also Vorsicht! Wenn sie, Louise, den Mund öffnete, konnten Kröten herausspringen, wie im Märchen; Kröten, die sich in schreckliche Worte verwandelten und alles Furchterregende entfesselten, was hinter der Tür lauerte. Diese Tür musste geschlossen bleiben. Sie stemmte sich mit ganzer Kraft dagegen. Wie schwer die Tür doch war! Und wie müde sie sich fühlte! Sie hätte schlafen mögen, nur noch schlafen, aber sie durfte ihre Wachsamkeit nicht eine Sekunde aufgeben.

»Thea hat gerade angerufen.« Brigid goss Tee auf. »Sie hat uns doch zum Mittagessen eingeladen. Du wolltest dir überlegen, ob du mitkommen kannst. Was meinst du?«

Louises Lächeln erstarb. Die Gefahr war jetzt überall. Sie erinnerte sich an Thea. Thea war eine sympathische, starke Frau, aber irgendetwas verband sie mit all dem Schrecklichen, das hinter der Tür lauerte. Nein, sie konnte Thea nicht besuchen. Sie schüttelte den Kopf.

Brigid reichte Louise einen Becher mit heißem Tee. Sie wusste nicht, dass Louise immer ihren eigenen Becher mitbrachte, um sich wie zu Hause zu fühlen …

»Ich würde mich freuen, wenn du mitkämst«, meinte sie lächelnd.

Auch Louise lächelte. Sie hielt den Becher in der Hand und betrachtete das Bild darauf.

»Ich dachte, es würde dich freuen, Oscar wiederzusehen. Und Hermione.«

Hermione … Louises Hand zitterte. Die Tür öffnete sich, wenn auch nur einen Spaltbreit, und jemand versuchte hindurchzuschlüpfen. Ein kleines Wesen mit langen blonden Haaren … Oh! Sie musste sich mit aller Kraft dagegen stemmen, um die Tür wieder zuzudrücken, aber die Macht auf der anderen Seite war so stark …

Sie machte eine ruckartige Bewegung, und der heiße Tee ergoss sich über ihre Hand und über ihren Malblock. Brigid sprang mit einem Aufschrei hoch. Sie entwand Louises verkrampften Fingern den Becher, stellte ihn auf den Tisch und lief in die Küche, um einen Lappen zu holen. Ihr Herz hämmerte wild, während sie den Tisch abwischte, den Malblock abtupfte und Louises Hand säuberte.

»Alles ist gut«, murmelte sie. »Mein Gott, hast du mir einen Schreck eingejagt.«

Louise starrte mit leerem Blick vor sich hin und lächelte. Die Tür hatte sich wieder geschlossen, aber diesmal war es knapp gewesen. Niemand sollte es erfahren, niemand durfte es wissen. Sie blickte Brigid an, und ein Gedanke durchzuckte sie. Drohte ihr jetzt auch von Brigid Gefahr? Hatte sie etwas gesehen, als sich die Tür geöffnet hatte? Louise musste sie in Sicherheit wiegen. Sie nickte mechanisch und seufzte.

Brigid musterte sie erschrocken. Irgendetwas stimmte hier nicht. Ich brauche Hilfe, dachte sie.

»Ich muss gehen«, sagte sie leise. »Geht es dir wieder besser? Ich bin bald wieder da. Warum legst du dich nicht hin? Du siehst sehr müde aus.«

Louise schob ihre Farben beiseite. Die Tür war zu, fest verschlossen, und sie konnte sich ausruhen, wenn auch nur für einen Augenblick … Sie legte den Kopf auf die Arme und schloss die Augen.

Brigid nahm Louises Autoschlüssel und die schwarze Lederhandtasche vom Tisch und ging leise zur Tür. Draußen atmete sie mehrmals tief durch und eilte dann hinüber zu Frummies Cottage.

Frummie, die sich gerade *Casablanca* ansah, freute sich über den unerwarteten Besuch. Sie kannte den Film in- und auswendig und langweilte sich.

»Hallo«, sagte sie und griff nach der Fernbedienung. »Du vermisst wohl Humphrey? Möchtest du etwas zu trinken?« Sie bemerkte die Handtasche, und ihre Stimmung sank. »Gehst du aus?«

»Nein, es ist Louises Handtasche.« Brigid ließ die Tasche auf einen Stuhl fallen, behielt aber die Autoschlüssel in der Hand. »Ich mache mir Sorgen um sie. Sie verhält sich sehr merkwürdig.«

»Wie meinst du das?« Frummies Neugier war geweckt. »Was ist denn passiert?«

Brigid erzählte ihr von Louises unerwartetem Besuch bei Jemima und von ihrem Verdacht, dass ihr Mann eine Affäre hatte. »Jemima hat mir erzählt, dass sie schrecklich müde aussah und dann einfach eingeschlafen ist. Als sie nach mehreren Stunden aufwachte, wirkte sie ganz normal, heiter und gelöst, schien sich aber zu fragen, wie sie nach Salcombe gekommen war. Jemima schlug ihr vor, bei ihr zu bleiben, aber das wollte sie nicht. Jemima war sich nicht sicher, ob Louise wusste, wer sie war. Offenbar glaubte sie, dass Jemima Martin kennt. Das war vor zwei Tagen.«

Frummie machte ein nachdenkliches Gesicht. »Ich habe sie doch gesehen«, meinte sie. »Sie macht einen ganz normalen Eindruck.«

»Vorhin nicht.« Brigid erschauderte. »Sie saß da und malte, wollte nichts reden, nickte nur und lächelte unablässig. Ich habe Tee gekocht, und sie nahm den Becher und dann … dann zuckte sie plötzlich zurück. So abrupt und … heftig, dass sie den Tee verschüttete. Aber sie machte keinen Mucks, und der Tee war wirklich heiß. Sie schien in einer anderen Welt zu sein.«

»Wie merkwürdig.« Frummie legte Brigid die Hand auf die Schulter. »Und beängstigend. Klingt wie ein Anfall oder so etwas.«

Brigid sah sie beunruhigt an. »Ich weiß nicht, ob es richtig war, sie allein zu lassen. Ich habe ihre Tasche und ihren Autoschlüssel mitgenommen, für alle Fälle.«

»Sehr vernünftig. Aber was hast du jetzt vor?«

»Ich glaube, wir müssen ihren Mann anrufen«, erwiderte Brigid entschlossen. »Er sollte über Louises Zustand Bescheid wissen. Zwar möchte ich nicht in ihren Sachen herumstöbern, aber irgendwo muss sie doch seine Nummer haben.«

Sie wirkte so hilflos, dass Frummie beschloss, die Sache selbst in die Hand zu nehmen.

»Das ist eine gute Idee. Wie wär's vorher mit einem Drink? Zur Stärkung? Du siehst aus, als hättest du einen richtigen Schock erlitten.«

»O ja, ein Drink täte mir gut.« Brigid nickte dankbar. »Es war irgendwie … richtig unheimlich.«

Frummie schenkte ihr ein Glas ein. »Ich kenne das vom Krieg. Die Leute sind ungeheuer tapfer, und dann brechen sie eines Tages zusammen. Es hat sie vielleicht schon lange Zeit bedrückt, aber sie hat versucht, sich nichts anmerken zu lassen.«

»Wahrscheinlich.« Brigid lief es kalt den Rücken hinunter. »Hoffentlich geht es ihr jetzt halbwegs gut. Ich habe Angst, dass sie eine Dummheit macht.«

»Jetzt übertreib mal nicht.« Frummie lächelte auf ihre typische Art und reichte ihr das Glas.

»Wenn ich erst mit Martin gesprochen habe, geht es mir besser.« Brigid legte die Schlüssel auf den kleinen Tisch und nahm einen Schluck. »Danke.«

»Bist du dir da so sicher?«

Brigid sah ihre Mutter erstaunt an. »Er wird sich um sie kümmern. Schließlich ist er ihr Mann!«

»Meinst du?«

Brigid starrte sie an und fing dann an zu lachen. »Tut mir leid. Ich glaube, ich habe den Faden verloren. Wovon sprichst du eigentlich?«

Frummie setzte sich wieder. »Louise hat es mir verraten. Nach dem Abendessen bei euch ist sie noch auf einen Drink zu mir gekommen und hat von ihrem Verdacht erzählt. Und dabei hat sie geäußert, dass sie mit diesem Martin gar nicht verheiratet ist.«

Brigid schloss kurz die Augen. »Aber selbst wenn sie nicht verheiratet sind«, entgegnete sie, »so hat er doch das Recht, zu erfahren, wie es ihr geht.«

»Natürlich.« Frummie zog die Augenbrauen hoch. »Warum nicht. Ich könnte mir nur vorstellen, dass es ihn vielleicht nicht sonderlich interessiert.«

»Aber sie sind doch …« Brigid suchte nach den richtigen Worten. »… Sie leben doch seit mindestens drei Jahren zusammen.«

»Die Sache ist die«, sagte Frummie bedächtig, »wenn sich ein Mann oder eine Frau verlieben und ihrem Partner untreu werden, sind sie von ihren neuen Gefühlen oft so überwältigt, dass sie ihrem bisherigen Lebensgefährten keine Hilfe mehr sein können.«

»Tja«, erwiderte Brigid nach kurzem Schweigen in kühlem Ton. »Du musst es ja wissen.«

Frummie biss sich auf die Lippen. »Ja«, sagte sie tonlos. »Deshalb erkläre ich es dir ja.«

»Aber was schlägst du stattdessen vor?«, fragte Brigid ärgerlich.

»Ich sage ja nicht, dass du diesen Martin nicht anrufen sollst. Aber möglicherweise ist alles nicht ganz so einfach, wie du es dir vorstellst.«

»Ich rufe ihn an.« Brigid stellte ihr Glas ab. »Und zwar sofort.«

Sie öffnete Louises Tasche und zog ein Notizbuch heraus. Frummie empfand einen seltenen Anflug von Mitgefühl, als sie sah, wie ihre Tochter ratlos das Büchlein in der Hand hielt.

»Du musst es tun«, sagte sie leise. »Wenn du Skrupel hast, gib es mir.«

Brigid schlug widerwillig das Büchlein auf und überflog die handgeschriebenen Einträge unter der Rubrik »Notizen« auf den letzten Seiten.

»Nein. Da steht alles Mögliche.« Sie blätterte ein paar Seiten weiter. »Da. Die Buchstaben MM und eine lange Telefonnummer.«

»Das könnte Martins Mobiltelefon bedeuten«, meinte Frummie. »Also los, probier's!«

Brigid stand auf und ging ans Telefon. Sie wählte die Nummer, lauschte einen Augenblick und sagte dann: »Ich hoffe, ich habe die Nummer von Martin Parry gewählt. Mein Name ist Brigid Foster. Könnten Sie mich bitte zurückrufen?« Sie nannte ihre Telefonnummer und legte dann auf. »War nur die Mailbox.«

»Gut gemacht. Aber vielleicht solltest du lieber rüber ins Haus gehen, falls er zurückruft.«

»Ja, du hast Recht. Daran hätte ich gar nicht gedacht.« Brigid zögerte. »Was soll ich mit Louises Tasche machen?«

»Ich bring sie zurück. Keine Sorge, sie wird schon nichts merken.«

»Und die Autoschlüssel?«

»Ich glaube, vorerst ›verlegen‹ wir sie.«

Die beiden Frauen wechselten einen vielsagenden Blick.

»Ja«, stimmte Brigid schließlich zu. »Ich glaube, das ist am besten. Und … vielen Dank. Entschuldige, wenn ich ein bisschen –«

»Da gibt es nichts zu entschuldigen. Ich könnte ja rüberkommen, wenn ich ihr die Tasche zurückgebracht und nachgesehen habe, wie es ihr geht.«

»Das wäre … nett. Du könntest mit mir zu Abend essen. Und Louise auch, falls sie Lust hat.«

»Ja.«

Brigid leerte hastig ihr Glas, lächelte zaghaft und ging.

Mit nachdenklicher Miene nippte Frummie an ihrem Wein. Da öffnete sich sehr, sehr langsam die Tür, die Brigid soeben hinter sich geschlossen hatte. Frummie stellte ihr Glas ab, versteckte die Tasche hinter einem Kissen, griff nach den Schlüsseln und blieb dann reglos auf ihrem Stuhl sitzen. Louise schlüpfte herein, schloss die Tür hinter sich und legte einen Finger auf die Lippen.

»Jemand ist hinter mir her«, flüsterte sie. »Sie ist in meinem Cottage. Ich kann sie hören. Ich bin kurz eingeschlafen, und da ist sie reingekommen. Könnte ich vielleicht bei dir bleiben, bis sie weg ist?«

Frummie stand auf, trat auf Louise zu und nahm sie am Arm.

»Natürlich kannst du bleiben, Herzchen«, sagte sie. »Ich freue mich. Setz dich. Nein, nicht hierhin. Dort drüben. Ich hole dir etwas zu trinken. Magst du *Casablanca*? Ich seh ihn mir nämlich gerade an.«

Louise warf ihr einen verängstigten, unendlich traurigen Blick zu. »Sie sucht mich, verstehst du? Ich allein weiß, was man ihr sagen muss.«

»Das regeln wir später«, erklärte Frummie mit Nachdruck. »Hier, sieh mal.« Sie griff nach der Fernbedienung und drückte einen Knopf. »Und jetzt entspanne dich. Bei mir bist du in Sicherheit.«

Louise war wie ein Kind, das sich geborgen fühlt. »Danke«, sagte sie höflich, richtete den Blick auf den Fernseher und kuschelte sich in die Sofaecke.

15

Erst als sie in ihrer Küche war, beruhigte sich Brigid ein wenig. Blot saß in seinem Korb und wedelte zur Begrüßung mit dem Schwanz.

»Das war vielleicht unheimlich«, murmelte sie. »Was mag bloß mit ihr los sein? Hat sie einen Nervenzusammenbruch bekommen, weil sie Martin auf die Schliche gekommen ist?«

Blot suchte eine bequemere Lage und kauerte sich dann zufrieden nieder. Er vermisste Humphrey, denn sein Herrchen geizte nicht mit Hundekuchen und anderen Leckerbissen, aber immerhin hatte er es hier warm und gemütlich und konnte ungestört vor sich hindösen. Brigid tätschelte ihn. Nachdem sie Humphrey zum Zug gebracht hatte, war sie mit Blot den O Brook entlang bis nach Down Ridge gewandert. Als sie zwei Stunden später müde und verdreckt zu Hause angekommen war, hatte sie sich mit dem bevorstehenden sechsmonatigen Getrenntsein halbwegs abgefunden. Doch selbst die Weite des Moors hatte sie nicht von ihren Ängsten wegen Jenny ablenken können. Auch die Sache mit Humphreys Vater lag ihr immer noch im Magen. Jetzt kam die Sorge um Louise hinzu. Jemimas Schilderung hatte Brigid zunächst nicht weiter beunruhigt, weil sie vermutete, dass ihre Schwester sich wichtig machen wollte.

»Ich fürchte, es ist zum Teil meine Schuld«, hatte Jemima gesagt.

»Wie um Himmels willen kommst du denn auf die Idee?«, hatte Brigid unwillig gefragt. »Ich glaube, du steigerst dich da in was hinein.«

Brigid tätschelte Blot ein letztes Mal und erhob sich. In Wirklichkeit war sie eifersüchtig gewesen, weil Louise Jemima Dinge anvertraut hatte, von denen sie, Brigid, keine Ahnung hatte. Genauso hatte sie reagiert, als sie erfuhr, dass Louise Frummie von ihrem Verdacht gegenüber Martin erzählt hatte. »Du musst es ja wissen«, hatte sie ihrer Mutter in bitterem Ton entgegengehalten.

Brigid erinnerte sich an Frummies Gesichtsausdruck. Vor lauter Ärger über sich selbst wäre sie am liebsten in Tränen ausgebrochen.

»Wo wir uns doch diesmal so gut verstanden haben«, sagte sie bedrückt. »Sie war … eine solche Hilfe. Verdammt noch mal, warum kann ich das nicht einfach genießen und mich darüber freuen?«

Das Läuten des Telefons durchbrach die Stille. Brigid zuckte vor Schreck zusammen. Sie griff sich ans Herz, bevor sie den Hörer abnahm. Bestimmt war es Martin Parry.

»Ich wollte dir nur sagen, dass ich gut angekommen bin, mein Schatz.« Humphreys Stimme klang betont fröhlich. »Es gab keinerlei Verspätungen. Geht es dir gut?«

»Aber natürlich«, log sie. »Die Zeit mit dir war so schön.«

»Ich habe sie auch genossen. Und in vierzehn Tagen komme ich wieder und bleibe fast eine ganze Woche.« Er fügte nicht hinzu: »… bevor ich für sechs Monate weggehe.« Schließlich wussten sie beide, dass es keinen Sinn hatte, darüber zu jammern.

Nachdem sie den Hörer aufgelegt hatte, streckte Frummie schon den Kopf zur Tür herein.

»Entschuldige«, sagte sie. »Ich habe draußen deine Stimme gehört und vermutet, dass du telefonierst. War das Martin?«

»Es war Humphrey. Warst du bei Louise?«

»Sie ist zu mir gekommen. Sie behauptete, jemand sei in ihrem Cottage und suche nach ihr.«

Brigid starrte ihre Mutter an. »Wie schrecklich!«

»Ja. Ich habe sie dabehalten und ihr ein Gläschen eingeschenkt.«

»Und was macht sie jetzt?«, fragte Brigid entsetzt. »Du hättest sie besser nicht allein lassen sollen.«

»Keine Sorge.« Frummie grinste zerknirscht. »Sie schläft. Ich habe ihr ein Beruhigungsmittel in den Wein gegeben.«

»Ist das dein Ernst?«

»Nun mach nicht so ein Gesicht! Das wird sie schon nicht umbringen. Es schien mir das Beste, sie ruhig zu stellen, während wir uns überlegen, wie wir weiter vorgehen. Etwas Schlaf wird ihr gut tun.«

Als Louise aufwachte, saß sie ein paar Minuten reglos da und überlegte verwirrt, wo sie sich befand. Eigentlich war das ja völlig egal. Sie sehnte sich danach, in den tröstlichen Schlaf des Vergessens zu sinken. Doch da meldete sich eine unbarmherzige Stimme, die sie vor dieser Apathie warnte und sie ermahnte, den Kampf fortzusetzen und die Vergangenheit von der Gegenwart fern zu halten. Diese Stimme ließ ihr keine Ruhe. Doch jetzt kam noch etwas anderes hinzu, das sie beunruhigte. Martin. Sie hatte Angst, Martin zu verlieren, und diese Angst hatte alles ausgelöst. Alles hatte schon vor den Ferien angefangen; im Zug war es ihr dann bewusst geworden, und das Telefonat mit Martin hatte ihren Verdacht bestätigt.

Und nun wusste sie Bescheid. Martin war ihr untreu, und vielleicht würde er sie ebenso schnell verlassen wie Susan. Er hatte sie vor der Vergangenheit beschützt. Was sollte sie ohne ihn tun?

»Ich kann einfach nicht mehr«, sagte sie laut.

»Das Problem ist, dass man einfach nicht aufgeben darf«, sagte eine Stimme. Frummie legte Louise die Hand auf die Schulter und lächelte sie an. »Aber manchmal gibt es Menschen, die die Last ein Stück mittragen können.«

»Ach, hallo«, sagte Louise erleichtert. »Einen Augenblick hatte ich keine Ahnung, wo ich bin. Ich glaube, ich werde allmählich verrückt.«

»Das möchte ich bezweifeln. Du bist hier zu mir rübergekommen, und ich habe dir ein Glas Wein angeboten. Dann bist du eingeschlafen.«

»Tut mir leid«, meinte Louise. »Ich geh wohl jetzt besser und lass dich in Frieden.«

»Aber wir sollen doch zu Brigid zum Abendessen rüberkommen, weißt du das nicht mehr? Sie hat uns eingeladen.«

»Ja, schon …« Louise überlegte einen Augenblick. Brigid war hereingekommen, hatte Tee gemacht … und danach? …

»Na also. Dann sollten wir jetzt losgehen. Wir wollen sie doch nicht warten lassen.«

Brigid begrüßte sie freundlich, ohne sich etwas anmerken zu lassen. Als Frummie sie fragend anblickte, schüttelte sie den Kopf – nein, kein Anruf.

»Schön, dass ihr gekommen seid«, sagte sie. »Ich weiß immer nichts mit mir anzufangen, wenn Humphrey wieder weg ist.«

»Louise ist eben erst aufgewacht.« Frummie zwinkerte ihrer Tochter beruhigend zu.

»Hoffentlich habt ihr beide Appetit mitgebracht. Ich bin völlig ausgehungert, schließlich habe ich einen langen Spaziergang gemacht.«

Brigid schöpfte Tomatensuppe in Schälchen und holte heiße Brötchen aus dem Backofen. Die köstlichen Gerüche erfüllten Louise mit einem jähen, unerklärlichen Glücksgefühl. Hier in dieser Küche mit diesen beiden Frauen fühlte sie sich geborgen. Eine tiefe Zufriedenheit erfüllte sie, sie lächelte Frummie zu und ließ sich die Suppe schmecken.

Da klingelte das Telefon. Brigid stieß ihr Glas um und fluchte leise, während Frummie mit zitternden Händen nach ihrer Serviette griff, um die rote Pfütze einzudämmen. Louise beobachtete, wie Brigid aufstand und nach dem Hörer griff.

»Hallo?«, meldete sie sich mit tonloser Stimme. Doch im nächsten Augenblick war sie wie verwandelt. »Thea!«, rief sie erleichtert. »Nein, nein, es geht mir gut … besser gesagt, uns geht es gut. Ich habe Mummie und Louise zum Abendessen eingeladen. Dann sehen wir uns also morgen, nicht wahr? … Oh, das tut mir aber leid … Die arme Hermione … Ja, wirklich? So plötzlich? Morgen geht es ihr bestimmt wieder besser … Das hört sich wirklich schlimm an, die arme Kleine … Mach dir wegen mir keine Gedanken. Wir können uns jederzeit sehen … Ehrlich, Thea, kümmere dich erst einmal um Hermione … Gut. Bis bald.«

Mit einem erleichterten Seitenblick zu Frummie legte sie auf.

»Das war Thea«, sagte sie überflüssigerweise. »Ich wollte sie morgen besuchen, aber Hermione geht es nicht gut.« Louise ließ scheppernd ihren Löffel auf den Tisch fallen, und Brigid warf ihr einen besorgten Blick zu. »Anscheinend ist sie völlig apathisch und furchtbar blass. Thea meint, dass es wahrscheinlich ein Infekt ist, und hat sie ins Bett gesteckt. Die arme Hermione.« Louise schob ihren Stuhl zurück, und Brigid sah sie an, erschrocken über ihre starre Miene. »Morgen früh geht es ihr bestimmt wieder besser.«

»Nein«, erwiderte Louise und stand auf. »Nein, morgen früh wird es ihr nicht besser gehen.« Sie schüttelte den Kopf und biss sich auf die Lippen. »Sag ihr«, fuhr sie fort und wies auf das Telefon, »sag ihr, sie soll den Arzt holen.«

Brigid starrte sie fassungslos an. Louise stand der Schweiß auf der Stirn, ihre Lippen zitterten.

»*So sag es ihr doch!*«, schrie sie mit verzerrtem Gesicht. Hilflos klammerte sie sich an der Stuhllehne fest. »Sag Thea, dass sie morgen tot sein wird. Ruf sie an und sag, der Arzt soll kommen. Der Notfallwagen.«

Frummie tätschelte beruhigend ihre Hand.

Louise schaute sie mit leerem Blick an. »Meningitis«, sagte sie leise, als sei sie in eine andere Welt eingetaucht. »Es ist Hirnhautentzündung. Morgen früh ist sie tot.«

»Ruf Thea an«, sagte Frummie zu Brigid, die wie gelähmt dastand. »Schnell.«

Mit zitternden Händen wählte Brigid die Nummer.

»Thea?« Sie räusperte sich. »Thea, hör zu. Es ist wegen Hermione. Louise ... sie meint, es könnte eine Hirnhautentzündung sein ... Ich weiß, aber sie sagt, dass du unbedingt einen Arzt oder den Krankenwagen rufen sollst ... Es ist doch besser, auf Nummer sicher zu gehen ... Okay. Gibst du uns Bescheid? ... Ja, gut.«

Brigid wandte sich um. Ihre Mutter hielt noch immer Louises Hand und drückte die zitternde junge Frau sanft auf ihren Stuhl nieder.

»Mein armes Kind«, sagte Frummie leise.

Louises Blick war jetzt wieder klar, aber sie wirkte traurig und erschöpft. »Am Morgen war sie tot. Ich hatte nicht erkannt, dass es ... etwas Ernstes war. Sie war so blass und apathisch, aber ich habe nichts unternommen. Ich dachte, am nächsten Morgen würde es ihr besser gehen.« Und sie sank in sich zusammen, legte die Stirn auf den Tisch und fing an zu weinen.

ZWEITER TEIL

16

Sechs Wochen später saß Louise vor dem alten Bahnwärterhaus in der Sonne. Sie sah Hermione zu, die auf dem grasüberwucherten Gleis mit Oscar spielte. Die schier unerträgliche Last von Tod und Schuldgefühlen war wie durch ein Wunder von ihr genommen worden. Vor drei Jahren waren diese beiden Peiniger – Tod und Schuld – für sie so unerträglich geworden, dass nur die Verdrängung einen Ausweg geboten hatte. Sie hatte sich eingeredet, nicht sie selbst erlitte diese Qual, sondern jemand anderer. Und nach Wochen des zerstörerischen Wahnsinns hatte sie sich diesen Kräften entwunden und war zu einem anderen Menschen geworden. Martin hatte ihr die Chance dazu geboten, und sie hatte sie ergriffen. Schließlich war ihr nichts mehr geblieben: Ihr Kind war tot, und ihren Mann hatte sie mit ihrer verzweifelten Wut und ihren Schuldgefühlen vertrieben. Martin war ihre Eintrittskarte für ein neues Leben, in dem sie die Vergangenheit abstreifen konnte. Das war ihr mit erstaunlichem Erfolg gelungen. Doch nun betrog Martin sie, und die Fassade bröckelte mit atemberaubender Geschwindigkeit. Theas Anruf hatte sie an den Rand des Abgrunds gebracht, aber nun war es ihr möglich gewesen hineinzublicken. Ihre beiden Freundinnen, das Gefühl, hier in dem alten Langhaus ein Refugium gefunden zu haben – all das hatte ihr geholfen. *Wohin begibt man sich, wenn man aus der Welt des Wahnsinns hinaustritt? Auf die Seite jenseits der Verzweiflung … Ein aus Stein gebautes Refugium … Die Hitze der Sonne und die eisige Nachtwache.* Ganz allmählich hatte sie es über sich gebracht, davon zu sprechen; zunächst war es nur ein Rinnsal von Worten gewesen, das dann zu einem Sturzbach wirrer Sätze angeschwollen war und schließlich in eine Flut unbändigen Schmerzes mündete. Während Hermione sich von ihrer Viruserkrankung erholte, genas auch Louise. Vergangenheit und Gegenwart vermischten sich zwar noch immer, aber jetzt war es eine sanfte Begegnung, kein abrupter Zusammenprall, der sie um den Verstand zu bringen drohte. Bisweilen aber stellte sie sich vor, es sei ihr eigenes Kind, das dort auf dem stillgelegten Bahngleis spielte, wo die Margeriten blühten und die Bienen summten.

Ihre eigene Hermione wäre jetzt ungefähr im gleichen Alter gewesen: sechs, fast sieben. Einen Augenblick sah Louise ihre Tochter wieder vor sich: die langen blonden Haare, die das rosige Gesichtchen mit widerspenstigen Strähnen rahmten; den aufmerksamen, wachen Blick, die großen blauen Augen, die neugierig ein Spielzeug betrachteten; die molligen Beinchen, die immer in Bewegung waren. Louise schloss die Augen, als der Schmerz sie wie ein Schwert durchbohrte. Was für ein Schock war es gewesen, diesen Namen wieder zu hören! Ein Kind zu treffen, das sie so vertrauensvoll anblickte – an diesem entlegenen Ort, wo sie es am wenigsten erwartet hatte! Wie sorgfältig war sie jungen Müttern mit kleinen Kindern stets aus dem Weg gegangen, die den Schmerz über den Verlust der Tochter in ihr wachriefen. Martin war nur von jungen Freiberuflern umgeben, die keine Kinder hatten. Sein kleiner Freundeskreis hatte sie wie ein Schutzschild abgeschirmt. Martin hatte für ihre Probleme ein offenes Ohr gehabt. Sie hatte seinen Beschützerinstinkt geweckt. Er und nur er allein könne ihr helfen, davon war er überzeugt gewesen. Jetzt war sie offenbar durch eine andere – jüngere – Frau mit anderen Problemen ersetzt worden, um die sich Martin kümmern musste.

Als er, von Brigid verständigt, in Foxhole eintraf, war Louise zu krank für eine Aussprache gewesen. Er hatte beschämt und verlegen gewirkt, was ihm gar nicht gut stand. Trotz ihres Zustandes hatte sie gespürt, dass ihre Probleme ihn nicht mehr interessierten. Er war zwar angereist, aber es war ihr nicht gelungen, den alten Beschützerinstinkt in ihm zu wecken. Er hatte jetzt ein neues Sorgenkind. Sie hatte gehört, dass Carol an einer Essstörung litt – die Folge einer katastrophalen Ehe, die mit einer Scheidung geendet hatte. Als Frummie vorschlug, Louise solle bis zu ihrer Erholung in Foxhole bleiben, hatte Martin sofort zugestimmt. Voller Dankbarkeit hatte sie Frummies Gästezimmer bezogen. Sie hatte geschlafen, geredet, geweint und geschlafen. Wirre, heftige Sätze waren aus ihr herausgesprudelt, bis sie völlig erschöpft war. Danach hatte sie oft im Hof in der Sonne gesessen und sich einem glückseligen Gefühl der Leere hingegeben. Leer wie ihre Arme …

Louise verschränkte unwillkürlich die Arme über der Brust. Man hatte ihr das tote Kind gewaltsam entreißen müssen; sie hatte versucht, es durch ihre Körperwärme wieder ins Leben zurückzuholen …

»Wo warst du?«, hatte sie Rory angeschrien. »Ich habe dich so gebraucht!«

Drei endlose, albtraumhafte Wochen lang hatte sie auf ihn gewartet. Man hatte ihm nichts von dem Unglück gesagt, bis die U-Boot-Mission zu Ende war. Doch zu diesem Zeitpunkt hatte sie sich bereits so weit in sich selbst zurückgezogen, dass sie für ihn nicht mehr erreichbar war. Mit bleichem Gesicht hatte er sie angestarrt, gelähmt von dem Schock über den Tod seines Kindes. Hilflos musste er mit ansehen, wie sie jede Hoffnung und jeden Trost zunichte machte. Sie wusste, dass das Polaris-U-Boot in einer geheimen Mission unterwegs war. Während solcher Einsätze wurden die Besatzungsmitglieder von ihrem sozialen Umfeld abgeschirmt. All das hatte sie gewusst und akzeptiert – jedenfalls theoretisch. In Wirklichkeit konnte sie die Vorstellung nicht ertragen, dass er drei Wochen lang ganz normal weitergelebt hatte, ohne zu wissen, dass Hermione gestorben und begraben war. Die Ehefrauen von Rorys Kameraden, die mit Rory befreundeten Offiziere und der Kaplan hatten zwar Anteilnahme gezeigt, aber sie hatte sich dennoch so allein gefühlt wie Hermione, die friedlich unter der Erde ruhte. Louise war ständig auf dem Friedhof, bis ihre Mutter nach Faslane kam und sie nach Hause holte – nur dass es so etwas wie ein »Zuhause« gar nicht mehr gab. Ihr Zuhause war Hermione gewesen; ihre Stimme, ihre Spielsachen, ihr Lachen und ihre Tränen; ihre Zeichnungen an der Pinnwand in der Küche, ihre Bilderbücher auf dem Fußboden, ihr Dreirad im Flur … und Percy der Papagei, ein Stofftier, das sie abends immer mit ins Bett genommen hatte. Der Stoffpapagei hatte ihr Kind auf dem letzten Weg begleitet … Und dennoch – jetzt hielt ihr die andere Hermione den Papagei entgegen. Mechanisch streckte Louise die Hand aus und nahm das Stofftier.

»Mummie bringt den Tee«, sagte Hermione. »Und ich helfe ihr dabei. Du kannst dich inzwischen um Percy kümmern.«

Dieses Stofftier hatte etwas Tröstliches für sie. Und dann war da die andere Hermione, die ihr so zutraulich begegnete. Merkwürdig, dieses Kind weckte in ihr keine Angst mehr. Der Wahnsinn war verschwunden, nur die Trauer war geblieben. »Es wurde Zeit, dass du trauerst«, hatte Thea gesagt. Und Rory? Ein lange unterdrückter Schmerz meldete sich, und das Herz wurde ihr schwer. Er hatte sich zu einem Austauschprogramm der kanadischen Marine nach Ottawa gemeldet und war ganz aus ihrem Leben verschwunden. Ihre Mutter hatte ihr das nie verziehen.

Thea kam mit dem Tablett heraus, und Oscar lief hechelnd die Rampe zum Bahnsteig herauf, in der Hoffnung, einen Keks abzubekommen. Louise lächelte. Sie war jetzt in der Lage, ihre Gefühle gelassen hinzunehmen. Die Zeit des Leugnens und Verdrängens war vorbei, aber was lag vor ihr?

»Tee«, sagte Thea. »Und anschließend machen wir einen Spaziergang die Gleise entlang. Was meinst du dazu?«

»Gern«, sagte Louise dankbar. Eins nach dem anderen, das war jetzt der richtige Rhythmus für sie.

Brigid legte den Vorhang, an dem sie gerade nähte, beiseite, und stieg langsam die Treppe hinunter. Blot tapste hinter ihr her. Eine Pause würde ihr gut tun. Sie durchquerte die langen, lichtdurchfluteten Räume, warf einen Blick hinaus in den Hof und beschloss, ihren Tee draußen in der Sonne zu trinken. Ihr jüngerer Sohn Michael und seine Freundin Sarah waren am Wochenende zu Besuch gewesen, und nun vermisste sie die beiden sehr. Sie hatte sich einfach nur gefreut, als sich aus den Beziehungen ihrer Söhne etwas Dauerhaftes entwickelt hatte, und gar nicht darüber nachgedacht, dass damit ein Abschnitt ihres eigenen Lebens zu Ende ging. Sie musste einen Schritt zurücktreten und Platz machen für die Mädchen, in die sich ihre Söhne verliebt hatten. Oft musste sie sich auf die Zunge beißen, wenn sie mit ihren Kindern telefonierte, und ihre mütterlichen, fürsorglichen Gefühle beiseite schieben. Gewiss, hin und wieder ergab es sich in den Ferien oder an Wochenenden, dass sie mit Julian oder Michael allein war. Doch die gemütlichen Weihnachtstage im Familienkreis, die Scherze, die nur Eingeweihte verstanden, die Spiele – all das gehörte nun der Vergangenheit an. Ihre Kinder hatten jetzt ihren eigenen Familienkreis, und Brigid musste lernen, sich im Hintergrund zu halten und trotzdem für sie da zu sein. So viel Zeit und Energie hatte das Muttersein gekostet; sie hatte ihren Kindern so viel Liebe geschenkt und so viel gelernt in all den Jahren – und plötzlich, von heute auf morgen, schien alles vorbei. Merkwürdig, dass die letzte Aufgabe, die Eltern zu bewältigen hatten, auch die schmerzlichste war: loszulassen.

Während das Wasser kochte, ging sie nach draußen, streckte sich wohlig und blinzelte in die Sonne. Über ihr flogen die Schwalben ein und aus. Sie fütterten ihre Jungen, die sich im Nest zwischen den Balken der Scheune drängten. An der Granitmauer hingen Körbe mit blühenden Hängepetunien und Elfensporn.

Diese Blumenkörbe waren ein Luxus, den sich Brigid jedes Jahr leistete, und auch jetzt erfreute sie dieser Anblick. Da man ohne Treibhaus keine Frühblüher ziehen konnte, ließ sie sich die Körbe von Liz in der Gärtnerei bepflanzen. Wenn es im Frühjahr allmählich wärmer wurde, fuhr Brigid nach Loddiswell und holte sich den Sommergarten nach Foxhole. Der geschützte Hof zeigte dann eine fast mediterrane Pracht – eine kleine grüne Oase inmitten der Felsen des Moors.

Die Tauben gurrten zufrieden, und die Bienen summten. Es war ein wundervoller Nachmittag, und einer plötzlichen Eingebung folgend ging Brigid zu Frummies Cottage hinüber. Die Tür stand offen, und aus dem Wohnzimmer ertönte Glenn Millers »String of Pearls«.

»Hallo«, rief sie. »Mummie?«

Frummie kam heraus, ein Geschirrtuch in der Hand. »Hallo. Ich wollte mir gerade Tee machen. Willst du eine Tasse mittrinken? Aber bestimmt hast du keine Zeit.«

Diese Bemerkung versetzte Brigid einen Stich, doch sie unterdrückte die Antwort, die ihr auf der Zunge lag, und sagte: »Ehrlich gesagt, ich wollte dir gerade vorschlagen, mit mir im Hof Tee zu trinken. Es ist so ein schöner Nachmittag, und ich habe noch Kuchen.«

Frummie zog die Augenbrauen hoch, war aber höchst erfreut über die unverhoffte Einladung. »Ja, sehr gern.«

»Gut. Dann komm doch rüber, wenn du fertig bist.«

Sie wandte sich um, bevor Frummie fragen konnte, ob der Kuchen von Michaels Besuch übrig geblieben war, und ging in die Küche, um Tee zu kochen. Als sie das Tablett hinaustrug, saß Frummie bereits auf der Bank, das Gesicht der Sonne zugewandt.

»Paradiesisch ist es hier«, murmelte sie. »Einfach paradiesisch. Ich glaube, in meinem früheren Leben war ich eine Eidechse. Es kann mir gar nicht heiß genug sein.«

Sie trug ein langes, ärmelloses Baumwollkleid und Ledersandalen. Brigid betrachtete die von feinen Fältchen durchzogene Haut ihrer Mutter. Während sie den Tee eingoss, beneidete sie im Stillen ihre Mutter, die anscheinend nie einen Sonnenbrand bekam.

»Du siehst aus, als hättest du Ferien auf dem Kontinent gemacht«, meinte sie.

Frummie schlug die Augen auf. »Apropos«, erwiderte sie, »es war ziemlich dämlich von Martin, mit einer solchen Sonnenbräune zu erscheinen. Hat er tatsächlich geglaubt, Louise würde ihm abnehmen, von vierzehn Tagen Golfspielen in St. Andrews bekäme man eine solche Farbe?«

»Sie war wohl nicht in der Verfassung, das zu bemerken.«

Brigid lehnte sich mit einem zufriedenen Seufzer auf ihrem Stuhl zurück. Zu ihren Füßen saß Blot und nahm ein Sonnenbad.

»Aber das konnte er doch nicht wissen.« Frummie probierte den Kuchen und nickte anerkennend. »Ich habe etwas gegen Leute, die die Intelligenz ihrer Mitmenschen unterschätzen.«

»Entweder das, oder es war ihm schlicht und einfach egal.« Brigid schüttelte den Kopf. »Er hätte sich wenigstens ein bisschen Mühe geben können, als er sah, in welchem Zustand sie war. Aber er hat sich wie ein verwöhntes Kind benommen, das schmollt, weil man ihm seinen Spaß verderben will.«

»Männer sind Arschlöcher.« Frummie schloss die Augen.

»Also, Mummie …«

Frummie schnaubte verächtlich. »Wir wollen doch nicht um den heißen Brei herumreden. Louise ist längst darüber hinweg. Sie kommt wunderbar ohne Martin zurecht. Immerhin hat er sich, was das Finanzielle betrifft, äußerst großzügig gezeigt.«

»Das war doch das Mindeste«, erwiderte Brigid ungnädig. »Er fährt mit einer anderen in den Urlaub und kümmert sich nicht um seine Frau –«

»Seine Geliebte. Schließlich sind sie nicht verheiratet.«

»Wie auch immer …« Brigid hatte den Faden verloren und trank einen Schluck Tee. »Sie will nach London fahren, nicht wahr? Um alles mit ihm zu regeln.«

»Ja. Ich möchte sie wirklich gern bei mir behalten, aber sie muss lernen, wieder auf eigenen Füßen zu stehen.«

»Das war wirklich großartig von dir«, sagte Brigid beinahe schüchtern. Sie erwartete eine spitze Bemerkung, da Frummie auf Komplimente gewöhnlich eher sarkastisch reagierte. »Über einen Monat hat sie bei dir gewohnt. Das ist eine lange Zeit, vor allem, wenn man jemanden kaum kennt. Und am Anfang war es ja nicht gerade einfach.«

»Sie musste sich aussprechen. Alles immer und immer wieder durchgehen. Das arme Kind! Sie hatte solche Schuldgefühle – und dazu noch dieser tiefe Schmerz. Aber sie hat sich wacker geschlagen.«

17

Am Abend wanderte Brigid hinauf zu Combestone Tor. Über die aufeinander getürmten Granitplatten hatte sich das Abendrot gebreitet, und am östlichen Himmel zeigte sich eine schmale Mondsichel. Blot trottete wie ein dunkler Schatten über das Gras und schnüffelte in den Felsspalten, während ein Rabe mit heiserem Krächzen gemächlich westwärts flog. Brigid ließ sich auf einem Felsvorsprung nieder. Die unendliche Weite der Landschaft, die in Blau-, Lavendel- und Goldtönen schimmerte, übte auch jetzt eine beruhigende Wirkung auf sie aus. Hier, in diesen luftigen Höhen über dem Mosaik aus Moorland, Wiesen und Tälern, überkam sie stets ein unbändiges Glücksgefühl. Sie verspürte ein Prickeln – das vertraute Entzücken über das Einssein mit der Natur. Als das Tageslicht schwand, verwandelten sich die grasenden Schafe auf den umliegenden Hügeln in fahle Felsbrocken. Weißdornhecken nahmen gespenstische, bizarre Formen an. Unten im Tal trieben milchig weiße Nebelschwaden über den Fluss hinweg und waberten die steile Uferböschung hinauf.

Als die Schleiereule wie eine Botin aus einer anderen Welt mit stumpfen Schwingen über die Wipfel des Waldes von Combestone streifte, wurde Brigid von einer Sehnsucht erfasst, die aus dem tiefsten Inneren zu kommen schien – die

Sehnsucht nach etwas längst Vergessenem, das unter Schichten banaler Sorgen und Wünsche verschüttet lag. Es war die Verheißung eines unerschütterlichen inneren Friedens – wie ein flüchtiger Schatten jenseits des Erreichbaren –, doch da …

Ein Rascheln neben ihr auf den Felsen, etwas Kaltes und Feuchtes an ihrer Wange – und der Zauber war verflogen. Ein stilles Glück jedoch blieb. Blot jaulte. Er wollte weiter, und Brigid stand auf – widerstrebend, aber folgsam – und trat den Heimweg an. Auf dem Pfad, der durch das Moor führte, legten sich die Schafe zur Nachtruhe nieder. Sie genossen die Hitze, die sich am Tag auf dem Asphalt gesammelt hatte. Brigid befahl Blot, bei Fuß zu bleiben, während sie mit schnellem Schritt an den reglosen Wollknäueln vorbeiging. Die Lichter von Foxhole schimmerten durch die Ebereschen. An der Saddle Bridge lief Blot ihr voraus den Hügel hinauf, und Brigid folgte ihm, noch immer von tiefem Glück erfüllt.

Dieses Gefühl verließ sie auch nicht, als sie den Weg hinunterging und ins Haus trat, und selbst als sie Jennys Stimme auf dem Anrufbeantworter hörte, war sie noch so verzückt, dass sie anfangs gar nicht begriff, was ihre Freundin sagte.

»Es könnte wohl alles noch schlimmer sein. Der Konkursverwalter lässt uns weitermachen, weil es leichter ist, ein gut gehendes Unternehmen zu verkaufen, aber offenbar gibt es ein Defizit von zwölftausend Pfund. Ach, Brigid, ich weiß nicht, was ich sagen soll. Du wirst in den nächsten Tagen einen Brief bekommen. Ich wollte dich besuchen, aber im Moment kann ich hier nicht weg. Schade, dass ich dich nicht persönlich erreichen konnte.«

Brigid starrte auf das blinkende rote Lämpchen. Es war ihr gelungen, sich einzureden, dass keine Nachricht eine gute Nachricht sei und dass Jenny und Iain wohl eine Lösung gefunden hatten. Louises Zusammenbruch und Humphreys Abreise auf die Bahamas hatten sie von ihren Ängsten abgelenkt. Zwölftausend Pfund. Sie schüttelte den Kopf: Das konnte nicht wahr sein. Bestimmt hatte sie etwas falsch verstanden. Hastig drückte sie den Wiederholungsknopf. »... aber offenbar gibt es ein Defizit von zwölftausend Pfund. Ach, Brigid ...« Mit verzweifelter Miene löschte sie die Nachricht, schlug ihr Adressbuch auf und wählte. »Leider ist im Augenblick niemand erreichbar ...« Jenny und Iain gingen ihren Gläubigern aus dem Weg. Wer konnte es ihnen verübeln? Aber in Iains Wohnmobil gab es kein Telefon, und Brigid hatte keine andere Möglichkeit, Jenny zu erreichen. Daher hinterließ sie eine kurze Nachricht. Sie versuchte, freundlich zu klingen, und bat Jenny, so bald wie möglich zurückzurufen. Dann schenkte sie sich ein Glas Wein ein.

Zwölftausend Pfund? Wie konnte man eine solche Summe aufbringen? Durch eine Hypothek natürlich, aber was würde Humphrey dazu sagen? Ihr Glücksgefühl war verschwunden, und die ohnmächtige Angst kehrte wieder. Brigid kniete sich neben Blot nieder und umschlang ihn. Sie spürte seine tröstliche Wärme und fühlte sich elend, allein und verlassen.

Jemima schaltete den Motor ab und fluchte leise, als ein hoch gewachsener Mann hinter dem Cottage hervortrat und wartend stehen blieb. Seine erschöpfte Miene machte ihr deutlich, dass es nicht leicht werden würde, ihn zu besänftigen.

»Es tut mir furchtbar leid. Ein schreckliches Durcheinander. Jemand hätte hier sein sollen, um Sie reinzulassen. Ich habe die Nachricht erst vor einer halben Stunde erhalten.«

Er entspannte sich ein wenig und kam ihr entgegen. Sie

lächelte und bemerkte, dass er verdammt sexy war. Für einen Augenblick wünschte sie sich, sie hätte nicht ihre alten Jeans angezogen und sich die Zeit genommen, etwas Make-up aufzulegen.

»Ich bin Jemima Spencer. Die Mitarbeiterin, die Sie eigentlich hätte in Empfang nehmen sollen, hat mich eben erst verständigt. Sie ist verhindert wegen familiärer Probleme. Warten Sie schon lange?«

Sie sah, dass die Masche der Unterwürfigkeit ihre Wirkung tat. Der Mann musterte sie anerkennend. Er war groß und kräftig gebaut, hatte einen breiten Mund, braune Augen und kurz geschnittenes rotbraunes Haar.

Mein Gott! Was für ein toller Typ!

»Es war nicht so schlimm. Aber ich habe einen ziemlich anstrengenden Tag hinter mir.«

»Meine Güte.« Das war zwar nicht ihre Schuld, aber ein bisschen Mitgefühl konnte gewiss nicht schaden. »Haben Sie eine lange Fahrt hinter sich?«

Er beobachtete, wie sie nach den Haustürschlüsseln suchte. »Eigentlich nicht. Aber es ist ziemlich viel Verkehr.«

»Kann ich mir vorstellen«, erwiderte sie bedauernd. »Die A38 ist die Hölle. Vor allem an einem Samstag Ende Juli. Ist Mrs …? Verzeihung. Ich hätte vorher nachschauen sollen. Janet meinte, Sie seien zu zweit.«

»Stimmt. Wir *waren* zu zweit. Jetzt bin ich allein. Meine Freundin hat mir gestern Abend eröffnet, dass sie nicht mitkommt.«

»Schade!« Jemima starrte ihn an. »Das tut mir leid.«

»Tja, und da dachte ich« – er zuckte die Schultern –, »ich fahre trotzdem. Dann hat sie wenigstens Zeit, in Ruhe auszuziehen, und ich kann mich einen Monat lang erholen.« Er folgte Jemima in das Cottage und zuckte zusammen, als sie vor Bestürzung aufschrie.

»O nein, das kann doch nicht wahr sein!«

»Was ist denn los?«

Er sah über ihre Schulter hinweg auf das Durcheinander in der Küche: ungewaschenes Geschirr in der Spüle, Essensreste auf dem Tisch und ein allgemeines Chaos.

»Das ist ja entsetzlich.« Schockiert drehte sie sich zu ihm um. »Wenn ich Janet erwische, dreh ich ihr den Hals um. Sie hat mir nicht gestanden, dass sie nicht geputzt hat, sondern nur, dass sie Sie nicht reinlassen kann. Die Wohnung ist, fürchte ich, nicht bezugsfertig.«

Er runzelte die Stirn, und sie erwartete, dass er gleich einen Tobsuchtsanfall bekommen und davonfahren würde. Und ihr Chef würde ihr die Hölle heiß machen, wenn er die Miete für einen ganzen Monat verlor.

»Es dauert nicht lange, alles in Ordnung zu bringen«, sagte sie hastig. »Wirklich nicht. Vielleicht machen Sie bis dahin einen Spaziergang? Oder Sie setzen sich in die Sonne. Es gibt einen hübschen kleinen Garten mit Stühlen …«

»Lassen Sie nur«, antwortete er resigniert. »Ich hätte mir denken können, dass heute alles schief geht. Wir machen das zusammen, dann geht es schneller.«

»Das … das ist wirklich nett von Ihnen.« Sie sah ihn dankbar an. »Ich kann Ihnen gar nicht sagen, wie leid es mir tut.«

»Ach, lassen Sie nur!« Er lachte kurz auf. »Gut, dass Annabel nicht hier ist. Es bringt sie auf die Palme, wenn etwas nicht klappt, und wenn jemand einen Fehler macht, sieht sie gern Köpfe rollen. Ich wasche das Geschirr ab, einverstanden?«

»Ja, natürlich.« Sie sah zu, wie er die Hemdsärmel hochkrempelte. »Tja, in diesem Fall bin ich wirklich erleichtert, dass sie nicht hier ist. Glauben Sie mir, normalerweise passiert so etwas nicht.«

Er warf ihr einen Blick zu und lächelte dann. »Das wollte

ich Ihnen auch nicht unterstellen. Ehrlich gesagt, finde ich diesen Perfektionismus ganz schön anstrengend. Mit Selbstgerechtigkeit habe ich nichts am Hut. Ist das Spülmittel hier in diesem Schrank? Ah ja. Gibt es heißes Wasser?«

»Verflixt!« Sie riss sich zusammen. »Wahrscheinlich nicht. Es funktioniert mit Münzen, und Gäste, die ein Cottage in einem solchen Zustand hinterlassen, sind normalerweise mit ihrem Kleingeld nicht besonders freigebig. Ich seh mal nach.«

Als sie zurückkam, hatte er das Geschirr bereits ordentlich aufeinander gestapelt und war dabei, den Abfall in einen schwarzen Plastiksack zu werfen.

»Ich habe Übung«, meinte er, als er ihre Überraschung bemerkte.

»Das sehe ich«, erwiderte sie. Und nach einer Pause fügte sie beiläufig hinzu: »Ich würde sagen, Annabel hat eine Dummheit gemacht.«

Er lächelte. »Danke.«

»Ich wechsle die Bettwäsche«, sagte sie mit plötzlicher Scheu. »Wenn Sie mögen, trinken wir später zusammen eine Tasse Kaffee. Zumindest ist noch Milch im Kühlschrank.«

»Super«, antwortete er. »Oder vielleicht ein Bier. Wo ist denn das nächste Pub? Wir sind hier offenbar am Ende der Welt. Eine wunderbare Landschaft, aber dünn besiedelt. Da ich hier ganz auf mich gestellt bin, hoffe ich, es gibt wenigstens ein anständiges Gasthaus.«

»Doch«, sagte sie nach kurzem Zögern. »Das gibt es. Das *Pig's Nose* in Prawle ist nur zehn Minuten von hier entfernt.«

»Ein großartiger Name, *Pig's Nose*«, wiederholte er und drehte den Wasserhahn auf. »Vielleicht könnten Sie mir zeigen, wo das ist. Oder sind Sie heute … schon verabredet?«

»Nein«, sagte sie, bemüht, ein albernes Grinsen zu unterdrücken. »Nein, ich bin noch nicht verabredet. Ich zeige es Ihnen gern.«

Leise summend verließ sie die Küche, um die frische Bettwäsche zu holen.

Louise lag wach, starrte ins Dunkel und ließ den Gedanken freien Lauf. Nun musste sie nicht mehr auf der Hut sein. Die Jahre der Wachsamkeit waren vorüber. Man mochte es für unmöglich halten, die eigene Vergangenheit so tief in sich zu vergraben, aber ihr war es gelungen. Es war ein anderes Leben, das ein anderer Mensch geführt hatte, und den hatte sie beiseite geschoben, ignoriert, verleugnet. Die Erinnerungen schmerzten, aber jetzt konnte sie sie zulassen. Anfangs hatte sie sich die Tragödie mit wahrer Besessenheit immer wieder aufs Neue vergegenwärtigt, aber in letzter Zeit traten andere Bilder aus der Vergangenheit in den Vordergrund: Smuggler's Way, der Blick über den Gare Loch auf die Berge; eine Wanderung durch den Wald, bei der sie Hermione im Buggy vor sich herschob; die Aufenthalte auf Rhu Spit, wo sie gemeinsam mit anderen Familien die Abfahrt oder Ankunft der U-Boote verfolgten.

Von Anfang an hatte sie ihre Schwierigkeiten gehabt, wenn er wieder nach Hause kam, nach endlosen Wochen des Wartens, in denen ihr das Leben hoffnungslos leer erschienen war. Es gelang ihr nicht, die Fäden des Alltagslebens mit jener gelassenen Heiterkeit wieder aufzunehmen, die den anderen Ehefrauen half, die Wochen der Trennung zu überstehen. Wenn Rory nach Hause kam und sie in seine liebevollen blauen Augen sah, war das für sie wie ein Schock. Und sie reagierte mit stummer Scheu, die sie nicht ohne weiteres überwinden konnte. Doch Rory schien das nicht zu kümmern, er ließ ihr Zeit, sich wieder an ihn zu gewöhnen, bis das Gefühl der Fremdheit verschwand. Er wusste stets, wann dieser Augenblick gekommen war, in dem die alte Vertrautheit und die unverkrampfte, liebevolle Normalität wiederkehrte. Und dann legte er den Arm um sie.

»Also«, sagte er dann immer und wischte mit diesen Worten Wochen der Trennung und alle anderen Hindernisse weg. »Also! Wo waren wir stehen geblieben?«

Diese Worte drückten aus, dass das gemeinsame Leben jetzt wieder begann; dass alles, was zwischen ihrem letzten Abschied und diesem »Also!« lag, ohne Bedeutung war. Sie war seine Liebe, sein Leben, sie war das, was wirklich zählte. Hermione spielte bei diesem Gewöhnungsprozess eine wichtige Rolle. Mit ihrer Freude über Rorys Heimkehr half sie den Eltern über so manche Hürde hinweg, brachte sie mit ihrem Eifer wieder zum Lachen. Doch wenn die Kleine im Bett lag und Louise mit Rory allein war, stand diese Scheu wieder zwischen ihnen – ein dünner Vorhang, der den Blick verdunkelte, bis der Augenblick des Wiedererkennens gekommen war. »Also! Wo waren wir stehen geblieben?« Und dann legte er ihr – was für ein Trost! – den Arm um die Schultern und schmiegte seine Wange in ihr Haar.

Heiße Tränen rollten über Louises Schläfen und benetzten ihr Haar. Bei jenem allerletzten Mal hatte sie ihm keine Chance gegeben, heilende, liebevolle Worte zu sprechen. Drei Wochen waren zu lang gewesen, um einen solchen Kummer allein zu tragen. Sie hatte ihm die schwere Last der Schuld aufgebürdet. Wenn er zu Hause gewesen wäre, dann wäre es nicht geschehen. Vielleicht wäre er beunruhigt gewesen und hätte darauf bestanden, einen Arzt zu rufen. Rory war in Bezug auf Hermione immer überängstlich gewesen. Als er endlich wieder zu Hause war, hatte Louise den langen Weg des Verleugnens und Verdrängens bereits angetreten, und für eine Umkehr war es zu spät. Nicht einmal das vertraute Losungswort hätte sie zurückholen können; sie war für ihn nicht mehr erreichbar.

Wie war er mit allem zurechtgekommen? Nun, nachdem sie ihm keine Vorwürfe mehr machte, musste sie sich diesem neuen Schmerz stellen. Wie war es ihm eigentlich ergangen?

»Du bist nicht die Einzige!«, hatte ihre Mutter sie angeschrien. »Andere leiden auch! Wie kannst du dich nur so verhalten?«

Sie erinnerte sich an das zornige Gesicht ihrer Mutter, hatte jedoch stets nur das Bild des leblos und blass in seinem Bettchen liegenden Kindes vor sich. Neben diesem Bild erschien ihr alles andere unwirklich. Wenn sie in der Wohnung in Smuggler's Way geblieben wäre, wenn sie zu Hause gewesen wäre, als Rory von seinem U-Boot-Einsatz zurückkam, wäre vielleicht alles anders geworden. Die Tage nach dem Begräbnis hatte sie in Hermiones Zimmer oder auf dem Friedhof verbracht, bis die besorgten Frauen von Rorys Kameraden ihre Mutter verständigten. Zuerst hatte sie sich gesträubt, als die Mutter sie mit nach Hause nehmen wollte. Aber nachdem sie weder geschlafen noch gegessen hatte, brachte sie nur noch wenig Widerstandskraft auf.

Der arme Rory! Sein Entsetzen war unaussprechlich und verstärkte Louises Schuldgefühle, sodass sie keinen anderen Ausweg sah, als sich ins Vergessen zu flüchten.

Das Verhältnis zu ihrer Mutter, einer resoluten Frau, die viel von ihrer Tochter verlangte, war leider nie besonders eng gewesen. Schließlich fand Louise bei ihrer ältesten Freundin Zuflucht, die sich sehr mitfühlend zeigte. Während sie bei Helena wohnte, hatte sie Martin kennen gelernt. Er war eine elementare Kraft, eine Flutwelle, die alles hinwegspülte. Sie hatte sich mitreißen lassen, dankbar, nicht mehr denken und nichts mehr entscheiden zu müssen.

»Wie kannst du nur so etwas tun?«, hatte ihre Mutter mit versteinerter Miene gefragt. »Und was ist mit Rory? Hast du auch einmal an ihn gedacht?«

Rory. Dieses Thema hatte sie bisher beharrlich verdrängt. Es war einfach zu entsetzlich. Martin hatte ihr beigestanden, sie beschützt, und ihre Mutter hatte sich verächtlich abgewandt.

»Du kannst von mir keine Zustimmung erwarten«, hatte sie gesagt. »Rory steht mir näher als du, meine eigene Tochter. Er ist verzweifelt, aber er will dich nicht unter Druck setzen, wenn du ihn nicht sehen möchtest. Er überlegt, ob er sich bei einem Austauschprogramm mit der kanadischen Marine bewerben soll. Aber offensichtlich interessiert dich das gar nicht.«

Louise wischte sich die Tränen von den Wangen. Wie hatte sie ihn derart verletzen können? Rory, der stets so verständnisvoll gewesen war und Frau und Tochter so geliebt hatte. Sie sah ihn vor sich: gesund, lebendig, voller Energie. Sie hörte seine zärtliche Stimme in der Dunkelheit.

»Also! Wo waren wir stehen geblieben?«

Louise drehte sich auf die Seite, zog die Decke über den Kopf und ließ den Tränen freien Lauf.

18

Ich krieg Besuch«, sagte Jemima zu MagnifiCat. »Ein Freund kommt auf einen Drink. Du wirst ihn mögen. Und damit das klar ist: Du bleibst auf diesem Sessel sitzen, sodass er sich neben mich aufs Sofa setzen muss. Wehe, du kletterst auf seinen Schoß, bevor wir rausgefunden haben, ob er Katzen mag. Verstanden?«

MagnifiCat sah sie verächtlich aus halb geschlossenen Augen an, gähnte und leckte sich die Flanken, unbeeindruckt von ihren Anweisungen.

»Aber er wird natürlich zielstrebig auf den Balkon gehen und den Ausblick genießen«, seufzte Jemima. »Das tun sie alle. Schade, dass ich das Sofa nicht auf den Balkon stellen kann.«

MagnifiCat stand auf, streckte sich, kehrte Jemima demonstrativ den Rücken und ließ sich wieder auf dem Sessel nieder. Er war nicht gerade begeistert von den Männern der menschlichen Spezies und hatte unnachahmliche Methoden, sie seine Gegenwart spüren zu lassen. Er besaß viel Erfahrung und beherrschte verschiedene Taktiken nahezu perfekt. MagnifiCat war ein erstklassiger Menschenkenner. Da gab es den nervösen, unbeholfenen Typ, der eifrig bemüht war, sich einzuschmeicheln. Diesen Typus bedachte MagnifiCat mit hochmütigen Blicken. Er sträubte das Fell, wenn er respektvoll getätschelt wurde, und entzog sich demonstrativen Zuneigungsbekundungen, indem er vom Sessel sprang. Der selbstsichere Typ bereitete hingegen gewisse Schwierigkeiten. Er ließ sich weder durch Feindseligkeiten aus der Fassung bringen noch durch Fauchen einschüchtern, wenngleich ein gut platzierter Tatzenhieb mit ausgefahrenen Krallen das selbstgefällige Lächeln mit einem Schlag auslöschen konnte. Der dritte Typus fürchtete sich zwar vor Katzen, wagte dies aber nicht zu zeigen. Er hielt Abstand zu MagnifiCat, dem es enormen Spaß machte, ihm zärtlich um die Hosenbeine zu streichen, auf den Schoß zu springen oder ihn sonstwie zu drangsalieren, um sich dann am gequälten Lächeln seines Opfers zu weiden. Und schließlich gab es den Typ, der Katzen nicht ausstehen konnte. Hier blieb MagnifiCat nichts anderes übrig, als den kalten, feindseligen Blick zu erwidern, mit dem der Widersacher sein Terrain absteckte. Freilich brauchte Jemima, die ja auch nur ein armseliges menschliches Wesen war, sehr viel länger, um ihre Liebhaber zu durchschauen. Wenn sie MagnifiCats Beispiel gefolgt wäre, hätte sie weitaus weniger Probleme gehabt. Resigniert angesichts ihrer Einfalt, legte sich MagnifiCat nieder, um ein Nickerchen zu machen.

Jemima lief in der Wohnung umher, setzte sich, sprang wieder auf und inspizierte das Tablett mit den Drinks. Das Wohnzimmer sollte eine Atmosphäre nonchalanter Gemütlichkeit ausstrahlen. Es sollte nicht so aussehen, als habe sie seinetwegen alles auf Hochglanz gebracht, aber auch nicht allzu unordentlich, damit er sie nicht etwa für schlampig hielt. Annabel war schließlich eine Perfektionistin, und auch wenn er behauptete, das gehe ihm auf die Nerven, wäre es doch töricht, ihn mit dem anderen Extrem zu konfrontieren.

Wie sie wohl aussieht?, überlegte Jemima.

Sie betrachtete sich in dem großen Spiegel über dem Bücherregal und ließ die Finger durch ihr dichtes blondes Haar gleiten. Ob sie es im Nacken zusammenbinden sollte? Sie trug eine schwarze Seidenbluse und eine weite Hose, die ihren weiblichen Rundungen schmeichelte. Im selben Augenblick, als sie auf die Uhr schaute, läutete es an der Tür. Sie zuckte zusammen und blieb einen Augenblick wie angewurzelt stehen, bevor sie öffnete.

»Hi.« Er wirkte ausgesprochen selbstbewusst, sehr cool, wie er da vor ihr stand. Sie verhaspelte sich ein wenig, als sie ihn hereinbat. Er folgte ihr durch den Flur ins Wohnzimmer, trat aber nicht sofort auf den Balkon. Stattdessen sah er sich in aller Ruhe im Zimmer um.

»Wirklich schön«, sagte er. »Eine tolle Wohnung!«

»Nicht wahr?« Sie bemühte sich, beiläufig zu klingen. »Es war ein Glück, dass ich sie bekommen habe.«

»Finde ich auch. Schön, dass Sie dieses wunderbare Parkett nicht unter einem Teppichboden verstecken. Meine Güte! Was für ein Ausblick! Das hat bestimmt eine Stange Geld gekostet.«

»Mein Vater hat mir ein bisschen Geld hinterlassen.« Sie folgte ihm hinaus auf den Balkon. »Ist schon was Besonderes, nicht?«

»Allerdings.«

Er lächelte sie an, und sie wandte den Blick ab, damit er ihr die Bewunderung nicht von den Augen ablas. »Abends, wenn die Boote beleuchtet sind, muss es wunderbar sein.«

»Möchten Sie einen Drink?«, fragte sie nervös.

»Warum nicht? Ein Schluck Whisky wäre nicht schlecht.« Er lehnte immer noch an der Balkonbrüstung und blickte auf den Hafen hinaus. »Es war ein guter Tipp, dass Sie mir empfohlen haben, mit der Fähre zu kommen statt mit dem Auto. Schon komisch, wie anders ein Ort vom Wasser aus wirkt. Wie wurde eigentlich die Burg zerstört, die ich von der Fähre aus gesehen habe?«

»Das ist Fort Charles, eine Festung der Royalisten im Bürgerkrieg. Ich glaube, sie wurde sogar belagert.«

»Ich würde sie gern besichtigen«, sagte er. »Ist das möglich?«

»O ja. Sie nehmen am besten die Fähre nach South Sands. Dort gibt es auch eine großartige Seenotrettungsstation.«

»Klingt ja interessant. Ich glaube, das mache ich.«

»Ich weiß nicht, ob Sie sich für Geschichte interessieren, aber gleich oberhalb von South Sands liegt das Overbecks Museum.«

»Das wäre etwas für Annabel gewesen«, meinte er. »Ist nicht so mein Ding, aber ansehen könnte ich es mir ja trotzdem. Sie haben das alles wahrscheinlich schon tausendmal besichtigt, sodass ich mir die Frage sparen kann, ob Sie mir bei diesem spannenden Ausflug Gesellschaft leisten würden.«

»Nein, so oft auch wieder nicht.« Sie musste ihre Begeisterung zügeln. »Wie Sie ganz richtig sagen, wirkt ein Ort vom Wasser aus völlig anders. Ich hätte schon Lust. Man macht das viel zu selten.«

»Sie sollten sich ein Boot zulegen.« Er blickte sie prüfend an. »Können Sie segeln?«

»Nicht besonders gut«, gab sie zu und überlegte, ob Annabel wohl eine Seglerin war. »Ich habe wenig Gelegenheit dazu, aber Spaß machen könnte es schon. Und wie steht's mit Ihnen?«

»Bei mir hat es sich bisher auch nicht ergeben«, antwortete er. »Ich bin selten am Meer gewesen, außer als Kind in den Ferien. Aber wenn ich hier leben würde, dann würde ich es wohl ausprobieren.«

Plötzlich bekam sie Angst, zu viel in seine Worte hineinzudeuten. »Dann hol ich uns mal einen Drink. Und Sie müssen ja auch MagnifiCat kennen lernen.«

»MagnifiCat?« Er wirkte verblüfft und verließ nur widerstrebend den Balkon, aber beim Anblick des riesigen flauschigen Wesens, das im Korbstuhl zusammengerollt lag, musste er lachen. »Was für ein Schauspieler!«

MagnifiCats Nackenhaare sträubten sich, und seufzend dachte er: Typ B: selbstbewusst, cool, durchtrieben. Er ignorierte die Männerhand, die ihn streichelte, und tat, als schliefe er.

»Er ist heute nicht besonders kontaktfreudig«, meinte Jemima entschuldigend. »Machen Sie sich nichts daraus. Hier ist Ihr Drink.«

»Danke.« Er hob sein Glas. »Auf meinen Urlaub, der ganz anders ist, als ich es mir vorgestellt hatte. Ich glaube fast, es könnte noch ganz schön werden.«

»Ja«, erwiderte Jemima nach einem Moment der Verwirrung. »Darauf trinken wir.«

MagnifiCat grub sich noch tiefer in das Kissen, die Augen fest geschlossen. Fängt das schon wieder an!, dachte er.

Als *Begegnung* mit Rachmaninows Musik ausklang, saß Louise reglos da, wie gewöhnlich tief bewegt von dem Film, und überlegte, was Frummie wohl durch den Kopf gehen mochte. Sie war sogar während der musikalisch untermalten Passagen ungewöhnlich schweigsam gewesen, obwohl sie sonst nicht mit Zwischenrufen sparte. Auch als sie das Video zurückspulte, sagte sie nichts. Louise schnäuzte sich verstohlen die Nase; wahrscheinlich hatte der Film bei Frummie schmerzliche Erinnerungen wachgerufen. Schließlich war Frummie in den fünfziger Jahren selbst eine junge Frau mit einem kleinen Kind gewesen, und da gab es gewiss so manche quälende Gemeinsamkeit. Der Unterschied bestand freilich darin, dass Frummie ihren Gefühlen gefolgt und mit ihrem Liebhaber durchgebrannt war. Vielleicht litt sie immer noch, weil sie Kind und Ehemann verlassen hatte. Womöglich wünschte sie sich ja, sie hätte sich damals anders entschieden …

Ich bin eine alte Heulsuse, dachte Louise. Hoffentlich geht es ihr nicht allzu nahe.

Frummie nahm die Fernbedienung und schaltete den Fernseher aus.

»Merkwürdig«, sagte sie, »in diesen Film kann ich mich einfach nicht reinversetzen. Ich kenne niemanden, der sich so verhalten würde. Immer Haltung bewahren – das ist doch auf die Dauer schrecklich zermürbend. Das Einzige, was ich wiedererkenne, sind diese wunderbaren Heizanlagen in den Wartesälen der Bahnhöfe.«

»Ach, Frummie!« Louise fing an zu kichern. »Und ich habe keinen Mucks gemacht, damit du in Ruhe deinen Erinnerungen nachhängen kannst. Wie prosaisch du bist! Ich finde, es ist ein wunderbarer Film. Er rührt mich jedes Mal zu Tränen.«

»Hast du dir schon mal überlegt«, fragte Frummie, »wie viel romantischer und großartiger unser Leben wäre, wenn wir immer die passende Musikuntermalung hätten?«

Louise sah sie verdutzt an. »Wie meinst du das?«

»Überleg mal: Wenn wir einen Film oder eine Aufführung anschauen, werden unsere Gefühle von der Musik beeinflusst. Wie wäre es wohl mit unserer Rührung über diese beiden verklemmten Figuren bestellt, wenn im Hintergrund nicht die mitreißende Musik des guten alten Rachmaninow erklingen würde?«

»Darüber habe ich noch gar nicht nachgedacht«, gab Louise zu. »Ob das wirklich stimmt?« Sie dachte an einige ihrer Lieblingsfilme. Was war *Tod in Venedig* ohne Gustav

Mahler und *Die durch die Hölle gehen* ohne Samuel Barber? »Ja, ich glaube, du hast Recht.«

»Natürlich habe ich Recht«, schnaubte Frummie. »Ich glaube, dass wir alle sehr viel erhabenere Gefühle hätten, wenn uns in den dramatischen Augenblicken unseres Lebens ein Orchester begleiten würde. Die Tragödien unseres Lebens wären sehr viel erträglicher, wenn dazu die Klänge von Brahms erklingen würden. Ich habe mir oft vorgestellt, zu den aufwühlenden Klängen einer Musik zu sterben, aber ich weiß nicht welche.«

»Wagner vielleicht? Oder Beethovens ›Neunte‹?«

Frummie runzelte nachdenklich die Stirn. »Auf jeden Fall sollte das Stück lang genug sein, damit man nicht ständig aus dem Bett springen muss, um das Band zurückzuspulen.«

»Es wäre frustrierend, wenn die Musik im falschen Moment zu Ende wäre.« Louise erwärmte sich allmählich für die Idee. »Es müsste etwas Kraftvolles, Dramatisches sein.«

»Etwas Sinnliches wäre andererseits auch nicht schlecht«, überlegte Frummie. »Etwas, das Erinnerungen wachruft. Nina Simone vielleicht, die einem mit ihrer rauen Stimme das Herz zerreißt und einen in ein schummriges Kellerlokal zurückversetzt mit kleinen Bistrotischen, auf denen halb leere Gläser und überquellende Aschenbecher stehen; dazwischen ein Samttäschchen. Der Rauch steigt einem in die Nase, und die Luft ist zum Schneiden. Man hört den dumpfen Bass und die leisen Wirbel des Schlagzeugs. Eine schwarze Sängerin mit einem tief ausgeschnittenen Kleid sitzt an einem dieser alten französischen Pianos. Sie hat die Augen geschlossen und den Kopf in den Nacken gelegt, sodass man ihren langen schlanken Hals sieht. Sie singt von Liebe, Leidenschaft und Verrat, und sie singt *deine* Geschichte. Denn du weißt, dass der Kerl, der dir gegenüber sitzt, dich um des Flittchens willen, mit dem du ihn heute Morgen gesehen hast, verlassen wird. Aber du gehst trotzdem mit ihm auf sein Zimmer und gibst ihm, was er will, weil du ihn mehr liebst als alles andere auf der Welt und weil du vor Wollust vergehst. Davon singt sie, und jeder weiß es.«

Stille trat ein. Dann sah Louise Frummie an.

»Das klingt sehr bitter und realistisch«, sagte sie. »Und ich muss zugeben, dass es wenig mit Trevor Howard und Celia Johnson zu tun hat.«

Frummie lachte verächtlich. »Wahrhaftig nicht. Aber es ist meine Geschichte.«

»Also nicht Wagner.« Am liebsten hätte Louise die alte Frau umarmt, aber sie traute sich nicht. »Sondern Nina Simone. Und ich werde an deinem Bett sitzen, damit die Musik nicht aufhört zu spielen.«

»Ich nehme dich beim Wort.« Frummie erhob sich mühsam und verzog dabei das Gesicht. »Es könnte aber noch ein Weilchen dauern. So schnell gebe ich nicht auf. Ich hoffe, du hast Zeit, wenn es so weit ist.«

»Du hast mir doch auch Zeit geschenkt, als ich dich gebraucht habe. Sag mir einfach Bescheid.«

»Zeit zum Abendessen«, meinte Frummie. »Bevor wir allzu sentimental werden. Und für einen Drink. Aber die Abmachung gilt.«

»Auf jeden Fall. Ich werde da sein. Mit Nina Simone.«

»Und einer Flasche«, fügte Frummie hinzu.

»Und einer Flasche.«

19

Jeden Morgen und oft auch in den langen dunklen Stunden der Nacht wachte Brigid vor Angst auf. Ihr war übel, und ihr Herz hämmerte. Zwölftausend Pfund. Von der Bank war keine Nachricht gekommen, aber sie hatte inzwischen immerhin mit Jenny gesprochen.

»Ich habe versucht, das Geld aufzutreiben«, hatte Jenny gesagt, »aber ich habe keine Sicherheiten. Wir haben alles ins Geschäft gesteckt, verstehst du? Ich hätte nie gedacht, dass mir so etwas passiert. Schlimm genug, dass Bryn mit einer anderen Frau durchgebrannt ist, aber mich übers Ohr zu hauen und zu bestehlen …«

Dann war sie verstummt, als fehlten ihr die Worte.

Und was soll ich machen?, fragte sich Brigid verzweifelt, als sie an diesem Morgen die Bettdecke zurückschlug. Ich möchte sie am liebsten anschreien und ihr sagen: »Bryn ist mir scheißegal. Wie soll ich es Humphrey erklären, verdammt noch mal?« Aber das wäre wirklich gemein. Schließlich hat Jenny so viel verloren.

Sie schlüpfte in die Mokassins, zog den Morgenmantel an und ging die Treppe hinunter. Blot lag in seinem Korb neben dem Ofen. Er wedelte träge mit dem Schwanz, während sie seine seidigen Ohren kraulte.

»Ich weiß, es ist noch früh«, sagte sie zu ihm, »aber ich kann nicht schlafen.«

Blot musterte sie ein Weilchen und legte sich dann wieder hin. Brigid stand am Fenster und betrachtete den Sonnenaufgang über den gewaltigen Granitfelsen von Combestone Tor. Sie dachte an den Abend, an dem sie dort oben gewesen war. Wie schnell der Friede und das Glück der Angst gewichen waren! Für einen kurzen Moment hatte sie eine Kraft gespürt, die ihr helfen konnte, alle Krisen zu überstehen. Aber bei der ersten Bewährungsprobe war alles verschwunden, und sie stand allein da. Oder fehlte ihr einfach nur der Mut, trotz der Gefahren, die sie bedrohten, daran zu glauben?

»Es ist wegen Humphrey«, sagte sie laut, während sie Kaffeewasser aufsetzte. »Ich habe mich hinter seinem Rücken auf etwas eingelassen, was er nicht gebilligt hätte, weil er Jenny nicht mag. Aber ich kam mir so schäbig vor, ihr die Bitte abzuschlagen, nur weil sie Humphrey auf die Nerven geht. Sie ist meine älteste Freundin! Ich höre schon Humphreys Stimme: ›Hab ich's dir nicht immer gesagt?‹« Sie lachte bitter. »Er wird wütend und gekränkt sein, weil er denkt, dass mir mehr an ihr liegt als an ihm, was einfach nicht stimmt. Aber ihretwegen habe ich seine Zukunft aufs Spiel gesetzt. Wir werden eine neue Hypothek aufnehmen müssen. Und das bedeutet, dass er nicht in Pension gehen kann.«

Humphrey hatte oft mit ihr darüber gesprochen, was er nach seiner Zeit bei der Marine tun wollte; ihm schwebten verschiedene gemeinnützige Projekte vor, aber er hatte noch keine konkreten Pläne. Jedenfalls freute er sich darauf, die Uniform ablegen und frei von Vorschriften leben zu können. Brigid wurde richtig elend zumute. Sie wusste nicht, ob sie ihm jetzt schon alles beichten oder besser den Brief von der Bank abwarten sollte. Es wäre ihr leichter gefallen, ihm alles zu gestehen, solange er noch auf den Bahamas war.

Aber es erschien ihr unfair, ihm mit einem Anruf oder einem Brief einen solchen Schock zu versetzen. Wenn sie nur einen Weg finden würde, ihm die ganze Sache zu verschweigen … und zu allem Überfluss traf in vier Wochen auch noch Humphreys Vater hier ein.

»Er heißt Alexander«, hatte Humphrey verlegen gesagt. Noch immer hatte er ein schlechtes Gewissen, weil er Brigid mit ihm allein ließ. »Ich weiß nicht, ob ich dir schon einmal seinen Namen genannt habe.«

»Kann sein, ich erinnere mich nicht. Du hast ihn immer ›Vater‹ genannt.« Panik ergriff sie. »Er wird doch nicht von mir erwarten, dass ich ihn mit ›Vater‹ anspreche?«

»Das kann ich mir nicht vorstellen.« Humphrey fand diese Vorstellung offenbar sehr komisch. »Er ist alles andere als konventionell.«

Brigid runzelte die Stirn. »Das lässt nichts Gutes ahnen. Was meinst du damit?«

»Ach, nichts weiter«, beeilte er sich zu erwidern. »Er sieht nur vieles anders als die meisten Leute.«

»Spielst du darauf an, dass er nach dem Tod deiner Mutter so schnell wieder geheiratet hat, oder verheimlichst du mir irgendwas?«, hatte sie argwöhnisch gefragt. »Komm, Humphrey, mach alles nicht noch schlimmer, als es schon ist. Hör auf mit diesen Anspielungen. Was meinst du?«

»Schwer zu sagen.« Jetzt war Humphrey in der Defensive. »Er betrachtet das Leben von einer anderen Warte als die meisten Menschen. Außerdem liegt ihm nicht das Geringste an materiellen Dingen, und er ist von entwaffnender Ehrlichkeit.«

Brigid blickte ihren Mann verwirrt an. »So hab ich ihn mir nicht vorgestellt«, sagte sie. »Du hast getan, als wäre er ein furchtbarer Egoist.«

»Das ist er auch. Genau das meinte ich. Er hat nie darüber

nachgedacht, wie es mir geht oder was seine Entscheidung für andere bedeutet. Er hat einfach getan, was er für richtig hielt. Und wenn man ihn zur Rede stellte, waren seine Argumente … ziemlich irritierend, gelinde gesagt.«

»Hast du ihn denn zur Rede gestellt?«

»Nicht so richtig. Ich war zu jung und hatte den Tod meiner Mutter nicht verwunden. Ich weiß noch, dass er mir die Frage stellte, warum es für mich von Vorteil wäre, wenn er allein bliebe, und dass ich erwiderte, die Leute würden einen falschen Eindruck bekommen.«

»Und was hat er geantwortet?«

»Er hat gefragt, wen genau ich meinte und warum die Meinung dieser Leute für mich wichtig sei. Darauf ist mir keine vernünftige Antwort eingefallen. Dann fragte er mich, inwiefern es *mir* nützen würde, und ich wusste nicht, was ich darauf sagen sollte. Schließlich war ich fast einundzwanzig und wollte zur See fahren. Es schien mir kindisch, von ihm zu verlangen, weiterhin für mich da zu sein, aber ich habe ihm seine Gefühllosigkeit verübelt. Alles kam so plötzlich: der Tod meiner Mutter, mein Aufbruch zur See, die neue Ehe meines Vaters. Es gab nichts, woran ich mich halten konnte, und ich hätte mir mehr Verständnis von ihm erhofft.«

»Und das hatte er nicht?«

»Das ist es ja. Er hat behauptet, er würde mich verstehen, aber das spiele keine Rolle. Das meine ich, wenn ich sage, er verhält sich nicht wie andere Leute.«

»Dann müsste er eigentlich gut mit Mummie auskommen«, hatte Brigid erwidert. »Gott sei Dank bleibt er nur drei Monate.«

Brigid trank ihren Kaffee aus und stellte die Tasse ins Spülbecken. Plötzlich befiel sie große Müdigkeit. Offenbar war sie den Problemen nicht gewachsen, die ihr das Leben aufbürdete. Am liebsten wäre sie einfach davongelaufen. Sie stieg die Treppe hinauf, legte sich wieder ins Bett und fiel im nächsten Augenblick in einen tiefen Schlaf.

Auch Jemima war ungewöhnlich früh wach geworden. Sie blieb noch eine Weile ruhig liegen und genoss das Gefühl tiefer Entspannung. Ihre Glieder waren schwer, und sie konnte sich nicht bewegen, ja nicht einmal die Augenlider öffnen. Sie war rundum glücklich. Ich liebe ihn, dachte sie. Mein Gott, ich liebe ihn wirklich.

Ein Kribbeln ging durch ihren Körper. Sie drehte sich auf die Seite und schloss ganz fest die Augen, um dieses plötzliche Glücksgefühl voll auszukosten. Sie hatte sich inzwischen mehrmals mit ihm getroffen. Jetzt rief sie sich die Gespräche mit ihm in Erinnerung, seine Blicke, die ihr Herz höher schlagen ließen. Aber er gab sich cool. Eine krankhafte Neugier trieb sie immer wieder dazu, das Thema Annabel anzuschneiden. Dadurch verdarb sie ihm zwar die Stimmung, aber sie konnte einfach nicht anders. Die Bekanntschaft mit ihm stellte für sie eine ganz neue Erfahrung dar. Bisher hatten sie die Partnerinnen ihrer Liebhaber kein bisschen interessiert. Das lag wohl daran, dass sie sich in keinen dieser Männer, mit denen sie nur kurzzeitig zusammen war, je verliebt hatte. Diesmal war es anders, und daher musste sie einfach wissen, was ihm an Annabel gefallen hatte. Sie bohrte immer wieder hartnäckig nach. Nach anfänglichem Widerstreben hatte er ein wahres Loblied auf Annabel angestimmt, und Jemima hatte sich ihren Teil dabei gedacht.

»Sie arbeitet in der IT-Branche«, hatte er erzählt. »Sie ist blitzgescheit und hat das Studium glänzend abgeschlossen« – *was sonst* – »und ein paar wirklich erstklassige Stellenangebote bei Spitzenunternehmen erhalten. Für ihren jetzigen Job wurde sie von einem Headhunter ausgewählt.« – *Natürlich*! – »Sie wird bestimmt Karriere machen« – *wer könnte daran zweifeln*? –, »denn alle halten große Stücke auf sie, und damit hat der Ärger angefangen.« – *Aha! Jetzt kommen wir zur Sache*! – »Ich hätte es ahnen müssen. Der Kerl, der sie einarbeitet, hat sich in sie verguckt. Ich kann es ihm wirklich nicht verübeln« – *oh, natürlich nicht* –, »aber es war für mich ein richtiger Schock, dass sie sich auch für ihn interessiert, und zwar so sehr, dass sie die Beziehung zu mir ganz ... ganz brutal abgebrochen hat.« – *Sie muss ein richtiges Miststück sein.* – »Aber vermutlich war ich einfach nur zu blöd ...« – *Nein, bist du nicht. Du bist großartig, und sie ist eine dumme Kuh.* – »Du bist so still. Entschuldige! Das alles muss furchtbar langweilig für dich sein. Ich habe mich gehen lassen.«

Sie riss sich zusammen und schüttelte den Kopf. »Du brauchst dich nicht zu entschuldigen. Es muss ein furchtbarer Schock gewesen sein.« *Lass dir nur nichts anmerken. Tu ganz lässig.* »Sie ist bestimmt nicht nur blitzgescheit, sondern auch ziemlich attraktiv, oder?«

Er lächelte versonnen. Unter dem Tisch ballte Jemima die Fäuste, ihr Lächeln war zu einer Grimasse erstarrt. Schließlich hast du das Ganze selbst provoziert, meine Liebe, sagte sie sich. Und jetzt halt den Mund! Natürlich möchtest du am liebsten fragen, wie sie aussieht, aber untersteh dich!

»Ehrlich gesagt, sie sieht phantastisch aus.« – *Mist! Das will ich nun wirklich nicht hören.* – »Sie hat eine Figur wie ein Model. So schlank, dass ihr alles steht.« – *Jetzt ist es zu spät, um sich kerzengerade aufzurichten und den Bauch einzuziehen, also vergiss es.* – »Und groß ist sie auch. Mit sehr dunklem Teint – aber was kümmert uns Annabel? Sprechen wir über dich. Das ist viel interessanter.«

»Stimmt.« Sie verscheuchte ihre Selbstzweifel und setzte

eine vergnügte Miene auf. Bald war seine gute Laune wiederhergestellt. Beinahe hätte er die letzte Fähre verpasst.

Jemima rollte sich auf den Rücken und kicherte in sich hinein. An ihr lag es nicht, dass er die Fähre noch erwischt hatte. Immer wieder hatte sie verstohlen auf die Uhr gesehen und alle möglichen Verzögerungstaktiken angewandt, bis er schließlich selbst merkte, wie spät es war. Obwohl sie von seinem Entschluss, nach Hause zu fahren, nicht gerade begeistert war, hatte sie Ruhe bewahrt und ihm fröhlich nachgewinkt. Später hatte er sie angerufen …

Jemimas Trägheit verschwand allmählich, und sie setzte sich gähnend auf. Draußen schien die Sonne, und sie lauschte dem Kreischen der Möwen und den vertrauten Hafengeräuschen. Am Spätnachmittag wollten sie sich auf einen Drink treffen und nach Bolberry Down hinausfahren, um einen Spaziergang entlang der Klippen zu machen. Anschließend war ein Abendessen im Pub geplant. Diesmal würde er die Fähre wohl nicht mehr kriegen. Unter dem Vorwand, es sei sowieso an der Zeit, holte sie frische Wäsche aus dem Schrank und bezog das Bett neu. Leise vor sich hin summend, warf sie die beige-blaue Patchworkdecke darüber und strich sie sorgfältig glatt. Dann zog sie mit nachdenklichem Lächeln die blauen Cretonne-Vorhänge auf, lehnte sich aus dem Fenster und blickte hinüber zum anderen Ufer, wo Stechginster und Heidekraut blühten.

Ihm gefiel es offensichtlich, sich von ihr chauffieren zu lassen. »Du fährst wie ein Mann«, hatte er anerkennend gemeint. »Normalerweise lasse ich mich nicht gern herumfahren.« Stets überließ er ihr die Entscheidung, was sie unternehmen sollten. Sie genoss es, wie andere Frauen ihn ansahen. Und sie war stolz darauf, sich mit einem Mann zu zeigen, der eine solche erotische Ausstrahlung besaß.

»Ich muss gestehen«, sagte er einmal, als das Pub überfüllt

war und sie auf einen Tisch warten mussten, »dass es mir gefällt, mit einer Frau unterwegs zu sein, die nicht wegen jeder Kleinigkeit Theater macht.«

»Theater?« Sie tat überrascht. Er antwortete: »Ach, ich dachte nur gerade an Annabel. Sie konnte manchmal ziemlich unangenehm werden, wenn nicht alles wie am Schnürchen lief.« Darauf meinte sie: »Ach ja, natürlich« – mit genau der richtigen Dosis amüsierter Beiläufigkeit. Jemima gab sich stets heiter und unbeschwert, wenn eine Situation kompliziert wurde – zum Beispiel, als es zu regnen begann, während sie mit der Fähre nach South Sands fuhren. Er hatte ihr ein Lächeln geschenkt, das ihr Herz wie ein Jojo tanzen ließ. Dann hatte er gemeint, er wisse nicht, wann er sich jemals so wohl gefühlt habe. »Geht mir genauso«, hatte sie fröhlich geantwortet. Daraufhin hatte er ihr den Arm um die Schulter gelegt und gemurmelt: »Du bist wirklich etwas ganz Besonderes.«

Etwas ganz Besonderes. Jemima richtete sich auf und trat vom Fenster zurück; sie hatte blondes, nicht dunkles Haar; Kleidergröße vierzig, als Model also ungeeignet; keinen Universitätsabschluss, keine Ausbildung in der Computerbranche – trotzdem war sie *etwas ganz Besonderes.*

Sie zog eine Grimasse. »Und wenn du an Liebeskummer eingehst, Annabel«, sagte sie und ging duschen.

20

Das Haus wirkte unverändert, und doch war es, als sehe sie es zum ersten Mal, so fremd erschien es ihr. Nein, fremd war nicht das richtige Wort. Es glich eher einem Traumbild oder einem Ort aus ferner Vergangenheit, der lediglich Neugier weckte.

Es ist alles so unwirklich, dachte Louise. Anders als Smuggler's Way. Oder Foxhole. Aber dieses Haus besitzt für mich keinerlei Bedeutung mehr.

Sie war irritiert. Auf der Rückreise nach London hatte sie überlegt, wie sie wohl reagieren würde, aber dass sie nur Neugier empfinden würde, hätte sie nicht geglaubt. Drei Jahre hatte sie hier verbracht, doch nach den Ereignissen der vergangenen sechs Wochen fühlte sie sich von ihrem früheren Leben abgeschnitten. Aber nicht alles gehörte der Vergangenheit an. So wie sie sich von Rory und Hermione gelöst hatte, erschien ihr jetzt die Zeit mit Martin wie das Leben einer anderen Frau. Hier in der Küche hatte eine andere Louise gestanden, eine andere Louise war die Treppe hinaufgestiegen und hatte im Garten gearbeitet. Sie sah sich um und nahm die Gegenstände wahr, die einst zu ihrem Alltag gehört hatten, ihrem Leben mit Martin. Wo war die Louise, die hier gewohnt hatte? Wer war sie?

Die Haustür öffnete sich und fiel ins Schloss. Sie stand

reglos da und wartete. Dann hörte sie seine raschen Schritte im Flur, und er trat in die Küche, beladen mit Einkaufstüten, offenbar in Gedanken versunken. Als er sie sah, fuhr er zusammen.

»Entschuldige«, sagte sie fast automatisch. »Ich bin etwas zu früh dran. Das Auto hast du natürlich nicht erkannt.«

»Ich dachte, du kämst mit dem Zug.« Es klang wie ein Vorwurf. »Du sagtest, du würdest vom Bahnhof aus anrufen.«

»Stimmt.« Wie merkwürdig es war, mit ihm hier zu stehen. »Aber wie du siehst, habe ich es mir anders überlegt. Ist das schlimm?«

Sie konnte beinahe seine Gedanken erraten. Er hatte erwartet, dass sie mit dem Taxi kam, sodass er sich vorbereiten konnte. Und nun fragte er sich, ob sie etwas gesehen hatte, was ihn kompromittieren konnte.

»Du hast vergessen, dass ich einen Schlüssel habe. Tja, ich wohne schließlich hier.«

Jetzt nicht mehr, mein Schatz. Sie erriet seine Gedanken. Er drehte sich um und stellte die Tüten auf den Tisch, um Zeit zu gewinnen.

»Wie braun gebrannt du bist«, sagte sie beiläufig. »Du siehst richtig erholt aus.«

Er seufzte. »Okay. Keine subtilen Anspielungen bitte! Nein, ich hab mir diese Bräune nicht auf britischen Golfplätzen geholt. Aber das wusstest du doch, oder?«

»Anfangs nicht«, entgegnete sie gedehnt. »Zwar hatte ich einen Verdacht, aber erst als ich den Mann im Zug kennen lernte …« – und die Frau mit dem Kind sah, dachte sie, und ihr Herz schlug schneller.

»Welchen Mann?« Er schaute sie ungeduldig an. »Wovon sprichst du?«

»Spielt keine Rolle.« Plötzlich wünschte sie sich weit weg

von diesem Ort. Langsam und schmerzhaft war der Prozess gewesen, durch den sie die Wirklichkeit wieder in den Griff bekommen hatte, und sie wagte es nicht, das Erreichte aufs Spiel zu setzen. »Wirklich, Martin, es ist unwichtig.«

»O bitte.« Er schloss die Augen. »Spiel nicht die Märtyrerin.«

»Tu ich doch gar nicht. Die Dinge haben sich nur geändert. Ich konnte dir noch gar nicht erklären –«

»Ich weiß, ich weiß. Ich hätte noch mal nach Devon kommen sollen, aber ehrlich gesagt, war das nicht so mein Fall. Der untreue Liebhaber, der schuld daran ist, dass seine treue Geliebte einen Nervenzusammenbruch erleidet …«

»Da hast du ein völlig falsches Bild von Frummie. Sieh mal, Martin, ich will dir doch nur sagen, wie ich mich fühle.«

»O ja, ich weiß, was jetzt kommt. Ja, ich hätte nicht einfach in den Süden abhauen sollen. Ich hätte am Telefon nicht so empfindlich sein sollen. Ich hätte dich in Devon öfter besuchen sollen.«

»Vor allem hättest du keine Affäre mit Carol anfangen sollen.«

Er riss die Augen auf. »Dann hast du es also doch gewusst?«

Sie blickte ihn nachdenklich an. »Meinst du wirklich, ich bin darauf reingefallen, als du sie vor mir ständig runtergemacht hast?«

»Aber du hast doch gesagt, es war nur ein Verdacht.«

»Stimmt.« Sie zuckte die Schultern. »Ich hätte dir einen besseren Geschmack zugetraut.«

Eine billige Bemerkung, aber der Hieb saß.

Er lief rot an, und sie wandte sich ab, erschrocken über ihre Schadenfreude.

»Sie ist jung.« Jetzt wollte er sie verletzen. »Dreiundzwanzig.«

Sie sah ihn mitleidig an. »Dann ist ja alles bestens«, erwiderte sie. »Wenn es das ist, was du willst, Martin –«

»Sei nicht so arrogant!«, schrie er. »Ich habe dich aus dem Nichts herausgeholt, vergiss das nicht. Du wusstest nicht einmal, was für ein Wochentag ist. Du warst völlig am Ende! Sogar deine Mutter hatte dich aufgegeben.«

»Das ist völlig richtig«, erwiderte sie. »Du warst sehr gut zu mir, Martin. Du hast dich um mich gekümmert.«

»Und wie ich mich gekümmert habe, vor allem am Anfang! Das kannst du mir glauben.«

»Martin, hören wir doch auf damit! Ich bin dir dankbar für alles, was du für mich getan hast, aber ich möchte dir sagen, es ist vorbei. Nein, warte. Nicht wegen Carol, sondern weil ich mich meiner Vergangenheit gestellt habe. Du hast mich vor all dem beschützt, aber jetzt muss ich mich damit auseinander setzen, und das geht nicht hier oder mit dir.«

Er riss überrascht die Augen auf. »Und wie hat das angefangen?«

Louise zögerte. Es hatte keinen Sinn, ihm zu sagen, dass der Auslöser seine Untreue gewesen war. Das würde er nicht verstehen, sondern als Vorwurf betrachten. Und außerdem war es wirklich nicht mehr wichtig.

»Ich denke, es war nur eine Frage der Zeit«, sagte sie langsam. »Der Schock über Hermiones Tod hat mich betäubt. Ich konnte dieser Tatsache nicht ins Auge sehen. Vielleicht habe ich mich davor geschützt, bis ich es ertragen konnte. Keine Ahnung. Nur ist es eben passiert, und jetzt ist alles anders.«

»Du meinst, dir liegt nichts mehr an mir?«

Er hatte seinen Vorteil erkannt und die Chance ergriffen. Jetzt konnte er ihr die Schuld zuschieben.

»Ich mag dich immer noch sehr«, meinte sie ruhig. »Möchtest du mich wiederhaben?«

In seinem Gesicht spiegelten sich widerstreitende Gefühle: Ärger, Angst, Argwohn. Sie musste lachen.

»Können wir nicht ehrlich zueinander sein? Ich möchte gehen, und du willst mich loshaben. Warum müssen wir uns Vorwürfe machen? Ich weiß noch nicht, was ich tun werde, aber ich glaube, ich muss allein sein.«

»Du bleibst doch nicht etwa in Devon?«

»Bei Frummie kann ich nicht ewig wohnen«, sagte sie. »Ich überlege, ob ich für den Winter ein Häuschen miete. Im Augenblick möchte ich nicht allzu weit vorausplanen.«

Seine Miene entspannte sich. Auch jetzt war er noch bereit, ihr zur Seite zu stehen. »Und du kommst zurecht, was meinst du? Finanziell jedenfalls musst du dir vorerst keine Sorgen machen. Du brauchst ein Auto. Ein Mietwagen ist langfristig viel zu teuer. Wir könnten da etwas arrangieren.«

»Das ist furchtbar lieb von dir, Martin«, sagte sie dankbar. »Anfangs werde ich mir ein bisschen Geld leihen müssen, aber ich hoffe, bald Arbeit zu finden.«

»Bist du denn fit genug, um zu arbeiten?«

Sie zuckte die Schultern. »Kommt drauf an. Aber ich will dir nicht länger als nötig zur Last fallen.«

»Aber Schatz. Das spielt doch keine Rolle. Sei nicht albern.«

»Danke.« Sie lächelte ihn an. »Mir ist es wichtig, dass wir Freunde bleiben. Ich bin noch nicht ganz aus dem Gröbsten raus.«

Plötzlich war die alte Vertrautheit wieder da. Er umarmte sie. »Und jetzt erzähl, wie es dir wirklich geht.«

»Du siehst schon ein bisschen besser aus«, sagte er später zu ihr.

Er hatte in der blau geblümten Kanne Tee für sie gekocht. Sie saßen im Wohnzimmer, und die Verandatür zu dem hübschen kleinen Garten war weit geöffnet. Rosenholzmöbel, mit edlem Stoff von *Rose and Hubble* bezogene Sessel – die Vorhänge passten dazu –, und auf dem Tisch das kostbare Meißener Porzellan. Martins Mutter hatte ihrem Sohn etwas Grundbesitz und ein nicht unbeträchtliches Vermögen hinterlassen. Oft wartete er Monate lang auf ein bestelltes Gemälde, eine Figurine oder einen Schreibtisch, die zu seiner übrigen Einrichtung passten.

Lächelnd dachte Louise an die Wohnung, die sie mit Rory im Smuggler's Way geteilt hatte: ein Betonbau mit Flachdach und grauem Rauputz, einförmige, nüchterne Möbel. Plötzlich erinnerte sie sich an Details wie die selbstklebende Dekorborte im Badezimmer und sehnte sich schmerzlich nach einer verlorenen Vergangenheit.

»Was ist?« Er schenkte ihr Tee nach und blickte sie mit der alten Zuneigung an.

»Ach, Martin!« Sein Mitgefühl ließ sie unwillkürlich erschaudern. »Es ist so schwer, diesen Weg zurückzugehen.«

»Meine arme Kleine.« Er legte ihr den Arm um die Schultern und wiegte sie sanft.

Sie lehnte sich an ihn, getröstet von seiner Zärtlichkeit und Kraft. In diesem Augenblick erschien es ihr als das Einfachste, erneut bei Martin Schutz zu suchen und sich den schmerzlichen Erinnerungen zu entwinden. Vielleicht fühlte auch er sich zu ihr hingezogen, und seine Liebe kehrte zurück, weil sich ihm eine Herausforderung bot. Louise spürte, dass ihr Atem schneller ging und er sie fester in seine Arme zog. Offenbar konnte auch er sich dem sanften Schauder der Leidenschaft nicht entziehen. Plötzlich sehnte sie sich danach, einfach mit ihm zu schlafen und sich so auf unkomplizierte Weise der Anspannungen zu entledigen; nicht mehr denken zu müssen, sich ganz der Erregung und anschließend der völligen Entspannung hinzugeben. Doch noch während ihr der Gedanke durch den Kopf ging, wusste sie, dass das unmöglich war. Die Zärtlichkeit zwischen ihnen konnte nur deshalb aufkeimen, weil sie sich beide voneinander zurückgezogen hatten. Sie waren emotional frei und konnten sich deshalb in aufrichtiger Zuneigung begegnen. Aber es gab keinen Weg zurück. Wenn sie der sexuellen Anziehung nachgaben, würde alles nur noch schlimmer werden.

Sie lehnte sich zurück, sodass sie ihm ins Gesicht sehen konnte. »Am Anfang muss es sehr schwer für dich gewesen sein, Martin. Aber du hast deine Sache gut gemacht. Woher wusstest du, was das Richtige für mich war? Dieses Gespür hatte sonst keiner, nicht einmal meine Mutter.«

Diese Bemerkung verscheuchte die prickelnde Atmosphäre, und er rückte ein Stück von ihr ab, um über die Frage nachzudenken.

»Das Einzige, was mir klar war«, sagte er, »war, dass du Zeit brauchtest. Der Schock hatte dich geradezu überwältigt. Menschen, die schwere körperliche Verletzungen erleiden, lässt man viel Zeit, damit sich ihr Körper regenerieren kann, und bei dir war es die Seele, die heilen musste. Wahrscheinlich war es falsch, dich zu ermuntern, das Geschehene völlig zu ignorieren, aber ich war mir nicht sicher, was in deinem Kopf vorging. Ich wusste nie, ob du es schaffen würdest, aber ich hatte das Gefühl, du brauchst Ruhe.«

»Lieber Martin, damals habe ich tatsächlich Abstand gebraucht. Ich … ich konnte einfach nicht daran denken. An Hermione. Ich war wie von Sinnen, Martin, wahnsinnig vor Kummer und Schuldgefühlen, und ich konnte die Leere nicht ertragen. Das Leben hatte für mich keinen Sinn mehr. Wenn Rory da gewesen wäre … Nein.« Sie schüttelte den Kopf. »Es war nicht seine Schuld. Aber damals habe ich ihm Vorwürfe gemacht, weil er nicht bei mir war. Wenn er da gewesen wäre und wir alles gemeinsam hätten durchstehen können, dann wäre dieses Gefühl der Leere vielleicht gar nicht erst aufgekommen und ich hätte mir sagen können, dass es sich lohnt, für ihn weiterzuleben. Aber drei Wochen lang war ich allein mit dieser furchtbaren Leere, und als er kam, war es zu spät. Ich war verzweifelt. Erstarrt. Er erreichte mich nicht. Meine Mutter hat gespürt, dass ich alles zerstörte, was mir geblieben war, und das machte sie wütend. Ich kann ihren Ärger zwar verstehen, aber wir sind nie besonders gut miteinander ausgekommen.«

»Sie war … nicht besonders einfühlsam.«

Louise lachte kurz auf. »Nein. Takt war nie ihre Stärke. Aber Hermiones Tod hatte auch sie schwer getroffen, deshalb dürfen wir nicht zu streng mit ihr sein.«

»Ich habe nie begriffen, warum sie dich nach dem Begräbnis in Faslane allein gelassen hat.« Er musterte sie. »Kannst du jetzt darüber reden?«

Sie nickte. »Ich glaube, ja. Du darfst nicht vergessen, dass wir nie ein besonders gutes Verhältnis zueinander hatten. Sie wollte unbedingt einen Sohn, weißt du. Erst nach Jahren wurde sie schwanger, und dann, nach all der Aufregung, kam ich, ein Mädchen, zur Welt. Später hatte sie eine Fehlgeburt. Es war ein Junge, und ich glaube, sie hat mir nie verziehen, dass ich lebte, während er sterben musste. Mein Vater starb mit Anfang vierzig, und als ich zur Universität ging, hatten wir uns bereits völlig auseinander gelebt. Es gab nichts, was uns verband. Bis ich Rory kennen lernte. Sie vergötterte ihn geradezu. In ihren Augen war er ein Ritter ohne Fehl und Tadel. Er war reizend zu ihr, aber zu ihrer Enttäuschung bekam ich ein Mädchen. ›Ein Mann wie Rory braucht einen Sohn‹, sagte sie, als wäre es meine Schuld. Sie hatte für Hermione nie viel übrig. Als wir nach Faslane zogen, wurde die Entfernung zwischen uns noch größer, und da Rory oft lange zur See fuhr, sahen wir sie kaum noch. Natürlich ist sie zur Beerdigung gekommen. ›Du kannst noch mehr Kinder haben‹, sagte sie, und ich wusste, dass sie immer noch die Hoffnung hatte, ich würde ihr eines Tages einen Enkel liefern. Man versteht, dass sie Angst hatte, Rory zu verlieren. So nah war sie ihrem Ziel, einen eigenen Sohn zu haben, nie gewesen.«

»Ich muss zugeben«, sagte Martin nach kurzem Schweigen, »dass ich mit deiner Mutter auch nie richtig warm geworden bin.«

Louise lächelte. »Ich glaube, das beruht auf Gegenseitigkeit.«

»Also, wie ist denn nun in Devon diese Lawine ins Rollen gekommen?«

»Ich habe ein Kind kennen gelernt«, erwiderte sie langsam. »Ein kleines Mädchen namens Hermione.« Sie spürte, wie er zusammenzuckte. »Ich glaube, dass die Schleusen bereits geöffnet waren, und dieses Mädchen hat alles wieder hochgebracht.«

»Und der Nervenzusammenbruch? Ich dachte, daran wäre ich schuld. Dieser fürchterliche Anruf –«

»Nein«, beeilte sie sich zu erwidern. »Es hat vermutlich dazu beigetragen, aber so einfach war das nicht, Martin. Hermione wurde nämlich krank. Ihre Symptome waren dieselben wie bei einer Hirnhautentzündung, und plötzlich schien es, als wiederhole sich meine Geschichte. Das war der Tropfen, der das Fass zum Überlaufen brachte.«

Er starrte sie entsetzt an. »Aber sie ist doch nicht …?«

»Nein«, sagte Louise. »Sie ist nicht gestorben. Ich habe Thea gewarnt, sie hat einen Arzt gerufen, und Hermione kam ins Krankenhaus. Es war nur ein Virus, keine Hirnhautentzündung. Sie hatte keine Sepsis wie … wie meine Hermione …«

Martin legte ihr den Arm um die Schultern, als sie in Tränen ausbrach. Er hielt sie so lange im Arm, bis sie sich aufrichtete, sich die Haare aus dem Gesicht strich und ihn anlächelte.

»Jetzt geht es mir tatsächlich besser«, sagte sie, »aber manchmal zieht es mich wieder runter. Es ist doch richtig, dass wir uns trennen, oder?«

Es folgte ein langes Schweigen.

»Ja«, antwortete er schließlich. »Ich glaube schon. Andernfalls würdest du nie darüber hinwegkommen.«

Seine Klugheit rührte sie. »Nicht, dass mir nichts mehr an dir läge. Du verstehst das, nicht wahr?«

Er strich ihr mit dem Finger über die Wange. »Schatz«, sagte er sanft. »Ich weiß, dass du mich gebraucht hast und dass du mich immer noch magst. Aber geliebt hast du mich nie.«

Sie starrte ihn entgeistert an. Einen kurzen Moment fragte sie sich, ob er sich damit gegen Vorwürfe wegen Carol schützen wollte, doch dann wischte sie den Gedanken beiseite. Über solch kleinliche Racheakte waren sie längst hinaus.

»Natürlich habe ich dich geliebt.«

»Nein.« Er schüttelte den Kopf. »Du liebst Rory. Du hast ihn damals geliebt, und du liebst ihn immer noch. Ich wusste es, aber es gab keine Lösung. Ihr hättet nicht zusammenbleiben können. Damals jedenfalls nicht.«

»Nein. Sag so was nicht. Findest du nicht, dass ich schon genügend Schuldgefühle habe?«

»Du kannst nichts dafür. Das Ganze war wie eine furchtbare Explosion, die euer beider Leben erschüttert hat.«

Rory. Sie sah ihn vor sich, als stehe er leibhaftig neben ihr; sie hörte seine liebevolle Stimme.

Also! Wo waren wir stehen geblieben?

»Ich wage es nicht, an Rory zu denken.« Panik ergriff sie.

»Ich bin einfach noch nicht bereit dazu. Ich kann gar nicht daran denken, wie sehr ich ihn verletzt habe. Erzähl mir etwas, Martin. Erzähl mir, was es bei dir Neues gibt.«

Ihre Hand zitterte, als sie die Teetasse nahm, aber es gelang ihr, ihre Ängste und ihren Schmerz zu bezwingen, während sie Martins Stimme lauschte. Sie klang beruhigend und besänftigend, wie so oft in der Vergangenheit.

21

Als der Brief schließlich eintraf, ließ Brigid ihn fast den ganzen Tag lang auf dem Küchentisch liegen, bevor sie ihn las. Ihre Feriengäste packten gemächlich die Koffer und ließen sich Zeit mit der Abreise, sodass Brigid in aller Eile putzen, Staub wischen, für saubere Bettwäsche und Milch im Kühlschrank sorgen musste, bevor die neuen Gäste kamen. Es waren Stammgäste, alte Bekannte, und deshalb musste sie sich Zeit für die Begrüßung nehmen und ihnen Tee anbieten. »Ich muss schon sagen, dein Geld ist sauer verdient«, bemerkte Frummie, die es sich im Liegestuhl auf ihrer Terrasse bequem gemacht hatte und tat, als lese sie ein Buch, während sie in Wirklichkeit aufmerksam das Geschehen beobachtete. Sie vermisste Louise, war gereizt und wusste nichts mit sich anzufangen. »Du kochst ihnen Tee und plauderst stundenlang mit ihnen. Das ist hier doch kein Hotel.«

»Ich kenne sie seit Jahren.« Brigid verspürte den Drang, sich zu rechtfertigen, und das ärgerte sie. Sie wusste sehr wohl, worauf Frummie wieder einmal anspielen wollte: dass ihre Tochter keine Zeit für sie hatte. »Sie sind den langen Weg von Carlisle hierher gefahren.«

Frummie zuckte die Achseln. »Unterwegs gibt es doch bestimmt Teesalons.«

Brigid unterdrückte den Impuls, ihrer Mutter über den

Mund zu fahren. »Sicher, aber wir haben uns im Laufe der Jahre eben angefreundet.«

»Ach so, das ist was anderes. Aber ich sehe, dass du völlig erschöpft bist. Den ganzen Tag rennst du herum, um alles für sie herzurichten, und dann lädst du sie auch noch zum Tee ein – das ist alles ein bisschen zu viel für dich.«

»Es gehört eben einfach dazu. Doch nun hab ich es hinter mir und kann mich endlich ausruhen. Ich werde ein Gläschen Wein trinken, bevor ich mir Gedanken übers Abendessen mache.«

»Ist das eine Einladung?«

Brigid sehnte sich danach, allein und ungestört in ihrer Küche oder im sonnigen Hof zu sitzen, aber sie wusste sehr wohl, dass Frummie sie auf die Probe stellte: Wenn sie für ihre Gäste Zeit hatte, dann doch wohl erst recht für ihre eigene Mutter.

»Möchtest du ein Gläschen mittrinken?« Sie tat, als sei die Aussicht auf Frummies Gesellschaft eine freudige Überraschung. »Ich habe einen guten australischen Chardonnay, den Humphrey vor der Abreise gekauft hat. Die Flasche steht seit heute Morgen im Kühlschrank, müsste also inzwischen kalt sein. Bei dem schönen Wetter sollten wir uns in den Hof setzen.«

»Das würde mich freuen. Aber nur, wenn du es wirklich möchtest.«

»Gewiss. Ich hole den Wein. Bis gleich.«

Im kühlen Dunkel des Flurs schloss sie genervt die Augen und stieß einen leisen Fluch aus. Wie gern hätte sie die Schuhe abgestreift, den Kopf auf ein weiches Kissen gebettet, die Augen geschlossen und einfach nur geschlafen. In der Küche schlug Blot mit dem Schwanz auf die kühlen Fliesen, rührte sich aber nicht vom Fleck. Er lag auf dem Bauch, die Beine von sich gestreckt, wie eine schwarze Pfütze auf dem grauen Schiefer. Sie streichelte ihn sanft mit dem Fuß, zu müde, um sich zu bücken.

»Gläser«, murmelte sie vor sich hin. »Und den Korkenzieher. Mein Gott, bin ich fertig.«

Dann warf sie einen Blick auf die Briefe, die sie am Morgen achtlos auf den Tisch gelegt hatte, und spürte, wie Angst in ihr hochstieg. Sie schob den obersten Umschlag etwas zur Seite, damit sie den Brief von der Bank genauer betrachten konnte.

Mach ihn bloß nicht auf! Das war ihr erster Gedanke. Sie konnte doch diesen Brief nicht lesen und danach mit ihrer Mutter im Hof sitzen und so tun, als sei nichts geschehen! Ihr Herz krampfte sich zusammen. Aber war es nicht noch quälender, sich über den möglichen Inhalt dieses Briefes das Hirn zu zermartern? Vielleicht war es ja gar nicht so schlimm, wie sie befürchtete. Ohne weiter nachzudenken, riss sie den Umschlag auf und zog das Schreiben ein Stück heraus. Sie las die ersten Zeilen und faltete es hastig wieder zusammen.

»... und ich bedaure, Ihnen mitteilen zu müssen, dass es erforderlich sein könnte, auf Ihre Sicherheit zurückzugreifen ...«

Sie stand da, den Brief in der Hand, und starrte ins Leere ... dass es erforderlich sein könnte. Nur *könnte.* Sie zog das Schreiben ganz heraus und überflog es, als könne sie den Worten ihren Schrecken nehmen, wenn sie schnell las.

»... Die Partner versuchen gegenwärtig, die Segelschule zu verkaufen, und falls dies gelingt, könnten die noch ausstehenden Schulden durch den Erlös beglichen werden. Dennoch ist es nur fair, Sie zu warnen ...«

»Bist du hier, Herzchen?« Frummies Stimme hallte durch den Flur. Rasch faltete Brigid den Brief zusammen und ließ ihn zwischen den anderen Umschlägen verschwinden.

»In der Küche. Offenbar habe ich den Korkenzieher verlegt.«

Als ihre Mutter in der Tür erschien, stand Brigid am Buffet, hatte die Schublade aufgezogen und lächelte befangen, den Korkenzieher in der Hand.

»Wie dumm von mir«, sagte sie und wunderte sich selbst, wie leicht ihr die Worte über die Lippen kamen, »ich glaube, ich verliere allmählich den Verstand.«

»Wenn's weiter nichts ist«, meinte Frummie grinsend. »Besser, als den Korkenzieher zu verlieren.«

»Würdest du die Gläser nehmen?« Aus irgendeinem Grund hielt Brigid es in der Küche nicht mehr aus. Sie wollte an die frische Luft, in die Sonne. »Ich bringe die Flasche mit.«

»Großartig. Ich hab auch was zum Knabbern für uns, aus dem Feinkostladen in Ashburton. Musst du unbedingt probieren.«

Brigid holte den Wein aus dem Kühlschrank, hielt die eiskalte Flasche fest in der zitternden Hand und folgte der Mutter hinaus in den Hof.

Jemima fuhr durch die engen Gassen, hörte *Saturday Night Fever* und sang laut mit. Sie bebte vor Glück. Die warme Luft, erfüllt vom spätsommerlichen Duft der schweren roten Erde, des gelblichweißen Geißblatts und des süß duftenden Heus, betörte alle Sinne. Unter den Brombeerbüschen mit den zarten rosafarbenen Blüten wuchsen langstielige Weidenröschen. Bald würde man die schwarzen, wohlschmeckenden Beeren pflücken können, und die Weidenröschen würden einen dichten, flaumig weißen Schopf bekommen. Der Herbst stand vor der Tür.

»… *uh, uh, uh, uh, staying alive, staying alive*«, sang Jemima und dachte mit einem wohligen Schauder an das bevorstehende Rendezvous.

»Ich fahre gar nicht gern zurück«, hatte er gesagt.

Aus Angst, sich zu verraten, hatte sie geschwiegen, obwohl sie am liebsten gerufen hätte: »Dann geh nicht. Bleib hier. Bleib bei mir.« Sie wusste, dass er sich nicht gern in die Karten schauen ließ, und daher musste sie ihre Neugier zügeln. Er mochte ihre unaufdringliche Art, das spürte sie. Für Jemima war dieses Verhalten ganz normal. Bisher war es ihr gelungen, sich ihre Freiräume zu bewahren, und meist waren es ihre Liebhaber, die sie drängten, sich stärker einzulassen. Schnell hatte sie erkannt, dass er ihre Eigenständigkeit und ihre scheinbare Gleichgültigkeit aufregend fand.

Jemima runzelte die Stirn. Eine Zeit lang waren solche Spielchen in Ordnung, aber die ständige Wachsamkeit und Selbstbeherrschung waren auf Dauer schwer aufrechtzuerhalten und furchtbar anstrengend. Wenn er für sie nicht mehr als ein Urlaubsflirt gewesen wäre, hätte sie das völlig okay gefunden. Doch diesmal ging es für sie um mehr.

»Um Himmels willen«, murmelte sie, »ich kenne ihn doch erst drei Wochen. Zweiundzwanzig Tage, um genau zu sein.« Aber sie wusste, dass sie sich schon bei ihrem zweiten Rendezvous verliebt hatte. Richtig verliebt. Was hatten dieses flaue Gefühl im Magen und diese Sehnsucht nach seiner Nähe sonst zu bedeuten? Sie konnte sich nicht konzentrieren, nichts essen. Wenn er anrief, schlug ihr das Herz bis zum Hals und sie brachte kaum einen Ton heraus, aber es war wunderbar. Selbst die Angst und die Unsicherheit wirkten auf schmerzliche Weise erregend.

Sie schnitt eine Grimasse und grinste. Ich bin eine Meisterin im Dramatisieren! Sie lehnte sich zurück und genoss den warmen, sonnigen Abend. Kühl und frisch schmiegte sich die beigefarbene Leinenbluse an ihre Haut. Dazu trug sie eine honigfarbene Caprihose und hellbraune Ledersandalen. Sie fühlte sich stark, attraktiv, zuversichtlich.

Er wartete schon auf sie; die Tür zum Cottage stand weit offen. Die Anlage bestand aus vier umgebauten Scheunen rund um einen Hof mit Parkplätzen für die Gäste, aber jede Ferienwohnung hatte einen kleinen Garten mit Blick auf das hügelige Land, das zum Meer hin abfiel. Ein Holzzaun umgab die gepflasterte Terrasse, auf der man völlig ungestört war. Diese Ferienwohnungen waren teuer und wurden im Allgemeinen von jungen kinderlosen Paaren oder älteren Leuten gebucht. Jemima stellte den Wagen neben seinem Kabriolett ab und stieg aus, bemüht, eine plötzliche Nervosität niederzukämpfen.

»Du siehst großartig aus«, sagte er.

»Danke.« Würde er sie umarmen? Ihr einen Begrüßungskuss geben?

Sie schlüpfte an ihm vorbei, wartete nur ein paar Sekunden auf die ersehnte Umarmung. Das hatte sie sich zur Regel gemacht, denn wenn sie ihren Gefühlen auch nur ein Stück weit nachgab, würde sie sich unweigerlich verraten. Er hatte eine etwas unterkühlte Art, aber darin konnte sie es mit ihm aufnehmen. Annabel war offenbar ausgesprochen beherrscht und zurückhaltend, und das hatte ihm gefallen. Sie, Jemima, war zwar kein Klon Annabels, aber sie würde sich ihr ein Stück weit, nur ein klein wenig angleichen – also keine Gefühlsausbrüche, nur ab und zu eine wohl dosierte Prise Leidenschaft.

Er folgte ihr hinaus auf die Terrasse, wo unter einem Sonnenschirm eine schmiedeeiserne Sitzgruppe stand. Auf dem Tisch erblickte sie einen Eiskübel mit einer Flasche Weißwein und Lachsbrötchen.

»Nanu?« Sie hob die Augenbrauen. »Du kannst also auch ein Essen zaubern?«

»Wieso ›auch‹?«

»Außer dass du blendend aussiehst«, erwiderte sie leichthin und genoss den Rollentausch.

Kichernd nahm er die Flasche aus dem Kübel. »Das ist noch gar nichts.«

Sie sah ihn an. »Das will ich hoffen«, gab sie herausfordernd zurück und schmunzelte in sich hinein, als sie einen Anflug von Überraschung in seinen Augen wahrnahm.

»Wie war dein Tag heute?« Er hatte sich wieder gefasst und füllte die Gläser.

»Ziemlich erfolgreich. Ich habe einen Bungalow bei Thurlestone übernommen. Der Besitzer ist gestorben, und der Sohn lebt in London. Er möchte das Haus vermieten, sich aber alle damit verbundenen Scherereien ersparen und es jedes Jahr einen Monat lang selbst nutzen. Das Gute ist, dass er sich direkt an mich gewandt hat. Ein Nachbar hat mich ihm empfohlen. Mein Chef wird sich freuen. Das gibt Punkte.«

»Dann haben wir ja einen Grund zum Feiern.« Er prostete ihr zu. »Neben Viehzucht und Tourismus gibt es hier wohl nicht viele Branchen, oder?«

Sie nahm einen Schluck und unterdrückte eine aufkeimende Hoffnung. »Kommt drauf an, in welchem Bereich du arbeitest. Auch in Südwestengland werden Ärzte, Lehrer und Anwälte gebraucht.«

Er schwieg, und Jemima gratulierte sich im Stillen zu ihrer gleichmütigen Reaktion.

»Da magst du Recht haben«, sagte er schließlich. »Natürlich. Aber wie sieht's beispielsweise mit der IT-Branche aus?«

»Oh, auch in Devon können die Menschen mit dem Internet umgehen«, meinte sie leichthin. »Langsam, aber sicher. Oder dachtest du, jenseits von Bristol benutzt man keine Computer?«

»Natürlich nicht.« Er runzelte die Stirn. »Ich möchte den Leuten hier nicht zu nahe treten, aber es wäre vorstellbar, dass man in meiner Branche hier nicht ohne weiteres einen Job findet.«

Wie soll ich darauf reagieren?, dachte sie.

»Ich weiß natürlich nicht, was du genau machst.« Sie lächelte ihn freundlich an. »Spielst du etwa mit dem Gedanken, hierher zu ziehen?«

Er erwiderte ihren Blick und sah sie nachdenklich an.

»Um ehrlich zu sein, habe ich die letzten Tage ab und zu daran gedacht.«

Am liebsten wäre sie aufgesprungen, hätte die Arme hochgerissen und einen Jubelschrei ausgestoßen. »Hm, ich weiß auch nicht. Vermutlich müsstest du dich erkundigen. Kontakte knüpfen.«

»Vermutlich.« Er lächelte sie an, amüsiert über ihre gelassene Reaktion. »Ich müsste ein paarmal am Wochenende herkommen und mich … kundig machen.«

Sie schüttelte den Kopf. »Um die Jahreszeit ist das gar nicht so einfach. Bis Ende September ist hier Hochsaison.«

»Du meinst, ich finde keine Unterkunft?«

»Mit etwas Glück und mit tatkräftiger Hilfe von Freunden schon.«

»Meinst du da jemanden Bestimmten?«

O mein Gott!, dachte sie. Das ist deine Chance. Lass sie dir nicht entgehen!

»Dir gefällt nur die schöne Aussicht meiner Wohnung«, erwiderte sie. »Gib's doch zu!«

»Die Aussicht und einiges andere«, sagte er und streckte ihr die Hand entgegen.

Sie wartete ein paar Sekunden, ehe sie sie ergriff. »Ich werd's mir durch den Kopf gehen lassen.«

22

Auf der Rückfahrt nach Devon schwankte Louise zwischen Glück und Verzweiflung. In den vergangenen schmerzlichen Monaten hatte sie lernen müssen, dass man die Vergangenheit nicht einfach abschütteln und verdrängen konnte. Jetzt aber verspürte sie zum ersten Mal seit Jahren eine gewisse Zuversicht. Sie musste nichts mehr verleugnen, sondern konnte sich der Vergangenheit offen stellen. Hermione, Rory und Martin waren ein Teil ihres Lebens, doch sie hatte alle drei verloren. Damit musste sie sich abfinden. Auf dem Weg zurück nach Foxhole gingen ihr viele Erinnerungen durch den Kopf: Spaziergänge auf einem Waldweg, den blühende Rhododendren säumten; Hermione, wie sie auf der Halbinsel Rhu Spit mit den anderen Kindern spielte, deren Väter ebenfalls bei der Marine waren; der Blick über Gare Loch; ein Besuch des Royal Northern Yacht Club mit Rory. Diese Erinnerungen waren lange verschüttet gewesen, traten aber nun mit überraschender Frische zutage. Hermione, wie sie atemlos vor sich hinsang, während sie mit Percy spielte; wie sie unverständliche Sätze in ihr Spielzeugtelefon brabbelte; wie sie mit ihrem Dreirad im Kreis in der Küche umherfuhr. Die winzigen Füßchen mit den eingerollten Zehen, die molligen Ärmchen; die perlmuttfarbenen Zähne im rosigen Gesicht.

Wie weh tat das angesichts der schrecklichen Endgültigkeit des Todes!

»Was wirst du jetzt machen?«, hatte Martin besorgt gefragt. »Wo wirst du wohnen?«

»Ich kann bei Frummie bleiben«, hatte sie geantwortet, »bevor ich mir irgendwo eine Wohnung miete. Aber zuallererst muss ich mir einen Job suchen.«

»Willst du wieder …?«

Seine vorsichtige Frage brachte sie zum Schmunzeln. »Ob ich in meinen alten Beruf zurückkehre? Was soll ich sonst tun?«

»Wirst du das schaffen? Um Himmels willen, Schatz, du darfst nichts überstürzen.«

Vor ihrer Heirat mit Rory hatte sie als Vorschulerzieherin gearbeitet. Sie hatte Kinder immer gemocht und sich so danach gesehnt, eine eigene Familie zu gründen.

»Ich glaube schon, dass ich es schaffe«, erwiderte sie. »Ich muss wieder auf eigenen Füßen stehen, Martin.«

»Ja, das verstehe ich, aber du darfst dir nicht zu viel zumuten. Auf jeden Fall werde ich dich vorerst weiter unterstützen.«

»Das ist lieb von dir, Martin. Aber ich möchte auf keinen Fall von dir abhängig sein. Wenn du mir noch eine Weile unter die Arme greifst, bin ich dir sehr dankbar, aber ich werde dir das Geld irgendwann zurückzahlen.«

»Also gut. Aber du …« Er zögerte, denn er wollte sie weder kränken noch verunsichern; aber er konnte seine Bedenken trotzdem nicht verhehlen. »Du musst damit rechnen, dass du ab und zu einen Rückfall bekommst.«

»Das weiß ich. Mach dir deshalb keine Sorgen. Mir ist klar, dass ich noch nicht über den Berg bin. Deshalb bleibe ich ja noch eine Weile bei Frummie. Ihr gefällt das, denn sie ist nicht gern allein, die Ärmste. Im Oktober kommt allerdings ihre alte Freundin Margot zu Besuch, und das ist für mich dann das Signal zum Aufbruch. Hoffentlich habe ich bis dahin etwas gefunden.«

»Du kannst immer auf mich zählen, das weißt du.«

Sie grinste ihn an. »Glaubst du denn, Carol wäre begeistert, wenn sie mir hier begegnen würde?«

Er erwiderte ihr Lächeln, ließ sich aber nicht provozieren. »Wir bleiben Freunde, was auch geschehen mag.«

Sie umarmte ihn. »Du hast mir den Freiraum gegeben, den ich so dringend gebraucht habe. Dafür bin ich dir aufrichtig dankbar, Martin.«

»Ach, schon gut. Aber ich bestehe darauf, dir ein kleines Auto zu kaufen. Du kannst doch nicht ewig einen Mietwagen fahren, und ohne Auto kommst du nicht aus. Nein, nichts Übertriebenes«, fügte er hastig hinzu, ehe sie Einwände erheben konnte. »Nur einen zuverlässigen fahrbaren Untersatz, der nicht zu viel Benzin verbraucht. Betrachte es als ein Abschiedsgeschenk. Wirst du dich weiterhin Parry nennen? Vor drei Jahren erschien es uns als die einfachste Lösung, aber jetzt siehst du das vielleicht anders.«

»Fürs Erste kann es ruhig so bleiben.« Der Gedanke an eine so einschneidende Veränderung machte sie nervös.

»Lass dir Zeit«, meinte er, »und melde dich einfach.«

Sie wusste, dass sie ihm eine Freude machte, wenn sie seine Hilfe annahm. Das machte vieles leichter. Was die Rückschläge betraf, so hatte er gewiss Recht. Im Augenblick musste sie gegen Panikattacken und depressive Phasen ankämpfen, während sie andererseits immer wieder eine ungeheure Erleichterung empfand. Bald, so hoffte sie, würde die Niedergeschlagenheit weichen. Wenn sie erst einmal festen Boden unter den Füßen hatte, würde alles einfacher sein. Aber sie musste erst feststellen, wie belastbar sie wirklich war. Am besten war ein Teilzeitjob in einem Kindergarten oder einer Vorschule. Vielleicht würde sie beim Vorstellungsgespräch die Karten offen auf den Tisch legen müssen. Ob man dann bereit war, sie mit Kindern arbeiten zu lassen? Vielleicht musste sie sich ja beruflich neu orientieren? Die Depressionen und Angstzustände konnten ja jederzeit wiederkehren. Sie versuchte diese Gedanken an die Zukunft zu verscheuchen. Zunächst würde sie wieder in Foxhole sein, wo Brigid und Frummie sich darauf freuten, sie wiederzusehen. Darauf musste sie alle ihre Gedanken richten. Ganz langsam wichen die Schatten, die Panik schwand, und Louise fand ihr Gleichgewicht wieder. Aber sie spürte, wie gefährdet sie immer noch war.

»Immer schön eins nach dem anderen«, murmelte sie, während sie hinter einem riesigen Caravan herfuhr, der vorsichtig über die engen Landstraßen zockelte. »Eins nach dem anderen.«

Sie musste sich immer noch mit Tricks ablenken, auch wenn sie vor der Vergangenheit nicht mehr die Augen verschloss. Also begann sie, laut zu deklamieren:

»Ein Erd- und ein Johannisbär,
die gingen Schritt für Schritt,
und noch ein Brombär hinterher,
und sonst ging keiner mit.«

Der Caravan bremste, blinkte und bog dann langsam zum Parkplatz am Venford-Stausee ab. Louise seufzte erleichtert auf und gab Gas.

Brigid hatte einen anstrengenden Vormittag hinter sich. Frühmorgens war sie mit dem inzwischen vertrauten Gefühl der Panik aufgewacht und hatte sich Tee gekocht, den sie mit ans Bett nahm. Anschließend war sie in einen tiefen Schlaf gefallen, aus dem sie erst um Viertel vor zehn hochfuhr. Hastig kleidete sie sich an und eilte hinunter, um Blot ins Freie zu lassen. Mit vorwurfsvollem Blick trottete er hinaus, unbeeindruckt von ihrem Versprechen, später einen Spaziergang mit ihm zu machen. Dann kochte sie sich noch einmal Tee und strich sich gähnend das blonde Haar aus dem Gesicht, während sie die Morgenpost durchsah und einen Artikel in den *Dartmoor News* las. Dies lenkte sie ein wenig von ihren Sorgen ab, und so seufzte sie ärgerlich, als Frummie an der Haustür klopfte. Als sie öffnete, rang sie sich ein Lächeln ab.

»Du bist ganz schön spät dran heute Morgen.« Frummie trat ein, strahlend und wie aus dem Ei gepellt. »Ich war vorhin schon mal da, aber niemand hat geöffnet. Du bist doch sonst immer früh auf.«

Brigid folgte ihr in die Küche und schluckte eine bissige Erwiderung hinunter. »Ich habe mir gerade Tee gemacht. Möchtest du eine Tasse mittrinken?«

»Tee? Um diese Zeit? Nein danke, Herzchen. Aber ein Kaffee wäre nicht schlecht. Ich bin gerade dabei, für Louise einen Kuchen zu backen, und wollte fragen, ob du vielleicht Sahne hast.«

»Ja, habe ich.« Brigid brühte Kaffee auf, weil sie wusste, dass Frummie den gern trank, sich aber nur ab und zu welchen leisten konnte. »Sie ist dir sehr dankbar, dass du sie wieder bei dir aufnimmst.«

»Ihr bleibt wohl kaum etwas anderes übrig.« Frummie setzte sich an den Tisch. »Sie braucht Zeit. Ich weiß, wie es ist, wenn man keinen Zufluchtsort findet.«

Brigid warf ihr einen kurzen Blick zu und sagte dann, wie um sich zu rechtfertigen: »Bei mir und Humphrey warst du immer willkommen.«

Frummie verzog den Mund zu ihrem typischen Grinsen.

»Allerdings. Ich habe eben Glück gehabt. Glaub nicht, dass ich das nicht zu schätzen weiß.«

Verlegen zuckte Brigid die Schultern. »Jedenfalls ist es lieb von dir, dass du sie bei dir aufgenommen hast. Wenn ich mir vorstelle, jemand würde auf unbestimmte Zeit hier bei mir wohnen – ein entsetzlicher Gedanke. Ich mag Louise sehr, aber trotzdem …«

»Ja, du bist gern allein«, sagte Frummie. »Jemima geht es genauso. Bei mir ist das anders. Man muss sich selbst mögen, um mit sich allein sein zu können. Ich habe mich selbst nie besonders leiden können.«

Kurzes Schweigen.

»Ich … Darüber habe ich noch nie nachgedacht.« Brigid schob die Kaffeekanne über den Tisch und holte einen Becher aus dem Schrank. »Mir blieb vermutlich gar nichts anderes übrig, wo Humphrey doch ständig unterwegs war.«

»Es gibt immer eine Alternative. Du hast dich darauf eingelassen, dass ihr beide zeitweise getrennt lebt. Aber du hättest auch anderen das Leben zur Hölle machen, dich selbst zur Märtyrerin stilisieren oder Humphrey so lange bearbeiten können, bis er sich einen anderen Job sucht. Du hättest auch alles hinschmeißen können. Bestimmt kennst du Frauen von Marinesoldaten, die solche Entscheidungen getroffen haben.«

Brigid starrte ihre Mutter an. »Ja«, sagte sie langsam.

Frummie zuckte die Schultern. »Allerdings ist die Sache nicht immer so einfach.« Sie schenkte sich den dampfenden Kaffee ein. »Du machst dir Sorgen, wie es wohl wird, wenn Humphrey in den Ruhestand geht, nicht wahr?«

Brigid nahm ihren Teebecher. »Ja«, erwiderte sie, bevor ihr Selbstschutzmechanismus sie daran hindern konnte. »Ja, ich mache mir Sorgen. Wir werden es beide lernen müssen. Er freut sich schon darauf.«

»Du aber nicht.«

»Das wollte ich nicht sagen.« Brigid warf Frummie einen hastigen Blick zu. »Ich bin es einfach gewohnt, nach meinen eigenen Vorstellungen zu leben. Wenn Humphrey zu Hause ist, ist es wunderbar. Wir genießen es, zusammen zu sein, aber es kommt mir gar nicht real vor. Es ist wie Urlaub. Wir verbringen eine schöne Zeit miteinander, und dann geht er wieder. Ich habe keine Ahnung, wie es ist, mit ihm zu leben – Tag für Tag, Monat für Monat. Das haben wir nie ausprobiert. Und jetzt plötzlich ist es so weit. Vierundzwanzig Stunden am Tag. Das macht mir Angst.«

Frummie schlürfte genießerisch ihren Kaffee. »Köstlich.« Und nach einer Pause meinte sie: »Ob er sich wohl eine andere Arbeit sucht?«

Brigid zögerte. Sie näherten sich einem heiklen Thema. »Er hat gehofft, dass die Cottages genügend einbringen und er keinen Vollzeitjob annehmen muss. Er möchte an gemeinnützigen Projekten mitarbeiten – an einer Stiftung zum Schutz der Eulen zum Beispiel. Aber vermutlich wird er sich schnell langweilen und etwas suchen, was ihn mehr fordert.«

»Und ich habe alle eure Pläne durchkreuzt, als ich eines der Cottages in Beschlag nahm.«

»Nein«, beeilte sich Brigid zu erwidern. »Wirklich nicht. Du zahlst ja sogar Miete …«

Frummie lachte. »Aber nicht annähernd den Betrag, den ihr von Feriengästen bekommen würdet.«

»Bitte, Mummie, fang nicht schon wieder damit an! Du weißt, dass wir dich gern hier haben.«

»Schon komisch, nicht?«

»Was?«

»Dass mein Zufluchtsort jetzt auch der von Louise ist.«

»Ja, da hast du Recht. Sie … Sie erwartet doch wohl nicht, dass du sie finanziell unterstützt, oder?«

»Nein, nein. Keine Sorge! Martin wird ihr helfen, bis sie auf eigenen Beinen steht.«

»Das ist nett von ihm.«

»Es passt ihm doch auch in den Kram, oder?«

»Wie meinst du das?«

»Er will sie loswerden, um sich ganz auf seine Neue konzentrieren zu können. Also greift er ihr unter die Arme. Sicher, sie will auch raus aus der Beziehung. Es ist ein Geben und Nehmen, wenn du verstehst, was ich meine. Gott sei Dank.«

»Du bist eine Zynikerin.«

»Vielleicht.« Frummie trank aus und erhob sich. »Der Kaffee war ausgezeichnet. Übrigens, hast du schon Zeitung gelesen? Es ist schon wieder ein Mord passiert. Diesmal in Plymouth. Das ist jetzt der dritte, und die Polizei hat offenbar noch immer keine heiße Spur. Wieder eine alleinstehende Frau, die mit ihrem Hund unterwegs war. Schockierend, nicht? Ach, die Sahne! Ich muss mich um meinen Kuchen kümmern. Vielen Dank, Herzchen, für den Kaffee und für die Sahne. Ich bring dir eine neue mit, wenn ich einkaufen gehe.«

»Das brauchst du wirklich nicht.«

Brigid stand auf, um ihre Mutter hinauszubegleiten, doch da läutete das Telefon. Brigid nahm ab, während Frummie das Haus verließ.

»Hi.« Jemimas Stimme klang zufrieden. »Wie geht's?«

»Danke, gut.«

»Ich wollte fragen, ob ich dich zum Mittagessen einladen darf? Ich komme nach Totnes, und das liegt ja auf halbem Weg zwischen uns. Wie wär's, wenn wir uns dort treffen?«

Zum zweiten Mal an diesem Morgen unterdrückte Brigid den Drang, nein zu sagen. »Gern«, erwiderte sie.

»Das freut mich!« Jemimas Begeisterung klang ehrlich. »Wie wär's mit *Effings*? Das Essen dort ist ausgezeichnet.«

»In Ordnung. Und wann? Um halb zwölf?«

»Wunderbar. Bis dann.«

Brigid legte auf und warf einen Blick auf ihre Uhr: gerade noch Zeit, um mit Blot einen Spaziergang zu machen.

Im *Effings* herrschte Hochbetrieb. Jemima winkte Brigid fröhlich zu und strahlte sie an, während sie ihr gegenüber Platz nahm.

»Wie geht's dir?«, fragte Brigid. »Du siehst phantastisch aus.«

Jemima sah sie überrascht an. Von ihrer Schwester war sie solche Komplimente gar nicht gewohnt. »Oh, im Moment geht's mir blendend.«

Brigid dachte: Puddle-duck, hässliches Entchen. Ob es mir jemals gelingen wird, sie mit aufrichtiger Zuneigung bei diesem Namen zu nennen? Ich wünsche es mir so sehr.

Sie empfand ein überwältigendes Bedürfnis, sich Jemima anzuvertrauen, ihr von Jennys Missgeschick zu erzählen und von den eigenen Ängsten, doch ein tief sitzendes Vorurteil machte es ihr unmöglich.

»Du siehst müde aus.« Jemima musterte sie besorgt. »Ist alles in Ordnung? Die Geschichte mit Louise ist dir ganz schön nahe gegangen, nicht?«

»Stimmt.« Brigid griff diese Erklärung dankbar auf. »Es war alles ziemlich schlimm.«

»Aber es geht ihr wieder besser?«

»Ja. Sie kann noch eine Weile bei Mummie wohnen, bis sie auf eigenen Beinen steht. Ich finde das wirklich ausgesprochen lieb von Mummie.«

»Aber es gefällt ihr doch auch, oder? Immer noch besser als das Alleinsein. Außerdem mag sie Louise.«

Brigid sah ihre Schwester neugierig an. »Könntest du das auch?«

Jemima riss entsetzt die Augen auf. »Machst du Witze? Niemals. Ein paar Tage vielleicht. Eine Woche. Aber nicht länger. Ich brauche meinen Freiraum.«

»Mir geht es genauso.« Brigid runzelte die Stirn. »Wenn ich dagegen Mummie ansehe, bekomme ich beinah ein schlechtes Gewissen.«

Jemima kicherte. »Aber warum? Frummie macht die Einsamkeit schwer zu schaffen.«

Brigid stieß ein kurzes bitteres Lachen aus. »Ich war ihr ja nie genug.«

Jemima sah sie voller Mitgefühl an. »Das stimmt so doch gar nicht«, erwiderte sie behutsam. »Aber schließlich hast du dein eigenes Leben: Du hast eigene Kinder, sogar einen Enkel, und du hast Humphrey. Außerdem musst du dich um die Cottages kümmern, und du hast Freunde. Frummie hat niemanden, der das Leben mit ihr teilt. Niemanden, mit dem sie zusammensitzen oder für den sie kochen kann. Andere Leute sind zwar nett und freundlich, aber wenn man niemanden hat, der wirklich zu einem gehört, sieht die Sache anders aus. Man ist von anderen abhängig, und dann fühlt man sich zu Dank verpflichtet.«

»Empfindest du das selbst auch so?«

»Nein.« Jemima schüttelte den Kopf. »Aber ich bin wie du. Ich bin gern allein. Frummie nicht. Deshalb versucht sie ja, so oft wie möglich rauszukommen. Darum fährt sie nach Ashburton, um mit Meg im Souvenirladen ein Schwätzchen zu halten oder stundenlang im Café *Green Ginger* zu sitzen. Alles nur, um unter Leute zu kommen. Sie braucht das. Es gibt ihr das Gefühl zu leben.«

»Eigentlich sollte sie ja nicht mehr Auto fahren.«

Jemima biss sich auf die Lippen. »Ich weiß, dass du auf mich sauer bist, weil ich ihr die Kfz-Steuer und die Versicherung bezahle. Aber sie war so verzweifelt über die Vorstellung, dort draußen festzusitzen.«

»Mit mir in Foxhole.«

»Nein, Brigid. Es liegt doch nicht an dir. Es ist die ganze Umgebung. Frummie ist ein Stadtmensch. Sie verabscheut das Landleben. Sie hasst die Stille und Weite des Moors. Sie liebt den Trubel und die Lichter. Stell dir mal umgekehrt vor, du müsstest in einer Großstadt leben. Wie würde es dir da ergehen, selbst wenn Humphrey bei dir wäre?«

In diesem Augenblick brachte Mike die Speisekarte, und Brigid blieb es erspart, die Frage zu beantworten.

»Mal sehen, was der Küchenchef heute empfiehlt«, sagte Jemima und zeigte auf die Tafel hinter sich. »Sein Antipasto ist ausgezeichnet. Die hausgemachte Pâté auch. Da hat man die Qual der Wahl. Ach ja, und als Nachtisch musst du unbedingt die französische Zitronentarte probieren, also lass noch ein bisschen Platz.«

»Ich begreife nicht«, sagte Brigid, nachdem sie bestellt hatten, »warum sie Daddy überhaupt geheiratet hat.«

»Der Reiz des Neuen vielleicht?«, überlegte Jemima. »Er war anders als alle Männer, die sie bis dahin kennen gelernt hatte. Und Foxhole da draußen in der Wildnis von Dartmoor. Richtig romantisch wie in *Sturmhöhe*. Aber als es hart auf hart ging, hat sie es nicht gepackt.«

»Sie hat mich im Stich gelassen«, gab Brigid zornig zurück. »Wie kann man sein eigenes Kind verlassen?«

»Wir kennen doch die genauen Umstände gar nicht.« Jemima war bestürzt über den Gesichtsausdruck ihrer Schwester. Verflixt, dachte sie, was soll ich jetzt machen? Es sollte doch ein vergnügliches Beisammensein werden, das uns einander näher bringt. So ein Mist!

»Dich hat sie mitgenommen, als sie ihren Mann verließ«, erwiderte Brigid.

»Das stimmt«, sagte Jemima leise. »Aber der Unterschied war, dass dein Vater dich nicht hergeben wollte. Meinem war es egal, deshalb hat sie mich mitgenommen.«

Die Schwestern sahen einander an.

»Ich habe ihn schrecklich vermisst.« Jemimas Lippen zitterten.

»Es war immer so lustig mit ihm. Ich habe ihn so geliebt, aber am Ende haben sie nur gestritten. Ich wollte dazwischengehen und sie zum Lachen bringen. Aber es hat nicht geklappt. Das Schlimmste war, dass er sich auch später nie bemüht hat, mich zu treffen. Frummie hätte ihn gewiss nicht daran gehindert, aber er zeigte kein Interesse. Das hat mir wehgetan. Und es schmerzt bis heute. Ich glaube, deshalb bin ich so vorsichtig in meinen Beziehungen. Ich warte regelrecht darauf, dass es schief geht, deshalb lasse ich mich erst gar nicht auf jemanden ein.«

Bis jetzt. O Gott! Bis jetzt, dachte sie. Ob ich es ihr sagen soll? Soll ich es wagen? Oder wird sie mich wieder runtermachen?

»Ich hatte einfach Glück, dass ich Humphrey kennen gelernt habe«, erklärte Brigid nachdenklich. »Er war so gut zu mir und hat mich für alles entschädigt. Wenn du verstehst, was ich meine.«

»Nicht für alles.«

»Nein«, erwiderte Brigid nach einer kurzen Pause. »Nicht für alles. Vermutlich kann man so eine Erfahrung nicht ungeschehen machen. Die Verunsicherung sitzt zu tief. Wie du eben selbst gesagt hast, man hat Angst, dass etwas schief geht.«

»Ich wusste gar nicht«, begann Jemima vorsichtig, »dass es dir auch so geht. Du wirkst immer so, als hättest du alles unter Kontrolle. Dein Leben ist so klar und wohlgeordnet. Nicht so verworren wie meines.«

Ich könnte ihr jetzt erzählen, in welcher Klemme ich stecke, aber ich muss wohl zuerst mit Humphrey sprechen. Oder soll ich es ihr doch sagen?

Brigid überlegte einen Augenblick, doch da kam Mike mit dem köstlichen Essen. Und als sie wieder allein waren, hatte das Gespräch eine andere Wendung genommen.

23

Es war ein merkwürdiges Gefühl, den Feldweg herunterzufahren und vor »ihrem« Cottage ein Auto geparkt zu sehen; merkwürdig, nebenan zu parken im Bewusstsein, dass sie hier nicht Ferien machte, sondern im Begriff war, ein neues Leben zu beginnen. Nun wurde es ernst. Vor Aufregung drehte sich Louise der Magen um, und sie blieb einen Augenblick wie erstarrt sitzen. Schon kamen die alten Ängste wieder hoch. Jetzt, da sie sich nicht mehr aufs Autofahren konzentrieren musste, sah sie die Welt wieder wie durch einen Zerrspiegel. Dieser Gewalt, die sehr viel stärker war als ihr eigener Wille, konnte sie fast nichts entgegensetzen. Sie klammerte sich ans Lenkrad und versuchte die schleichende, lähmende Ohnmacht niederzukämpfen. Wäre doch nur Martin bei ihr! Allein würde sie es niemals schaffen, mit Schuld, Einsamkeit und Tod fertig zu werden.

Frummie trat durch das Gartentor und kam auf sie zu. Als sie sich zu ihr herunterbeugte, starrte Louise sie mit angsterfülltem Blick an. Frummie, die mit extremen psychischen Zuständen ausreichend Erfahrung hatte, griff nach Louises Hand, die noch immer auf dem Lenkrad lag.

»Gut, dass du da bist«, sagte sie. »Es ist schon wieder ein Mord geschehen. Ich hab mir die Mittagsnachrichten angesehen, weil ich wissen wollte, ob man den Mörder inzwischen gefasst hat. Und da haben sie die Schlange auf der M 5 gezeigt. Gott sei Dank bist du früh genug losgefahren. Dadurch bist du nicht in diesen Stau geraten und kommst gerade rechtzeitig zum Tee.«

Tee. Trost lag in diesem Wort. Frieden und Geborgenheit. Sie konnte das Lenkrad immer noch nicht loslassen, weil sie fürchtete, sonst ins Nichts zu stürzen. Doch Frummies magere Hand strahlte Wärme aus. Louise sah auf.

»Ich schaffe es nicht«, sagte sie, auf Frummies Hand blickend. »Ich …«

»Doch.« Frummies Stimme klang ruhig und gelassen. »Doch, du schaffst es. Lass das Lenkrad los, Louise, und nimm meine Hand.«

Langsam, ganz langsam ließ Louise das Lenkrad los, ergriff Frummies Hand und stieg aus. Als sie endlich aufrecht dastand, zitterte sie.

»Ich dachte, es würde mir besser gehen«, rief sie wütend. Sie war den Tränen nahe.

Frummie lächelte sie an. »Es geht dir ja auch besser«, entgegnete sie. »Viel besser. Du bist ganz allein nach London gefahren, du hast eine nervenaufreibende Begegnung mit deinem Exliebhaber überstanden, hast den Blick in die Zukunft gerichtet und bist wieder zurückgekommen. Um Himmels willen, Kind! Du kannst stolz auf dich sein! Verlang nichts Unmögliches von dir. Sag selbst, hättest du dir das vor einem Monat zugetraut?«

»Es kommt so überraschend«, murmelte Louise und ließ sich von Frummie durch den Garten führen. »Erst fühle ich mich so stark … und dann fehlt mir plötzlich die Kraft.«

»Das ist die nächste Stufe in dem Prozess«, erklärte Frummie und ließ sich auf dem Sofa nieder. »Du leugnest die Vergangenheit nicht mehr, aber jetzt musst du sie als Teil deines

Lebens sehen. Das tut weh, aber du musst sie akzeptieren. Auf keinen Fall darfst du die Trauer und Angst gewaltsam unterdrücken. Andererseits sollten diese Gefühle auch nicht die Oberhand gewinnen. Denk einfach: Ach, da sind sie ja wieder, und schau an ihnen vorbei, als würdest du über die Schulter von jemandem auf etwas weit Entferntes blicken. Konzentrier dich auf das, was dahinter liegt.«

»Aber wie macht man das?« Louise klang verzagt. »Wie kann man über etwas derart … derart *Gewaltiges* hinausblicken?«

»Das musst du üben. Du musst lernen, ihm nicht allzu viel Bedeutung beizumessen, sonst stärkst du nur die Macht, die es über dich hat. Du darfst nicht so tun, als wäre nichts, indem du dich in hektische Betriebsamkeit stürzt. Schau einfach daran vorbei, so wie man an einem groß gewachsenen Menschen vorbeischaut, der vor einem im Theater sitzt. Man weiß zwar, dass er da ist, aber er hindert einen nicht daran, dem Geschehen auf der Bühne zu folgen. Konzentrier dich auf etwas Positives, auf das, was vor dir liegt, und sei es auch nur etwas so Banales wie eine Tasse Kaffee. Auf ein erfreuliches Ziel, das du erreichen kannst.«

»Und du glaubst, das funktioniert?«

Soll ich ihr die Wahrheit sagen?, überlegte Frummie. Soll ich ihr sagen, dass ich in derselben Situation war, als mir klar wurde, dass ich Brigid verloren hatte? Oder wird sie sich dann hier in Foxhole nicht mehr so geborgen fühlen? Ich erzähle es ihr lieber nicht.

»Als der Krieg zu Ende war«, erwiderte sie stattdessen, »litten viele Leute an denselben Symptomen wie du. Es war der Schock über das, was sie verloren hatten, Schmerz und Trauer, Schuldgefühle und eine ungewisse Zukunft, die ihnen zu schaffen machte. Ein paar gute Freunde von mir haben einen Zusammenbruch erlitten und eine klinische

Depression bekommen. Meine Methode ist ein erprobtes Mittel, ich garantiere es dir.«

»Und du glaubst, bei mir funktioniert es auch?«

Frummie lächelte sie an. »Versuch es, dann wirst du ja sehen. Möchtest du jetzt eine Tasse Tee?«

»O ja.« Mit einem Seufzer lehnte sich Louise in ihr Sofakissen zurück. »Tee wäre wunderbar. Ich habe zweimal angehalten, aber in den Autobahnraststätten war der Teufel los. Deshalb habe ich mir nur eine Dose Wasser gekauft und sie auf dem Parkplatz getrunken.«

»Solche Raststätten sind grauenhaft. Ich setze Wasser auf, dann kannst du mir alles über Martin erzählen – natürlich nur, wenn du Lust dazu hast.«

»Er war so lieb.« Louise schüttelte traurig den Kopf. »Eigentlich war er das immer. Das Problem ist, dass er sich nur richtig wohl fühlt, wenn er jemanden hat, um den er sich kümmern kann. Ich war wohl keine lohnende Aufgabe mehr, da hat er sich eine neue Herausforderung gesucht.«

»Ich würde denken, dass du durchaus eine Herausforderung darstellst, gerade jetzt«, bemerkte Frummie trocken.

Louise gluckste in sich hinein. Gestärkt durch Frummies Entschiedenheit, hatte sie sich rasch von ihrer Panikattacke erholt. »Die Versuchung war wirklich groß«, gestand sie. »Für uns beide. Ich habe mich daran erinnert, wie gut er mich trösten konnte, und er hat überlegt, ob ich nicht doch ein interessanter Fall für ihn bin.«

»Und dann?«, wollte Frummie wissen.

»Martin meinte, wenn ich bei ihm bliebe, würde ich nie mit der Vergangenheit zurande kommen. Natürlich hat er Recht. Ich war mir klar darüber – und doch konnten wir der Versuchung kaum widerstehen.«

»Er ist gar nicht so dumm«, meinte Frummie nach einer

Weile. »Ich muss sagen, dass er in meiner Achtung gestiegen ist.«

»Ja, er ist ein guter Mensch«, stimmte Louise zu. »Er hat angeboten, mich finanziell zu unterstützen, bis ich selbst für mich sorgen kann. Natürlich werde ich ihm alles zurückzahlen. Ich muss mir jetzt einfach überlegen, wo ich leben will und ob ich wieder pädagogisch arbeiten kann.«

»Dann hast du ja genügend Pläne«, erwiderte Frummie, »um den Trübsinn in Schach zu halten.«

»Ja, das stimmt. Ach, Frummie, wie schön ist es, wieder zu Hause zu sein! Aber was hat es mit diesem Mord auf sich?«

»Eine Frau in Plymouth, ganz in der Nähe.« Frummie machte ein sorgenvolles Gesicht. »Das beunruhigt mich schon sehr. Es geschah nach demselben Muster wie die beiden anderen Morde, aber diesmal am helllichten Tag. Die Polizei meint, der Mörder fühlt sich allzu sicher. Und trotzdem …«

»Das ist ja entsetzlich.« Louise erschauderte.

Da Frummie sie nicht weiter beunruhigen, sondern ihr Zuversicht und Fröhlichkeit einflößen wollte, sagte sie: »Ich glaube, hier kann uns nichts passieren. Trinken wir noch ein Tässchen.«

Jemima saß auf ihrem Sofa, MagnifiCat lag zusammengerollt neben ihr. Sie lauschte dem Regen, der auf den Balkon trommelte, und beobachtete, wie die Tropfen auf das Wasser klatschten. Der Wolkenbruch hatte die Urlauber vom Strand vertrieben. Doch die Sonne brach bereits wieder durch die dunklen Wolken und ließ die Regentropfen glitzern und funkeln. Über dem Hafen wölbte sich ein Regenbogen.

»Morgen beginnt der September«, murmelte sie und streichelte MagnifiCats weiches Fell. »Der Sommer ist fast vorüber.«

Sie spürte, wie der Kater unter ihrer Hand zufrieden schnurrte, und einen Moment lang kehrte jene Unbeschwertheit zurück, die so selbstverständlich gewesen war – bevor die Liebe in ihr Leben trat.

»Kannst du dir wirklich vorstellen, hierher zu ziehen?«, hatte sie ihn gefragt. Sie hatte den Advocatus Diaboli gespielt und sich gleichzeitig für ihre Dummheit gescholten. »Im Winter kann es ziemlich öde sein, weißt du.«

»Tatsächlich?« Er hob fragend die Augenbrauen. »Hängt das nicht eher davon ab, ob man nette Gesellschaft hat?«

Seine Bemerkung hatte sie etwas verunsichert, aber sie war entschlossen, ihm ihre Bedenken mitzuteilen. »Das habe ich nicht gemeint. Die South Hams sehen völlig anders aus, wenn die Feriengäste weg sind und es wochenlang ununterbrochen regnet. Es ist ein Riesenunterschied zu London. Hier gibt es keine Kinos und Theater, die man mit der U-Bahn bequem erreichen kann.«

»Aber dafür gibt es doch andere Möglichkeiten, wenn man etwas unternehmen möchte.«

»Das stimmt, aber um ehrlich zu sein, überrascht es mich, dass du und Annabel überhaupt hier Ferien machen wolltet. Nach allem, was du mir von ihr erzählt hast, würden ihr doch wohl eher die Malediven zusagen.«

Er machte ein nachdenkliches Gesicht, was Jemima beunruhigend fand. Wie dumm von ihr, Annabel ins Spiel zu bringen!

»Da hast du allerdings Recht«, sagte er. »Wir waren Ostern ein paar Tage Ski fahren, und Annabel hat sich dabei ein Virus eingefangen. Das hat ihr ziemlich zu schaffen gemacht. Dann war sie beruflich im Stress, und zum Ausgleich bekam sie Sonderurlaub. Da haben wir uns entschlossen, nach Devon zu fahren. Weder sie noch ich waren jemals zuvor hier, und die Broschüre klang äußerst vielversprechend.

Wir wussten, dass es im Juli in Europa entsetzlich heiß ist, und da wir keine anstrengende Reise machen wollten, haben wir uns dieses ruhige Fleckchen ausgesucht, um einfach nur auszuspannen.« Er zuckte die Achseln. »Jetzt frage ich mich, ob sie überhaupt jemals die Absicht hatte, mit mir herzukommen. Ich hatte eine Menge Überstunden abzufeiern und konnte eine zusätzliche Woche Urlaub nehmen. Wir hatten uns auf eine ruhige Zeit hier gefreut.« Nach einer Pause fügte er hinzu: »Ich jedenfalls.«

»Tut mir leid«, meinte Jemima mit bedrückter Miene. »Ich wollte nicht alles wieder aufwühlen.«

»Ist schon gut. Es hat mich ziemlich getroffen, dass sie mich derart zum Narren gehalten hat. Ich hatte keine Ahnung, dass etwas mit diesem Kerl läuft. Und dann habe ich die Kontrolle verloren. Ich fühlte mich so hilflos. An dem Abend kam sie heim und sagte: ›Ach, übrigens, wegen des Urlaubs …‹, und ich reagierte einfach nur aus dem Bauch heraus. Ich habe sie angefleht, weißt du. Ich habe gebettelt.« Er schob die Hände in die Hosentaschen und kniff verächtlich den Mund zusammen. »Schlimm, dass ich das getan habe.«

Finde ich auch, dachte Jemima. Sie war dir anscheinend ganz schön wichtig. Und jetzt? Das ist die große Frage.

Sie strich über MagnifiCats warmes, weiches Fell und spürte den Rhythmus der tiefen, ruhigen Atemzüge ihres Katers. Wie konnte sie ihren Seelenfrieden zurückgewinnen? Plötzlich erinnerte sie sich an Brigids Worte: »Sie hat mich im Stich gelassen!« und an ihr Entsetzen über den Schmerz ihrer Schwester. Es wäre ihr nie in den Sinn gekommen, dass Brigid ihrer Mutter in all den Jahren niemals verziehen hatte. Bei aller Erschütterung über diese Entdeckung spürte sie jedoch, dass dies ein wichtiger Schritt zu einer echten schwesterlichen Beziehung war. Indem sie eingestand, wie weh ihr die Gleichgültigkeit ihres Vaters tat, hatte auch sie etwas von sich preisgegeben. Aber manchmal musste man eine Schwäche zeigen, um andere zu ermutigen, sich mitzuteilen. Ein solches Eingeständnis konnte zwar leicht gegen einen selbst verwendet werden, aber nur wenn man den eigenen Stolz überwand, würde etwas Gutes herauskommen. Sie hatte Brigid erklärt, wie die schmerzliche Trennung von ihrem Vater ihre Beziehung zu Männern beeinflusste. Jetzt wünschte sie, sie wäre noch einen Schritt weitergegangen, aber der Mut hatte sie verlassen. Trotzdem, ein Anfang war gemacht; ein Fundament war gelegt, auf dem sie aufbauen konnten. Sie hatte das Gefühl, dass auch Brigid etwas vor ihr verheimlichte. Doch was konnte das sein? Sie wirkte so niedergedrückt. Machte ihr etwa Louises Zusammenbruch zu schaffen? Oder war es der bevorstehende Besuch von Humphreys Vater? Brigid liebte das Alleinsein über alles, und außer Frummie auch noch ihren Schwiegervater am Hals zu haben, das war bestimmt keine sonderlich erfreuliche Aussicht für sie.

»Bring sie zusammen«, hatte Jemima ihr im Scherz empfohlen, als sie im *Effings* gemütlich Kaffee tranken. »Verkupple sie, dann bist du sie los.«

»Wenn das so einfach wäre«, erwiderte Brigid. »Mummie ist voll und ganz mit Louise beschäftigt, hat also nicht viel Zeit. Aber sie hält es für eine Zumutung, dass Humphrey seinen Vater zu uns einlädt und sich selbst auf die Bahamas absetzt. Natürlich hat sie gut reden.«

»Ihr seid beide sehr großzügig ihr gegenüber.«

»Du doch auch«, hatte Brigid errötend erwidert.

»Ach was! Ich spendiere ihr doch nur den Whisky und die Kfz-Steuer. Aber ich weiß, dass du ihr viele Sachen kaufst, die sie sich selbst nicht leisten könnte. Guten Kaffee und Käse. Dicke Holzscheite im Winter. Blumen für den Garten.

Du machst das alles sehr taktvoll und diskret, um ihren Stolz nicht zu verletzen. Aber sie ist wirklich dankbar dafür. Sie kann es nur nicht zeigen.«

»Sie braucht es nicht zu zeigen.« Brigid war vor Verlegenheit puterrot geworden. »Es ist billiger, die Sachen in großen Mengen zu kaufen, und da Humphrey ständig unterwegs ist, kann ich alles gar nicht selbst verbrauchen. Ich wollte dich vorhin nicht kritisieren wegen der Kfz-Steuer. Ich hatte mir gar nicht klar gemacht, wie sehr sie das Land hasst. Ich selbst bin so gern hier draußen, weißt du ...«

»Kein Problem. Vor ihr liegt ein abwechslungsreicher Winter mit Louise und Humphreys Vater. Und dann kommt ja bald Margot. Sie wird viel zu beschäftigt sein, um Trübsinn zu blasen.« Jemima zögerte. »Wie geht's den Jungs?«, fragte sie dann und sah, wie Brigids Miene sich aufhellte.

Sie hatten über Michaels bevorstehende Verlobung gesprochen und beschlossen, in Foxhole mit Frummie und Louise zu Abend zu essen.

Ich werde es ihr sagen, dachte Jemima. Aber erst später, wenn alles klarer ist. Bitte, lieber Gott, mach, dass mein Traum wahr wird. Ich liebe ihn. Ich liebe ihn wirklich.

Der Regen hatte aufgehört, und Jemima stand auf und trat auf den Balkon. Sie legte die nackten Arme auf das Geländer und lächelte versonnen vor sich hin.

DRITTER TEIL

24

Brigid saß im Hof, hatte einen großen Schreibblock vor sich auf dem Tisch liegen und beobachtete, wie Blot sich an eine Elster heranpirschte. Die Tauben zogen den Kopf ein und gurrten ängstlich angesichts des Eindringlings. Die Elster hüpfte hochmütig davon und machte sich nicht einmal die Mühe wegzufliegen. Sie lief ein paar Schritte, drehte sich dann um und begutachtete das Brot, das für das Rotkehlchen gestreut worden war. Aber als Blot bellend auf sie zurannte, flüchtete sie hinauf in die Zweige der Eberesche. Beglückt über seinen Erfolg, ließ sich Blot nieder, während die Tauben auf dem Stalldach zufrieden gurrten.

Nach dieser willkommenen Ablenkung wandte sich Brigid wieder ihrem Brief zu. Sie versuchte die richtigen Worte zu finden, um Humphrey das ganze schreckliche Dilemma zu erklären. Andererseits …

Brigid legte den Füller weg und starrte in die Luft. In Gedanken war sie schon alle Möglichkeiten durchgegangen. Sie konnte ihm schreiben – aber was für ein Schock würde es sein, wenn er einen Brief von daheim öffnete und solche Neuigkeiten las! Sie konnte ihn anrufen, aber die Vorstellung, in einem Ferngespräch die ganze Geschichte auszubreiten, war schrecklich. Wie sollte sie anfangen?

»Ich wollte es dir schon erzählen, als du zu Hause warst, aber dann hab ich's vergessen …« Oder sollte sie ins Flugzeug steigen und es ihm persönlich sagen – aber unter welchem Vorwand? Wie sollte sie ihm erklären, warum sie plötzlich Foxhole verließ – wo sie doch Urlaube im Ausland verabscheute – und auf die Bahamas flog, obwohl sie wusste, dass er viel zu tun und wenig Zeit für sie hatte? Und es ging ausgerechnet um Jenny …

Brigid fluchte leise, setzte aber rasch eine freundliche Miene auf, als eine Frau am Hofeingang erschien, die mit ihrem Mann in einem der Cottages wohnte. Das ruhige, gesetzte Paar verbrachte seinen ersten Urlaub im Dartmoor National Park.

»Und hoffentlich ist es auch das letzte Mal«, hatte Brigid am Abend zuvor zu Louise gesagt. »Anscheinend ist ihnen nicht klar gewesen, wie unangenehm Spaziergänge sein können.«

»Unangenehm?«, fragte Louise erstaunt.

»Wegen der Scheiße«, fügte Brigid zur Erklärung hinzu – und musste lachen, als sie Louises verblüfftes Gesicht sah.

»›Man muss richtig aufpassen, wo man den Fuß hinsetzt‹«, äffte sie die gezierte Aussprache der Gäste nach, »›überall Pferdekot, Schafdung und was die Hunde so fallen lassen. Und dann die Kuhfladen. Wir wussten nicht, dass es hier Kühe gibt.‹«

»Soll das ein Witz sein?«

»Nein«, erwiderte Brigid mürrisch. »Kein Witz. Stadtbewohner, die das Land als ihre Spielwiese betrachten. Ich glaube, sie haben einen hygienisch aufbereiteten Vergnügungspark erwartet, wo die Einheimischen in Tracht herumlaufen und Urlaute ausstoßen, wenn man sie mit dem Spazierstock anstupst. Nie wieder. Nächstes Jahr bin ich ausgebucht. Obwohl ich kaum glaube, dass sie wiederkommen.«

Jetzt schenkte sie Mrs Prout ein verbindliches Lächeln und rief »Guten Morgen«. Wenigstens hatten die Gäste keinen Grund, sich über das Wetter zu beklagen. An dem langen Wochenende war es ungewöhnlich heiß gewesen, und offenbar blieb es vorerst schön.

»Ich wollte es Ihnen nur sagen, meine Liebe«, verkündete Mrs Prout, ohne Blot aus den Augen zu lassen, damit er sich nicht unverhofft auf sie stürzte, »das Wasser hat eine merkwürdige Farbe.«

»Tatsächlich? Wie meinen Sie …?«

»Es ist bräunlich.« Mrs Prout hielt Ausschau nach Hundehaufen und trat vorsichtig ein paar Schritte näher. »Und ein wenig trüb.«

»Da brauchen Sie sich keine Sorgen zu machen«, meinte Brigid, die aus ihrem Privatbrunnen viele Farbvarianten gewohnt war. »Das ist Quellwasser, da kann alles Mögliche drin sein.«

»Alles Mögliche?« Mrs Prout wirkte beunruhigt. »Was soll das heißen?«

»Es ist wahrscheinlich nur ein bisschen torfig. Wirklich nicht gefährlich. Ich wohne schon mein Leben lang hier und hatte nie Probleme damit.«

»Hm.« Mrs Prout schien das nicht zu überzeugen. »Hubby ist nicht gerade begeistert, wissen Sie.«

»Vielleicht sollten Sie Mineralwasser trinken, bis es wieder klar ist«, schlug Brigid verzweifelt vor. »Und es ansonsten abkochen. Es wird bald wieder klar sein, da bin ich mir sicher.«

»Wenn Sie es sagen. Ich werde es ihm ausrichten. Er hat gedacht, man sollte vielleicht das Wasserwerk anrufen …?«

»Aber es ist ein Privatbrunnen. Quellwasser. Es kommt nicht aus der öffentlichen Wasserversorgung.«

»Ach ja. Das hat uns niemand gesagt.«

»Es ist untersucht worden, keine Sorge. Als Trinkwasser ist es völlig unbedenklich. Nur gelegentlich hat es eine leichte Verfärbung.«

»Wir werden das im Auge behalten. Heute Morgen fahren wir ohnehin an die Küste.«

»Wenn Sie zurückkommen, ist es bestimmt wieder normal«, gab Brigid betont aufgeräumt zurück. »Einen schönen Tag noch.«

»Danke. Bis später.«

Brigid griff wieder nach ihrem Füller. Wie weit war sie gekommen? ... *und irgendwie habe ich nicht den Mut gefunden, es dir persönlich zu sagen. Ich wollte uns nicht die letzten gemeinsamen Tage verderben.* So weit, so gut. Sie krempelte die Ärmel ein wenig weiter hoch, schob ihren Sonnenhut ins Gesicht und schrieb weiter. *Das Hauptproblem ist, dass es mit Jenny zu tun hat, und ich weiß, dass wir, was sie betrifft, nie einer Meinung sind. Nicht dass dies eine Entschuldigung dafür wäre, dass ich dir nicht die Wahrheit gesagt habe ...* Wie sollte sie fortfahren? Alle möglichen Formulierungen gingen ihr durch den Kopf ...

»Guten Morgen, Herzchen. Du bist aber fleißig!«

Brigid umklammerte ihren Füller. »Hast du mich erschreckt!«, sagte sie. »Was hast du vor?«

»Louise fährt mich nach Holne zur mobilen Bücherei«, erklärte Frummie. »Du hast ein Buch ausgeliehen, weißt du noch? Steve hat es eigens für dich bestellt. Ich bringe es für dich zurück.«

»Ein Buch?« Brigid überlegte. »Ach ja. Stimmt. Aber vielleicht hat das ja bis zum nächsten Mal Zeit?«

»Ich bin mir sicher, dass es fällig ist. Möchtest du, dass ich es suche?«

»Nein. Nein, wirklich nicht. Ich habe im Moment keine Ahnung, wo es steckt. Könntest du das Steve erklären? Er versteht das bestimmt. Ich will das nur eben fertig schreiben.«

»Na gut. Wenn es so wichtig ist …«

»Ich bin sicher, dass die Leihfrist noch nicht abgelaufen ist. Schließlich habe ich es erst vor vierzehn Tagen ausgeliehen. Mach dir deshalb keine Gedanken, und richte Steve aus, dass ich in vierzehn Tagen komme. Viel Spaß!«

»Ja, ein Schwätzchen mit Steve macht immer Spaß. Louise und ich haben beschlossen, anschließend im Church House zu Mittag zu essen. Hast du Lust nachzukommen?«

»Hängt davon ab, wie ich hier vorankomme.«

»Ja, natürlich. Schau einfach vorbei, wenn du dich von deinem Opus magnum losreißen kannst.«

»Das mache ich.« Brigid überhörte den sarkastischen Unterton. »Bis später.«

Der Wagen der Prouts fuhr langsam den Weg hinauf, kurz danach folgte Louises Auto. Brigid seufzte erleichtert auf. Wie immer wirkte die Einsamkeit beruhigend auf sie. Jetzt konnten sich ihre Gedanken ungehindert und ohne Angst entfalten. Die Sätze flossen ihr mühelos aus der Feder, Erklärungen gelangen ihr klar und vernünftig, bis sie schließlich zufrieden den Füller weglegte und den Brief noch einmal durchlas. Da hörte sie, wie sich ein Auto näherte, blickte auf und lauschte. Hatte womöglich ein gigantischer Kothaufen die Prouts am Weiterfahren gehindert? Hatte Mummie eines ihrer ausgeliehenen Bücher vergessen? Der Motor tuckerte kurz im Leerlauf, dann wurde er abgestellt. Die Wagentür fiel ins Schloss. Stille. Brigid runzelte die Stirn und horchte. Wer konnte das sein? Plötzlich fiel ihr der unlängst geschehene Mord ein, und sie bekam es mit der Angst zu tun.

Schritte näherten sich. Ein Mann tauchte auf, blieb am Eingang zum Hof stehen und sah sich mit unverhohlener, beinahe kindlicher Neugier um. Er war groß, und Brigid hatte das Gefühl, noch nie einen so mageren Menschen gesehen zu haben. Er trug eine unvorteilhafte Segeltuchhose und ein altes Tweedjackett über einem karierten Hemd. Als er sie anschaute, stand sie auf, als habe sein Blick eine magische Wirkung, und sie musterten einander verdutzt.

»Du bist Brigid«, sagte er, und plötzlich schien sein Gesicht nur noch aus Lachfältchen zu bestehen. »Das ist gut. Sehr gut sogar.«

Der Mann streckte ihr seine schmale, kräftige Hand entgegen, die sie mechanisch ergriff. Er beugte sich ein wenig vor, um ihr Gesicht genauer zu betrachten. Unter buschigen weißen Brauen spähten lebhafte graue Augen hervor, und er runzelte die Stirn.

»Du hast mich nicht erwartet. Mein liebes Mädchen, habe ich einen Fehler gemacht? Die Termine durcheinander gebracht? Das will ich nicht hoffen. Typisch für mich, dass ich gleich ins Fettnäpfchen trete. Ich bin Alexander. Humphreys Vater.«

»Brigid sieht nicht gut aus«, sinnierte Frummie, als der Wagen über das Viehgitter ratterte und sich der Saddle Bridge näherte. »Sie hat abgenommen und wirkt verhärmt. Außerdem hört sie einem gar nicht richtig zu. Ist dir das auch aufgefallen?«

»Ich fürchte, ich habe so viel mit mir selbst zu tun, dass ich sonst nicht viel mitkriege«, gab Louise zu. »Liegt es vielleicht daran, dass sie Humphrey vermisst?«

Frummie zog die Nase kraus. »Unwahrscheinlich. Jedenfalls nicht mehr als sonst auch. Nein, das ist es nicht. Sie ist nervös und zerstreut. Irgendetwas belastet sie.«

Louise, abgelenkt durch die goldene und violette Pracht von Stechginster und Erika, bremste, um ein paar Ponys vorbeizulassen, und beobachtete ein Fohlen, das sich scheu an seine Mutter drückte. Sie fuhr wieder an und dachte über Brigid nach.

»Kannst du sie nicht einfach fragen?«

Frummie runzelte die Stirn. »Brigid ist ziemlich verschlossen. So einfach ist das nicht.«

Louise musste an das gespannte Verhältnis zu ihrer eigenen Mutter denken. Warum gab es bloß solche Schranken zwischen Menschen, die sich eigentlich besonders verstehen sollten? Seltsam, dass Frummie *ihr* gegenüber so einfühlsam und fürsorglich war, während es ihr offensichtlich Spaß machte, die eigene Tochter mit Sticheleien zu ärgern.

»Ob ich helfen könnte?«, überlegte sie laut. »Glaubst du, sie würde sich mir anvertrauen?«

»Möglich. Schließlich mag sie dich. Vielleicht, wenn sich eine günstige Gelegenheit ergibt. Es darf aber nicht zu offensichtlich sein.«

»Natürlich nicht. Ich werde äußerst diskret vorgehen.«

»Gut.« Frummie lehnte sich entspannt zurück, als sei das Problem nun in guten Händen, und blickte aus dem Fenster. »Was für ein wunderbarer Tag! Es ist eine gute Idee, noch ein Tässchen Kaffee zu trinken, bevor der Büchereibus kommt. Wir können ein Schwätzchen mit Chloe halten, wenn sie ein bisschen Zeit hat. So ein hübsches Mädchen, und so amüsant, nicht wahr? Steve kennst du ja noch nicht, oder? Er wird dir gefallen …«

Während sie sprach, überlegte Louise, wie ein so geselliger Mensch in dieser Abgeschiedenheit überleben konnte. Sie malte sich aus, wie die junge Frummie, frisch aus London eingetroffen, versucht hatte, sich an diese öde, wilde Moorlandschaft zu gewöhnen. Diarmid war wohl so mit seinen Forschungen beschäftigt gewesen, dass Frummie weitgehend auf sich gestellt war – mit einem kleinen Kind als einziger Gesellschaft. Sie war wohl nicht gerade ein mütterlicher Typ. Ihren Urenkel erwähnte sie kaum, und Brigids Stolz auf den Kleinen ertrug sie mit Gleichmut. Louise fragte sich, was für ein Mensch Diarmid wohl war. Wie mochte er es geschafft haben, Frummie, die junge, unternehmungslustige Städterin, in die Ehe zu locken?

Wir machen unser Leben selbst kompliziert, dachte sie, und begehen schreckliche Fehler.

Ihre Gedanken schweiften zu Rory ab, und sie fuhr vor Schmerz zusammen.

»Also! Wo waren wir stehen geblieben?«

Wie hatte sie ihn nur gehen lassen können: ihn, der ihr stets zur Seite gestanden hatte? War es wirklich notwendig gewesen, alles kaputtzumachen?

Denk nur an den nächsten Tag, sagte sie sich, als sie Holne erreichte und den Wagen abstellte. Nur an den nächsten Tag. Die nächste Stunde. Die nächste Minute. Frummie sah sie fragend an, und Louise lächelte, um sie zu beruhigen.

»Mir geht's gut«, sagte sie als Antwort auf Frummies unausgesprochene Frage. »Wirklich. Gehen wir rein, und gönnen wir uns ein Tässchen.«

Während Brigid Alexander unverwandt anstarrte, hatte sie das Gefühl, als sei die Zeit stehen geblieben, als seien sie beide in Bernstein gefangene Insekten, während sich das Universum ringsum weiterdrehte. Wie gelähmt stand sie da, hatte die alten Probleme vergessen und war mit einem neuen konfrontiert. Er umschloss ihre Hand noch fester und führte sie zu der Bank zurück.

»Tut mir leid«, murmelte sie – und plötzlich war der Bann gebrochen. Die Tauben spreizten leise gurrend die Flügel. Blot strich Alexander, der sich neben sie gesetzt hatte, schwanzwedelnd um die Beine.

»Ich bin selbst schuld«, sagte er. »Ich hätte anrufen sollen. Ein kleiner Warnschuss.«

»Es ist nur …« Brigid bemerkte, dass sie immer noch seine Hand hielt, und entzog sie ihm. »Ich war mir sicher, dass du erst nächste Woche kommst. Oder so …« Ihr war klar, dass sich das nicht sonderlich begeistert anhörte. Kein schöner Empfang. »Hat dir denn Humphrey nicht geschrieben …?«

»Ich glaube schon«, antwortete er fröhlich, fast unbeschwert. »Und jetzt ist er fort … auf den Bahamas, nicht wahr?«

»Ja.« Sie fühlte sich immer noch hilflos. Er strahlte eine Vitalität aus, eine Kraft, die ihr völlig den Wind aus den Segeln nahm. Sie wartete ab, was weiter geschehen würde.

Er sah sich um, während er Blot hinter den Ohren kraulte. Die langen Beine hatte er mit lässiger Eleganz übereinander geschlagen.

»So ähnlich habe ich es mir vorgestellt.« Sein durchdringender Blick ruhte kurz auf ihr. »Die Cottages liegen anders, als ich dachte. Aber Humphrey hat es sehr gut erklärt.«

»Das Problem ist«, sagte sie, »dass das Cottage im Augenblick von Feriengästen belegt ist. Ich habe dich erst nächste Woche erwartet.«

»Ist das das Cottage?«

»Ja.« Seine Reaktionen verwirrten sie. »Ja. Das ist es. Wir vermieten es als Ferienhaus. Deshalb hat Humphrey geschrieben. Um zu erklären, dass es bis zur letzten Septemberwoche ausgebucht ist.«

»Und wer wohnt in dem anderen Haus? Diese Mauer ist

die Rückwand, oder? Wie vernünftig, in diese beiden Mauern keine Fenster einzubauen. Dadurch bist du gut abgeschirmt, nicht wahr? Das weißt du bestimmt zu schätzen, wenn du ständig Feriengäste hier hast.«

»Ja, das stimmt.«

»Darf ich mir euer Haus von innen ansehen?«

»Ja, natürlich.« Brigid stand auf. »Ich hätte dir Kaffee anbieten sollen. Möchtest du eine Tasse?«

»Später gern.« Er erhob sich ebenfalls, und sie erwiderte sein Lächeln. Er war einfach unwiderstehlich: unbefangen, warmherzig, vital. »Du bist noch viel schöner, als ich erwartet hatte.«

Sie starrte ihn mit offenem Mund an. Wollte er ihr jetzt Komplimente machen? Gleichzeitig war sie überrascht, wie sehr ihr seine direkte Art bereits gefiel.

»… aber viel zu dünn«, fügte er hinzu und musterte sie mit zusammengezogenen Brauen. »Ist das immer so?«

Sie lachte erleichtert und hätte am liebsten geantwortet: Das sagst ausgerechnet du! Stattdessen meinte sie nur: »Eigentlich nicht. Es war zu heiß, um viel zu essen.«

»Tatsächlich?« Er folgte ihr in den kühlen Flur, und plötzlich wurde ihr klar, dass es nicht einfach sein würde, Alexander etwas vorzumachen.

»Es gibt hier nicht viel zu sehen«, erklärte sie, seine Frage überhörend. »Diese Langhäuser sind ziemlich merkwürdig. Ein Raum führt in den nächsten. Unten drei Zimmer, oben drei Zimmer.«

Er stand im Flur und ließ den Blick durch die beiden Zimmer wandern.

»Im Winter muss es hier ziemlich dunkel sein«, meinte er.

»Stimmt«, erwiderte sie verblüfft. Die meisten Leute schwärmten von dem Charme des Hauses. »Kalt und feucht ist es auch. Aber das bin ich gewohnt. Ich habe hier fast mein ganzes Leben verbracht. Am schönsten ist die Küche. Komm doch rein.«

»Und die Schlafzimmer im oberen Stockwerk sind auch Durchgangszimmer?«

»Ja.« Ihre Antwort kam zögernd. Sie witterte Gefahr und wollte nicht zugeben, dass die Zimmer der beiden Jungs separat waren. »Wie wär's jetzt mit einer Tasse Kaffee?«

Er blickte sich interessiert in der Küche um und betrachtete die Dinge, die ihren Alltag ausmachten: das Blümchenporzellan auf dem Geschirrschrank und die Aquarelle an den Wänden, die leuchtend bemalte Keramikglucke auf der Arbeitsfläche, die Geranien in den Töpfen auf dem breiten Fensterbrett und die abgegriffenen Kochbücher in dem Regal. Innerhalb dieser wenigen Sekunden schien er eine Menge über sie zu begreifen, weit mehr, als sie in so kurzer Zeit für möglich gehalten hätte. Sie stellte den Wasserkessel auf die Herdplatte und öffnete den Mund – doch dann überlegte sie es sich anders und griff schweigend nach der Kaffeekanne.

»Es war bestimmt nicht leicht.« Er stand dicht neben ihr. »... mit zwei kleinen Kindern.«

»Was meinst du?«

»Mit den Durchgangszimmern da oben. Kaum ein Ort, wo man ungestört ist.«

»Ach, ich verstehe. Nein, leicht ... war es nicht.« Sie sah ihn geradezu verzweifelt an und wünschte, sie könnte es dabei belassen. Schließlich war sie nicht verpflichtet, ihm alles zu sagen. Nach einer kurzen Pause fügte sie widerstrebend hinzu: »Wir haben einen Teil der Scheune umgebaut, damit wir zusätzlichen Wohnraum haben.«

Er lächelte sie an. »Eine großartige Idee. Ich muss zugeben, dass ich jetzt einen Kaffee vertragen könnte. Es ist der Duft, nicht wahr? Einfach unwiderstehlich – wie gebratener

Speck. Wollen wir ihn in deinem hübschen Innenhof trinken?«

»Ja, natürlich«, sagte sie. »Warum nicht?«

Sie stellte die Tassen und die Kanne auf ein Tablett. »Ich nehme keine Milch«, teilte er ihr mit, »und auch keinen Zucker.« Dann nahm er das Tablett und trug es in den Sonnenschein hinaus. Brigid folgte ihm, verwirrt und benommen.

25

»Brigid hat Besuch«, sagte Frummie und spähte durch die Windschutzscheibe. »Kein Wunder, dass sie nicht zum Essen gekommen ist. Wer das wohl sein mag? Den Wagen kenne ich jedenfalls nicht.«

Louise lächelte insgeheim über Frummies unverhohlene Neugier. Während sie hinter dem unbekannten blauen Wagen mit Heckklappe einparkte, fragte sie sich, wie die alte Dame es wohl anstellen würde, ihre Wissbegierde zu befriedigen.

»Sie wissen ja, wo sie uns finden, wenn ich wegfahren soll«, sagte sie. »Aber ich glaube, der Platz reicht zum Wenden.«

»Wenn die Prats zurückkommen, wird es eng«, überlegte Frummie. »Am besten sage ich Brigid kurz Bescheid.«

»Gute Idee«, meinte Louise liebenswürdig und kicherte. »Dann siehst du wenigstens, wer es ist, stimmt's?«

»Für dein Alter bist du ganz schön frech«, erwiderte Frummie und grinste spitzbübisch. »Du kannst auch mitkommen, wenn du magst.«

»Nein, danke. So neugierig bin ich auch wieder nicht. Aber pass auf, dass Brigid dir nicht die Ohren lang zieht.« Leise lachend ging sie ins Haus, während Frummie zielstrebig auf den Hof zusteuerte.

Dort traf sie nur die Tauben an, bemerkte aber das Tablett, das noch auf dem Tisch stand. Nun war ihre Neugier erst recht geweckt. Sie bewegte sich lautlos über das Kopfsteinpflaster und horchte an der Haustür. Aus der Küche hörte sie Brigid, die nervös und atemlos klang, und die tiefere Stimme eines Mannes, der ein wenig amüsiert schien. Sie klopfte, rief ihren gewohnten Gruß und schlüpfte durch den Flur in die Küche, bevor Brigid etwas unternehmen konnte, um sie aufzuhalten.

Ein hochgewachsener Mann erhob sich höflich, und Brigid drehte sich in ihrem Stuhl um. Frummie wandte sich an ihre Tochter, aber ihre ganze Aufmerksamkeit galt dem Besuch, der darauf wartete, vorgestellt zu werden.

»Tut mir leid, wenn ich störe«, log sie. »Aber ich wollte nur sagen, dass wir möglicherweise den Wagen deines Gasts blockieren.« Sie schenkte ihm ein strahlendes Lächeln. »Wenn die Prats wiederkommen« – »Prouts«, korrigierte Brigid mechanisch –, »kann er nicht mehr wenden.«

»Das ist Alexander Foster, Mummie«, sagte Brigid, die von der Kriegslist ihrer Mutter wenig begeistert war. »Humphreys Vater. Alexander, das ist meine Mutter.«

»Guten Tag.« Frummie reichte ihm lächelnd die Hand. »Ich bin Freda, aber meine Freunde und Verwandten nennen mich Frummie. Wie nett, dass wir uns endlich kennen lernen. Ich hatte schon bezweifelt, dass es Sie überhaupt gibt.«

Alexander überhörte Brigids verlegene Entschuldigung und nahm Frummies Hand.

»Das kann ich gut verstehen. Ich habe mich erst jetzt in den Schoß der Familie begeben. Trotzdem wurde mir ein herzlicher Empfang bereitet.« Er warf Brigid, die ziemlich unglücklich wirkte, einen Blick zu. »Obwohl ich den eigentlich gar nicht verdient habe.«

»Das stimmt wahrscheinlich«, entgegnete Frummie freimütig. »Schließlich haben Sie bisher kein großes Interesse an uns gezeigt.«

»Mummie, *bitte*!«, rief Brigid, vor Scham errötend. Aber Alexander schüttelte nur lächelnd den Kopf.

»Sie hat Recht«, meinte er freundlich. »Ich bin ohne Vorwarnung hier aufgekreuzt, und du hast mir Kaffee und ein köstliches Mittagessen serviert.«

»Ich dachte, Sie kommen erst in ein, zwei Wochen«, sagte Frummie. »Haben Sie Ihre Pläne geändert?«

»Ich muss den Brief meines Sohnes verlegt haben«, antwortete er. »Dieser Termin war ursprünglich vorgesehen, aber alles ist ein wenig durcheinander geraten. Ich werde mir irgendwo eine Unterkunft suchen.«

»Das wird nicht leicht sein«, bemerkte Frummie heiter. »Diese Woche sind noch Schulferien.«

Sie sah Brigid an, die ihren Blick kühl erwiderte.

»Brigid hatte mir das gerade erklärt, als Sie kamen«, sagte er.

»Sie könnten natürlich bei mir auf dem Sofa schlafen«, schlug Frummie vor, »bis die Prats« – »die *Prouts*!«, warf Brigid wütend ein – »wieder abreisen. Die bleiben doch nur noch ein paar Tage, nicht wahr, Herzchen?«

»Sie fahren am Samstag«, bestätigte Brigid unwillig, »aber vergiss nicht, dass Louise das Cottage für vierzehn Tage gebucht hat.«

»Aber sie braucht es doch gar nicht«, rief Frummie fröhlich. »Sie fühlt sich bei mir ganz wohl.«

»Trotzdem«, entgegnete Brigid verzweifelt, »trotzdem finde ich, wir sollten sie erst fragen. Sie hat eine Anzahlung gemacht. Wir können nicht einfach über ihren Kopf hinweg beschließen, dass sie es nicht braucht.«

»Ich bereite euch allerhand Unannehmlichkeiten«, entschuldigte sich Alexander. »Das tut mir leid. Irgendwo finde ich bestimmt eine Unterkunft. Aber falls eure Freundin das Cottage doch nicht brauchen sollte, werde ich es natürlich mit Freuden nehmen. Selbstverständlich zum üblichen Preis.«

»Bitte versteh doch –« Brigid war den Tränen nahe. »Mir liegt wirklich nichts daran, die Dinge zu komplizieren. Es ist einfach …«

Sie verstummte, außerstande, ihre Gefühle auszudrücken. Es war ein angenehmes Intermezzo gewesen, und zu ihrer Überraschung stellte sie fest, dass sie Alexander gern dabehalten hätte. Trotzdem musste sie zuerst mit Louise sprechen, und außerdem war damit das Problem der drei Tage bis Samstag noch nicht gelöst. Und jeden Augenblick konnte ihre Mutter vorschlagen –

»Was ist eigentlich mit dem ausgebauten Stall, wo die Jungen schlafen?«, rief Frummie. »Das wäre doch die ideale Lösung. Nur bis zum Wochenende. Was meinst du, Herzchen?«

Brigid biss sich auf die Lippen und sah Alexander an.

»Das Problem ist, dass man dort nicht unabhängig ist«, erklärte sie rasch. »Deshalb habe ich es dir nicht angeboten. Das ehemalige Spielzimmer ist jetzt das Wohnzimmer; und dann gibt es noch zwei Schlafzimmer mit Bad und Toilette. Aber man kann dort nicht kochen.«

»Spielt das denn eine Rolle?«, fragte Frummie. »Könnt ihr nicht für ein paar Tage improvisieren? Wisst ihr was? Ich rede mal mit Louise wegen dem Cottage. Wenn sie bei mir bleiben will, finden wir sicherlich eine Lösung bis Samstag. Bin gleich wieder da.«

Sie eilte hinaus. Schweigen.

»Da hast du eine Eroberung gemacht«, meinte Brigid verbittert.

»Sie geht ziemlich … großzügig mit deinen Gästezimmern um.«

Brigid warf ihm einen hastigen Blick zu. Er lächelte ein wenig, und in seinen Augen lag Zuneigung. Wieder war sie den Tränen nahe.

»Ich möchte dich nicht vergraulen«, erklärte sie steif. »Es ist nur alles nicht so einfach. Und sie tut immer so, als wäre ich … kleinlich.«

»Diesen Eindruck habe ich keineswegs«, entgegnete er. »Sag mir, was dir am liebsten wäre, Brigid.«

»Ich möchte, dass du bleibst«, sagte sie und war selbst erstaunt über ihre spontane Reaktion. »Aber es ist nicht ganz einfach für mich, jemanden hier im Haus zu haben. Ich lebe sonst sehr zurückgezogen, und es macht mich nervös.«

»Angenommen«, sagte er nachdenklich, »angenommen, ich besorge mir einen kleinen Campingkocher. Glaubst du, damit käme ich in den umgebauten Räumen zurecht?«

»Wir könnten ja gemeinsam zu Abend essen«, schlug sie vor. »Und ich nehme sowieso an, dass Mummie sich liebend gern um dich kümmern wird.«

»Na gut. Versuchen wir es einfach. Es ist ja nur bis Samstag. Und falls Louise doch in das Cottage ziehen möchte, wofür ich vollstes Verständnis hätte, werde ich mir ein Hotel suchen. Wenn sie es aber nicht braucht …«

»Ich vermute«, erwiderte Brigid, die sich nun ein wenig entspannt hatte, »dass Mummie ihr das Cottage schon ausgeredet hat.«

Jemima wachte als Erste auf. An der Wand tanzten die Schatten der Wellen im Sonnenlicht. Sein Rücken war nicht zugedeckt, das Gesicht hatte er abgewandt. Sie hätte ihn gern berührt, wollte ihn aber nicht aufwecken. Auf die Ellbogen gestützt, betrachtete sie ihn. Seine Haut war glatt und hell, und die Schultern waren mit winzigen goldbraunen Sommersprossen übersät. Sein zerzaustes rotbraunes, leicht gelocktes Haar war ein bisschen zu lang, am Kinn zeigten sich Bartstoppeln, und sein Mund war im Schlaf entspannt. Er war ihr so wichtig geworden, so unverzichtbar, dass sie gar nicht mehr begreifen konnte, wie sie ohne ihn hatte leben können. Sie hatten jede freie Minute miteinander verbracht. »Manche Leute müssen schließlich arbeiten«, sagte sie, als er immer mehr von ihrer Zeit beanspruchte – aber in den letzten Tagen hatte sie die Stunden im Büro auf ein Minimum begrenzt.

»Das hole ich später nach«, schwor sie sich, »wenn er wieder in London ist« – und nun war der Augenblick des Abschieds gekommen. Heute würde er nach dem Frühstück zurück nach London fahren. Er hatte bereits gepackt und die letzte Nacht bei ihr in Salcombe verbracht, um dann in aller Frühe aufzubrechen.

»Musst du denn schon am Freitag fahren?« Nach dieser wunderbaren letzten Woche hatte sie all ihren Stolz vergessen. »Ich weiß, du musst am Samstag früh ausziehen, aber du könntest doch bei mir wohnen.«

Lächelnd hatte er den Kopf geschüttelt. »Nein, nein, ich weiß noch, wie es auf den Straßen zugegangen ist, als ich hergefahren bin. Es war die Hölle!«

»Am Freitag ist es auch schlimm«, wandte sie ein. »Bleib doch einfach bis Sonntag.«

»Wahrscheinlich ist Sonntag genauso ungünstig wie Freitag oder Samstag«, sagte er. »Jedenfalls muss ich rechtzeitig zurück sein, damit ich bis Montag wieder klar Schiff gemacht habe. Ich weiß ja noch nicht, welches Chaos Annabel hinterlassen hat.«

Sie wollte nicht weiter in ihn dringen und versuchte verzweifelt, wieder zu der Gelassenheit zurückzufinden, die so anziehend auf ihn gewirkt hatte. Tatsächlich gelang es ihr, ihm in heiterem Ton beizupflichten, dass es so wahrscheinlich am besten sei. Danach hatte er sie umarmt und ihr versichert, wie schwer es ihm falle zurückzufahren.

»Ich werde schreckliche Entzugserscheinungen bekommen«, sagte er. »Ich war viel zu lange hier. Inzwischen fühle ich mich hier schon wohler als … daheim.«

Sie hatte dafür gesorgt, dass er so viel Zeit wie möglich bei ihr in der Wohnung verbrachte. Er sollte sehen, wie schön die gemeinsame Zeit mit ihr sein konnte. Auf diese Weise hoffte sie die Erinnerungen an Annabel auszulöschen. Natürlich war es unmöglich, in nur vier Wochen fünf Jahre einfach wegzuwischen, aber sie hatte ihr Bestes getan. Und vielleicht würde ihm bei der Rückkehr in eine leere, ausgeplünderte Wohnung bewusst werden, was er an ihr hatte.

Jemima beugte sich über ihn. Wenn er aufwachte, würden sie sich vielleicht noch einmal lieben, doch dann würde der Abschied kommen. Solange er schlief, hatte sie ihn bei sich. Vorsichtig schlüpfte sie aus dem Bett und ging in die Küche. Sie schenkte sich Orangensaft ein, nahm ihn mit ins Wohnzimmer und zog lautlos die Tür hinter sich zu. MagnifiCat näherte sich ihr auf leisen Pfoten und zog sich dann naserümpfend wieder zurück.

»Du magst seinen Geruch nicht, hm?«, flüsterte Jemima und streichelte ihm den Kopf. »Daran wirst du dich aber gewöhnen müssen. Du bist einfach zu wählerisch.«

Der Kater strich ihr um die nackten Knöchel, als sie auf den Balkon hinaustrat und sich an das Geländer lehnte. Unten näherte sich eine schnittige Ketsch dem Ankerplatz. Eine Frau war am Steuer. Als sie das Boot in den Wind lenkte, ließ ihr Partner auf dem Vordeck den Anker über die Seite fallen. Wasser spritzte, als die Kette auslief, das Boot schaukelnd zum Stillstand kam und die Segel eingeholt wurden. Unter fröhlichen Zurufen klarten die beiden das Deck auf, rollten Leinen auf, überprüften die Fender, worauf die Frau unter Deck verschwand – wahrscheinlich um Frühstück zu machen. Jemima beneidete sie um ihre Unbeschwertheit. Wie romantisch musste es sein, in Salcombe einzulaufen! Sie seufzte. Bald würde ihr Erbe aufgebraucht sein, und dann konnte sie sich diese Wohnung, die ihr so viel bedeutete, nicht mehr leisten. Aber der Gedanke, hier auszuziehen, erschien ihr einfach unerträglich. Wahrscheinlich wäre es vernünftiger gewesen, eine Wohnung anzuzahlen, die für sie auch erschwinglich war. Bei *zwei* Einkommen wäre das alles natürlich kein Problem …

Wenn wir zusammen wären, überlegte sie, dann würde es auch keine große Rolle spielen, wo wir wohnen. Wir könnten ein kleines Cottage kaufen und es gemeinsam herrichten. Du lieber Himmel! Ich will ihn. Ich sehne mich nach all den kitschigen Dingen, die ich immer verabscheut habe – zusammen sein, Zimmer einrichten, Kinder kriegen …

»Oh!«, rief sie verblüfft, als sich sein Arm um ihre Taille legte. »Mein Gott! Mach bloß so was nicht.«

»Tut mir leid. Ich habe gar nicht gehört, dass du aufgestanden bist. Du hättest mich wecken sollen.«

Sie sah, dass er sich angezogen und rasiert hatte – also fiel das morgendliche Schäferstündchen aus. Und wie er sich beeilt hatte! In seiner Freizeithose und dem Baumwollhemd wirkte er zwar immer noch lässig, aber so konnte sie sich ihn jetzt auch in London vorstellen. Die Urlaubsatmosphäre war verflogen. Er sah ganz anders aus: eleganter, distanzierter.

»Ich hatte Durst«, sagte sie beiläufig und unterdrückte den instinktiven Wunsch, ihn anzuflehen, er möge doch bleiben. »Ehrlich gesagt, hatte ich keine Ahnung, wie spät es ist.«

»Ich wollte längst unterwegs sein.« Auch er schaute auf den Hafen hinaus. Dann drehte er sich seufzend zu ihr um und zuckte die Achseln. »Wie soll ich das nur schaffen? Dich verlassen, meine ich?«

Das Herz pochte ihr bis zum Hals. Aber auch jetzt noch mahnte ihr Instinkt sie zur Vorsicht.

»Ich habe ja nicht vor zu verreisen«, meinte sie unbekümmert. »Du kannst also jederzeit wiederkommen.«

»Versprochen?« Er küsste sie ohne Hast und drückte sie eng an sich. »Zum Beispiel nächstes Wochenende?«

»Nächstes …?«

»Hast du nicht gesagt, jederzeit? Ist das zu früh für dich?«

»Nein, nein. Das ist … das ist einfach wunderbar. Bist du wirklich sicher?«

Frag das nicht, du dumme Kuh, dachte sie. Lass gar keine Zweifel aufkommen.

»Ganz sicher.« Wieder küsste er sie, aber diesmal rasch. »Bekomme ich eine Tasse Kaffee, bevor ich fahre?«

»Auf jeden Fall.« Nun war sie wieder ganz aufgeweckt, ein wenig überdreht, heiter, zum Flirten aufgelegt. Er kam wieder, in sieben Tagen würde er wieder da sein! »Du kriegst sogar Toast und Orangensaft.«

Er schüttelte den Kopf. »Nein. Ich esse nie etwas, wenn ich unterwegs bin.«

»Schön.« Das musste sie sich merken, neben den anderen wichtigen Kleinigkeiten, die sie inzwischen über ihn wusste. Keine mütterlichen Überredungsversuche. Kein Theater. »Also nur Kaffee.«

Nun, da sie nicht versuchte, ihn aufzuhalten, hielt er sie fest. »Es ist wunderbar, mit einer Frau zusammen zu sein, die einem nicht wegen allem eine Szene macht«, sagte er leise. Sie zog die Augenbrauen hoch, als wolle sie fragen: Warum sollte ich dir eine Szene machen? Sie löste sich aus seiner Umarmung, ging in die Küche und ließ ihn auf dem Balkon zurück, damit er ein letztes Mal den Ausblick genießen konnte.

Als sie die Tür hinter sich zugezogen hatte, warf sie die Arme in die Höhe, gratulierte sich zu ihrer schauspielerischen Leistung und genoss ihren Erfolg. Leise lachend griff sie nach der Kaffeetasse. »Lieber Gott«, betete sie, »mach, dass er mich so richtig vermisst!«

26

Louise schloss den Wagen ab und sah sich zufrieden um: Nur zwei Autos standen am anderen Ende des Parkplatzes, und die Besitzer des einen waren im Begriff aufzubrechen. In den letzten Wochen hatte sie für ihre Spaziergänge am liebsten den Weg am Venford-Stausee gewählt. Hier herrschte Stille, das Wasser des Sees kräuselte sich, die üppigen Rhododendronbüsche verbreiteten eine magische Atmosphäre – eine richtige Märchenlandschaft. Der Weg hatte es ihr so angetan, dass die Gegenwart anderer Urlauber sie beinah störte – wenn Hundegebell und Stimmen über das stille Tal hallten, wenn Sommerfrischler im Gänsemarsch auf den steinigen, mit Wurzeln überzogenen Wegen entlang wanderten. Louise hatte sich angewöhnt, frühmorgens oder abends spazieren zu gehen, damit sie den lärmenden Familien ausweichen und den Frieden der Morgen- und Abenddämmerung ungestört genießen konnte.

Jetzt überquerte sie die Straße, ging den Eisenzaun entlang, blieb stehen, um den zerklüfteten Granitfelsen mit den drei tiefen Löchern zu betrachten. Der Boden unter ihren Füßen war trocken; weiche braune Nadeln bedeckten wie ein Teppich die harte, karge Erde unter den hohen Tannen. Sie blieb stehen und beobachtete ein Rotkehlchen, das in einem Rhododendron von Zweig zu Zweig hüpfte, ging weiter und betrachtete die goldenen und violetten Flecken, die auf dem Wasser zitterten, als ein leiser Windhauch über den See strich. An diesem Abend suchte sie die Einsamkeit, um ihren Erinnerungen an Rory nachzuhängen. Sie hatte den ganzen Tag an ihn gedacht, aber jetzt ließ sie die Erinnerungen näher an sich heran, rief sich sein Aussehen, seinen Geruch ins Gedächtnis. Eine unerträgliche Sehnsucht zerriss ihr das Herz. Sie dachte an seinen Humor, seine Leidenschaft, seine Lebenslust und seinen Mut. So schmerzlich diese Erinnerungen waren, sie musste sich ihnen stellen, sie verarbeiten und dann loslassen. Statt sie zu verleugnen, musste sie ihnen ihren rechtmäßigen Platz in ihrem Leben zuweisen, neben den anderen Erfahrungen, die sie zu dem gemacht hatten, was sie nun war. Rory und Hermione. Als sie sich auf die Holzbank setzte, sah sie die beiden so deutlich vor sich, als seien sie ein Teil der Landschaft vor ihren Augen. Wie Rory auf Rhu Spit ein Wettrennen mit Hermione machte und sie gewinnen ließ oder wie er geduldig neben ihrem Dreirad mit dem Ponykopf herging und ihrem Geplapper lauschte. Sein Stolz auf sie: »Diese Zeichnungen sind ganz beachtlich für eine Dreijährige.« Sein Ärger: »Muss sie ausgerechnet dann Fieber kriegen, wenn wir ausgehen wollen?» Die Gutenachtgeschichten, bei denen er auf dem Bett saß und sie sich an ihn kuschelte, den Daumen im Mund, die Augen auf das Buch gerichtet. »Froh zu sein, bedarf es wenig, und wer froh ist, ist ein König.«

Sie schloss die Augen und sah das Bild vor sich – ein kleiner Junge mit Krone und Hermelinumhang und über seinem Kopf ein bunter Regenbogen kleinerer Szenen: ein Schwein mit einer Blume im Maul, ein Segelschiff, ein Schneemann mit Zylinder. Es hatte den Titel *Glückliche Gedanken.*

Tränen liefen ihr übers Gesicht, und tiefe Trauer erfüllte sie.

Das leise Rascheln, das Knacken trockener Zweige hinter ihr im Wald lenkten sie von ihrem Kummer ab. Sie runzelte die Stirn, ohne den Blick vom See zu wenden, und fuhr sich mit der Hand über die Wangen.

Frummie hatte ihr geraten, in die Zukunft zu blicken. »Konzentrier dich auf etwas Angenehmes, Positives!«

Aber zuerst musste sie mit dem Verlust fertig werden. Sie musste den Schmerz akzeptieren und lernen, damit zu leben. Jetzt, in diesem Augenblick, konnte sie nur an den selbstzerstörerischen Wahnsinn denken, der sie dazu gebracht hatte, Rory zu vertreiben. Warum hatte sie nicht erkannt, dass er sie hätte retten können, dass sie es gemeinsam hätten schaffen können, diese grauenhafte Situation zu bewältigen? Entschlossen schob sie diesen Gedanken beiseite. Erinnerungen waren eine Sache, destruktive Fragen etwas anderes. Wenigstens wusste sie jetzt, wo der Unterschied lag, und wenn sie diese Erkenntnis beherzigte, würden die Erinnerungen irgendwann nicht mehr so überwältigend sein. An diesen Gedanken musste sie sich halten.

Eine aufgeschreckte Amsel flatterte aus dem Geäst und schickte einen warnenden Ruf über den See. Louise zog ihren Paschmina-Schal enger um die Schultern. Sie hatte zu lange hier gesessen, es dämmerte bereits. Auf dem Rückweg zum Auto konzentrierte sie sich auf andere, unverfänglichere Gedanken. Welche Musik würde Frummie als passende Untermalung für einen Abendspaziergang in dieser düsteren Waldlandschaft wählen? Sibelius vielleicht? Oder Grieg? Hinter den Bäumen konnte man leicht Trolle vermuten. Aber diese Frage würde sie Frummie niemals stellen, denn sie konnte sich deren Antwort lebhaft vorstellen. Frummie hielt einsame Spaziergänge schlichtweg für verrückt und wollte nicht einsehen, dass manche Leute so etwas brauchten.

»Im Augenblick ist das viel zu gefährlich«, hatte sie gesagt. »All diese Frauen waren allein unterwegs. Ich weiß, dass diese Morde in der Stadt passiert sind, aber du solltest trotzdem nicht allein ausgehen, wenigstens nicht so spät am Abend.«

Louise wusste, dass Frummie nicht ganz Unrecht hatte, aber manchmal musste sie einfach allein sein, musste ihren Erinnerungen nachhängen und ihre Gefühle verarbeiten. Das Cottage hatte sie Alexander nur allzu gern überlassen – sie fühlte sich bei Frummie wohl, Gesellschaft tat ihr gut –, aber hin und wieder brauchte sie ein bisschen Zeit für sich. An diesem Abend war ihre Gemütsruhe jedoch dahin. Eine Urangst stieg in ihr auf und schob alles andere beiseite. Louise glaubte eine Bewegung zwischen den Bäumen zu ihrer Linken wahrzunehmen und fuhr zusammen. Sie war selbst erstaunt über ihre heftige Reaktion, aber offenbar spiegelte sich darin eine wieder aufflammende Liebe zum Leben. Vor noch nicht allzu langer Zeit war sie so in ihr Elend versunken gewesen, dass es ihr gleichgültig gewesen wäre, ob sie ihr Leben aufs Spiel setzte. Jetzt fürchtete sie sich – und daran war nur Frummie schuld. Louise versuchte über ihre Angst zu lachen – wahrscheinlich war es ja nur ein Fuchs oder ein Reh gewesen –, ging aber trotzdem schneller, sodass sie ein wenig außer Atem geriet. Die Schatten der Bäume wurden immer länger. Das klare Wasser hatte nun alle Farbe verloren, und das andere Ufer war nur noch schemenhaft zu erkennen.

Da war tatsächlich ein Schatten, der hinter den Bäumen am Ufer entlang huschte. Für ein Tier war er zu groß. Louise hastete weiter. Die Angst schnürte ihr fast die Kehle zu. Wie weit war es noch bis zum Parkplatz? Wenn doch nur ein Urlauber mit fröhlichen Rufen die Stille vertreiben würde! Sie hörte, wie links von ihr jemand strauchelte und fiel. Louise begann zu laufen, stolperte über Baumwurzeln und tastete nach ihrem Schlüssel. Ein weiterer Wagen stand auf dem Parkplatz, bestimmt derselbe, der schon vorhin da gewesen war, aber inzwischen war es zu dunkel, um ihn zu erkennen.

Mit zitternden Fingern sperrte Louise ihr Auto auf, stieg ein und steckte den Schlüssel ins Zündschloss. Der Motor sprang nicht an. Ihre Zähne klapperten, während sie die Türen verriegelte und es noch einmal versuchte. Diesmal sprang der Wagen an. Mit einem erleichterten Seufzer legte sie den Gang ein, holperte über den Parkplatz, bog auf die Landstraße ein und raste zurück nach Foxhole.

»Du wirst froh sein, wenn du ins Cottage umziehen kannst«, sagte Brigid zu Alexander, als sie ihm ein Stück von ihrer köstlichen Fleischpastete auf den Teller lud. Es war ihr drittes gemeinsames Abendessen. Dass sie ihm ausgefallenere Gerichte auftischte, als sie für sich selbst gekocht hätte, hätte sie niemals zugegeben.

»Ja, ich bin auch froh«, meinte Alexander und betrachtete vergnügt die großzügige Portion auf seinem Teller. Er hatte einen gesegneten Appetit. Dann strahlte er sie an. »Es wird eine große Erleichterung sein.«

Brigid spürte den üblichen Schock über seine Unverblümtheit. Er hatte keinerlei Sinn für die kleinen Lügen, die den gesellschaftlichen Umgang erleichterten. Sie erinnerte sich an Humphreys Worte: *Ihm liegt nicht das Geringste an materiellen Dingen, und er ist von entwaffnender Ehrlichkeit.* Letzteres stimmte jedenfalls. Sie hatte Alexander nicht im Haus haben wollen, aber jetzt wünschte sie sich, dass er ihr versicherte, wie wohl er sich bei ihr gefühlt hatte. Er hatte peinlich darauf geachtet, ihr keinerlei Umstände zu machen.

»Du kannst natürlich meinen Kühlschrank benutzen«, hatte sie gesagt, »sonst wird dir die Milch sauer.«

»Ich brauche keine Milch«, hatte er erwidert. »Den Kaffee trinke ich schwarz, und für den Notfall habe ich etwas Milchpulver da.«

»Und was ist mit dem Frühstück?«, hatte sie nachgefragt, um ihre mangelnde Gastfreundschaft wettzumachen. »Isst du keine Cornflakes?«

»Ich esse Toast«, erwiderte er. »Du hast mir doch diesen praktischen Toaster überlassen, und Frummie hat mir ein Glas selbst gemachte Orangenmarmelade geschenkt.«

»Tatsächlich?« *Typisch*, hätte sie gern hinzugefügt, aber das wäre kindisch gewesen. Stattdessen sagte sie ruhig: »Sie wird dir schmecken. Frummie macht hervorragende Marmeladen, die viel besser sind als meine. Bitte sag Bescheid, wenn du etwas brauchst. Der Innenhof steht dir natürlich auch zur Verfügung.«

Mit ihm unter einem Dach zu leben erwies sich als erstaunlich angenehm. Den Austausch von Höflichkeitsfloskeln fand er überflüssig. Wenn sie einander begegneten, begnügte er sich mit einem Nicken und einem Lächeln, offenbar war er sich selbst genug und völlig zufrieden. Seine innere Ruhe faszinierte Brigid. Sie hatte noch nie jemanden kennen gelernt, der eine so heitere Gelassenheit ausstrahlte. Wenn sie an Humphreys Bemerkungen über ihn dachte, begriff sie allmählich, dass diese Selbstgenügsamkeit leicht als Egoismus oder auch als Gleichgültigkeit gegenüber seinen Mitmenschen gedeutet werden konnte. Nun aber wollte sie mehr über sein Verhältnis zu Humphreys Mutter erfahren. Die üblichen Eröffnungszüge verfehlten jedoch ihre Wirkung; er merkte einfach nicht, worauf sie hinauswollte.

»Ich war so traurig, als ich von Agnetas Tod erfuhr«, hatte

sie angefangen – und gehofft, ihm mit dieser Einleitung ein paar interessante Informationen zu entlocken.

»Tatsächlich?« Er musterte sie überrascht. »Du hast sie doch gar nicht gekannt. Du hast nicht einmal mich gekannt.«

Diese nüchterne Reaktion nahm ihr den Wind aus den Segeln, und sie murmelte etwas Nichtssagendes. Allmählich begriff sie, dass man sich mit ihm nur verständigen konnte, wenn man genauso offen und unverblümt war wie er. Das war keineswegs so leicht, wie es scheinen mochte. Als sie die köstliche Fleischpastete servierte und sich mit ihm zu Tisch setzte, beschloss sie, es noch einmal zu versuchen.

»Findest du es nicht merkwürdig«, begann sie, »dass wir uns erst jetzt kennen lernen? Schließlich sind Humphrey und ich seit fast dreißig Jahren verheiratet. Warst du nicht neugierig auf mich?«

»Ich war sogar sehr neugierig«, erwiderte er prompt, »aber ich musste mich mit dem zufrieden geben, was Humphrey mir zugestanden hat.«

»Zugestanden?«

Er sah sie durchdringend an. »Er hat mir damals geschrieben. Humphrey ist sehr pflichtbewusst. Er hat mir von dir erzählt, mich aber nicht zu eurer Hochzeit eingeladen.«

»Der Tod seiner Mutter hatte ihm zugesetzt«, gab Brigid zu bedenken. »Und er wollte nichts mit Agneta zu tun haben. Das war alles sehr schwierig.«

»Humphrey hat sehr an Elizabeth gehangen und sie an ihm«, erwiderte Alexander ruhig. »Er hat aus seiner Meinung keinen Hehl gemacht.«

Sie wagte einen weiteren Vorstoß. »Es ging so schnell mit deiner zweiten Heirat. Er fand das –«

»Gefühllos.« Er sprach das Wort aus, das sie gesucht hatte. »Und was meinst du?«

»Ich habe das auch gedacht.« Sie holte tief Luft. Bei dieser Offenheit konnte einem schwindlig werden. »Es ging nicht nur darum, dass du nach dem Tod seiner Mutter so schnell wieder geheiratet hast. Humphrey war damals noch sehr jung. Er fühlte sich von dir im Stich gelassen.«

»Er war ziemlich durcheinander.« Alexander aß mit großem Appetit. »Damals war er noch ziemlich unreif. Er hat sich auf Elizabeths Rat verlassen, und sie hat sich gern in sein Leben eingemischt. Ich war begeistert, als er sich für die Marine entschied. Sie war dagegen. Wusstest du das?«

»Nein.« Brigid fand diese Enthüllungen faszinierend. »Ich hatte keine Ahnung.«

»Sie hat versucht, es ihm auszureden, aber er blieb standhaft, und seine Entschlossenheit hat mich beeindruckt. Es war das erste Mal, dass er sich ihren Wünschen widersetzt hat. Sie hat mir vorgeworfen, ich hätte ihn dazu ermuntert. Das war völlig richtig. Ich hatte das Gefühl, dass er sich damit von ihrer Tyrannei befreit.«

»Tyrannei? Das ist ein starkes Wort.«

»Sie hatte einen ausgeprägten Besitzanspruch. Es war das schändliche Besitzdenken der Schwächeren, Älteren, Kränklichen gegenüber den Starken und Jungen. Sie hat seine Zuneigung als Waffe benutzt, verstehst du? Humphrey hatte Angst, dass sie sterben könne. Sie hat seine Angst benutzt, um ihn immer stärker an sich zu binden.«

»Davon hatte ich keine Ahnung«, wiederholte Brigid. Ihre Fleischpastete hatte sie völlig vergessen. Alexanders Stimme war frei von Groll und Selbstmitleid. Er legte in aller Ruhe die Tatsachen auf den Tisch, was umso beeindruckender wirkte. »Aber wieso hat er sie dann so geliebt?«

»Seidenbänder taugen als Fesseln genauso gut wie ein Strick. Humphrey hat nie gemerkt, wie er manipuliert wurde. Sie hat stets versichert, dass sie nur sein Bestes wolle, und er hat das nie bezweifelt. Er hat ihre Wertvorstellungen akzeptiert, und sie hat sich für ihn aufgeopfert – eine willige Märtyrerin. Sie war sehr lieb und sensibel. Und sie litt schweigend, aber ausdrucksvoll. Sie haben sich immer sehr nahe gestanden – bis er zur Marine ging. Da entdeckte er zum ersten Mal etwas, was er ebenso sehr liebte wie sie. Als sie erkannte, dass er standhaft blieb, versuchte sie es auf andere Weise. Sie hoffte, dass er seinen Schritt bereuen würde. Dann wollte sie ihn freikaufen. Doch sie starb, bevor es dazu kommen konnte.«

»Glaubst du, er hätte sonst nachgegeben?«

»Schon möglich. Er hatte sich ihr noch nie zuvor widersetzt, und es ist ihm schwer gefallen, mit ihrer demonstrativen Gleichgültigkeit und ihren kleinlichen Sticheleien zurechtzukommen. Sie hat ihm zu verstehen gegeben, dass sie all die militärischen Regeln und Vorschriften in Friedenszeiten für schwachsinnig hielt, so als würden Jungs Soldat spielen. Das hat ihn verletzt, aber auf meine Unterstützung hat er auch keinen Wert gelegt.«

»Warum denn nicht?«

»Ich hatte mich von Elizabeths Ansichten nicht beeinflussen lassen. Ihr wurde bald klar, dass sie mich nicht manipulieren konnte, und im Lauf der Jahre hat er das Bild übernommen, das sie von mir hatte. Damals war ich viel im Ausland. Ich habe als Ingenieur für einen Papierhersteller gearbeitet, der Fabriken in Schweden hatte. Ich war eine Art Feuerwehrmann, ich musste ran, wenn es brenzlig wurde, also war ich ziemlich viel unterwegs. Da war es nicht zu vermeiden, dass Humphrey ein sehr enges Verhältnis zu seiner Mutter entwickelte. Ihr Unmut hat ihn angesteckt, und als er dann in Dartmouth war, erschien ihm meine Unterstützung nicht mehr wichtig. Er hat sie sogar als Ärgernis empfunden.«

»Aber er wollte doch nicht, dass du nach Schweden ziehst.«

»Elizabeths Tod war ein Schock für ihn. Er sehnte sich nach einem Mentor, der ihren Platz einnahm. Meiner Ansicht nach war es für ihn an der Zeit, auf eigenen Füßen zu stehen, eigene Entscheidungen zu treffen und eigene Schlachten zu schlagen. Er musste endlich erwachsen werden.«

»Das klingt ziemlich brutal.«

»In der Welt geht es brutal zu. Das gilt vor allem auch für die Armee. Mir war klar, dass seine Begeisterung für die Marine ihm helfen würde, viele Hindernisse zu überwinden. Ich hätte ihm dabei nicht helfen können.«

»Und du wolltest ohnehin nach Schweden ziehen?«

Er verstand, worauf sie hinauswollte, und lächelte milde. »Meine Firma eröffnete eine neue Fabrik und suchte einen Betriebsingenieur. Es war eine großartige Möglichkeit. Wir hatten beide die Chance, einen Neuanfang zu machen.«

»Und Agneta gehörte zu deinem Neuanfang?«

»Ich kannte sie schon ein paar Jahre, und wir fanden, es sei Unsinn, wegen der Konventionen noch mehr Zeit zu verschwenden … Du hast deine Pastete nicht gegessen.«

Brigid schaute auf ihren Teller. Sie hatte kein Blatt vor den Mund genommen und staunte selbst über ihre Verwegenheit. Aber nun war es Zeit, das Thema zu wechseln.

»Nein«, sagte sie. »Nimm dir doch noch was, während ich meine Portion esse, und erzähl mir mehr von Schweden.«

27

»Das war wirklich unvernünftig«, erklärte Frummie. »Ich habe keinerlei Verständnis dafür, dass du dich abends im Moor herumtreibst.«

Dabei ließ sie eine Hand voll Löffel auf das Abtropfbrett fallen. Louise stand mit dem Geschirrtuch neben ihr und machte ein zerknirschtes Gesicht. Dass sie gestern Abend völlig aufgelöst nach Hause gekommen war, hatte Frummie stark beunruhigt. Und als Louise ihr von ihrem Spaziergang erzählt hatte, war sie drauf und dran, die Polizei zu rufen.

»Aber was soll ich sagen?«, hatte Louise gefragt. In Frummies gemütlichem Wohnzimmer hatte sie sich gleich besser gefühlt und ihre Panik ziemlich übertrieben gefunden. »Es könnte genauso gut irgendein unschuldiger Spaziergänger gewesen sein. Und den Wagen könnte ich auch nicht beschreiben.«

»Trotzdem, es sind drei Morde geschehen. Drei! Und wenn er unschuldig ist, braucht er ja nichts zu befürchten.«

»Wer?«

»Der Mann, der durch den Wald gelaufen ist. Warum sollte jemand in der Dämmerung durch das Unterholz stolpern? Ich werde Brigid einschärfen, alles ordentlich abzuschließen. Wie sie es all die Jahre ohne Humphrey hier ausgehalten hat, ist mir völlig unbegreiflich.«

Natürlich zeigte sich in Frummies Ärger vor allem Erleichterung darüber, dass ihrer Freundin nichts zugestoßen war. Das wusste Louise, aber trotz ihrer aufrichtigen Reue sparte die alte Frau nicht mit bissigen Bemerkungen. Auch am nächsten Morgen hatte sie sich immer noch nicht beruhigt, und beim Frühstück herrschte eine bedrückte Stimmung.

»Ich werde es nicht wieder tun«, erklärte Louise beim Abspülen und fühlte sich wie eine Zehnjährige. »Bestimmt nicht. Ich habe auf einer Bank gesessen und einfach nicht gemerkt, wie die Zeit verging.«

»Ich finde immer noch, wir hätten die Polizei benachrichtigen müssen.«

»Ich tue es, wenn du möchtest«, meinte Louise. »Nur kann ich denen einfach nichts Vernünftiges erzählen. Ich weiß weder die Marke noch die Farbe des Wagens. Eigentlich weiß ich gar nichts.«

»Jetzt ist es zu spät«, erklärte Frummie mit einem Anflug von Selbstgerechtigkeit. »Der Wagen ist längst weg. Genauso wie der Bursche, der da im Wald herumgestrolcht ist.«

Louise trocknete schuldbewusst die Teller ab und suchte verzweifelt nach einem anderen Gesprächsthema. »Die Prouts reisen morgen ab«, sagte sie. »Dann kann Alexander umziehen. Brigid wird das vermutlich ganz recht sein.«

Frummies Miene hellte sich auf. Sie freute sich darauf, Alexander in Reichweite zu haben, hin und wieder mit ihm zu Abend zu essen oder sich zu einem vergnüglichen Lunch im Pub zu treffen.

»Ob sie wohl Hilfe braucht?«, sagte sie nachdenklich. »Bei einem Mieterwechsel gibt es immer viel zu tun. Könnte sein, dass Alexander auch ein bisschen Unterstützung benötigt. Vielleicht möchte er zum Lunch rüberkommen.«

»Du hast Recht«, pflichtete Louise ihr begeistert bei.

Frummie trocknete sich die Hände ab und blickte aus dem Fenster. »Wie's aussieht, packen die Prats bereits. Ich geh nur rasch nach oben und zieh mich um. Bis dann.«

Kurze Zeit später überquerte sie den Hof und trat mit ihrem gewohnten Begrüßungsruf ins Haus. Brigid saß am Tisch und las die Zeitung.

»Guten Morgen, Herzchen. Hoffentlich nicht noch mehr Morde? Ich meine immer noch, wir hätten die Polizei anrufen sollen.«

Brigid, die flüchtig von einem interessanten Artikel aufgeblickt hatte, schaute ein zweites Mal hin. Frummie trug eine sehr elegante weiße Bluse und eine schicke Tartanhose. Ihr silbergraues Haar war frisch gewaschen und das Make-up sehr sorgfältig aufgetragen. Brigid starrte sie überrascht an, während Frummie ihren Blick kühl erwiderte.

»Die Prats laden ihr Gepäck ins Auto« – »Prouts«, korrigierte Brigid automatisch –, »und ich habe mich gefragt, ob du nicht ein wenig Hilfe brauchen kannst.«

»Das ist wirklich nett.« Brigid beschloß, Alexanders Technik anzuwenden. »Du siehst heute Morgen richtig elegant aus.«

»Oh.« Frummie zog die Mundwinkel nach unten und zuckte die Achseln. »Die alten Sachen? Die hab ich schon seit Jahren.«

»Ich kann mich nicht erinnern, sie schon mal an dir gesehen zu haben.«

»Gut möglich. Aber mit dem Inhalt meiner Kleiderschränke bist du wohl kaum vertraut, Herzchen.«

»Nein.« Brigid war verdutzt. Offensichtlich führte Direktheit bei ihrer Mutter nicht unbedingt zum Ziel. Also wechselte sie das Thema. »Wie geht's Louise heute Morgen? Hat sie sich von ihrem Schock erholt?«

»Ja, hat sie. Aber bitte ermuntere sie nicht, nachts durchs

Moor zu wandern. Ich habe es aufgegeben, dich zur Vernunft zu ermahnen, obwohl ich hoffe, dass du inzwischen ein bisschen vorsichtiger geworden bist.«

»Ich würde lieber nachts durchs Moor wandern als durch die Straßen von Plymouth. Oder einer anderen Stadt. Diese Morde sind schließlich in der Stadt passiert.«

»Gut möglich, aber das ändert nichts an der Tatsache, dass Louise letzte Nacht einen Heidenschreck gekriegt hat. Bei ihrem Zustand ist das nicht gerade empfehlenswert.«

»Da hast du Recht«, meinte Brigid zerknirscht. »Ich muss gestehen, dass ich daran gar nicht gedacht habe. Aber es geht ihr doch gut, oder?«

»Sie hat sich rasch erholt«, gab Frummie zu. »Aber sie war ziemlich durcheinander. Ich würde es nicht drauf ankommen lassen.«

»Bestimmt ist sie jetzt vorsichtiger. Weißt du was, ich sehe jetzt mal nach den Prouts. Die Frau kommt nicht gerne rüber, weil sie Angst vor Blot hat.«

Beide betrachteten Blot, der auf dem Rücken in seinem Korb lag und schlief. Er hatte die Vorderpfoten an die Brust gezogen, als würde er betteln, und seine Ohren lagen wie zottelige Zöpfe auf seiner Decke.

»Ja«, murmelte Frummie, »ein wahrhaft furchterregender Anblick. Ich verstehe, warum sie eine Heidenangst vor ihm hat.«

»Er war im Fluss«, erklärte Brigid. »Heute morgen war es wirklich wunderbar. Schon richtig herbstlich.«

Schweigen.

»Du bist doch vorsichtig, ja? Bei deinen Spaziergängen, meine ich?«

»Aber natürlich.« Brigid war gerührt über Frummies Besorgnis. »Versprochen.« Fröhlich fügte sie hinzu: »Wenigstens haben wir jetzt einen Mann im Haus. Wenn die Prouts weg sind, kann er gleich umziehen. Ich rufe dich, wenn wir loslegen können.«

Thea kam zu Besuch, winkte den Prouts zu, die sie misstrauisch beäugten, und gesellte sich dann zu Louise, die an dem kleinen Tisch im Garten saß.

»Sind sie gerade angekommen, oder reisen sie ab?«, fragte sie und setzte sich. »Sie wirken ziemlich nervös.«

»Sie reisen ab«, antwortete Louise und schenkte Thea ein Glas Holunderlikör ein. »Und alle atmen auf. Sie waren nicht gerade die idealen Gäste für Brigid.«

»Die arme Brigid.« Thea holte einen Baumwollhut aus ihrer Hutschachtel und setzte ihn auf ihr rotgoldenes Haar. »Sie nimmt es immer persönlich, wenn die Leute sich bei ihr nicht wohl fühlen. Ich frage mich, ob es ihr gut tun wird, wenn Humphrey auf Dauer zu Hause ist.«

»Ob es ihr gut tut?« Louise zog ihren Baumwollrock bis über die Knie hoch und ließ ihre nackten Beine von der Sonne bescheinen. »Wie meinst du das?«

»Er war so oft unterwegs. Und sie ist gern allein.«

»Zwar kenne ich sie nicht halb so gut wie du«, erwiderte Louise. »Aber ich weiß, dass sie das Alleinsein genießt.«

»Stimmt. Ich komme damit klar, aber wenn ich die Wahl habe, möchte ich meine Lieben immer um mich scharen. Ich finde es wunderbar, dass George im Ruhestand ist und wir eine Menge zusammen unternehmen können.«

»Ist das nicht seltsam – du hast so kleine Kinder, und Brigid ist schon Großmutter. Aber eure Männer sind gleich alt.«

Thea lachte. »Seine Freunde dachten, er hätte den Verstand verloren, als er mich geheiratet hat. Schließlich bin ich zwanzig Jahre jünger als George. Sie sind alle ausgesprochen nett zu mir, auch wenn Humphrey mich für etwas überspannt hält.«

Louise erinnerte sich an seine Bemerkung vor ein paar Wochen – *Eine liebenswerte Spinnerin* – und zögerte. Angesichts ihrer verlegenen Miene musste Thea schmunzeln.

»Das macht mir nichts aus. Ich mag Humphrey, aber er hat Schwierigkeiten mit dem Altersunterschied. Ich bin nicht viel älter als sein ältester Sohn. Julian hat das Mount House besucht, als es noch ein Jungeninternat war; jetzt werden auch Mädchen aufgenommen, und meine beiden Töchter sind als Tagesschülerinnen dort.«

»Besucht Hermione auch das Mount House?«

»Ja, sie ist in der *Arche.* Das ist Kindergarten und Grundschule in einem. Alle Kinder gehen gerne hin.«

»Welche Altersgruppe haben sie denn da?«, fragte Louise. In ihrem Kopf nahm eine Idee Gestalt an.

»Ich glaube, sie fangen mit drei oder vier an. Warum?«

»Mir ist da eben etwas eingefallen. Ich habe dir doch erzählt, dass ich vor meiner Ehe Erzieherin war. Jedenfalls brauche ich sobald wie möglich einen Job, und da ist mir plötzlich der Gedanke gekommen, dass diese Schule vielleicht etwas für mich wäre.«

Thea rückte mit ihrem Stuhl in den Schatten. »Bist du schon so weit, einen Neuanfang zu wagen?«

Eine Pause folgte. Die Tauben zogen ihre Kreise am Himmel, leuchtend weiß in der tiefen Bläue. Die Prouts standen mit zufriedener Miene vor ihrem säuberlich gepackten Kofferraum.

Louise atmete tief durch. »Manchmal ja. Manchmal nein. Aber ich möchte etwas tun, und ich möchte mit Kindern arbeiten. Gott sei Dank macht es mir nicht mehr so viel Angst, mit kleinen Kindern zusammen zu sein. Aber gelegentlich bekomme ich immer noch Angstzustände.«

»Du solltest mit Charles Price reden«, meinte Thea nachdenklich. »Er ist der Schulleiter und wird dir bestimmt helfen, wenn er kann.«

»Ich müsste ihm reinen Wein einschenken.«

»Ja, natürlich, aber deshalb brauchst du dir keine Gedanken zu machen. Er ist wirklich nett. Ich glaube, dass er sehr viel Verständnis zeigen wird.«

»Es wäre ein Anfang«, sagte Louise, »einfach mit jemandem zu reden und herauszufinden, wo ich stehe. Vielleicht komme ich für die Arbeit mit kleinen Kindern nicht mehr in Frage. Die Regeln sind heutzutage ziemlich streng.«

»Ich werde mit Charles Price sprechen«, versprach Thea, »und wenn das Schuljahr beginnt, kannst du mich und Hermione begleiten und dich dort umschauen.«

»Danke«, erwiderte Louise erleichtert. »Ich muss mir überlegen, wie es weitergeht – in jeder Hinsicht. Im Oktober kommt eine Freundin von Frummie, also muss ich bis dahin eine Bleibe finden. Das ist noch eine Herausforderung.«

»Stimmt«, sagte Thea. »Aber die musst du ja nicht allein bewältigen. Wir möchten dir alle helfen.«

»Das ist ... wirklich nett.« Louise wäre am liebsten in Tränen ausgebrochen. »Verdammt heiß heute. Schau mal, die Prouts sind fort. Brigid sieht aus, als wäre ihr ein Stein vom Herzen gefallen.«

Brigid stand an der Zufahrt, strahlte übers ganze Gesicht und winkte den Gästen nach. Einer Eingebung folgend, winkten Thea und Louise auch und riefen den Abreisenden voller Freude einen Abschiedsgruß nach, worauf Brigid lachen musste. Frummie trat auf sie zu, und sie gingen gemeinsam ins Cottage.

»Ich schenke uns noch einen Likör ein«, sagte Louise und stand auf. »Das Eis ist schon geschmolzen.«

Thea rückte ihren Hut zurecht, lehnte sich auf ihrem Stuhl zurück und beobachtete die Tauben. Da nahm sie aus dem Augenwinkel eine Bewegung wahr. Rechts von ihr, jenseits der Wiese, die zum Fluss hin abfiel, ging jemand die Hecke entlang, die die Straße säumte. Das Gelände gehörte zu Foxhole, und Thea fragte sich, ob sich der Wanderer wohl verlaufen hatte. Doch in diesem Augenblick kam Louise mit einem Tablett aus dem Haus, und als Thea wieder den Blick über die Hecke schweifen ließ, war die Gestalt verschwunden.

28

Erst sehr viel später fand Brigid in ihrem Arbeitszimmer den unvollendeten Brief an Humphrey. Sie griff nach den Blättern und las, was sie vor drei Tagen geschrieben hatte, bevor Alexander in ihr Leben getreten war. Und jetzt gerade zog er – mit Hilfe von Frummie – ins Cottage um. Alexanders Ankunft, seine außergewöhnliche Art hatten sie mehr beschäftigt als alles andere. Brigid hatte erwartet, dass sie ihn nicht mögen würde, schließlich hatte sie jahrelang für Humphrey Partei ergriffen. Und nun hatte er sie völlig entwaffnet.

Brigid runzelte die Stirn, trat ans Fenster und ließ den Stoff auf ihrem Arbeitstisch durch die Finger gleiten, ohne den Brief aus der Hand zu legen. Nein, »entwaffnet« war nicht das richtige Wort; »entwaffnet« hätte eine Absicht vorausgesetzt, und sie war überzeugt, dass er keinerlei Absichten verfolgte. Dafür war er viel zu direkt, zu offen. Das war auch der Grund, aus dem sie ihn mochte.

Sie lehnte sich aus dem Fenster und betrachtete die zerklüfteten Granitfelsen von Combestone Tor. Die Sonne stand hoch am Himmel und tauchte die Landschaft in ein gleißendes Licht, das ihr jedes Geheimnis raubte. Die drückende Hitze verschlug einem den Atem und wirkte ermüdend. Selbst vom West Dart war nur noch ein gedämpftes

Murmeln zu hören. Brigid zog sich in ihr kühles Zimmer zurück. Bislang hatte sie völlig blauäugig Humphreys Sicht der Dinge geteilt, doch nun war diese Gewissheit ins Wanken geraten. Seine Mutter war wohl doch nicht das verklärte, sanftmütige Geschöpf gewesen, dem man übel mitgespielt hatte. Offenbar hatte sie Humphrey manipuliert, indem sie seine kindliche Zuneigung ausnutzte. Manche Bemerkungen, die er im Lauf der Jahre gemacht hatte, gewannen nun eine andere Bedeutung. »Meine arme Mutter hat alles so schwer genommen. Sie war ein so sensibler Mensch, dass es mir wehgetan hat, wenn sie verletzt wurde.« – *Sie litt schweigend, aber sehr ausdrucksvoll.* »Sie hat so viel für mich getan, so viele Opfer gebracht.« – *Eine willige Märtyrerin.* »Ich musste die Rücksichtslosigkeit meines Vater wieder gutmachen.« – *Im Lauf der Jahre hat er das Bild übernommen, das sie von mir hatte.* »Natürlich war sie nie ganz schmerzfrei, manchmal war es schrecklich, das mit anzusehen.« – *Humphrey hatte Angst, dass sie sterben könne.* »Vater ist ihr immer auf die Nerven gegangen. Ich war ziemlich erleichtert, wenn er wieder fahren musste.« – *Ihr Unmut hat ihn angesteckt.*

Humphrey war dreiundzwanzig gewesen, als er Brigid heiratete. Das schwierige Verhältnis zu einem Elternteil war die Erfahrung, die beide verband. Bald fingen sie an, darüber Witze zu machen. Sie waren miteinander erwachsen geworden, hatten sich gegenseitig den Rücken gestärkt. War sie der Mentor gewesen, den Humphrey in seinem Vater zu finden hoffte, nachdem seine Mutter gestorben war? Durch die Marine und durch die Ehe war Humphrey gezwungen gewesen, erwachsen zu werden. Was wohl aus ihm geworden wäre, wenn seine Mutter nicht das Zeitliche gesegnet hätte? Von ihrem Einfluss befreit, hatte er sich zu dem fröhlichen, entschlossenen Mann entwickelt, den sie liebte. Von Natur aus war er weder schwach noch leicht beeinflussbar.

Alexander hatte dafür sorgen wollen, dass Humphrey auf eigenen Beinen stand. Vielleicht war seine Entscheidung ja richtig gewesen, so brutal die Methode auch gewesen sein mochte.

Immer noch ein wenig schockiert darüber, wie rasch sie die Seiten gewechselt hatte, überflog Brigid den Brief in ihrer Hand. Dabei schnürte ihr die Angst die Kehle zu. Wie hatte sie dieses Problem vergessen können, das ihren Seelenfrieden störte und ihre Zukunft bedrohte! Sie musste es lösen, bevor die Bank das Cottage pfändete. Irgendwie musste sie die rechten Worte finden, um ihren Brief zu beenden. Trotz eines flauen Gefühls im Magen setzte sie sich an ihren Arbeitstisch und griff nach dem Füller. Eine Weile saß sie da und überlegte, ob sie Alexander einweihen und um Rat fragen sollte. Der Gedanke war so verlockend, dass sie am liebsten sofort hinuntergelaufen wäre, um ihn zu suchen. Aber natürlich wäre es unfair gewesen, mit ihm zu sprechen, bevor Humphrey Bescheid wusste.

Auch jetzt noch schiebe ich die Sache vor mir her, dachte sie. Lasse mich ablenken. Schinde Zeit.

Sie las durch, was sie geschrieben hatte, griff nach dem Füller und begann erneut.

Louise holte ihren Autoschlüssel, überlegte kurz, ob sie eine Jacke brauchte, und ging hinaus. Frummie hievte gerade eine Schachtel aus Alexanders Wagen.

»Ich fahre nach Ashburton«, sagte Louise.

Frummie zog die Brauen hoch. »Hoffentlich denkst du nicht, dass Alexander und ich allein sein wollen«, sagte sie.

»Nein, nein. Ich bin nur ein bisschen … du weißt schon. Nervös. Ich brauche Bewegung. Mach dir keine Sorgen. Die Wildnis lockt mich heute nicht. Ich mische mich lieber unter Leute.«

»Das will ich hoffen«, entgegnete Frummie streng. »Bis später.«

Louise fuhr den Weg hinauf und bog in die Straße ein. Wie üblich parkten auf dem Rastplatz am O Brook eine Menge Autos, und lästigerweise reihte sich eines der Fahrzeuge hinter ihr ein, als sie die Saddle Bridge überquerte. Sie mochte es nicht, wenn auf dem Weg durch das Moor ein Wagen hinter ihr fuhr. Sie wollte den wunderbaren Anblick der Hügel, die sich bis zum dunstigen Horizont erstreckten, der felsigen Gipfel, der steil abfallenden Kämme und bewaldeten Täler in Ruhe genießen können. Die Beeren der Ebereschen leuchteten, die Schwarzkehlchen hockten auf den schwankenden Wedeln des Farnkrauts, und der sanfte Wind trug den Duft des Stechginsters zu ihr herüber. Die Parkplätze am Combestone Tor und am Venford-Stausee waren überfüllt: Familien mit Kindern nutzten dieses letzte freie Wochenende vor dem Schulanfang. Der Stausee lag still im strahlenden Sonnenschein, und Louise konnte sich kaum noch vorstellen, dass sie, von jäher Furcht gepackt, aus dem Wald geflohen war. Vielleicht war ja Pan daran schuld, der Gott der Wiesen und Wälder, der hinter Fels und Baum lauerte, um ahnungslose Reisende zu erschrecken. Sie kicherte und bremste, damit ein paar Schafe die Straße überqueren konnten. Dabei warf sie einen Blick in den Rückspiegel. Der Fahrer des Wagens hinter ihr hielt großzügig Abstand; offenbar hatte er es nicht eilig. Froh darüber, fuhr sie wieder an. Ratternd überquerte sie das Viehgitter und beschleunigte dann. Sie hoffte, dass in Ashburton nicht allzu viel los sein würde. Der kleine rote Wagen folgte ihr auch noch, als sie die Poundsgate Road nahm und am Fluss entlang zur Holne Bridge fuhr. Hier trafen sich wie immer am Wochenende die Kanufahrer, die ihre Neoprenanzüge anzogen und ihre Boote ausluden. Louise wartete mit anderen Fahrzeugen darauf, dass die Brücke frei wurde, beobachtete die Ausflügler und warf gelegentlich einen Blick in den Rückspiegel. Im Wagen hinter ihr saß ein einzelner Mann mit einer Ray-Ban-Sonnenbrille und einer Baseballkappe. Er hatte die Hemdsärmel hochgekrempelt und den Arm auf das heruntergekurbelte Fenster gelegt, während er mit der linken Hand auf dem Lenkrad einen Rhythmus trommelte. Louise glaubte ihn wiederzuerkennen – war es nicht der Mann, der kürzlich in Foxhole aufgetaucht war, um die Fenster zu putzen? Auch der Wagen kam ihr bekannt vor …

Ungeduldig strich sie die Haare zurück; ihr war heiß, sie wollte weiterfahren, der Gestank der Abgase und das Brummen der Motoren waren ihr zuwider. Da überfiel sie eine jähe, überwältigende Sehnsucht nach Rory: Sie wünschte sich, von ihm in den Arm genommen zu werden, seine Stimme an ihrem Ohr zu hören. *Also! Wo waren wir stehen geblieben?* Sie biss sich auf die Lippen und unterdrückte die Tränen.

Plötzlich war die Straße wieder frei. Louise überquerte die Brücke und hatte fünf Minuten später die Stadt erreicht. Auf dem Parkplatz hielt sie nach einer Lücke Ausschau und erspähte einen Wagen, der gerade wegfuhr. Vergnügt stellte sie ihr Auto ab, kramte nach Kleingeld und zog am Automaten einen Parkschein. Der Mann in dem kleinen roten Wagen hatte weniger Glück. Er musste in einer Fahrzeugschlange warten und beobachtete Louise, bis sie ihr Auto abgeschlossen hatte und raschen Schrittes zu den Geschäften ging.

Nach dem Mittagessen im Victoria Inn und einem Einkauf kehrte Louise zum Parkplatz zurück und fuhr los. Als sie wieder in Foxhole eintraf, war es fast vier. Frummie kam ihr entgegen. Überrascht und ein wenig beunruhigt stieg Louise aus.

»Ist alles in Ordnung?«

»Ja.« Frummie seufzte erleichtert. »Ich bin einfach nur froh, dass du wohlbehalten wieder da bist.«

»Ich bin doch nur nach Ashburton gefahren.« Louise holte ihre Einkäufe aus dem Wagen. »Ach, und auf dem Heimweg habe ich einen Zwischenstopp gemacht und gemeinsam mit vierhundert Touristen Combestone Tor bestiegen.«

»Mach ruhig deine Witze«, entgegnete Frummie grimmig, »aber gestern Abend wurde in Buckfastleigh wieder eine Frau überfallen.«

Louise starrte sie an. »Das kann doch nicht wahr sein. Woher weißt du das?«

»Sie haben es in den Mittagsnachrichten gebracht. Gott sei Dank haben ein paar junge Burschen auf dem Heimweg vom Pub ihr Schreien gehört und sind ihr zu Hilfe geeilt. Der Angreifer ist weggelaufen, aber das Mädchen konnte ihn beschreiben. Sie meinte, sie hätte ihn schon in der Gegend gesehen. Die Polizei sagt, dass er offenbar alleinstehenden Frauen nachschleicht, sie beobachtet und dann zuschlägt. Sie glauben, dass die Sache mit den drei Morden zusammenhängt.«

»Wie schrecklich!« Louise lief es kalt den Rücken hinunter. »Frummie, stell dir vor, wenn er das gestern Abend war …«

»Wir sollten die Polizei informieren. Vom Venford-Stausee ist es schließlich nicht weit nach Buckfastleigh. Jedenfalls bin ich wirklich froh, dass du wieder zu Hause bist. Vorläufig müsst ihr beide, du und Brigid, auf eure Abendspaziergänge verzichten.«

»Gut«, stimmte Louise zu. »Du hast Recht. Keine Abendspaziergänge mehr.«

29

»Ich würde dich gern sehen.« Jemima telefonierte mit Louise. »Komm doch zum Mittagessen vorbei. Irgendwann nächste Woche wäre wunderbar … Dienstag? … Gut. Gegen eins? Schön. Bis dann!«

Sie atmete erleichtert auf. Zu gerne hätte sie jemandem ihr Herz ausgeschüttet. Aber die neue Liebesbeziehung war ihr so wichtig, so kostbar, dass sie geradezu abergläubisch geworden war. Sie befürchtete, wenn sie jemandem davon erzählte, könnten sich ihre Hoffnungen in Luft auflösen.

Manchmal fragte sie sich, ob sie sich alles nur einbildete. Jetzt, da er nach London zurückgekehrt war und ihr Leben wieder seinen gewohnten Gang nahm, konnte sie es kaum fassen, dass sie diese wenigen glücklichen Wochen wirklich erlebt hatte. Aber am Freitag würde er wiederkommen.

»Freitag«, sagte sie überglücklich zu MagnifiCat, der sein Abendessen verspeiste. »In achtundvierzig Stunden wird er hier sein. Zwei Tage noch.«

MagnifiCat fraß unbeeindruckt weiter, Jemimas Überschwang ließ ihn kalt. Abschätzig zuckte er mit dem Schwanz. Jemima machte es sich auf dem Sofa bequem.

»Du fehlst mir«, hatte er gesagt. »Hier ist es schrecklich. Sie hat so viel mitgenommen.«

»Wie gemein!« Sie widerstand der Versuchung, über Annabel herzuziehen. »Das muss deprimierend sein.«

»Ist es auch.«

Sie stellte sich vor, wie er sich in der verlassenen Wohnung umsah und vertraute Gegenstände vermisste.

»Sie hat einen Brief hinterlassen.«

»Ach ja?« Sie war unsicher, wie sie darauf reagieren sollte. Würde sie ihn halten können, nachdem er in seine eigenen vier Wände zurückgekehrt war? In die Wohnung, in der er mit Annabel gelebt hatte. Angst überfiel sie, und sie hätte am liebsten geschrien: Was schreibt das Miststück? Aber das wagte sie nicht. Er wirkte ziemlich niedergeschlagen, was sie beunruhigte. Sie fragte sich, was ihm wohl derart zu schaffen machte, da sich ihre Beziehung doch so gut entwickelt hatte. Warum ging ihm das nach den gemeinsam verbrachten Wochen so nahe?

Sie hatte sich beherrschen müssen, hatte sich gesagt, dass alles nicht so einfach für ihn war. Die Rückkehr in die Wohnung hatte Erinnerungen geweckt, alte Wunden wieder aufgerissen. Eine Urlaubsromanze, die gerade einen Monat alt war, und eine fünfjährige Beziehung – da war es unrealistisch zu erwarten, dass ihm die Trennung und ihre Folgen nicht zu Herzen gingen.

»In dem Brief begründet sie, warum sie bestimmte Sachen mitgenommen hat«, sagte er. »Sie meint, ich soll mich melden, wenn ich es als unfair empfinde. Sie nennt eine Telefonnummer und schreibt, wir sollten uns treffen und ein bisschen plaudern.«

»Ja, das klingt … gut.« Es klang überhaupt nicht gut. Es klang miserabel. Geh nicht hin, hätte sie ihn am liebsten angefleht. Bitte geh nicht hin! Es ist aus und vorbei! Aber er hatte ihr erklärt, wie wichtig es für ihn sei, in Freundschaft auseinander zu gehen, und sie wollte sich nicht als eifersüchtige Egoistin präsentieren. Immerhin hielt er daran fest, dass sie sich am Wochenende treffen würden.

»Ich kann es gar nicht erwarten, dich wiederzusehen«, sagte er. »Schon jetzt kommt es mir vor, als seien Wochen vergangen, und dabei bin ich doch erst ein paar Stunden fort. Salcombe erscheint mir im Vergleich zu hier geradezu wie das Paradies.«

Jemima hatte sich wacker geschlagen, sie hatte ein wenig gescherzt und ihn geneckt, sodass er Annabel und den Brief vergaß und stattdessen über seine Pläne sprach, sich im Südwesten nach einem Job in der Computerbranche umzusehen.

»Und es macht dir wirklich nichts aus, mit jemandem zusammenzuziehen?«, fragte er.

»Es wäre den Versuch wert«, antwortete sie locker und war froh, dass er ihr Gesicht nicht sah, ihr strahlendes Lächeln. »Da musst du eher MagnifiCat überreden als mich.«

»Erzähl mir bitte nicht, dass unsere Zukunft von diesem neurotischen Flohfänger abhängt«, meinte er vergnügt. »Meine Güte!« Seine Stimme veränderte sich plötzlich. »Ich vermisse dich wirklich.«

Sie musste mehrmals tief durchatmen, damit er nicht merkte, wie tief sie das berührte. »Ich auch«, erwiderte sie.

»Na dann.« Sie konnte sich vorstellen, wie er sich in der Wohnung umsah. »Dann werde ich mal eine Bestandsaufnahme machen und ein bisschen Ordnung schaffen. Ich wollte nur kurz Hallo sagen, bevor ich damit anfange. Ruf mich an, ja?«

»Mach ich«, versprach sie. Eine kleine Pause. »Hey. Bis Freitag ist es nicht mehr lang.«

»Nein.« Seine Stimme klang wieder ein wenig munterer. »Da hast du Recht. Bis bald.«

Sie hatte bis zum nächsten Abend gewartet und inständig

gehofft, dass er sich melden würde. Dann hatte sie am Samstagabend ihren ganzen Mut zusammengenommen und ihn angerufen.

»Wenigstens hat sie den Fernseher dagelassen«, meinte er grimmig, »und ein paar Videos. Wirklich toll!«

Jemima spürte, dass er ziemlich geladen war.

»Es ist also schlimmer, als du gedacht hast.«

»Sie hat alles eingepackt, was nicht niet- und nagelfest war«, entgegnete er bitter. »Es ist mir nicht gleich aufgefallen, aber fast alle Bücher sind weg. Ich kann es einfach nicht fassen.«

»Hast du … mit ihr gesprochen?«

»Noch nicht.«

Sie suchte nach tröstenden Worten, aber ihr Kopf war leer. »Es tut mir leid«, sagte sie schließlich. Wie zaghaft sich das anhörte – und wie verletzt er sein musste. »Das ist wirklich unfair. Ich meine, die Sachen haben euch doch gemeinsam gehört.«

»Das dachte ich auch.«

»Vielleicht lässt sich das ja klären«, schlug sie vorsichtig vor – obwohl sie ihn natürlich am liebsten von Annabel fern gehalten hätte. »Bestimmt kann man vernünftig mit ihr reden.«

»Wenn sie vernünftig wäre, hätte sie die Sachen gar nicht erst mitgenommen.«

»Stimmt …« Darauf fiel ihr nichts mehr ein.

»Tut mir leid. Ehrlich gesagt, habe ich eine saumäßige Laune. Weißt du was, ich rufe dich morgen an. Bis dahin bin ich bestimmt wieder besser drauf. Okay? Tschüs.«

Die nächsten vierundzwanzig Stunden wollten kein Ende nehmen, und Jemima hatte reichlich Zeit, sich alle möglichen Szenarien auszumalen, angefangen damit, dass er es keine Sekunde länger aushielt und zu ihr nach Salcombe eilte, bis zu dem Albtraum, dass er sie in der Krise, in der er steckte, völlig vergaß. Und ausgerechnet an diesem Abend schienen alle ihre Freunde und Verwandten beschlossen zu haben, sich bei ihr zu melden. Jemima hätte die Anrufer am liebsten angeschrien, und es fiel ihr schwer, sich auf die Gespräche mit ihnen zu konzentrieren. Sie fragte sich, ob er wohl gerade versuchte, sie zu erreichen, und sah verzweifelt auf die Uhr, bis sie erleichtert auflegen konnte, nur um beim nächsten Klingeln ein weiteres Plappermaul an der Strippe zu haben. Schließlich rief er spät abends an.

»Wie geht's?«, fragte sie halb aufmunternd, halb besorgt.

»Gut.« Er klang resigniert. »Es tut mir leid wegen gestern Abend. Ab und zu geht mir das alles noch ziemlich nahe. Hier bin ich einfach viel stärker damit konfrontiert.« Er wirkte angespannt. »Und wie läuft's bei dir?«

Jemima versuchte ihn aufzumuntern, ihn zum Lachen zu bringen – und es gelang ihr auch. Als sie auflegte, hatte sie ihre Zuversicht wiedergewonnen. Im Lauf der Woche besserte sich seine Stimmung deutlich. Sobald er wieder zur Arbeit ging, war er ausgeglichener und positiver. Er hatte wegen Jobs im Südwesten Erkundigungen eingezogen, und offenbar machte er sich Hoffnungen: Am Freitag würden sie viel zu besprechen haben, meinte er. Sie räkelte sich nervös und stöhnte auf, als MagnifiCat auf ihren Bauch sprang und zufrieden schnurrte, denn er hatte gerade eine Riesenportion Kaninchenfleisch verspeist. Behutsam streichelte sie sein weiches Fell, schloss die Augen und malte sich himmlische Szenen für das Wochenende aus.

»Brigid überlegt, ob sie Michael und Sarah einladen soll, damit Sie sie kennen lernen.« Frummie sah Alexander fragend an. »Was halten Sie davon?«

»Da bin ich ratlos«, antwortete er gelassen und legte höflich die Zeitung beiseite. Er sah, wie Frummies Blick interessiert über seinen Frühstückstisch wanderte. »Ich bin ein Fan des guten alten englischen Frühstücks«, erklärte er. »Würstchen, Speck, Toast und Orangenmarmelade. Trotz all der Jahre im Ausland habe ich mir das nicht abgewöhnt.«

Sie ließ sich nicht abschrecken. »Ich begnüge mich mit einer Tasse schwarzen Kaffee«, sagte sie. »Wie schaffen Sie es nur, so schlank zu bleiben?«

»Ich esse vermutlich nicht weniger als Sie. Es ist wohl Veranlagung.«

»Und woher wollen Sie wissen, dass ich nicht hungere?«

Er lächelte. »Weil Ihre Figur zu Ihnen passt. Aber Brigid ist entschieden zu dünn.«

Frummie setzte sich auf den Stuhl ihm gegenüber; sie ergriff gern die Gelegenheit, mit ihm ins Gespräch zu kommen. Die Sonne schien in die große Wohnküche. Auf den Arbeitsflächen lagen verschiedene Kochutensilien. Dennoch wirkte der Raum irgendwie unpersönlich. Vielleicht hatte Alexander nicht genug Gepäck, um dem Haus seinen Stempel aufzudrücken – oder vielleicht wohnte er noch nicht lange genug hier. Sie hatte ihm beim Umzug helfen dürfen, aber er hatte es sich nicht nehmen lassen, seine Sachen allein auszupacken. Zwar standen nun ein paar Bücher auf dem Fensterbrett, und auf dem großen viereckigen Tisch lag eine Zeitung ausgebreitet, aber sonst gab es kaum Hinweise, was für ein Mensch Alexander war. Zweifellos würde sie im Lauf der Zeit mehr über ihn herausfinden. Bis dahin hatte Frummie nichts dagegen, sich über Brigids Figur zu unterhalten.

»Das könnte auch Veranlagung sein. Diarmid war sehr schlank.«

»Dann finden Sie also nicht, dass sie zu dünn ist?«

»Nun ja …« Frummie wand sich. »Sie braucht nur ein

paar Pfund abzunehmen, und schon wirkt sie mager. Vielleicht liegt es ja daran, dass Humphrey diesmal ziemlich lange fort ist.«

»Daran müsste sie sich doch inzwischen gewöhnt haben?«

»Das ist wahr.« Angesichts seiner Hartnäckigkeit beschloss sie, kein Blatt vor den Mund zu nehmen. »Natürlich war sie nicht besonders glücklich über Ihren Besuch.«

Diese Bemerkung schien ihn keineswegs zu kränken. »Das kann ich mir vorstellen. Sie glauben also, ich bin dafür verantwortlich, dass Brigid abgenommen hat?«

Frummie zuckte die Schultern. »Wahrscheinlich gibt es ganz andere Gründe. Brigid und ich haben kein so enges Verhältnis zueinander, wissen Sie.«

»Das habe ich mir schon gedacht.« Sein nachdenklicher Ton nahm seinen Worten die Schärfe. »Seltsam, nicht wahr, dass man oft viel leichter mit Menschen zurechtkommt, mit denen man nicht verwandt ist?«

Sie warf ihm einen zustimmenden Blick zu. »Ja. Ich frage mich nur, warum.«

»Wahrscheinlich wegen der Schuldgefühle. Aber vielleicht gehe ich da zu sehr von meiner persönlichen Erfahrung aus. Humphrey und ich werden nie richtig miteinander warm werden. Er misstraut mir, und ich fühle mich schuldig wegen bestimmter Entscheidungen, die ich bei seiner Erziehung getroffen habe. Wir können uns über diese Gefühle nicht einfach hinwegsetzen, wie wir es bei Menschen tun, die uns weniger bedeuten. Gerade weil er mein Sohn ist, bin ich nicht imstande, eine vernünftige Beziehung zu ihm aufzubauen.«

Frummie sah ihn überrascht an. So viel Aufrichtigkeit schon zu Beginn ihrer Bekanntschaft hatte sie nicht erwartet. »Mir geht es genauso«, gab sie zu. »Ich fühle mich schuldig, weil ich nach London gegangen bin und Brigid im Stich gelassen habe. Sie ist mir böse deswegen, und mein schlechtes Gewissen hindert mich daran, so unverkrampft mit ihr umzugehen wie mit Jemima, meiner jüngeren Tochter. Ich spüre ihren Groll. Und man entwickelt leicht einen Widerwillen gegenüber Menschen, denen man wehgetan hat.«

»Weil sie uns ständig an unsere Fehler und Schwächen erinnern.«

»Sind Sie deswegen zu ihm auf Abstand gegangen?«, fragte sie neugierig. »Wir haben Kontakt gehalten«, antwortete Alexander. »Aber er hat klargestellt, dass ich nicht Teil seines neuen Lebens bin. Nach dem Tod seiner Mutter bin ich ins Ausland gegangen und habe bald wieder geheiratet. Humphrey sah sich gezwungen, aus eigener Kraft ein neues Leben aufzubauen, und fühlte sich von mir im Stich gelassen. Er hat mich über alles informiert, was sich in seinem Leben tat, gab aber zu verstehen, dass er keinen näheren Kontakt zu mir wünscht. Alle meine Briefe gingen an seine Dienstadresse.«

»Das hätte ich Humphrey gar nicht zugetraut.« Frummie schüttelte den Kopf. »Er ist so ein liebenswürdiger, offener Mensch.«

»Wirklich?« Alexander sah sie neugierig an. »Sie mögen ihn also?«

»Ja. Er war immer sehr nett zu mir.«

»Das freut mich.« Alexander schlug die langen Beine übereinander.

»Brigid und Humphrey sind sehr glücklich miteinander, daran gibt es keinen Zweifel. Wenn Sie die Wahrheit hören wollen –«

»Ja«, entgegnete er ernst, »ich will die Wahrheit hören.«

»Ich glaube, dass sie einander gefunden haben, weil sie sich beide im Stich gelassen fühlten, verstehen Sie? Sie waren ein bisschen wie Hänsel und Gretel. Humphrey und Diarmid haben sich prima verstanden. Sie hätten Vater und Sohn sein können.«

Sie merkte, dass sie eine Taktlosigkeit begangen hatte, und verstummte. Alexander starrte vor sich hin. »Ich beneide ihn«, sagte er leise, und Frummie gab es einen Stich.

»Sind Sie deshalb hierher gekommen?«, fragte sie. »Um mehr zu erfahren?«

Er seufzte tief. »Ja«, sagte er schließlich. »Humphrey hat mir vor ein paar Monaten geschrieben, dass er bald in den Ruhestand geht. Agneta war gestorben, und ich wollte zurück nach England. Eins fügte sich zum anderen. Also beschloss ich zu fragen, ob ich eine Weile hier wohnen könne.«

»Waren Sie nicht überrascht, als er ja sagte?«

»Nicht besonders.« Er grinste. »Ich wusste, dass Sie hier sind, und habe auf Humphreys Fairness vertraut.«

Sie lachte. »Sie nehmen ja wirklich kein Blatt vor den Mund.«

Auch er kicherte. »Ich wusste nämlich nicht, wohin. Und da habe ich an seine Gefühle als Sohn appelliert. Bestimmt wissen Sie, was ich meine.«

»Allerdings.« Sie hatte ihre wahre Freude an ihm.

»Hätten Sie tatsächlich kein Dach über dem Kopf gehabt?«

Er zögerte einen Augenblick. »Ja«, sagte er schließlich. »Ich habe das Haus in Schweden verkauft, kann meine neue Bleibe aber erst in drei Monaten beziehen. Vielleicht hat mich ja eine höhere Fügung hierher geführt, wenn das nicht zu hochtrabend klingt.«

»Ich verstehe. Bei mir war es ähnlich. Mein Mann hatte sich mit einer wesentlich jüngeren Frau aus dem Staub gemacht, ich stand mit leeren Händen da und wusste nicht, wohin. Ich verabscheue das Landleben, aber damals habe ich in Foxhole Zuflucht gefunden.«

»Das muss schlimm für Sie gewesen sein.«

Mit bitterer Miene hielt sie seinem forschenden Blick stand. »Ein wenig die verlorene Mutter, meinen Sie. Verzeih mir, Tochter, denn ich habe gesündigt? Ja, so war es auch. Wie Sie habe ich auf Brigids Pflichtgefühl und Humphreys Großzügigkeit gesetzt. Aber es ist mir schwer gefallen, ihre Hilfe anzunehmen, das können Sie mir glauben. Die beiden waren so verdammt edelmütig. Sie schienen fest entschlossen, mir diese demütigende Situation zu erleichtern. Und ich habe mich bemüht, sie nicht auszunutzen. Ich bin zum Sozialamt gegangen, habe einen Mietzuschuss beantragt und darauf bestanden, dass Brigid ein Mietbuch führt. Das passte ihr gar nicht.« Sie presste die Lippen zusammen. »Jedes Mal, wenn ich ihr das Geld gebe und sehe, wie sie es in das Buch einträgt, empfinde ich hier drin die reinste Befriedigung.« Sie klopfte sich mit der Faust sachte auf die Brust. »Er hat natürlich alles ihr vermacht. Diarmid meine ich. Ich habe keinen roten Heller bekommen. Mein Gott, wie ich ihn gehasst habe!«

»Und er wollte Ihnen Brigid nicht lassen?«

»Nein«, erwiderte sie niedergeschlagen. »Nein, er hat sie mir nicht gelassen. Dabei hatte ich damit gerechnet. Ich konnte mir einfach nicht vorstellen, dass er als alleinerziehender Vater zurechtkommt. Er hat nur … für seine verfluchte Arbeit gelebt. Aber dann hat er sich zusammengerissen. Diarmid nutzte die Chance, sich an mir zu rächen, und ich hatte natürlich keine Handhabe gegen ihn. Damals, vor gut vierzig Jahren, hätte kein Richter, der bei Verstand war, zu meinen Gunsten entschieden. Da stand die untreue Ehefrau gegen den edlen Diarmid.«

»Und Brigid?«

»Brigid hat ihren Vater geliebt. Und Foxhole. Wir hätten nie heiraten sollen, das wurde mir sehr bald klar, aber da hatte ich schon Brigid, das arme kleine Opfer meiner kurzlebigen Leidenschaft und meines miserablen Urteilsvermögens. Diarmid hätte die Suppe ausgelöffelt, die wir uns eingebrockt hatten. Der Gerechtigkeit halber muss ich zugeben – obwohl ich das ungern tue –, dass er mich in seiner ruhigen, distanzierten Art wohl geliebt hat. Aber es war unmöglich. Ich habe das öde Landleben gehasst, und Diarmid war kein sonderlich geselliger Mensch. Er sah großartig aus, war erstaunlich klug und schrecklich belesen, aber ich bin nun mal ein leichtlebiger Typ. Klatsch und Spaß, das ist meine Welt.« Ohne ihn anzusehen, legte sie den Finger auf den Toastständer und ließ ihn kreisen. »Der Mann, mit dem ich in Paris und London zusammengelebt hatte, bevor ich Diarmid kennen lernte, wollte mich zurück, und nach einer Weile haben uns kurze Besuche, ein Wochenende hie und da nicht mehr gereicht. Eines Tages bin ich gegangen. Ich habe mir eingeredet, dass ich Brigid mitnehmen könnte, aber mein Egoismus war stärker als meine Liebe zu ihr.« Sie lächelte ihr typisches Lächeln. »Das kann ich mir ruhig ehrlich eingestehen. So war es damals. Ich durfte sie hier zwar besuchen, aber er hat nicht zugelassen, dass sie mich in London besucht. Wahrscheinlich befürchtete er, dass ich mit ihr durchbrenne. Das hätte ich auch getan. Aber hier ging gar nichts mehr. Brigid war nervös, ich war gereizt, und im Hintergrund wartete Diarmid mit finsterer Miene. Natürlich hatte sie keine Ahnung, dass ihr Vater sie mir vorenthielt, und ich brachte es nicht über mich, sie in unsere verheerenden Streitereien hineinzuziehen.« Ein Achselzucken. »Schließlich bin ich nicht mehr gekommen. Ich habe ihr noch geschrieben, aber das hat auch nichts mehr genutzt. Ich habe Richard geheiratet, und dann kam Jemima.« Wieder machte sie eine Pause. »Ich bin kein besonders mütterlicher Typ, aber auf meine Art liebe ich meine Kinder.

Jemima war so unkompliziert wie ihr Vater. Alle beten Jemima an … Alle außer Brigid.«

»Das kann man verstehen.«

»Wirklich? Es ist doch nicht Jems Schuld, dass ich Diarmid verlassen habe und er so unvernünftig war! Jems Vater habe ich auch verlassen.«

»Aber Sie haben Ihre Tochter mitgenommen.«

Sie sah ihn finster an. »Das waren vollkommen andere Umstände.«

»Weiß Brigid das?«

»Keine Ahnung. Vermutlich schon. Ich habe nie mit ihr darüber gesprochen.«

»Woher soll sie es dann wissen?«

Frummie zuckte ärgerlich die Schultern. »Schon möglich, dass sie es nicht weiß. Ich kann mit ihr nicht darüber reden. Uns trennen Welten. Ihr Groll und meine Schuldgefühle. Sie haben es selbst gesagt.«

»Wir müssen uns damit zufrieden geben, dass sie offensichtlich glücklich miteinander sind – mein Sohn und Ihre Tochter.«

Sie sah ihn durchdringend an. »Ja, das stimmt. Werden Sie versuchen, Humphrey zu treffen?«

»Ich glaube nicht. Warum so spät noch alles durcheinander bringen?«

»Was ist mit Ihren Enkeln? Inzwischen gibt es sogar schon einen Urenkel, den dürfen Sie nicht vergessen.«

Alexander lächelte. »Glauben Sie, es würde ihr Leben bereichern, wenn ich plötzlich auftauche?«

»Ich weiß nicht.« Mit einem Mal fühlte sie sich unbehaglich. »Ich habe Ihnen schon gesagt, dass ich kein mütterlicher Typ bin, ich glaube also nicht an die Heiligkeit der Familie. Meine Enkel haben sich bei minimaler Einmischung meinerseits prächtig entwickelt.«

»Dann nehme ich an, dass sie auch ohne mich zurechtkommen«, entgegnete er liebenswürdig. »Und da Sie nun wissen, was es bei mir zum Frühstück gibt, helfen Sie mir doch bestimmt beim Abräumen? Oder haben Sie mich nur besucht, um mir auf den Zahn zu fühlen?«

»Ja, mich hat die pure Neugier hergetrieben. Und mit Abwasch können Sie mich jagen.« Sie grinste ihn an, erleichtert über seinen unbeschwerten Ton. »Und wohin gehen Sie, wenn Sie abreisen? Haben Sie sich irgendwo ein Haus gekauft?«

Er stand auf und klopfte die Krümel von seinem Pullover. »In den Norden, an die schottische Grenze«, antwortete er, amüsiert über ihre Hartnäckigkeit. »Und nachdem Sie nun Ihre Neugier befriedigt und nicht die Absicht haben, sich nützlich zu machen, könnten Sie mich eigentlich auch allein lassen. Ach ja, nach dem Abwasch werde ich Briefe schreiben, anschließend gehe ich spazieren, und nach dem Mittagessen lege ich mich hin. Ich sage das alles nur, falls Sie später noch einmal vorbeischauen möchten, um weitere Erkundigungen über meine Gewohnheiten einzuziehen. Aber vielleicht könnten wir ja heute Abend vor dem Essen gemeinsam ein Schlückchen trinken.«

»Ja, vielleicht.« Sie ließ sich von seiner direkten Art nicht aus dem Konzept bringen. »Kommen Sie doch gegen sieben rüber, wenn Sie Lust haben«, schlug sie beiläufig vor und schlüpfte hinaus.

30

Brigid saß im Hof und beobachtete, wie der Vollmond über Combestone Tor aufging. Normalerweise wäre sie schon am frühen Abend zu dem Felsturm aufgestiegen, um diesen Anblick zu genießen, aber Frummie war so um ihre Sicherheit besorgt, dass sie in Foxhole hatte bleiben müssen. Louise würde dieses Schauspiel sicher auch gefallen, dachte Brigid, wollte den atemberaubenden magischen Augenblick jedoch allein erleben. Sie zog die Fleecejacke enger um sich, während sie sich fragte, ob Humphrey ihre seltsamen Bedürfnisse jemals verstehen würde. Er war immer nur so kurz zu Hause gewesen, dass es niemals Probleme gegeben hatte, aber ihr war klar, dass ihre ausgefallenen Wünsche einem so nüchternen Menschen wie ihm leicht auf die Nerven fallen konnten.

Sie verschränkte die Arme über der Brust und spürte, wie sich ihr ganzer Körper verkrampfte. Wie lange es wohl dauern würde, bis er den Brief bekam? Wie würde er reagieren? Wenn es doch nur nicht um Jenny ginge … Sie riss sich von diesen quälenden Fragen los und zwang sich, an andere Dinge zu denken: an ihre Kinder und den wunderbaren, völlig unverhofften Anruf aus Genf.

»Wir würden über Weihnachten gern nach Hause kommen, Mum. Wäre dir das recht?«

»Das ist ja großartig.« Vor Freude hätte es ihr fast die Sprache verschlagen. »Natürlich ist mir das recht. Joshs erstes Weihnachten …«

Das war ihre spontane Reaktion gewesen. Später fiel ihr ein, dass die Sache mit den zwölftausend Pfund die Weihnachtsstimmung vermutlich vergiften würde. Selbst die friedvolle Schönheit dieses Anblicks – der Mond, der zwischen dem Langhaus und der Mauer des Cottage emporstieg und seinen Glanz über Combestone Tor ergoss – konnte sie nicht von ihren Sorgen ablenken. Seit sie den Brief eingeworfen hatte, war die Angst stets gegenwärtig, sie verdarb ihr jede Freude und raubte ihr die Kraft. Wie durch ein Wunder war sie in den drei Tagen, die Alexander bei ihr verbracht hatte, auf andere Gedanken gekommen. Seine Heiterkeit hatte sie angesteckt. Wenn sie sah, wie der große, magere Mann zwischen seinen Zimmern und dem Hof hin und her wanderte, fühlte sie sich geborgen wie ein Kind.

Brigid zog die Stirn in Falten. Ihr fielen ein paar Zeilen aus einem Gedicht ein, das sie kürzlich gelesen hatte …

Die stumme Nacht steht kalt wie eine Wand,
ach, wäre ich ein Kind und fände deine Hand.

Ein Geräusch in der Ferne zeriss die Stille. Droben auf der Straße fuhr ein Wagen bergauf, ratterte über das Viehgitter und wurde am Ende des Wegs langsamer. Es hörte sich an, als sei er stehen geblieben, der Motor tuckerte noch eine Weile und wurde dann abgestellt. Brigid horchte, die Hände zwischen den Knien. Sie hörte das Gurren der Tauben in ihrem Schlag, und dieses leise, heimelige Geräusch machte ihr mit einem Mal bewusst, dass jenseits dieses kleinen Innenhofs nur das Moor war, das Foxhole wie ein dunkles Meer umschloss. Oben auf dem Weg hörte man, wie sich ein

Stein löste, dann ein Schlittern und ein unterdrückter Fluch. Blot, der zu Brigids Füßen lag, richtete sich auf, spitzte die Ohren und knurrte leise. Brigid schluckte, ihre Kehle war wie ausgetrocknet, sie löste die Hände voneinander und lauschte angestrengt.

Blot stand auf und gab ein tiefes Knurren von sich. Sie erwischte ihn gerade noch am Halsband. »Bleib!«, flüsterte sie streng. »*Bleib!*, sage ich.« Behutsam erhob sie sich, schlich Richtung Haus, ohne den Hund loszulassen, und starrte in die Dunkelheit. Der mondbeschienene Weg jenseits der dunklen Schatten, die die Gebäude warfen, war leer. Dennoch hatte sie das deutliche Gefühl, nicht allein zu sein. Sie war überzeugt, dass dort draußen, ein Stück abseits vom Weg im Farngestrüpp, ein lebendes Wesen lauerte. Blot begann zu bellen, ein hohes warnendes Bellen, das ihr das Blut in den Adern gefrieren ließ. Sie erreichte die Tür, zerrte den Hund hinein, stieß sie zu, drehte den schweren Schlüssel herum und schob die Riegel vor. Endlich frei, sprang Blot zur Tür und bellte hemmungslos, während Brigid in den beiden Wohnzimmern mit zitternden Händen die Vorhänge zuzog. Dann hastete sie in die Küche, schloss die Tür des Wintergartens ab und verriegelte die Küchentür von innen, während Blot sich immer noch gegen die Haustür stemmte und wütend bellte.

Als Brigid gerade nach dem Hörer greifen wollte, klingelte das Telefon, was sie so erschreckte, dass sie den Hörer von der Gabel fegte. Rasch hob sie ihn auf.

»Hallo«, meldete sie sich mit leiser, angstvoller Stimme. »Hallo, wer ist dort? Ach, Humphrey.« Sie war grenzenlos erleichtert, aber was konnte er schon ausrichten, so weit weg?

»Ich habe deinen Brief bekommen.« Seine Stimme hätte nicht weniger tröstlich klingen können. »Was zum Teufel hast du dir dabei gedacht, Brigid? Mein Gott! Ich kann es einfach nicht fassen, wie du so *dumm* sein konntest! Und ausgerechnet für Jenny. Wie konntest du das tun? Nach allem, was sie angestellt hat! Und ohne mir ein Sterbenswörtchen zu sagen. Hast du überhaupt eine Vorstellung …?«

Sein Zorn war wie eine kalte Dusche. Ihre Hand, die den Hörer umklammert hielt, fühlte sich eiskalt an, und ihre Zähne klapperten, während sie seinen Wutausbruch über sich ergehen ließ.

»… und was machen wir jetzt? Hast du einen Vorschlag, woher wir diese zwölftausend Pfund nehmen sollen? Hallo? Bist du noch dran? Und warum macht dieser verdammte Hund so einen Aufstand?«

Brigid war den Tränen nahe. »Da draußen ist jemand.«

»Was soll das heißen – da draußen? Wo draußen?«

Er klang ungeduldig, verärgert über diese Ablenkung. Sie riss sich zusammen. Schließlich sollte er nicht glauben, sie hätte sich einen Trick einfallen lassen, damit sein Zorn verrauchte.

»Ich habe draußen auf dem Weg im Dunkeln jemanden gehört, deshalb bin ich reingekommen. Hier treibt sich jemand rum, der Frauen überfällt und ermordet.«

»Um Gottes willen …«

»Ja, ich weiß, es klingt melodramatisch. Aber es hat drei Morde gegeben, und letzte Woche wurde in Buckfastleigh eine Frau überfallen …«

»In Buckfastleigh?«

»Sie ist von ein paar jungen Männern gerettet worden, die auf dem Heimweg vom Pub waren. Die Polizei hat die Frauen gewarnt, allein auszugehen. Mummie leidet schon unter Verfolgungswahn …«

»Und jetzt ist jemand da draußen?«

»Ja.«

»Ruf sofort die Polizei an! Hast du alle Türen abgeschlossen?«

»Ja. Weißt du, es tut mir alles schrecklich leid –«

»Halt den Mund, und tu, was ich sage! – Dann rufst du Vater an, er soll zu dir rüberkommen. Geh um Himmels willen jetzt nicht raus. Und behalt Blot bei dir.«

»Humphrey –«

»Jetzt tu, was ich gesagt habe!«

Er legte auf, und gleichzeitig hämmerte jemand an die Haustür. Brigid schrie auf.

»Brigid!« Alexanders Stimme drang durch die massive Tür. »Bist du da, Brigid?«

Sie stürzte aus der Küche in den Flur. Blot winselte und wedelte heftig mit dem Schwanz. Brigid schob die Riegel zurück und drehte mit zitternder Hand den schweren Schlüssel herum. Alexander, Frummie und Louise drängten alle gleichzeitig zur Tür herein, stießen sie wieder zu und verriegelten sie.

»Ich habe draußen jemanden herumschleichen sehen«, erklärte Frummie, »also habe ich Alexander angerufen, und wir haben die Polizei alarmiert. Dann hörten wir Blot bellen …«

Alexander legte die Arme um Brigid, trug sie beinahe zurück in die Küche und drückte sie auf einen Stuhl. Louise stand die Angst ins Gesicht geschrieben, während Frummie geradezu aufblühte.

»Mein armes Herzchen«, sagte sie und zog ihre Tochter an sich. »Keine Sorge. Jetzt sind wir alle beisammen. Was meinst du? Wie wär's mit einem Gläschen? Du bist weiß wie die Wand.«

»Trinken wir Tee.« Alexander lächelte ihr aufmunternd zu.

»Ich habe ihn gehört«, sagte Brigid und sah Alexander mit großen, angsterfüllten Augen an. »Ich habe ihn draußen auf dem Weg gehört.«

»Wo warst du?«, fragte Frummie streng.

»Auf dem Hof«, sagte Brigid. »Ich habe den Mond angeschaut.«

Frummie stellte scheppernd den Teekessel ab. »Ist denn das zu fassen?«, rief sie. »Nach allem, was passiert ist, sitzt du mutterseelenallein draußen im Dunkeln herum –«

»Es war nicht dunkel«, widersprach Brigid trotzig. »Das Mondlicht war taghell.«

»Ach wirklich!« Frummie klatschte in die Hände, sodass ihre Armreife klimperten.

»Das spielt doch keine Rolle.« Louise übernahm das Teekochen, da sich Frummie hatte ablenken lassen. »Wir sind jetzt alle beisammen, und niemandem ist etwas passiert. Die Polizei wird gleich da sein.«

»Das kann nur ein Stadtmensch sagen.« Frummies Besorgnis machte sich in Sarkasmus Luft. »Wir sind hier nicht in London, meine liebe Louise. Von den beiden Polizeiautos, die für dieses riesige Gebiet zuständig sind, befindet sich vermutlich eines gerade in Okehampton, das andere in Salcombe. Es kann mindestens eine Stunde dauern, bis wir einen Polizisten zu Gesicht bekommen. Wenn wir Glück haben!«

»In diesem Fall«, meinte Alexander gelassen, »können wir es uns ja gemütlich machen. Außerdem bin ich überzeugt, dass er längst über alle Berge ist. Wer immer es war.«

»Das glaube ich auch.« Louise schloss sich dieser Ansicht nur allzu gern an. »Wir haben alle einen solchen Krach gemacht, und der gute alte Blot klang wie der Hund von Baskerville. Für seine Größe hat er ein beeindruckendes Bellen.«

Brigid beobachtete, wie die anderen Tee kochten und Tassen auf den Tisch stellten. War es die Möglichkeit, dass Humphrey nach all dem qualvollen Warten angerufen hatte, nur um mit einem neuen Drama konfrontiert zu werden? Ihr Gespräch war ja nun ganz anders verlaufen als erwartet. Was hatte er eigentlich gesagt? Ihr erschöpfter Verstand weigerte sich, Antworten zu liefern; das Einzige, woran sie sich erinnern konnte, war Humphreys wütende Stimme. Sie nahm ihre Tasse und trank gehorsam. Das Telefon klingelte, und Frummie griff sogleich nach dem Hörer.

»Hallo. Wer ist da? … Wer? … Ach, *Humphrey.* Mein lieber Junge, wie geht es dir? … Ach ja? … Ja, ja, das stimmt. Drei Morde und ein Überfall … Keine Sorge, wir sind alle bei ihr, und die Polizei ist schon unterwegs … Nein, ihr geht es gut. Ja, sie sieht ziemlich mitgenommen aus, wenn du's genau wissen willst« – »Mummie!«, rief Brigid verzweifelt, *»bitte!«* –, »und sie ist viel zu dünn, aber wir müssen jetzt Schluss machen, sonst kann uns die Polizei nicht erreichen. Haben wir deine Nummer? … Gut. Wir rufen dich an, wenn die Polizei da war. Tschüs.«

»Du hättest fragen können«, meinte Brigid spitz, »ob er vielleicht auch mit mir sprechen möchte.«

»Wir dürfen die Leitung nicht blockieren«, erwiderte Frummie unbefangen, »und er bestellt dir liebe Grüße.«

»Hat er das wirklich?« Brigid warf ihr einen gehetzten Blick zu.

»Hat er was? Ach so, ja, seine Worte waren: ›Sag ihr, dass ich sie liebe.‹ Das ist doch richtig nett. Ich wusste nicht, dass er zuvor schon mal angerufen hatte. Er hat sich schreckliche Sorgen gemacht.«

Brigid stellte behutsam ihre Tasse auf den Tisch und dachte: Oh, danke, lieber Gott, danke! Er sagt, dass er mich liebt. Alles wird gut.

Sie schlug die Augen auf und sah, dass Alexander sie aufmerksam musterte. Aber bevor er etwas sagen konnte, hörte man einen Wagen draußen auf dem Weg, und das zuckende Blaulicht strahlte in die Küche.

Gegen Mitternacht rief Brigid Humphrey an.

»Jetzt sind alle fort«, sagte sie. »Die Polizei hat unsere Aussagen zu Protokoll genommen und sich umgesehen, aber nichts finden können. Nun liegen die anderen im Bett.«

»Haben sie dich allein gelassen?« In seiner Stimme klang ein Vorwurf mit.

»Sie wollten alle bei mir bleiben«, entgegnete sie rasch, um ihn zu beschwichtigen, »aber ich bin mir sicher, dass es keinen Ärger mehr gibt. Er wäre doch verrückt, wenn er wiederkäme nach dem Radau, den wir veranstaltet haben. Die Polizei will ein Auge auf uns haben. Was vermutlich bedeutet, dass einmal am Tag ein Streifenwagen vorbeifährt.«

»Sei um Gottes willen vorsichtig!«

»Ja, das bin ich«, versicherte sie. Seine Besorgnis tat ihr gut. »Alexander hat mir angeboten, wieder ins Haus zu ziehen.«

»Ja, aber das wird dir wohl kaum passen.«

Brigid wollte eigentlich sagen, dass sie seinen Vater gern im Haus hatte, überlegte es sich aber anders. Das war bestimmt nicht der rechte Augenblick, um ihm zu eröffnen, dass sie Alexander wohl beide falsch eingeschätzt hatten.

»Mal sehen«, erwiderte sie. »Ich denke, wir brauchen nichts mehr zu befürchten – und dann hab ich ja Blot.«

»Hmm.« Er klang nicht gerade beeindruckt.

Ein kurzes Schweigen, das die Entfernung von Tausenden von Meilen hörbar machte.

»Es tut mir leid«, sagte sie unbeholfen, »dass es gerade ein so ungünstiger Zeitpunkt war.«

»Ach, ich weiß nicht«, meinte er trocken. »Von deinem Standpunkt aus war das doch ein Geschenk des Himmels. Ich vermute, die Sache hat dich so mitgenommen, dass du nur noch ins Bett willst.«

Ich könnte sagen, dass ich erschöpft bin, dachte sie. Wenn wir das nächste Mal reden, wird die Diskussion sicher nicht mehr so hitzig.

Stattdessen sagte sie hastig: »Ich habe die Situation vollkommen falsch eingeschätzt. Ich hätte es mit dir besprechen sollen.«

»Das hast du schon in deinem Brief geschrieben.« Seine Stimme klang kühl, aber offensichtlich war seine Wut verflogen. »Die Frage ist doch: Was machen wir jetzt?«

»Ich habe immer wieder darüber nachgedacht«, sagte sie unglücklich. »Ich glaube, uns bleibt nicht anderes übrig, als eine höhere Hypothek aufzunehmen.«

»Na prima«, meinte er traurig. »Damit kann ich meinen Ruhestand erst mal vergessen.«

»Humphrey –«

»Oje«, sagte er gereizt, »nicht dass es mich sonderlich stören würde, wenn ich noch ein bisschen arbeiten muss. Allerdings wäre es ganz nett gewesen, wenn ich die Wahl gehabt hätte. Ich hätte mir gern alles in Ruhe durch den Kopf gehen lassen. Meine Abfindung hätte gereicht, um den Großteil der Hypothek abzuzahlen, und das Cottage sollte unseren Lebensunterhalt mit absichern. Jetzt muss ich mich wohl nach anderen Möglichkeiten umschauen. Die Bank wird kaum Schwierigkeiten machen, aber wenn sie nach meiner Pensionierung nächstes Jahr fragen, musst du ihnen sagen, dass ich anschließend weiterarbeite, sonst werden sie womöglich ungehalten.«

»Es tut mir leid.« Sie wusste nicht, was sie sonst sagen sollte.

»Das Problem ist, dass ich da unten wohl nicht so leicht etwas finde. Ich müsste mich nach einem Job als Finanzverwalter umsehen.«

»Weißt du, ich habe überhaupt nicht damit gerechnet, dass es schief gehen könnte. Wenn Bryn nicht mit dem Geld verschwunden wäre, dann wäre Jenny nicht pleite gegangen. Sie waren auf Erfolgskurs.«

»Das hast du schon in deinem Brief geschrieben«, wiederholte er kühl. »Aber du hättest dir denken können, dass man bei Leuten, mit denen Jenny etwas anfängt, vorsichtig sein muss.«

»Ach, ich weiß nicht.« Sie konnte sich eine Spitze nicht verkneifen. »Immerhin war sie mit deinem Freund Peter verheiratet, und wenn ich mich recht erinnere, ist er fremdgegangen und nicht Jenny.«

»Ist schon gut.« Jetzt klang seine Stimme wieder gereizt. »Du hast deiner alten Schulfreundin unter die Arme gegriffen, und ich muss dafür bezahlen. Die Frage ist nur: wie?«

Ihre Gewissensbisse gewannen wieder die Oberhand. »Schatz, es tut mir unendlich leid. Ich werde tun, was ich kann, um dich zu unterstützen.«

»Das weiß ich doch.« Zuneigung lag in seinem Ton, und sie fühlte sich grenzenlos erleichtert. »Gut. Hören wir also auf zu jammern und überlegen lieber, wie wir die Sache anpacken. Aber nicht jetzt. Du wirkst todmüde. Geh schlafen. Wir reden bald weiter.«

»Morgen?«

»Nein. Ich bin für ein paar Tage auf See. Ich rufe dich an, sobald wir wieder im Hafen sind. Und pass auf dich auf, ja?«

»Ach, Humphrey …«

»Ich liebe dich. Wir schaffen das schon irgendwie. Geh morgen zur Bank. Und jetzt ab ins Bett mit dir! Aber ruf sofort die Polizei, wenn du irgendetwas Verdächtiges bemerkst.«

»Das mach ich.« Am liebsten hätte sie geweint; Reue, Dankbarkeit und Sorge raubten ihr alle Kraft. »Ich liebe dich auch.«

»Dann pass gut auf dich auf, und geh ins Bett!«, mahnte er noch einmal, bevor er auflegte.

Sie setzte sich an den Tisch und ließ den Kopf auf die verschränkten Arme sinken. Es würde Augenblicke geben, in denen er ihr Vorwürfe machte und sie sich schuldig fühlte, aber das Schlimmste war überstanden …

Die Augen fielen ihr zu, und zum ersten Mal seit Wochen entspannte sie sich und konnte ihre Sorgen vergessen. Wenige Sekunden später war sie eingeschlafen.

31

Auf ihrer Fahrt von Foxhole nach Salcombe dachte Louise über Frummie nach. Wie sehr sie sich seit Alexanders Ankunft verändert hatte! Ständig flitzte sie hin und her wie ein kleiner munterer Vogel. Dabei summte sie, fing plötzlich an zu singen, präsentierte voller Stolz elegante Kleider, die Louise noch nie an ihr gesehen hatte. Sie aß kaum etwas und nippte nur an Wein oder Wasser. Videos konnten sie nicht mehr fesseln, denn sie ließ sich leicht ablenken, und zur Ruhe kam sie erst spätabends. Dann saß sie schweigend da und sinnierte.

Als Louise das Moor hinter sich gelassen hatte und hinter Holne bei Play Cross rechts abbog, kam ihr in den Sinn, dass sich Frummie ja vielleicht gar nicht verändert hatte, sondern dass seit Alexanders Ankunft bestimmte Eigenschaften nur deutlicher zutage traten. Trotz der unbarmherzigen Spuren des Alters sah Louise die junge Frummie im Jazzkeller vor sich, die sich vor Liebe verzehrte und von Eifersucht geplagt wurde. Frummies Jugend schien zurückgekehrt zu sein. Louise, bewegt von dieser Verwandlung, neckte sie ein wenig, machte ihr aber auch Mut.

»Du siehst toll aus«, versicherte sie ihr. »Auf welche Party gehst du?«

Frummie grinste und witzelte über sich selbst. Dass ihre

Eitelkeit albern war, wusste sie, doch sie fühlte sich gut dabei. Das Leben bot ihr unerwartet Spaß, und sie griff mit beiden Händen zu.

»Ich frage mich«, meinte Louise spitzbübisch, »wie wohl Margot Alexander findet?«

Das Lächeln auf Frummies nicht ganz exakt geschminkten Lippen erstarb, und sie schloss nachdenklich die leuchtend blau bemalten Augenlider. »Ich werde ihr absagen«, meinte sie dann. »Schließlich ist es wichtiger, dass du ein Dach über dem Kopf hast, als dass Margot Ferien machen kann.«

Louise wünschte, sie hätte sich den Scherz verkniffen. »Die arme Margot«, sagte sie. »Sie hat sich so darauf gefreut. Du kannst sie doch jetzt nicht enttäuschen.«

Frummie verzog das Gesicht und tat den Einwand mit einem Schulterzucken ab. Louise war beunruhigt. Natürlich musste sie weiter über ihre Zukunft nachdenken. Aber es war unmöglich, mit Frummie über dieses Thema zu sprechen, wenn die immer wieder betonte, dass sie sich mit Arbeitssuche und Umzug Zeit lassen solle. Und in Brigids Gesellschaft fühlte sie sich unbehaglich. Sie hatte Frummie versprochen, ihrer Tochter auf den Zahn zu fühlen, und sich wirklich bemüht herauszufinden, was Brigid beschäftigte. Doch die alte Vertrautheit schien dahin, denn Brigid machte keinerlei Anstalten, Louise ihr Herz auszuschütten. Außerdem war offensichtlich, dass Brigid das Verhalten ihrer Mutter zutiefst peinlich fand. So blieb sie wortkarg und hing weiter ihren düsteren Gedanken nach – bis zu dem Abend, an dem sich dieses kleine Drama ereignete. Jemand war in ihr Refugium eingedrungen, und die Bewohner von Foxhole waren Schutz suchend zusammengerückt.

Jetzt, ein paar Tage später, wirkten alle ausgeglichener. Durch die bedrohliche Situation an jenem Abend hatten sich die kleinen Spannungen gelöst. Brigids heimlicher

Kummer schien überwunden, während Frummie bei jeder Gelegenheit befriedigt darauf hinwies, dass sich ihre Befürchtungen bewahrheitet hatten. Der Vorfall mit dem unbekannten Eindringling bewies, dass ihre Angst berechtigt gewesen war, und damit löste sie sich seltsamerweise in Luft auf. Alle waren gezwungen, Frummie ernst zu nehmen, und das genoss sie in vollen Zügen. Was Alexander betraf … Louise lächelte in sich hinein. Alexander blieb unerschütterlich wie ein Fels in der Brandung.

»Frummie hat Sie sehr gern«, hatte er gesagt, als sie ihm erklärt hatte, dass sie noch immer nicht wisse, wie es mit ihr weitergehen solle.

»Sie hat mich so herzlich aufgenommen«, hatte Louise erwidert. »Wie eine Mutter. Ich weiß, dass ich gehen muss, aber ich bin gern hier. Bei ihr fühle ich mich geborgen.«

»Vermutlich müssen Sie genau deshalb gehen«, hatte er geantwortet – und sie hatte ihn verblüfft angeblickt und über diese seltsame Bemerkung gerätselt.

Auf der A 38 gab sie Gas; sie freute sich auf das Treffen mit Jemima.

»Es könnte etwas später werden«, hatte Jemima gesagt. »Wenn niemand aufmacht, trink doch noch einen Kaffee im *Wardroom*, ich hole dich dort ab.«

Louise fuhr vorsichtig. Sie konzentrierte sich auf die Straße, doch gleichzeitig beschäftigte sie das Problem Arbeit und Wohnung. Sie gab sich zwar alle Mühe, Frummies Ratschläge zu beherzigen, nicht in Panik zu verfallen und vertrauensvoll in die Zukunft zu blicken. Allerdings gab es dort im Moment nichts, was sie ins Auge hätte fassen können. Thea hatte Charles Price von der Arche angerufen, der gleich klarstellte, dass es in der Vorschule des Mount House keine freien Stellen gab. Trotzdem war er bereit, mit Louise zu sprechen.

»Man kann ja nie wissen«, hatte Thea gesagt, »ob nicht unverhofft eine Stelle frei wird, und dann bist du die Erste auf der Liste.«

Louise war einverstanden, machte sich aber keine Illusionen. Dennoch wollte sie sich die Laune nicht verderben lassen und freute sich darauf, die Schule zu besichtigen und Charles Price kennen zu lernen. Gleichzeitig musste sie andere Möglichkeiten erkunden. Schließlich war nicht damit zu rechnen, dass so kurz vor Beginn des neuen Schuljahrs eine Stelle frei wurde. Wahrscheinlich musste sie sich mit einer Arbeit zufrieden geben, die nichts mit Kindern zu tun hatte. Anfragen bei Kindergärten und Vorschulen hatten nichts erbracht, aber immerhin hatte man ihren Namen und ihre Telefonnummer notiert. Sie durfte sich nicht entmutigen lassen. Es gab ja noch andere Jobs, und vielleicht konnte ihr Jemima helfen, eine passende Bleibe zu finden. Die Miete der Wohnungen, die in der Zeitung angeboten wurden, war erschreckend hoch.

Es waren immer noch viele Urlauber unterwegs, und daher war sie froh, als sie bei Wrangaton von der Schnellstraße abbiegen und wieder auf Nebenstrecken fahren konnte. Es wurde Herbst: Die milchig grünen Haselnüsse an den Hecken reiften, das Gras in den Straßengräben war ausgebleicht, und die Buchenblätter färbten sich leuchtend gelb. Die Schönheit der sanft gerundeten Hügel und malerischen Flusstäler bot einen tröstlichen Anblick. Hinter Kingsbridge fuhr sie am Batson Creek entlang, wo reglos ein Reiher stand. Dann erreichte sie die Stadt und hatte das Glück, am Whitestrand Quay einen Parkplatz zu finden.

Da Jemima noch nicht zu Hause war, ging sie ins *Wardroom.* Draußen auf der Terrasse waren alle Tische besetzt. Nachdem sie drinnen Platz genommen und einen Kaffee bestellt hatte, überlegte sie, ob sie wohl als Kellnerin zurechtkommen würde, und dachte über alle möglichen anderen Jobs nach. Daher achtete sie nicht auf den jungen Mann mit Baseballmütze und Ray-Ban-Sonnenbrille, der sich auf der Terrasse suchend nach ihr umsah. Als er sie entdeckt hatte, wandte er sich hastig ab. Aber sie bemerkte ihn nicht, und wenig später kam Jemima und holte sie ab.

Jemima musterte sie forschend. »Du siehst gut aus. Nicht mehr so erschöpft. Geht es dir wirklich gut?«

»Ja«, erwiderte Louise. »Einigermaßen. Gelegentlich bekomme ich noch Angstzustände, aber das Gröbste habe ich überstanden. Tut mir leid, wenn ich dir einen Schreck eingejagt habe.«

»O ja, das hast du«, gab Jemima zu. »Wir haben uns große Sorgen um dich gemacht.«

»Ihr wart alle so lieb zu mir.« Louise schüttelte den Kopf. »Ich kann es gar nicht fassen, wie hilfsbereit alle waren. Deine Mutter war großartig. Sie hat verstanden, wie ich mich gefühlt habe.«

»Das überrascht mich nicht. Frummie hat ein richtiges Boheme-Leben geführt und ziemlich extreme Leute kennen gelernt. Ich will damit nicht sagen, dass du irgendwie extrem wärst oder … ach, Mist! Ich trete wirklich in alle Fettnäpfchen.«

Louise kicherte. »Keine Sorge. Frummie hat gesagt, sie hätte nach dem Krieg immer wieder erlebt, dass Leute einen Nervenzusammenbruch bekamen. Sie kennt die Symptome. Mach doch nicht so ein verlegenes Gesicht! Ein bisschen durchgedreht zu sein ist schon okay. Übrigens, du siehst einfach umwerfend aus. Hat das einen besonderen Grund?«

Jemima errötete.

»Meine Güte! Hab ich was Falsches gesagt?«

»Nein, nein«, erwiderte Jemima hastig. »Wirklich nicht. Möchtest du ein Glas Wein? Ich muss erst kochen, aber es dauert nicht lange.«

»Warte noch«, sagte Louise, die neugierig geworden war. »Wer ist denn der Glückliche?«

»Wovon sprichst du?« Jemimas gespielte Ahnungslosigkeit wirkte wenig überzeugend.

»Ach, komm schon!« Louise setzte sich neben MagnifiCat aufs Sofa. »Schau mich nicht so unschuldig an! Ist es der Junge, auf den du gewartet hast, als ich neulich zum Abendessen da war? Wann war das nur? Meine Güte, war das wirklich im Mai?«

»Unglaublich, nicht?« Jemima griff die Ablenkung dankbar auf. »Fast vier Monate ist das her.«

»Zählen kann ich auch«, meinte Louise vergnügt. »Aber du kannst mich nicht verschaukeln. Ist er es?«

»Nein«, erwiderte Jemima. »Der war doch verheiratet …«

»Du hast gesagt, du wärst die geborene Geliebte«, meinte Louise augenzwinkernd. »Willst du mir etwa erzählen, dass du deine Einstellung geändert hast?«

»Keine Ahnung«, murmelte Jemima. »So einfach ist das nicht.«

Louise fing an zu lachen. »War es das jemals?«, fragte sie. »Tut mir leid. Ich will dich nicht aushorchen. Oder vielmehr doch, aber ich verkneif es mir. Es geht mich ja nichts an. Und ein Glas Wein nehme ich gern.«

»Es ist nicht so, dass ich nicht darüber reden möchte«, beeilte sich Jemima zu versichern, weil sie auf keinen Fall verklemmt erscheinen wollte. »Es ist nur ein bisschen früh, und ich habe das verrückte Gefühl, wenn ich darüber rede, bevor die Sache reif ist, wird alles schief gehen. So etwas habe ich noch nie erlebt. Es ist … na ja, es ist –«

»Wunderbar und beängstigend und phantastisch und

unheimlich. Wenn du bei ihm bist, willst du, dass er nie wieder geht, und wenn er fort ist, macht dir der Gedanke an die große Nähe Angst und du kannst kaum glauben, dass du den Mut hattest, dich darauf einzulassen. Trotzdem wartest du ungeduldig darauf, dass das Telefon klingelt, und du bist sauer, wenn jemand anders dran ist. Aber wenn er es ist, bist du plötzlich kühl und spröde, und wenn er aufgelegt hat, machst du dir Vorwürfe, liegst die ganze Nacht wach und überlegst, was du hättest sagen sollen. Ist es so?«

Jemima sah sie an. »Ja«, erwiderte sie langsam. »Du hast es ziemlich gut beschrieben.«

»Das ist nichts Neues«, seufzte Louise, »und doch erwischt es uns jedes Mal.« Sie stöhnte, als MagnifiCat laut schnurrend auf ihren Schoß sprang. »Meine Güte! Er wiegt ja eine Tonne«, meinte sie. »Womit fütterst du ihn? Mit Walfleisch?«

Jemima lachte. »Er ist unmöglich«, sagte sie, der Themenwechsel kam ihr gerade recht. »An die Damen macht er sich immer gerne ran. Trinken wir doch ein Gläschen und reden über die Winterquartiere. Ich weiß aber nicht, ob ich dir weiterhelfen kann. Meine Häuser liegen alle in einem ziemlich begrenzten Umkreis Und billig sind sie auch nicht gerade. Es ist allmählich Mode geworden, Weihnachten hier zu verbringen, vor allem nachdem das Royal Castle in Dartmouth zu Silvester fast genauso voll war wie der Trafalgar Square.«

Enttäuscht griff Louise nach ihrem Glas. »Ach«, sagte sie traurig. »Ich dachte, zwischen Oktober und März könnte man die Cottages wirklich billig mieten.«

»Das stimmt schon«, erwiderte Jemima rasch. »Es gibt ziemlich viele kleine Cottages. Das Problem ist nur, dass sich meine Firma auf die teuren Anwesen spezialisiert hat.« Sie blätterte in ihrem Ordner, stutzte und überflog eines der

Angebote. »Schade, dass du dich mit Renovieren nicht auskennst, aber es ist sowieso nur bis Weihnachten frei.«

»Was ist damit?«, fragte Louise hoffnungsvoll. »Ich habe einmal ein ganzes Cottage gestrichen, als wir – als ich nichts anderes finden konnte. Und ich habe meine Sache nicht schlecht gemacht.«

»Es ist ein kleines Cottage in East Prawle.« Jemima studierte den Text nun genauer. »Das Haus wurde vor ein paar Jahren übernommen, bevor *Home From Home* sich auf die teuren Anwesen spezialisiert hat. Es gehört einer Beamtin, die in London lebt. Sie bewohnt es im Sommer für drei Wochen, und für den Rest des Jahres vermieten wir es für sie. An Weihnachten geht sie in den Ruhestand, aber sie hat darum gebeten, dass wir das Haus für sie renovieren. Das Angebot einer Malerfirma war ihr zu teuer. Du könntest das Haus mietfrei haben, wenn du es dafür in Schuss bringst.« Sie sah Louise fragend an. »Wäre das etwas für dich?«

»Mietfrei?«, fragte Louise aufgeregt. »Das klingt gut.«

»Es ist nicht besonders groß. Ein gemütliches kleines Häuschen, nur ein bisschen verwohnt. Ich könnte vorbeikommen und dir helfen.«

Sie sahen einander an. »Dann hätte ich eine Verschnaufpause«, sagte Louise. »Bis ich weiß, wohin. Vielleicht finde ich ja eine Teilzeitstelle …«

»In Prawle gibt es ein Gasthaus, das *Pig's Nose*«, überlegte Jemima. »Vielleicht brauchen die jemanden. Aber kommst du denn finanziell über die Runden, wenn du nicht bald was findest? Nicht dass ich dich aushorchen will.«

»Ich denke schon.« Martin hatte ihr angeboten, die Miete für drei Monate vorzuschießen. Er war sicher bereit, ihr stattdessen Geld für den Lebensunterhalt zu leihen, bis sie einen Job gefunden hatte … »Ja, ich würde zurechtkommen«, sagte sie entschlossen.

»Gut.« Jemima musterte sie zweifelnd. »Das Cottage liegt allerdings am Ortsrand. Wirst du dich da nicht einsam fühlen?«

»Du meinst, ob es mir unbehaglich wäre, wegen dieser Morde? Wahrscheinlich.« Sie zuckte die Schultern. »Aber irgendwann muss ich den Schritt wagen.«

»Du musst ja nicht unbedingt auf dem Land versauern«, gab Jemima zu bedenken. »Du könntest dir auch in Kingsbridge oder Totnes was suchen.«

»Mir geht es wie Brigid«, entgegnete Louise. »Draußen auf dem Land fühle ich mich wohler als in der Stadt. Man kann ja nicht behaupten, dass es in Devon von Mördern wimmelt, und bestimmt wird der Kerl sowieso bald gefasst. Ich gehe das Risiko ein.«

»Gut.« Jemima zögerte immer noch. »Und du fühlst dich … stark genug, um allein zu leben? Du hast von Angstzuständen gesprochen …«

Louise breitete ratlos die Hände aus. »Was soll ich sonst tun? Früher oder später muss ich wieder auf eigenen Füßen stehen. Ich kann ja nicht ewig bei Frummie bleiben. In vierzehn Tagen kommt Margot. Es wäre ein Geschenk des Himmels, Jemima. Ich kann nicht viel Geld ausgeben, und ich möchte flexibel sein, falls ich doch eine Stelle als Erzieherin finde. Ich bin einverstanden, wenn du die Besitzerin überreden kannst, mir das Haus und die Arbeit anzuvertrauen.«

»Ich wüsste nichts, was dagegen spricht«, meinte Jemima. »Sie ist eine geizige alte Ziege. Bestimmt lässt sie sich die Chance nicht entgehen, das Haus kostenlos renoviert zu bekommen.«

Louise kicherte. »Und wenn sie mit dem Ergebnis nicht zufrieden ist?«

»Dann hat sie Pech gehabt!« Jemima grinste. »Wenn sie

aufs Land zieht, bist du längst nicht mehr hier. Ich habe keine Sympathie für Leute, die etwas umsonst wollen.«

»Nicht ganz umsonst«, protestierte Louise. »Schließlich wohne ich drei Monate lang dort.«

»Stimmt. Und du hast gesagt, dass du schon einmal ein Cottage renoviert hast?«

»Ja. Vor ein paar Jahren. Aber was spielt das schon für eine Rolle?« Nun war Louise daran gelegen, das Thema zu wechseln. »Kann man sich dieses Cottage mal ansehen? Ich bin wirklich neugierig geworden.«

»Einen Augenblick.«

Jemima ging in ihr Arbeitszimmer, während Louise auf den Hafen hinausschaute und MagnifiCat streichelte. Hin und her gerissen zwischen Aufregung und Panik, bemerkte sie, dass ihre Hände zitterten.

Ich schaffe das, dachte sie. Ich schaffe das.

»Bis Samstag nächster Woche sind noch Feriengäste da.« Jemima war zurückgekommen. »Aber ich könnte dir das Haus trotzdem zeigen. Manche Leute sind da ein bisschen komisch, doch ich werde einfach fragen. Telefon gibt es nicht, also musst du warten, bis ich dort vorbeikomme und eine Nachricht hinterlassen kann.«

»So was Blödes!« Louise blickte enttäuscht drein, und Jemima lächelte mitfühlend.

»Ich weiß, wie du dich fühlst«, sagte sie. »Wenn man einmal eine Entscheidung getroffen hat, will man sie auch durchziehen. Ich bin da genauso. Tut mir leid. In dem Fall kann ich nichts machen.«

»Ich habe Angst, dass ich den Mut verliere«, gab Louise zu. »Für mich ist das ein großer Schritt, und es wäre mir lieber, wenn mir keine Zeit bliebe, um zu kneifen.«

Jemima setzte sich neben sie. »Weißt du was«, sagte sie. »Wie wär's, wenn wir rüberfahren und uns das Cottage von außen ansehen, jetzt sofort? Wenn sie da sind, fällt mir schon was ein. Allerdings muss ich um halb drei wieder da sein. Wir könnten im *Pig's Nose* ein Sandwich essen, und du könntest fragen, ob sie jemanden an der Bar brauchen.«

»Das wäre großartig«, sagte Louise dankbar. »Würde dir das wirklich nichts ausmachen?«

»Nein. Lass den Wein stehen. Den kannst du trinken, wenn wir wiederkommen. Und vergiss deine Tasche nicht.«

Sie gingen hinaus. Der Mann mit der Baseballmütze und der Sonnenbrille, der durch das Museum des Seenotrettungsdienstes schlenderte, sah die beiden draußen vorbeigehen. Einen Augenblick stand er unentschlossen da, dann folgte er ihnen auf die Straße hinaus.

32

Gegen Ende der folgenden Woche wurde das klare, heitere Wetter durch eine drückende Schwüle abgelöst. In der Ferne hörte man den Donner grollen, und hin und wieder prasselten dicke, warme Regentropfen auf das Kopfsteinpflaster im Hof.

»Ein Gewitter würde die Atmosphäre reinigen«, meinte Frummie, die herüberkam, um sich von Brigid ein Buch zu leihen. »Ich bin so nervös. Das kann natürlich daran liegen, dass Louise auszieht. Es wäre mir lieber, sie würde es sich noch einmal überlegen. Ich hätte Margot absagen können.«

»Sie kann ja nicht ewig bleiben«, erwiderte Brigid freundlich und legte den Brief beiseite, in dem sie Julian und Emma ihre Pläne für Weihnachten mitteilen wollte. »Und die arme Margot wäre schrecklich enttäuscht gewesen. Findest du nicht, dass das eine gute Entscheidung ist? Drei Monate, um zu sehen, wie sie allein zurechtkommt.«

»Und an Weihnachten kann sie wiederkommen«, erklärte Frummie. »Das habe ich ihr angeboten.«

Brigid schwieg. Es hatte keinen Sinn, darauf hinzuweisen, dass Louise bis dahin womöglich andere Pläne hatte. Sie wusste, dass ihre Mutter Louise schrecklich vermissen würde, aber wenigstens würde Margot sie eine Weile von ihrem Kummer ablenken.

»Wie findest du das Cottage?«, fragte Brigid. Louise war bei der ersten Gelegenheit mit Frummie hingefahren. Dort hatten sie sich mit Jemima getroffen, sich gründlich umgesehen und besprochen, was am Haus zu machen war.

»Es ist nicht übel.« Frummie war nicht gewillt, übertriebene Begeisterung zu zeigen. »Ziemlich klein. Gott sei Dank ist es nicht zu abgelegen. Sie haben den Kerl immer noch nicht gefasst, und mir gefällt es gar nicht, dass Louise ganz allein leben will.«

»Jemima sagt, in der Nähe gibt es eine Farm. Die Nachbarn würden doch sicher rüberkommen, wenn etwas wäre.«

»Das stimmt«, gab Frummie widerstrebend zu, »und zum Glück hat sie sich ein Handy zugelegt. Ist dir eigentlich klar, dass sie noch nie allein gelebt hat? Aber natürlich muss sie ihre Entscheidungen selbst treffen.«

»Ich freu mich schon darauf, das Haus zu besichtigen, wenn alles fertig ist.« Brigid hatte sich aus der ganzen Sache absichtlich herausgehalten. Frummie sollte das Gefühl haben, nach wie vor eine wichtige Rolle in Louises Leben zu spielen.«

»Ich habe Louise versprochen, ihr beim Umzug zu helfen«, meinte Frummie. »Nicht dass es viel umzuziehen gäbe, auch aus London hat sie nicht viel mitgebracht. Vielleicht bleibe ich über Nacht.«

»Mit deiner Unterstützung wird sie sich bestimmt bald wie zu Hause fühlen.«

»Nur schade, dass man so lange fährt. Bis später.«

Frummie ging, und Brigid blieb mit ihren Gedanken allein zurück. Natürlich fand ihre Mutter, sie hätte Louise während Margots Besuch den umgebauten Stall anbieten sollen. Aber sie war fest überzeugt, dass Louise einen Neuanfang brauchte. Doch Frummie glaubte, Brigid sei schlichtweg nicht bereit, Louise einen Monat bei sich aufzunehmen.

Und so machten ihr wieder einmal Schuldgefühle zu schaffen. Sie konnte sich nicht mehr auf ihren Brief konzentrieren. Also ging sie durch den Wintergarten hinaus und rief nach Blot. Kurze Zeit später spazierten sie über die Wiese unterhalb des Hauses.

In der brütenden Hitze hörte man nur das Rauschen des Wassers und das Gekrächze eines Raben, der gemächlich über den Fluss flog. In den flechtenbewachsenen Ästen der Ebereschen leuchteten goldenes Laub und dunkelrote Beeren. Brigid blieb stehen, um zwei Bachstelzen zu beobachten, die mit wippendem Schwanz über die Felsen huschten, während Blot ein Stück weiter aufgeregt an einem Kaninchenbau scharrte.

Wie immer hatte die Natur einen beruhigenden Einfluss auf Brigid. Inzwischen hatte sie mehrmals mit Humphrey telefoniert. Zwar war er weiterhin keineswegs begeistert darüber, dass seine Pläne für die Zukunft über den Haufen geworfen worden waren, doch er hatte sich damit abgefunden. Die Bank war einverstanden, den Kredit der Hypothek zuzuschlagen. Nach wie vor stand allerdings die Frage im Raum, wie Humphrey die Hypothek jemals tilgen könne.

Brigid wandte sich von den Bachstelzen ab und stieß einen Schrei aus, als sie eine hoch gewachsene Gestalt aus dem Schatten des Weißdornstrauchs treten sah. Alexander breitete entschuldigend die Hände aus, als wolle er sie segnen.

»Tut mir leid, wenn ich dich erschreckt habe«, sagte er zerknirscht. »Ich wollte dich nicht stören.«

»Das tust du doch gar nicht«, gab sie lächelnd zurück, obwohl sie gerade eben noch hatte allein sein wollen. »Ich wollte frische Luft schnappen … nur dass sie nicht besonders frisch ist. Es ist wirklich schwül.«

»Da braut sich was zusammen«, meinte er.

Eine Weile gingen sie schweigend nebeneinander her. Brigid warf ein Stöckchen für Blot, und der Hund rannte durch das verdorrte Farngestrüpp. Amüsiert über Blots Eifer, sah Brigid Alexander an. Doch der alte Mann machte ein ernstes Gesicht und blickte in die Ferne.

»Worüber denkst du nach?«, fragte sie unwillkürlich – und biss sich auf die Lippen, denn sie selbst hasste allzu neugierige Menschen.

»Ich habe mir gerade überlegt«, antwortete er ohne Zögern, »warum eine Frau, die seit dreißig Jahren glücklich verheiratet ist, so erleichtert wirkt, wenn ihr Mann ihr ausrichtet, dass er sie liebt. Erleichtert. Nicht zufrieden oder glücklich, sondern *erleichtert.*«

Brigid schwieg. Sie dachte an den Abend, als Humphrey angerufen hatte und die Polizei gekommen war.

»Du hast doch eigentlich keine Probleme, oder?«, fragte sie nicht ohne Bitterkeit.

»Stimmt«, gab er gleichmütig zurück. »Aber du hast mich gefragt, was ich denke.«

»Ja«, erwiderte sie beinahe gereizt. Sie zögerte. »Es ist ein bisschen kompliziert.«

Er sah sie mit hochgezogenen Augenbrauen an. »Du bist nicht verpflichtet, mir deine Geheimnisse zu verraten. Ich habe nur deine Frage beantwortet.«

Hatte sie das Recht, ihm ihre Sorgen anzuvertrauen? Was würde Humphrey wohl dazu sagen?

»Es geht mich nichts an«, meinte er freundlich. »Mach dir keine Gedanken.«

»Die Sache ist die.« Sie holte tief Luft. »Ich würde sogar gern darüber sprechen. Es wäre eine große Erleichterung für mich. Aber es geht dabei nicht nur um mich.«

»Das habe ich mir schon gedacht. Wenn du es mir sagen möchtest, werde ich es selbstverständlich für mich behalten.«

»Ja«, erwiderte sie dankbar und fasste einen Entschluss. »Ja, bitte.« Und während sie den Fluss entlangspazierten, schüttete sie ihm ihr Herz aus. Sie gingen immer langsamer, und schließlich blieben sie stehen, während sie weiterredete und er zuhörte. Neben ihnen strömte das Wasser dahin, und Blot planschte im Seichten herum.

»Ich weiß nicht, wie ich das wieder gutmachen kann«, sagte Brigid traurig. »Jetzt, wo er ruhig und vernünftig damit umgeht, ist es fast noch schlimmer.«

»Musst du es denn wieder gutmachen?« Alexander runzelte verblüfft die Stirn. »Du hast getan, was du in dem Moment als richtig empfunden hast. Schließlich hast du eure Pläne für den Ruhestand nicht mutwillig gefährdet. Wenn du weiterhin Schuldgefühle zur Schau trägst, wird Humphrey entsprechend reagieren und das Gefühl haben, ihm sei übel mitgespielt worden. So ist die menschliche Natur. Nach und nach wird das eure Beziehung vergiften. Dein Schuldgefühl wird sich in Groll verwandeln und seine Verletztheit in Verbitterung.«

»Du bist ganz schön gnadenlos.« Brigid war fast gekränkt, weil er weder für sie noch für Humphrey Mitgefühl aufbrachte. »Er muss sich jetzt Arbeit suchen. Bei der Marine kann er nicht bleiben, und mit dreiundfünfzig findet man auch nicht ohne weiteres einen Job.«

»Da hast du Recht, aber die Lösung liegt doch auf der Hand. Humphrey ist Seemann. Ihr müsst zwölftausend Pfund wegen der Segelschule bezahlen. Warum kauft ihr nicht einfach die Schule? Deine Schulden werden dann in ein Darlehen umgewandelt, für dessen Rückzahlung er arbeiten kann. Und gleichzeitig kann er damit seinen Lebensunterhalt sichern.«

»Aber … damit hat er überhaupt keine Erfahrung.«

»Nun, Humphrey kann doch sicher auch mit kleineren

Booten umgehen. Und er könnte lernen, wie man anderen das Segeln beibringt. Warum nicht? Eine neue Herausforderung wird er sowieso brauchen. Er ist doch noch viel zu jung, um in Rente zu gehen.«

»Aber ich weiß nicht, ob er das will.« Brigid musste diesen überraschenden Vorschlag erst einmal verdauen. »Außerdem ist es unten in Cornwall.«

»Na und? Da könnte er bestimmt recht häufig nach Hause kommen. Öfter als jetzt jedenfalls. Wahrscheinlich könnte er den Verwaltungskram auch von zu Hause aus erledigen. Und im Winter geht es dort bestimmt ruhiger zu.«

»Ich weiß nicht.« Brigid war völlig verwirrt. »Darüber habe ich noch nie nachgedacht. Iain und Jenny hoffen natürlich, einen Käufer zu finden. Aber wahrscheinlich würden sie gern weiter dort arbeiten. Und ich kann mir nicht vorstellen, dass Humphrey mit Jenny auskommen wird.«

Alexander zuckte die Achseln. »Vielleicht entwickelt er ein ganz anderes Verhältnis zu ihr, sobald die Schule ihm gehört. Ansonsten muss sie eben gehen und etwas anderes machen.«

Brigid musste lachen. »Du bist einfach skrupellos.«

Er machte ein überraschtes Gesicht. »Ich? Das glaube ich nicht. Findest du nicht, dass sich diese Lösung geradezu aufdrängt?«

»Ja, gut. Aber wenn das der Fall wäre, hätte Humphrey doch längst selbst auf die Idee kommen können?«

»Wahrscheinlich ist er vollauf damit beschäftigt, sich mit deinen Schuldgefühlen auseinander zu setzen«, antwortete Alexander mitleidlos. »Aber warum schlägst du es ihm nicht vor?«

»Weißt du was«, meinte sie nachdenklich, »ich glaube, das mache ich.«

»Gut«, erwiderte er fröhlich. »Sehr gut. In diesem Fall

lasse ich dich noch ein bisschen allein spazieren gehen. Du willst dir das bestimmt alles noch mal durch den Kopf gehen lassen.«

»Stimmt«, gab sie nervös zurück. »Ich muss mir überlegen, wie ich es ihm beibringe.«

»Dann viel Glück beim Nachdenken«, meinte er. »Vergiss aber nicht, dass sich die Leute nie ans Drehbuch halten, egal wie perfekt du es im Kopf entwirfst.« Er wandte sich zum Gehen, drehte sich dann aber noch einmal um. »Eins noch: Sag ihm nicht, dass es mein Vorschlag war.«

Von Zuneigung geradezu überwältigt, sah ihm Brigid nach, um dann ihren Spaziergang fortzusetzen. In ihrem Kopf wirbelten neue, aufregende Ideen durcheinander. Schuldgefühle und Niedergeschlagenheit waren wie weggeblasen.

Frummie hängte gerade Wäsche auf, als sie Alexander kommen sah. Sie rief ihm zu: »Wie wär's mit einem Kaffee? Ich hab grade welchen aufgesetzt.«

Er hielt inne, als müsse er sich den Vorschlag durch den Kopf gehen lassen, dann nickte er. »Ja, gern.«

»Komm rüber, wenn du so weit bist.«

Sie ging wieder hinein, ihre Stimmung hob sich. Nach einem Gespräch mit Alexander fühlte sie sich jedes Mal wie neugeboren. Sie griff nach der Spezialmischung von *Effings*, einem Geschenk ihrer Tochter, und löffelte großzügig Kaffeepulver in die Glaskanne. Als Alexander eintrat, war der Kaffee fertig und der Wohnzimmertisch gedeckt.

»Wie war dein Spaziergang?«, fragte sie, als er sich neben sie aufs Sofa setzte. »Ich hasse diese Schwüle. Sie geht mir auf die Nerven.«

»Unten am Fluss ist es besser. Am Wasser geht immer ein Lüftchen.«

»Wenn du es sagst. Ich habe nicht die geringste Lust, durch diese öde, unwirtliche Landschaft zu wandern. Ich begreife gar nicht, warum Brigid sich hier so wohl fühlt.«

»Sie ist von Natur aus eine Einzelgängerin. Diese menschenleere Landschaft spricht sie an.«

»Sie ist ihrem Vater nachgeschlagen. Diarmid war genauso. Er konnte sich für die Natur begeistern. Ich habe ihr das Versprechen abgenommen, das Grundstück nicht zu verlassen, solange dieser Mörder frei herumläuft, aber sie im Haus zu halten ist einfach unmöglich.« Sie sah ihn scharf an. »Und was ist mit dir? Bist du auch ein Einzelgänger?«

Er lächelte, und in diesem Augenblick sah sie, wie sehr er Humphrey glich, wenngleich er wesentlich schlanker und älter war. Nachdenklich schüttelte er den Kopf.

»Nein, nein. Ich bin für das Alleinsein nicht geschaffen. Ich hab gern Menschen um mich.«

Sie stellte ihre Tasse ab. Wie immer war sie von seiner Antwort entzückt und empfand ein angenehmes Gefühl der Verbundenheit.

»Ich auch. Ich verabscheue das Alleinsein. Es war himmlisch, Louise hier zu haben. Sie wird mir schrecklich fehlen.«

»Aber du bekommst doch Besuch von einer Freundin.«

Sie musterte ihn aus den Augenwinkeln. »Ja«, sagte sie. »Die gute alte Margot. Wir kennen uns seit der Schulzeit. Sie wird dir gefallen.«

Er rückte den Couchtisch ein wenig zur Seite, um die Beine auszustrecken. »Spielt das eine Rolle?«

Frummie kicherte. »Für sie schon. Margot ist ein Mensch, der von allen geliebt werden will. Ich habe ihr schon tausendmal erklärt, dass das ein Fehler ist, aber sie kann einfach nicht aus ihrer Haut heraus.«

»Ein Fehler, der dir fremd ist?«

»Und wie!«, gab sie empört zurück. »Heutzutage will jeder geliebt werden. Kinder wollen für ihre bloße Existenz in den höchsten Tönen gelobt werden, und Erwachsene erhalten Auszeichnungen, nur weil sie ihr Soll erfüllen. Die Maßstäbe werden unaufhörlich heruntergeschraubt. Jeder fürchtet sich, dem anderen auf die Füße zu treten. Ich kann das nicht ausstehen.«

»Das glaube ich gern«, meinte er. »Und du magst Margot nicht? Und erträgst sie nur, um nicht allein zu sein?«

Seine Offenheit verschlug ihr wieder einmal die Sprache. »Ich mag Margot. Ich mag sie sogar sehr«, verteidigte sie sich. »Wenigstens … meistens.« Sie musste lachen. »Du bist unmöglich«, sagte sie. »Ehrlich gesagt, ist Margot meine Versicherung gegen einen langen, verregneten, einsamen Herbst. Wenn ich gewusst hätte, dass Louise hier bleibt, hätte ich sie nicht eingeladen.«

»Aber Louise wird nicht hier sein.«

»Nein.« Frummie nahm einen Schluck Kaffee. »Ich weiß natürlich, dass es für sie höchste Zeit wird, den Schritt zu tun, aber ich kann mich nicht damit abfinden. Ich mache mir Sorgen um sie, aber wahrscheinlich habe ich einfach Angst davor, wieder allein zu sein.« Sie sah ihn grimmig an. »Jetzt weißt du's ganz genau«, sagte sie gereizt, als hätte er ihr dieses Geständnis abgerungen.

»Nun, du hast doch Margot … und uns.«

»Wenn du meinst.« Sie zuckte die Schultern, fühlte sich aber durch ihr Geständnis in gewisser Weise erleichtert.

»Ich habe vor, selbst einen Freund einzuladen«, erklärte er.

Es schien, als warte er auf eine Reaktion – Zustimmung vielleicht? –, aber da das sonst gar nicht seine Art war, sah ihn Frummie nur irritiert an.

»Ach ja?«

»Mhm.« Er nippte an seinem Kaffee. »Einen Schulfreund. So ein Zufall, nicht wahr?«

»Ob er uns wohl gefällt?« Frummie verzog den Mund zu ihrem typischen Lächeln. »Oder spielt das keine Rolle?«

Alexander lachte. »Für Gregory schon. Er mag jeden und freut sich, wenn er auch geliebt wird. Er und Margot müssten sich blendend verstehen.«

»Schön.« Frummie war neugierig, wollte aber nicht zu viel von sich preisgeben. »Und wann kommt er?«

»Ziemlich bald. Anfang Oktober.«

»Margot und ich müssen eine kleine Party für ihn geben. Brigid wird uns sicherlich behilflich sein. Dann lade ich noch Jemima ein, und Louise kommt bestimmt auch.«

»Fünf Frauen und zwei Männer! Das wird Gregory bestimmt gefallen.«

»Und was ist mit dir?«, fragte sie fröhlich. »Würde dir das auch gefallen?«

Sein Lächeln brachte sie völlig durcheinander.

»Aber ja«, sagte er leise. »Mir würde das auch gefallen.«

33

Wann sehen wir uns wieder? Jemima stellte die Frage nicht. Viele Jahre lang hätte das gegen die Regeln verstoßen, und selbst jetzt, nach einem wirklich phantastischen Wochenende, kamen ihr die Worte nicht über die Lippen. Sie fühlte sich nicht gefestigt genug, um eine Abfuhr zu riskieren. Diese neue Liebe war zu wertvoll, um sie durch eine unbedachte Frage aufs Spiel zu setzen. Das Unmögliche war geschehen: Das Alleinsein befriedigte sie nicht mehr. Sie empfand sich nicht mehr als die geborene Geliebte. Sie träumte von einer festen Beziehung mit ihm. In ihrem unbeschwerten Zusammensein gab es immer wieder Augenblicke, in denen er über die Zukunft sprach, ihre gemeinsame Zukunft, und sie hatte das Gefühl, dass sie beide das Gleiche wollten. Dennoch brachte sie es nicht über sich, das Thema offen anzusprechen. Aufgrund der Umstände, unter denen sie sich kennen gelernt hatten, schien Jemimas Rolle festgelegt. Offenbar war es ihr Schicksal, sich unkompliziert und glücklich zu geben. Sie wusste nun genau, welche Eigenschaften ihm bei Annabel auf die Nerven gegangen waren. Sie musste heiter und gelassen bleiben, ohne irgendwelche Forderungen zu stellen – witzig, unbekümmert und selbstständig. Das waren die Eigenschaften, die er an ihr liebte, die Züge, die ihn fesselten.

»Es kommt schon noch«, sagte sie sich. »Wir stehen am Anfang. Sei nicht so ungeduldig. Für ihn ist es ein großer Schritt, also dräng ihn nicht.«

Allerdings war es wirklich schwer, sich nichts anmerken zu lassen, ihn zu necken, zu scherzen und cool zu bleiben, wo sie ihn doch am liebsten festgehalten hätte.

Er rollte sich auf den Rücken und schlug die Augen auf. »Muss ich los?«

Am liebsten hätte sie ihm zugerufen: Nein! Bleib bei mir! Geh nie wieder weg.

»Ich fürchte, ja.« Sie zwang sich zu lächeln, als er aufseufzte. »Es war deine Idee, noch über Nacht zu bleiben und in aller Frühe zu fahren.«

»Sklaventreiberin«, murmelte er. »Du könntest wenigstens zugeben, dass es eine gute Idee war, den Termin für die Besprechung in Bristol auf Montagmorgen zu legen.«

»Das war nicht schlecht«, fand sie. »Aber Exeter wäre besser gewesen.«

Lachend zog er sie an sich, und sie ließ es sich gern gefallen, bedauerte aber, dass sie sich nicht mehr so wie früher auf das Alleinsein freute, dass sie Traurigkeit und Sehnsucht nicht mehr so leicht verscheuchen konnte.

»Ich brauche einen Kaffee«, sagte sie. »Und du auch. Gott sei Dank frühstückst du nicht.«

Er lag da, die Arme hinter dem Kopf verschränkt, und beobachtete sie. »Annabel ist damit nie klargekommen«, sagte er. »Sie glaubt, dass ein Mensch nur dann richtig funktioniert, wenn er ein anständiges Frühstück im Bauch hat.«

Sie war schockiert über die Heftigkeit der Wut, die sie überfiel; am liebsten hätte sie ihn angebrüllt. Warum kam ihm nach einer so berauschenden Liebesnacht sofort wieder Annabel in den Sinn? Sie drehte ihm den Rücken zu, zog den

Morgenmantel an und schlüpfte in die Hausschuhe. Mühsam unterdrückte sie ihren Zorn. Schließlich durfte sie kein Lob für etwas erwarten, was er für ihr natürliches Verhalten hielt. Und hatte sie nicht alles getan, um ihm zu beweisen, dass sie keine Frau war, die Szenen machte?

»Kommt drauf an, was sie unter ›richtig funktionieren‹ versteht«, erwiderte sie in frivolem Ton. »Aber vielleicht haben wir unterschiedliche Prioritäten. Ich kenne eine Menge Leute, die mit leerem Magen außerordentlich gut ›funktionieren‹.«

Wieder lachte er, es gefiel ihm, wenn sie ab und zu das Luder spielte. Außerdem schmeichelten diese versteckten Signale der Eifersucht seiner Eitelkeit. Während er duschte, ging sie in die Küche. Sie fühlte sich gedemütigt. Um Annabel in den Schatten zu stellen, hatte sie dahergeredet wie ein hirnloses Flittchen. Ratlos und unglücklich kochte sie Kaffee und ging dann ins Wohnzimmer. MagnifiCat hob den runden Kopf, und sie kniete sich neben ihm nieder und schmiegte die Wange an sein warmes, weiches Fell.

»Ich bin ein Idiot«, erklärte sie ihm. »Ich habe alles vermasselt. Mein Gott, ich liebe ihn!«

Dann stand sie auf und trat auf den Balkon. Nebel lag über dem Hafen, die Küste gegenüber war nicht zu sehen, und die Schreie der Seevögel hallten traurig durch die morgendliche Stille. Plötzlich stand er hinter ihr, legte die Arme um sie, vergrub sein Gesicht in ihrem Haar, und sie griff nach seinen Händen.

»Zauberhaft«, murmelte er. »Du, dieser Ort. Ich kann ohne dich nicht sein. Du hast mich verhext, ich hoffe, das ist dir klar.«

Erleichterung, Dankbarkeit und Liebe durchströmten sie. Sie wandte sich um und schlang ihre Arme um seinen Hals. Sie konnte einfach nicht mehr cool bleiben oder sich eine originelle Antwort einfallen lassen. Der Kuss war zärtlich, lang und lustvoll.

»Mir geht's genauso«, sagte sie schließlich unbeholfen.

Sie hielten sich eng umschlungen, bis MagnifiCat ihnen um die Beine strich, sodass Jemima lachen musste und sich widerstrebend aus der Umarmung löste.

»Der Kaffee wird kalt«, sagte sie. »Und du kommst zu spät.«

Er seufzte. »Du bist hartherzig«, meinte er, als er ihr in die Wohnung folgte, »aber bis Freitag ist es nicht mehr lang.«

Diese süßen Worte klangen noch lange in ihr nach. An Schlaf war nicht mehr zu denken. Sie blieb auf dem Sofa sitzen, kraulte MagnifiCat und beobachtete, wie sich der Nebel in einer strahlend goldenen Dämmerung auflöste. Statt Angst und Wut erfüllten sie nun Liebe und Zuversicht.

Louise war erleichtert, dass sie allein nach East Prawle fahren konnte. Ab heute war sie offiziell die Mieterin des Häuschens. Dort hoffte sie zur Ruhe zu kommen und zu sich selbst zu finden. Seit Jemima die Idee mit dem Cottage aufgebracht hatte, schwankte sie zwischen Aufregung und Angst, Entschlossenheit und Unsicherheit. Es war auch nicht gerade hilfreich, dass alle sie beobachteten und sich besorgt fragten, ob sie denn wirklich schon stark genug sei, um auf eigenen Beinen zu stehen. Und Frummie wollte nicht, dass sie ging. Das war sehr rührend – und eigentlich wollte sie selbst auch nicht gehen –, aber wenn sie jetzt den Schritt nicht tat, würde sie vielleicht nie mehr den Mut dazu aufbringen. Sie konnte sich vorstellen, dass sie für immer blieb, einen Job fand, von Foxhole aus zur Arbeit fuhr und sich von Frummie umsorgen ließ. Irgendwann würde sie nicht mehr ausziehen können, ohne Frummies Gefühle zu verletzen. Margots Besuch und das frei gewordene Cottage boten ihr eine Chance, die sie ergreifen musste.

Sie hatte Frummie das Cottage gezeigt, sich ihre Ratschläge angehört und ihr versprochen, sich zu melden, sollte diese neue Unabhängigkeit sie überfordern. Aber nun war sie froh, allein zu sein, bereit für einen Neuanfang. Sie bog rechts ab auf die Frogmore Bridge, fuhr bergauf und ließ voller Freude den Blick über den Fluss schweifen, der sich durch die stillen herbstlichen Wiesen wand. Ganz unverhofft wurde sie von einem Gefühl der Freiheit überwältigt. Die Angst war wie weggeblasen, sie hatte neuen Schwung. Sie schmiedete Pläne, wie sie das Häuschen einrichten würde, versuchte sich ihr neues, eigenständiges Leben auszumalen. Das Cottage war reizend, aber winzig. Und gerade das sagte ihr zu. In den kleinen, behaglichen Räumen fühlte sie sich sicher und geborgen. Es war das letzte Gebäude einer Reihe verschiedenartiger Häuschen, deren Unkonventionalität großen Charme besaß. Von dem Vorbau gelangte man direkt ins Wohnzimmer, den einzigen größeren Raum, von dem die schmale Küche nur durch eine Wand aus Schränken, Regalen und einer Frühstückstheke abgetrennt war. Die Küchentür führte in einen langen schmalen Wintergarten, an den sich ein kleiner ummauerter Hof anschloss. Im ersten Stock befanden sich ein hübsches Schlafzimmer, das Bad und eine Abstellkammer.

Wenigstens werden die Malerarbeiten nicht zu lange dauern, dachte sie.

Die Besitzerin hatte bereits Farbmuster geschickt, und Louise überlegte, zuerst die Abstellkammer zu streichen. Doch Brigid hatte gemeint, sie solle mit dem Wohnbereich anfangen, solange das Wetter gut sei und Türen und Fenster geöffnet bleiben könnten. Das klang einleuchtend – doch es war bestimmt nicht angenehm, sich inmitten von Leitern und Farbtöpfen einzurichten, während die Möbel in die Mitte gerückt und mit Folien abgedeckt waren. Aber nicht einmal der Gedanke an ein solches Durcheinander vermochte ihr heute die gute Laune zu verderben. Sie genoss die Farbenpracht der Hecken. Neben den gelben und roten Beeren der Zaunrübe leuchteten die dunkelroten Hagebutten hervor. Unterhalb des Hügels säte ein Bauer Winterweizen, einen Schwarm Seemöwen im Gefolge.

Bei Cousins Cross bog Louise rechts ab, fuhr über schmale Feldwege, bis sie schließlich das Dorf erreichte. Beglückt ließ sie den Blick über die Wiesen zum Klippenpfad und zum Meer wandern. Sie lächelte, als sie das Schild des *Pig's Nose* erblickte. Den Wagen parkte sie so nah wie möglich an der Mauer, die den kleinen Vorgarten des Cottage begrenzte. Als sie ausstieg, nahm sie sich Zeit, die wild wuchernden Astern und Schwertlilien zu betrachten, die zwischen Gartentor und Haustür blühten. An der Mauer wuchsen Leinkraut, Fetthenne und Monbretien. Louise stand in der Sonne, legte die Hände auf den warmen, trockenen Stein und spürte, wie ihre Zuversicht wuchs. Sie zog den Schlüssel aus der Tasche und ging hinein. Einen Augenblick blieb sie in der Tür stehen und sah sich um. Nach dem hellen Sonnenschein draußen erschien ihr das Wohnzimmer dunkel. Die abgenutzten, schlichten Cottagemöbel waren um einen kleinen viktorianischen Kamin gruppiert, die Regale rechts und links vom Kaminsims enthielten ein paar zerlesene Taschenbücher, und in einer Ecke stand auf einem leicht lädierten Teewagen ein tragbarer Fernseher. Sie nahm die Stille wahr, die hier herrschte – und sog den Duft der Freesien ein, die in einem Tontopf auf dem Klapptisch unter dem Fenster blühten.

Louise blieb stehen, die Arme vor der Brust verschränkt. Freesien: weiß und goldgelb in ihrem Hochzeitsstrauß; pur-

purrot und blau an ihrem ersten Hochzeitstag; in allen Farben, als Hermione zur Welt kam.

»Typisch für dich«, hatte er gemurmelt und ihr Haar geküsst, »dass du Blumen liebst, die so schwer zu bekommen sind. Ein hübscher Strauß Astern wäre doch auch nicht übel, oder?«

»Ich wollte dich auf die Probe stellen«, hatte sie geantwortet und ihn noch fester an sich gezogen, »um zu sehen, wie viel ich dir bedeute.«

»Wenn du das jetzt noch nicht weißt, wirst du es nie wissen«, gab er zurück und küsste sie. »Für wen hältst du mich eigentlich? Für Sir Lancelot auf der Suche nach dem Heiligen Gral? Warte nur! Das nächste Mal bekommst du Lilien und Nelken von der Tankstelle, die stehen dort, hübsch in Zellophan verpackt, in Eimern vor der Tür.«

Er hatte ihr zum Geburtstag, nur eine Woche nach Hermiones Tod, Freesien schicken lassen. Sie waren mit einer Nachricht gekommen, die er einen Monat zuvor geschrieben hatte, ohne zu wissen, dass sie außer sich vor Schmerz sein würde, wenn die Blumen ankamen. *Alles Gute zum Geburtstag, beste geliebte Mama. Es sollen noch viele, viele Lebensjahre werden, und wir wollen sie zusammen verbringen.* Er hatte Kiplings *Nur so Geschichten für Kinder* geliebt und sie der gebannt lauschenden Hermione vorgelesen. Als er der Floristin den Text gab, ahnte er nicht, dass er seiner Tochter nie wieder vorlesen würde.

Und danach habe ich ihn gehen lassen, dachte sie, ohne ein liebes Wort, ohne eine Umarmung. Ich habe ihn aus meinem Gedächtnis ausradiert – so wie den Rest meines bisherigen Lebens. So wie Hermione.

Sie trat an den Tisch und griff nach der Postkarte, die neben den Blumen lag. Sie zeigte eine Ansicht der Klippen unterhalb von East Prawle.

Willkommen, hatte Jemima geschrieben. *Mach's dir gemütlich! Bis bald.*

Es war reiner Zufall, dass sich Jemima für Freesien entschieden hatte. Louise stellte die Karte auf den schmalen Kaminsims und ging nach draußen, um das Auto auszuladen. Sie trug ihre Sachen in die Küche und machte sich daran, das Häuschen in Besitz zu nehmen. Die Bücher aus ihren beiden Kartons reichten aus, um die Regale neben dem Kamin zu füllen. Auf den Tisch legte sie ihren Malkasten, einen Block und ein paar Stifte; den Paschmina-Schal drapierte sie über die Rückenlehne eines Sessels; zwei hübsche Doulton-Figurinen fanden neben der Ansichtskarte auf dem Sims Platz. Beim Auspacken fühlte sie sich an ihre Ankunft in Foxhole vor über vier Monaten erinnert; wie sie es sich im Cottage gemütlich gemacht hatte, begleitet von fernen Stimmen aus der Vergangenheit.

Inmitten der Kartons hielt Louise inne. Der Widerhall aus ferner Zeit war zwar noch da, aber die Furcht war verschwunden: Sie musste sie nicht länger verleugnen, sie musste nicht mehr unaufhörlich gegen die Angst ankämpfen. Jetzt konnte sie voller Trauer den Stimmen lauschen und an all das zurückdenken, was sie verloren hatte; die Tragödie als Erfahrung annehmen und lernen, damit zu leben. Sie setzte sich an den Tisch, umschloss die Kaffeetasse mit den Händen und genoss den betörenden Duft der Freesien. Herbstastern, violett und dunkelrot, drängten sich ans Fenster, und unter der Mauer leuchteten die Schwertlilien. Ein Passant warf einen Blick durchs Fenster und winkte fröhlich. Und Louise, durch die freundliche Geste aufgemuntert, winkte zurück. Jetzt fühlte sie sich schon wie zu Hause.

34

Ich dachte, ich melde mich mal bei der Basis«, sagte Humphrey, »und frage, wie's dir geht.«

»Gut«, erwiderte Brigid. »Richtig gut. Und wie steht's bei dir?«

»Alles bestens. Keine Probleme. Wir sind ein paar Tage am Cocoa Beach, während sie in Cape Canaveral die Torpedos neu laden.«

»Hört sich gut an.« Früher, dachte sie, hätte ich ihn ein bisschen geneckt und gesagt, dass manche Leute es wirklich gut hätten. Jetzt trau ich mich nicht mehr. Ich habe ein schlechtes Gewissen und fasse ihn deshalb mit Glacéhandschuhen an.

»Ja, es ist nicht übel«, meinte er leicht resigniert, als wolle er sagen: Soweit das nach alledem möglich ist. »Wie läuft's so in Foxhole?«

»Wir hatten ein schreckliches Gewitter, das zwei Tage lang über dem Moor gewütet hat«, berichtete sie, »dann hat es sich verzogen, und jetzt haben wir wieder den schönsten Sonnenschein.«

»Gut«, sagte er. Und nach einer Pause: »Hast du die Formulare für die Bank ausgefüllt?«

»Nein. Das heißt, ich habe damit angefangen, und dann hatte ich eine Idee.«

»Tatsächlich?« Seine Stimme klang ziemlich kühl.

»Ja.« Sie gab sich Mühe, jeden einschmeichelnden Ton zu vermeiden. »Ja. Ich hatte da den Gedanken, dass es doch Unsinn ist, das Darlehen der Hypothek zuzuschlagen, ohne sich die Sache vorher genauer durch den Kopf gehen zu lassen. Und ich habe mir überlegt, ob wir die Segelschule nicht einfach übernehmen und selbst leiten könnten? Du brauchst ja sowieso einen Job.« Nur keine Zerknirschung zeigen, ermahnte sie sich. »Und da könntest du doch genauso gut in der eigenen Firma arbeiten. Die Schulden wären dann unsere, und wir könnten sie flexibler handhaben.«

»Die Schulden sind sowieso unsere«, bemerkte er trocken.

»Da hast du natürlich Recht.« Sie versuchte sich zu erinnern, wie Alexander es formuliert hatte. »Aber wäre es nicht besser, den Laden selbst zu schmeißen, statt die Hypothek zu erhöhen und sich dann mit einem langweiligen Job zu plagen, um sie abzuzahlen? Die Schule ist ja wirklich prima gelaufen. Die Probleme kamen erst, als Bryn das Geld unterschlagen hat.«

»Hast du auch daran gedacht, dass ich keine Ahnung habe, wie man eine Segelschule leitet?«, gab er mürrisch zu bedenken.

»Du hast ja auch keine Erfahrung als Finanzverwalter«, erwiderte sie tapfer, »aber du wärst bereit, dich einzuarbeiten, und hast selbst gesagt, dass du nicht den ganzen Tag im Büro sitzen willst.«

»Das will ich auch nicht. Aber heißt das, dass ich gleich eine Segelschule leiten möchte?«

Sie war klug genug, den Rückzug anzutreten. »Nun, es war nur so eine verrückte Idee. Schließlich ist die Fahrt runter nach Falmouth ziemlich anstrengend, und im Winter wäre auch nicht viel los. Vergiss es! Ich mache dann die Unterlagen fertig.«

»Ich wüsste nicht, wie man das von Foxhole aus machen könnte.« Seine Stimme klang gereizt. »Täglich kann man auf keinen Fall hin- und herfahren.«

»Ja, du müsstest natürlich ein paar Tage die Woche unten verbringen«, erwiderte sie gleichmütig, als sei das nur noch eine rein theoretische Frage. »Iain würde sich um den Unterricht kümmern … und Jenny um das Büro.«

»Ich soll mit Jenny zusammenarbeiten? Wie stellst du dir das vor?«

»Stimmt. Ich hatte das alles nicht richtig durchdacht. Obwohl sie vermutlich geht, sobald die Schule verkauft ist. Offenbar gibt es mehrere Interessenten, und sie ist überzeugt, dass die Schule einen Käufer findet. Aber das ist ja nicht unser Problem. Hab ich dir eigentlich schon erzählt, dass Julian und Emma über Weihnachten kommen? Ist das nicht schön?«

»Großartig«, stimmte er mechanisch zu. Dann lachte er freudlos. »Kannst du dir wirklich vorstellen, dass ich eine Segelschule leite?«

»Was? … Ja, eigentlich schon. Du bist ein guter Organisator, und als die Kinder klein waren, bist du so gern mit ihnen segeln gegangen. Ich könnte mir vorstellen, dass es sogar eine aufregende Sache wäre. Und die Lage ist wirklich super. Trotzdem hast du Recht, es ist verrückt. Die Belastung für dich wäre zu groß …«

»Das ist nicht das Problem«, erwiderte er ärgerlich. »Ich gehöre ja noch nicht zum alten Eisen. Es war nur ein kleiner Schock, so ganz unverhofft.«

»Kann ich mir vorstellen. Ich habe auch eine Weile gebraucht, um mich mit der Idee anzufreunden. Es war nur so ein Einfall.« Sie lachte. »Im ersten Moment dachte ich, es könnte Spaß machen. Es wäre eine Herausforderung.«

»Du hast doch niemandem etwas gesagt?«, fragte er argwöhnisch.

»Was gesagt?«

»Du weißt schon.« Er klang ungeduldig. »Mit jemandem darüber gesprochen.«

»Natürlich nicht.« Sie kreuzte die Finger. »Warum sollte ich? Es ist mir nur so eingefallen, als ich die Formulare ausgefüllt habe. Übrigens muss ich sie dir schicken, denn ohne deine Unterschrift geht gar nichts. Dann kannst du sie in aller Ruhe durchsehen.«

»Gut.« Eine Pause. »Ich muss Schluss machen. Treiben sich noch Mörder in der Gegend herum?«

»Nein. Ich glaube, wir haben sie mit unserem Krawall in die Flucht geschlagen.«

»Pass auf dich auf. Wie geht's Vater?«

»Gut. Er ist ein ruhiger Mensch. Und er versteht sich blendend mit Mummie.«

»Schön. Dann hockt er dir nicht ständig auf der Pelle?«

»Er macht wirklich keine Umstände. War schön, mit dir zu sprechen. Viel Spaß am Strand.«

»Ja. Na dann …«

»Alles Liebe. Pass auf dich auf.«

Sie legte rasch auf, weil sie wusste, dass es ihm schwer fiel, ein Gespräch zu beenden. Einen Augenblick stand sie noch da und überlegte, ob sie zu weit gegangen war. Sein Interesse war jedenfalls geweckt, und sie hoffte, dass er jetzt Zeit hatte, sich den Vorschlag durch den Kopf gehen zu lassen. Sie atmete auf, holte eine Flasche Weißwein aus dem Kühlschrank und schenkte sich ein Glas ein. Diese Spannungen zwischen ihr und ihrem Mann waren grauenhaft, vor allem da er so weit weg war. Wenn sich doch nur eine erfreuliche Lösung finden würde!

»Darauf trinke ich«, sagte sie leise seufzend, und Blot, der sich angesprochen fühlte, kam mühsam auf die Beine und trottete schwanzwedelnd zu ihr, um sich streicheln zu lassen.

Der Zufall wollte es, dass Alexander gerade wegfahren wollte, als Margot eintraf. Er stieß zurück, wartete, bis sie eingeparkt hatte, und erwiderte ihr dankbares Winken mit einem Lächeln. Allerdings hatte er nicht vor anzuhalten, aber bevor er wieder anfahren konnte, kurbelte sie ihr Fenster herunter.

»Guten Tag«, rief sie. »Das tut mir aber leid. Sie sind bestimmt Alexander.«

Dann öffnete sie umständlich die Wagentür und stieg aus, sodass ihm nichts anderes übrig blieb, als den Motor auszuschalten, ebenfalls auszusteigen und sich in aller Form vorzustellen.

»Margot«, sagte sie, schüttelte ihm energisch die Hand und strahlte ihn an. »Wie nett, Sie kennen zu lernen.« Alexander murmelte etwas Unverbindliches, aber sie redete schon weiter. »Ich bleibe ein paar Wochen. Fred und ich sind alte Freundinnen. Wir kennen uns schon seit der Schulzeit. Und im Krieg waren wir bei der Royal Navy, aber erst ziemlich gegen Ende – da waren wir endlich alt genug, uns freiwillig zu melden …«

Sie hatte Frummies leise Schritte nicht gehört und drehte sich erschrocken um, als die Freundin ihr die Hand auf die Schulter legte.

»Wir haben noch einen ganzen Monat Zeit, Herzchen«, bemerkte sie trocken. »Er muss nicht all unsere Geheimnisse in den ersten fünf Minuten erfahren.«

»Aber die Geheimnisse, die man in den ersten fünf Minuten erfährt, sind die einzig lohnenden«, meinte Alexander. »Danach verfliegt das Hochgefühl, das einem die Wahrheit entlockt. Man wird vorsichtig oder fängt an, die Wahrheit auszuschmücken, je nachdem, wie das Unterbewusste auf den Gesprächspartner reagiert.« Er lächelte Margot freundlich zu. »Jetzt ist es schon zu spät. Macht nichts.« Dann verbeugte er sich höflich. »War nett, Sie kennen zu lernen. Wir sehen uns sicher bald wieder.«

Er zwängte seine langen Beine wieder in das kleine Auto und fuhr davon.

Margot starrte ihm nach. »Na so was«, sagte sie erstaunt. »Was für ein toller Typ! Warum hast du mich nicht vorgewarnt?«

»Ich habe befürchtet, dass du überreagierst«, antwortete Frummie säuerlich und betrachtete Margots volles kastanienbraunes Haar, den nicht allzu langen Rock und die leuchtend lackierten Fingernägel. »Du siehst großartig aus.«

»Ich finde, es ist eine Schande, wenn man sich gehen lässt«, erklärte Margot heiter. »In unserem Alter passiert das leicht.« Ihr Blick ruhte auf Frummies dick aufgetragenem Rouge, den Goldreifen, die an ihren mageren Handgelenken klimperten, und der eleganten Plaidhose. »Du siehst auch nicht schlecht aus, Fred«, meinte sie nachdenklich. »Jedenfalls besser als bei unserem letzten Treffen.«

Frummie grinste. »Eins zu null für dich«, sagte sie. »Okay. Keine gehässigen Bemerkungen.«

»In Ordnung, Schätzchen«, meinte Margot zufrieden. »Im Krieg und in der Liebe sind alle Mittel erlaubt, und in unserem Alter können wir den Kampf ruhig auskosten. Ich hoffe, du hast schon Wasser aufgesetzt. Für eine Tasse Kaffee würde ich einen Mord begehen.«

»Sollen wir die Koffer reinbringen?«

»Zuerst den Kaffee«, entschied Margot und folgte Frummie ins Haus. »Weißt du, er ist wirklich phantastisch.«

»Das sagtest du bereits.« Frummie bereitete den Kaffee vor. »Übrigens kriegt er Besuch von einem Freund.«

Margots Augen leuchteten, und ihr faltiger Mund verzog sich zu einem spitzbübischen Lächeln. »Tatsächlich?«, murmelte sie. »Also bekommt jede einen ab.«

Ihre Blicke trafen sich. Frummie zog eine Augenbraue hoch. »Ich frage mich, wie der deine wohl ist?«

Margot kicherte. »So ist das also? Kann man nicht wissen. Vielleicht ist er ja noch netter. Wohin geht Alexander eigentlich, wenn er hier auszieht?«

Frummie runzelte die Stirn. »Das weiß ich nicht genau.«

Margot machte ein erstauntes Gesicht. »Du weißt es nicht genau? Wie lange ist er denn schon hier?« Sie schnaubte verächtlich. »Du kommst langsam aus der Übung.«

»Ich habe mich nie so gut darauf verstanden, Leute auszuhorchen, wie du. In der Hinsicht bist du völlig skrupellos!«

»Unsinn. Es ist ganz einfach. Nein, keinen Zucker. Ich habe den Süßstoff dabei. Er sieht Humphrey ähnlich, nicht wahr? Nur wesentlich schlanker.«

»Ja, sie haben eine gewisse Ähnlichkeit. Manchmal kann er einen ganz schön … durcheinander bringen. Er ist ziemlich direkt. Aber wenn man sich erst einmal daran gewöhnt hat, ist es in Ordnung.«

»Und wie kommt Brigid mit ihm zurecht?«

»Ausgezeichnet. Wirklich seltsam, dass sie sich erst jetzt kennen gelernt haben. Ich kapiere nicht, warum Humphrey sich nicht mit ihm versteht.«

»Vermutlich aus demselben Grund, warum ihr beide, Brigid und du, Schwierigkeiten miteinander habt.«

»Ja«, sagte Frummie nach einer Weile. »Ja, das ist wohl richtig.«

»Wo er wohl hinzieht?«, meinte Margot, während sie in ihrer Tasche nach dem Süßstoff kramte.

»Er sagt, an die schottische Grenze«, erklärte Frummie, »aber ich bin mir nicht sicher, ob er mich nur auf den Arm genommen hat.«

»In den Norden?«, fragte Margot erstaunt. »Was will er denn dort?«

Frummie zuckte die Achseln. »Keine Ahnung. Vielleicht hat er dort ein Haus gekauft.«

»Hmm. Stammt sein Freund etwa aus der Gegend?«

»Das weiß ich wirklich nicht.« Frummie verlor allmählich die Geduld. »Eins kann ich dir versichern, Alexander ist kein so leichter Fang, wie du vielleicht vermutest. Er weicht sehr geschickt aus. Sein Freund kommt in ein paar Tagen, dann kannst du ihn selbst fragen.«

»Das werde ich auch«, verkündete Margot. »Ich kann dir gar nicht genug danken, dass du mich eingeladen hast, Fred.«

»Das ist besser als *Ich, Claudius*, nicht wahr?« Frummie grinste. Ihre Blicke trafen sich, und beide kicherten.

»Ja, viel besser«, meinte Margot. »Warte nur, bis du siehst, was Harry dir mitgeschickt hat. Ein hübsches Sortiment aus seinem Weinkeller.«

»Ich habe den Jungen immer gemocht«, sagte Frummie. »Noch eine Tasse Kaffee? Oder wollen wir den Wagen ausladen?«

»Noch einen Kaffee«, erwiderte Margot prompt und hielt Frummie ihre Tasse hin. Sie seufzte zufrieden. »Es ist wirklich schön, wieder hier zu sein.«

Jemima schlug die Augen auf – ein hartnäckiges Klingeln hatte sie aus dem Halbschlaf geweckt. Sie griff nach ihrem Handy und lächelte froh als sie die Nummer des Anrufers auf dem Display sah.

»Hallo«, sagte sie zärtlich. »Wie geht's?«

»Ich kann jetzt doch nicht kommen«, erklärte er missmutig. »Mein Kollege ist krank geworden, und ich muss bei einer Konferenz in Birmingham für ihn einspringen. Ich bin wirklich stinksauer, das kannst du mir glauben.«

»Ach so, ich verstehe.« Jemima konnte ihre Enttäuschung nicht verbergen. Diesmal fiel nicht einmal ihr eine witzige Bemerkung ein. Trübsinnig starrte sie in den verregneten, grauen Abend hinaus.

»Tja. Ian kann nichts dafür, der arme Kerl, aber es fällt mir schwer, Mitleid aufzubringen. Tut mir leid.«

»Schon gut«, allmählich bekam sie ihre Niedergeschlagenheit in den Griff, »es ist schon in Ordnung. Mach dir meinetwegen keine Sorgen.«

»Deinetwegen nicht«, erwiderte er, »aber *meinetwegen*! Wenn ich auf meine wöchentliche Dosis verzichten muss, bekomme ich schreckliche Entzugserscheinungen. Wie soll ich damit klarkommen?«

»Du kannst ja öfter mal anrufen«, schlug sie mit einem Lächeln vor. »Oder hin und wieder eine E-Mail schicken.«

»Das werde ich wohl müssen.« Er seufzte tief, aber sie spürte, dass auch er lächelte. »Du klingst beunruhigend gelassen.«

»Der Schein trügt«, versicherte sie ihm. »Aber es hat doch keinen Sinn, eine Szene zu machen, oder? Wir können die Zeit miteinander doch besser verbringen, auch wenn es nur am Telefon ist.«

»Du bist wirklich etwas ganz Besonderes.« Seine Stimme wurde zärtlich. »Trag mich für nächstes Wochenende in den Kalender ein. Mit Tinte. Dann könnte ich nämlich Neuigkeiten für dich haben.«

»Neuigkeiten?« Sie wollte sich nicht anmerken lassen, wie sehr seine Worte sie bewegten. »Was ist los?«

»Ach, noch nichts Konkretes. Aber ich hoffe, dass ich Genaueres weiß, wenn wir uns nächstes Mal treffen.«

»Sprich ruhig in Rätseln«, meinte sie fröhlich. »Du wirst schon sehen, ob du mich damit neugierig machst.«

Er lachte. »Jetzt muss ich auflegen. Bis bald. Pass auf dich auf.«

Sie blieb ausgestreckt auf dem Sofa liegen und presste das Telefon gegen die Brust. Was mochten das für Neuigkeiten sein? Und warum war sie nicht imstande, ihm die eigenen, weniger aufregenden Neuigkeiten zu erzählen?

Es ist nicht der richtige Zeitpunkt, dachte sie. Nicht wenn ihm gerade die Sache mit dem Wochenende zu schaffen macht. Es muss der richtige Augenblick sein. Und dann könnte uns das den letzten Anstoß geben, den wir brauchen …

Sie schnitt eine Grimasse, weil sie fürchtete, dass sie sich zu große Hoffnungen machte. Ihr wurde flau im Magen, und, einer Eingebung folgend, schaltete sie das Handy ein und wählte eine Nummer. Brigids Stimme war klar und ruhig wie immer.

»Hallo«, sagte Jemima, »ich bin's. Wie geht's?«

»Danke, gut«, antwortete Brigid freundlich. »Was tut sich so in Salcombe?«

»Ach … nichts Besonderes. Ich dachte, wir könnten uns mal wieder zum Lunch treffen. Das letzte Mal war doch nett, oder?«

»Es war super. Warum nicht? Wo? Hast du Lust, zu mir zu kommen?«

»Hm. Eigentlich nicht so recht.«

Brigid kicherte verständnisvoll. »Zu viele Leute? Da kann ich nur zustimmen. Dann also wieder im *Effings*?«

»Wunderbar.« Das war die Lösung, fand Jemima.

Sie vereinbarten eine Uhrzeit und legten auf. Jemima blieb liegen, konnte sich aber nicht entspannen. Sie beobachtete, wie der Regen leise gegen das Fenster schlug. Ob sie

Brigid ihre Geheimnisse anvertrauen konnte? Würde sie ihre Schwester nicht nur in der Meinung bestätigen, die sie wohl schon immer von ihr gehabt hatte? Dennoch hatte sie den Eindruck, dass in letzter Zeit einige Barrieren abgebaut worden waren. Wie tröstlich wäre es doch, wenn sie ihre Gefühle mit ihrer Schwester teilen konnte!

MagnifiCat näherte sich auf leisen Pfoten, und sie holte ihn zu sich auf die Couch. Er schmiegte sich in ihre Arme, die Augen geschlossen, und sein rundes Gesicht wirkte heiter und friedlich. Sie machte es sich wieder bequem, genoss die Wärme seines Körpers und ließ sich von seinem Schnurren einlullen.

35

Louise stand in der von Felsen umgebenen Bucht, beobachtete die Flut und nahm aus dem Augenwinkel den Mann unter den Bäumen wahr. Auch er beobachtete das Mädchen am Wasser. Es tanzte leichtfüßig auf den Zehenspitzen, folgte den Wellen, wenn sie sich zurückzogen, und sprang rasch zurück, wenn sie wieder über den Sand spülten. Freude sprach aus jeder seiner Bewegungen, und sein langes helles Haar umhüllte das Gesicht wie ein Heiligenschein. Die Kleine jauchzte vor Entzücken und planschte im Schaum der Brandung wie eine Wassernymphe.

Louise schaute sich um; die Bucht war leer. Offenbar war das Kind allein. Unbehagen befiel sie. Eine Wolke schob sich vor die Sonne und warf einen Schatten über die Bucht, ein kühler Wind erhob sich aus dem Nichts und peitschte das graue Wasser, das nun heftiger ans Ufer schlug. Dann zog ein leichter Nebel auf, verhüllte die Häuser am gegenüberliegenden Ufer und legte sich über das Wasser. Die Flut stieg nun rasch, die Wellen brachen sich an den Felsen, die der Bucht zu beiden Seiten vorgelagert waren, aber das Kind tanzte und hüpfte immer noch, ohne den Wetterumschwung zu bemerken. Vielleicht war seine Familie auf der anderen Seite der kleinen Halbinsel, irgendwo am Strand, der sich bis zur Anlegestelle der Fähre erstreckte. Bald würde die Kleine abgeschnitten sein, sie war zu schwach, um in der starken Strömung um die Felsen herumzuwaten. Und über die schroffen Felsbrocken klettern konnte sie auch nicht.

Starr vor Angst, sah Louise wieder zu dem Mann hinüber. Gerade trat er in die von Felsen umgrenzte Bucht, ohne das Mädchen aus den Augen zu lassen. Es wäre besser, zu ihnen zu gehen, sie zu warnen, aber ein merkwürdiger Unwille hinderte Louise daran, sich vom Fleck zu rühren. Der Nebel war dichter geworden, eine Welle, größer noch als die vorherigen, warf das Kind um. Als es versuchte, wieder aufzustehen, donnerte die nächste Welle heran und spülte über den blonden Haarschopf hinweg. Das Kind schrie auf.

Louise versuchte zu rufen, dem Mädchen zu Hilfe zu eilen, aber sie war vor Angst wie erstarrt. Sie bemerkte, dass der Mann sich umgedreht hatte und jetzt sie beobachtete.

»Hilf ihr!«, schrie sie. »Rette sie!« Aber die Worte gingen im Dröhnen der Wogen unter, und sie sah nun ganz deutlich, dass der Mann Rory war, der sie voller Mitgefühl und Verzweiflung anschaute.

Laut stöhnend streckte Louise die Arme aus und erwachte durch das Geräusch von zersplitterndem Glas. Sie saß inmitten zerknüllter Laken und Decken, die Hände vors Gesicht geschlagen, während Sonnenlicht auf ihr Bett fiel und das zerbrochene Wasserglas auf dem Boden beleuchtete. Sie wischte sich die Augen mit einem Zipfel des Lakens und kämpfte die Panik nieder. Langsam verblich das Traumbild, und es blieb nur der vertraute Schmerz, ein Schmerz, den sie umso deutlicher spürte, als sie allein war.

Louise schob die Decke weg und stand auf. Die Sonne schien – das war immerhin etwas Positives. Sie stellte sich ans Fenster und starrte auf die sanft ansteigenden Wiesen hinaus, Rorys Gesicht noch immer vor Augen, so fern und doch so vertraut – und Hermione, die in der Brandung herumtänzelte. Wie sehr sie die beiden vermisste! Würde dieses Gefühl der Leere je weichen? Die Verzweiflung drohte sie zu überwältigen. Schau in die Zukunft!, sagte sie sich. Aber was sollte sie ins Auge fassen? Am besten, sie beschäftigte sich mit dem, was vor ihr lag: Sie würde weiter renovieren und einen Spaziergang am Strand und durch den Wald hinauf nach Rickham Common machen – wenn das gute Wetter anhielt. Solche Wanderungen wirkten beruhigend; der Ausblick über die Felsenküste und das grenzenlose Meer entrückte ihre Sorgen. Die Weite des Moors wirkte tröstlich, und Louise spürte, dass sich allmählich eine Heilung vollzog. Später, nach ihrem Spaziergang und einem heißen Entspannungsbad, würde sie etwas kochen, denn heute kam Jemima zu Besuch. Ja, es lag ein guter Tag vor ihr: angefüllt mit schlichten, aber schönen Tätigkeiten.

Louise schlug die Bettdecke zurück und sammelte die Scherben auf. Die kleine Wasserpfütze war schon in den Ritzen zwischen den Dielenbrettern versickert, trotzdem holte sie einen Lappen und wischte sorgfältig den Boden. Dann wusch sie sich, zog sich an und ging hinunter. Der kleine Wintergarten erwies sich als äußerst nützlich, den er ließ sich als Ess- und Wohnzimmer nutzen, solange sie die Räume im Erdgeschoss strich. Hier hatte sie vom Morgen bis zum Spätnachmittag Sonne. Sie hatte den Klapptisch, den kleinen Holzstuhl und einen alten Lloyd-Webrahmen hier untergebracht, sodass man gerade noch zur Tür kam, die zum Hof hinausführte. Hier konnte sie bis zum Einbruch der Dunkelheit das Durcheinander und die abgedeckten Möbel vergessen. Während sie den Frühstückstisch deckte, überlegte sie, wie Jemima und sie heute Abend zurechtkommen sollten. Man konnte gerade noch einen Stuhl an den Tisch stellen, aber wo sollten sie nach dem Essen sitzen? Ihre Freunde aus Foxhole waren bei ihr zu Gast gewesen, bevor sie mit den Malerarbeiten angefangen hatte, und Jemima hatte den Abend gerettet. Kurz davor hatte Louise die Panik gepackt, und ihr neu gewonnenes Selbstvertrauen hatte sich verflüchtigt, als sie vor der Aufgabe stand, ihren fünf Gästen ein besonderes Mahl vorzusetzen.

»Als Köchin bin ich ein hoffnungsloser Fall«, klagte sie, »vor allem in dieser engen Küche. Was soll ich bloß machen? Ob sie gekränkt sind, wenn ich sie ins Pub einlade? Brigid kocht so wunderbar. Ich weiß jetzt schon, dass es nichts wird.«

»Du darfst nicht die Nerven verlieren«, meinte Jemima. »Alles ist noch ein bisschen neu für dich. Weißt du was? Wir gehen zu *Effings*, da gibt's hervorragende Tiefkühlgerichte. Das braucht ja keiner zu erfahren.«

Sie waren gemeinsam nach Totnes gefahren, hatten die Speisekarte studiert, zwischen Schellfisch-Gratin mit Garnelen und einem würzigen Lammcurry geschwankt. Schließlich entschieden sie sich für den bretonischen Kaninchen-Schmortopf mit pochierten Birnen als Nachtisch. Es wurde ein voller Erfolg.

Nun hatte sie noch zwei Portionen Pfannkuchen mit Spinat-Ricotta-Füllung und Toffee-Pudding im Gefrierfach. Das würde für heute Abend reichen. Jemima war als Gast herrlich unkompliziert: Sie stellte keine Ansprüche, war eine angenehme Gesprächspartnerin und fand für jedes Problem eine Lösung. Brigid hatte diskret zwei gute Flaschen Rotwein dagelassen. »Nur ein kleines Geschenk zum Einzug«, hatte sie erklärt, als Louise anrief, um sich zu bedanken. Eine davon würde sie zum Abendessen entkorken.

Louise seufzte erleichtert auf, während sie sich Orangensaft einschenkte und Brot in den Toaster schob. Sie hätte ihre Freunde gern großzügiger bewirtet, aber im Augenblick wollte sie nicht so viel ausgeben. Martin hatte sich freundlicherweise bereit erklärt, ihr anstelle der Miete mit Geld für den Lebensunterhalt auszuhelfen, aber ihr widerstrebte die Vorstellung, von ihm abhängig zu sein. Teilzeitstellen gab es nicht, wenigstens nicht in erreichbarer Nähe, und ein Job als Kellnerin hätte sie überfordert.

»Das ist der Nachteil, wenn man weit und breit keine Stadt in der Nähe hat«, hatte sie Martin erklärt. »Aber ich suche weiter. Vermutlich habe ich Anspruch auf Sozialhilfe …«

»Um Himmels willen, Schatz, hör auf damit! Lass dir einfach die drei Monate Zeit. Lass es dir gut gehen, und erhol dich! Wir schaffen das schon, wenn du nur aufhörst, dir unentwegt Sorgen zu machen. Im Augenblick lebst du ja vollkommen bescheiden.«

Sie war dankbar für sein Entgegenkommen, durchforstete aber trotzdem weiter die Stellenanzeigen, hoffte, von Charles Price zu hören, und flehte um ein Wunder.

Louise genoss die Wärme, die sich bereits in dem kleinen Wintergarten ausbreitete. Die letzten düsteren Traumbilder waren verflogen wie Nebel in der Sonne, aber die Sehnsucht blieb.

Brigid arbeitete im oberen Stockwerk an ihrem großen Tisch, als sie von unten Alexanders Stimme hörte. Sie ging zur Treppe, als er gerade in den Flur trat.

»Tut mir leid, wenn ich dich störe«, sagte er. »Ich gehe einkaufen und wollte nur fragen, ob ich dir was mitbringen kann.«

»Ich glaube nicht.« Sie stieg die Treppe hinunter. »Ich war erst vor ein paar Tagen in der Stadt. Das heißt doch, ich oder vielmehr Blot könnte Hundefutter gebrauchen. Soll ich dir die Schachtel zeigen? Das wäre wunderbar – wenn es dir keine Umstände macht.«

Er folgte ihr in die Küche. »Wie geht's sonst?«

»Ganz gut.« Sie lächelte ihn an. »Ich habe mit Humphrey gesprochen.«

Er hob die Augenbrauen. »Wirklich? Und hat er sich ans Drehbuch gehalten?«

»Nur teilweise.« Sie lachte. »Er war nicht gerade begeistert von der Idee, muss ich sagen, aber als ich einen Rückzieher gemacht habe, schien ihn die Sache plötzlich nicht mehr loszulassen.« Sie seufzte. »Ach, ich kann dir gar nicht sagen, wie sehr ich mir wünsche, dass er sich dazu durchringt. Nicht nur, damit ich aus dem Schneider bin. Ich glaube wirklich, es könnte ihm gefallen.«

»Ich kann mir auch nicht vorstellen, dass er sich aufs Altenteil zurückzieht«, stimmte ihr Alexander zu. »Er ist doch noch ein junger Mann. Obwohl ich durchaus glaube, dass es euch gut täte, wenn ihr mehr Zeit füreinander hättet. Ich hoffe, das wird möglich sein.«

»Ich auch.« Sie schüttelte den Kopf. »Es gibt noch so viel zu überlegen – etwa, ob er und Jenny miteinander auskommen und die ganze Arbeitsorganisation. Wir müssen einfach abwarten. Ich habe angedeutet, dass es mehrere Interessenten gibt. Hoffen wir also, dass er nicht zu lange braucht, um sich zu entscheiden. Und wie steht's mit dir? Wann kommt dein Freund?«

»Morgen.« Alexander zog ein verschmitztes Gesicht. »Seine Ankunft wird große Aufregung verursachen.«

»Das tut sie doch jetzt schon!« Brigid setzte eine strenge Miene auf. »Ich hoffe, du weißt, was du da tust.«

»Ich denke schon. Ich bin zu alt, um allein mit zwei Frauen zurechtzukommen. Also hole ich mir Verstärkung.«

»Du musst … Gregory – nicht wahr? – zum Abendessen

mitbringen. Am besten kommen gleich alle rüber. Das wird eine nette Gesellschaft. Was meinst du?«

»Hört sich gut an. Aber ich möchte dir keine Umstände bereiten. Er ist mein Gast, nicht deiner.«

»Ach, das bisschen Kochen macht mir nichts aus. Mummie und Margot sind das Problem.«

Er sah sie liebevoll an. »Warum soll man sich für das Benehmen anderer schämen?«

Sie hatte im Scherz gesprochen, hätte sich aber denken können, dass er ohne Umschweife zur Sache kommen würde. »Immerhin ist sie meine Mutter«, erwiderte sie bitter. »Ich mag es nicht, wenn sie sich … blamiert.«

»Du urteilst zu hart«, sagte er freundlich. »Frummie ist innerlich noch jung. Genau wie Margot. Wie wir alle. Es ist eine Tragödie, dass die Freude, die wir empfinden, nicht mehr zu unserer runzligen Fassade passt, aber das heißt nicht, dass wir das Feuer in uns auslöschen sollten, nur damit andere sich nicht für uns schämen. Warum soll man ihnen ihren Spaß nicht gönnen?«

»Solange du sie nicht verachtest«, murmelte sie und wurde rot. »Ich weiß, ich bin spießig und langweilig, aber ich wünschte mir, sie hätte mehr Verantwortungsgefühl. Jemima ist genauso. Es hat den Anschein, als würden sie sich um nichts und niemand Gedanken machen.«

»Ich weiß nicht, ob das stimmt. Menschen machen Fehler, und manchmal ist es unmöglich, diese Fehler wieder gutzumachen. Stolz, Schuldgefühle oder Groll versperren den Weg zur Versöhnung und scheinen unüberwindlich. Wie das abläuft, siehst du doch auch an Humphrey. Deine Schuldgefühle lösen eine Reaktion aus, die rasch außer Kontrolle gerät. So war es auch bei Humphrey und mir und bei deiner Mutter und dir. Stell dir vor, wie deiner Mutter zumute war, nachdem sie dich im Stich gelassen hat.«

»Sie hätte um mich kämpfen können«, erwiderte Brigid wütend.

»Vielleicht hat sie das ja getan«, sagte Alexander, »und vielleicht ist sie gegen den Stolz deines Vaters nicht angekommen. Er hat dich geliebt und war entschlossen, dich zu behalten und zu beschützen. Womöglich hat deine Mutter zu spät gemerkt, wie unnachgiebig er sein kann.«

Sie starrte ihn an. »Davon spricht sie nie.«

Er schüttelte den Kopf. »Nach so langer Zeit ist das wahrscheinlich auch schwierig. Aber hat es dir denn wirklich geschadet? Hat meine Entscheidung, noch einmal zu heiraten, Humphrey wirklich geschadet?«

»Ich … ich weiß nicht«, erwiderte sie unsicher. »Die Vorstellung, dass einen die eigenen Eltern nicht lieben, ist schrecklich.«

»Aber dein Vater hat dich geliebt. Viel zu sehr, um dich aufzugeben.«

Beide schwiegen.

»Es war wegen Jemima«, begann sie schließlich. »Sie hat Jemima mitgenommen, als sie ihren Mann verlassen hat. Jemima sagt, ihr Vater hat sie nicht gewollt. Sie hat ihn schrecklich vermisst.«

»Ich mag deine Schwester«, meinte Alexander nachdenklich. »Hast du ihr von deinem Problem mit Humphrey erzählt?«

Sie sah ihn verblüfft an. »Nein«, entgegnete sie. »Du meine Güte! Jemima wäre entsetzt.«

»Entsetzt?«, fragte er verwundert.

»Ja … weißt du …« Sie zögerte. »Ich habe dir doch gesagt, dass sie wie Mummie ist, sorglos und unbekümmert. Sie macht die verrücktesten Sachen und ist … na ja, unzuverlässig, würde ich sagen. Ihrer Meinung nach bin ich die Vernunft in Person.«

»Ja, ich verstehe. Du meinst, du willst nicht das Gesicht verlieren? Und weil du Jemima für den Liebling deiner Mutter hältst, musst du ihr deine Überlegenheit beweisen?«

»Überlegenheit?« Sie zuckte zusammen, als habe er sie geschlagen.

»Ist es nicht so? Du hast alles im Griff und meisterst das Leben, während sie ... ›unzuverlässig‹ ist. Wenn du zugeben würdest, dass du einen Fehler gemacht hast, würdest du dich ihr nicht mehr überlegen fühlen. Ihr wärt auf gleicher Ebene. Aber wäre das denn so schlimm? Oder widerstrebt dir das, weil eure Mutter sie mitgenommen und dich verlassen hat? Vielleicht ist deine Lebenstüchtigkeit die einzige Waffe, mit der du sie bekämpfen kannst.«

Sie sah ihn bestürzt an, fühlte sich seinem durchdringenden Blick preisgegeben. Lag Mitleid darin? Mit größter Mühe unterdrückte sie den Drang, ihm empört zu widersprechen. Stattdessen rang sie sich zur Aufrichtigkeit durch.

»Ich mag sie«, erklärte sie, »aber *sie* kann sich alles erlauben. Sie fällt immer auf die Füße ...« Plötzlich kam die Erinnerung, und Brigid brach in Tränen aus. »... auf ihre großen, breiten Entenfüße.« Selbsthass überwältigte sie. »Ich habe sie Puddle-duck genannt, als sie zur Welt kam. Ich habe mir mit Vorliebe ein fettes, hässliches Entchen mit winzigen Augen und großen, breiten Füßen ausgemalt.« Mit einer fahrigen Bewegung strich sie sich die Haare aus dem Gesicht. »Es hat mir geholfen, sie zu hassen, verstehst du. Als ich das Foto von ihr sah, da ...« Sie schüttelte den Kopf. »Du kennst sie ja. Sie ist so hübsch, nicht wahr? Als Kind war sie richtig süß.«

Er drückte ihr ein Taschentuch in die Hand, sie nahm es mechanisch, wischte sich die Wangen ab, putzte sich die Nase und dachte an die Vergangenheit.

»Sie sind zu Daddys Beerdigung gekommen. Damals war

sie ungefähr vierzehn. Aber sie hatte keine Ahnung, keinen blassen Schimmer, wie ich mich gefühlt habe und was ich durchgemacht hatte. Sie hat sich einfach gefreut, dass sie zum ersten Mal ihre Schwester traf. ›Hallo‹, sagte sie. ›Wir sind Schwestern. Ich wollte dich schon immer kennen lernen.‹ Sie war so hübsch, so freundlich. Und ich war so eifersüchtig und tief unglücklich nach Daddys Tod. Ich habe sie gehasst. Ich sagte: ›Ich habe dich immer Puddle-duck genannt.‹ Ich wollte ihr wehtun, verstehst du? Aber sie hat nur gelacht. Es war für sie ein netter, witziger Spitzname. Sie hat es sogar Mummie erzählt, aber die hat mich sofort durchschaut. Sie hat mich nur spöttisch angesehen, und ich kam mir gemein und widerwärtig vor. Mummie sagte: ›Und wie findest du mein hässliches Entchen?‹ Jemima wollte, dass wir eine Familie werden, aber das stand immer zwischen uns. Sie ist immer ganz direkt und verstellt sich nie. Es ist, als würde sie warten.« Brigid wischte sich die feuchten Augen. »Merkwürdig. Offenbar erzählt sie mir ganz bewusst Dinge, von denen sie weiß, dass ich sie missbillige.«

»Vielleicht«, entgegnete Alexander leise, »hat deine Schwester eine wichtige Wahrheit entdeckt. Sie begreift, dass wir anderen mit unseren Schwächen genauso helfen wie mit unseren Stärken. Das Problem ist, dass man Demut und Courage braucht, um nach dieser Maxime zu leben.«

»Mummie ist immer so nett zu ihr«, sagte Brigid erschöpft. »Und das ist auch nicht gerade hilfreich.«

»Deine Mutter braucht auch Waffen«, sagte er. »Vielleicht ist es an der Zeit, dass du die deinen niederlegst. Zeig mir die Schachtel mit dem Hundefutter, und ich lass dich in Frieden.«

Als er gegangen war, überlegte Brigid, dass jeder andere Mann, der sie zum Weinen gebracht hatte, ihr eine Tasse Tee oder einen Drink gemacht hätte und bei ihr geblieben wäre, bis sie sich beruhigt hatte. Aber Alexander war nicht wie andere Männer. Durch tröstliche Worte und Entschuldigungen wäre die Wahrheit vielleicht verwässert worden. Dieses Risiko ging Alexander nicht ein. Brigid trank ein Glas kaltes Leitungswasser und begab sich wieder an ihre Arbeit.

36

Gregory traf am Spätnachmittag ein. Er stieg aus dem Wagen, sah sich mit großem Interesse um und strahlte freudig, als Alexander aus dem Haus kam, um ihn zu begrüßen. Sie schüttelten sich die Hand und umarmten einander. Was sie sagten, trug der tückische Wind fort, der über das Moor fegte und um die Cottages heulte. Die beiden Damen sahen – diskret versteckt – durchs Fenster zu. Gregorys fröhliches Lachen tönte zu ihnen herauf.

»Er sieht richtig nett aus«, meinte Margot nachdenklich. »Findest du nicht, Fred? Nicht so groß wie Alexander, aber auch nicht so dünn. Offenbar hat er etwas für die schönen Seiten des Lebens übrig.«

Frummie warf ihr einen Seitenblick zu. »Falls nicht, meine Liebe, wird er sie entdeckt haben, wenn er wieder abreist.«

Margot grinste. »Glaubst du, dass Alexander uns heute einlädt, damit wir ihn kennen lernen?«

Frummie zuckte die Schultern. »Wahrscheinlich haben sie sich einiges zu erzählen. Und nach der Fahrt von London hierher ist er sicher hundemüde.«

»London? Woher weißt du, dass er aus London kommt?«

»Ich hab gefragt.« Frummie wirkte ein bisschen verlegen.

»Indirekt gefragt. Ich habe nur gemeint, dass er bestimmt eine lange Fahrt hinter sich hätte, und Alexander sagte, von London aus sei es nicht so schlimm.«

Margot überlegte eine Weile und beobachtete, wie Alexander und sein Freund das Gepäck ausluden.

»Ich mag Alexander wirklich«, erklärte sie gereizt, »aber er kann einen zur Weißglut bringen.«

»Er durchschaut uns«, sagte Frummie, ohne den Blick von dem großen, hageren Mann zu wenden. »Es ist unmöglich, ihm etwas vorzumachen.«

»Genau das meine ich«, rief Margot. »Und nichts ist aus ihm herauszukriegen. Ist dir das auch aufgefallen, Fred? Ziemlich unfair, so was.«

»Er ist ein bemerkenswerter Mann«, stellte Frummie fest. »Ich habe noch nie so einen Menschen getroffen, das muss ich zugeben. Eine echte Herausforderung.«

»Aha.« Margot warf ihr einen verschmitzten Blick zu. »Das ist ja fast ein Geständnis. Hast du schon herausgefunden, wo er hinzieht?«

»Nicht so ganz.« Frummie runzelte ratlos die Stirn. »Ich habe ihn gefragt, ob er in eigene vier Wände zieht, und das hat er bejaht. Dann wollte ich wissen, ob es auf dem Land ist, und er sagte, ja, aber es sei ein großes Haus, und nur ein kleiner Teil davon gehöre ihm. So hat er sich ausgedrückt. Es hat ziemlich lange gedauert, der Sache auf den Grund zu kommen. Ich sagte: ›Ach, du meinst betreutes Wohnen oder so was.‹ Nur um ihn aus der Reserve zu locken. Da hat er gelacht und gemeint, ja, so etwas in der Art sei es.«

»Das hast du mir alles gar nicht erzählt«, protestierte Margot. »Wie lange weißt du das schon?«

»Jetzt hab ich es dir ja gesagt«, gab Frummie zurück, ohne sich aus der Ruhe bringen zu lassen. »Und erfahren habe ich es erst heute Morgen, als ich vorbeigeschaut habe, um zu fragen, ob ich helfen kann. Da hat es sich ganz von selbst ergeben.«

»Hm.« Margot reckte den Hals, um zu beobachten, wie Gregory Alexander ins Haus folgte. »Vielleicht hat er eine Wohnung in einem dieser alten Landsitze gekauft. Du weißt, was ich meine? Das ist groß in Mode. Ziemlich vornehm. Ob es das wohl ist?«

»Kann sein. Ich frage mich, wie man da wohl lebt.«

»Ach, soviel ich gehört habe, ganz wunderbar.« Anscheinend wollte Margot sie ermutigen. »Da gibt es einen Swimmingpool, eine Sauna, Restaurants und einen Friseur. Suzy und Jim sind in Hampshire in eine solche Anlage gezogen. Ich habe sie da für ein paar Tage besucht. Meine Güte! Das ist volkommener Luxus! Sie haben Bridge und Tennis gespielt, und es gab jede Menge nette Cocktailpartys. Ich war grün vor Neid, das kann ich dir sagen. So was würde dir auch gefallen, Fred.«

Frummie grinste. »Hört sich an, als wolltest du mich überreden, meine Liebe.«

Margot tat diese Unterstellung mit einem Lachen ab. »Sei nicht albern! Ich habe nur gedacht, da Alexander dich doch so schätzt und ihr sozusagen verwandt seid … könntest du ihn ja dort besuchen, das ist alles.«

»Das könnte ich. Wenn er tatsächlich ein solches Haus gemeint hat. Allerdings kann ich mir nicht vorstellen, dass Alexander mit derartigen Leuten viel anfangen kann. Er würde sie in kürzester Zeit verschrecken.«

»Wahrscheinlich könnte sich Alexander so etwas gar nicht leisten. Gregory wird uns sicher mehr erzählen, wenn wir ihn besser kennen.«

Die beiden Männer waren wieder aufgetaucht, und Gregory holte einen Pappkarton von vertrautem Format aus dem Kofferraum, während Alexander nach dem letzten Koffer griff.

»Sieht so aus, als hätte er was zu Trinken mitgebracht«, meinte Margot glücklich. »Habe ich nicht gesagt, dass er wie ein Mann wirkt, der die schönen Seiten des Lebens schätzt?«

»Hast du. Wichtiger ist aber, dass er ein Mann zu sein scheint, der die schönen Seiten des Lebens gern mit anderen teilt.«

Margot warf ihr einen scharfen Blick zu. »Hände weg, Fred! Wir haben ausgemacht, dass er mir gehört. *Du* hast es beschlossen. Jetzt ist es zu spät, um deine Meinung noch zu ändern!«

Frummie verdrehte die Augen. »Wer sagt denn, dass ich meine Meinung ändern will? Aber wir sollten Gregory die Entscheidung überlassen, meinst du nicht auch? Vielleicht kommt Alexander später mit ihm vorbei, um hallo zu sagen.«

»Ich glaube, ich nehme ein Bad«, sagte Margot, einer plötzlichen Eingebung folgend. Mit überraschender Munterkeit lief sie zur Treppe. »Ich brauche nicht lange.«

Frummie blieb am Fenster und beobachtete, wie Kartons und Koffer ins Haus befördert wurden. Nach kurzer Zeit kamen die beiden wieder heraus, und Gregory parkte den Wagen neu ein, während Alexander ihm Anweisungen erteilte. Dann stieg er wieder aus und ging zum Cottage. Alexander folgte ihm durch das Tor, drehte sich dann aber zu Frummie um und winkte ihr freundlich zu. Entzückt über die Geste, lachte Frummie auf, blieb aber noch eine Weile am Fenster stehen und hing ihren Gedanken nach.

Jemima legte den Hörer auf und seufzte frustriert. MagnifiCat sprang aufs Fensterbrett und beobachtete sie, den Schwanz sorgfältig um die Pfoten drapiert.

»Was soll ich bloß machen?«, fragte sie den Kater. »Ich finde einfach niemanden, der sich am Samstag um das Hope Cove Cottage kümmert. Niemanden! Janet hat Magenprobleme, Judy geht mit ihrer Mutter einkaufen, und Sally muss zu einer Schulveranstaltung. Ich werde es selbst übergeben müssen. Das ist doch wirklich ein vergeudeter Vormittag! Warum wollen die Leute nur so spät im Jahr noch Urlaub machen?«

Leise fluchend blätterte sie in ihrem Adressbuch. Wenigstens kam er übers Wochenende. War es naiv, an eine gemeinsame Zukunft zu glauben? Betrachtete sie mittlerweile alles durch eine rosarote Brille? Inzwischen war sie zu der Überzeugung gelangt, dass sie Brigid vertrauen und ihr von dieser neuen, aufregenden Beziehung erzählen konnte – und von dem Schock, als sie feststellte, dass sie sich verliebt hatte. Als sie das Restaurant betreten hatte, war sie sich unschlüssig gewesen, aber seltsamerweise war ihre Angst verflogen, als sie ihre Schwester an einem der Tische entdeckt hatte. Brigid strahlte Offenheit und Herzlichkeit aus. Auch eine gewisse Anspannung war zu spüren gewesen, eine für Brigid untypische Nervosität.

Als Jemima an die Begegnung zurückdachte, lachte sie fast bitter. Typisch, an dem Tag, als sie ihren ganzen Mut zusammengenommen hatte, um ihrer Schwester ihr Herz auszuschütten, hatte Brigid sich genau dasselbe vorgenommen. Sie konnte es kaum fassen, dass die kühle, vernünftige Brigid ihr – ausgerechnet ihr, der chaotischen und unvernünftigen Jemima – all diese Dinge aus ihrem Privatleben erzählt hatte. Fast hätte sie, während sie Brigid zuhörte, die eigenen Sorgen vergessen. Es war, als habe sie ihre Schwester gerade erst kennen gelernt, als habe sie einen völlig neuen Menschen vor sich. Sie konnte kaum glauben, dass Brigid ohne Humphreys Wissen und Zustimmung ein solches Risiko eingegangen war und ihr kleines Cottage aufs Spiel gesetzt hatte … Sie hatte Brigids Geschichte mit wachsendem Entsetzen gelauscht. Und sie konnte sich gut vorstellen, wie schwer es ihrer Schwester gefallen war, Humphrey die ganze Sache zu beichten.

Als Brigid schließlich von ihrem Vorschlag erzählte, die Leitung der Segelschule selbst zu übernehmen, war Jemima Feuer und Flamme.

»Das ist eine großartige Idee!«, rief sie. »Phantastisch! Humphrey wird die Gelegenheit bestimmt beim Schopf packen.«

»Die Idee stammt von Alexander«, gestand Brigid. »Ein ausgesprochen kluger Einfall.«

Dann gab sie ihr Gespräch mit Humphrey wieder, wie sie ihn »nach allen Regeln der Kunst« bearbeitet hatte, und sie mussten beide lachen. Damit war die Anspannung verflogen, und Brigid widmete sich ihrem Essen, während Jemima nachdachte.

»Macht es dir denn nichts aus, wenn er dann wieder so oft weg ist?«, fragte sie. »Du hattest doch gehofft, dass ihr bald mehr Zeit füreinander habt.«

»Mir bleibt, fürchte ich, keine andere Wahl«, antwortete Brigid. »Ich kann ihn nicht erst in diese Situation bringen und mich anschließend beklagen, oder? Aber ehrlich gesagt, hatte ich sogar Angst davor, dass er in den Ruhestand geht.«

Jemima starrte sie verblüfft an.

»Angst? Aber warum? Man hat den Eindruck, dass ihr glücklich miteinander seid. Ihr seid doch immer guter Dinge.«

»Stimmt.« Brigid zog ein schuldbewusstes Gesicht. »Es ist nur … Ich habe einfach oft das Bedürfnis, allein zu sein. Ich liebe die Einsamkeit. Es ist wunderbar, ihn daheim zu haben, keine Frage – aber ich werde nervös, wenn die ganze

Zeit jemand um mich ist. Ich weiß, das hört sich verrückt an …«

»Nein, überhaupt nicht«, erwiderte Jemima rasch. »Es hört sich überhaupt nicht verrückt an. Ich kenne das sehr gut.«

»Wirklich?« Brigid vergaß den Toast, den sie in der Hand hielt.

»Ich dachte, nur ich bin so. Die Idee, mit jemandem zusammenzuleben, war mir nie geheuer, und ich habe es nie lange ausgehalten. Ich kann mich dann nicht richtig entspannen und zu mir selbst finden.«

»Genauso geht es mir auch«, sagte Brigid ganz aufgeregt. »Wirklich erstaunlich.«

Sie sahen einander an, erfreut über die Gemeinsamkeiten.

Jemima grinste. »Von Frummie haben wir das sicher nicht geerbt. Um nicht allein zu sein, nimmt sie nämlichso gut wie alles in Kauf.«

»Stimmt.« Brigid sah halb amüsiert, halb verzweifelt drein. »Wenigstens leistet ihr im Augenblick Margot Gesellschaft. Ganz zu schweigen von Alexander und Gregory. Die halten sie auf Trab.«

Sie lachten. Um die neue Vertrautheit nicht zu stören, beschloss Jemima, ihr eigenes Geheimnis noch eine Weile für sich zu behalten. Den Rest der Zeit hatten sie sich mit Brigids Hoffnungen beschäftigt.

Nun streckte MagnifiCat faul ein Bein aus und leckte sich die Flanke. Jemima stützte das Kinn in die Hände, betrachtete den Kater und fragte sich, inwieweit sie ihr Bild von ihrer Schwester revidieren musste. Nach wie vor war sie überzeugt, dass es richtig gewesen war, nicht über ihre Liebesbeziehung zu reden. Brigid hatte ihre Ängste und Schwächen preisgegeben, das nächste Mal war sie, Jemima, an der Reihe. Sie seufzte tief. Natürlich war es auch denkbar, dass sich am kommenden Wochenende alle ihre Probleme in Luft auflösten.

Sie spürte ein Prickeln in der Magengrube, und eine Woge des Glücks verlieh ihr neuen Auftrieb. Alles würde gut werden. Wenn sie jetzt noch jemanden fand, der den Mieterwechsel in Hope Cove für sie übernahm, dann konnte sie sich richtig aufs Wochenende freuen. Zwei volle gemeinsame Tage. Am Telefon hatte er geradezu überschwänglich noch einmal angekündigt, dass er große Neuigkeiten für sie habe.

»Ich hätte nie geglaubt, dass eine Neuorientierung so viel Spaß machen könnte«, hatte er gesagt. »Bislang habe ich niemals daran gedacht, aus London wegzuziehen.«

»Das Gefühl kenne ich«, hatte sie betont beiläufig bemerkt.

»Ich kann es gar nicht erwarten, dich wiederzusehen.«

»Schön.« Sie hatte sich gefragt, wie sie es schaffen sollte, so locker zu bleiben, obwohl sich ihr ganzer Körper vor Sehnsucht und Liebe verkrampfte. »Bis Freitag ist es ja nicht mehr lange.«

»Nein.«

Sie hörte ihn seufzen und fürchtete, dass sie den Bogen überspannt hatte. Am liebsten hätte sie gerufen: »Ich liebe dich. Ich will dich jetzt auf der Stelle hier haben!«

»Morgen Abend treffe ich Annabel«, sagte er – und sofort drehte sich ihr vor Angst der Magen um, und ihre Hände wurden eiskalt.

»Ach?«

»Sie hat gefragt, ob ich vorbeikomme«, erklärte er. »Wir müssen ein paar Dinge besprechen, und sie hat noch Sachen von mir. Du weißt ja, wie das ist.«

»Klar,« antwortete sie betont gelassen. Aber warum sollte sie ihre Unsicherheit nicht zeigen, ihn nicht bitten, ihr seine

Liebe zu beteuern? Warum ihm nicht die Möglichkeit geben, sie zu trösten und aufzubauen? Doch eine innere Stimme riet ihr zu warten.

»Du fehlst mir«, sagte er leise. »Du fehlst mir so.«

Eine Weile hatten sie noch Unsinn geredet, einander liebevoll geneckt, gelacht, Pläne geschmiedet …

Nun saß Jemima an ihrem Schreibtisch, stöhnte vor Sehnsucht auf und verspürte ein prickelndes Gefühl der Erregung. Vielleicht hatte sie ja doch nichts zu befürchten. Schließlich setzte sich ihr angeborener Optimismus durch, sie schloss die Augen und ließ ihrer Phantasie freien Lauf: Bestimmt hatte er einen wunderbaren Job in Exeter gefunden, sie würden sich nie wieder trennen, er würde sie heiraten wollen, sich Kinder wünschen … Abrupt schlug sie die Augen auf.

»Träum weiter!«, murmelte sie ironisch und griff wieder nach ihrem Adressbuch.

37

Ich habe mir deinen Vorschlag durch den Kopf gehen lassen.«

Humphreys Stimme klang ein wenig trotzig, und Brigid hätte am liebsten gefragt: »Ach? Welchen Vorschlag denn?« Sie musste mehrmals tief durchatmen, um nicht hysterisch aufzulachen. Ich dreh noch durch, dachte sie.

»Ach ja?«, erwiderte sie. »Es ist wirklich eine ziemlich verrückte Idee. Völlig unausgegoren.«

»Ja, ich weiß.«

Er klang immer noch beunruhigend mürrisch. Offenbar fiel es ihm schwer, über die Sache zu sprechen. Aber dass er es tat, stimmte sie hoffnungsvoll. Immerhin schien er interessiert. Jetzt brauchte er ein wenig Ermutigung, aber sie musste behutsam vorgehen.

»Ich habe ziemlich gründlich darüber nachgedacht«, sagte er. Sie schwieg. »Und allmählich kann ich mir vorstellen, dass es eine Lösung gibt.«

»Wirklich?«, fragte sie betont verwundert.

»Natürlich wird es nicht ganz einfach sein.«

»Davon bin ich überzeugt«, stimmte sie zu. »Ich weiß natürlich nicht, ob es überhaupt machbar ist.«

»Wenn sie verkaufen wollen, müsste es doch einen Prospekt geben. Könntest du den vielleicht besorgen und mir schicken?«

Einen Moment lang verschlug es ihr die Sprache. »Selbstverständlich mache ich das. Eine kluge Idee!«

»So klug auch wieder nicht.«

Seine Stimme klang nun ein wenig freundlicher, und sie wagte sich weiter vor.

»Ich habe mir überlegt, ob du wohl mit der Bank sprechen könntest? Sie drängen wegen der Formulare. Ich weiß, es ist nicht fair, das von dir zu verlangen …«

Sie ließ ihre Stimme ein wenig zögernd klingen, um an seine Ritterlichkeit zu appellieren.

»Es ist wahrscheinlich am vernünftigsten.« Er schien fast wieder der Alte. »Könnte denen ein paar Vorschläge unterbreiten. Nur ein paar Überlegungen, auch wenn sie noch nicht völlig ausgereift sind.«

»Ja?« Die Initiative ging nun eindeutig von ihm aus. »Das ist ja prima.«

»Vielleicht kann ich das Ruder ja noch herumreißen. Allerdings wäre ich dann ziemlich oft unterwegs. Ich weiß nicht, ob dir das recht ist?«

»Wie geht's dir damit?« Sie stellte die Gegenfrage – auf die Gefahr hin, sich den Vorwurf einzuhandeln, er habe ja schließlich keine Wahl.

Tatsächlich antwortete er ein wenig resigniert: »Wir sind ja daran gewöhnt, oder? Ich bin bereit, es zu versuchen, wenn du auch damit einverstanden bist. Natürlich nur unter der Voraussetzung, dass die Bank zustimmt.«

Seine Großzügigkeit war einfach niederschmetternd; sie fühlte sich schuldig, dankbar und grenzenlos erleichtert. Ihre Antwort kam von Herzen.

»Ich liebe dich.«

Nach kurzem Schweigen antwortete er: »Ich liebe dich auch.« Er war wieder der alte Humphrey: warmherzig und zärtlich. »Wir riskieren es einfach, ja?«

»Ach, Liebling! Glaubst du, es könnte dir Spaß machen?«

»Ich habe hier mit ein paar Kumpels drüber geredet. Sie waren richtig begeistert und haben mich um die Chance geradezu beneidet. Ich könnte mir vorstellen, dass der Ruhestand in meinem Alter auch ein bisschen anstrengend sein könnte.«

»Du würdest dich langweilen«, erwiderte sie vorsichtig. »Aber leider kannst du dich jetzt nicht mehr frei entscheiden. Und das ist meine Schuld.«

»Na ja. Wenn du nicht wärst, hätte ich auch keine Wahl gehabt, oder?«

»Wie meinst du das?«, fragte sie verständnislos.

»Foxhole gehört dir, mein Schatz. Du hast das Recht, mit deinem Cottage zu machen, was dir passt.«

»So habe ich das nie gesehen. Schließlich haben wir mit deinem Gehalt die Renovierung bezahlt, damit wir im Alter unser Auskommen haben.«

»Das werden wir auch.« Jetzt tröstete er sie. »Ich bin erst dreiundfünfzig. Bis zum Rentenalter habe ich noch zwölf Jahre. Bis dahin habe ich mit der Segelschule ein Vermögen verdient.«

»Ach, Humphrey!«

»Du hast nur versucht, einer alten Freundin zu helfen. Es ist nicht deine Schuld, dass es schief gegangen ist. Ich habe mir alles gründlich überlegt, und es könnte ja auch ein Glückstreffer für uns sein. Natürlich wäre ich ziemlich viel weg, aber damit würden wir doch zurechtkommen, oder? Ich würde wohl hauptsächlich beratend tätig sein und mich um die Verwaltung kümmern. Allerdings hätte ich nichts dagegen, auch ein bisschen zu segeln. Im Winter wird es vermutlich ruhiger zugehen. Da könnte ich den Verwaltungskram auch von zu Hause aus erledigen. Falls es

Probleme gibt, bin ich ja in einer guten Stunde unten. Was meinst du?«

»Ich finde, das ist eine großartige Idee«, sagte sie. »Wirklich. Bist du dir vollkommen sicher?«

»Ich denke schon.« Es klang richtig optimistisch. »Sieh zu, ob du einen Prospekt besorgen kannst.«

»Wird gemacht«, versprach sie. »Es klingt alles so aufregend. Hm ...« Sie kicherte. »Ich glaube, jetzt könnte ich einen Schnaps vertragen. Man muss sich erst an den Gedanken gewöhnen.«

»Du wirst dich bald damit anfreunden«, versicherte er liebevoll. »Natürlich hatten wir andere Pläne, aber ich glaube, das ist das Richtige für uns. Wie gern wäre ich jetzt bei dir zu Hause. Wie geht's übrigens Vater?«

»Gut. Er hat einen Freund zu Besuch. Gregory Stone. Er ist sehr nett.«

»Ah ja, ich erinnere mich an ihn. Ein Schulfreund, nicht wahr? Also geht er dir nicht auf den Wecker? Vater, meine ich?«

»Nein, nein. Überhaupt nicht. Ich ... ich krieg ihn kaum zu Gesicht. Mummie hat Margot hier, und sie unternehmen meist zu viert etwas. Anscheinend verstehen sie sich prächtig.«

»Das ist ja prima. Nur finde ich, du solltest ihm im Augenblick noch nichts von meinem Plan erzählen. Erst wenn die Sache spruchreif ist.«

Von *meinem* Plan? »Natürlich nicht«, antwortete sie hastig. »Mummie weiß auch nichts davon.«

»Gut. Ich werde mit der Bank reden. Sobald es etwas Neues gibt, melde ich mich.«

»Fein«, sagte sie. »Viel Glück. Ich liebe dich.«

»Danke. Ich dich auch.«

Sie legte auf und lächelte in sich hinein. »*Mein* Plan. Du

wirst dich bald damit anfreunden.« So glücklich war sie seit Monaten nicht mehr gewesen. Rasch suchte sie Jennys Telefonnummer heraus und wählte.

Der raue, kalte Wind trieb einem Tränen in die Augen. Hohe Wellen brachen sich donnernd an der Küste. Nur hin und wieder stieß ein Sonnenstrahl durch die regenschweren Wolken und tauchte die Wassermassen in ein goldenes Licht, sodass über den aufgepeitschten Wellen mit den weißen Schaumkronen zauberhafte Regenbögen schimmerten.

Sie gingen schweigend nebeneinander her. Unter ihren Stiefeln knirschte der Kies. Die Hände hatten sie in den Taschen vergraben. Jemima brachte nicht den Mut auf, nach seiner Hand zu greifen, und auch er machte keine Anstalten dazu. Die Gewalt der Elemente, die die Küste heimsuchten, nahm ihm den Atem. Immer wieder blieb er stehen, um – ein wenig erschrocken über das Getöse – aufs Meer hinauszublicken. Anfangs hatten sie sich noch schreiend verständigt, doch dann hatten sie es aufgegeben, denn der Sturm riss ihre Worte mit sich fort. Seevögel kreischten über ihren Köpfen, während die Böen ihnen gnadenlos zusetzten.

Jemima beobachtete ihn, fast belustigt über die Wirkung, die der Sturm auf ihn hatte. Das Wochenende hatte gar nicht gut angefangen. Jemima hatte niemanden für den Mieterwechsel gefunden, und am Freitagabend rief er niedergeschlagen und verärgert an, um ihr mitzuteilen, dass er später als geplant von einer Konferenz zurückgekehrt sei, dass der Wagen nicht anspringe und die Werkstatt geschlossen habe.

»Ich fahre morgen so früh wie möglich los«, hatte er versprochen. »Hoffen wir, dass keine größere Reparatur ansteht.«

Sie hatte ihre Enttäuschung verborgen, so gut es ging, und ihm dann von dem eigenen Problem erzählt.

»Ach, wahrscheinlich bin ich sowieso erst gegen Mittag da«, hatte er gemeint. »Ich werde ins *Ferry Inn* gehen und ein Bier trinken. Hol mich einfach ab, wenn du fertig bist.«

Am Vormittag hatte sie ihre Wut beim Staubsaugen, Lakenwechseln und Putzen abreagiert. Die neuen Gäste trafen über eine Stunde zu spät ein, und als Jemima sich am frühen Nachmittag von ihnen verabschiedete, schmerzte ihr Gesicht vom verbindlichen Lächeln. Als sie in das Pub kam, hatte er schon gegessen. Er war müde und ein wenig gereizt, und sie hatte ihre Nervosität nicht unterdrücken können. Sie saßen eine Weile im Pub und spazierten dann durch die Stadt – wie höfliche Fremde. Es war, als stehe eine unsichtbare Schranke zwischen ihnen. In der Wohnung hatte die Spannung ein wenig nachgelassen. Die vertraute Umgebung tat ihnen gut. Die Herbstsonne erfüllte den Raum mit ihrem Glanz, um schließlich leuchtend im Meer zu versinken. Nach und nach fiel das Gefühl der Fremdheit von ihnen ab, und nachdem Jemima eine Flasche Wein geöffnet hatte, liebten sie sich mit ungewöhnlicher Leidenschaft. Nach einem einfachen, aber köstlichen Abendessen sahen sie sich noch einen Spätfilm im Fernsehen an, aber als sie ins Bett gingen, schlief er sofort ein.

Jemima lag noch eine Weile wach und lauschte seinen regelmäßigen Atemzügen. Behutsam kuschelte sie sich an ihn, darauf bedacht, ihn nicht aufzuwecken. Sie vermutete, dass er über ihre Beziehung nachgedacht und Angst bekommen hatte. Einerseits konnte sie dieses Gefühl nachvollziehen, andererseits wünschte sie sich nichts sehnlicher als eine feste Bindung.

Am frühen Morgen liebten sie sich wieder, und danach schliefen sie bis zum Mittag. Den Spaziergang hatten sie trotz des dramatischen Wetterwechsels unternommen, um einen klaren Kopf zu bekommen. Als sie wieder ins Auto stiegen, tränten ihnen die Augen, und der Sturm dröhnte ihnen in den Ohren. Sie kehrten im *Tower Inn* in Slapton ein, aßen eine Kleinigkeit und fuhren dann aufgewärmt und erfrischt zurück nach Salcombe.

»Du hast mir deine Neuigkeiten noch nicht erzählt«, sagte sie später, als sie ein Tablett mit Tee auf den Couchtisch stellte und sich neben ihn aufs Sofa setzte. »Du hast doch von Stellensuche gesprochen. Was hat sich denn so getan?«

Ob er wohl sah, dass ihre Hände zitterten, als sie den Tee einschenkte?

»Noch nichts Konkretes«, antwortete er, und ihr Herz wurde schwer. »Aber es gibt ein, zwei offene Stellen, die interessant zu sein scheinen.«

»Wo denn?«

Er runzelte die Stirn. »Bristol«, sagte er schließlich fast widerstrebend.

»Bristol?« Sie konnte ihre Enttäuschung nicht unterdrücken.

Er zuckte die Schultern. »Es ist ein Anfang«, verteidigte er sich. »Es wird schwieriger, je weiter man nach Westen will.«

»Das glaube ich gern. Aber als du angerufen hast, hat es sich so angehört … als hätte sich was richtig Erfreuliches ergeben.«

»Vielleicht auch Exeter«, meinte er. »Aber da lässt sich noch nichts Konkretes sagen.«

Sie trank nachdenklich ihren Tee.

»Es könnte eine Weile dauern«, fuhr er fort, »doch das ist kein Grund, die Hoffnung aufzugeben.«

Er lächelte ihr zu und streichelte ihren Arm. Sie spürte den vertrauten Schauder der Erregung.

»Die Sache ist die«, fing sie an, »ich habe auch Neuigkeiten.«

»Ach? Und die wären?«

»Sie haben mir die Wohnung gekündigt. In drei Monaten muss ich hier raus.«

»Was?« Er lachte ungläubig und schüttelte den Kopf. »Tut mir leid, aber da komme ich nicht ganz mit. Du hast doch gesagt, das sei deine Wohnung. Dein Vater hat dir etwas Geld hinterlassen …«

»Ich sagte, dass ich etwas geerbt habe.« Sie sah ihm ins Gesicht. »Aber ich habe nicht gesagt, dass die Wohnung mir gehört. Das Erbe hat mir nur ermöglicht, die astronomisch hohe Miete zu bezahlen.« Sie wies auf den Balkon. »Lagen mit Meerblick sind nicht gerade billig.«

»Das kann ich mir vorstellen.« Sein Blick verriet nicht, was er dachte. »Ich verstehe.«

Seine zurückhaltende Reaktion machte sie wütend. »Der springende Punkt ist, dass wir irgendwo wohnen könnten, von wo aus … du leichter zur Arbeit kommen könntest, verstehst du? Natürlich kann ich auch nicht allzu weit wegziehen, aber wir könnten zentraler wohnen. Zum Beispiel näher an der A 38.«

Sie verstummte, und es herrschte angespanntes Schweigen. Windböen peitschten den Regen gegen die Scheiben, sodass die Tropfen wie Tränen über die Fenster strömten.

»Gut«, sagte sie nach einer Weile. »Damit habe ich das Gespräch anscheinend beendet.«

»Tut mir leid«, entgegnete er rasch. »Wirklich. Es war einfach ein Schock.« Er wirkte immer noch wie vor den Kopf gestoßen.

»Das sehe ich«, erwiderte sie unverblümt.

Er warf ihr einen flüchtigen Blick zu. »Klar. Mein Gott, ja. Es tut mir wirklich leid.«

»Ich meine« – sie wollte sich nicht geschlagen geben –, »wer weiß, wofür es noch gut ist. Damit hätten wir die Freiheit der Wahl.«

Er riss sich zusammen. »Natürlich, das stimmt. Du hast Recht. Manches könnte dadurch leichter werden.«

»Dein Tee wird kalt«, bemerkte sie.

»Stimmt.« Rasch trank er aus. »Und ich muss langsam los. Bei dem miserablen Wetter dauert es bestimmt länger, und ich muss den verdammten Mietwagen zurückgeben. Das nächste Mal wird es bestimmt besser. Aber es war wunderschön ...«

Er redete weiter, während er packte. Als er fort war, stand sie am Fenster und starrte in die Nacht hinaus, während der Wind um das Haus heulte.

38

Louise ging in die Hocke, prüfte kritisch, ob die Lackfarbe auf der Fußleiste Tröpfchen gebildet hatte, und atmete erleichtert auf. Das Wohnzimmer war fast fertig, und sie freute sich darauf, sich bald wieder gemütlich einrichten zu können. Sie hatte es gerade noch geschafft, die Küchenzeile und das Wohnzimmer fertig zu stellen, bevor es draußen stürmisch wurde. Bis zum Wetterumschwung hatte sie Fenster und Tür öffnen und die warme Herbstluft hereinlassen können, aber jetzt hätte sie sich abends gern ein gemütliches Kaminfeuer angezündet. Im Wintergarten konnte man nun nicht mehr sitzen, aber sie wollte kein Feuer anmachen, solange die Lackfarbe noch feucht war. Der Feuerrost musste täglich gereinigt werden, und sie konnte einfach nicht riskieren, dass sich Asche auf die klebrigen Oberflächen legte. Also musste sie sich mit einem altmodischen Heizlüfter begnügen, solange der Wind feucht und kalt um das Cottage wehte, durch Türritzen und Fensterläden pfiff. Die Zugluft strich ihr um die Füße und die Ohren, wenn sie sich, in ihren Schal gewickelt, mit dicken Wollsocken an den Füßen und einer Wärmflasche im Arm, der Kälte zu erwehren suchte. Nach einem Stromausfall saß sie im Dunkeln und stolperte quer durchs Haus, um ihre Taschenlampe zu holen, mit deren Hilfe sie schließlich die Kerzen und Streichhölzer fand, die Jemima ihr vorausblickend dagelassen hatte. Frierend und zitternd saß sie im Schein der flackernden Kerze, und da nun auch der Heizlüfter keine Wärme mehr spendete, musste sie einsehen, dass es das Vernünftigste war, sich ins Bett zu verkriechen.

Am nächsten Tag war es wieder schön, und sie schöpfte neuen Mut. Der Sturm hatte sich verzogen, die letzten Wolkenfetzen zogen ostwärts, und die Sonne schien. Sie stand auf, streckte sich und ging zum Zähneputzen in die Küche. Die hellen, freundlichen Wände und der Geruch nach frischer Farbe gefielen ihr. Zufrieden mit der Arbeit, die sie geleistet hatte, nippte sie an ihrer heißen Bouillon und merkte, wie sich ihre Laune besserte. Morgen würde sie sich den ersten Stock vornehmen. Aber heute wollte sie spazieren gehen. Seit die Sturmfront aufgezogen war, hatte sie kaum den Fuß vor die Tür gesetzt, und sie sehnte sich danach, über die Klippen und am Strand entlangzuwandern, den Blick in die Ferne schweifen zu lassen und nach tagelangem Hocken und Knien die Beine zu strecken. Unentwegt hatte sie mit krummem Rücken gescheuert, geschmirgelt und geschliffen und sich eine Belohnung verdient.

Während sie ihre Suppe austrank, sich dazu ein Käsebrötchen schmecken ließ und sich einen Apfel schälte, beschloss sie, nach East Portlemouth hinunterzufahren, am Weg oberhalb der Treppe zu parken, die zur Fähre hinunterführte, und – sofern nicht gerade Flut war – einen Strandspaziergang zu machen; danach wollte sie durch den Wald hinauf nach Rickham Common wandern. Das war einer ihrer Lieblingswege. Sie würde sich ein kleines Picknick mitnehmen: eine Thermosflasche mit heißem Tee und ein paar Rosinenkekse. Eine Viertelstunde später packte sie ihren leichten Rucksack ins Auto, lief noch einmal ins Haus, um ihre Fleecemütze zu holen, und machte sich dann auf den Weg.

Ihr fiel nicht auf, dass am Dorfanger ein kleiner roter Wagen parkte und halb verborgen in einem Unterstand ein Mann wartete. Er trug eine Baseballmütze und eine Ray-Ban-Sonnenbrille und interessierte sich offensichtlich für die ungewöhnliche Wetterfahne auf dem Dach des Unterstands, denn er hatte den Kopf in den Nacken gelegt und starrte zu den dort eingravierten Buchstaben EIIR hinauf. Sobald Louise vorbeigefahren war, ging er rasch zum Wagen, stieg ein, wendete und folgte ihr über die kurvenreichen Straßen.

Als Louise die Treppe zum Strand hinunterging, sah sie erfreut, dass Ebbe herrschte. Mit etwas Vorsicht konnte sie also gefahrlos den Strand entlangspazieren und musste nur gelegentlich über Felsen klettern. Sie sah nach Salcombe hinüber und fragte sich, was Jemima wohl gerade machte. Bald hatte sie die felsige Landzunge umrundet, die die Mill Bay begrenzte. Da fiel ihr der Traum wieder ein. Hier hatte, von Wellen umspült, Hermione getanzt, und Rory hatte unter den Bäumen gestanden und sie beobachtet. Einen Augenblick lang drohten Verzweiflung und Einsamkeit sie zu überwältigen, und sie kämpfte gegen die Depression an, die ihr die Freude über den schönen Tag verderben, sie elend machen wollte.

Da fielen ihr Frummies Worte wieder ein, und sie hielt sich mit aller Macht daran fest: *Schau in die Zukunft!* Sie stieg den Pfad hinauf zu dem Wäldchen und konzentrierte sich auf den Blick aufs Meer. Die verkrüppelten Eichen und der Bergahorn, uralt und von der salzigen Gischt in ihrem Wachstum behindert, wirkten merkwürdig still und unheimlich. Sie hatte das seltsame Gefühl, dass jemand in der Nähe war, und war froh, als sie durch das blasse Farnkraut auf den sonnenbeschienenen Rickham Common hinaustrat. Jetzt ging sie langsamer, den Blick über die enge Flussmündung zur Starehole Bay und zum Mew Stone auf der anderen Seite gerichtet. Das silbrig glänzende Meer erstreckte sich bis zum dunstigen Horizont, die kleinen Fischerboote schaukelten träge auf den Wellen, und die lackierten Decks glänzten in der Sonne.

Louise wanderte den Küstenpfad entlang, beobachtete die Tölpel und die kleineren Seeschwalben, die mit tänzerischer Eleganz durch die Luft glitten, betrachtete den Ginster, der noch blühte, und die Grasnelken, die in Büscheln zwischen den Felsen wuchsen. Schließlich breitete sie unter den windschiefen Apfelbäumen ihren Regenmantel aus und goss Tee in einen Plastikbecher. Die reichlich mit Rosinen gespickten Kekse schmeckten gut, und der Tee war heiß und anregend. Louise saß träumend in der Nachmittagssonne, bis ihr allmählich kalt wurde. Kniend packte sie den Regenmantel und die Thermoskanne in den Rucksack und erhob sich. Die Sonne stand nun niedrig und blendete sie. Einen Augenblick glaubte sie, eine Gestalt auf dem Weg wahrzunehmen, aber als sie ihre Augen mit der Hand beschattete und genauer hinsah, war niemand da. Sie machte sich auf den Rückweg und beobachtete die Boote, die auf den Hafen zusteuerten, sich dabei dicht an der gegenüberliegenden Küste hielten und die Sandbank, den Bar, durchquerten.

Louise schritt zügig voran. Die Hände in den Taschen vergraben, ließ sie den Common hinter sich und lief durch das Wäldchen hinunter zur Mill Bay. Als sie die Bucht erreicht hatte, stockte ihr vor Schreck der Atem. Unter den Bäumen, halb verborgen von den Felsen am Rand der Bucht, stand ein Mann. Sie fühlte sich so stark an ihren Traum erinnert, dass sie unwillkürlich nach einem kleinen Kind Ausschau hielt, das in der Brandung tanzte. Aber da war kein Kind, nur die Flut, die leise über den Sand strich. Sie verlangsamte den Schritt, von lähmender Angst gepackt. Die Baseballmütze und die dunkle Sonnenbrille kamen ihr irgendwie bekannt vor, und sie überlegte angestrengt, wo sie den Mann schon einmal gesehen hatte. Er hatte sich ein wenig von ihr abgewandt und blickte auf den Hafen hinaus, doch als sie näher kam, umrundete er die Landzunge und schaute sie an. Zitternd und fluchtbereit blieb sie stehen, während er mit einer raschen Bewegung die Mütze abnahm, sie in die Tasche steckte und die dunkle Brille absetzte.

Louise starrte ihn an, ihr Herz klopfte zum Zerspringen, die Hände in den Taschen waren zu Fäusten geballt, und genau wie im Traum brachte sie kein Wort über die Lippen. Sie war vor Angst wie versteinert. Er kam auf sie zu, zögerte und ging weiter, bis er direkt vor ihr stand. Schweigend sahen sie einander an, bis er ein wenig gereizt den Kopf schüttelte, als müsse er ein Gefühl abschütteln, das ihn lähmte, und mit größter Anstrengung lächelte er sie an.

»Hallo, Louise«, sagte Rory.

Der Weg zurück zur Treppe schien Stunden zu dauern. Dass er hier war, unverhofft nach drei Jahren der Trennung, war ein gewaltiger Schock. Louise konnte sich weder bewegen, noch brachte sie ein Wort heraus. Sie starrte ihn nur an, während sie mit ihren Gefühlen kämpfte: Ungläubigkeit, Freude, Angst, Schuld. Da ergriff er die Initiative, wie er es immer getan hatte. Sie musste daran denken, wie er früher von der See wiedergekommen war und wie frustriert sie gewesen war, wenn sie es nicht schaffte, die Barriere zu überwinden, die während seiner Abwesenheit durch die Entfernung und Einsamkeit entstanden war.

»Ich wusste nicht, wie ich es anstellen sollte«, sagte er, um sich für den Schreck zu entschuldigen, den er ihr eingejagt hatte. »Mir ist keine andere Möglichkeit eingefallen.«

Sie schüttelte den Kopf, als wolle sie sagen: Ist schon gut. Ich verstehe das. Aber sie brachte immer noch kein Wort heraus. Welche Worte waren angebracht, nachdem sie ihn verlassen hatte? Einer Eingebung folgend, traten sie gemeinsam den Rückweg über den Strand an. Während er sprach, während er versuchte, eine Brücke zu bauen, warf sie ihm verstohlene Blicke zu, unfähig, ihre Schüchternheit und Scham zu überwinden.

»Ich bin dir gefolgt.« Das war eine Art Entschuldigung. »Und habe meinen ganzen Mut zusammengenommen, um mit dir zu reden.« Er lachte leise, nicht gerade überzeugend, aber er tat sein Bestes. »Anscheinend hat meine Verkleidung gewirkt.«

Er holte die Baseballmütze heraus, strich sie glatt und drehte sie hin und her. Louise spürte, wie viel Anstrengung ihn all das kostete, und empfand eine überwältigende Zärtlichkeit für ihn.

»Ich wusste doch, dass ich dich irgendwoher kenne«, sagte sie schließlich. Ihre Stimme klang heiser, wie eingerostet. »Aber ich habe nicht dich erkannt, sondern sozusagen jemand anderen, verstehst du?«

Er sah sie aufmunternd an und stopfte die Mütze wieder in die Tasche. »Wahrscheinlich hast du mich gesehen, ohne dir dessen bewusst zu sein«, sagte er. »Einmal bin ich dir von Foxhole aus mit dem Wagen gefolgt. Wir standen eine Weile wegen einer Schafherde, und da habe ich mich gefragt, ob du mich wohl im Rückspiegel gesehen hast. Und ich war im *Wardroom*, als ihr dort Kaffee getrunken habt.«

Sie staunte so sehr, dass sie ihre Schüchternheit vergaß. »Aber woher wusstest du, wo ich bin? Tut mir leid. Ich bin ein bisschen schwer von Begriff. Ich dachte, du hättest mich zufällig gesehen ...«

»Martin hat es mir gesagt«, gestand er. »Er meinte, du wärst ... drüber weg.«

Offenbar war ihm unbehaglich zumute, aber sie war so

verblüfft, dass sie es nicht bemerkte. »*Martin* hat es dir gesagt?«

Sie waren stehen geblieben und schauten einander an, und als er weitersprach, wählte er seine Worte mit Bedacht.

»Er ist mit mir in Kontakt geblieben. Er war tief erschüttert über … über diese Tragödie. Er hat versucht, mich aufzuspüren.«

Sie wandte den Blick ab, überrascht, die Kinder zu sehen, die über den Sand liefen, und die Boote, die in den Hafen tuckerten. Überdeutlich nahm sie das klare Licht und die Geräusche wahr. Ihr schien, als habe sich die ganze Welt auf diesen Raum verengt, der Rory und sie umschloss. Nun schien dieser Raum sich gewaltsam zu weiten. Die Stimmen der Kinder hallten über das Wasser, und die Motoren der Fischerboote brummten in einem gleichmäßigen Rhythmus. Die Sonne war fast hinter den Klippen versunken.

»Typisch Martin!«, sagte sie. »An ihm ist ein Seelenklempner verloren gegangen.«

»Ja.« Nach einer Pause sagte er: »Er war im Grunde sehr vernünftig. Er hat mir klar gemacht, auch wenn es eine Weile gedauert hat, dass du den Freiraum brauchst …«

Sie wandte sich ihm zu und sagte verzweifelt: »Es tut mir so leid, Rory. Mein Gott, ich war so grausam, aber ich konnte nicht … Ich konnte einfach nicht …«

»Ich weiß. Ehrlich. Es ist nicht, dass ich …. Ich verlange keine Erklärungen. Es ist nur … Ich möchte dir erklären, wie es war.«

Im Licht der untergehenden Sonne schimmerte sein Haar rötlich, seine Augen hatten dieselbe Farbe wie die von Hermione. Louises Lippen zitterten. »Ja. Das verstehe ich. Tut mir leid …«

»Er hat Kontakt mit mir gehalten.« Sie gingen nun weiter. »Es gab eine Zeit, da haben wir uns beide gefragt, ob sich je etwas ändert. Und dann, im Sommer, hat er mich angerufen.« Nach einiger Zeit fuhr er fort. »Ich habe meinen Abschied von der Marine genommen.«

»Abschied?«

Er nickte. »Ich habe zwei Jahre lang an einem Austauschprogramm mit den Kanadiern teilgenommen, aber danach war es nicht mehr wie vorher.« Er zuckte die Schultern. »Es gab keinen Tag, an dem ich nicht an euch beide gedacht hätte.«

»Ach, Rory ...«

Er war entschlossen, ihre Gefühle nicht auszunutzen. »Ich habe Arbeit bei einer Maschinenbaufirma in Newport gefunden. Forschung und Entwicklung stehen dort im Vordergrund, und das macht mir Spaß. Martin hat angerufen und gesagt, du hättest einen Zusammenbruch erlitten, aber du wärest ... wieder allein. Er dachte, du könntest dich vielleicht ...«

»Der Realität stellen?«

Er vermied es, sie anzusehen.

Sie seufzte. »Damals konnte ich mich der Realität nicht stellen. Ich habe nur durch das Verleugnen überlebt. Ich habe so getan, als wäre es jemand anderem passiert. Als du wieder nach Hause kamst, gab es für mich kein Zurück mehr. Ich musste auch dich verleugnen.«

»Ich habe mir nie verziehen, dass ich nicht da war«, sagte er.

Sie schloss kurz die Augen. »Weißt du was?«, sagte sie. »Weißt du was ... Ach, verdammt ...«

»Wollen wir irgendwo Tee trinken?« Sie waren bei der Treppe angelangt, und er lächelte sie an. Die Liebe in seinen Augen war fast unerträglich. »Nur damit wir weiterreden können. Nichts Alkoholisches.«

Sie erwiderte sein Lächeln. So war es immer gewesen: die

allmähliche Annäherung, zwei Schritte vor, einer zurück, bis sie schließlich so weit war, die letzte Hürde zu überwinden. Er hatte nie gedrängt, sie nie gezwungen, sondern stets geduldig gewartet, bis sie ihn wieder in ihr Leben ließ: in ihr und Hermiones Leben.

»Komm doch mit ins Cottage auf eine Tasse Tee«, sagte sie. »Du kannst hinter mir herfahren. Aber … vermutlich weißt du ja, wo es ist?«

Er nickte verlegen. »Martin hat es mir erklärt. Tut mir leid. Es ist schrecklich, wenn jemand einem nachspioniert, stimmt's, aber ich wusste nicht, was ich sonst hätte machen sollen. Ich glaube, ein Anruf aus heiterem Himmel wäre auch nicht das Wahre gewesen.«

»Nein. Das wäre wohl noch schwieriger gewesen.« Sie versuchte zu zeigen, wie dankbar sie ihm war, dass er sich solche Mühe gab, dass er so viel Feingefühl bewies. »Komm mit zu mir, dann trinken wir Tee, wenn du möchtest, aber ich muss erst bis zum Ende der Straße fahren, damit ich wenden kann.«

»Ich fahre hinter dir her«, sagte er und ging zu seinem Wagen.

Die Fahrt nach East Prawle brachte sie hinter sich, ohne ihre Umgebung wahrzunehmen. Sie stand unter Schock, war aufgeregt und voller Angst. Er folgte ihr zügig, parkte hinter ihr vor dem Cottage und wartete mit den Händen in den Hosentaschen, bis sie aufgeschlossen hatte.

»Hier sieht es schlimm aus«, sagte sie. »Ich renoviere nämlich gerade die Zimmer.«

Er sah sich um, stellte Fragen, während sie den Kessel aufsetzte und in heiterem Tonfall von der Freude an ihrer Arbeit sprach, aber sie merkten beide, dass hier alles anders war. Das unverhoffte Treffen am Strand, auf neutralem Boden und der Zeit entrückt, hatte sie unglaublich schnell vorangebracht – oder zurückkatapultiert. Hier in diesem kleinen Cottage fühlten sie sich befangen, und plötzlich war ihnen unbehaglich zumute. Louise redete, weil sie das Schweigen nicht ertrug. Unglücklich über ihre Sprödigkeit, versuchte sie hilflos, die soeben erlebte Nähe wiederzufinden. Auch Rory schien außerstande, die Kluft, die sich zwischen ihnen auftat, zu überbrücken.

»Hast du Urlaub? Machst du hier Ferien?« Da fiel ihr ein, dass er nicht mehr bei der Marine war. Es schien ihr nahezu unvorstellbar, dass er seine Karriere aufgegeben hatte. »Wo übernachtest du?«

»In Kingsbridge.« Er spielte verlegen mit seinem Löffel herum. »Ich habe ein langes Wochenende.«

Sie zog fragend die Augenbrauen hoch. »Ein sehr langes Wochenende. Es ist erst Donnerstagnachmittag.«

Er lächelte. »Mein Chef ist ausgesprochen freundlich. Er und seine Frau, Frances heißt sie, waren unglaublich nett zu mir. Es ist ein bisschen eigenartig nach der Marine, aber man gewöhnt sich dran.«

»Newport, hast du gesagt?« Jetzt waren sie wieder wie Fremde, die sich auf einer Abendgesellschaft unterhalten, bei der die Gastgeberin darauf besteht, dass sich die Gäste zum Kaffee in ein anderes Zimmer begeben. Die Intimität, die bei Tisch geherrscht hat, ist damit unwiederbringlich dahin. »Das ist nicht weit von deiner Familie.«

Rorys Vorfahren hatten seit Generationen eine Farm in Herefordshire bewirtschaftet. Damit hatte sie ihn immer geneckt, denn mit seiner rötlichen Gesichtsfarbe glich er eher einem Bauern als einem Seemann.

»Nein, nicht sehr weit. Ich habe ein kleines Cottage im Wye Valley. Es ist schön, einen Platz für die Sachen zu haben.«

»Sachen?«, fragte sie scharf.

»Mhm.« Er vermied es immer noch, sie anzusehen. »Wir hatten ja nicht viel, schließlich sind wir von einer Wohnung in die andere gezogen, aber wir hatten unsere Bücher und Lampen und ein paar andere Kleinigkeiten. Und Hermiones Spielsachen und Bücher.« Schweigend hingen sie ihren schmerzlichen Erinnerungen nach. »Ich wollte sie behalten. Als Andenken … Ich habe sie gern um mich.«

»Ich konnte das nicht ertragen«, sagte sie schließlich. »Ich bin mit dem Schmerz nicht fertig geworden.«

»Nein, natürlich nicht.« Seine Stimme klang warm und verständnisvoll. »Aber vielleicht … Ich habe sie jedenfalls aufbewahrt. Nur Percy habe ich nicht gefunden. Weißt du noch? Den Papagei, den sie so gern hatte.«

Glaubte er wirklich, sie könnte den je vergessen?

»Er ist … mit ihr gegangen«, sagte sie schließlich. »Ich wollte sie nicht … allein … gehen lassen.«

Sie schluckte verzweifelt, stand auf und griff, ohne ihn anzusehen, nach der Teekanne. »Ich glaube, wir können noch etwas Tee vertragen.« Ihre Stimme klang schrill, beinahe förmlich. Er saß schweigend und mit gesenktem Kopf da, während sie Wasser aufsetzte.

»Dann bist du also nach Foxhole rausgefahren.« Sie stellte die Kanne auf den Tisch und setzte sich wieder, wagte kaum, ihn anzusehen, und wünschte, er würde sich vom Treibsand der Vergangenheit fern halten.

»Ja.« Er holte tief Luft, als werfe er eine unerträglich schwere Last ab. »Ja, ich bin nach Foxhole rausgefahren und habe mich dort herumgetrieben, in der Hoffnung, dich zu treffen. Ich hatte vierzehn Tage Urlaub und habe beschlossen, mit dir zu reden, wenn ich es schaffe.« Er lachte. »Du kannst dir nicht vorstellen, wie oft ich den Mut verloren habe.«

»Und wo hast du gewohnt?«

»Das war wirklich merkwürdig.« Er griff nach seiner

Tasse. »Stephen, das ist mein Chef, Stephen Ankerton, tja, sein Sohn hat einen Abenteuer-Club in Dartmoor. Als ich ihm erzählte, dass ich in die Gegend komme, hat er mir geraten, mit Hugh zu reden, vielleicht könne er mich ja unterbringen. Hugh ist wirklich nett, und ich habe die vierzehn Tage bei ihm gewohnt, hin und wieder Moorwanderungen gemacht und Ausschau nach dir gehalten. Das erste Mal war es reiner Zufall. Ich ging an diesem Stausee spazieren – den Namen hab ich vergessen –, weil ich in Ruhe nachdenken und meinen ganzen Mut zusammenraffen wollte, da habe ich dich gesehen. Du hast auf einer Bank am Ufer gesessen. Das war ein unglaublicher Schock, dich nach so langer Zeit wiederzusehen.«

»Ja«, sagte sie leise und erinnerte sich an ihre Gefühle vorhin am Strand. »Das kann ich mir vorstellen. Wart mal!« Sie setzte sich kerzengerade hin und schaute ihn an. »Ich erinnere mich an den Abend. Du hast mir schreckliche Angst eingejagt. Ich habe dich zwischen den Bäumen bemerkt und bin um mein Leben gerannt.«

»Ich weiß.« Er machte ein betretenes Gesicht, schien sich aber gleichzeitig zu amüsieren. »Ich wollte dich nicht erschrecken, aber ich hatte nicht den Mut, mit dir zu reden. Ich war so dumm. Eines Abends habe ich den Wagen sogar oben an der Brücke abgestellt und bin den Weg hinuntergegangen. Ich hatte beschlossen, einfach an die Tür zu klopfen und zu fragen, ob du da bist. Martin hatte mir erklärt, wie die Häuser stehen, und ich war entschlossen, den Vorstoß zu wagen, aber im Dunkeln bin ich gestolpert, dann gingen plötzlich alle Lichter an, und dieser verdammte Hund hat wie verrückt gekläfft.«

»Das ist nicht zu fassen.« Unwillkürlich amüsiert, starrte sie ihn an. »Willst du etwa behaupten, dass du unser Mörder warst?«

»Das will ich nicht hoffen!« Erschrecken vortäuschend, verzog er das Gesicht, bereit, der Sache eine vergnügliche Seite abzugewinnen. »Was für ein Mörder denn?«

»Es hat in Devon innerhalb eines halben Jahres drei Morde gegeben, alles Frauen, die allein unterwegs waren. Und dann wurde eine Frau in Buckfastleigh überfallen. Da sind wir alle ein bisschen nervös geworden, und Frummie wollte uns nicht mehr allein ausgehen lassen. Sie hat es schrecklich ernst genommen, vor allem als ich an dem Abend ganz aufgelöst vom Venford-Stausee zurückkam, weil ich dich im Wald erspäht hatte.« Sie lachte. »Anscheinend hattest du dich schon aus dem Staub gemacht, als die Polizei eintraf.«

»Auf jeden Fall!« Auch er lachte. »Jemand hat das Fenster geöffnet und gerufen: ›Wer ist da?‹, und der Hund hat wie irrsinnig gebellt. Und dann kam der alte Junge aus dem anderen Cottage. Zu der Zeit war ich schon wieder oben auf dem Weg. Ich hatte den Eindruck, dass man mich nicht besonders herzlich aufnehmen würde.«

»Nein«, sagte sie mitfühlend. »Damit war nicht zu rechnen. Frummie hätte dich wahrscheinlich mit dem Schürhaken erschlagen, bevor du auch nur den Mund aufgemacht hättest.«

»Sie scheint wirklich Angst und Schrecken zu verbreiten«, meinte er vergnügt. »Schade, dass du nicht ein bisschen länger bei ihr bleiben konntest.«

»Hat Martin dir das erzählt?«

»Er hat mich auf dem Laufenden gehalten.«

Wieder schlich sich die Verlegenheit ein, aber die kühle Atmosphäre war mit dem Lachen verflogen.

»Für mich war es richtig auszuziehen«, sagte Louise. »Ich war zu abhängig von ihr. Sie war großartig, als ich … den Zusammenbruch hatte. Anscheinend hat sie genau verstanden, wie ich mich gefühlt habe. Aber es war Zeit zu gehen. Und jetzt«, sie zuckte die Schultern, »jetzt bin ich hier.«

»Du machst deine Sache wirklich gut.« Er lächelte. »Ein hübsches kleines Cottage. Wie hast du es gefunden?«

»Das ist eine lange Geschichte.«

»Ich habe ein langes Wochenende.«

»Ja.« Plötzlich überfiel sie wieder lähmende Schüchternheit. »Ja, stimmt.«

»Gut.« Er stellte seine Tasse ab und rückte ein wenig vom Tisch ab. »Ich hatte gehofft, dass du mit mir essen gehst. Was hältst du davon? Ich könnte dich abholen, aber vielleicht möchtest du ja lieber selber fahren.« Er ließ ihr die Freiheit der Entscheidung, ohne sie zu bedrängen.

»Ja«, sagte sie. »Das wäre … gut.«

»Wunderbar.« Sie spürte, wie erleichtert er war. Er erklärte ihr, wo das Hotel lag und wie sie hinkommen würde, und stand auf. »Dann lasse ich dich allein, damit du dich fertig machen kannst«, sagte er. »Bis später.«

Offenbar überlegte er, wie er sich von ihr verabschieden sollte, und als sie sich nicht rührte, lächelte er sie nur an, ging hinaus und zog die Tür leise hinter sich zu.

39

Als Brigid am Samstagmorgen von Holne nach Hause fuhr, überholte sie Alexander auf der Saddle Bridge. Sie hielt an, kurbelte das Beifahrerfenster herunter und lächelte ihn an.

»Hattest du einen schönen Spaziergang?«

»Ich bin den O Brook entlanggewandert.« Er sah zum Fenster herein. »Ein seltsamer Name, nicht wahr? Nimmst du mich mit nach Hause?«

»Gern.« Sie beugte sich hinüber, um ihm die Tür zu öffnen. »Ich bin mir immer unschlüssig, ob ich anbieten soll, jemanden mitzunehmen. Manchmal möchten die Leute allein sein. Aber es ist ja nicht mehr weit. Bist du etwa geflüchtet?«

Aus dem Augenwinkel sah sie, dass er lächelte, während er es sich auf dem Beifahrersitz bequem machte.

»Wie du brauche ich Augenblicke der Ruhe.«

»Ein Glück, dass deine Nachbarn nicht besonders gut zu Fuß sind.« Sie grinste. »Das gilt jedenfalls für Frummie und Margot. Wie steht's mit Gregory?«

»Du meine Güte, nein! Ein flotter Marsch zur U-Bahn – mehr ist bei ihm nicht drin, er ist nicht fürs Landleben geschaffen. Unter den gegebenen Umständen kommt er gut zurecht, aber ich bin froh, dass die beiden Mädels so gesellig sind. Da schlägt sein Herz höher.«

Sie lächelte in sich hinein, weil er Frummie und Margot als »Mädels« bezeichnet hatte, und entschloss sich zu einem Vorschlag, über den sie schon seit einiger Zeit nachgrübelte.

»Ich habe mir überlegt«, sagte sie betont beiläufig, »ob du nicht vielleicht Michael kennen lernen möchtest. Und Sarah natürlich. Aber vor allem Michael. Wär doch … schön«, sagte sie unbeholfen, »wenn ihr Bekanntschaft schließen würdet.«

»Meinst du?«

»Schließlich ist er dein Enkel.« Sie bemühte sich, weder anklagend noch verletzt zu klingen. »Die beiden sind zwar nicht oft hier, aber wir können bestimmt ein Treffen arrangieren.«

»Und was sagt Michael dazu?«

Brigid schwieg. »Glaubst du, ich habe ihn gefragt?«, gab sie nach einer Weile zurück.

»Hast du das denn nicht?«

Brigid bog von der Straße ab, bremste und saß reglos da, das Lenkrad umklammernd, als würde sie Halt suchen, die Augen auf Bellever Tor und Laughter Tor gerichtet.

»Muss ich ihn kennen lernen?«, hatte Michael ein wenig gereizt zurückgegeben. »Das ist ein bisschen viel verlangt, nicht? Er bildet sich wohl ein, er könnte nach so langer Zeit einfach so in unserem Leben auftauchen. Dad ist doch nie gut mit ihm ausgekommen. Meinst du nicht, es könnte schwierig werden?«

Alexander beobachtete sie. »Ich nehme an, er war nicht gerade begeistert«, sagte er freundlich.

Sie sah ihn an. »Nicht besonders«, gab sie ehrlich zu, »aber das ist schade.«

»Wieso glaubst du eigentlich, dass wir unser Leben gegenseitig bereichern könnten, nur weil wir verwandt sind?«

Am liebsten hätte sie gerufen: »Weil du für *mich* eine Bereicherung bist!« Aber sie brachte die Worte nicht über die Lippen. Sie hielt sich am Lenkrad fest und presste trotzig die Lippen aufeinander.

»Du weißt doch gar nicht im Voraus, wie es wäre«, sagte sie schließlich.

Er griff nach ihrer schmalen, sonnengebräunten Hand. »Wir beide haben Glück gehabt«, sagte er, »aber das heißt nicht unbedingt, dass es bei jemand anderem auch funktioniert. Sympathie lässt sich nicht erzwingen.«

»Aber irgendwann wirst du sie kennen lernen.« Sie sah ihn bittend an. »Ich hatte gehofft, dass du uns über Weihnachten besuchst.«

»Und du meinst, das ist ein kluger Einfall?«

»Warum denn nicht?«

Alexander holte tief Luft und schaute auf die schöne, wilde Herbstlandschaft hinaus. »Hast du Humphrey verraten, dass es meine Idee war, die Schule zu übernehmen?«

»Nein.« Sie runzelte die Stirn, im Glauben, er wolle das Thema wechseln. »Nein, hab ich nicht. Du hast mir ja geraten, es ihm nicht zu sagen.«

»Und hättest du es getan? Wenn ich dir diesen Rat nicht gegeben hätte?«

Sie ließ den Blick über den Weg und die Dächer der tiefer liegenden Häuser wandern. »Nein«, antwortete sie schließlich. »Wahrscheinlich nicht.«

»Warum nicht?«

»Weil er vermutlich nicht gerade erfreut gewesen wäre, dass …« Sie suchte nach dem rechten Wort.

»Dass ich mich einmische. Es hätte ihn verärgert, und zwar völlig zu Recht, dass ich nach all den Jahren auftauche und ihm Ratschläge erteile, was er mit seinem Leben anstellen soll.«

»So ungefähr«, murmelte sie.

»Und hast du ihm erzählt, wie sehr wir einander schätzen? Wie gut wir miteinander auskommen?«

Sie schüttelte den Kopf und beobachtete die Schatten der Wolken, die über Yar Tor hinwegzogen.

»Du glaubst, er könnte gekränkt sein, dass du mit mir Freundschaft geschlossen hast, obwohl du weißt, wie er zu mir steht?«

»Wahrscheinlich.« Sie strich sich das schöne blonde Haar zurück. »Es wäre wie ...«

»Verrat?«

Wieder nickte sie und machte ein Gesicht, als würde sie gleich in Tränen ausbrechen. Aber in ihrem Blick lag Wut.

»Es ist so idiotisch«, stieß sie hervor. »Und so überflüssig!«

»Aber du gehst davon aus, dass Humphrey und ich aufeinander reagieren würden wie du und ich. Wenn das der Fall wäre, hätten wir in den fast zwanzig Jahren, die wir zusammengelebt haben, genügend Zeit gehabt, uns einander anzunähern. Wie willst du das schaffen?«

Brigid saß schweigend und mit hochgezogenen Schultern da. Sie hatte versucht, sich alles zurechtzulegen, aber jedes Mal war sie auf Widerstand gestoßen: Humphreys Unmut – »Wie lange kennst du ihn schon?« – und Sarkasmus, der Verweis auf seine alten Wunden – »Weißt du nicht mehr, wie er Mutter und mich behandelt hat?« –, seine Vorwürfe. Schließlich hatte sie es aufgegeben. Kompliziert wurde alles dadurch, dass sie auch die eigene Beziehung zu ihm wieder ins Lot bringen musste. Humphrey war so großzügig über ihre geheimen Machenschaften mit Jenny hinweggegangen, dass es ihr undenkbar schien, ihm noch einmal in irgendeiner Form die Loyalität aufzukündigen.

»Glaubst du wirklich, das würde funktionieren«, fragte Alexander jetzt, »wenn Humphrey nach sechs Monaten wieder nach Hause kommt, dich für sich haben und die aufregenden Fragen und Probleme seines neuen Berufs mit dir besprechen möchte? Glaubst du, das ist der rechte Augenblick für eine Versöhnung? Versuch mal, dir diese Szene ganz konkret vorzustellen. Der Wille allein reicht nicht aus. Womöglich wäre es sogar genau das Falsche.«

»Aber du triffst dich mit ihm, ja?«, bat sie mit unglücklicher Miene. »Und mit den Jungs. Irgendwann, es muss ja nicht an Weihnachten sein. Du hast Recht, Weihnachten ist vielleicht nicht der richtige Zeitpunkt, wenn Humphrey gerade erst wieder da ist. Obwohl man denken könnte, ein Familienfest wäre der passende Anlass.«

»Du bist sentimental«, sagte er freundlich. »Es gibt keinen Grund, warum Humphrey mir am fünfundzwanzigsten Dezember gewogener sein sollte als an irgendeinem anderen Tag im Jahr.«

»Und du bist ein Zyniker«, entgegnete sie erschöpft.

»Du wiederholst dich. Das Wort Realist gefällt mir da schonbesser.«

»Aber du tust so, als würden sich Menschen niemals entwickeln oder verändern. Frummie und ich kommen besser miteinander aus als je zuvor. Warum sollte das bei dir und Humphrey nicht auch klappen?«

»Dazu muss auf beiden Seiten der Wunsch vorhanden sein. Wir müssten einander wirklich verzeihen und aufeinander zugehen wollen.«

»Willst du das etwa nicht?« Sie sah ihn anklagend an.

Er lächelte traurig. »Es klingt so einfach, nicht wahr? Vielleicht bilden wir uns ja beide ein, dass wir es wollen; aber das heißt noch nicht, dass der Umschwung sofort kommt. Du darfst nicht vergessen, dass es Humphrey ist, der mit Schmerz und Groll zu kämpfen hat, nicht ich. Er hat mir nicht wehgetan.«

»Aber du hast ihm auch nicht wehgetan. Du hast ihn nur zur Unabhängigkeit ermutigt.«

»So habe ich es damals gesehen. Er sieht es anders. Das sind Jahre der Indoktrination und eines ganz natürlichen Unmuts, die erst einmal verdaut sein wollen. Du warst so großzügig, die Sache aus meinem Blickwinkel zu betrachten und mir zu verzeihen, aber du bist nicht diejenige, die verletzt wurde.«

»Aber macht es dir denn nichts aus, dass er dich missversteht?«, rief sie. »Er ist doch dein Sohn!«

Er seufzte. »Ich glaube, dass du den Blutsbanden zu viel Bedeutung beimisst. Jeder andere könnte mein leiblicher Sohn sein. Jeder andere könnte Humphreys leiblicher Vater sein. Der bloße Zufall garantiert noch lange nicht Liebe, Zuneigung und Verbundenheit. Wichtig ist nur, dass Humphrey mir nicht mehr böse ist. Wahrscheinlich schafft er das inzwischen.«

»Wieso?«, fragte sie verblüfft.

»Weil er mir geholfen hat. Er hat mir Zuflucht geboten, ein Dach über dem Kopf, als ich es brauchte, also hat er mir im tiefsten Innern wohl verziehen. Das ist gut und wichtig. Viel wichtiger, als der Form halber nach außen die Einheit der Familie zu demonstrieren. Vielleicht verflüchtigt sich sein ganzer Groll durch diesen beeindruckenden Akt der Großherzigkeit. Wir wollen den Erfolg doch nicht dadurch gefährden, dass wir ›glückliche Familie‹ spielen.«

Brigid schüttelte verwirrt den Kopf, spürte aber, dass er Recht hatte.

»Also dann später.« Sie wollte nicht ganz aufgeben, denn wie sollte sie es ertragen, ihn zu verlieren? »Wir denken später darüber nach, wenn sich alles ein wenig beruhigt hat.«

»Verzeih mir, liebe Brigid«, sagte er leise.

Sie sah ihn an. »Ich habe dir nichts zu verzeihen. Es ist nur … Ich mag dich sehr.«

Sie war erstaunt über sich selbst, über die Worte, die ihr so natürlich über die Lippen gekommen waren, und er beugte sich zu ihr herüber und küsste sie sachte auf die Wange.

»Ich dich auch«, erwiderte er. »Danke.«

Sie bemerkte, dass ihm Tränen in den Augen standen, ließ den Motor wieder an, damit Alexander nicht in Verlegenheit geriet, und steuerte den Wagen vorsichtig nach Foxhole hinunter.

»Ich glaube, es ist ein Altersheim«, meinte Margot. »Ich habe Gregory gefragt, aber er ist bei dem Thema fast so verschlossen wie Alexander. Er meint aber auch, dass wir uns Alexander im Kreis der Gutbetuchten nicht so recht vorstellen können. Er wirkt doch ein klein wenig asketisch, findest du nicht? Er macht so einen disziplinierten Eindruck, und beim Alkohol hält er sich auch zurück. Aber er kann gute Laune verbreiten. Ein wirklich nettes Altersheim, haben wir überlegt – wo er gut versorgt wird, aber seine Unabhängigkeit behält. Du weißt, was ich meine? Anscheinend bleibt er eine Weile bei Gregory in London, wenn er hier seine Zelte abbricht. Weißt du zufällig, wo er immer hinfährt? Zwei-, dreimal die Woche, immer um dieselbe Uhrzeit: halb zwölf. Seltsam, nicht? Gregory sagt, dass er behauptet, er wolle zum Einkaufen.«

»Dahinter steckt vermutlich, dass er einkaufen geht«, bemerkte Frummie sarkastisch. Sie ärgerte sich, dass sie selbst Alexanders Gewohnheiten nicht so genau registriert hatte. »Was denn sonst?«

»Aber findest du es nicht merkwürdig, dass er immer um dieselbe Uhrzeit fährt?«, beharrte Margot. Sie zupfte an ihrem Haar, das in noch aggressiverem Kastanienbraun leuchtete als die Woche zuvor, und zog ein nachdenkliches Gesicht. »Ich habe Gregory vorgeschlagen, doch einfach mal mitzufahren, aber der Vorschlag hat ihn regelrecht schockiert. Männern fehlt ja leider die angeborene Neugier.«

»Die überlassen sie uns, meine Liebe.« Frummie bezwang ihren Stolz und bat um Auskunft. »Apropos Neugier, was hast du über Gregory herausgefunden? Du hast ihn ganz schön ins Kreuzverhör genommen, als Alexander und ich gestern Abend Kaffee gemacht haben. Lebt er allein?«

»Ganz allein. Seine Frau ist vor vier, fünf Jahren gestorben, die Ärmste. Zwei Töchter, aber die kriegt er nicht oft zu Gesicht. Sie wohnen auf dem Land – in Gloucestershire und Yorkshire. Anscheinend haben sie mit sich selbst zu tun, was ja auch ein Segen sein kann, obwohl ich überzeugt bin, dass sie ganz entzückend sind. Er hat ein hübsches kleines Haus in Fulham – aber das habe ich dir doch schon erzählt, oder nicht? – und führt ein recht geselliges Leben. Das war ja nicht anders zu vermuten. Sie wohnen da schon seit zwanzig Jahren. Er hat wirklich Humor.« Sie sah ihre liebe alte Freundin verschmitzt an. »Ich bin froh, dass du ihn mir überlassen hast, Fred. Gregory und ich verstehen uns wunderbar. Alexander ist mir zu direkt.«

»Er ist ein ungewöhnlicher Mensch«, meinte Frummie, womit sie andeuten wollte, dass man selbst ein besonderer Mensch sein müsse, um ihn zu schätzen, und darauf beruhe auch ihre Wahl. »Er ist nicht oberflächlich.«

»Wenn man kompliziert sein muss, um seine feineren Qualitäten zu erkennen, dann bist du sicher die Richtige für ihn«, bemerkte Margot giftig. »Ich bin eher ein schlichtes Gemüt.«

»Das wissen wir alle«, stimmte Frummie fröhlich zu. »Und du planst also, nach Fulham zu ziehen?«

»Hm.« Margot fand diesen Frontalangriff denn doch ein wenig unverfroren. »Natürlich nicht sofort. Das ist doch ein großer Schritt.«

»Das kann man wohl sagen«, meinte Frummie, »aber ihr scheint euch wirklich glänzend zu verstehen.« Dann setzte sie eine besorgte Miene auf. »Oder ist er noch nicht für eine neue Bindung offen?«

»Das glaube ich schon«, entgegnete Margot rasch. »Hat er gestern in Dartmouth irgendwas gesagt? Wir sind doch eine Weile getrennt unterwegs gewesen. Ich habe mich nur gefragt, ob er vielleicht etwas über mich hat verlauten lassen.«

»Ich hatte den Eindruck, dass er ziemlich einsam ist –«

»Das finde ich auch«, warf Margot rasch ein.

»– und dass er ein Mann ist, der weibliche Gesellschaft zu schätzen weiß.« Frummie lächelte wissend.

Margot, der solche zweideutigen Bemerkungen nicht gefielen, setzte eine skeptische Miene auf. »Er hat sehr gute Manieren«, bemerkte sie streng. »Und er ist äußerst charmant. Natürlich gibt es Frauen, die die Höflichkeit eines wohlerzogenen Mannes gleich persönlich nehmen. Aber das ist albern.«

»Da hast du Recht«, stimmte Frummie sofort zu. »Ich glaube, auf diesem Gebiet herrscht große Unsicherheit. Nichts könnte mich mehr ärgern als die Sorte Frau, die sich gleich einbildet, ein Mann sei in sie verliebt, nur weil er gute Manieren hat.«

»Stimmt«, meinte Margot leicht verunsichert. »Na dann. Er hat also nichts … Besonderes gesagt.«

»Er mag dich *sehr*«, erklärte Frummie. »Das sieht man doch.« Ihre Stimme klang ein klein wenig wehmütig.

Margot strahlte, ja, sie grinste geradezu affektiert. »Das ist aber nett.« Anscheinend war sie wenigstens für den Augenblick sprachlos.

»Haben wir eigentlich noch etwas von dem köstlichen Whisky«, fragte Frummie beiläufig, »den uns der liebe Harry geschickt hat? Ich glaube, wir könnten einen Schluck vertragen, was meinst du?« Sie zog schelmisch die Augenbrauen hoch. »Schließlich haben wir ja beinahe etwas zu feiern.«

»Das meine ich auch.« Mit zufriedenem Gesicht eilte Margot davon.

Frummie seufzte tief, leckte sich in Vorfreude die Lippen und dachte über das Gespräch nach.

40

Louise strich die Wände der Abstellkammer zu Ende, sammelte die Lappen ein, griff nach dem Eimer mit Schmutzwasser und stieg vorsichtig die enge Wendeltreppe hinunter. Rücken und Arme taten ihr weh, und sie freute sich darauf, ihre schmuddlige Arbeitskleidung abzulegen und sich unter die heiße Dusche zu stellen. Sie schüttete das Wasser aus, spülte die Lappen aus und beobachtete eine Weile durch die Scheiben des Wintergartens das Spiel der Sonnenstrahlen auf der Mauer. Winziger Farn wuchs in den Ritzen, und Leinkraut und Fetthenne klammerten sich an die verwitterten Steine.

»In Devon«, hatte Rory gesagt, »blühen sogar die Mauern.«

Sie konnte immer noch kaum fassen, dass er hier gewesen war. Die Mischung von Vertrautheit und Fremdheit war verstörend. Immer wieder hatten sie für längere Zeit die alte Nähe erlebt, um dann durch einen jähen Schock in die Gegenwart versetzt zu werden, sodass wieder Angst und Zurückhaltung spürbar wurden. Das Essen im Hotel war eine außerordentliche Erfahrung gewesen.

»Magst du immer noch Ente?«, hatte er beiläufig gefragt, als sie die Karte studierten. »Sie soll hier gut sein.«

»Ja«, sagte sie, tief berührt von dieser kleinen Aufmerksamkeit. »Ja, stimmt. Das wäre wunderbar.«

Sie beobachtete ihn, während sie die Speisekarte studierte, suchte nach Spuren des Leids. Er hatte sich kaum verändert. Sein helles Haar war dicht und widerspenstig wie eh und je. »Das Stroh auf deinem Dach muss mal gestutzt werden«, hatte sie ihn oft geneckt. Sein Gesicht wirkte schmaler, und sie erinnerte sich nicht an die Linien, die sich nun von der Nase zum Mund zogen, um den ein Lächeln zu spielen schien.

Er ist jetzt siebenunddreißig, dachte sie, und ich bin vierunddreißig.

Plötzlich überfiel sie ein Schmerz um die drei verlorenen Jahre, und sie merkte, dass auch er sie mit leichtem Stirnrunzeln beobachtete. Mechanisch lächelte sie, fragte sich, ob sie eine Bemerkung von ihm überhört hatte, und fühlte sich unsicher.

»Dann also Ente«, entschied er fröhlich. »Ich nehme dasselbe. Erklärst du es mir noch mal? Frummie ist Brigids Mutter. Und wer ist Alexander? Hört sich an wie eine Kommune.«

Dankbar nahm sie den Faden auf, berichtete, wer in Foxhole wohnte, erzählte von Jemima und MagnifiCat. Gemeinsam lachten sie über seine schmähliche Flucht, nachdem Frummie Zeter und Mordio geschrien hatte. Und bald kam ihr die Zeit der Trennung wie ein Urlaub vor, den sie genommen hatte, während er auf See war. Sie stellte fest, dass sie ihre Erlebnisse in Foxhole wie eine amüsante Geschichte zum Besten gab – abgesehen von den Lücken, den großen, schmerzlichen Lücken, in die Hermione gehörte und die sie noch nicht berühren konnte. Er half ihr, stellte freundliche, ungefährliche Fragen, die sich wie Planken über die Leerstellen ihrer Erzählung legten und über die sie ganz vorsichtig gehen konnte, bis sie wieder festeren Boden unter den Füßen hatte.

Das Essen, das schließlich serviert wurde, erwies sich als willkommene Ablenkung. Sie wechselten das Thema und sprachen über seinen Job und die Kollegen. Offensichtlich machte ihm die Arbeit Spaß, und sein kleines Cottage schien bezaubernd zu sein.

»Es liegt am Ende der Straße«, erklärte er schüchtern, offenbar um nicht den Eindruck zu erwecken, er wolle das Haus als Anreiz präsentieren. »Das Dorf ist sehr klein, aber es ist das letzte Haus, dahinter fängt der Wald an. Man kann dort wunderbar spazieren gehen, aber der Garten ist nicht groß.«

»Klingt gut«, sagte sie erfreut.

»Du musst mal vorbeikommen und es dir ansehen«, schlug er vor, und sie wurde sofort wieder von Angst gepackt.

Wie sollte das gehen? Konnten sie sich in diesem Haus aufhalten, immer noch verheiratet und doch Fremde?

Sie hatte etwas gemurmelt, nach ihrem Glas gegriffen und eine Bemerkung über den Wein gemacht. Er hatte keinen Versuch unternommen, sie nach dem Essen noch zu halten, also war sie weggefahren, obwohl sie sich nach ihm sehnte und gleichzeitig überraschend glücklich war.

Jetzt, nach getaner Arbeit, ging sie wieder nach oben, streifte ihre Kleider ab und duschte die Verspannungen und den Schmutz fort. Kurze Zeit später stand sie in Jeans, blauer Kordbluse und mit dem langen Seidenschal vor dem Spiegel, band die dunklen Locken im Nacken zusammen und schlang ein Haarband darum. Während sie sich noch kritisch in dem altersfleckigen Spiegel betrachtete, hörte sie seinen Wagen. Sie sah aus dem Fenster. Er ließ den Blick über die grüne Landschaft schweifen. Seine Kopfhaltung erinnerte sie an Hermione, und sie spürte einen Stich. Rasch lief sie die Treppe hinunter, griff nach ihrer Jacke und den

Wanderschuhen, die in dem kleinen Vorbau standen, und trat zu ihm hinaus. Irgendwie war es im Freien leichter, normal miteinander umzugehen.

Er lächelte sie mit so natürlicher, vertrauter Wärme an, dass ihre Ängste verschwanden wie Schlangen, die lautlos in Löcher und unter Steine gleiten, und ihr leicht ums Herz wurde.

»Ich nehme meine Stiefel mit«, sagte sie, »für den Fall, dass wir einen Spaziergang machen.«

»Meine sind im Kofferraum.« Er nahm ihr die Schuhe ab. »Du kennst dich in der Gegend aus. Hast du schon entschieden, wo wir hinfahren?«

»Nicht allzu weit«, sagte sie und stieg ein. »Du musst ja heute Abend nach Wales zurück.«

Er setzte sich neben sie. »Mach dir deshalb keine Sorgen! Es sind nur zwei Stunden Fahrt. Wir haben noch den ganzen Nachmittag vor uns.«

Sie begann zu lachen, und er freute sich über ihre Fröhlichkeit und betrachtete sie liebevoll.

»Du wirst es nicht glauben«, sagte sie, »aber ich wollte gerade fragen: ›Warst du schon mal in Dartmouth?‹ Ich hatte total vergessen, dass du dort drei Jahre auf dem College warst. Ich scheine langsam zu verblöden!«

»Die Zeit würde ich auch lieber vergessen«, meinte er sarkastisch. »Und als Antwort auf deine unausgesprochene Frage: Ja, ich war schon dort, aber ich fahre gern noch mal mit dir hin, wenn du Lust hast.«

»Du könntest mir deine alten Stammkneipen zeigen«, schlug sie schelmisch vor.

»Und die Barmädchen«, fügte er mit nostalgischem Seufzer hinzu.

»Mit Kellnerinnen wird nicht angebandelt«, erklärte sie streng. »Kommt nicht in die Tüte!«

Er beugte sich vor und gab ihr einen Kuss, zog sich aber zurück, bevor sie reagieren konnte. »Du bist auch nicht mehr für jeden Spaß zu haben«, meinte er traurig. »Okay, keine Barmädchen.«

Als sie losfuhren, spürte sie noch seinen Kuss auf den Lippen. Sie fühlte sich so glücklich, dass sie unwillkürlich lächelte, sich entspannte und eine Zufriedenheit empfand, die sie für immer verloren geglaubt hatte.

Jemima schloss die Cottagetür ab und genoss einen Augenblick die Sonne, während sie darauf wartete, dass die beiden, die das Haus den Winter über mieten wollten, ins Auto stiegen und wegfuhren. Die Befriedigung, die sie sonst bei einem erfolgreichen Abschluss empfand, wurde durch eine Ängstlichkeit getrübt, die sie mittlerweile ständig begleitete. Sie winkte der jungen Frau fröhlich zu, während ihr Partner wendete; Jemima wusste genau, dass die beiden sich gern länger im Haus umgeschaut und in einem Gefühl des Besitzerstolzes geschwelgt hätten. Aber solange nicht alle Formulare ausgefüllt waren und der Vertrag nicht unterschrieben war, hätte die Besitzerin nicht gewollt, dass Jemima den Schlüssel aus der Hand gab. Die ältere Dame war als Vermieterin überkorrekt, und das Pärchen würde gute Referenzen vorweisen müssen. Jemima schüttelte mitfühlend den Kopf. Sie fand die jungen Leute sympathisch und wünschte ihnen Erfolg. Vermutlich würden sie, sobald Jemima außer Sicht war, wieder auftauchen, den kleinen Garten erforschen, durch die Fenster ins Haus spähen und Pläne schmieden.

Als Jemima in ihren Wagen stieg, seufzte sie neidisch. Sie wünschte, sie würde auch so freudig erregt in die Zukunft blicken. Das Wochenende hatte sie allein verbracht – das war ja noch in Ordnung, er war auf irgendeiner Verkaufskonferenz gewesen –, aber die Telefongespräche mit ihm waren enttäuschend kurz und unbefriedigend gewesen. Wenigstens würde er am Freitag kommen, das hatte er fest versprochen.

Mit gemischten Gefühlen legte Jemima die Aktentasche auf den Beifahrersitz und verstaute ihr Handy. So sehr sie sich auch danach sehnte, ihn wiederzusehen, ein paar Entscheidungen mussten getroffen werden. Als sie das Dorf hinter sich ließ, ertappte sie sich dabei, dass sie mit einem gewissen Neid an das unbekümmerte Geschöpf zurückdachte, das sie einmal gewesen war. Sie konnte es kaum glauben, dass die Jemima von früher stets einen inneren Abstand gewahrt hatte, der sie wie eine zweite Haut vor Verletzungen geschützt hatte. Da sie diesen Schutz nun abgelegt hatte, war sie sensibel und fühlte sie sich verwundbar. Die Freiheit und die Wärme, das entspannte Geben und Nehmen einer bedingungslosen Liebe blieben ihr versagt, und deshalb konnte sie ihre Nervosität nie ablegen. Wie einfach war doch alles gewesen, bevor sie sich in diese Liebe gestürzt hatte, wie unangestrengt! Sie lachte bitter, als sie sich an ihre selbstgefällige Bemerkung erinnerte, sie sei zur Geliebten geboren. Inzwischen kannte sie den Schmerz der Einsamkeit, den nur die Gegenwart des Geliebten lindern konnte; sie kannte die Angst, die von Selbstzweifeln und Eifersucht herrührte. Sie hatte nun kein Verlangen mehr, Spielchen zu spielen oder sich in Techniken zu üben, die einem der Partner einen Vorsprung verschafften, und sie war es leid, ständig auf der Hut zu sein und zu bedenken, dass er gerade eine längere Beziehung hinter sich hatte und Zeit brauchte.

Hinzu kam noch der Schock, ihr Zuhause zu verlieren. Natürlich war damit zu rechnen gewesen, dass sie irgendwann ausziehen musste. Man hatte ihr von Anfang an offen gesagt, dass die Wohnung möglicherweise für Mitarbeiter des Seenotrettungsdienstes benötigt wurde, dass sie also nicht längerfristig zu mieten sei. Aber in ihrer lässigen Art hatte sie sich erlaubt, nur für den Augenblick zu leben und zu glauben, es sei ihr Heim. Natürlich würde das alles keine Rolle spielen, wenn sie nur zusammen sein konnten. Jemima hätte liebend gern alle Vorteile ihrer Wohnung, den Luxus und die Aussicht geopfert, um mit ihm zusammenleben zu können, ja, sie hätte freiwillig darauf verzichtet, wenn er nur bei ihr wäre.

»Es tut mir wirklich leid«, hatte sie Anfang der Woche gesagt, als er spätabends vom Büro aus anrief. »Wegen der Wohnung, meine ich.«

»Es ist bestimmt schwer für dich, auf die Aussicht zu verzichten.«

»Du sahst aus, als wärst du völlig platt«, erwiderte sie, auf eine deutlichere Reaktion hoffend. »Richtig enttäuscht.«

»Natürlich ist es überraschend gekommen, aber mach dir deshalb keine Gedanken. Im Moment ist mir alles ein bisschen zu viel. Mein ganzes Leben ist in den letzten Monaten auf den Kopf gestellt worden.«

Sofort empfand sie Reue. Er hatte seine Freundin verloren und versuchte, eine neue Beziehung aufzubauen, sich neu zu orientieren – und jetzt gab es nicht einmal die Wohnung als feste Größe.

»Das weiß ich«, sagte sie mitfühlend. »Das wollte ich damit eigentlich sagen. Es ist einfach eine zusätzliche Komplikation, die du nicht gebrauchen kannst.«

»Das schaffen wir schon!«, meinte er zuversichtlich, und sie fühlte sich mit einem Schlag wieder glücklich.

»Natürlich schaffen wir das«, stimmte sie zu. »Es könnte sogar Spaß machen, nach einer gemeinsamen Wohnung zu suchen.«

Im Hintergrund waren Stimmen zu hören, und sie merkte,

dass seine Aufmerksamkeit von etwas anderem beansprucht wurde.

»Ich muss Schluss machen«, hatte er gesagt, und seine Stimme hatte plötzlich ausdruckslos und geistesabwesend geklungen, als würde er sich auf etwas vollkommen anderes konzentrieren. »Probleme. Bis bald.«

Nachdem er aufgelegt hatte, waren ihre Ängste wiedergekehrt, aber jetzt, als sie vorsichtig über schmale Landstraßen fuhr, gewann ihr natürlicher Optimismus wieder die Oberhand, und sie wandte sich der vergnüglichen Aussicht auf ein gemeinsames Wochenende zu. Ihre Laune besserte sich, und sie entspannte sich ein wenig.

Als sie eine Kassette in den Rekorder schob und zu singen begann, läutete das Handy. Sie fuhr rechts ran und griff nach dem Telefon.

»Hi!«, rief sie erfreut, sie konnte ihre Freude einfach nicht verbergen. »Wie geht's?«

»Gut. Mir geht's … gut. Ja … alles bestens.«

»Was ist los?« Sie schaltete den Motor und die Musik ab und machte ein besorgtes Gesicht. »Du klingst irgendwie anders.«

»Ja. Die Sache ist die … Zum Teufel, ich weiß einfach nicht, wie ich es dir sagen soll …«

»Du kannst dieses Wochenende nicht kommen.« Sie sprach es für ihn aus, nicht nur um ihm zu helfen, nicht nur um ihr Selbstvertrauen aufzumöbeln, indem sie einen fröhlichen Tonfall anschlug, sondern – schlimmer noch – als unwillkürliche Geste, um etwas Schrecklicheres abzuwenden, etwas, was sie nicht ertragen konnte.

»Nein, nicht nur das.«

Okay. Das war's. Sie schüttelte den Kopf, biss sich auf die Lippen. »Was ist es dann?«

»Die Sache ist die … Ach, Scheiße, es gibt keinen einfachen Weg, das zu sagen.« Er schwieg so lange, wie ein Atemzug dauert, dann sagte er rasch: »Ich bin wieder mit Annabel zusammen.«

Sie sah einen winzigen Vogel in der Hecke; flink und unauffällig hüpfte er von Zweig zu Zweig. Jemima beobachtete ihn, konzentrierte sich auf ihn, während sich der Schmerz, kalt wie der Tod, auf ihr Herz legte.

»Bist du noch da?« Er klang besorgt. »Weißt du, mir macht das wirklich zu schaffen. Ich hätte mir nie träumen lassen, dass das passiert. Weißt du.« Er holte Luft und machte noch einen Anlauf. »Ich dachte wirklich, dass wir miteinander können. Wirklich, Jemima. Ich habe dich nicht nur hingehalten. Ehrlich. Nur … als ich sie wiedersah … Na ja, sie hat einen schrecklichen Fehler gemacht, das hat sie zugegeben, und gesagt, dass sie wieder mit mir zusammen sein möchte. Ich habe versucht, nein zu sagen, damit ich ein bisschen mehr Zeit habe, darüber nachzudenken, ich habe mir überlegt, was ich alles verlieren würde, wenn ich dich verliere, es war nicht leicht, das kannst du mir glauben. Und dann … Na ja, gestern Abend ist sie rübergekommen, und wir haben die Sache besprochen. Tatsache ist, dass ich glaube, wir sollten noch einen Versuch wagen. Fünf Jahre sind eine lange Zeit, da kann man nicht alles einfach hinwerfen …«

Der Vogel war nun auf das Tor gesprungen und suchte nach Insekten. Emsig hackte er mit dem Schnabel in das weiche, splitternde Holz, viel zu sehr mit dem Überleben beschäftigt, um Jemima zu bemerken.

»Also habe ich mich darauf eingelassen, es noch einmal zu versuchen. Sie ist wirklich ganz durcheinander, und ich habe das Gefühl, dass es nur fair ist nach allem, was wir miteinander aufgebaut haben … O Gott, ich fühle mich wie ein richtiger Scheißkerl!«

In diesem plötzlichen Ausbruch schwang etwas Melodramatisches mit, ja sogar Selbstmitleid. Er wollte, dass sie ihn freigab, dass sie ihm die Schuldgefühle nahm. Sie erwachte aus ihrer Erstarrung, kratzte ihren Mut zusammen. Der Vogel, durch die jähe Bewegung aufgeschreckt, flog zeternd davon.

»Ja …« Sie bemühte sich, mit ruhiger Stimme zu sprechen. »Was soll ich dazu sagen?«

»Es tut mir wirklich leid, Jemima. Du warst so wunderbar, wirklich. Ehrlich, ich fühle mich wie ein Idiot.«

Am liebsten hätte sie ihn angeschrien: »Gut! Ich bin froh! Ich hoffe, dass dir das Miststück noch mal den Laufpass gibt!« Aber sie wusste, dass es wenig half, ein bisschen Dampf abzulassen, wenn dieses kalte, heimtückische Elend sie packte, das sich bereits in ihrem Herzen eingenistet hatte und unerbittlich ihr ganzes Selbst in Besitz nahm. Was hatte man da von einem kleinen, billigen Triumph?

»Danke, dass du's mir gesagt hast.« Sie versuchte, die Worte lebendig klingen zu lassen, aber die Kälte lastete zu schwer auf ihr, sodass ihre Stimme tonlos und schleppend wurde. »Das ist bestimmt nicht leicht, ich verstehe das. Jetzt muss ich aber weiter. Ich stehe auf einer schmalen Straße, und es kommt mir gerade ein Traktor entgegen.«

»O Gott! Es ist schrecklich …«

»Das kann man wohl sagen«, stimmte sie zu, »aber ich muss jetzt wirklich fahren. Wir können ja ein andermal reden.«

»Mein Gott, ja!« Er war großzügig in seiner Erleichterung. »Wir können Freunde bleiben, ja? Ich möchte wissen, wo du hinziehst und wie es dir geht und so weiter. Ich habe Annabel gesagt, wie großartig du bist und dass du mir das Leben gerettet hast …«

»Ich muss fahren«, sagte sie abrupt und unterbrach die

Verbindung. Sie ließ den Motor an, ließ ihn eine Weile im Leerlauf tuckern und starrte vor sich hin. Sie empfand das alberne, kindische Bedürfnis, zu Hause bei MagnifiCat zu sein, ihn an sich zu drücken und sich von seiner Wärme trösten zu lassen. Vielleicht linderte das den Schmerz, vielleicht wurde sie dadurch sogar dieses Frösteln, dieses merkwürdige Zittern los.

Mit einer für sie untypischen Nervosität setzte sie schließlich den Weg nach Salcombe fort und brachte die Fahrt sehr langsam und mit größter Vorsicht hinter sich.

41

Thea«, sagte Louise, »ich habe ein Problem. Ich brauche einen Rat.«

»Wie geht's dir?«, fragte Thea herzlich. »Wie gefällt dir dein Cottage? Wann besuchst du uns mal? Hermione hat öfter nach dir gefragt.«

»Wirklich?« Louise lächelte. »Ich würde gern kommen. Oder vielleicht könntest du bei mir vorbeischauen? Danke für deine Karte. Tut mir leid, dass ich mich nicht gemeldet habe, aber es wurde alles ein bisschen viel.«

»Du hast zu viel renoviert«, erklärte Thea. »Das strengt an. Und dann hast du das Bedürfnis, alle viere von dir zu strecken und geistlos ins Leere zu starren. Das ist ganz normal, kein Grund zur Sorge.«

»Es ist nicht nur das«, erklärte Louise nervös. »Es ist etwas vollkommen Erstaunliches passiert.« Sie zögerte, als müsse sie sich an dieses verblüffende Ereignis erst noch gewöhnen und suche die rechten Worte dafür. »Rory ist aufgetaucht.«

Kurzes Schweigen. »Meine Güte!« Thea war ehrlich verblüfft. »Und ist es … gut?«

»Sehr gut sogar.« Louises Stimme überschlug sich vor Glück. »Ach, Thea! Ich kann es kaum glauben. Es war ein unglaublicher Schock, als er plötzlich vor mir stand. Er möchte wieder mit mir zusammen sein. Das hat er zwar nicht ausdrücklich gesagt, aber es liegt auf der Hand. Er ist nicht mehr bei der Marine, sondern arbeitet bei einer Maschinenbaufirma in Wales. Am Wochenende kommt er wieder runter. Es ist so … eigenartig. Manchmal habe ich das Gefühl, wir wären nie getrennt gewesen, und dann ist es wieder so unheimlich. Alles kommt dann mit einem Schlag wieder hoch, und ich bin wie gelähmt vor Angst. Wir können noch nicht richtig über … über Hermione reden. Er kann besser damit umgehen als ich, aber es ist immer noch eine offene Wunde, und dann denke ich wieder, es kann nie funktionieren, weil das immer zwischen uns stehen wird.«

Die Gesprächspause dauerte etwas länger, und man glaubte, den Nachhall der Worte im Summen der Telefonverbindung zu hören.

»Ich verstehe«, sagte Thea vorsichtig. »Aber wie um alles in der Welt hat er dich gefunden?«

»Kannst du dir das vorstellen? Martin hat die ganze Zeit mit ihm Kontakt gehalten. Als wir uns getrennt haben, Martin und ich, hat er Rory geschrieben.«

»Das ist ja ein Ding!«

»Nicht wahr? Ich habe mit Martin gesprochen, er war … ziemlich verlegen deshalb. Er meinte, es sei eine so entsetzliche Tragödie gewesen – eine Situation, in der wir unwillkürlich Dinge tun, die wir später vielleicht bereuen, und Rory habe ihm so leid getan. Er dachte immer, wenn ich mich erst einmal erholt hätte, würde ich wahrscheinlich wieder mit Rory leben wollen, und er wollte mir nur Zeit geben, damit meine Wunden heilten, während er mit Rory Kontakt hielt. Rory fand das anscheinend gut und meinte, dass er so wenigstens indirekt mit mir in Verbindung bleiben könne. Er sagt, der Austausch mit der kanadischen Marine sei sein Weg gewesen, Abstand zu nehmen und sich mit dem Verlust abzufinden. Jetzt ist er so weit, es noch einmal zu versuchen.«

»Und wie geht es dir dabei?«

»Es ist, wie ich gesagt habe: Ich möchte es, aber wir haben so viele Altlasten. Ich habe Angst, dass ich es nicht schaffe.«

»Aber ist es nicht wenigstens einen Versuch wert?«

»Ich habe solche Angst, ihn zu verletzen, weißt du – ich habe ihn verlassen, ohne Rücksicht darauf, wie es ihm ging. Angenommen, ich bin doch nicht drüber weg?« In ihrer Stimme lag Panik. »Ich will ihm nicht noch einmal wehtun.«

»Aber warum solltest du ihm wehtun?« Thea blieb ruhig. »Du hast doch längst keinen Groll mehr. Das hast du selbst gesagt. Dass er damals auf See war, ist doch kein Thema mehr, oder?«

»Schon längst nicht mehr.« Louise seufzte. »Er macht sich Vorwürfe. Er sagt: ›Ich hätte da sein sollen‹, und ich sage: ›Wie hättest du da sein können? Es war dein Job.‹ Ich hasse es, wenn er so traurig ist.«

»Aber ist das nicht ein Anfang? Du hast drei Jahre Trost und Fürsorge von Martin bekommen, während Rory auf seine Weise mit dem Schmerz fertig geworden ist. Jetzt kannst du ihn trösten. Ihr könnt zusammen weitermachen. In meinen Augen ist das eine phantastische Chance für einen Neuanfang.«

»Glaubst du das wirklich?«

»Aber ja.« Louise konnte förmlich hören, dass Thea lächelte. »Es ist genau der richtige Zeitpunkt. Alles hat sich zum Guten entwickelt. Du kannst das Angebot unmöglich ausschlagen.«

Louise seufzte schwer. »Ich will es ja annehmen«, sagte sie. »Aber diese Momente, in denen mich die Angst packt, machen mir wirklich zu schaffen.«

»Das kann ich mir vorstellen. Sprich mit ihm darüber. Vermutlich kennt er das Gefühl und zeigt es nur nicht. Wie mutig von ihm, dass er es noch einmal versuchen will. Scheint ein netter Mann zu sein.«

»Das ist er auch. Ich möchte, dass du ihn kennen lernst. Die Sache ist die … Es klingt wirklich komisch. Ich möchte es Brigid und Frummie erzählen, aber ich weiß nicht, wen ich zuerst anrufen soll.« Sie kicherte. »Ich weiß, das hört sich verrückt an, aber sie wohnen in so enger Nachbarschaft, und ich möchte niemanden verletzen. Sie waren beide so unglaublich nett. Bin ich da übersensibel?«

»Nein«, meinte Thea nachdenklich, die über die Beziehung zwischen Brigid und ihrer Mutter Bescheid wusste. »Ich kann mir vorstellen, dass es … Schwierigkeiten geben könnte. Frummie könnte damit auftrumpfen, wenn sie es zuerst erfährt, oder verletzt sein, wenn Brigid es ihr erzählt, weil du dich doch bei ihr, bei Frummie, meine ich, erholt hast. Jetzt sind beide deine Freundinnen.«

»Genau!«, rief Louise erleichtert. »Gott sei Dank! Ich dachte, es liegt an mir. Natürlich könnte ich beide rasch hintereinander anrufen, aber vielleicht ist eine von ihnen gerade außer Haus oder hat keine Zeit.«

Thea fing an zu lachen. »Was ist da zu tun?«, sagte sie. »Wart mal, wie wär's, wenn du anrufst und ein Treffen mit beiden verabredest, und dann sagst du es ihnen gleichzeitig? Vorausgesetzt, du schaffst es, es ihnen persönlich zu sagen.«

»Doch, doch«, sagte Louise nachdenklich und ließ sich den Vorschlag durch den Kopf gehen. »Das könnte ich auf jeden Fall. Eine brillante Idee. So mach ich's. Danke, Thea. Tut mir Leid, dass ich dich damit belaste. Es hat mich nur einfach alles überfordert.«

»Und dann lernen wir ihn alle kennen«, rief Thea vergnügt. »Jeder einzeln, was meinst du? Oder in Gruppen? Du könntest Eintrittskarten verkaufen. Ich kann es gar nicht erwarten.«

Louise musste lachen. »Du hast vielleicht Ideen! Weißt du was, ich bin dir richtig dankbar.«

»Kein Problem. Halt mich auf dem Laufenden, wie es weitergeht, und vergiss nicht, dass wir uns auf deinen Besuch freuen!«

»Danke. Ich besuche euch auf jeden Fall in nächster Zeit. Einen besonderen Gruß an Hermione.«

Als Louise den Hörer aufgelegt hatte, schien Thea ihr alle Angst genommen zu haben. Seltsam, dass Thea schon bei der ersten Begegnung eine solche Stärke ausgestrahlt hatte, ihr die Hand entgegengestreckt und sie gehalten hatte, als sie den Boden unter den Füßen verlor. Theas heitere Gelassenheit färbte auf andere ab, selbst wenn man nur kurz mit ihr in Berührung kam. Zuversichtlich schickte Louise sich an, Brigid anzurufen, aber noch während sie wählte, ertappte sie sich dabei, dass sie an Jemima dachte. Seit zwei Tagen erreichte man bei ihr nur den Anrufbeantworter, und obwohl Louise mehrmals eine Nachricht hinterlassen hatte, rief Jemima nicht zurück. Morgen, nahm sie sich vor, werde ich bei ihr vorbeischauen, falls sie sich bis dahin nicht gemeldet hat. In diesem Augenblick hob Brigid am anderen Ende der Leitung ab, und Louise musste sich auf das Gespräch konzentrieren.

Brigid stand im Hof und beobachtete die Tauben, die wie ein großes Federknäuel in den Himmel aufstiegen. Die Farben ihrer Flügel changierten: reines Weiß vor leuchtendem Blau, Grau vor der cremefarbenen Haufenwolke, strahlendes Weiß vor einer schwarzen Gewitterwolke. Die Vögel flogen in perfekter Harmonie, als folgten sie einer instinktiven Choreographie, und Brigid wurde von einem Glücksgefühl überwältigt. Die Schwalben waren nun fort, sie hatten sich Tage vor dem Aufbruch Richtung Süden gesammelt, saßen aufgereiht auf dem Scheunendach, bis sie eines Morgens verschwunden waren und nur leere Nester als Versprechen für das nächste Frühjahr zurückgelassen hatten.

Brigid fiel wieder ein, wie sie hier gestanden und über Jemima nachgedacht hatte, als Louise vor fünf Monaten hier eingetroffen war. Damals war sie enttäuscht gewesen, weil sie sich ihrer Schwester immer noch fremd fühlte. Jetzt empfand sie hingegen eine stille Freude über ihre aufkeimende Freundschaft, die möglich geworden war, weil sie ihren alten lähmenden Unmut abgeschüttelt hatten. So schwer es ihr auch gefallen war, hatte sie doch versucht, Alexanders Rat zu beherzigen – nein, nicht seinen Rat; Alexander war kein Mensch, der Ratschläge erteilte. Sie war seinem Vorschlag gefolgt, die Waffen niederzulegen und ihre Schwäche zu zeigen. Wie hatte er es formuliert? *Wir helfen anderen mit unseren Schwächen genauso wie mit unseren Stärken.* Das war ein neues Konzept, das sie ziemlich verblüffte. Sie hatte sich stets bemüht, gegenüber Mutter und Schwester die besten Seiten hervorzukehren – stark, kompetent und vernünftig zu sein. Aber anscheinend war dies nicht nur unnötig, sondern es sprach sogar einiges für das Gegenteil. Und es hatte tatsächlich funktioniert! Zwar war es ihr nicht leicht gefallen, Jemima von ihrem Geheimnis zu erzählen, ihr schlechtes Urteilsvermögen zuzugeben und zu zeigen, dass ihre Ehe doch nicht ganz die makellose, perfekte Verbindung war, die Jemima sich vorstellte. Mehr noch, Brigid setzte die Genugtuung aufs Spiel, die ihr Jemimas Neid bereitete. Im Glauben, Jemima sei der Liebling ihrer Mutter, hatte es sie befriedigt, ihre glückliche Ehe, ihre wohlgeratenen Kinder und nun auch noch ein Enkelkind präsentieren zu können. Nun hatte sie gezeigt, dass es auch in ihrem Leben Schwachpunkte, Geheimnisse, Ängste gab. Und Jemima hatte diese Enthüllungen mit einer Wärme und Großzügigkeit aufgenommen, die keineswegs darauf hindeutete, dass sie sich von Brigid distanzierte. Zweifellos waren sie sich ein Stück näher gekommen.

Bei ihrem Telefongespräch am Vorabend hatte Jemima müde, deprimiert und besorgt geklungen. Brigid war nicht ungeduldig und hatte ihre Schwester auch nicht gedrängt, sich zusammenzureißen und endlich mit ihren Problemen ins Reine zu kommen. Sie hatte nicht einmal die üblichen Fragen nach dem Motto »Was ist denn jetzt schon wieder los?« gestellt. Sie war lediglich ihrer Intuition gefolgt, hatte sich einfühlsam und freundlich gezeigt, als Jemima fragte, ob sie bei ihr in Foxhole vorbeischauen könne.

»Aber natürlich«, hatte Brigid sofort geantwortet. »Wann?« Und als Jemima sagte: »Wäre dir morgen recht?«, hatte Brigid ihre Überraschung und Sorge überspielt und sofort zugestimmt.

»Nur wir?«, hatte sie vorsichtig gefragt, weil sie nicht genau wusste, was Jemima vorhatte. »Oder möchtest du, dass Mummie auch rüberkommt? Und Margot?« Und als Jemima entsetzt antwortete: »Du liebe Güte, nein!«, war Brigid vor Freude errötet. Sie hatte sich zwar ein wenig geschämt, weil ihre Wangen glühten, aber insgeheim empfand sie eine tiefe Befriedigung darüber, dass Jemima sie ihrer Mutter vorzog. Offensichtlich war das Vertrauen zwischen ihnen gewachsen, was Brigid großartig fand. Aber gleichzeitig fürchtete sie, dass sie den Erwartungen nicht gerecht wurde, die Jemima in ein solches Vertrauensverhältnis setzte. »Komm kurz vor dem Mittagessen«, hatte sie vorgeschlagen. »Ich glaube, die ganze Bande fährt nach Exeter, und mit etwas Glück sind sie weg, bevor du hier bist.«

Als sie sich hinunterbeugte, um Blot zu streicheln, hörte sie, wie man sich in den Cottages zum Aufbruch rüstete; sie hoffte, dass sich die Ausflügler beeilen würden. Margot sagte zu Frummie, es sei viel kälter, als sie gedacht hätte, und in das Duett der Frauenstimmen mischten sich Basstöne, als Alexander und Gregory zum Auto gingen. Brigid beschloss, im Haus Deckung zu suchen, bis sie fort waren. Doch als sie sich umdrehte, hörte sie ein Motorgeräusch und sah Jemimas Wagen, der langsam den Weg hinunterfuhr. Leise fluchend sah sie, wie Frummie begeistert winkte, während die anderen drei der Besucherin teils erfreut, teils überrascht entgegensahen.

»So ein Mist!«, murmelte Brigid. »So ein verdammter Mist!«

Jemima stellte den Wagen ab und stieg aus. Sie sah müde, blass und seltsam wehrlos aus, was bei Brigid unverhofft einen Beschützerinstinkt weckte. Sie ging rasch auf ihre Schwester zu, die sich gegen den Ansturm der Begrüßung sichtlich wappnen musste.

»Herzchen!«, rief Frummie geradezu empört. »Warum hast du mir nicht gesagt, dass du kommst? Das ist wirklich ärgerlich. Wir wollten gerade los nach Exeter.«

Jemima schenkte Margot und Alexander ein freundliches Lächeln und begrüßte Gregory, der sie wohlwollend anstrahlte und ihr die Hand schüttelte. Hinter ihren Köpfen hob Brigid verzweifelt die Fäuste und schüttelte sie, und Jemima lächelte spontan, weil sie verstand.

»Ich bin bei Brigid zum Lunch eingeladen«, erwiderte sie. »Ich habe mir gedacht, dass ihr einen Ausflug macht, deshalb habe ich nichts gesagt.«

»Brigid hat auch nichts gesagt.« Frummie warf ihrer älteren Tochter einen strengen Blick zu, und wie immer war Brigid überzeugt, dass ihre Mutter ihre Gedanken las, die guten und die bösen, und sich insgeheim darüber amüsierte. »Ihr könntet doch mitkommen. Wäre das nicht nett? Dann wäre es eine richtige kleine Gesellschaft.«

»Das könnten wir«, erwiderte Brigid gelassen und trat näher, »aber dann müssten wir zwei Autos nehmen.« Sie zwinkerte Jemima rasch zu und warf Alexander einen flehentlichen Blick zu.

»Gute Idee.« Er nahm den Faden auf. »In diesem Fall hoffe ich, dass Jemima mit mir und Gregory fährt.« Er machte eine kleine Verbeugung und lächelte ihr zu, während Gregory sein Entzücken über diesen Plan äußerte. »Denn ich habe noch kaum Gelegenheit gehabt, sie kennen zu lernen.«

»Andererseits«, erklärte Frummie, die ausgezeichnet Haltung bewahrte, »wäre es eine Gemeinheit, Brigids Pläne über den Haufen zu werfen. Vermutlich hast du den ganzen Vormittag darauf verwandt, etwas Leckeres zu kochen, nicht wahr, Herzchen?«

»Nun ja …« Brigid zögerte, als würde sie ernsthaft abwägen, ob sie lieber fahren oder bleiben wollte.

»Wir Oldtimer mischen uns da lieber nicht ein«, meinte Margot heiter und tätschelte Jemimas Arm. »Ihr beiden Mädels habt eure eigene Party. Vielleicht sind Sie ja noch hier, wenn wir wiederkommen.«

»Wahrscheinlich.« Jemimas Miene hellte sich auf. »Sehr wahrscheinlich sogar.«

»Dann wollen wir mal los«, rief Frummie fröhlich, »sonst kriegen wir keinen Lunch mehr. Bis später, Mädels! Alexander ist heute der Chauffeur, glaube ich. Ich setze mich zu ihm nach vorn und erkläre ihm, wie er fahren muss.«

»Das war schrecklich«, sagte Jemima, als sie Brigid mit dem schwanzwedelnden Blot in die Küche folgte. »Um ein Haar hätten sie uns in den Wagen gepackt und nach Exeter entführt.«

»Ich dachte, sie wären längst weg«, sagte Brigid. »Oft brechen sie gleich nach dem Frühstück auf.«

»Heute hätte ich keine Chance gehabt.« Jemima setzte sich an den Tisch. »Ich bin wirklich nicht in Bestform.«

Brigid sah sie an. Jemima war ganz in Schwarz gekleidet: Sie trug einen weichen Angorapullover mit Rollkragen über einem knöchellangen engen Rock, dazu Lederstiefel und einen langen schwarzen Fleecemantel. Ihr blondes, glänzendes Haar fiel ihr auf die Schultern. Obwohl das harte Schwarz ihre Blässe unterstrich, sah sie umwerfend aus, und Brigid fühlte sich an die Jemima erinnert, die sie vor zweiundzwanzig Jahren auf der Beerdigung ihres Vaters so lieb angelächelt hatte.

»Du siehst müde aus«, sagte sie freundlich. »Möchtest du was trinken?«

Jemima seufzte und ließ die Schultern hängen. Sie war zu erschöpft, um diese schlichte Entscheidung zu treffen.

»Ich weiß nicht«, sagte sie. »Ich habe die letzten Tage ständig Kopfschmerzen, und Alkohol macht es nur noch schlimmer.«

»Alkohol ist kein Allheilmittel. Nimm doch einen Holunderblütenlikör mit Eis.«

»Ach ja.« Jemima richtete sich auf. »Das klingt gut.« Sie tätschelte Blot, der zu ihren Füßen saß. »Sind Tiere nicht wunderbar?«, fragte sie unvermittelt. »Viel netter als die meisten Menschen.«

Brigid goss Wasser in ein Glas. »Das hört sich an, als wäre dir übel mitgespielt worden. Wer war so böse zu dir?«

Jemima lachte kurz und verstummte. Sie beobachtete, wie Brigid Eis in den Likör gab, und nahm dann ihr Glas. »Danke«, sagte sie und nippte daran. »Köstlich. Um deine Frage zu beantworten, es waren mehrere Leute.«

Brigid schenkte sich ebenfalls ein, warf rasch einen Blick in die Backröhre und setzte sich Jemima gegenüber. »Wirklich?« Sie unterdrückte die Frage, die ihr auf den Lippen lag, trank einen Schluck Wein und betete um eine Eingebung. Sie durfte Jemima nicht ins Kreuzverhör nehmen oder irgendwie arrogant andeuten, sie habe das gottgegebene Recht, die Probleme der anderen zu lösen. Schließlich sagte sie: »Sartre hat doch ins Schwarze getroffen, als er sagte: ›Die Hölle, das sind die anderen.‹«

Jemima starrte in ihr Glas. »Sie haben mir die Wohnung gekündigt.«

»Machst du Scherze?« Brigid war schockiert. »Warum?«

Jemima zuckte die Schultern. »Es war von vornherein damit zu rechnen. Schon als ich den Mietvertrag unterschrieben habe, war klar, dass sie die Wohnung irgendwann für ihre Mitarbeiter benötigen. Sie sind natürlich im Recht, aber ich habe mich einfach in die Wohnung verliebt.«

»Das wundert mich nicht. Die Lage ist wunderbar. Es tut mir so leid für dich. Weißt du schon, wohin du ziehst?«

Jemima schüttelte unglücklich den Kopf. »Noch nicht. Sie sind ziemlich entgegenkommend mit der Kündigungsfrist, aber ich muss mich umhören. Die Häuser, die ich selber im Angebot habe, sind nur über den Winter oder als Feriendomizile zu vermieten, also muss ich mich ernsthaft dahinter klemmen. Das wird ziemlich schwierig werden.« Sie lächelte matt. »Du hast immer gesagt, ich hätte mit dem Geld eine kleine Eigentumswohnung anzahlen sollen, und jetzt zeigt sich, dass du Recht hattest.«

Brigid empfand bei dieser Bemerkung keine Genugtuung, nur aufrichtiges Mitgefühl. Sie vermutete außerdem, dass Jemima ihr noch mehr zu erzählen hatte.

»Das ist wirklich eine dumme Situation«, sagte sie. »Aber du weißt ja, du kannst immer hier unterkommen. Triff nur keine überstürzten Entscheidungen. Foxhole liegt ungünstig für dich, aber um diese Jahreszeit ist das ja nicht so entscheidend.«

»Ich danke dir.« Brigid entdeckte Tränen in Jemimas Augen. »Wenn du nicht aufpasst, wird das hier bald eine richtige Familienkommune.« Jemima lachte traurig.

»Wir würden uns schon zusammenraufen. In welcher Gegend würdest du denn gern wohnen?«

»Ich weiß nicht.«

Sie wirkte so apathisch, dass Brigid sich ernsthaft Sorgen machte. Jemima war sonst so heiter und unbeschwert, ein solcher Zustand der Erschöpfung und Gleichgültigkeit war vollkommen untypisch für sie. Brigid verkniff sich die Frage, ob Jemima pleite sei, und erwog und verwarf schweigend verschiedene Bemerkungen, die sie hätte machen können.

»Lass dir Zeit, und überleg es dir gründlich«, sagte sie schließlich. »Hier ist immer Platz für dich. Mach dir nur keinen Stress.«

Sie sah, dass es Jemima schwer fiel, mit der Sprache herauszurücken, und suchte daher nach einem unverfänglichen Thema, um ihrer Schwester Zeit zu geben. »Hast du Hunger?«, fragte sie beiläufig. »Wir könnten essen, wenn du möchtest.«

»Viel werde ich nicht runterkriegen«, sagte Jemima bedauernd. »Ich habe zur Zeit keinen rechten Appetit.«

»Das klingt besorgniserregend.« Schon fragte sich Brigid, ob Jemima ein ernsteres Leiden hatte, ob sie im Begriff war, ihr zu erzählen, dass sie an einer lebensbedrohlichen Krankheit litt. »So kenne ich dich gar nicht.«

Mit zitternder Hand griff Jemima nach ihrem Glas und nahm entschlossen einen Schluck.

»Ich bin sitzen gelassen worden«, sagte Jemima unvermittelt, fast beiläufig. »Richtig sitzen gelassen. Es war anders als sonst. Diesmal war es ungeheuer wichtig für mich. Ich dachte, wir hätten eine Beziehung, aber das war offensichtlich eine Fehleinschätzung.«

Brigid wurde sich bewusst, dass sie mit offenem Mund dasaß, und riss sich zusammen.

»Mein Gott, das tut mir wirklich leid. Wie gemein! Ich hatte ja keine Ahnung. Wer ...?« Sie verstummte. »Ich wusste nicht, dass es jemanden in deinem Leben gibt«, sagte sie schließlich.

»Er war fast den ganzen Sommer da. Er hat in einem meiner Cottages einen längeren Urlaub verbracht, und danach ist er fast jedes Wochenende gekommen. Er hatte eine langjährige Beziehung hinter sich, und wir haben uns richtig gut verstanden.« Sie biss sich auf die Lippen. »Er wollte sich einen Job hier in der Nähe suchen. Wir haben Pläne geschmiedet.« Ihr Kinn zitterte, und Brigid wäre gern aufgestanden und hätte ihrer Schwester den Arm um die Schultern gelegt. »Ich liebe ihn«, murmelte sie. »Ich liebe ihn wirklich, und ich weiß nicht, wie ich klarkommen soll, nun, da es vorbei ist.«

Sie setzte ihr Glas ab und brach laut schluchzend in Tränen aus, verschränkte die Arme auf dem Tisch und bettete den Kopf darauf. Brigid schob ihren Stuhl zurück und stand auf.

»Armes, armes Puddle-duck.« Zum ersten Mal in ihrem Leben benutzte sie den Namen aufrichtig als liebevollen Kosenamen, kniete neben der weinenden Jemima nieder, nahm sie in den Arm, legte die Wange auf ihr Haar und wartete, bis sie sich ausgeweint hatte.

42

»Wir dachten, ohne Gregory fühlst du dich vielleicht einsam«, sagte Frummie, »deshalb wollte ich anfragen, ob du zum Abendessen rüberkommst. Spar dir die Höflichkeitsfloskeln. Wenn du deine Ruhe haben möchtest, sag es einfach.«

Alexander lächelte. »Es würde mir nicht im Traum einfallen, ein so großzügiges Angebot abzulehnen«, erklärte er. »Vielen Dank.«

»Denk bloß nicht«, erklärte Frummie ein wenig gereizt, »dass wir unter Entzugserscheinungen leiden. Margot und mir geht der Gesprächsstoff nicht so leicht aus.«

Er machte ein schockiertes Gesicht. »Auf den Gedanken wäre ich nie gekommen«, protestierte er. »Ich bin überzeugt, dass eure Ressourcen … unerschöpflich sind.«

Sie grinste zögernd. »Wenn das nur wahr wäre«, sagte sie und vergaß ihren Stolz. »Sobald der Winter näher rückt, sinkt meine Stimmung ins bodenlose. Mir graut vor den düsteren regnerischen Tagen und den endlosen dunklen Abenden.« Sie zögerte, als überlege sie, ob sie ihm noch mehr anvertrauen sollte, dann sprach sie entschlossen weiter. »Margot hat mich gebeten, sie zu begleiten«, sagte sie, »und ich muss sagen, dass ich ernsthaft in Versuchung gerate.«

Alexander streckte die langen Beine aus, schlug die Füße übereinander und wartete. Der kleine Holzofen im Wohnzimmer war angeheizt. Alexander legte das Buch aus der Hand, in das er vor Frummies Eintreffen vertieft gewesen war, beobachtete sie und wappnete sich für einen Wortwechsel, bei dem er immer gern einen Schritt voraus war.

»Nun, es würde mir gefallen«, meinte sie, schlug ein Bein über das andere und lehnte sich in ihrem Sessel zurück, den Blick auf die Flammen gerichtet. »Margot sagt, dass Gregory uns nach London eingeladen hat. Da habe ich mich gefragt, ob du auch dort sein wirst.«

»Ich?« Er zog die Augenbrauen hoch. »Warum sollte ich?«

»Du hast doch angedeutet, dass du ihn auf dem Weg nach Norden besuchst.«

»Ach so. Ja, das stimmt, aber ich bleibe gewissermaßen nur über Nacht.«

»London liegt ja nicht gerade auf dem Weg nach Norden.«

»Nein, das kann man nicht behaupten.« Er lachte leise über ihre unbarmherzige Neugier. »Aber ich werde trotzdem ein, zwei Tage bei ihm verbringen.«

»Und wann wird das sein?«

»Wenn ich hier meine Zelte abbreche«, antwortete er unverbindlich.

Frummie presste die Lippen aufeinander und wippte ungeduldig mit dem Fuß. »Hast du eine Vorstellung davon, wie leicht du einen auf die Palme bringen kannst?«, fragte sie.

»O ja, ich denke schon«, gab er freimütig zurück. »Während der letzten siebzig Jahre haben meine Mitmenschen mir das immer wieder ziemlich unverblümt erklärt.«

Sie lachte. »Du Schlingel!«, rief sie fröhlich. »Ich möchte dich was fragen, Alexander. Es ist ziemlich persönlich.«

»Nur zu«, sagte er amüsiert und neugierig. »Ich behalte mir aber das Recht vor, nicht zu antworten.«

»Da habe ich keine Zweifel«, gab sie zurück. Den Blick nach wie vor aufs Feuer gerichtet, fragte sie: »Gehst du ins Krankenhaus? Bist du krank? Todkrank womöglich?«

Er sah sie überrascht an, dann lachte er. »Lieber Himmel, nein! Wie kommst du auf die Idee?«

Sie musterte ihn aufmerksam. »Das war nur so ein Verdacht. Also kein Altersheim?«

»Kein Altersheim.« Er erwiderte ihren Blick gelassen. »Ich gehe in den Norden, um zu arbeiten.«

»Um zu *arbeiten*?«

»Du glaubst wohl, ich bin zu alt, um mich nützlich zu machen?«

»Nein.« Sie schüttelte den Kopf. »Nicht unbedingt. Und was für eine Arbeit ist das?«

»Ach.« Er schüttelte den Kopf. »Es steht mir nicht frei, dir das jetzt schon zu erzählen.«

Sie runzelte die Stirn, biss sich auf die Lippen und trommelte auf den Armlehnen einen lautlosen Rhythmus. »Hast du schon gehört, was Humphrey vorhat? Dass er eine Segelschule leiten wird?«

»Wirklich?«, fragte Alexander unbeteiligt. »Ja, warum nicht? Klingt interessant.«

»Unten in Cornwall.« Offenbar missbilligte Frummie diesen Plan. »Vollkommen lächerlich, meiner Meinung nach. Jetzt, wo er endlich hier sein und Zeit für Brigid haben könnte, muss er nach Cornwall. Ich finde das ziemlich egoistisch. Die beiden werden sich kaum sehen. Es wäre so nett gewesen, Humphrey hier zu haben.«

Er betrachtete sie voller Mitgefühl. »Und was sagt Brigid dazu?«, fragte er.

Sie zuckte die Schultern. »Ach, das Übliche. Dass sie Trennungen gewohnt sind und er zu jung ist, um ganz in den Ruhestand zu gehen. Anscheinend kauft er die Segelschule.

Er hat es also nicht mit dir besprochen? Hast du nichts davon gewusst?«

Er schüttelte den Kopf. »Humphrey bespricht seine Pläne nicht mit mir«, antwortete er bedächtig. »Vielleicht ist es ja keine schlechte Idee. Schließlich ist es nicht weit nach Cornwall, und sie wären viel öfter zusammen als jetzt. So haben sie Zeit, sich aneinander zu gewöhnen.«

»Stimmt.« Frummie verzog das Gesicht. »Ich habe mich darauf gefreut, dass Humphrey kommt.«

»Ja«, sagte er leise. »Das kann ich mir vorstellen.«

»Ihr beide ähnelt euch, weißt du das?«, sagte sie unvermittelt. »Rein äußerlich, aber auch in anderer Hinsicht. Ihr seid Menschen, die man leicht ins Herz schließen kann.« Sie reckte das Kinn, blickte ihn trotzig an und verbarg ihre Angst, sich eine Blöße zu geben. »Dann wünschst du dir also niemanden an deiner Seite? Niemanden, der dich bei deiner neuen Arbeit im Norden unterstützt? Ich besitze ausgezeichnete Referenzen und eine Menge Erfahrung.«

»Das ist nicht möglich«, antwortete er, »aber vielen Dank. Es ist mir eine Ehre.«

Wieder zuckte sie die Schultern, auf ihren Lippen spielte das eigentümliche selbstkritische Lächeln. »Den Versuch war es wert«, sagte sie beinahe frech, obwohl ihre Augen verrieten, wie gekränkt sie war. Ob er ahnte, wie viel Überwindung es sie gekostet hatte, ein solches Angebot zu machen? Bemitleidete er sie? »Wir bleiben aber in Kontakt, ja?«

»Natürlich. Außerdem reise ich ja erst in ein paar Wochen ab.«

»Schon, aber vielleicht fahre ich doch mit Margot nach London. Mal sehen, ob mir danach ist. Wenn die Uhren umgestellt sind, geht es mit mir bergab. Im tiefsten Winter lässt sich die Sonne erst nach neun über dem Hügel blicken, und um drei ist sie schon wieder fort.« Sie schauderte. »Hast du eine Vorstellung, wie oft es hier regnet?«

»Ich hatte den Eindruck, dass du dich jetzt viel besser mit Brigid verstehst«, wechselte er das Thema. »Du bist weniger spitz, und sie wirkt zuversichtlicher.«

»Das mag schon sein, aber dadurch wird der Winter auch nicht kürzer. Ich habe mich eher auf Humphrey verlassen.« Sie lächelte verbittert. »Oder auf dich.«

»Das ist nicht möglich«, wiederholte er.

Plötzlich erwachte ihr Misstrauen. »Gibt es eine andere?«

Sein Blick wurde weich. Zögernd schaute er an ihr vorbei und fixierte etwas, was sie nicht sehen konnte. »So könnte man sagen«, gestand er schließlich.

»Du bist also verliebt.« Sie war unglaublich verletzt und zugleich schockiert über die Heftigkeit ihrer Eifersucht.

»Ja«, sagte er, und seine Stimme war von tiefem Glück erfüllt. »Ich bin verliebt.«

»Schön.« Sie versuchte zu lachen, bemüht, ihren Schmerz zu verbergen. »Das sehe ich. Ich fürchte, ich habe mich ziemlich dumm benommen.«

Er begriff, dass er ihren verletzten Stolz wieder aufbauen musste. »Ich finde, das war eine außerordentlich großzügige Geste von dir«, sagte er aufrichtig. »Sie bedeutet mir sehr viel.«

»Davon bin ich überzeugt«, entgegnete sie schnippisch und stand auf. »Es ist immer nett, eine neue Eroberung verbuchen zu können. Ich muss gehen. Bleib ruhig sitzen! Wir sehen uns zum Abendessen.«

Sie war verschwunden, bevor Alexander sich rühren konnte, und er schaute noch eine Weile ins Feuer. Schließlich griff er wieder nach seinem Buch und las weiter.

Als Louise ein paar Tage später an einem stürmischen Herbstnachmittag von Foxhole nach Hause fuhr, spürte sie geradezu, wie ihr Selbstbewusstsein wuchs und die letzten Überbleibsel der Angst verdrängte. Sie hatte dem Mittagessen bei Brigid und Frummie mit einer solchen Nervosität entgegengeblickt, dass sie zum Frühstück keinen Bissen hinunterbekam und sich klar machen musste, dass sie nichts zu befürchten hatte. Dennoch bereitete sie sich auf das Treffen vor, indem sie sich verschiedene Varianten des Gesprächsverlaufs vorstellte. Es würde nicht leicht sein zu erklären, wie Martin mit der Situation umgegangen war, dass er versucht hatte, sie vor sich selbst zu schützen, während er gleichzeitig zu Rory Kontakt hielt. Thea hatte diese von Mitgefühl bestimmte, aber ungewöhnliche Einstellung nachvollziehen können – unter ähnlichen Umständen hätte sie sich genauso verhalten –, aber bei Brigid und Frummie durfte Louise nicht mit so viel Verständnis rechnen. Anderen mochte es merkwürdig scheinen, dass sie noch mit Rory verheiratet war. Sie selbst hatte sich von ihrer früheren Existenz so vollständig losgesagt, dass sie sich kaum den Kopf darüber zerbrochen hatte. Aber nun wusste sie, dass Martin nie eine langfristige Beziehung mit ihr ins Auge gefasst hatte. Das war einfach nicht seine Art. Andererseits mochte es seltsam erscheinen, dass Rory nie die Scheidung gewollt hatte.

»Ich habe nie aufgehört, dich zu lieben«, hatte er erklärt, »und Martin hat immer angedeutet, dass du eine echte Chance hast, darüber hinwegzukommen. Außerdem hat er betont, dass du ihn nicht liebst. Er sagte, du würdest für ihn das empfinden, was manche Frauen ihrem Gynäkologen entgegenbringen, der sie in einer emotional schwierigen und gefährlichen Zeit unterstützt. Vertrauen und Zuneigung – und Abhängigkeit. Ein ganz besonderes Gefühl, aber keine echte Liebe.«

Er hatte sie besorgt angesehen, weil er fürchtete, dass sie ihn missverstand und sich herablassend behandelt fühlte, aber sie dachte nur über seinen treffenden Vergleich nach.

»Das war eine kluge Beobachtung«, hatte sie gesagt, »er hat völlig Recht. Im Rückblick betrachtet, hatte es tatsächlich etwas von einem Arzt-Patienten-Verhältnis. Er war immer so lieb und … und behutsam. Bei ihm war ich gut aufgehoben.«

»In gewisser Weise habe ich das auch so empfunden«, hatte Rory zugegeben. »Wahrscheinlich klingt es absurd, aber so habe ich es gesehen, und aus diesem Grund war es erträglich. Trotzdem bin ich froh, dass ihr euch getrennt habt.«

Sein liebevoller Blick hatte sie schüchtern gemacht, und sie wäre gern über ihren Schatten gesprungen und hätte ihm gesagt, dass sie ihn liebte. Brigid und Frummie davon zu erzählen war ein Schritt, den sie noch hinter sich bringen musste, um den Boden für ihr neues Leben zu bereiten. Sie brauchte die Zustimmung ihrer Freundinnen, ihre guten Wünsche, ihre Unterstützung. Für Louise waren sie wie eine Familie gewesen, Foxhole war ihr in einer schwierigen Zeit zur Heimat, zur Zufluchtsstätte geworden.

Wohin geht man aus einer Welt des Wahnsinns?
An einen Ort jenseits der Verzweiflung …
Zu einem steinernen Refugium …
In Sonnenhitze und eisige Nachtwachen.

Sie alle waren mit dem Stoff ihres Lebens verwoben, und ihre Zuneigung war für Louise wichtig. Rory hatte das begriffen.

»Sie möchten dich alle kennen lernen«, hatte sie ihn geneckt. »Bist du dem gewachsen?«

»Kann sein, dass ich Humphrey schon mal gesehen habe«,

hatte er gemeint, »vor ein paar Jahren. Ich glaube, ich werd's überleben.«

Tatsächlich hätte Louise sich keine Sorgen zu machen brauchen. Brigid war vollkommen entzückt gewesen. Sie fand es wunderbar, dass Rory auf Louise gewartet hatte und dann so unverhofft aufgetaucht war, und auch Frummie hatte seltsamerweise ihren gewohnten Witz und ihre Ironie abgelegt und ausgesprochen positiv reagiert.

»Greif zu!«, sagte sie mit seltsamer Eindringlichkeit. »Lass ihn nicht gehen, nur weil du Angst hast, du hättest deinen Schmerz noch nicht ganz überwunden. Manche Menschen klammern sich an die Vergangenheit und schauen nur zurück, obwohl sie doch in die Zukunft blicken sollten. Überwindet euren Schmerz gemeinsam. Blickt nach vorn, und stützt euch gegenseitig.«

»Das werden wir«, versprach Louise tief gerührt. »Es ist nur …«

Frummie lächelte wie immer mit heruntergezogenen Mundwinkeln. »Du machst das schon. Ganz bestimmt. Aber vergiss dein Versprechen nicht.«

»Versprechen?«, fragte sie ratlos.

»Nina Simone«, antwortete Frummie lakonisch. »Und die Flasche. Mehrere Flaschen. Rory kann mitkommen, wenn er mag. Je größer die Gesellschaft, umso besser die Unterhaltung.«

Louise lachte. »Versprochen«, sagte sie. »Du brauchst nur zu sagen, wann, und ich bin da. Das meine ich ernst.«

»Ich verlasse mich auf dich. Vielleicht bist du ja dann die einzige Freundin, die mir noch geblieben ist.«

Bevor Louise antworten konnte, kam Brigid mit einer Flasche Champagner aus der Küche zurück, und die Stimmung wurde ausgelassen. Als Louise Abschied nahm, schloss Brigid sie fest in die Arme.

»Bring ihn mit«, sagte sie. »Er gehört jetzt auch zur Familie. Ich hoffe, er kommt mit uns allen zurecht.«

»Danke«, sagte Louise und erwiderte die Umarmung, überrascht von Brigids Herzlichkeit. »Danke für alles. Wir werden jeden Frühling und Herbst die Ferien hier verbringen, so wie ich es immer getan habe.«

»Das will ich hoffen«, hatte Brigid geantwortet. »Und vergiss nicht, dass wir ihn kennen lernen möchten, sobald du genug Kraft geschöpft hast.«

Auf dem Rückweg zu ihrem Cottage empfand Louise eine überschwängliche Freude, die zu dem heulenden, stürmischen Wind passte, der übers Moor fegte. Die welken Farne beugten sich unter seinem kräftigen Atem, und die dunklen Zweige des Schwarzdorns zitterten. Das Wasser des Stausees brandete gegen die Steinmauern der Brücke und peitschte Gischt an das sandige Ufer. Louise ließ die Erinnerungen der letzten Monate Revue passieren, und als sie auf tiefere, geschütztere Wege gelangte, bedrückte sie nur noch die Sorge um Jemima. Es war schwierig, von ganzem Herzen glücklich zu sein, während Jemima so sehr litt. Jemima freute sich aufrichtig, dass Louises Schwierigkeiten in ein Happyend geführt hatten. Sie suchte nach einer neuen Wohnung, bemühte sich um eine positive Einstellung und freute sich im Stillen, dass sich nun ein engeres Verhältnis zu ihrer Schwester entwickelt hatte.

»Sie hat mir versprochen, dass ich in Foxhole wohnen kann, wenn ich nichts finde«, hatte Jemima berichtet. »Sie meint das wirklich ernst. Sie war so lieb. Aber ich brauche meine eigenen vier Wände. Ich weiß nicht, ob es zu schmerzlich wäre, in Salcombe zu bleiben, vorausgesetzt, ich kann mir dort eine kleine Wohnung leisten, oder ob ich lieber anderswo leben soll.« Sie seufzte. »Wahrscheinlich werde ich einfach dahin ziehen, wo ich was finde.«

Louise hätte sie so gern unterstützt. Sie versuchte, Jemima das eigene Glücksgefühl nicht allzu deutlich zu zeigen, ohne sich die Vorfreude aufs Wochenende nehmen zu lassen.

»Vielleicht hast du Lust, Rory kennen zu lernen«, sagte sie, über sich selbst erstaunt. »Ich würde mich jedenfalls freuen. Es wäre dann sozusagen ... realer, verstehst du? Manchmal fühle ich mich fast wie in einem Film.«

»Kommt doch zum Abendessen zu mir«, schlug Jemima vor. »Oder zum Lunch. Was euch lieber ist. Dann können wir meine tolle Aussicht ein letztes Mal so richtig genießen. Wir werden mit einem Paukenschlag ausziehen statt mit Katzenjammer.«

Das kleine Fest wurde ein großer Erfolg. Jemima hatte alle Register gezogen, und MagnifiCat begeisterte sich sofort für Rory, der die Zuneigung des Katers voll erwiderte. Es wurde viel gelacht, und nachdem sie ihre anfängliche Scheu bei einem Glas Wein abgelegt hatten, gaben sich Louise und Rory wie das glückliche Paar, das sie früher gewesen waren.

»Er ist umwerfend«, hatte Jemima am nächsten Tag am Telefon verkündet, »und MagnifiCat ist derselben Meinung. Er ist der erste Mann, der ihm gefällt, und das muss etwas über meinen Geschmack bezüglich Männern aussagen.«

Louise glühten die Wangen vor Freude über dieses Lob, sie war ganz überwältigt von ihrem Glück, aber trotz der gewonnenen Zuversicht wagte sie nicht, den letzten Schritt zu tun. Rory stieg nach wie vor im Hotel ab, sie blieb in ihrem Cottage, und beide wussten, dass auf dem Weg in die Zukunft nur noch ein letztes Hindernis zu überwinden war.

Während der Fahrt überlegte sie, wie der entscheidende Schritt erfolgen könnte, und malte sich das Wochenende aus, das vor ihnen lag.

43

An einem kühlen Sonntagmorgen Anfang November versammelte sich eine kleine Gruppe, um Frummie und Margot nachzuwinken, die nach Salisbury aufbrachen. Graue Wolken hingen am Himmel, und ab und zu fielen ein paar eisige Regentropfen auf die Köpfe der Abschiednehmenden. Nun, da der Augenblick der Abreise gekommen war, hatte Frummie die Niedergeschlagenheit der letzten Tage abgeschüttelt und war von geradezu überschwänglicher Fröhlichkeit. »Du kommst doch zurecht, Herzchen?«, hatte sie Brigid am letzten Abend in einer seltenen Anwandlung mütterlicher Besorgtheit gefragt. »Gott sei Dank haben sie den Mörder endlich erwischt. Wenigstens können wir uns nun wieder sicher fühlen. Aber pass auf dich auf!«

»Das mach ich«, versprach Brigid gerührt. »Du darfst nicht vergessen, dass ich Alexander noch für ein paar Wochen hier habe.«

»Ja, das stimmt.« Ein bitterer Zug erschien auf dem Gesicht ihrer Mutter, was Brigid beunruhigend fand. »Und Humphrey kommt ja auch bald zurück.«

»Ende November.« Brigid strahlte. »Es ist wunderbar!«

»Und seine Pläne mit der Segelschule stören dich nicht? Es überrascht mich schon, dass er nun so überstürzt wieder etwas Neues anpackt.«

»Ehrlich gesagt, glaube ich, dass ihm das gut tut.« Brigid wechselte rasch das Thema. »Und es ist doch schön, dass wir an Weihnachten alle zusammen sind, nicht wahr? Julian und Emma mit dem kleinen Josh. Du und Jemima.«

»Ich bin froh«, sagte Frummie, als fiele ihr das Bekenntnis schwer, »und erleichtert, dass du dich mit Jemima … so gut verstehst.«

»Ich auch. Wir müssen jetzt nur eine hübsche Wohnung für sie finden. Sie könnte doch sicher über Weihnachten bei dir wohnen, falls sie so schnell nichts findet?«

Frummie schüttelte ungeduldig den Kopf. »Natürlich. Wenn du damit einverstanden bist.«

»Ich glaube, wir werden unseren Spaß miteinander haben.« Brigid stellte überrascht fest, dass sie aus tiefster Überzeugung sprach. »Wie lange bleibst du voraussichtlich bei Margot?«

»Das weiß ich noch nicht genau.« Frummie rümpfte die Nase. »Ehrlich gesagt, kann ich ihre Schwiegertochter Barbara nicht ausstehen, aber Harry ist ein Schatz. Dann wollen wir Gregory für ein paar Tage in London besuchen. Vielleicht wird ja auch Alexander dort sein.« Nach einer Pause fuhr sie etwas gereizt fort: »Wir haben immer noch keine Ahnung, wohin er geht. Ich finde diese Heimlichtuerei allmählich ärgerlich.«

Erstaunt über Frummies Heftigkeit, zuckte Brigid die Schultern. »Er sagt, es sei ihm sehr wichtig und er habe Angst, darüber zu sprechen, falls es doch schief geht.« Sie lachte. »Ich kann mir vorstellen, was er meint, du nicht? Es hat was mit Aberglauben zu tun.«

»Wenn du es sagst.« Nun war Frummie wieder die Alte, distanziert und leicht amüsiert. »Jedenfalls hat Gregory versprochen, uns zu verwöhnen: ein Theaterabend, die Ausstellung im Courtauld, ein Essen in seinem Lieblingsrestaurant.

Klingt vielversprechend. Margot will außerdem einen Einkaufsbummel machen.«

»Da fällt mir was ein.« Errötend griff Brigid nach ihrer Handtasche. »In der Zeit hast du doch Geburtstag, und da habe ich mir überlegt, dass ich dir dein Geschenk … jetzt schon geben könnte.«

Frummie starrte wortlos auf den Scheck – ein ziemlich großzügiger Betrag –, während Brigid sie ängstlich beobachtete und inständig hoffte, dass sie sich nicht gedemütigt fühlen würde. Andererseits wusste sie, dass Frummie Mühe hatte, die Kosten für die Reise aufzubringen.

Frummie faltete den Scheck sorgfältig zusammen und steckte ihn in die Tasche, während Brigid erleichtert die Augen schloss.

»Danke«, sagte Frummie. »Das kann ich … sehr gut gebrauchen.« Sie blickte auf, und Brigid sah Tränen in ihren Augen. »Du bist ein liebes Mädchen. Verzeih mir, wenn … wenn …«

»Da gibt es nichts zu verzeihen«, erwiderte Brigid rasch. »Rein gar nichts. Mach dir ein paar schöne Tage!«

»Ja.« Das vertraute Lächeln umspielte Frummies Mund. Offensichtlich wollte auch sie diesen bewegenden Augenblick schnell hinter sich bringen. »Das habe ich auch vor.«

Das war ihr letztes Gespräch unter vier Augen gewesen. Danach wurde hektisch gepackt, und jetzt, am Morgen der Abreise, war Jemima vorbeigekommen, um sich zu verabschieden. Das unfreundliche Wetter sorgte dafür, dass die guten Wünsche für die Reise kurz ausfielen. Brigid und Jemima umarmten ihre Mutter, und Frummie stieg in Margots Wagen, der sich holpernd entfernte. Alexander ging in sein Cottage zurück. Und die beiden Schwestern suchten nur allzu gern Zuflucht in der warmen Küche. Auf dem

Herd köchelte eine Suppe, und Brigid schenkte Jemima und sich selbst ein Glas Wein ein.

»Gut.« Sie fühlte sich gleichzeitig erleichtert und erschöpft. »Hoffen wir, dass sie wohlbehalten ankommen. Wie geht die Wohnungssuche voran?«

Jemima stellte ihr Glas auf die Kommode, lehnte sich an den Herd und wärmte sich die Hände. »In Kingsbridge wird ein Cottage frei. Es ist zwar nicht besonders groß, aber für mich und MagnifiCat reicht es. Und dann gibt es noch eine Wohnung, von der aus man die Bucht sehen kann. Aber nur, wenn man auf den Zehenspitzen steht und sich den Hals verrenkt. Ich muss mich einfach entscheiden.«

»Und wie geht's dir sonst?«, fragte Brigid vorsichtig.

»Miserabel«, antwortete Jemima ehrlich. »Ich bin einfach nur unglücklich. Ich krieg nichts auf die Reihe.« Sie lächelte tapfer. »Aber ich werd's schon schaffen. Ich muss ja an den Umzug denken, das lenkt ab. Sag mal …« – sie nahm einen Schluck Wein –, »… du hast wahrscheinlich keine Lust, mit mir eine Wohnung anzuschauen, oder? Ein ›Apartment‹, aber das Inserat klingt vielversprechend. Kein Ausblick, aber ein kleiner Innenhof, man kann also draußen sitzen. Wenn du zu tun hast, brauchst du's nur zu sagen …«

»Ich würde sie mir gerne ansehen«, antwortete Brigid herzlich. »Das macht doch Spaß!«

»Super! Danke!« Jemima wirkte erleichtert. »Der Besichtigungstermin ist um drei Uhr.«

»Dann lass uns mal zu Mittag essen.« Brigid stand auf. »Aber vergiss nicht, egal, was passiert, Weihnachten verbringst du hier bei uns. Dein Großneffe freut sich schon darauf, dich kennen zu lernen.«

Jemima traten Tränen in die Augen. »Ich kann es gar nicht erwarten«, sagte sie, ohne Brigid anzusehen. »Es wird sicher … wunderschön.«

»Er wächst so schnell.« Brigid deckte den Tisch. »Ich zeige dir gleich die letzten Fotos. Eins verspreche ich dir, Puddleduck, das wird das schönste Weihnachtsfest aller Zeiten!«

Louise stellte den kleinen Rohrstuhl wieder an seinen Platz, schob das Eichenregal an die Wand und sah sich zufrieden im Schlafzimmer um. Es war fertig. Auftrag ausgeführt. Natürlich konnte sie die Lorbeeren nicht allein einheimsen, Rory hatte mitgeholfen, aber sie hatte etwas geleistet. Die Räume erstrahlten in neuem Glanz, und Louise war traurig, dass sie das kleine Haus, in dem sie Zuflucht gefunden hatte, wieder verlassen musste. Aber gleichzeitig empfand sie eine prickelnde Vorfreude, wenn sie an jenes andere Cottage im Wye Valley dachte.

»Du musst es dir unbedingt ansehen«, hatte Rory fröhlich verkündet. »Ich glaube, es wird dir gefallen.«

»Hört sich … gut an.«

Sie versuchten beide, sich die Situation vorzustellen. Kam sie als Gast oder als seine Frau? Irgendwie fiel es beiden hier leichter, die Distanz zu wahren. Hier hieß es immer »das Cottage« und »das Hotel«. Keiner drang in den persönlichen Bereich des anderen vor. Oft sagte Louise: »Komm auf eine Tasse Tee mit ins Cottage«, aber nie: »Komm noch mit zu mir.« »Wollen wir im Hotel zu Abend essen?«, fragte er. Aber das Cottage im Wye Valley war sein »Zuhause«. »Wenn ich nach Hause komme …«, sagte er manchmal. »Ich habe nämlich immer noch alle deine Bücher. Zu Hause …« Hin und wieder sprachen sie sogar von Hermione, warfen kurze, scheue Blicke in die Vergangenheit. Er war mutiger als sie, viel mutiger. »Weißt du noch …?«, fragte er manchmal – und ihr Herz bebte vor Angst, schreckte instinktiv vor dem Schmerz zurück. Doch so wie früher gelang es ihm nach und nach, sie zu einer friedvollen Gelassenheit zurückzuführen, sodass sie in aller Ruhe die Erinnerungen aus dem schmerzlichen Wirrwarr lösen konnte, zu dem sie sich verknotet hatten. Aber sie wusste, dass sie sich nach dem Cottage im Wye Valley sehnte; dort gehörte sie hin; das war der letzte Schritt – wenn sie es nur über sich brachte, ihn zu tun!

Louise ließ zum letzten Mal den Blick durchs Zimmer schweifen und ging dann hinunter. Auf dem Tisch lag die Karte von Frummie. Zwei dicke ältere Damen im Pelzmantel, die Arm in Arm flanieren. Die Bildunterschrift lautete: »Auf Männerfang«.

»Die beiden sehen doch aus wie ich und Margot, findest du nicht?«, stand in ihrer ausladenden Schrift darauf zu lesen. »Nur dass Margot eine scheußliche Erkältung hat. Die Ärmste ist zur Zeit nicht vorzeigbar. Triefaugen, rote Nase, dauerndes Schniefen, fleckige Wangen, strohiges Haar, Taschentücher in den Ärmeln. Siehst du sie vor dir? Trotzdem ist sie wild entschlossen, nach London zu reisen. Gregory hat schon Karten für eine aufregende Inszenierung im West End organisiert. Ein gerissener alter Knabe. Wir fahren also schon bald. Aber es wird auch Zeit. Barbara ist ein richtiger Drachen, sie schleicht durchs Haus und kontrolliert, ob wir spätabends noch Licht anhaben oder frühmorgens schon Whisky trinken. Wie geht's deinem reizenden jungen Mann? Kluges Mädchen, dass du ihn ergattert hast! Lass ihn nicht wieder los! Vergiss nicht, was ich dir gesagt habe – ich wünsche dir alles Glück der Welt.«

Louise kicherte, als sie den Text noch einmal durchlas. Sie sah das spitzbübische Funkeln in Frummies Augen förmlich vor sich. Leise summend brachte sie die Küche in Ordnung und ging ins Wohnzimmer, um Feuer im Kamin zu machen.

44

Inmitten von Umzugskartons hockte Jemima auf der Armlehne des Sofas und betrachtete den Zettel mit dem Rezept. Beim Einpacken war ihr aufgefallen, dass sie den Sammeltrieb einer Elster besaß. Jemima musste feststellen, dass sie, anders als Frummie, die gern mit leichtem Gepäck reiste, ihr Herz an allerlei Krimskrams hängte, den sie als Teil ihrer Vergangenheit betrachtete. In ihrer Schreibtischschublade fand sie Karten von Freunden, Briefe, Theaterprogramme, Speisekarten – und dieses Rezept von einem der Gerichte, die sie in diesen glücklichen Sommerwochen genossen hatten. Jemima glättete das Blatt und dachte an den Abend, als sie, nicht lange nach ihrer ersten Begegnung, im *Gara Rock Hotel* gegessen hatten. Sie hatte darauf bestanden, selbst zu zahlen. Er hatte nicht widersprochen, weshalb sie vermutete, dass auch Annabel gern ihre Unabhängigkeit wahrte. Für Jemima war es immer noch unerträglich, sich die beiden zusammen vorzustellen. Stöhnend stopfte sie das Rezept in den schwarzen Müllsack, und MagnifiCat sprang neben ihr aufs Sofa, rieb den Kopf an ihr und schnurrte laut. Das Durcheinander behagte ihm gar nicht. Meist blieb er einfach zusammengerollt auf dem Korbstuhl am Fenster liegen.

»Ich frage mich, ob es dir in unserem Apartment gefallen wird«, sagte sie leise und nahm ihn in die Arme, wo er ruhig liegen blieb wie ein großes, zufriedenes Baby. »Dort hast du zwar keinen Balkon mehr, aber vielleicht fühlst du dich in dem hübschen kleinen Hof ganz wohl.«

Sie drückte ihn an sich, setzte ihn wieder auf dem Sofa ab und wandte sich erneut ihrer Arbeit zu. Als sie gerade einen Stapel Bücher einpackte, klingelte das Telefon.

»Hi«, meldete sie sich. Bestimmt war es Brigid. Die beiden transportierten die handlicheren Umzugskartons nach und nach mit Brigids altem Kombi in die neue Wohnung, sodass später für den Rest nur noch ein kleiner Möbelwagen benötigt wurde. Brigid wusste, wie man einen Umzug reibungslos über die Bühne brachte. »Wir sind so oft umgezogen«, hatte sie gelassen bemerkt. »Hallo?«

»Wie geht's dir?« Seine Stimme klang so vertraut und kam doch völlig unerwartet.

Sie ließ sich wieder auf die Armlehne sinken. »Mir … den Umständen entsprechend.«

»Ach, Jemima.« Zärtlichkeit und Reue schwangen in diesem Ausruf mit. »Ich rufe an, um dir zu sagen, dass mir alles so leid tut –«

»Das haben wir schon hinter uns. Erinnerst du dich?«

»Ja, natürlich. Mir geht es ja nicht darum, mein Gewissen zu beruhigen. Ich habe mich wie ein Scheißkerl benommen, das ist mir klar. Ich rufe an, um … um dich zu fragen, ob du mir verzeihen kannst.«

Sie runzelte die Stirn, ihre Hand krampfte sich um das Handy. Worauf wollte er hinaus? »Verzeihen ist nicht meine Stärke«, erwiderte sie. »Warum soll das so wichtig sein?«

Er schwieg. »Ich glaube, ich habe einen schrecklichen Fehler gemacht«, erklärte er schließlich.

Sie holte tief Luft, legte den Kopf in den Nacken und schloss die Augen. »Du *glaubst* –«

»Ich weiß es«, verbesserte er sich rasch. »Diesmal bin ich sicher.«

MagnifiCat näherte sich wieder schnurrend, kletterte auf ihren Schoß, sodass sie das Gleichgewicht verlor und rücklings auf das Sofa plumpste. Der Kater lag auf ihrer Brust, sodass sie sich nicht rühren konnte.

»Jemima?« Seine Stimme klang besorgt. »Alles okay? Ich habe so ein komisches Geräusch gehört.«

»Das war MagnifiCat.«

»Ach.« Er lachte leise, als wäre mit dem Namen ein klein wenig von der alten Vertrautheit hergestellt. »Der alte Intrigant! Er hat mich nie besonders gemocht, stimmt's?«

»Nein«, erwiderte sie nachdenklich. Ihr fiel ein, dass MagnifiCat auf Rorys Schoß gesprungen war und begeistert geschnurrt hatte. »Hat er nicht.«

»Die Frage ist, wie es bei dir war?«

»Was denn?«

»Ob du mich … besonders gemocht hast? Ob du mich immer noch magst? So sehr, dass du mich wiederhaben willst?«

»Hast du … Annabel verlassen?«

»Wir sind nicht mehr zusammen.«

Einen Moment lang dachte sie über diese zweideutige Äußerung nach. »Verstehe. Darf ich fragen, wer wen verlassen hat?«

»Es beruhte auf Gegenseitigkeit«, erklärte er etwas zu hastig. »Wir haben beide eingesehen, dass es einfach nicht mehr funktioniert.«

»Verstehe.«

Schweigen.

»Ich möchte dich sehen«, bat er. »Ich weiß, dass es mit uns klappen würde. Ehrlich. Könnten wir es nicht probieren? Gemeinsam eine Wohnung suchen? Noch einmal von vorn anfangen?«

Jemima merkte, dass sie die Luft anhielt. Sie sah MagnifiCats rundes Gesicht vor sich; der Kater blickte ihr in die Augen. Dann stieß sie einen langen, zufriedenen Seufzer aus. Seltsam, dass sie vergessen hatte, wie sich dieses besondere Glück anfühlte: die Leichtigkeit, Gelöstheit, ein freudiges Aufjauchzen sozusagen. Nun, da dieses Gefühl zurückgekehrt war, würde es ihr viel leichter fallen, mit der Einsamkeit und dem Schmerz zurechtzukommen.

»Jemima?«, rief er voller Angst. »Was meinst du?«

»Nein«, erwiderte sie freundlich. »Nein, ich fürchte, das geht nicht. Nein.« Als er hastig weitersprach, erklärte sie: »Nein, das hat nichts mit Rache zu tun. Ich bin nur einfach sicher, dass es nicht klappen würde. Es tut mir leid, aber ich ziehe gerade um. Trotzdem, danke für deinen Anruf und viel Glück.«

Sie drückte auf den Knopf und schnitt ihm das Wort ab. Eine Sekunde später klingelte es erneut. Diesmal prüfte sie die Nummer des Anrufers, bevor sie sich meldete.

»Hi«, sagte sie zu Brigid. »Hast du es schon mal versucht?«

»Ja«, entgegnete ihre Schwester fröhlich, »aber es war belegt. Hoffentlich nichts Wichtiges?«

»Nein.« Jemima lächelte. »Nichts Wichtiges. Wann kommst du vorbei?« Dann lachte sie laut. »Komisch«, meinte sie, »aber jetzt bin ich so weit, dass ich gern gehe. Seltsam, oder? Komm einfach, wann es dir passt. Wir erwarten dich.«

MagnifiCat verzog sich und hüpfte mit einem eleganten Sprung auf den Korbstuhl. Dort machte er es sich bequem und drapierte seinen wuscheligen Schwanz um seinen Körper. Als er den Kopf auf seine Pfoten legte und die Augen schloss, schien er zu lächeln.

Zwei Wochen später stand Brigid an ihrem Arbeitstisch und steckte schweren Brokatstoff ab, während Blot wie ein schwarzer Schatten neben ihr lag. Trotz des warmen Heizkörpers war es in ihrem Zimmer kalt. Ein eisiger Nordostwind strich ums Haus und drang durch alle Ritzen. Brigid hielt inne, rieb sich die starren Hände und merkte, dass auch ihre Füße langsam zu Eiszapfen wurden.

»Kaffee«, sagte sie. »Heißer Kaffee. Den kann ich jetzt gebrauchen. Komm, Blot.«

Jetzt, Ende November, ließ Brigid das Feuer in den beiden Öfen bei Tag und Nacht nicht ausgehen. Dennoch fühlten sich die Schieferplatten des Fußbodens kalt an. Auf dem Flur blieb sie stehen und hob die Post von der Fußmatte auf, dann ging sie in die Küche, schob den Wasserkessel auf die Herdplatte und sah die Briefe durch. Sogleich fiel ihr die markante Handschrift ihrer Mutter auf. Sie legte die übrige Post auf den Tisch und schlitzte den Umschlag auf. Vielleicht schrieb Frummie ja, dass sie bald nach Hause kommen würde. Überrascht stellte Brigid fest, dass sie sich richtig darauf freute, ihre Mutter wiederzusehen. Lächelnd zog sie den Briefbogen hervor und überflog ihn. Einige Sätze sprangen ihr besonders ins Auge. Ungläubig las sie noch einmal, was Frummie geschrieben hatte.

»Liebste Brigid, bitte versuch, es nicht persönlich zu nehmen … Gregory und ich verstehen uns einfach so gut … Wir haben so viel gemeinsam … so viel Spaß. Er hat eine kleine Villa in Portugal, wo wir Weihnachten verbringen wollen. Eine wunderbare Vorstellung, die heiße Sonne zu genießen! Du weißt ja, was für eine Eidechse ich bin … Natürlich bin ich dir ungeheuer dankbar dafür, dass du mich aufgenommen hast, aber es ist einfach wunderbar, wieder in London zu sein, und der liebe Gregory ist so einsam … Außerdem steht ja auch ihr beide, du und Humphrey, vor einem Neuanfang. Ich hoffe, du wünschst mir für mein neues Leben viel Glück … Ich werde von jetzt an mit ihm in London leben, die Adresse findest du auf dem Briefkopf … Selbstverständlich werden wir euch bald besuchen.«

Brigid hatte keine Ahnung, wie lange sie so dastand, den Brief in der Hand, und ihn immer wieder las. Als sie völlig verstört aufblickte, stand Alexander in der Tür.

»Du hast nicht auf mein Klopfen reagiert«, erklärte er, »und da habe ich mich gefragt, ob alles in Ordnung ist.«

Sie starrte ihn an. »Der Brief ist von Mummie«, sagte sie mit tonloser Stimme. »Ich kann es nicht fassen. Sie ist … durchgebrannt.«

Ihre Lippen zitterten, und Alexander fürchtete, sie würde gleich in Tränen ausbrechen.

»Gregory?«, fragte er.

»Ja«, antwortete sie ärgerlich. »Ja, Gregory. Ich kann es einfach nicht glauben. Wir haben uns zum ersten Mal richtig gut verstanden. Und jetzt verschwindet sie einfach und lässt mich wieder allein.«

Er sah sie voller Mitgefühl an, schwieg aber.

»Ganz schön dumm von mir, dass es mir etwas ausmacht, was?«, fragte sie bitter. »Ich meine, kannst du das fassen? Einfach so, in einem Brief. Nicht mal ein Anruf. Einfach nur ein blöder Brief. ›Liebe Brigid, ich wollte dir nur sagen, dass ich mal wieder das Weite suche. Mach's gut und danke für alles, deine dich liebende Mutter.‹ Mein Gott!« Sie lachte zornig auf. Er trat zu ihr, nahm ihr den Brief aus der Hand und schob ihr einen Stuhl hin.

»Schsch«, sagte er, als müsse er ein störrisches Tier beruhigen. »Beruhige dich! Phantasier dir nur nichts zusammen.«

»Was soll das denn heißen?« Gekränkt sah sie zu ihm auf.

»Ich phantasiere überhaupt nicht. Da steht es. Lies es, wenn du willst. Warum auch nicht? Es ist schließlich kein Geheimnis.«

Er wandte sich von ihr ab, weil er den Anruf nicht erwähnen wollte, den er am Morgen von Frummie bekommen hatte. »Kümmere dich um Brigid«, hatte sie gesagt. »Ich kann nicht noch einen Winter in Dartmoor bleiben, das überlebe ich nicht. Hab ein Auge auf sie, wenn sie den Brief liest. Bitte.«

»Wird gemacht«, hatte er versprochen.

»Und verachte mich nicht«, hatte sie gebeten. »Ich bin nicht so stark wie du. Oder wie Brigid.«

»Mein liebes Mädchen«, hatte er erwidert, »ich habe in meinem Leben viel zu viele Fehler gemacht, um über andere Menschen zu richten.« Nach einer Pause fügte er hinzu: »Wie hat Margot reagiert?«

Wider Willen musste sie lachen. »Sie spuckt Gift und Galle«, erwiderte sie, »aber sie will kommen, wenn wir sie nach Portugal einladen.«

Alexander kicherte. »Bestell Gregory schöne Grüße von mir! Und sag ihm, dass er dich nicht verdient hat.«

»Ich wünschte, du wärst es gewesen«, hatte sie erwidert – und aufgelegt.

Jetzt machte er Kaffee, während die Uhr unermüdlich tickte und Blot Wasser aus seinem Napf schlabberte.

»So«, sagte er, stellte die Tassen auf den Tisch und setzte sich neben Brigid. »Du weißt es schon, oder?«, fragte sie.

»Ja«, antwortete er. »Ich weiß Bescheid.«

Sie zuckte die Schultern, griff nach der Tasse und sah ihn wütend an. »Das war's also.«

»Aber glaubst du nicht, dass Frummie in dieser Lebenssituation glücklicher ist? Sie ist nun mal kein Landmensch! Deine Mutter muss doch nicht nebenan leben, um dir zu beweisen, dass sie dich liebt. Du bist kein Kind mehr.«

»Das ist es nicht!«, rief sie empört.

»Was dann?«

»Es ist … Es ist …« Brigid suchte nach Worten. Trotz ihrer Erregung war ihr klar, dass Alexander nur die Wahrheit hören wollte, nicht mehr und nicht weniger. »Es ist so demütigend«, sagte sie schließlich ausweichend. »So verletzend, dass sie sich mir nichts, dir nichts aus dem Staub macht. Sie hätte zumindest anrufen und es mit mir besprechen können. So tut es einfach nur weh. Wo ich dachte, wir seien uns näher gekommen. Lieber Himmel, es ist unglaublich. Und Gregory schien so nett zu sein.«

»Er ist tatsächlich nett. Deshalb will sie auch bei ihm bleiben. Warum sollten zwei einsame alte Menschen nicht zusammen glücklich werden, anstatt den Jüngeren zur Last zu fallen?«

Brigid schwieg. Sie dachte an das letzte Gespräch mit ihrer Mutter, die Tränen in den Augen hatte, als sie sagte: »Verzeih mir …«

»Du hast Recht«, sagte sie mit tonloser Stimme.

»Glaub mir, es wird ihr gut bei ihm gehen. Und nun versuch dich für sie zu freuen. Sie liebt dich doch nicht weniger, nur weil sie Licht und Sonne braucht.«

»Ich liebe sie auch«, erwiderte Brigid langsam. »Das habe ich schon immer getan.«

»Dann sag ihr das, und wünsche ihr alles Gute. Und warte ab, was passiert.«

»Ich werd's versuchen.«

»Hast du dir schon mal überlegt«, begann er nach kurzem Schweigen, »dass hinter deiner Sorge, ob ihr beide zurechtkommt, wenn Humphrey ständig zu Hause ist, vielleicht deine Furcht steht, wieder verlassen zu werden? Du hast ein Gefühl der Unzulänglichkeit kultiviert, das jeder Grundlage entbehrt. Frummie hat Foxhole vor Jahren – und heute wieder – wegen ihrer eigenen, nicht wegen deiner Schwächen verlassen. Lass dir das Leben nicht dadurch vergällen, meine liebe Brigid. Humphrey liebt dich. Er wird dich nie verlassen. Bist du sicher, dass hinter deiner Angst vor eurer gemeinsamen Zukunft nicht diese Furcht steckt?«

»Ich weiß nicht«, antwortete sie geradezu verstört. »Vielleicht. Ich fürchte, dass das Zusammenleben nach all den Jahren der Trennung ein Schock sein könnte. Für uns beide.«

»Du hast vermutlich unbewusst Angst, ihn zu verlieren. Du redest dir ein, dass er dein wahres Ich nicht kennt – dein Bedürfnis nach Einsamkeit zum Beispiel –, und fürchtest, dass er dich nicht mehr lieben wird, wenn er dich erst einmal richtig kennt.«

Schweigen. »Es macht mir solche Angst«, flüsterte sie schließlich.

»Ich weiß. Und zwar völlig grundlos. Weißt du denn nicht, wie sehr er dich liebt? In seinen Briefen an mich ging es nur um dich. Um sein Glück mit dir und seinen Jungen. Er hat mir geschrieben, wie stolz er auf dich ist. Und er hat allen Grund dazu, Brigid.«

Bevor sie etwas erwidern konnte, klingelte das Telefon. Brigid stand langsam auf – sie hatte sich von dem Schock noch nicht ganz erholt – und nahm ab.

»Brigid?« Jemima klang, als wäre sie gerade aus allen Wolken gefallen. »Hast du heute Morgen auch einen Brief von Frummie bekommen?«

»Hallo, Puddle-duck«, sagte Brigid. »Ja, habe ich.« Sie warf Alexander einen Blick zu, der verständnisvoll lächelte. »Ich bin immer noch sprachlos … Warum kommst du nicht einfach vorbei? Hast du Lust …?«

Alexander trank seine Tasse aus, winkte Brigid zu und stahl sich davon.

45

Louise saß im Wintergarten, genoss die Sonne und wartete auf Rory. Auch bei schönem Wetter war es Ende November in dem gläsernen Anbau nicht gerade warm. In ihren Schal gehüllt, betrachtete sie die kleine ledergebundene Fotomappe, die vor ihr auf dem Tisch lag. Anscheinend hatte Rory sie gestern dort gelassen, denn sie hatte vorher im Wohnzimmer unter dem Sessel gelegen. Louise hatte sie aufgehoben, einen Blick auf die beiden Fotos geworfen und sie rasch wieder zugeklappt. Sie hatte die Mappe auf den Kaminsims gestellt, doch obwohl sie sie nicht mehr zur Hand nahm, standen ihr die Bilder deutlich vor Augen. Es war, als rufe die Mappe laut nach ihr, bis sie sie mit in den Wintergarten nahm.

Rory holte Louise ins Leben zurück. Es war wie früher, wenn es ihm nach langer Trennung gelungen war, ihre Liebe neu zu entfachen und sie mit freundlicher Beharrlichkeit aus ihrem Kokon herauszulocken, in den sie sich während seiner Abwesenheit zurückgezogen hatte. Er brachte ihr alles in Erinnerung, was sie verdrängt hatte: verleugnete Liebe, vergessenes Lachen. Dafür war sie ihm dankbar. Da sie selbst den ersten Schritt nicht tun konnte, brauchte sie seine Hartnäckigkeit, die sich von keinem Rückschlag entmutigen ließ.

»Man kann sich auch an die Vergangenheit klammern«,

hatte Frummie gesagt – und sie hatte Recht. Die schlimmen Erfahrungen überschatteten die Gegenwart, erinnerten einen ständig an das Erlittene und hemmten jeden Fortschritt.

Aber ich liebe ihn, dachte sie. Ich liebe ihn so sehr.

Wie beflügelt von diesem Gedanken, griff sie nach der Fotomappe und öffnete sie vorsichtig. Hermione sah sie mit diesem ach so vertrauten Blick an: mit einer Bereitschaft, sich freudig überraschen zu lassen, mit Aufgewecktheit und Neugier. Sie saß rittlings auf dem Dreirad mit dem Ponykopf, an dessen Ohren sie sich festhalten konnte. Mit einem Patschhändchen umklammerte sie ein Ponyohr, mit dem anderen drückte sie einen Teddy an die Brust. *Eggy Bear*. Sie hatte ihren Vater stets »Gaggy« genannt, da ihr die Aussprache des D anfangs schwer fiel – und auch aus dem »Teddy« wurde ein »Teggy« und dann einfach »Eggy«. Es war die Zeit vor Percy dem Papagei, von dem sie sich niemals getrennt hatte.

Louise hielt ihrem Blick stand. Ihr wurde bewusst, dass die alte, quälende Sehnsucht verschwunden war und sie ihr Kind nun mit trauriger Zärtlichkeit betrachten konnte. Der Schmerz und die Leere hatten sich zu einem erträglicheren Leiden gemildert, mit dem sich leben ließ. Andere Bilder kamen ihr in den Sinn, und obwohl ihr Tränen in die Augen traten und das Foto Hermiones verschwamm, konnte sie diese Erinnerungen endlich zulassen.

Nach einer Weile sah sie sich das andere Foto an, auf dem eine jüngere Louise den Betrachter anstrahlte: Lachend strich sie sich das Haar aus der Stirn, mit dem anderen Arm hielt sie Rorys Taille umfasst. Er lächelte sie an, den Arm um ihre Schulter gelegt, und in seinen Augen lag dieselbe gespannte Aufmerksamkeit, die seine Tochter später an den Tag gelegt hatte. Das Bild war bei einem Grillabend entstanden. Rory hatte gerade Urlaub, und Louise wusste seit kurzem, dass sie schwanger war. Er hatte sich unglaublich gefreut.

»Man könnte meinen, es sei das erste Baby der Weltgeschichte«, hatte sie ihn geneckt.

»Was mich betrifft, ist es das auch«, hatte er überglücklich erwidert.

Louise stellte die Mappe auf den Tisch, sodass sie beide Fotos sehen konnte, und lehnte sich zurück. Kurze Zeit später hörte sie, wie es an die Haustür klopfte.

»So ein Frost«, sagte Rory, als sie ihn einließ, »aber im Sonnenschein leuchtet und funkelt alles nur so.«

Als er die Fotomappe entdeckte, warf er Louise einen raschen Blick zu und schaute wieder weg.

»Sie lag unterm Sessel«, sagte sie.

»Ist mir anscheinend aus der Jacke gefallen«, meinte er. »Das kommt davon, wenn man kein anständiges Jackett trägt. Es rutscht einem leicht etwas aus der Tasche. Ich habe sie einfach gern bei mir, weißt du.«

»Ja«, erwiderte sie. »Das kann ich mir vorstellen.«

Er überlegte, wie sich die Befangenheit, die sie beide erfüllte, verscheuchen ließ. Schließlich griff er nach der Fotomappe, aber statt sie einzustecken, behielt er sie in der Hand und betrachtete die Bilder.

»Weißt du noch?«, fragte er zärtlich. »Der gute alte Eggy. Als sie das D aussprechen konnte, war es zu spät. Er hieß ein für alle Mal Eggy. Ich habe ihn nämlich noch. Daheim.«

Daheim. Das Wort war ausgesprochen. Es klang verlockend, verheißungsvoll.

Louise schluckte. »Ja«, sagte sie. Ob er wusste, wie sehr sie sich wünschte, dass er sie aus dem Würgegriff der Vergangenheit befreite und in die herzerwärmende Gegenwart führte? Sie versuchte ihn zu ermutigen. »Ist das Foto nicht auf der Grillparty bei den Sewards entstanden?«

»Ja, stimmt.« Er hielt ihr das Foto hin. »Da ging es ziemlich hoch her, aber du wolltest keinen Alkohol trinken, um dem Baby nicht zu schaden. Wir hatten es gerade erfahren.« Er lachte leise und wechselte das Thema, damit der Schmerz sie nicht wieder überwältigte. »Erinnerst du dich an Phil und Jeff? Die beiden Offiziere, die nebenan wohnten?«

»Genau.« Sie kicherte. »Wir nannten sie Kahlkopfadler und Silberfuchs. Hermione war ganz hingerissen von den beiden.«

Sie verstummte, aber er blieb hartnäckig, ließ nicht zu, dass der Faden abriss.

»War es nicht Phil, der ihr Percy mitgebracht hat? Er hatte ihn doch in London gekauft, oder?«

»Ja, Jeannie hat ihn hergeschickt.« Sie biss sich auf die Lippen, unterdrückte die Tränen, folgte dem Weg, den er ihr zeigte, weg von den Schatten, hin zum Licht. »Sie war immer so nett. Phil kam herein und hat nach Hermione gefragt …« Sie sprach den geliebten Namen tapfer aus, doch dann versagte ihre Stimme.

»Stimmt.« Er nahm ihre Hand und spann den Faden weiter. »›Ich möchte dir einen Freund von mir vorstellen‹, hat Phil gesagt und Percy mit großem Trara hinter seinem Rücken hervorgezaubert …«

»Und sie ist aufgesprungen«, Louise umklammerte seine Hand, als ginge es um ihr Leben, »und hat gekreischt: ›Pretty Polly, Pretty Polly!‹ Weißt du noch, diese Fernsehsendung? Die hat sie so geliebt.«

Louise begann zu weinen. Rory legte die Fotomappe wieder auf den Tisch und nahm sie in die Arme. Auch ihm standen die Tränen in den Augen.

»Wir könnten noch mehr Kinder haben«, sagte er und drückte sie an sich. »Wir könnten es versuchen …«

Tief erschüttert nickte sie, das Gesicht an seiner Brust geborgen, und er schluchzte auf vor Erleichterung. Seine Tränen fielen auf ihr Haar. Verzweifelt suchte er nach den richtigen Worten, um ein für alle Mal die letzte Hürde zu überwinden. Doch sie kam ihm zuvor.

»Ich liebe dich«, sagte sie, ohne aufzublicken. »Ich habe nie aufgehört, dich zu lieben.«

»Ich auch nicht. Keinen Augenblick. Mein Liebling, jetzt ist alles vorbei. Keine Vorwürfe mehr. Keine Schuldgefühle.« Sie nickte, und beinahe wäre er wieder in Tränen ausgebrochen, diesmal vor Freude und Dankbarkeit. »Schluss damit!« Er atmete auf. *»Also! Wo waren wir stehen geblieben?«* Er spürte, dass sie ihn noch fester an sich drückte. Nun umfasste er ihr Gesicht mit beiden Händen und sah sie an. Die Gegenwart war hier und jetzt, vom nächsten Schritt hing alles ab – und den mussten sie gemeinsam tun. Und die Verantwortung für diesen entscheidenden Schritt sollte sie mit ihm teilen. Denn damit war auch der Weg in die Zukunft vorgezeichnet. »Was machen wir jetzt?«, fragte er zärtlich.

Sie stellte sich auf die Zehenspitzen und küsste ihn, die Arme immer noch um ihn geschlungen. »O Rory«, sagte sie, »gehen wir heim!«

Brigid setzte sich ins Auto, wo Blot sie geradezu hysterisch begrüßte. Einen Moment lang ließ sie den Blick zufrieden über ihre Weihnachtseinkäufe auf dem Beifahrersitz wandern, bevor sie sich auf den Heimweg machte.

Obwohl die Sonne schien, war es bitterkalt. An den Bäumen glitzerte Raureif, und die Pfützen am Straßenrand waren mit einer Eisschicht bedeckt. Nach tagelangem Regen genoss Brigid den Anblick der winterlichen Schönheit ringsum.

In zehn Tagen würde Humphrey nach Hause kommen. »Ich habe da eine Korallenkette entdeckt«, hatte er erzählt,

»du wirst Augen machen.« Seiner Heimkehr sah sie nun ohne Furcht entgegen. Alexander hatte ihre geheimen Ängste beim Namen genannt, und damit war es gelungen, das Netz ihrer lebenslangen Selbstzweifel zu zerreißen. Humphrey liebte sie über alles; er war stolz auf sie; er brauchte sie. In letzter Zeit hatte seine Stimme so fröhlich geklungen, offenbar war er überzeugt, dass sie die richtige Entscheidung getroffen hatten, ja er hielt es sogar für richtig, Jenny weiterzubeschäftigen. Jenny wirkte da weniger zuversichtlich.

»Ich würde gerne bleiben«, hatte sie Brigid anvertraut. »Aber die Vorstellung, mit Humphrey zusammenzuarbeiten, macht mir Angst. Im Grunde hat er mich nie gemocht.«

Brigid gab sich alle Mühe, sie zu beruhigen.

»Er braucht dich«, versicherte sie der Freundin. »Für ihn ist das alles Neuland. Versuch es wenigstens, mir zuliebe« – und Jenny hatte schließlich ja gesagt.

Brigid überquerte die Holne Bridge, nahm den Fuß vom Gas, um die reißende Strömung zu betrachten, und fuhr dann ins Moor hinaus. Dank der klaren Luft konnte man meilenweit sehen: die Granitfelsen, die sich aus den blauen Schatten der Täler erhoben, die zerklüfteten Steilhänge mit den Baumskeletten und die leuchtenden Farben des Farnkrauts, das überall wucherte. Brigid verspürte ein inzwischen vertrautes Gefühl von innerem Frieden. Bis vor kurzem war sie so damit beschäftigt gewesen, die Angelegenheit mit der Segelschule zu klären, Humphrey Mut zu machen, die besorgte Jenny zu beschwichtigen, dass sie gar nicht darüber nachgedacht hatte, ob sie selbst das alles auch wollte. Da sie für das Problem verantwortlich war, konnte sie sich natürlich schlecht über die Lösung beklagen, aber inzwischen blickte sie zuversichtlich in die Zukunft. Den Schock über den Brief ihrer Mutter hatte sie dank Alexanders liebevoller Unterstützung überwunden. Und Jemimas Umzug in das Apartment in Kingsbridge, bei dem sie tatkräftig mithalf, bot eine willkommene Ablenkung. Die neue, vertrauensvolle Beziehung zu ihrer Schwester erfüllte sie mit tiefem Glück. Da sie nun nicht mehr unter jener lähmenden Angst litt, die sie in den dunklen Winkeln ihrer Seele genährt hatte, verflüchtigte sich auch die alles vergiftende Eifersucht. Eine aufrichtige Zuneigung war entstanden, und die beiden entdeckten das Glück der Geschwisterliebe. Das fiel ihnen seltsamerweise leichter, nachdem Frummie weggezogen war. Brigid hatte sogar ein entspanntes Telefongespräch mit ihrer Mutter geführt, ihr alles Gute gewünscht, sie und Gregory nach Foxhole eingeladen und versprochen, sich bald wieder zu melden. Danach fühlte sie sich merkwürdig erleichtert, und es stellte sich eine Gelassenheit und Zuversicht ein. Zum ersten Mal in ihrem Leben war das Gefühl der Unzulänglichkeit von ihr abgefallen, und sie empfand nur noch Zuneigung für ihre Mutter. Jene Sehnsucht, die sie vor Monaten an jenem Abend auf dem Combestone Tor überwältigt hatte, fand vielleicht doch noch Erfüllung. Endlich war dieser ewig lockende, nie ganz erreichbare Zustand wahrer Zufriedenheit zum Greifen nahe. Als Brigid nun das schimmernde Wasser des Stausees vor sich sah, wurde ihre Freude nur durch Alexanders Abreise gedämpft.

»Ich werde dir schreiben«, hatte er versprochen, »und alles erklären. Ich kann nämlich immer noch nicht glauben, dass sie mich wirklich nehmen. In meinem Alter! Ich fürchte nach wie vor, dass sie es sich anders überlegen.«

Sie hätte gern nachgefragt, hielt sich aber taktvoll zurück. Zwar konnte sie sich auf seine Worte keinen Reim machen, aber insgeheim hoffte sie, dass sich seine Befürchtungen bewahrheiteten und er zu ihnen zurückkehren musste. Andererseits wusste sie, dass er im Hinblick auf Humphreys Reaktion Recht behalten hätte.

»Wann reist der alte Knabe ab?«, hatte Humphrey gefragt. »Noch bevor ich zurückkomme? Das ist wahrscheinlich das Beste für alle Beteiligten. Ich kann mir nicht vorstellen, dass wir uns auf unsere alten Tage plötzlich glänzend verstehen. Außerdem ist es doch schön, wenn wir wieder unter uns sind. Vermutlich wird er uns ja ohnehin irgendwann besuchen, nachdem er wieder im Lande ist.«

Brigid begriff, dass Humphrey viel zu sehr mit seiner aufregenden Zukunft beschäftigt war, um sich Gedanken wegen eines Mannes zu machen, dem er seit dreißig Jahren nicht mehr begegnet war. Allerdings hoffte sie nach wie vor, dass Vater und Sohn sich irgendwann wiedersehen würden.

Brigid fuhr vorsichtig den Weg hinunter und stellte den Wagen ab. Im Haus wurde sie von anheimelnder Wärme empfangen; endlich zeigten die beiden ständig geheizten Öfen und die Nachtspeichergeräte ihre Wirkung. Sie hob die Post von der Fußmatte auf, stellte die Einkäufe auf dem Küchentisch ab und ging, an den Herd gelehnt, die Briefe durch. Obwohl sie seine Schrift noch nie bewusst wahrgenommen hatte, stach ihr Alexanders Brief sofort ins Auge. Sie riss den Umschlag auf und las. Zunächst achtete sie nicht auf den Absender, erst als sie ein paar Zeilen überflogen hatte, schaute sie sich den Briefkopf genauer an. Sie runzelte die Stirn. Ein Kloster? Hatte er etwa doch eine Eigentumswohnung in einem umgebauten Anwesen bezogen, das auf die Bedürfnisse reicher Rentner zugeschnitten war, wie Margot gemutmaßt hatte?

Nun bin ich also an meinem Ziel, liebe Brigid, so wie ich es mir seit Monaten ausgemalt habe. Wie du weißt, bin ich römisch-katholisch, und obwohl ich als junger Mann vom Glauben abgefallen bin, habe ich vor zwanzig Jahren den Wunsch verspürt, in den Schoß der Kirche zurückzukehren. Ich habe hier zweimal im Jahr Einkehrtage gehalten, und bald stand fest, dass ich nach Agnetas Tod – sie war jahrelang krank, wusstest du das? – hier leben wollte. Um Postulant zu werden, bin ich zu alt, aber nach reiflicher Überlegung und eindringlicher Gewissensprüfung wurde mir gestattet, dem Orden als Laienbruder beizutreten. Das heißt, ich lebe in der Gemeinschaft und mache mich im Büro und in der Bibliothek nützlich. Man muss zweifelsfrei nachweisen können, dass man nicht eine Art Pflegeheim sucht, und zeigen, dass man weder geistig noch körperlich eine Belastung darstellt, vor allem aber, dass man von echtem, tiefem Verlangen nach Gott beseelt ist.

Zu meiner großen Freude wurde mir also gestattet, hier meine Zelte aufzuschlagen. Vielleicht begreifst du jetzt, warum es für mich schwierig gewesen wäre, in Foxhole darüber zu sprechen. Für Freunde und Verwandte ist es nicht immer leicht, einen solchen Schritt zu begreifen, aber du, liebe Brigid, in deinem steinernen Refugium mitten im wilden, öden Moor, wirst dafür wohl mehr Verständnis haben als die meisten anderen.

Ich habe mehrmals die Woche in Buckfast Abbey die Messe besucht und dir dort zum Andenken an mich ein paar Lavendelpflanzen gekauft. Mir ist klar, dass hierfür traditionell der Rosmarin angebracht wäre, aber ich hoffe, der Lavendel gefällt dir ebenso gut. Ich habe ihn in einer Ecke deiner Scheune abgestellt, weil ich bei unserem Abschied zu bewegt war, um ihn dir zu geben. Du bist das Einzige, was ich mit Bedauern zurücklasse, aber ich empfinde es als Ehre, dein Freund zu sein, und bin glücklich, dass mein Sohn dich in all den Jahren an seiner

Seite hatte. Ich freue mich darauf, von dir zu hören, und werde dir oft schreiben. Sei glücklich, liebe Brigid …

Sie stand reglos da, starrte ins Leere und begriff allmählich, wie sich eins zum anderen fügte. Der Verlust traf sie schmerzlich, und sie konnte nur noch denken: Ich werde ihn nie wiedersehen. Auch regte sich leise Überraschung darüber, wie unaussprechlich öde die Zukunft ohne ihn zu sein schien. Dann bemerkte sie, dass noch eine Karte in dem Umschlag steckte, und zog sie mit zittrigen Fingern heraus. Eine Taube mit ausgestreckten Flügeln hielt einen Ölbaumzweig im Schnabel. Sie las die Verse mehrmals durch, bis sie die Aussage begriff.

Der Himmel kann nicht zu uns kommen,
wenn unser Herz im Heute keine Ruhe
findet. Nimm den Himmel!
Kein Frieden liegt in der Zukunft,
der nicht verborgen ist im gegenwärtigen
Augenblick. Nimm den Frieden!

Der Glanz dieser Welt ist nur ein Schatten.
Jenseits davon, doch greifbar für uns, ist Freude.
Da ist ein Leuchten in der Dunkelheit,
könnten wir es nur sehen, und um zu sehen,
müssen wir nur schauen.
Ich beschwöre dich zu schauen.

Und so grüße ich dich nun.
Nicht wie die Welt Grüße sendet, sondern in
tiefster Wertschätzung und mit dem Gebet,
dass es für dich jetzt und für immer Tag
werden und die Schatten weichen mögen.

Brigid rieb sich die Augen und trat durch den Flur in den Hof hinaus. Sie fand die Lavendelpflanzen in der Scheune, zerrieb ein paar Blüten zwischen den Fingern und roch daran. Bestimmt war es am besten, sie im Haus zu überwintern und erst im Frühling in die Beete unter den Fenstern zu setzen. Sie nahm die Töpfe und trug sie in den Wintergarten, wo sie sie auf das Fensterbrett in die Sonne stellte.

Blot stand in der Tür und wedelte erwartungsvoll mit dem Schwanz. Lächelnd streifte sie die Schuhe ab, zog die Gummistiefel an und griff nach ihrer warmen Jacke. Draußen im Hof blieb sie einen Moment stehen, beobachtete den Tanz der Tauben vor dem klaren Himmel, lauschte dem fernen Rauschen des Flusses und wusste, dass er für immer zu ihr gehörte. Ihre Traurigkeit war verschwunden, und sie glaubte seine Gegenwart zu spüren, als stehe er neben ihr, stark und Trost spendend. Ihr Herz klopfte vor Liebe, Hoffnung – und Dankbarkeit. Alexander hatte ihr geholfen, sich von der Vergangenheit zu befreien, sodass sie nun mit klarem, festem Blick in die Zukunft sehen konnte. Die Gedichtzeilen, die er ihr geschickt hatte, gingen ihr durch den Kopf:

> Und so grüße ich dich nun.
> Nicht wie die Welt Grüße sendet, sondern in
> tiefster Wertschätzung und mit dem Gebet,
> dass es für dich jetzt und für immer Tag
> werden und die Schatten weichen mögen.

Gleich nach ihrem Spaziergang wollte sie ihm einen langen Brief schreiben. Mit einem Mal war sie von Freude überwältigt über diese neue; ganz besondere Beziehung, die ihr in den kommenden Jahren eine Stütze sein würde. Zum ersten Mal seit Monaten hatte sie nun Foxhole ganz für sich, alle anderen Bewohner waren fort. Alexander fand sich in das Klosterleben ein; Frummie war bei Gregory in London; Louise wagte einen Neuanfang mit Rory. So vieles hatte sich zwischen Mai und November geändert! Sie hatte Freundschaft mit ihrer Schwester geschlossen – und in zehn Tagen würde Humphrey nach Hause kommmen.

Sie lächelte, pfiff nach Blot und schlug den Weg zu den Felsen von Combestone Tor ein, die in der Sonne glänzten.